KB042055

릴케 전집

11

예술론

현대 서정시

사물의 멜로디

예술에 대하여 외

릴 케 전 집

11

Rainer Maria RILKE

라이너 마리아 릴케

장혜순 옮김

책세상

차례

평론·통고·고찰

Aufsätze, Anzeigen, Betrachtungen

aus den Jahren 1893~1905

1893
방랑자[1]
괴테가 쓴 시의 사유 과정과 의미

　시인의 진실하고 숭고한 예술이란 그가 이야기하는 사건들을 독자의 눈앞에 아주 생생하게 보여주는 것이다. 즉 독자로 하여금 현실과 자신의 주변 환경 모두 잊게끔 여기도록 하는 것이다. 그래서 독자는 예술작품을 느낄 뿐만 아니라 그 선명한 자연스러움을 넘어서 예술을 잊고 그 안에서 일어나는 일을 함께 체험하는 것이다. 이일은, 마치 꽃향기를 맡고 나지막하게 살랑대는 나뭇잎들의 소리를 감지하고 있다고 믿게끔 요지경 속의 장려한 풍경에 몰입했던 그 남자한테서처럼, 독자한테도 일어나야 한다. 비록 수천 명의 다른 사람들이 항상 단 한 장의 *그림*만을 볼지라도, 이 때문에 그가 부끄러워할 필요는 없다. 어떤 예술작품이나 올바른 관찰자를 만나야하고, 어떤 예술작품에게나 올바른 기준이 주어져야 한다. 다시 말해서 이 기준은 저절로 생기는 것이다. 상당수의 사람들은 작품을 심판하려는 의도로 접근한다. 이것은 어리석은 모험이다. 왜냐하면 그 사람은 느끼는 것 전부를 *즉시* 해명하려고 애쓰면서, 자신을 사로잡으려는 마법에서 끊임없이 빠져나오기 때문이다——동시에 그의 판단은 식어간다. 그러나 작품에는 오직 두 가지 종류가 있을 뿐이다. 마음을 사로잡고 감동시키는 작품과 호평과 찬사 어린 비평에도 불구하고 마음의 반향을 얻지 못하는 작품들. 전자는 실제로 그렇게 불릴 자격이 있고 후자는 단지 허울뿐인 이름이다.

우리가 지금 다루고자 하는 괴테의 〈방랑자Wanderer〉[2]는 전자에 해당하는 종류의 작품이다. 나는 이 시의 마력에서 결코 헤어날 수가 없었다. 이 시처럼 내가 정신적 눈으로 그렇게 생생하게 그려보는 장소는 별로 없다. 어머니와 그녀의 가슴에 안긴 사내아이 그리고 낯선 이방인이 우거진 덤불 사이의 좁은 돌계단으로 올라오고 있는데, 나는 울창한 들판 위로 석양의 붉은 빛이 쏟아지는 그 언덕을 보고 있다. 나는 가볍게 펄럭거리는 옷을 입은 이탈리아 여인을, 또 잘생긴 머리를 받쳐주는 그을린 목의 붉은 산호목걸이를 본다. 좁고 약간 가파르게 구부러진 코는 얼굴에서 이탈리아 사람 특유의 저 대담성을 약간 보여주고, 까만 눈동자의 따스한 불빛은 누그러진 열정으로 타오르고 있다. 약간 벌어진 진홍색 입술 사이로 반짝거리는 치아가 보인다. 그리고 칠흑같이 까만 머리칼은 빨간 수건으로 꼭 묶여 있다. 사내아이는 여인의 가슴에서 잠든 채 쉬고 있다. 여인이 계단 몇 개를 올라서서 가볍게 숨을 내쉬며 아이에게 눈길을 줄 때면 기쁨의 미소를 머금은 그녀의 얼굴 표정은 성스럽기까지 하다. 규칙적으로 오르내리는 여인의 풍만한 젖가슴은 그녀의 고요한 만족감을 말하고 있다.

이방인은 천천히 가고 있다. 때로는 여기에, 때로는 저기에, 비문이 새겨져 있는 부식되어 상한 돌들에 사랑 넘치는 그의 눈길이 머문다. 그리고 동상, 고대의 증인들. 하지만 자신의 산만함을 처음엔 눈치채지 못하고 떠들면서 앞서 안내하는 위풍당당한 여인에게로 이방인의 눈길은 자꾸만 돌려진다. 마침내 여인은 그것을 알아차렸다. "어머, 당신 마음은 온통 돌에 쏠려 있군요. 저기 위쪽에 있는 저희 오두막, 거기에는 그런 돌들이 많이 있어요." 그리고 사실상 그 오두막은 전체가 그런 돌로 지어져 있었다. 신전의 폐허! 신전으로 더 이상 존재하는 것은 아니나 그렇더라도 성역에서 벗어난 것은 아니다. 아니, *훨씬 더* 성스럽다——과거 어느 때보다도 더욱더 신의 입김, 즉 평화로.——방랑자는 사색에 잠긴다. 사람들이 고대의 신들을 숭배하던 장소에서, 그 위대함의 폐허에서——작은 순결한 꽃 한 송이처럼——인간적 행복이 움트고 있다. 그리고 방랑자는 사색에 잠긴다. 그리고 빛을 좋아하는 영혼에 하나의 소망이 날을 밝힌다——경건한 소망, 은총의 소망. 이 인간적 행복이 신들의 위대함처럼 비정한 운명에 의해서 파괴되지 말아야 할 것이다. "우리 집에 머무세요. 밤에 우리와 함께 식사해요!"라는 농부의 아낙네 목소리가 그 남자의 귀에 들려왔다. "제가 그 동안에 오두막에서 빵이라도 가져올게요"라고 여인은 크게 말하면서 사내아이를 살그머니 남자의 품에 안겨주었다. 그러자 아이는 눈을 떴고 이방인에게 다정하게 미소지었다. 이방인의 가슴은 두근거렸다. 진심으로 다정한 사람한테서 그렇듯이 그의 마음은 편안했다. 그렇더라도 그가 머무를 수는 없었다. 아마도 그의 내면세계와 그의 주변에 깃들인 평화가 조화를 이루는 것이 정말 힘들기 때문이리라…….

이방인은 축복을 기원하며 작별했다. 태양은 이미 산 너머로 저물었다. 에테르처럼 가벼운 검푸른 하늘은 세상 너머로 끝없이 멀리 펼쳐졌다. 골짜기에서는 엷은 안개가 올라왔고, 초원에서 마치 늪처럼 찬 공기가 스쳐 지나갔다. 이방인은 코트를 더욱 꼭 여몄다…….

이방인은 쿠마에3)까지 아직 3마일이나 더 가야 했다. 괴테는 훗날 펠릭스 멘델스존4)이 발견했다고 믿었을 정도로 그 장소를 정말잘 묘사해놓았다. 그것은 다른 사람이 그 세계를 보는 것처럼 그렇게 자신에게 세계를 창조하는 진정한 시인의 정신이다. 그리고 만약 사람들이 시인을 잡아두고 들판과 언덕을, 나무와 꽃을 결코 보지 못하게 했더라도 시인의 상상력은 이 모든 것을 쉬지 않고 자기스스로 창조할 것이다. 그리고 어쩌면 있는 그대로보다 훨씬 더 아름다울 것이다. 시인은 자기 안에 세계를 품고 있다. 그래서 시인은설령 배고파 죽을지라도 항상 부자인 것이다.

이 시에는 이탈리아 여행 전에 이미 여러 작품에서 드러나는 괴테의 고대에 대한 동경이 표명되어 있다. 하지만 나는 이 시에 또다른 *상징적인* 해석이 들어 있다는 유혹을 감지하고 싶다. 여기에는간과하는 것이 불가능할 정도로 두 가지 상반된 견해가 날카롭게맞서 있다. 만족해하여 행복한 여인과 매진하는 청년. 그가 공연히'방랑자'로 불리는 것은 아니다. 이것 역시 의심할 여지없이, 머물렀다가 가라는 제안 역시 떨쳐버리게 하고 그를 끊임없이 계속 밀고 가는, 그의 내면세계의 불안함을 표시하는 것임에 틀림없다──지식의 추구로 영혼에 심어진 그 불안감, 그리고 일반적으로 일생동안 결코 떠나지 않을 불안감. 다만 꾸준한 지식욕의 반짝이는 도깨비불이 무기력의 늪으로 결코 유인하지 않는 자, 다만 그런 자에게만, 쿠마에 근처의 저 행복한 어머니처럼 자기 자신을 행복하게만드는 평화가 주어질 수 있을 것이다.

행복한 여인이여! 축복받은 평화를 유지하오. 그러면 너의 오두막은 행복의 신전으로 영원히 머물 것이다! 그리고 쿠마에가 가까

위지면 문턱에, 그 성스러운 문턱에 내가 키스하련다. 그리고 한 가 없은, 휴식을 모르는 방랑자는 계속 가리라.

1895
뵈멘 지방을 산책한 날들[5]
〈I〉

언젠가 제가 뵈멘 지방에 대해 무엇인가 한번 이야기하겠다고 약속하지 않았나요?

정치적인 것은 기대하지 마세요. 우리 뵈멘 지방에는 말하자면 정치가 어디에나 널려 있지요. 그리고 길에서 주워 들은 것을 들려드리기에는 저는 당신들을 정말 너무 존경합니다.

저는 당신들께 오래된 귀족 가문의 태고적 성——그 성의 홀, 복도, 통로 그리고 침실에 대하여 이야기하려고 합니다. 낭만적으로 들리기까지 하겠지요.

이제 당신들은 보게 될 것입니다.

만약 언젠가 어떤 우연이, 한가해서 생긴 여행 충동이, 아니면 당신들이 존경하는 부인, 즉 유산을 상속해줄 숙모의 죽음이——그 부인의 아주 충만한 삶을 기원합니다만——당신들, 훌륭한 독자들을 뵈멘의 남쪽 지방으로 이끌면, 화폭에 담긴 듯한 작은 도시 크룸마우[6]에서 하루를 머물 것을 마다하지 마세요.

높은 합각머리를 한 작은 집들 중엔 많은 집이 아직도 장미를——고대에 멸망한 로젠베르게 가문의 문장인데요——걸고 있는데, 젊은 몰다우 강 옆쪽 가파른 절벽 위에 군림하는 고풍스런 고성(古城)에 의해 지배됩니다. 이 고성은, 이 꽤 웅장한 건축은, 자주 변형시켜 모두 비슷해져버린 성들로 하여금 경외심을 갖게 하는 사실을, 즉 양식이 없다는 특징을 자랑할 수 있는데, 거기서 받는 인상은 관찰자를 거의 압도합니다. 더욱이 제가 이 성을 본 것은 맑고 화창한 3월 어느 날이었습니다. 그때 그 거대한 노란색 성벽은 정말 파란 하늘과 눈부시게 대조를 이루었습니다. 그리고 마술교습소와 공원 쪽으로 건물의 양쪽 날개 부분을 연결하면서 세 겹으로 차례차례 겹쳐진 아케이드는 뒤쪽을 하늘색 지리부도로 덮은 듯 보였습니다.

당신들은 올라가기에 나쁘지 않은 계단의 성곽 층계로 올라갈 것입니다. 당신들은 성의 첫번째 뜰에 들어갑니다. 당신들도 머릿속으로 저처럼 입장해보세요. 그러면 당신들은 부친의 살해범을 그리고 자신의 목에 건 거대한 깃 받침을 당황해하면서 움켜잡을 것입니다. 당신들은, 우리 세기 전반기에 그랬던 것처럼 그리고 존재했던 것처럼, 무릎까지 오는 양말과 버클 달린 구두를 신지 않았다는 사실을 경탄하며 알아차릴 것입니다.

무엇이 저로 하여금 이 특이한 탐사를 하도록 유인했을까요?

청백색(슈바르첸베르크 가문의 색)의 울타리 뒤에서 성장을 한 보병의 경호. 그들은 푸른색 단과 끈이 달린 검정 제복을 입고, 가슴 위로 엇갈리는 하얀 가죽 장구와——듣기로는——구식 장총을 들고 있습니다! 제가 착각하는 것이 아니라면 이 작은 병력은, 그런 특전은 오스트리아에서는 단지 클람-갈라 가문만 소유하고 있는데, 전시와 평화시에 정확히 22명의 남자에 이릅니다. 자격을 갖춘 오스트리아 출신 장교가 그들의 우두머리입니다. 우리가 엄청난 포탄더미가 웅크리고 있는 그 거대한 구식 12파운드짜리 포 곁을 무심히 지나가면, 이렇게 우리는 산으로 안내한다고 생각되는 굽이치는, 거대한 사다리를 상기시키는 길을 지나 두 번째 뜰로 올라가야 합니다.

거기서부터는 넓은 계단이 거실로 인도합니다. 계단실의 내벽에는 상당히 수공을 들여 그려낸, 지금까지 내려온 소유주들의 문장들이 장식되어 있습니다. 크룸마우의 요새는 제일 처음에는 로젠베르크의 소유였습니다. 훗날 그 요새는(루돌프 2세 통치하에서) 합스부르크 가문의 손으로 넘어갔지만 여러 차례 삶의 기복을 겪은 뒤에 슈바르첸베르크에게로 넘어갔습니다.

중간층에서 우리의 관심을 끄는 것은 무엇보다도 달콤하고 내밀한 향기를 발산하는 듯한 천장이 낮은 방들인데, 이것은 철저하게 나폴레옹 1세의 제정시대 양식을 따르고 있습니다. 정말 호화로운 거실들은 1층에 있습니다. 무겁게 온통 금으로 장식한 의자들과 쾌적함을 과시하며 화려하게 진열된 책상들이 있는 대형 홀들. 무수한 일본제 꽃병들과 신비스러운 여명이 들여다보이는 부옇게 비치는 방에 걸려 있는 벽 높이의 거울. 은과 주석으로 만든 식기들이 놓인, 또 조각이 많이 새겨져 있는 식탁들. 그 다음엔 화랑이 있습니다.

수장급의 하인이 나를 황급하지만 공손하게 재촉했습니다. 덕분에 나는 뒤러Albert Dürer[7)]가 그린 〈강자 요한〉과 파리에서 나폴레옹의 대관식 때 화형당한 슈바르첸베르크 후작부인의 초상화를 거의 파악할 틈이 없을 정도였습니다.

두 개의 계단 위에는 소위 율리우스 카이사르라 불리는 방이 있습니다. 이 이름을 가진, 루돌프 2세의 친아들이 여기에 살았습니다. 여기에서 그는 여러 가지 잔혹 행위를 궁리해 집행했는데, 이에 대해서는 오늘날까지도 크룸마우의 노인들이 맥주를 마시며 즐겨 이야기하곤 합니다. 이 방에서는 폐쇄된 창문도——이 창문을 통해 이발사의 딸이 무뢰한의 손에서 도망치려고 아래로 뛰어내렸기 때문에——눈에 들어옵니다.

그러나 무엇보다도 가면들이 있는 홀이 중요합니다. 이같은 종류로는 유일한 홀입니다. 벽이 온통 유쾌한 풍자로 가득한, 실물보다 더 크게 그려진 형상들로 덮여 있습니다. 사람들은 거기 다채로운 군중 속에서 기사와 군주, 고상한 부인과 품위 있는 귀부인, 난쟁이와 거인, 광대와 마술사를 봅니다. 음악사들은 위층에서 연주하고 있지요. 숙녀들은 객석에서 보고 있고 문간에는 건장한 체구의 보병 두 명이 삼엄한 경비를 서고 있습니다. 인물들의 충만함과 그 멋진 나이브한 형상이 곧장 황홀한 인상을 줍니다.

신성하게 먼지가 쌓인 수백 년의 입김이 서린 호화로움에 반했으니 새롭게 북쪽에 위치한 프라우엔베르크 성의 참신한 풍요로움이 당신들 눈에 편할 리는 없겠지요. 거기에는 우리들의 공장 소유주나 은행가들의 성에서나 보게 되는 반짝거리고 광택나는 부가 지배하고 있습니다.

하지만 제게는 바로 선조들로 인해 신성해진 저 방들이야말로 진짜 귀족이, 오스트리아의 이상한 이름들에다가 '펠스', '발트', '부르크', '제'를 붙여 애써 짜맞춰, 새롭게 기사가 되거나 또는 남작 신분으로 영광을 얻은 후예보다 외적으로 우월함을 말해주는 유일한 것이라고 생각됩니다. 왜냐하면 귀족 중 소수만이 귀족의 신분이 부여되었음을 외모에서 읽을 수 있기 때문입니다. 그런 귀족은 거지의 누더기를 입고도 자신의 출신을 드러낸다는 사실을 부정하지 않을지라도 말입니다.

제가 그런 남자를 부트바이스Wudweis[8]에서 알게 되었습니다. 그 사람은 남작 M입니다. 그 사람은 기인으로, 골동품 수집가로 알려져 있습니다. 제가 귀중품이 가득한 그의 집으로 가서 세상을 기피하는 그 남작을 방문하겠다는 의도를 말했을 때 온 세상이 놀랐습니다. 그럼에도 불구하고 저는 방문 의사를 밝히고 그것을 감행했습니다. 그리고 접견을 받았습니다. 주인은 극도의 자부심과 고상한 상냥함이 놀랍게도 조화를 이루는 우아하고 약간 주름 있는 얼굴을 가졌고 큰키에 깡마른 모습이었습니다. 가늘고 듬성듬성 난 수염은 턱 아래에서 뻗어 눈처럼 하얀 옷깃의 주름 위로 새하얗게 드리워졌습니다. 그 사람은 대단히 품위 있고 친절했습니다. 이 친절함은 그의 말보다는 행동 속에 더 많이 나타납니다. 그 사람은 몸소 제게 자신의 집을 전부 안내해주었습니다. 정말 정원까지도, 그리고 하인들을 물리치고 자기 집에서 거리로 나가는 문까지 데려다주는 영광을 보여주었습니다. 호의에서 또는 제가 정말 밖으로 나갔는지를 확인하려는 의도에서겠지요. 그 후원자의 집을, 골동품 수집가에게서조차, 다다를 수 없는 진미의 냄새를 맡았던 개의 쓸쓸한 감각으로 떠났습니다. 그곳에서 저는 다른 귀중품 외에도 데이비드 테니르스David Tenier[9]의 그림을——아버지였는지 아들이었는지는 모르지만——보았습니다.

몇 주일 뒤에 프라하의 '루돌피눔'[10]에서 열린 연례 미술 전시회에 서 있었을 때 저는 뜻밖에도 이 테니르스가 갑자기 다시 떠올랐습니다. 그리고 더군다나——친애하는 독자여, 놀라지 마십시오

─── 루트비히 폰 호프만Ludwig von Hoffrmann[11]의 그림 앞에서.

쾌활한 네덜란드 사람에게서는 이 겁 많고 정말 순박한 상세함, 이 거북할 정도의 조심성─── 여기에서는 이 꿈꾸는 듯한 불분명함의 커다랗고 무관심하고 지쳐서 순박하게 보이는 특징. 아닙니다, 온갖 노력에도 불구하고 이러한 색깔로 된 샐러드에 제가 어떤 호감을 얻어낼 수는 없습니다. 동시에 그의 정당성을 완전히 부정할 수도 없습니다.

제가 만약 역사화를 희곡과 서사시와 똑같이 세워놓고, 또 풍속화와 노벨레를 비교한다면(풍경은 두 가지 예술의 차이 때문에 함께 세워놓는 것은 애당초 불필요합니다), 나는 단지 색채로만 효과를 내야 하는, 그래서 색조의 조화(이와 관련해서 부조화 역시) 즉시에 접근하는 색채의 노래를 묘사하는 이런 종류의 그림을 알 뿐입니다.

그러나 레싱Gotthold Ephraim Lessing[12]의 〈라오콘Laokoon〉[13] 이후로 이미 그림의 대상은 대상적인 것이므로, 그러나 시는 바로 이런 대상적인 것을 전혀 갖고 있지 않으므로, 나는 이런 방향의 착각이 충분히 지적됐다고 믿습니다.

그리고 그렇기 때문에, 친애하는 독자여, 만약 당신에게 유산을 상속할 숙모가, 이미 말했듯이 이분이 아직 오래 살기를 기원합니다만, 엄청나게 많은 액수를 주려고 생각했다면, 이 금액을 루트비히 폰 호프만이 그린 초록 인간과 빨간 나무와 자주색의 그림자가 있는 그림을 사려는 데 쓰지 말고─── 그렇게 하지 말고─── 비용도 더 적게 드는, 그 대신 제가 당신을 곧 데려가려고 생각하는 뵈멘 지방의 북부로 가는 여행 차표를 마련하는 데 쓰라고 당신들께 부탁하고 싶습니다.

II

밖에서는 노랑색 나뭇잎들이 춤을 춘다. 바람은 내 난로에서 울부짖고 게다가 휘파람으로 박자를 맞춘다. 즐거운 노래를! 그리고 나는 뜨거운 머리와 차가운 발로 책상 앞에 앉아 있다. 때때로 형형색색으로 화려한 나뭇잎들의 축제에 눈길을 살짝 던진다. 춥다. 내겐 사육제 같은 기분이 든다.

그렇다, 즐거운 축제들의 끊임없는 연속, 차례로 지나가는 밝고 태양이 빛나는 여름날 뒤의 사육제. 서둘러 참회를 권하는 설교자, 폭풍은 다가왔고, 그리고 '자연'이라는 무도회장 벽들의 다채로운 장식을 찢고 태양등잔 앞에 구름휘장을 드리웠다. 그리고 꽃들이 모두 색깔 있는 가면의상을 벗었다. 다만 여기저기 코카서스가 빨간 터번을 쓰고 있다. 하지만 축제의 기쁨은 이제 사라졌다. 바람은 너를 증오하고 먼지구름을, 네 이마 위로 떨어지도록 네 주위에 뭉쳐놓는다──마치 재처럼.

나는 니체가 '역사적'[14]이라고 부른 그 사람들의 그룹에 속한다. 즉 현재는 나를 추위에 떨게 하니까 태양처럼 따뜻한 과거로 내 눈길을 돌린다. 이런 과거의 무대가 보헤미안 북부다. 그리고 맞다,──지금 생각난다──그곳으로 내가 너를, 사랑하는 독자여, 데려갈 것을 약속한다.

그럴 거야. 지난번에 네가 호화로운 성으로 나와 동행했다면, 오늘 나는 너에게 가파른 원추형 산꼭대기에 군림하면서 창틀도 유리도 없는 빈 창으로부터 낯선 시대를 경탄하며 내려다보고 있는 신성한 폐허를 보여주고 싶다. 거대한 절벽이 자신의 회색빛 거인 머리를 검정 소나무 숲으로부터 뻗고 있고 졸졸 소리내는 시냇물 옆에 꽃으로 장식된 초원이 기대서 꿈꾸고 있는 곳으로 너를 데려가고 싶다.

그곳 골짜기에는 하얀 교회와 반은 나무로, 반은 돌로 세워진 작은 집과 함께 매력적인 디터스바흐[15]가 컴컴한 숲에 둘러싸여 있다. 비밀에 가득 찬 황무지로 가는 수천 개의 길이 사방에서 유혹한다. 가파른 탑 모양의 원추형 성모상이 있는 바위로 가는 길을 내가 얼마나 자주 더듬어 올라갔는지. 사람들이 아직도 숙소의 유물을 찾아낼 수 있는 팔켄슈타인을, 그 서늘한 그림자 속에 그 유명한 힝코 폰 두바[16]가 격렬한 전투[17] 뒤에 잠들었을, 그곳의 꼭대기에 내가 얼마나 자주 서 있었는지. 왜냐하면 정말 그곳에서는 모든 것이 달콤하고 근심 없는 휴식으로 초대하기 때문이다──오늘까지 아직도. 이끼 긴 바닥의 널따란 돗자리는, 온통 이끼로 덮여서 마치 자주색 베개처럼 보이고, 나무들은 화려한 천개(天蓋)를 만들고, 그리고 키큰 종우(種牛)들은 유쾌한 시원함을 부채질한다. 식탁도 준비되어 있다. 숲의 땅이 생산하는 월귤나무 열매와 다른 장과(漿果) 열매들이 넘칠 정도로 그곳에 충만하다. 특히 비 오는 날, 만약 계속 산보하는 것이 싫으면 사람들은 이 작은 달콤한 열매들을 즐겨 딴다. 왜냐하면 그 깊은 숲의 우듬지들은 거의 하늘이 보이지 않을 정도로 빽빽한 지붕을 이루고 있어서 발이 젖지 않고도 몇 시간씩 관목 숲을 여기저기 찾아 돌아다닐 수 있을 정도이기 때문이다.

어느 비 오는 날에──그런 날들이 그렇게 많지는 않은데──나는 목사의 사택을 방문했다. 나는 영혼의 구도자를, 자신의 작은 정원에서 일하고 있는, 힘차고 친절한 용모의 아직 꽤 젊은 남자를 발견했다. 그가 어린 꽃송이들을 얼마나 진지하고 이해심 많은 세심함으로, 힘이 약한 꽃은 막대기로 받쳐주고 원기가 넘치는 꽃은 노끈과 가위로 허락된 경계선까지 되돌려놓으면서 보살피는지 보는 것은 내게 기쁜 일이었다. 나중에 그가 나를 자신의 집 안으로 안내했다. 그의 서재, 그의 침실 그리고 다른 방들 모두가 알맞는 안정과 과도한 질서애를 증명하고 있었다. 성질 급한 카나리아와 뻐꾸기 시계가 서재의 침묵을 향해 외쳐댔다. 내가 윤나게 닦은 현관을 통과했을 때, 부엌문이 열리면서 귀엽고 붉은 뺨의 어린 가정부가 친절하지만 투박한 말씨로 인사를 건넸다. 동시에 그 안에서 끓고 있는 아주 훌륭한 음식에서 김이 새어나왔다. ……그렇다. 이것은, 이 목사의 사택은 하나의 소박하고 평화로운 생활 정경이다. 진정한 전원적 풍경이다. 어떻게 축복받은 포스Johann Heinrich Voß[18]의 시 〈루이제〉[19]보다 더 좋은 것을 생각할 수 있겠는가……하는 동안에 거기에서는 내가 결코 지루함을 느끼지 못했었기 때문이다.

아니, 내가 도대체 무슨 말을 하고 있는 거야! 정직하고 변함없는 포스의 정신이 아니라 폐허를 돌아다니는 영령들의 기억을 되살아나게 하려는 것인데……. '톨렌슈타인!'[20]이 오래 전에 붕괴된 라우브리터부르크에 이르기에는 쉰펠트 기차역이 가장 좋다. 대기 탑과 요새의 가장 바깥을 둘러싼 장벽은 여전히 서 있다. 반면에 그 밖의 모든 건축물은 자기네들의 초라한 오두막을 다듬어 손보았던 농부들에 의해, 일부는 그 당시에, 일부는 이 폐허에서 파괴된 반면에. 마침내 약간 열광적이고 좀더 타산적인 어떤 남자가 지금의 소유주인 리히텐슈타인의 영주에게 이 불경스러운 파괴를 더 이상 보지 말고 그 폐허에 자신의 오두막을 건축하고 복원을 개시할 것을 허락하도록 주의를 환기시킬 때까지.

사건은 이렇게 일어났다. 돌을 훔치는 사람들은 수공업을 그만두게 됐고 톨렌슈타인 위로는 커피 자루들이 날라져왔고 훌륭한 캄니츠산 맥주통이 굴러갔다. 그 작은 집 앞 위쪽, 스반힐데의 밤 산책이 시작되는 바로 그 장소 앞에 나무 식탁 몇 개가 조립됐다. 스반힐데는 보헤미안의 오래된 성을 돌아다니는, 그리고 에바라는 이름으로, 또는 베레히타(베르타)라는 이름으로 들리는 많은 여성 조상 중 한 명인데——아니 좀더 알기 쉽게 말하자면, 착한 기독교인을 안심시키기 위해서는——안 들리는……

정착하지 못하고 떠돌아다니는 이 스반힐데의 이야기는 아주 요약하면 다음과 같다:

어떤 '톨렌슈타인에 있는 주인'의 아내인 베레히타는 자기의 남편 군주의 젊은 종자에 대해 가슴속 깊이 애정을 품고 있었다. 이 애정은 점차 커져갔다. 당연히 금발 곱슬머리의 연인을 공개적으로 사랑해도 되는 욕망도 역시. 스반힐데는 절망적인 한 순간에 자신의 남편이 마실 포도주에——비슷한 경우에 오늘날 부인들은 삶에 독약을 타는 것과는 달리——독약을 탔다. 그는 이것을 마셨지만 그 의도를 눈치챘다. 그리고 이해할 만한 '불쾌함' 속에 자신의 여인에게 역시 마실 것을 강요했다. 그렇게 두 사람은 죽음을 맞이했다. 스반힐데는 하지만 무덤에서 안정을 찾지 못했다. 그녀는 밝은 보름달 밤에 폐허를 돌아다니면서 그 종자를 찾았다. 그러나 그는,

그 함머슈타인 남작은 모든 것을 깊이 생각했고, 우리 시대에서 더욱 훌륭한 은신처를 가진 것 같았다.

저 복원된 폐허의 복구자 요한 요제프 묀츠베르크 씨는——그는 묀츠베르크 기사로 불리기를 좋아했다——진지하게 생각하는 손님들 누구에게나 이런 그리고 또 다른 전설을 이야기할 준비가 되어 있다. 진지하게 생각하는 누구나에게라고 말한다. 그는 역사 이야기의 진실성에 대해 의심을 품은 것을 가장 못 견뎌했기 때문이다.

"당신은 그것을 믿지 않는단 말이요!?"라며 그는 화가 나서 소리질렀다. 그리고 우아한 코와 길고 검은 콧수염이 있는, 잘 그을린 독특한 약탈기사의 얼굴은 헤어지겠다고 위협했다. 그리고 그의 눈, 진정 고귀한 커다란 눈은 밝게 활활 타올랐다.

나는 그를 완전히 믿었다. 수세기 전부터 까마귀로 변신하여 톨렌슈타인의 성벽 위 홍벽 주위를 날아다니는 조상의 다른 전설까지도. 산지기는 그 녀석을 이미 오래 전에 "쏘아 떨어뜨렸다"고 내게 맹세했는데도 불구하고.

어찌 됐든 간에. 그때 가련한 스반힐데의 운명은 나로 하여금 발라드에 열광케 했다. 사실이다. 왜냐하면 마술이 어디에선가 그 안에서 불타오르게 하는 감격을 떠돌이 가수가 표현하는 것이 항상 성공하는 것은 아니기 때문이다.

예를 들어보자. 나는 디터스바흐에서 헤른스크레첸 가까이로 '비일구룬트'를 쉬지 않고 걸어갔다. 그때 나는 아늑한 골짜기의 어떤 절벽에 붙어 있는 비상한 그림 같은 작은 물레방아를 보았다. 바퀴는 천천히 돌고 있었고 초록색으로 빙 둘러 있는 강바닥에서 물은 아름답게 찰싹거렸다. 컴컴한 나무 우둠지들은 맑은 거울 위로 뽑

내며 숙이고 있다. 짧게. 시 한 수의 가치가 있는 그림. 그리고 나는 주머니에서 수첩과 연필을 꺼내서 부드러운 이끼 덩어리 위에 앉았고 전체 인상을 또 한 번 내 눈 안에 담았다. 그때 물레방아의 바퀴 위에서 비문이 화려하게 빛나는 것이 눈에 띄었다. 나는 좀더 유심히 쳐다보았다. 누가 나의 놀라움을 묘사할까. 나는 읽는다. "……시원한 바닥에……"

나는 화를 내면서, 동시에 창피해하면서, 필기도구를 집어넣었다. 나는 "아류들의 저주"를 약간 중얼거렸다.

아류에 대해서 말하자면, 그때 내가 톨렌슈타인에서도 우리들의 가장 오래된 조상(다윈 이후의) 몇 명을 만났다는 생각이 무의식적으로 떠올랐다. 뮌츠베르크 씨는 그 심각한 주위 환경에서 최고로 우스꽝스러워 보이는 원숭이 두 마리를 오락의 소일거리로 구입했다. 그들은 겁이 전혀 없어 신성한 벽으로 뛰어올랐다 뛰어내렸다 하고, 마치 가브리엘 막스Gabriel Max[21]의 마지막 그림 〈네메시스 Nemesis〉[22]의 모델처럼 그림 같은 자세로 구석에 웅크리고 앉아 있었다. 그 밖에도 막스식의 원숭이 문화 전체가 내게는 그의 눈이 크고 낯설게 들여다보는 소녀의 형상보다 더 사랑스럽다.

이 비현실적인 꿈의 형상에서는 모든 것이 공허하고 엄청나게 단조로웠다. 그래서 요즈음 나는 초기의 보헤미안 화가 중 하나인 프란츠 체니세크Franz Zenisek 교수[23]의 화실에서 보고 즐겼던 그림을 칭찬했다.

그것은 색채 표현의 선명함과 해석의 대담한 비범성이 루벤스 Peter Paul Rubens[24]를 기억나게 하는 이 대가의 초상화다. 눈에는 감격스러운 승리의 불이 타오르고 입술은 가볍게 튀어나온 얼굴은 고귀한 자부심에 꽉 차서 관찰자를 쳐다보고 있다.

호감을 주는 그 대가는 내 곁에 서 있었다. 그 그림이 내게 얼마나 강한 인상을 주었는지 그가 알아차렸는지는 모르겠다. 그러고 나서 우리는 북부 보헤미안에 대해 이야기를 나눴다. 그도 역시 내가 오늘 이야기한 그 지역의 풍경이 주는 매력을 평가할 줄 알았다. 우리의 기억은 많은 부분이 서로 비슷했고, 활발히 대화하는 가운데 우리는 바깥이 가을이었다는 사실을 완전히 잊어버렸다. 그리고 지금 내가 이 글을 쓰는 동안에도 역시 그런 상태다.

나는 조용히 가지각색의 화려한 나뭇잎의 움직임을 내다보았다. 나는 빛과 욕망으로 가득 찬 여름이 다시 올 것이라고 느꼈다. 나는 꿈에 젖은 시간의 익숙한 장소들을 다시 찾게 될 것이다. 그리고 ——나를 가장 기쁘게 할 일은——친애하는 독자여, 아마도 거기에서 당신을 만나게 될 것이다.

1895
카를 헹켈, 《해바라기》[25]
〈I〉

품위 있는 서정시는 모든 시대의 무미건조한 불안정에 대한 최상의 치료제이다. 그러나 약은 극소량만 투여되어야 한다.

유명한 시인 카를 헹켈의 기릴 만한 작업 덕분에 이러한 인식이 생겨났다. 그는 상당수의 어두운 존재에 약간의 빛과 약간의 향기, 약간의 기쁨을, 간단히 말해서 약간의 시적인 것을 부여하기 위해서 "꽃 한 송이 값에" 전 세계로 훨훨 날아가야 하는 부정기적인 간행물에 《해바라기》[26]라는 이름을 붙였다.

지금까지 콘라트 페르트 마이어와 고트프리트 켈러가 출간되었다. 같은 방식으로 이어서 나오는 고급스럽게 잘 장정된 책자는 모두 대가 한 명의 사진과 그가 가장 잘 쓴 시 서너 편을 싣고 있다. 10페니히라는 저렴한 가격은 누구에게나 자기의 시간들을 해바라기로 장식하고 그 꽃향기로 스스로 원기를 회복하는 것을 가능하게 만든다. 그렇게 우리는 그 대가의 작품에 깊이 파묻혀, 쉬고 있는 금이 민중에게 통용되는 주화로 바뀌기를 희망해도 될 것이다. 그 노래할 수 있는 것이 불려지는 노래로!

1896
안톤 렝크,[27] 〈키스들〉

소박하게 이야기하는 동화, 이것은 아름다운 마법의 정원이다. 독자는 그 태양이 비치는 장관을 놀라워하면서 정원을 거닌다. 그리고 그는 비밀스러운 작은 숲에서 세 개의 가장 신성한 성사(聖事)가 베풀어진 삶의 제단을 발견한다. 어머니의 키스, 사랑의 키스를, 그 키스──죽음의 키스를. 작가는 언어를 능숙하게 다루고 있고 분위기를 탁월하게 그릴 줄 알고 있다. 그 훌륭한 노래, "떠돌이 대학생들이 노래하며 다가온다"처럼 널리 퍼진 노래들은 탁월한 시적 재능을 증명해주고 있다. 작가가 곧 그의 시에 대해서 이야기할 기회를 우리에게 허락해주기를 희망한다.

1896

한스 벤츠만[28], 《봄의 폭풍 속에서》
알브레히트 멘델스존 바르톨디와 카를 폰 아른
스발트[29], 《나비들》
프란츠 요제프 츨라트니크[30], 《인생의 꿈들》

더욱 우수하거나 덜 우수한 세 권의 시집들. 원래는 그것도 똑같이 개성들이라 불려져야 했을 것이다. 왜냐하면 서정시는 가장 개인적인 예술 표현이기 때문이다. 그리고 개인적이면 개인적일수록 우리에게 더욱 감동을 준다. 왜냐하면 어떤 존재의 가장 내적인 은밀함은 보편적이고 인간적인 것에 다시 다가가기 때문이다. *극단적인 것은 마음을 움직이게 한다.*

〈1〉 내가 서정시의 우수 작품에 대한 기준으로 이런 것을 주장해도 된다면, 논란의 여지없이 마땅히 한스 벤츠만의 책으로 상이 돌아가야 한다. 그렇게 철저하게 표현된 특성을 지닌 책을 내 손에 만져본 적은 드물다. 그러나 소재의 선택, 모티브의 설정, 형식과 언어에 관한 한 역시 나는 《봄의 폭풍 속에서》라는 책을 첫번째 자리에 올려놓겠다. 벤츠만은 자신의 팔레트에 절묘하게 빛나는 물감을 들고 있었고 붓에 아주 잔뜩 발랐다. 그의 짙은 색깔의 그림들은 여유와 이해력을 갖고 관찰되기를 원한다——나는 단어의 본래 의미로 이 시들을 그림이라 부른다. 나는 이 책에서 *보았고*, *읽지는* 않았다. 그 시인은 삶에 대해서 명민한 시선을 갖고 있고 게다가 자신이 보는 것을 예술적 선으로 제한하면서 명확하게 재현하는 도구를 갖고 있다. 그는 완전히 자신의 눈으로 보지만 결코 불명료해지거나 무리하지는 않는다. 때때로 그는 굉장히 까다롭다. 그러나 그는 항상 그대로이고 그런 존재이어도 괜찮다는 데 긍지를 갖기에 충분하다. 내가 훌륭한 것을 인용해야 한다고? 그렇다면 거의 200쪽 전부를 베껴야 할 것이다. 내 주장의 진실성을 납득하고자 하는 사람은 가서 그 작품을 *사야 할 것이다*. 주의하라. *사야 할 것이다*. 왜냐하면 그것은 한 번 읽고 나면 치워버리는 그런 책이 아니기 때문이다. 그것은 아름다움의 소리를 항상 새롭게 내는 신탁이다.

2) 최근에 언급한 괴팅엔 문학연감의 집필자 중 두 명이 이 책으로 나란히 등단했다. 풍부하고 견실한 내용과 우수함으로 나를 깜짝 놀라게 했다는 사실을 말해도 된다는 사실이 내게 진심으로 기쁜 일이다. 카를 폰 아른스발트도 멘델스존 바르톨디도 많은 기대를 걸게 한다. 그들이 자신의 시에 겨우 막 서명한 후였을 텐데. 사람들은 곧 그들을 알게 됐다. 후자는 좀더 현대적이면서 영웅적이고, 전자는 낭만적이고 섬세하다. 하지만 두 시인 모두 비록 아직은 여기저기서 어떤 이상형이 엿보일지라도, 자신의 음색을 낼 줄 알고 있다. 아른스발트는 그의 섬세한 기질에 알맞게 능수능란하게 다루어 감미롭게 소리내는 로만적인 형식에 전념하고 있다. 나는, 목적을 위한 형식을 숙련하고 연마하기 위한 수단으로써만 이 이운각 팔행시[31]와 서정단가 마드리갈Madrigal 시행[32]을 연습하라고

그에게 당연히 충고할 것이다. 왜냐하면 이렇게 로만 형식으로 재단된 옷에는 우리의 독일어가 무리하게 보이기 때문이다. 멘델스존의 탁월한 시형식인 가젤Gasel[33] 조차도 이런 인상을 준다. '감상적 토론회'는 젊은 시인인 후자가 베를렌Paul Verlaine[34]의 까다로운 시에도 걸맞을 수 있음을 보여준다. 이것은 책 속의 깊고 은밀하고 정감이 넘치는 감정이다. 그리고 아른스발트의 말은 적중한다:

"나는 나의 노래를 나비라 부른다.

나비는 영혼의 상징이기에……"

젊고 용감한 괴팅엔 사람들에게 진심으로 안부를 보내면서!

3) 나는 오늘 칭찬을 꽤 많이 하고 있다. 《인생의 꿈》에 대해서는 인정하는 것을 좀더 아껴야겠다. 이 소책자는 작가의 미래에 대한 도로 표지판이다. 그 밖에는 아무것도 아니다. 말하자면 그는 아마도 할 수 있을 것이다. 아마도, 왜냐하면 도로 표지는 태양의 목표로 곧장 거리를 안내하는 *그곳에 서 있는 것이 아니라* 그 표지에는 젊은 시인이 절망하면서 서 있게 될 많은 샛길까지도 나타나기 때문이다. 만약 *그때* 그가 착각하지 않는다면……나는 진심으로 그에게 그것을 바란다. 소재와 형식이 아직 분명하지 않다. 그리고 그 소책자는 격앙으로 혼탁해지기에 내게 너무 온건하고 조용하다. 개성과 얼굴은 거의 드러나지 않는다. 작가는 또 엄청나게 많은 모방된 상투어와 형편없는 각운들을, 그리고 문장 속에 이 끔찍한 '예술애호가들의 E'를 쓰고 있다. 특히나 그가 발라드 풍으로 바꾸는 곳에서는 간결함이 바람직할 것이다. 나는 시집 속에 산문 구상을 추가하는 것을 좋다고 생각하지 않는다. 이런 경우에 사람들은 작

가가 시에서도 운율을 붙였을 뿐인 산문을 얼마나 자주 쓰고 있
는가에 주의를 기울이게 될 것이다. 더군다나 노벨레들은 정말 별
의미를 주지 못한다.

1896
루돌프 크리스토프 예니,[35] 〈필요 앞에는 법이 없다〉[36]

민중극은 약간 잘못 건축된 분야다. 이런 종류의 드라마를 창작하는 소수의 사람들은 탈선한 모방의 길을 가거나 그들이 자기 스스로에게 의지한다면, 특정적인 것 대신 전형을 만들면서 어떤 잘못된 목표에서 또 다른 잘못된 목표로 더듬거리며 찾아간다. 민중을 묘사하고자 하는 사람은 이러한 잘못에 빠지기가 쉽다. 민중 속에 있는 남자의 외모에서 특정적인 완성된 모습을 발견한 관찰자는 더 깊이 들어가서 그 영혼을 탐색하려는 욕구를 더 이상 느끼지 않는다. 그는 그 형상을 있는 그대로가 아니라 보는 그대로 그냥 받아들인다. 이런 경솔한 착각은, 이해할 수 없이 착하고 어리석거나 아니면 대단히 타락한 그리고 악마처럼 교활하게 자신을 묘사하는 저 민중의 전형을 낳는다. 대부분 이 형상들은 작가에 의해 선의로 구성되고 때때로 효과 역시 정말 크다. 그러나 그들은 예술적으로 가치가 없는데, 왜냐하면 사실이 아니기 때문이다. 나는 예니에게서 이런 착각을 걱정하지 않아도 되었다. 왜냐하면 작가 스스로 민중 출신이고 민중 사이에서 성장했고 내가 그의 작품을 읽기도 전에 이미 깊이 있고 내밀한 그의 영혼을 알기 때문이다. 작품 줄거리는 고조되어가는 긴장 속에서 명확하게 전개되는 토대 위에 설정되어 있다. 형상들은 진실하고 윤곽이 뚜렷하게 그어져 있고 힘이 있는데 그것들이 함께 작용해서 호가스William Hagarth[37] 유형의 자연스러움을 나타낸다. 그 작품은 크고 작은 많은 극장에서 대단한 성공을 거두었다. 그러므로 5월 6일 독일 민중극장에서 공연되는 프라하의 초연을 긴장감을 갖고 기다려도 될 것이다.

1896
루트비히 야코보프스키, 〈안네-마리〉

*브레슬라우의 S. 쇼트랜더 출판사*는 첫 시리즈부터 뛰어난 가치를 지닌 출판물을 낸 바 있다. 이 출판사에서 출간된 문고《밖에서 그리고 집》은 최근 루트비히 *야코보프스키*가 쓴 베를린의 전원시 〈안네-마리〉를 통해 중요한 의미의 문예작품을 독자에게 제공했다. 급속도로 유명해진 작가의 이 가장 최근 작업의 토대가 되는 단순한 사랑 이야기는 소박하고 내밀한 자연스러움으로 서술된다. 줄거리의 중심에 있는 남자는 그 상황을, 그리고 그 상황에서 벗어난 다음에는 편지라는 테두리 안에서 스스로 이야기하는데, 이 마음의 고백의 기본 음조는 저 달콤하면서도 좌절하는 우울함이며, 이러한 기본 음조란 흥분의 순간들에 유익하고 예술적인 뉘앙스를 주는 우울함이다. 자연 그대로의 샬마이[38]의 노래에서처럼 낭랑한 사랑의 노래가 산문체임에도 불구하고 조용히 그리고 사랑스럽게 울려퍼진다. 〈안네-마리〉는 이 책이 나온 연도에 생긴 많은 훌륭한 것 중에서도 최고의 노벨레 중의 하나이다.

1896
카를 헹켈, 《해바라기》
⟨II⟩

꽃봉오리에게 다정한 여름바람처럼 《해바라기》(발행인은 유명한 스위스 시인인 카를 헹켈)는 모든 나라에서 성장에 대한 훌륭한 명성을 얻고 있다. 고상하게 구성된 10페니히짜리 잡지는 상당수의 부유층에 친숙해져 있다. 그들은 자기네 꽃의 마법을 불빛 없는 많은 가난한 집에 가져갔다. 그들은 꽃처럼 그렇게 부드럽고 겸손하다. 그리고 두꺼운 시집 앞에서 경건한 두려움으로 기겁하는 상당수는, 섬세한 시인이 품위 있는 감각과 육감적인 취향으로 편성할 줄 알았던, 정선된 시에 감동한다. 흩어진 조각들 역시 다른 사람들이 더 많이 즐기도록 그들을 자극한다. 그리고 이 때문에——발행인들 중 어느 누구도 모든 관계에서 좋아할 리는 없지만——값싼 사업을 원망하게 된다. 그 순서는 유익한 변화의 법칙에 의해 지배된다. 그래서 맑은 서정시인 페르디난트 폰 자아르 뒤에 화려한 색깔을 가진 혁명 트럼펫 연주자 페르디난트 프라일리그라트가, 그리고 불행한 몽상가 하인리히 로이트홀트에는 에밀 폰 쇠나이히-카롤라트 왕자의 훌륭한 풍속화가 이어진다. 마지막 권은 풍부한 감성과 형식을 일종의 나이브함으로 매료시키는 함부르크의 시인 구스타프 팔케에게 헌정되었다. 멋진 장식용 그림과 주요 그림 옆에 몇몇 대가들의 특징을 간단하게 서술한 것은 대단히 매력적이었는데, 이 대가들은 에나멜 칠을 한 작게 이상화시킨 축소화 같은 효과를 낸다. 헹켈 같은 시인만이 시인에 대해서 그렇게 품위 있게 판단할 수 있는 것이다. *슈투트가르트의 카를 말콤스*라는 출판사가 소유한 서점은 독일과 오스트리아에 대한 위탁 출판사를 갖고 있다. 모든 서점을 통해 구독하기를.

1896
헤르미네 폰 프로이셴[39]

〈벨라도나〉의 저자(노벨레테)

〈레기나의 삶〉(시)

《열정을 통해》(시)

……나는 언젠가 이런 이야기를 들었다. "헤르미네 폰 프로이셴은 무엇보다도 꽃을 그리는 화가다." 오늘 나는 이 발언에 공감한다. 다만 나는 일상적으로 사용하는 것과는 다르게 그 단어를 이해하고자 한다. 그림과 책에서 꽃은 아주 중요한 역할을 한다. 하지만 두 경우 모두에서 꽃들은 색깔을 즐기는 감각적인 분위기를 만들려고 존재하는 것이 아니다. 그들은 항상 중심에 놓인다. 헤르미네 폰 프로이셴은 그들에게 삶을 부여한다. 시인의 영혼이 갖는 그녀의 커다란 고통은 어두운 가슴속에 어떤 공간도 발견하지 못했고 좔좔 소리내며 산에서 흘러내리는 물처럼 우주 밖으로 나갔다. 그리고 수천 개 꽃들의 마음을 채웠다. 그리고 만약 시인이 슬퍼하면, 그녀의 영혼의 한 부분이 품고 있는 이 수천 개의 꽃들 모두가 크게 공명하기 시작했다…… 그리고 흐느낌이 세계를 지나갔다. 시클라멘, 하얀 카네이션과 붉은 양귀비, 자라란화와 백합, 과꽃과 아스포델렌……모두가 함께 그 변화무쌍한 합창곡을 노래했다.

예술가의 고통은 이 모든 꽃에게 영혼을 불러일으킬 만큼 충분히 컸다. 그녀는 투쟁했고 괴로워했다. 그녀에게, '우선 꿈이, 그런 뒤에는 운명이' 엄습했다.

　　'무도회처럼 나의 마음은 그렇게 미끄러졌다

　　지옥의 깊은 입구의 가장 높은 고도에서'

　그녀는 말했다. 그리고 나서 그녀의 가슴에 말하기를

　　'너는 병들고 완전히 지쳐서 바닥에 누웠다.

　　네 차신의 불 속에 스스로를 태우면서.'

　그러나 그녀에게서 다시 달콤하고 고요한 체념에 대한 불길이 타오른다.

　　'푸른 분꽃이 우리에게서는 결코 피지 않는다……'

　그리고

　　'……명성과 사랑은 다만 바다 위의 인광일 뿐이다'

　그녀가 묻기를

　　'하지만 커다란 마음은 고통을 어떻게 짊어지는가?'

　그리고 당당하고 용감한 투지가 그녀를 채운다

　　'……만약 모든 것이 행복을 깨트린다면,

　　나는 전진할 거다——영원에게 인사하며!'

　그리고 시인은 완성을 향해 전진한다. 그녀와 함께 《열정을 통해》를 산책한 자는 그녀의 영혼이 태양에 대해 갖는 동경을 인식했어야 한다.

　깊고 강한 감정은 이 시인으로 하여금 세계를 거대한 형식 속에서 보도록 한다. 그녀에게서는 언어가 약하다. 그녀가 말하기를 '커다란 고통'이 그녀에게는 그렇게 작아 보이고 그래서 '커다란, 바다처럼 커다란 고통'이라고 교정한 것이다. 그리고 사랑은 그녀에게 '커다란, 불가사의하게 큰 사랑'이다. 꽃들은 '무겁고 달콤하게 무겁다고……'라고 해도 되었다. 봄바람은 그녀에게 '파도처럼 시원하게' 불어오고, 그녀는 관목의 '제각각 하나의 얼굴을 숨기고 있는 아주 작은 꽃봉오리'에게 인사한다. 그녀는 바로 세계를 자신의 커다란 개성의 척도로 다르게 보고 있다. 그것은 물론 일상적인 것에는 적합하지 않다. 그녀는 그런 사람에게 격렬하게 소리쳤다:

'나는 관습을 그려야 할 텐데, 내가 관습을 서술해야 할 텐데……'

그러나 그녀는 자신의 자존심을 지키는 방식으로 그들에게 반항했다. 그녀는 어떤 순수한 초원의 꽃다발도 꺾지 않는다. 왜냐하면:

'일상적 도로의 경건한 꽃송이 모두
결코 예술가의 거친 골목에 피지 않는다
넓은 도로 옆에는 벨라도나만이 자란다……'

'빛나는 색의 대단히 우아한 독'이 그녀에게는 삶이고, 그녀는 '삶의 독이 있는 나무'의 '자주색 꽃'을 동경한다.

그녀의 가슴속에서는 끝없는 동경이 불타오른다. 사랑 속에서 그녀는 충만하기를 희망한다. 그리고 사랑이 나타난다. 그녀는 아이처럼 환호하며 사랑을 맞는다. 그리고 그녀는 여인과 예술가의 크기 전체를 사랑에게 희생으로 바친다. 하지만 그녀의 목표는 사랑의 저편에 놓여 있다……그리고 의혹의 시간에 연인을 비난한다:

'……단 한 번도 너의 사랑이
나를 구원하지는 못한다.'

그녀는 이 구원을 예술 속에서 얻으려고 분투한다. 왜냐하면 문학은 '그녀 존재의 영혼'이기 때문이다.

H. v. 프로이센에게서는 문예와 그림이 자매처럼 잘 화합한다.

그들은 정서라는 분야에서 일치한다. 정서는 무겁게 운율이 없는 박자의 흐름이 녹아 있는 금처럼 쏟아지면서 그의 훌륭한 시를 그려내고, 색채가 풍부한 알레고리로 캔버스에 시를 짓는다. 그녀의 마지막 책《열정을 통해》(드레스덴-라이프치히의 라이스너 출판사)에서는 현재 드레스덴에서 볼 수 있고 10월 3일부터 뮌헨의 예술협회에서 전시되는 그림들에 대한 텍스트를 발견할 수 있다. 이 그림들 앞에서 사람들이 묻는다. 그 시가 그림인가요, 아니면 그 그림이 시인가요?

〈미래의 현관〉의 65쪽을 스케치한《열정을 통해》의 165쪽에 있는 저 커다란 그림, 〈아스라엘〉의 형상은 정말 강렬하게 암시하는 효과가 있다. 이러한 창조의 위대함은 의심할 것도 없이 저 〈아스라엘〉, 빛나는 양귀비 들판 한복판에서 불안하게 양 날개를 포갠 채 하얀 대리석 벤치에 웅크리고 앉아 그 한쪽 눈을 '인광을 발하듯' 관찰자의 영혼에 멈추도록 한 죽음의 천사 형상이다……. 〈에포에바케〉는 장식용으로 의미가 있다. 정취에 흠뻑 젖은《미래의 현관》과 상당수의 조금 더 작은 풍경화. 〈삶의 스핑크스〉는 상당히 숙고한 후에 대가답게 그린 풍경화임에도 불구하고 마음을 진심으로 사로잡을 수는 없다. 또 H. v. 프로이센은 풍속화를 경계해야 한다. 그런 그림한테 그녀는 너무 위대하다.

어쨌든 여기에서 유명한 콘라트 텔만의 부인이 가진 훌륭한 예술가의 개성, 고귀하고 천재적인 여인이 우리한테 모습을 드러낸다. 그리고 만약 H. v. 프로이센이 많은 사람에게 아직 낯설다면, 그것은 그녀가 멀리 떨어져 있기 때문이다.

'……길들여진 인류의 인형극에게,

그 인류의 가슴은 연못,
　평평하고 좁은 물가가 있는 탁한 연못'
이다.

1896
보도 빌트베르크[40)]
(하리 루이스 폰 디킨슨)

나는 이렇게 연속적인 '발견'에 대해 어느 정도의 의혹을 갖고 있다. 도대체 누가 이 새로운 위대함을 발견하는 것인가?

문학사에 종사하는 높은 도수의 안경을 쓴 한 교수. 그는 자신의 학생을 위해서, 자신을 비난하지 않고, 하이네에서 그 발견을 중단하도록 한다. 그러나 그는 비밀리에 개인적인 즐거움을 위해서 이런 발견을 조각조각 붙이면서 학술적인 감격에 찬 얄팍한 소책자를 출판한다. 아니면 문학이라는 하늘에 모든 성운을 별로 소인을 찍는, 돈에 굶주린 출판업자, 만약 모든 성운이 그들의 주머니에 자신의 은을 흘러들게만 한다면.

그렇다. 그들 모두가 발견될 것이다. 은행가의 자제와 남작부인, 농부의 아내와 제본 기술자들.

그리고 게다가——생각건대——이런 발견들은 우리에게 전혀 필요하지 않다는 것이다. 우리에게는 고요한 광채로 스스로 더욱 더 밝아지는 별이 있고 우리는 먼 낯선 세계로 불안하게 손을 뻗치지 말고 그들에게 관심을 가졌어야 할 것이다.

원래 그들은 *결코 발견되지 않았다.*

그리고 그렇게 되는 것이 더 잘된 일이다. 내 생각에, 다른 별들은 신적인 자부심으로 그들 본연의 시적이고 비학술적인 이름을 갖는 반면, 새로 발견된 천체는 항상 발견자의 이름으로 불리기를 강요받기 때문이다.

시인 보도 빌트베르크의 별자리는 확실한 발견 날짜를 알 수 없는 이 별이다. 하리 루이스 폰 디킨슨(그가 산문에서 쓰는 이름이다)은 1866년에 전사한 영국 출신 오스트리아 영관급 장교의 아들로 렘베르크에서 태어났다. 그의 어머니는 200년 간 프라하에 거주한 헤네트 남작 가문 출신이다. 빌트베르크는 빈의 테레지아눔에서 수련했고 나중에 대학에서 수학한 후 얼마 전까지 테프리츠에 살았는데 이제는 드레스덴에 죽 거주하고 있다. 이런 별 의미 없는 전기적 자료보다 내가 더 중요하게 여기는 것은 빌트베르크의 인격 전체가 훌륭한 학교보다도 고결하고 품위 있는 그의 모친의 영향 아래 명석함과 성숙함을 갖추었다는 사실을 강조하는 것이다. 그리고 그는 그것을 느꼈다. 《지타》(서사 문학, 드레스덴과 라이프치히의 피어슨 출판사, 1891년)에 대한 서문에서 그가 말하기를:

'어머니, 당신은 정말 수천 번

고통과 위기에 처한 저를 위로했어요;

당신은 내게 구원을 마실 잔을 베풀었어요,

세상은 내게 그렇게 자주 독을 건넸는데도……'

이러한 상황은 빌트베르크라는 시인의 성격에 대해 아주 많은 것을 설명해줄 수 있다. 그 연약함과 몽상적인 것을. 그리고 내가 말한 것처럼, 거기에서 나는 이런 명칭들이 그의 방식을 채우지 못한다고 느낀다. 나는 분석적 방법을 취해야 한다.

천성적으로 공상을 즐기면서, 소년은 그것에서 자신이 그들과 같지 않다는 사실을 어렴풋이 느끼기 위해 일찍부터 자신과 같은 사람들 사이에 있었다. 이런 대조는 모종의 우울함을 젊은 영혼에 깔았다. 그러나 영혼은 더욱 강했다. 그렇기 때문에 슬픔에 찬 체념 곁에서, 비천하고 소심한 모든 것에 대해 분노하는 순수하게 독일적인 증오, 저 비열하고 외설적인 괴물에 대한 공포가 그 안에서 눈을 떴다. 그리고 젊은 시인은(그가 한 줄 쓰기도 전에 오래 전부터 빌트베르크에게는 그랬기 때문이다) 진심으로 증오를, 또 자신의 시대를 견뎌냈다. 그의 몽상가적 정서는 물질의 가차없는 고통을, 또 조야하고 으스러뜨리는 격렬한 삶을 경악하면서 인식했다. 그러나 이러한 중압감이 그를 거의 파괴하려고 했던 그때, 야성적 힘의 야만적 활동 너머로, 더 이상 개개인의 투쟁과 파멸이 아니라 전체의 노력과 분투에서 장엄한 질서만이 보이는 고요한 관조의 저 높이로 그를 고양시킨 어머니의 축복된 영향이 있었다.

그리고 그렇게 빌트베르크 고유의 방식이 만들어졌다. 그는 낭만주의자다. 하지만 그는 꿈나라의 대리석으로 된 물질의 생생한 변화 곁에서 바다가 철썩거리며 소리내는 성을——그 어둠침침한 홀 안에는 정체 모르는 형상들이 거닐고 있는데——세우는 저 사람들 중의 어느 누구도 아니다. 그는 대단히 현세적이고 대단히 견고한 초석을 자신의 작품에 사용한다. 그러나 그들은 어느 정도 거리를 두고 관찰되기를 원한다. 그 위로는 약간 푸른 색의 향기가 덮여 있고 다만 지붕만 고산의 대기에 은빛처럼 맑게 치솟아 있을 뿐이다. 멀리 떨어져 있는 관찰자에게 항상 모든 것이 현세의 객관성 속에서 보이지만은 않기 때문에 홀에서 친밀하고 비밀스런 신비주의를 추측하게 된다. 그것은 그를 저편으로 끌어당긴다. 그리고 거기 다리 하나가 그 넓은 공간 위에 아치형으로 걸려 있다. 즉 정취가.

빌트베르크의 가장 최근에 나온 책《고산대기》(드레스덴과 라이프치히의 피어슨 출판사, 1896년)는 내가 여기 묘사한 것과 같이 *그렇게* 그의 개성을 가장 분명하게 나타낸다. 정취의 다리를 시인과 함께 건너려는 자만이 뭐라 형용할 수 없는 귀중한 마법이 놓여 있는 이런 알프스 풍경의 구체적 사실의 매력에 사로잡힌다. 그는, 살과 피로 된 이 사람들이 눈치채지 않게 엄습하는 어떤 알려지지 않은 힘의 숨겨진 전율을 공감하고 있다.

때때로 색채와 형식이 다양한 이 알프스 풍경은 그 안의 두껍게 칠한 인간과 함께 토마Hans Thoma[41] 식의 그림 같은 효과를 낸다. 거기에도 역시 형상 위에 회화적이고 낯설고 위대한 것이 아닌 무엇인가가 들어 있다. *밝고 어두운 노래들*이란 제목하에 그 다음으로 시집《빌트베르크들》이 출간된다. 이것에 대해서 아무 얘기도 하지 않겠다. 시 한 편만 여기 싣는다:

변화
멀고 먼 어둠의 고도에서
과거의 성이 잠들어 있다.
그의 홀에 부는 곰팡내나는 바람
언제라도 피하고 싶구나

축복받은 팔로 쪽, 아 쪽
사랑은 나를 휘감았고 –
그리고 나는 태양처럼 따스한
동화 속 도시의 금빛 둥근 지붕을 보는구나……

1896
마르틴 뵐리츠[42], 《꿈과 인생에서》

거기에는 〈입구에서〉란 시가 있다. 이 소네트는 뵐리츠식 책의 특징을 아주 명백히 드러낸다. 도보 여행을 떠난 대학생의 쾌활한 가수로서의 강한 천성과 참신한 자연스러움. 복된 감각적인 관조 속에 시인은 세상과 사랑을 지켜본다. 그리고 무의식 속에 꿈꾸듯 그는 자신의 악기, 스스로 말하듯이 '궁중의 노래에 어울리지 않는' 악기의 현을 열정적으로 켠다. 그러나 그 속의——내게도 있는—— 많은 노래는 시장과 대중에게서처럼 궁중과 홀에도 어울린다. 이런 종류는 무엇보다도 정취가 풍부하게 묘사된 그림들, 보아하니 일상적인 일들의 토양에서 싹터서 철두철미하게 시적인 사건으로 고양되고 변용된 그림들이다. 거기에 그 황홀한 시 〈봄의 얼굴〉이 있다. 정말 생기 있고 정말 상쾌하며 절제된 색감이다! 마치 루트비히 폰 호프만의 그림처럼. 그 익살스러운 활기에 넘치는 〈추수감사절〉. 그 그림에 담긴, 그리고 그와 비슷한 것에 담긴 여름의 무더위, 태양이 작열하고 향기가 짙은 성숙. 감각과 박자에 뛰어난 것은. 〈여름〉(18쪽). 시인은 가을에도——자연과 사랑 속에——멋지고 독특한 색깔을 부여할 줄 알고 있다(〈가을산책〉 29쪽, 〈에미〉 22쪽). 내 생각에는 〈에미〉는 현대시가 정취를 통해 이룩했던 최고 작품에 속한다. 이 점이 마르틴 뵐리츠의 위대한 강점이다. 그는 성공적으로 비애에 차서 마무리를 했고 게다가 여기 훌륭한 감정에 언어와 박자와 운율의 절대적 통제가 첨가된다. 뷜리츠의 책은 99쪽에 이른다. 이 책자에 빈약한 것들은 적은데——안 좋은 것은 없고——그 대신, 반복해서 말하지만, 가장 탁월한 것으로 여겨지는 것들 몇 개가 있다. 그리고 이제 내가 나의 시인을 구금해야 할까? 그리고 서랍에 넣어놓고 레테르를 부칠까? 그는 결코 들어가지 않는다. 나는 가능한 한 우선 구스타프 팔케Gustav Falke[43]와 그를 나란히 세워두고 싶다. 모방자가 아니라 친척으로. 상상력이란 아내를 통해 맺어진 인척 관계이기 마련이다. 물론 팔케의 상상력은 샌들을 신고 있다. 하지만 시인 뷜리츠의 상상력은 '먼지에 익숙한 구두'를 신고 축복받은 골짜기를 지나간다……

1897
데트레프 폰 릴리엔크론[44], 《포그프레트》

그것은 경이로운 책이다. 너는 절대 그 책 자체를 위해서가 아니라, 잠자러 가기 전 저녁에 지치고 언짢아하며, 낮에서 꿈으로 가는 과도기를 좀더 쉽게 찾기 위해서 한 순간 그 책을 손에 잡을 것이다. 그러면, 그 책은 달콤한 복수로 너를 움켜잡을 것이다. 그리고 한기가 느껴지는 방과 다 타버린 초와 밝아오는 아침이 휴식이 시급하다고 경고할 때에야 너는 달아오른 뺨과 깨어난 말똥말똥한 눈으로 정말 마지못해서 그 책을 덮을 것이다. 그렇다, 그 책은 잠들기 위한 책은 아니다. 모든 것이 네 속에서 깨어난다. 이 글줄에 눌린 커다란 거인 같은 힘이 거기에서 솟아나오고 그의 작은 성 '포그프레트'(독일어로 개구리의 평화)로 홀슈타인의 남작시인을 방문하는 추억과 꿈의 수천 개 형상에 혼을 불어넣는다. 허깨비처럼 창백하고 실체 없는 그림은 어떤 것도 네 곁을 행진해 지나가지 않는다. 너는 영혼의 산책을 계속한다. 왜냐하면 함께 겪고, 함께 두려워하고, 함께 환호하면서, 모든 경험을 통해 명령하는 시인에게 너의 정신이 복종하기 때문이다. 너는 그 시인과 함께 홀슈타인의 고향 냄새 나는 들판, 상업화를 즐기는 함부르크, 인파로 북적거리고 휘황찬란한 파리를 통과해 산책한다──축복으로 울려퍼지는 수천 개 기적의 나라를 통과하며. 작은 사랑의 신들이 낄낄대고 농담하면서 8행시의 풍만함에서 훨훨 날아다니고 거기에서 다시 영광을 의미하는 오타베 운율의 전쟁 팡파르가 크게 울린다. 그리고 한 전투의 그림이 피처럼 붉은 현란함 속에 펼쳐진다. 1870년에 그도 그것을 체험했었고 데트레프 릴리엔크론 남작 소위가 연대의 역사에 명예롭게 포함되어 있다. 그리고 포젠식 연대의 작은 기념 책자에서와 마찬가지로 남작이나 중대장이 아니라 위대한 인간과 위대한 시인이 인정받는 또 다른 위대한 역사에도 릴리엔크론이라는 이름은 명예롭게 들어 있다. 그리고 바로 '포그프레트'는 이 두 가지 성격을 탁월하게 증명하고 있다. 릴리엔크론식 마음의 현이 모두 울리고 그것은 화음이 된다. 그렇게 맑고 그렇게 풍요롭고 그렇게 화해하듯이. 마지막 곡은, 밝고 햇빛 빛나는, 종이 울리는 정취 속의 세계적 축제일처럼 혼란한 12개 선율의 다채로움을 단순하고 위대하게 뒤따른다.

> 그리고 나의 영혼은 그렇게 맑고 선하다,
> 내가 그 위에 서 있는 풀처럼 순박한데;
> 마음의 물결은 고요히 출렁이고,
> 그 많은 비탄과 고통은 가라앉는다.
> 나는 그렇게 기쁘고, 이렇게 이상하리 만큼 기분이 좋은데,
> 마치 천국의 무엇인가가 내게 일어난 것처럼⋯⋯

그러고 나서

> 질투, 복수, 사악함은 순결 속에 정화된다.
> 인간들을, 그들이 독과 창을 어떻게 떨어뜨리든지,
> 나는 용서하고, 비열함을 잊으리라.

이것이 위대하지 않단 말인가? 하지만 그에게, 이 위대한 영혼의

귀족에게, 이제 작은 근심과 고통 모두를 소유한 장식 없는 삶이 몰래 다가온다. 그리고 전 독일에서 수천 명의 사람들이 시인 한 명을 다시 소유했고, 그리고 불길이 타오르는 시들을 그 기쁜 마음에서 마신다는 감격스러운 느낌으로 봉기하는 동안, 위기는 쉰 살 남자의 여전히 청년같이 힘센 손으로부터 연필을 잡는다. 거기에서 독일 사람은 아무도 방관해서는 안 된다. 이러한 확신으로 나는 독일의 예술애호가협회에 문의했는데, 그들의 친절한 호응 덕분에 나는 이번 달 13일 수요일 저녁 8시 반에 릴리엔크론 강연회를 개최할 수 있게 되었다. 훌륭한 목적 그 자체가 알려져야 할 텐데.

1897
빌헬름 폰 숄츠[45], 《봄의 여행》

그 우두머리격이라고 할 수 있는 고트세트Johann Christoph Gottsched[46]의 예술과 메시아를 열광하며 노래부른 자[47]의 예술, 펠릭스 다안Felix Dahn[48]과 율리우스 볼프Julius Wolff[49]식의 예술에서는, 그들의 정신없는 모방자와 흉내쟁이, 자신들의 이상형에게서 어떻게 그리고 무엇을 보아야 하는지를 맹종하며 배우고 있는 모방자를 발견할 수 있다. 새로운 예술, 데트레프 폰 릴리엔크론이나 그와 같은 류의 사람들의 예술은 기껏해야 동등한 정신의 이해심을 가진 사람들을 교육할 수 있다. 왜냐하면 그들은, 이런 저런 소재가 어울린다거나 이러저러하게 다루어진다고 가르치지 않고, 고정 불변한 세상의 지혜를 설교하기 때문이다. 보라, 즐겨라, 사랑하라! 사실 맑은 예술가의 시선은 관조하는 것에, 창조하는 관조에 속한다. 젊고 대담한 힘은 즐기는 것에, 아주 밝게 울리는 가슴과 화해된 미소짓는 모든 것 너머에 서 있는 것은 사랑하는 것에 속한다. 그것을 소유한 자는 스스로 성직의 영광을 차지한 능력 있는 사람이다. 빌헬름 폰 숄츠는 이 세 겹으로 된 재능이 일치된 사람이다. 그것은 그의 훌륭한 노래책과 사랑의 책 《봄의 여행》 속에서 판명된다. 특유의 관조와 특유의 즐김, 특유의 정열적인 사랑. 그리고 이러한 합금으로 노래의 주화를 찍는다. 다음에는 청동으로 육중하게, 이번에는 감미로운 금빛 태양의 광채로. 그 젊은 시인은 짧고 무게 있는 정취 어린 그림의 대가이다. 그런 예가 있다.

> 다른 모든 날보다도. 더욱 밝아지고 싶은
> 어떤 날이 왔는데, 청소년의 아름다움으로
> 그는 그의 정점으로 솟아올랐다.
> 땅 주위로는 빛이 넘쳐흘렀다.
> 그리고 눈에 보이지 않는 땋은 머리를 당겼고
> ──그 모든 찬란함 속에서조차 보이지 않는──
> 그 뒤로 그 어떤 밤이 왔는데,
> 모든 다른 밤보다 그 밤은 더 어두웠다.

발라드풍에서조차도 이와 같은 무거운 정취가 나타난다. 그리고 나서 그 정취는 자주 천상의 분위기를 자아내는 환호 속에 녹아버린다. 그것은 미소지으며 극복하는 힘의 환호이고, 승리하며 용서하는 사랑의 환호이다.

이 사랑은 그 《봄의 여행》 전체에 뜨겁고 순결한 덩굴을 붉은 피가 흐르는 것처럼 휘감는다. 그 덩굴은 시인이 탁월한 형식적 노련함을 드러내는 그 불분명한 의미의 동화인 〈소원들〉 역시 둘러싸고 있다. 소재와 형식은 이 작품들 속에서 내밀하게 결혼했다. 모든 혼돈과 의혹을 통과해서 소박하고 높은 〈그는 신이 되었다〉까지의 상승. 이것은 어떤 종류의 것인가. 이 시는 소재에서 다음에 출간된 섬세한 감각의 노벨레적 산문 〈숲의 호수〉와 통한다. 시인은, 자신의 비범한 《봄의 여행》에 실은 시에서처럼 노벨레 영역과 드라마의 영역에서 똑같이 탁월하게 자신을 소개하게 될 것이다.

1897
〈뮌헨에서 띄우는 예술 편지〉[50]
〈미완성 편〉

....

익숙해 있습니다. 그[51]가 해당 인물의 성격을 강조하기 위해서
그에게 쓸모없는 것처럼 보이는 특성 전부를 얼마나 쉽게 거부했든
간에, 여기에서는 그가 전시회 회장으로서 아주 확실하며 의도된
얼굴을 그 공간에 부여하고 있고, 그리고 목적했던 전체 효과를 추
구하다보니 귀중한 세세함들을 많이 억제시키거나 그들이 적합한
자리를 차지하지 못하게 함으로써 약화시켰습니다. 예술작품은 개
성이 강하면 강할수록, 다시 말해서 같은 홀 안에 아주 다른 거장을
있을 법한 동격으로 갖다놓으면 놓을수록, 이런 류의 대규모 전시
회를 개최하기가 더욱 어려워지게 되고 결국은 아예 실행이 불가능
하다고까지 보이게 될 것입니다. 왜냐하면 시간이 지남에 따라 분
별력 있는 관객은, 중요한 그림의 효과를 그 옆에 걸린 대체로 소중
한 그림들 열 장 또는 스무 장 때문에 감소시키는 것이 부당하다는
사실을 깨닫게 되기 때문입니다. 그리고 그 예술작품은 단지 일반
적 거처와 비교할 수 있을 뿐인 이러한 공적인 망명처에서 실제로
고향의 특유함을 느껴도 되는 좀더 작은 모임으로 이주하게 될 것
입니다. 예술작품 스스로 그런 은밀한 정착지를 열망한다는 사실과
예술작품이, 개개인에게 또 그의 이해와 그의 사랑에 다가가려고

수백 가지 길을 찾는다는 사실이 이에 대한 증거입니다. 예술작품은 자기를 추종하는 사람의 그릇된 자부심을 자제했고, 실현된 것 자체로 남아 있기를 거부하지 않으면서, 어떤 식으로든 삶의 많은 목적에——예술작품이 기분에 전적으로 종속되지 않고, 자신이 갖고 있는 부의 수단을 통해 객관적인 유용함을 값지게 하는 동시에 덜어주면서——유익하고자 합니다. 이러한 노력은 공예의 부흥으로, 더 나아가서 새로운 양식의 창시로 우리들에게 나타납니다. 우리가 스타일이라 부르는 양식을 상세하게 정의를 내리고자 한다면, 우리는 그것을 모든 일상적 욕구 속에서 동시대적 미의 개념을 의식적으로 그리고 무의식적으로 평가하는 것으로 인식합니다. 그러니까 우리는 양식이란, 이 미의 개념이 많은 이의 생생한 소유물이 되는 곳, 그래서 소수의 선택된 자들의 독단으로써가 아니라 감정 속에 펼쳐져 있는 믿음으로써 대중을 지배하는 곳, 그곳에서만 발전할 수 있다는 사실로 이해하고 있습니다. 하지만 이런 것은 예술로 개개인을 교육시키는 시대에는 일어나지 않습니다. 오히려 예술작품 자체가 자신의 모든 수단으로 개인에게 교육적인 영향을 미치는 시대, 그리고 그렇기 때문에 애초부터 삶과 구별되거나 낯선 어떤 것으로가 아니라 자연적인 고양과 그것의 평가로 느껴지는 시대에서만 일어나게 됩니다. 그러니까 마치 사람들이 크고 높은 교회로부터 신을 친밀한 거실로 옮겨놓듯이, 예술작품은 이렇게 의도적이고 있는 그대로 효과를 내는 전시회와 진열창으로부터 우리들의 가깝고 친숙한 주위 환경으로 옮겨져야 합니다. 신이 두렵고 신비로워야 하는 것은 아닐 겁니다. 그는 부드럽고 자비로워져야 할 겁니다. 예술작품은 우리들의 사소한 경험과 희망들에도 동참해야 하고 우리들의 기쁨과 축제에서 멀리 떨어져 있으면 안 됩니다. 하지만 그 모든 것은 예술작품이, 우리가 그를 우리 집에서 손님으로 느끼지 않고 그에게 아주 진심으로 열려 있도록, 자신의 모습으로 우리에게 정말 친숙해져야 가능합니다. 우리가 과거 어느 시대를 경험한 것처럼 느끼는 미적 감각 속으로 거실을 더 이상 꾸미지 않는 그런 때가 오게 되면 공예의 부흥은 즉시 우리에게 굉장히 중요해집니다.

영국 사람과 일본 사람은 우리에게 '선(線)'의 가치를 또다시 높이 평가할 것을 일깨워줬습니다. 그리고 이런 지식을 응용하는 일은 우리 가구의 형식과 소재의 도안을 결정할 것입니다. '선'을 되찾았다 함은 그래픽 예술들 전부를 장려한다는 사실, 그리고 책의 그림과 장식과 포스터 그림을 그리는 데 이들을 이용하는 일은 예술작품에게 대중의 이해를 위한 하나의 새롭고 넓은 길을 안내했다는 사실도 역시 이 결과입니다.

움직임과 줄거리를 전달하는 요소로, 선을 과소평가하거나 선을 오해하는 것(코르넬리우스에서처럼)은 그림을 종속된 어떤 것, 잘해야 미술을 준비하는 어떤 것으로 그리고 순전히 재생산하는 방법으로써 그와 근접한 예술의 분과로——동판화(에칭)와 석판화(스케치)——간주하는 결과를 갖게 됐습니다. 라이프치히의 거장 막스 클링어Max Clinger는 '손가락 예술'(클링어는 이 총체적 호칭으로 소묘, 동판화, 철판화, 석판화, 목각화를 가리킵니다)이 정당한 특별한 자리를 그들 자신이 탈환하는 데 이론적으로나 실제적인 공로를 남겼습니다. 그의 탁월한 글[52]은 일반적으로 이해되는 방식으로 그 '손가락 예술'과 다른 예술과의 관계를 설명했습니다. 그리고 그에 중요하고, 우리 시대의 요구에 걸맞는 자리를, 클링어 자신의 걸작품에서만 증명될 뿐만 아니라 그의 글에 열거한 논증들이 내용 없는 이론들이 아니라 오랜 세월 시도한 경험에서 나온 사실이라는 것을 통해 확고해진 자리를 지정해줍니다. 그래서 클링어는 진정한 소묘의 의미와 종류를 그런 것으로 제한하려고, 종이 세 장을, 화가이자 만화가 케이톤 우드빌Caton Woodville, 라파엘 Raffael과 뒤러의 소묘를 나란히 세웠고 전자인 두 사람에게는 소묘라는 개념이 상응하지 않는다고 설명합니다. 왜냐하면 전자에게는 자연의 색채 효능을 검정색과 흰색의 뉘앙스 차이로 번역하는 일, 그러니까 검정색과 흰색으로 그리는 일이 문제가 되기 때문이었습니다. 반면 그 우르빈 출신 사람은 표현의 완성에도 불구하고 자기의 소묘를 자기 예술의 마지막 목표로 간주하지 않고 자신의 이념의 완전한 실현을 항상 우선적으로 색채에서 찾았습니다. 뒤러의 종이만이 소묘이며 또 그 자체로 완벽한 것으로 생각되었던 것입니다. 그것은 모든 다른 수단을 검정색과 흰색으로 부정하고 이를 통해 자연의 색채 효능을 번역하지 않고 그의 정취미를 재현하는 것을 시도하면서. 그림이 자신의 재료수단의 풍요한 뉘앙스의 차이를 통해 품위 있어지고 형식과 색채에서 확실한 결정을 요구하는 동안, 그와는 달리 소묘는 좀더 많은 자유를 허락합니다. 그림은 자신의 다채롭고 넓은 조형 속에서 조용히 작용해야 하고 그래서 추함이나 경악스러움을 묘사하는 것을 처음부터 배제합니다. 모든 선마다 움직임을 소유하는 소묘는 더욱 단기적으로 나타나고 이로써 고양된 감정이 왜곡된 것까지도 표현할 능력을 갖습니다. 소묘는 이야기를 할 수 있습니다. 소묘는 조그마한 암시로 관찰자의 상상력을 요구하고, 형상들을 불확실한 공간으로 옮겨놓는 것은 상상력의 자유라는 사실을 통해, 굉장히 흥미 있고 고무적인 것이 될 수 있습니다. 자신의 재료, 그것이 연필이나 조각칼이거나, 또는 종이거나 동판이거나, 재료의 특성을 적절한 사랑과 깊은 이해력으로 받아들이는 예술가는 감정과 사고를, 이들이 엄청나게 공상적인 것으로 자라나는 그곳에서조차 그 재료의 도움으로 묘사할 수 있습니다. 그뿐만 아니라 이런 묘사들에게 자신의 아주 고유한 개인적 색깔을 부여하고 자신의 감정을 마치 어떤 지나가는 정취인 것처럼 깊은 자연적 본질로 그리는 것 역시 이루어집니다. 그는 그려진 것을 비판하면서 그것을 극복할 수 있기까지 한데, 그는 자신의 반어법적이고 풍자적인 욕구들을 가벼움과 감각으로 만족시킬 수 있습니다. 짧게 말하면 어떤 방식으로든지 자신의 주관성을 정당하게 평가할 수 있습니다.

이렇게 해서 내가 처음에 말했던, 고독으로부터 귀환하는 좀더 깊이 있는 저 사람은 자주, 무엇보다도 가능한 많이 그리고 자신의 고유함을 주는 저 표현수단을 선택한다는 사실은 설명됩니다. 그들은 부유해졌습니다. 그리고 베풀면서 행복을 느낍니다. 막스 클링어는 자신의 동판 부식에서, 소박하고 성실한 한스 토마Hans Thoma가 자신의 소묘집에서 보여준 것과 같은 개인적 귀중함을 정말 많이 보여주고 있습니다. 그가 저녁을 시로 짓습니다. 한 노부인이 합각머리 벽에 낸 창에 앉아 있습니다. 그녀는 일거리를 떨어뜨리고 광활하게 펼쳐져 있는 맑은 풍경에 대한 깊은 경건함 속에서 꿈을 꾸고 있습니다. 풍족하고 소망이 없는 고요함을 소유한 그 단순한 모티브는 마치 추억과 같고, 그래서 사람들은 어린아이로서 언젠가 한번 꿈꾸는 노부인 옆 창가에 서 있었음이 틀림없다고 믿게 됩니다. 그 창가에서는 작은 집 정원 너머 멀리 있는 산의 고요한 선이 보이지요. 또는 그가 고독을 시로 짓습니다. 자신이 갖는 두려움에 찬 고독의 감정 속에서 전혀 눈길을 돌리지 않는 바위 덩어리 위의 벌거벗은 남자는 고독의 가장 감동적인 체현입니다. 그의 소묘 중 많은 것들은 민요처럼 정말 깊이 있고 감동적입니다.

그래픽 예술은 다시 열성적으로 양성되고, 화가와 시인은 그들 둘 다 수단을 갖고 그들 시간의 동경을 그들 개성에게 준다는 사실 속에 자주 가까워진다는 상황은, 그 요구가 함께 작용하고 그때 거기서 깨어나 우리의 현대 잡지 본질과 책 장정의 변형을 이끌어내는 결과를 가져옵니다. 현대적 손가락 예술이 현대 서적들 곁에 동등한 자리를 부여받기를 원하는 것은 무엇보다 두 개의 잡지입니다──만약 그 두 잡지가 삽화로 등장하는 것이 아니라 독립적으로 등장하는 그때에는 말입니다. 《청춘Jugend》[53]과 《심플리치스무스Simplicissimus》[54]라는 잡지들은, 둘 다 뮌헨에서 발간되었는데, 이 잡지들은 일련의 예술가들에게 그들의 작업에 맞는 유리한 자리를 마련해주고 유포를 할 수 있게 조치를 취한다. 또 예술가들에게 그들의 문학 속에서 원래 의미의 텍스트 예술에 꽃무늬 장식과 장식용 테두리를 시도하도록 활성화시키고 또 기회를 제공하는 식으로 장려하고 있습니다. 이 분야에서 중요한 발전은 언급한 잡지의 범주 외에 거의 모든 작품에 고유한 예술적 겉장을 부여함으로써 특히 눈에 띄게 하고 있는 현대 출판사의 신간들에서도 나타납니다. 정련된 섬세함과 장식에 신경을 많이 쓴 미적 감각은 그런 것으로서의 책에 좀더 높은 어떤 가치를 부여해주었고 여러 측면으로 도서관을 풍요롭게 해주었습니다. 대체로 예술적인 종류의 이름, 문장 그리고 소유자의 지위를 지닌, 그리고 모든 손실이나 절도에 무력하게 방치된 오래된 도서관 표(장서표) 역시 결과적으로 다시 살아났습니다. 다음번에는 작은 예술의 아주 특별난 그리고 흥미 있는 부문인 책과 잡지의 본질에 관해 이야기하고자 합니다. 나는 이런 저런 현대적 삶에 대해서도 이야기할 기회를 갖게 될 것입니다. 왜냐하면 이런 방식으로 예술은 삶을, 우연과 일상성이 예술을 기쁨과 축제로 만들 수 있는 그런 삶을, 다시 찾게 될 것이기 때문입니다.

1897
뮌헨에서 띄우는 또 한 장의 편지

요한네스 글란벨Johannes Glanwell은 당신에게 유리궁전에 대해서 이야기를 많이 했겠지요. 그리고 뮌헨의 그림에 관한 모든 것에 대해 탁월한 강의를 하곤 했을 겁니다. 그는 내가 그럴 거라고 알고 있고 그 일을 자주 기뻐했습니다. 우리는 뮌헨에 있는 많은 그림 외에도 몇 사람을 역시 알고 있지만 그들에 대해서 한 번쯤 이야기하는 일이 아마도 아주 무의미하지는 않을 겁니다. 그들 가운데에는 상당수의 분리파 예술작품보다 더 많은 독창성을 갖고 있는 사람들이 있고 토롭Jan Toorop이나 다른 누구보다 더욱 분리파적인 사람들도 역시 상당수 있습니다.

만약 뮌헨의 기후가 그림의 포장에 유익하다면, 그 기후는 예술가에게 정말 훨씬 더 유익합니다. 사람들이 코감기에 걸리지 않고 겨울을 다시 보낼 수 있다는 그런 뜻이 아니라, 눈으로 더 이상 볼 수 없을 정도로 그렇게 오래 감기 걸리지 않는 한, 자연 속의 정취를, 베네치아의 르네상스 전성기의 빛나는 풍경화에서 보이는 장려함과 모험심을 훨씬 더 능가하는 조명효과와 구름의 형상들을 본다는 것입니다. 모든 차원을 훨씬 더 크게 보이게끔 하는 넓고 절망스러울 정도로 긴 거리, 고목들이 서 있는 광장과 다 낡아빠진 마차들이, 공중에서 내려다보이는 시점으로 잡히는 창백한 잔디밭과

하얀 자갈길이 있는 영국식 정원보다, 번쩍이는 시냇물을 한 번은 이쪽으로 한 번은 저쪽으로 인도하고 놓칠 것 하나 없는 그 영국식 정원보다 덜 유익하다고 볼 수는 없습니다. 공원은 몇 시간 동안 슐라이스하임까지 뻗어 있고 거기에서 사람들이 저녁을 기대한다는 사실은 흔히 일어날 수 있는 일입니다. 그러면 모노프테로스라 불리는 작은 기둥사원은, 그림자 윤곽으로 안개 낀 대기의 탁한 색조와 뚜렷이 대조를 이룹니다. 그리고 잔디밭 너머 멀리 어둡고 어스름한 빛 속에 도시가 있습니다. 또 저녁의 금빛 바탕 앞에 그 도시의 상징인 프라우엔 교회의 탑들이 높이 솟아 있습니다. 사람들은 새로운 스타일의 장식을 이해할 수 있다는 느낌을 갖고 있습니다. 그 장식의 발상지가 뮌헨이고 그것을 오토 에크만Otto Eckmann과 헤르만 오브리스트Hermann Obrist, 아우구스트 엔델August Endell 등이 대표하는 한, 사람들이 이러한 분위기가 다른 한편으로는 인간에게 그리고 특히 창작하는 사람들에게 미치는 영향을 알게 된다면, 가벼우면서 해방시키는 무엇이 붓과 펜에 엄습하고, 외광 기법에 의한 그림이 사색과 희망들 전체에 달라붙게 될 것입니다. 민중의 지속적인 축제와 이 축제의 기쁨에 모두 참여하는 가운데 표현되는 것. 금빛 가을은 10월 축제의 잔디밭에 법석대는 날들을 가져오고, 그 다채로운 가설 상가는 다 큰 아이들을 가장 즐겁게 하기 마련인데, 커다란 '둘트 대목장'(흥미 있는 고물들을 적지 않게 구입할 수 있는 일종의 벼룩시장)이 곧장 이어지고, 또 이 벼룩시장은 사육제까지는 모든 사람을 긴장시키는 크리스마스가 불러오는 혼란에 우선 자리를 내줍니다. 그리고 나서 빠른 순서로 다양한 술집들이 문을 열고 '잘바토르 흑맥주' 축제가 뒤따릅니다. 그리고 이 모든 것 일체를 포옹하는 계기들 사이에 좀더 격렬하게 또는 덜 격렬하게 특정한 모임과 연결되는 더 작은 축제 행사가 흩어져 있습니다.

그리고 여기엔 모임이 대단히 많이 있습니다. 그들은 때로는 서로 어울려 하나가 되고 때로는 서로에게서 어떤 말도 듣기 싫어합니다. 하여간 그들은 철저히 뒤죽박죽 흔들립니다. 그리고 어떤 아르키메데스도 흔들어대는 세력들에게 '*방해하지 마시오*'라고 소리치지 않습니다. '문학'도 역시──천만다행으로──여기에서는 서로 어울리지 않습니다. 파벌조차 한번 유행된 적이 없습니다. 어디에서 모범을 삼지도 않고, 그렇다고 학파를 만들지도 않으면서 대부분은 자신을 스스로 만듭니다. 저 사교 모임에도 불구하고 진정으로 고독한 사람의 도시로 남아 있는 사실이, 그렇기 때문에 내가 오늘 계급제도와 동아리에 대해서가 아니라 인간에 대해서 이야기하는 것이 실제로 가능한데, 그렇게 창작하는 많은 사람들을 뮌헨으로 유혹하는 것입니다. 이런 이유들로 빈에서는 번창하는 커피하우스의 작가 모임이 여기에서는 이런 이유들로 그다지 호응을 얻지 못하고 있고, 사람들이 문학을 '파괴하기' 위해서는 '그린슈타이들 카페'[55] *하나*보다 더 많이 허물었어야 할 것입니다.

원래 은밀한 예술가의 뮌헨을 사람들은 소위 '차'에서 알게 됩니다. 그리고 나는 자신의 풍요로운 경험으로부터 몇 가지 전형들을 구상하고자 시도하려고 합니다. 우선은 거기에 포르게스 단장(프라하 출신의 가족)의 음악의 밤이 있습니다. 대형 공간에 100여 명이 넘는 사람들이 구속받지 않고 함께 모여 있습니다. 그들은 부분적으로는 끊임없이 흥미 있고 귀중한 음악 공연에 대한 진정한 흥미에서, 스스로 '표현하는' 욕구를 갖는 *이런 사람*들, 이른바 '예술가의 방'에 호기심 있는 시선을 던지기 위해서, 그 안에 있는 '누군가를' 항상 보아야 하는 *저런 사람*들입니다. 단장 포르게스가 자신의 의미 있는 장발의 예술가 머리를 어떤 음악의 박자가 그를 위해 인사를 할 때까지, 어떤 난로 뒤에 숨겼다가 비로소 등장하는 동안에 상냥한 부인과 딸(여류 시인인 에른스트 로스메어의 자매)은 무한한 순수함과 지칠 줄 모르는 미소로 모든 손님을 환영합니다.

이런 모임에서 오로지 '음악적'이지만은 않은 그런 사람들은 베른슈타인-로스머의 일요일 리셉션에 다시 나타나 사실주의적 연극들로 유명해진 그 창백한 금발의 부인이 얼마나 부드럽고 여성적인지에 대해 매번 새롭게 놀랄 기회를 갖습니다. 그녀가 주부로서 얼마나 자긍심을 갖고, 작은 에바의 어머니로서 얼마나 사랑에 넘칠 수 있는지요. 그리고 그녀는 창턱의 작은 재봉틀 탁자에서 작품들을 쓴다고 얼마나 스스럼없이 털어놓는지요. 그녀는 스스로 고요하고 부드러운 천성을 갖고 있으며 대단히 전성기를 맞고 있는 '여성 해방 활동'과는 거리가 아주 멉니다. 그녀는 이곳의 '여성협회'가 거듭해서 남성들의 추방을 도모한다는 사실을 거의 알지 못하고, 부지런하고 조용한 나날을 슈바빙에서 보내는 사랑스러운 가브리엘레 로이터와 그 안에서 교제하고 있습니다. 내가 다음에 한번 철저하게 특징지우려는 '여성협회'의 활동에 대해서 사람들은 에른스트 폰 볼초겐 남작의, 그 남작의 부인이 시작부터 강력한 운동의 우두머리에 서 있는데요, 집에서 훨씬 더 많이 감지할 것입니다. 그는 스스로 슈바빙에 있는 새로 구입한 작은 소유지에서 다양한 작가들과 자신의 울타리의 도색과 자신의 정원을 돌보는 일을 진척시키고 있습니다. 그의 마지막 작품 〈운얌베베〉는 두꺼운 색칠과 위대한 생동감을 가진 탁월한 희극입니다. 볼초겐은 낭독자로서도 역시 예술가임에 틀림없습니다. 그리고 그가 스스로 아프리카 식민지의 희극을 우리에게 낭독했던 그 저녁에 우리 모두는 그 작품의 무대 효과에 완전히 설득당했습니다. 그 당시 강호퍼Ganghofer는 그 인상을 가장 순수하게 표현했고 그것을 통해 이 멋진 사람은 무엇인가 진심으로 말할 수가 있었습니다. 그에게 있는 쾌활하고 건강한 알프스인 기질은 기회 있을 때마다 정말 제대로 맑고 장엄한 효력을 발휘합니다. 그리고 열네 살짜리 그의 딸 '롤로'가 그의 최악의 작품은 아닙니다. 그녀의 아름다움 때문에 고령의 뵈른손은 거의 정신을 차리지 못했습니다. 그 밖에도 그 위대한 스칸디나비아 사람은 여기에서 제대로 대접받지 못하고 있다고 느꼈고, 그가 자기 사위인 출판업자 랑엔을 떠나야 했는데도 불구하고, 그가 입센과 벌이는 논쟁을 달고 다니는 일간지 〈최근의 소식〉이 없는 고향으로 돌아갔습니다. 이 고령의 거장을 극장의 1층 관람석에서 본다는 것은 대단한 광경입니다. 그리고 사람들은 본의 아니게 계속 무대보다는 뵈른손의 넓은 이마를 더 자주 봅니다.

옛날에는 대담한 사실주의 기수였고 지금은 지칠 줄 모르는 제국회의 참의원인 M. G. 콘라트만이 그 사람처럼 그렇게 키가 커서 일층 관람석에 우뚝 솟아 있습니다. 그 역시 문학에서보다 극장에서 더욱 자주 볼 수는 없습니다. 사람들은 평론가석에서 케리 브라흐포겔 부인, 사람들은 그녀가 베푸는 차를 마시는 모임에서 독창적인 악의와 탁월한 위트를 즐겨야 하지요, 윤곽이 뚜렷한 옆모습을 항상 발견할 수 있습니다. 나는 그녀를 처음에는 아주 다정하고 친절한 집에서 발견했습니다──여류 화가 루이제 막스-에를러에게서, 거기에서 사람들은 두 명의 백작부인을 만납니다. 아그네스 백작 부인은 클링코프스트룀의 소설로 명성을 얻었습니다. 그리고 그 외에도 끊임없이 사랑스럽고 자연스러운 사람들을 몇 명 만납니다. 비록 막스-에를러 부인이 몇 년 전처럼 더 이상 영적인 것에 몰두하지 않을지라도, 그녀의 집의 유령들이 정신과 함께 달아나지는 않습니다. 독일에서 유령을 보는 능력을 가진 자들 중 우두머리인 뒤 프렐Du Prel 남작은 아직까지 뮌헨에 살고 있습니다. 그리고 그는 자신과 이야기하는 모든 사람들이 자신들의 가장 신비스러운 꿈속으로 그 작은 영주의 기이하게 마력으로 사로잡는 시선을 가져가야 하도록 합니다.

모든 사람 중 가장 고독한 사람에 막스 할베Max Halbe가 있습니다. 한겨울에 그는 〈어머니인 땅〉이라는 희곡을 쓰기 위해 소설 쓰는 것을 중단했습니다. 그는 그것을 우리 앞에서 낭독했는데 나는 아무것도 말하고 싶지 않습니다. 그 작품은 18일에 베를린에서 초연됩니다. 〈기의 봉헌식〉이 약속한 바가 적어도 부분적으로는 성취된 코미디 한 편을 그의 친구 요제프 루에더러는 쓰고 있습니다. 그리고 율리우스 샤움베르거는 잡지를 시작했다가 다시 포기했는데, 알려진 대로 그의 취미에 속하는 것입니다.

그렇게 누구나 자기 일을 하고 자신의 땅을 갈아서 추수를 하고 있습니다. 그리고 베를린에 사는 그들은 숨을 약간 들이쉰 뒤에는 언제든지 우리에게 옵니다. 하우프트만과 히르쉬펠트, 그리고 주더만과 오토 에리히 하르트레벤에 대한 충성심에서. ── 하지만 〈잘바토르〉 때문입니다.

나는 또 몇 사람을 더 알고 있습니다. 하지만 그들은 화가입니다. 그리고 나는 내가 그들에 대해 이야기하면 그들의 그림에 대해서도 이야기할 것이고 요한네스 글란벨의 영역에서 밀렵을 할 거라는 것이 두렵습니다. 맙소사!

1897
게오르크 히르쉬펠트[56]와 〈아그네스 요르단〉[57]

　그것은 1년 전 수많은 화가들이 점심식사를 하는 아케이드의 식당 뮌헨의 '헤크'에서였다. 그곳에는 그들이 '자기네들 사이에서' 라고 느끼는 몇 개의 단골 식탁들이 있다. 그들은 많이 그리고 큰 소리로 이야기하고 별 생각 없이 습관적으로 식사를 한다. 그러고 나서 그들은 서둘러 다시 카페로 나가버린다. 그렇게 오는 것이다. '헤크'는 영원히 지나다 들르는 곳이다. 거기에서 나는 히르쉬펠트를 다시 발견했다. 우리는 함께 앉아 있었다. 그리고 나는 우리 주위의 모든 불안함을 기꺼이 잊어버렸고 그의 고요하고 맑은 눈동자에서 쉬었다. 나는 내가 처음 사귀던 때 이미 느꼈던 것을 매일 느꼈다. 그는 스스로 성숙하게 하는 그런 사람이다. 그는 아무것도 독촉하지 않고 아무것도 서두르지 않는다. 그에게는 항상 자신을 완전히 가득 채우는 오늘이, 그리고 그가 기다릴 수 있는 내일이 있다. 그의 영혼은 숨을 깊이 들이마신다. 그 영혼은 골똘히 생각하지 않고 아득한 것을 소망하지 않는다. 그 영혼은 그냥 여름을 갖고 있고 그 영혼은 익어간다. 때때로 아주 일시적으로, 내가 첫번째 만남에서 발견하지 못했던 것이 그를 덮쳤다. 황급하고 낯선 어떤 것. 그것은 그의 말까지 뚫고 들어가지 않았고 그의 눈동자의 고요조차 한 번 깨뜨리지 않았다. 그것은 마치 어딘가에서 지나치는 추억

같은 것이었다. 그 그림자의 가장 바깥 가장자리만이 그의 이마 위로, 그것도 1초 동안만 끌렸을 뿐이다. 그러고 나서 그는 작은 손동작과 함께 거의 눈치채지 못할 정도의 저항을 했고, 무엇인가 명백한 것을 말했다. 그가 몸을 일으키고 내게 악수를 청했을 때에야 비로소 다시 왔다. 나는 그가 작업하러 간다는 것을 알았다. 그가 말한 적은 결코 없다. 하지만 우리끼리는 알고 있었다. 히르쉬펠트는 일을 한다. 그 당시 그는 〈아그네스 요르단〉을 쓰고 있었다.

어제 베를린의 '도이췌스 테아터'에서 있었던 일이었다. 조르마는 매혹적인 신부였다. 사람들은 박수를 쳤고 이미 1막이 끝난 뒤에 히르쉬펠트는 초록 휘장 앞으로 나왔다. 그리고? 나는 갑자기 그 당시의 그림자를 알아보았다. 그림자는 다시 그의 이마 위에 단 1초 동안만 있었는데, 그가 터져나오는 박수갈채에 감사하려고 나왔기 때문에, 그 그림자는 당장에는 정말 적절치 않았다.

*

어제 우리는 30년도 더 된 극장에 앉아 있었다. 즉 1865년에 아그네스는 행상인 요르단과 결혼한다. 크리놀리네 스커트와 화관과 신부 조르마가 있는 아름다운 가족 파티. 그 외에도 상당히 알려진 사람들. 활동적이고 약간 작은 어머니, 보통 때와는 달리 축제의 즐거움을 밝게 띤 아버지, 그리고 춤을 추기보다는 차라리 담배를 피우고 익살을 떠는 보통 손님들. 그 모든 것이 점원 요르단이 모욕당한 표정을 지을 때까지는 순조롭고 훌륭했다. 모욕당한 표정에서 완전히 질투의 장면이 된다. 그것의 원인은 아돌프 크렙스 아저씨이다. 아돌프 아저씨는 아그네스가 실러를 사랑하도록 그리고 마이어베어를 경멸하도록 가르친다. 하지만 그것은 그냥 주변적이다. 원래 그는 그가 음악을, 그가 단념했어야 했던 음악을 사랑하는 것처럼 그렇게 그녀를 사랑한다. 이제 그는 악의에 찬 싸움을 해야 한다. 그는 자신의 동경을 이겨내고 그 결혼을 성사시키기 위해서 요르단에게 금까지 준다. 그렇게 되는 한 모든 것은 희망적이었다. 1막의 끝에서 사람들은 알게 된다. 아돌프 아저씨와 젊은 여인 사이에 늙어가는 추한 남자의 체념에 가까운 고백들에도 불구하고 섬세하고 조용한 실들이 짜여지는데, 1896년까지(극장의 메모에 따르면, 그때 마지막 다섯 번째 막이 공연된다) 이어질 수 있는 그 실들이 생산된다고. 그리고 사람들은 아돌프 아저씨에게 관심을 갖는다. 막간극은 관련시키기에 충분히 길다. 아마도 늙어가는 아저씨가 그렇게 아름답고 어리석은 그리고 가르마를 탄 그 행상인 앞에서 정말 완전히 물러나지는 않을 텐데?

그러나 2막이 시작되고 그렇게 1873년이 된다. 요르단 부부는 헤링스도르프라는 마을에 있고 사내아이 하나가 있다. '그'는 아주 탁월하게 사교를 하며, 1870년대의 최신 유행을 좇고 있다. 그리고 그는, 돈 많은 부인 비이너(엘제 레에만)의 아이들과 함께 줄타는 광대 역할을 한다. 즉 튼튼한 유치원 선생들의 팔 위에서 자신의 손가락이 거닐도록 한다. '그녀'는 아주 고독해졌고, 아주 불안해한다. 그리고 회색 의상을 입고 있다. 그때 갑자기 아돌프 아저씨가 도착한다. 그는 아그네스의 생일을 뒤늦게 축하해주려고 겨우 두 시간 시간을 내 헤링스도르프에 왔다. 원래는 이렇게 옛날의 실러 그리고 마이어베어와 그랬던 것과 같은 상황인데, 그는 사실은 아주 다른 것을 원하고 있다. 즉 요르단에게 금을, 상환의 날짜를 넘기고 전부 연기했던 그 금을 다시 돌려받기를 원한다. 이제 아돌프 아저씨가 금을 *가져야 한다*. 왜냐하면 그와 아그네스의 아버지는 '파산'했고 공탁까지도 쓰기 시작했기 때문이다. 요르단은 매우 관대하고 공경하듯이 행동하고, '그 하찮은 것'을 지불하기를 원하고 있고, 아돌프 아저씨와 '일당 모두'에게 그의 집을 제공한다. 그는 단지 그의 연인 아그네스의 우유부단한 자백을 듣고 그녀와 작별할 때 반지를 선사할 시간만을 갖고 있을 뿐이다. 그 동안에 그는 순수하고 사랑스러운 말을 생각해낸다. 이런 작별의 영향력 아래 그리고 비이너 부인의 교훈을 통해 용기를 얻고서, 아그네스는 그녀의 남편에게 이제는 강력하게 대응하고 그의 이기심과 무정함을 비난한다. 그에게 그것은 그의 친구 비이너가 돈을 빌려주기를 원하지 않는다는 정황보다 훨씬 덜 감동시킨다. 그는 뻔뻔스러운 말로 자신의 부인에게 그녀 가족과의 모든 교제를 금지시키고 스스로를 위대하고 장엄하다고 생각한다. 공식적으로 아그네스 부인은 그때부터 불행하다. 그 다음으로 우리는 1882년의 그녀를 본다.

모든 것은 예전대로다. 더욱이 열네 살 먹은 소년 한스에게 남동생이 하나 태어났다. 두 아이와 관객은 일련의 혐오스러운 가족 장면, 소년 한스가 어머니의 가슴을 밀쳐내고 그리고 그녀는 상심해서 집을 떠나는 것으로 끝나는 그 가족 장면을 함께 겪는다. 하지만 아버지가 그녀에게 어린 루트비히를 하녀와 함께 보냈을 때, 그와 같은해에 그녀는 서커스 저녁마다 늘 감기에 걸리는 아들 한스를 돌보기 위해서 돌아온다. 그녀는 그것을 명백히 해냈다. 왜냐하면 1896년에 한스는 힘세고 건강할 뿐만 아니라 비이너 부인의 조카와 약혼까지 했기 때문이다. 그리고 그 사이에 자애로운 아돌프 아저씨를 오래 전부터 이상할 정도로 닮아가는 루트비히는 결혼식 행진곡을 작곡할 수 있다. 동시에 그에게는 일련의 끝없이 순전한 상투어를, 그 외에는 '새로움으로 채워진' 자인 그와는 이례적으로 조화를 이루지 않는 상투어를 감동받은 자신의 어머니 앞에서 늘 어놓을 시간이 여전히 있다. 그들은 모두 그 점에서만은 일치한다. 늙어가는 아버지 요르단을 놀리는 일. 그 사이에 그는 완전히 익살 꾼 역을 맡게 되었다. 그리고 그의 등장을 알리는 음조는 막 전체를 지배하고 드디어 루트비히의 이런 공허한 어리석음은 "예술이 존 재하는 한 사람들은 살아도 된다"와 같은 문장을 다른 문장 사이에 이야기하면서 이런 식으로 자신의 어머니 아그네스의 진지함을 무 척 감동시킨다. 최상의 의지를 갖더라도 그에게는 마침내 더 이상 아무것도 생각나지 않는다. 그리고 아그네스 요르단에게도 생각나 지 않는다. 그때 루트비히는 피아노로 가서 감미로운 몇 박자로 막 의 커튼을 아래로 끌어내린다.

그 밖에 커튼이 끓으면서 냉수에 가라앉았을 때처럼 그랬다——
그렇게 쉬익 소리를 냈다.

덧붙여 말한다면 끓으면서 냉수에 가라앉을 때 쉬익 소리를 내 는 것처럼 그런 소리를 내면서 막이 내렸다.

*

이런 공연이 있는 저녁을 체험하면서 내게는 많은 질문이 떠오른 다. 그리고 나는 곧장 첫번째 질문에 머문다. 히르쉬펠트는 왜 아그네스 부인의 이야기를 하는가? 그것은 너그러운 마음을 가진 중요하지 않은 여인의 이야기이며, 이 여인은 역경을 이겨내는 대신에 고통을 당하며 참기 때문에 우리는 그녀의 수난을 인정하지 않게 된다. 그렇기 때문에 마지막에도 역시 히르쉬펠트는 요르단 부인이 우리 눈앞에서 30년 간이나 자신의 깨지기 쉬운 소원을 거칠게 짓밟은 그 남자를 마지막에야 그냥 우습게 보게 된 견해의 수준에 이른 것만을 승리라고 여길지언정, 승리하는 것은 결코 아니다. 바로 이런 점에서 자식들이 그녀와 하나가 되고 아버지를 비웃는 것이 집안의 지배적인 분위기를 이루는 것처럼 보이고, 아들 한스의 신부이자 아직은 낯선 프리다 역시 그에 대한 자신의 언급을 일치시킨다는 사실이 내 감정상 어떤 승리를 말해주는 것은 역시 아니다. 시작과 대비시키고 한스와 프리다를 통해 오늘의 신랑 신부와 1865년의 신랑 신부를 대조시키는 그 의도 역시 얼마나 세련되지 못한가. 그리고 이런 우스꽝스럽게 기지개를 펴는 가운데 작가는 자신과 자신의 품위를 고려해서 불손한 젊은이들을 밖으로 내몰고 남은 자들——어머니와 아들——에게 강요된 정서를 퍼붓는다. 게다가 석양과 음악……. 그것은 유행에 뒤떨어졌다라고조차 할 수 없다. 그것은 최악의 감동이다. 하지만 그래도 그가 현대적일 수 있는 것인가? 아니다. 특이한 것이 내게 생각난다. 히르쉬펠트에게서는 현대적인 것과 진부한 것이 얼마나 근접한가. 그는 다른 하나일 수 있을 때만이 그 하나일 수 있을 뿐이다. 그게 그런 건데. 그가 상세한 경험에서 알게 된 전형들은, 그리고 그런 것을 그는 '집에서'와 '어머니'에서 찾았다. 베를린의 좀더 작은 상인들의 세계를 대표하는 사람들, 속이 좁고 아주 정직하지만은 않은 유태인들은 그가 가장 암담하게 지내는 그곳에 있는 완전히 일상생활의 인간들이다. 이 사람들이 진부하다는 사실은 그들에게 자주 어이없는 진실의 낙인을 찍을 뿐만 아니라 환경을 만드는 데도 역시 도움을 준다. 유용한 가구와 유용한 인간을 가진 저 더더욱 충분히 착취하는 환경, 그 환경에서도 항상 누군가가 그 안에서 숨을 들이마시기가 힘든 자에게 온다. 하지만 그래도 적어도 한 사람은 *온다니까*! 그리고 히르쉬펠트는 그 한 사람에게 자신의 최상의 것을, 자신의 가장 독창적인 것을 베푼다. 그것이 그의 경험은 아니다. 그것은 내가 그것을 국한시키지 않으려고 이름을 부르고 싶지 않은 깊이 있는 어떤 것이다. 그리고 그것은 정말 그 자신의 재산, 내가 고요하고 고독한 어느 해질 녘에 그와 둘이서만 이야기하고 싶도록 만드는 그런 그의 재산이다. 이것이 —— 그리고 환경을 아는 것이 아니라 —— '집에서'와 '어머니'의 가치를 결정하는 것이다. 〈아그네스 요르단〉에서 그것은 아주 계속 창작된다. 그의 현재의 원고에서 그 작품 전체는 —— 좀더 많은 상태들이 좀더 오래 계속되어야 할 거라고 추측하는데 —— 그 고대 벽화, 예술을 이해하지 못한 시기에 회칠로 보이지 않게 하고 나서 거칠게 덧칠을 하고 마치 아이들이 장난으로 그런 것처럼 단지 여기저기에만 원래 훌륭한 거장의 부분들을 드러내놓았을 뿐인 벽화와 같다. 아주 몇 군데만, 그리고 그들은 자연 그대로의 야만인의 미적 감각을 방해하는 것으로서 그렇게 수줍어하며 가장 바깥쪽에 살짝 비치는 것처럼 작용한다. 이런 부분은 별나게도 요르단 부인의 형상에 있지 않고(적어도 거기에서는 그것이 드러나지 않는다), 자신의 무덤을 벗어나서 루트비히로 계속 살아가는 약간 여성적인 아저씨 아돌프, 그리고 더구나 2막의 반지 장면과 작은 루트비히를 그의 어머니가 데려가는 거기에 있다. *성장한* 루트비히는 그것에 대해 더 이상 아무것도 알지 못한다. 히르쉬펠트는 자신의 우주적 환경에 저장된 미사여구를 통해서 그를 넉넉하게 꾸려나간다.

히르쉬펠트의 이러한 최상의 소유물은 은밀한 것이고 그의 형상의 은밀한 삶 속에서만 비쳐질 수 있다. 그것에 대해서 우리는 정말 1865년에서 1896년까지 변화하는 유행의 동반 속에 점점 회색이 되어가는 머리칼이 가장 중요한 것이라는 한 작품 속에서 아무것도 경험할 수 없다. 그것을 위한 여백은 없다. 왜냐하면 1막에서 우리들은 사람들, 더군다나 아주 애를 쓰지 않은 것은 아닌, 1865년의 사람들을 알게 되기 때문이다. 그리고 다음에 이어지는 장들에서 우리는 1873년, 1882년과 1896년의 의상에서 1865년의 사람들을 찾아야 하고 항상 그 동안에 누가 사망했는지를 알리도록 해야 하기 때문이다. 동시에 축복받은 사람들은 새로운 다년생의 후손들에 의해 끊임없이 대체되기 때문에 우리들의 눈앞에서 무수한 세대들이 불행한 결혼을 할 거라는 불안한 생각이 떠오른다. 이렇게 요구될 수 있다는 것은 정말 불가능하지만 이제 그 등장인물들이 언급된 모든 의무들말고도 몇 가지를 더 해야 한다면, 즉 야단치고 소리지르고 예술에 대해서 이야기해야 한다면, 그들은 우리에게 이 짧은 시간에 그래도 또 내면세계의 무엇인가를, 히르쉬펠트 씨가 그들에게 주었던 내면세계의 무엇인가를 보여주고 싶어한다.

*

그래서! 〈아그네스 요르단〉이나 '매 10년마다 가족 장면 하나씩' 다섯 권의 비르히-파이퍼식으로 쓴 소설. 사람들은 물론 막이 끝날 때마다 뚜껑 닫는 소리를 규칙적으로 들었다. 그리고 히르쉬펠트 씨가 이번에 공리 하나를 잊어버렸다는 사실은 최악 중의 최악이었다. 그가 희곡 하나를 쓰기 원했다는 사실을! 이상하게도 그는, 우리가 아주 쓸모없지는 않은 몇 가지 연극적인 경험을 한 시기에 그렇게 하고 있다. 예를 들면 우리는, 무대 위의 시간은 다음번 탑의 시계침보다 조금 덜 천천히 가는 시계침만으로 나아가도 된다는 사실을, 그리고 중간 막들에서의 그 시간 역시 다음번 막이 올라갈 때 같은 시간을 단지 다른 햇수로 가리키기 위해서 잠이 들면 안 된다는 사실을, 우리가 우리의 관찰의 중점을 사람들을 외적으로 감동시키는 우연들에 더 이상 맞추지 않고, 그 시간의 소리 없는 체험의 조용하고 은밀한 운명들을 뒤쫓아가는 것을 더욱 소중하게 여긴다는 사실을, 그리고 이런 체험은 꿈에서처럼 햇수와 중간 막들에 매이지 않고 시간 제약을 받지 않는다는 사실을 알고 있기 때문이다. 히르쉬펠트 씨는 그 모든 것을 부인했다. 그리고 그건 마치 누군가가 자기 옆에서 이미 거의 전기가 완성되어 나오는 그때에 기름등잔을 발명하기 시작하는 것과 같은 그런 것이다. 히르쉬펠트는 요르단 부인의 인생을 30년 동안 추적했다. 다시 말해서 그는 1865년도 첫번째 의상과 1896년도 의상을 보여준 아그네스 부인의 내용 없는 인생으로부터 다섯 개의 연관 없고 색깔을 가공하지 않은 그림을 우리에게 제공했다. 하나의 문화사적 실물 학습 자료를 이용한 수업. 만약 우리가, 이렇게 규칙적인 중간 막들에서 그녀의 머리칼과 손들이 점차적으로 진전되는 노화 현상과는 상반되게

*하나*의 막에서 *그녀*의 영혼이 노화됨을 본다면, 고통받는 여자의 운명이 얼마나 엄청나게, 스텝지대처럼 얼마나 우울하게 작용할 것인가! 정말 좁은 테두리를 채웠을 만한 그녀의 동경을 가진 채, 충분히 작은 시련을 겪는 이 형상은 얼마나 감동적이었을까. 그리고 이 기초부터 잘못된 구성의 넓은 공간에서의 색채와 윤곽은 얼마나 창백하고 희미하게 나타나는가. 여러 권으로 된 *윤리소설*의 모든 두려움을 *연극무대*에서 야기시키는 것——그것은 히르쉬펠트가 탁월하게 해결했던 예술의 문제이다.

*

나는 이곳 언론이 어떻게 생각하는지 아직 모른다. 나는 단지 주더만이 지칠 줄 모르고 박수를 쳤다는 것을 알 뿐이고 그는 옳았다. 나는 이날 저녁에 주더만을 높이 평가했다. 그는 언젠가 하룻밤 사이에 두려워했어야 했다고 믿었던 이 하우프트만 추종자들의 무능력을 향해 넓적한 손들로 환성을 질렀고 그러고 나서 생각했다. 그렇다면 나는 정말 다르게 할 거다. 확실히, 주더만은 극장을 너무 잘 알고 있고 그는 자상한 정부처럼 그의 좋고 나쁜 요구들을 만족시킨다. 그리고 3년 전부터 '젊은이들 중 가장 젊은이'로 버릇이 없어진 그는 소설의 실없는 소리와 명백한 '히트'를 공연했고 그런 때에 어린아이처럼 천진난만하게 미소지었다. 그는 나이를 떠나서 사람들이 그런 천진난만함을 매력이 있다고 보는 그런 데 있다. 그밖에 이런 그림들 속에 실제로 눈물에 젖은 삼베 수건 뒤에 한 편의 연극적인 것이 숨어 있다는 그곳에 주더만의 상표가 붙어 있는 것

같다. 그런데 그가 박수를 치지 말았어야 했단 말인가?! 그것은 정말 고려해볼 일이다. 만약 연극의 어머니인 히르쉬펠트가 실제로 명예롭고 옳다고 하더라도——그리고 그녀의 도덕이 그것을 희망하도록 하더라도——그 작은 사람들은 멀리는 역시 하우프트만을 닮아가야 했을 것이다! 〈아그네스 요르단〉은 이번 주일에 몇 번 더 공연될 것이다. 어떨 것인가. 사람들은 다섯 개의 막을 뒤바뀐 순서로 보여주었다. 제일 먼저 아주 냉랭한 진부함 속에 마지막 막을. 대단하게 펼쳐지는 한바탕의 상투어 앞에 사람들은 멈췄고 이제 꿈속처럼 캄캄한 무대 위에서 아그네스 부인의 추억 속의 그림으로써 네 번째, 세 번째, 두 번째, 첫번째 막을 공연한다. 그리고 그녀가 밝은 신부복을 입고 행복해하며 그녀의 희망의 하늘에서 새롭게 자신을 되찾는 1막, 거기에 사람들은 다섯 번째 막의 석양의 수심에 찬 사족을 다시 붙인다. 다시 처음처럼 그와 같은 방——그러니까 몽상문학. 그것에 대해 브라함 씨는 어떻게 생각하지요?

*

그 밖에 그는 모두를 히르쉬펠트에게 한번은 '연례적인' 그러고 나서는 위대한 희곡을 요구한 공범자로 만드는 죄인이다. 거기에서 다양한 누더기로 나타나고 왼쪽 발꿈치로 공중 그네에 걸려 있는 곡예사의 미소를 띤, 그런 수난을 겪은 양성을 지닌 것이 생성된다. 사람들은 가장 오래된 것을 유행감각으로 위장하기를 원하면서, 거기에서 이 '새롭기'를 원하는 것과 아주 잘 이해하는 사람들을 열망하는 훌륭하고 위대한 성과를 이렇게 거부하는 것이 결과로 빚어진다. 그것은 바로 탈영이다. 수백의 보잘것없는 자들이 서툰 솜씨로 만들어내고 무작위로 신인 지원자를 샅샅이 뒤져본다. 그리고 그것은 자신의 젊은 봄의 기쁨 속에서 그를 성장시킨다. 그리고 그것을 멋지게 끝낼 수 있었을 그 둘, 셋은――― 봄을 전혀 보지도 못하고 지나친다. 히르쉬펠트는 〈아그네스 요르단〉에 죄가 없다.

그가 그 작품을 용서하지 못할지라도 모두가 그를 용서할 것이다. 적어도 그에게서 위대한 희곡을 요구한 것이 아니라고 기대한 모든 사람은!

1897
다음 그리고 어제[58]

그렇게 그 길은 항상 같은 길이다. 불가사의하고 허풍을 떠는 '다음'에서 겁먹은 오늘까지는 항상 같은 길이다. 그 오늘 앞에서 막의 커튼은 폭로하듯이 올라간다. 초연(初演)에서는 거의 법원 공판과 마찬가지로 진행된다. 그리고 작가는 막이 내릴 때마다 흥분을 가라앉힌 상황에서 거의 항상 자신을 내보인다. 그는 겸손하게 절을 하고 미소짓고 그 미소가 말하도록 하면서. "정당하시기를 부탁합니다. 상대적으로 심판하세요. 비록 제가 당신들에게 많은 것을 드릴 수는 없을지라도 저는 마치 더 많이 드릴 수 있을 것처럼 보이거든요! 스스로 판단해주세요!"

휴식.

십자가에 못박힌 예수의 상.

그리고 관객은 생각한다. 그렇다.……을 고려하여 관객은 무죄 판결의 박수를 친다. 관객은 그가 십자가에 못박히기를 원하지 않는다. 관객은 빌라도 시대 자신의 조상보다 좀더 예의바르고 더 조심스럽다.

그리고 다음날 아침에 연극 보도는 시작된다. "어제 있었던……" 그리고 만약 그가 여기에서 중단해도 그것도 심판이 아닐까?

*

여러 가지 작은 다음번을 제쳐놓고, 그런 것으로서 진지한 다음번 연극이 끝난 뒤에 슬픈 '어제'가 기다리고 있는지를 묻는 것은 자명한 일이다.

우리 시대는 예술에 대한 수많은 새로운 해석을 내놓았고 비록 우리가 엿듣는 그 거대한 비밀이 수다스럽지는 않을지라도 필경 우리는 조금은 더 과묵해졌다. 왜냐하면 우리는 그것을 이해하기 시작했기 때문에, 우리가 위대한 소재들을 더 이상 찾지 않기 때문에, 아니 더 이상 전혀 '찾는다'고 하지 않으면서 그럼에도 불구하고 우리가 그것을 찾게 되면 기뻐하기 때문이다. 그리고 우리들에게 가장 초라한 발견이 바로 최상 중의 최상이다. 이것은 가장 중요한 인식 중의 하나이다. 모든 것은 내용이고 무엇인가를 의미할 수 있다. 그것은 자신의 의미를 형식에 의해 얻는다. 다시 말해서 그 많은 것과 그 낯선 것을 어떻게 구분하는가 하는 양식에 의해서. 그리고 가장 미미한 소재에 자신의 영혼을 주는 일, 그리고 어떤 경계선에서 그 중요하지 않은 것이 전체가 되고, 이로써 소재가 갖는 가장 깊고 결코 한 번도 공개하지 않은 의지에 실현을 선사하는 하나의 사건이 되는지를 알아맞히는 일, 그것이 현재 나에게는 예술가의 구원받는 과제로 보인다. 그렇다면 형식도 역시 기이한 중요성을 갖는다. 그러면 형식이란 사실상 예술작품에서 솔직함이고 또 원래의 내밀한 것이다. 그리고 언젠가는 우연과 자의가 자신의 외적 형상을 결정하도록 하는 작품은 가치를 현저하게 상실해야만 한다. 경계선의 어떤 굴곡이든 어떤 만곡이든 사랑의 계시이며 예술가의 동경인 그 작품에 대해서 가치를 상실해야 한다. 연극은 이후자의 종류에 속하지 않는다. 마치 물렁한 점토로 된 형상처럼, 아직 단단해지지 않은 채 작가의 손에서 빠져나와서 닳아가고 있는 자의와 많은 사람의 제멋대로인 이해력으로 끝까지 반죽된다. 특별히 좋은 여건에서는 작가가, 자신의 유희를 재료화하는 데 도움이 되는 인간 무리와 도구 덩어리를, 자신의 의도가 마침내는 상당히 명백하게 표현될 정도로 독립적으로 지배하는 것도 정말 가능한 일이다. 그러나 거기에는 시인의 재능보다 다른 재능이 속한다. 대부분의 시인들에게는 사물에 대한 개관, 인간을 도구로 전락시키는 것, 위대한 총사령관을 승리하도록 도와주는 낯선 의지를 무분별하게 존중하는 것, 이런 것들이 결여되어 있다. 그리고 만약 누군가가 그 모든 것을 소유하고 있고, 훌륭한 활자에서처럼 사람에게서 자신의 개성을 표현할 줄 안다면, 작품의 개별적 가치는 단 하루 저녁 동안만 정해질 것이다. 그리고 이웃 연극 무대가 24시간 뒤에, 훌륭한 연출가의 지도 아래 동일한 연극의 성격에 거의 알아볼 수 없는 가족 간의 유사성을 만들 수도 있을 것이다. 이러한 일시적인 것, 지나가는 것이 즉흥적인 창작의 외관과 그런 수준의 품격을 작품에게 준다.

그러면 지속적으로 보존되는 것은 대부분 완전히 의지할 데 없는 한 권의 책이 여분으로 남는다는 것이다. 즉 인간, 색채, 빛들이 예술 작품을 단 한번도 다시 돌봐주지 않는다. 그리고 만약 사람들이 그런 두 권의 책들을, 하나는 50년 전의 책이고 하나는 오늘의 책인데, 그와 같은 책 두 권을, 즉 50년 전의 책과 오늘의 책 한 권씩을 서로 비교한다면 우선 다음과 같은 사실, 즉 텍스트에 있는 논평은 아주 현저하게 늘어나 있고, 배우들에 의해 거의 실현될 수 없는 요구를 수천 가지 자주 한다는 사실이 눈에 띈다. 이와는 반대로 텍스트 자체는 작고 짧아졌고, 대화는 격행 대화의 생생함으로 되어 있고 독백은 빠져 있으며 앙상블 장면에서는 오페레타 합창단의 더 이상 수다스러움이 없다. 전자는 자주 다른 사람의 손이 그것을 사려 깊게 덧붙일 수 있게 하려고 미완성 작품의 중간에 정말 자신의 도구들을 많이 주고 있는 작가의 무의식적인 노력에 기인한다. 하지만 그렇기 때문에 텍스트의 짧은 길이는 감동적이다. 현대 작가는 언어에 대한 믿음을 잃어버렸다. 관객은 아직도 여전히 언어 속에 상승과 진전과 파국이 놓여 있을 거라고 확신하거나, 아니면 언어가 상승, 진전, 파국에 대한 외적인 표시일 거라고도 확신한다. 작가는 이미 오래 전부터 이렇게 인식했다. 침묵은 일어난 일이고 말은 지연된 일이다. 그러면서 그는, 어떻게 언어가 삶의 물물교환 거래 속에서 재래의 통화로 유효한가를, 언어에서 생각해본다. 예를 들어 시에서는, 스스로 배경과 영광과 깊이를 주어야 하는 시인의 언어는 이런 소액 화폐와는 정말 아무것도 공유하지 않는다. 하지만 근무를 위해 비상대기하고 있는 많은 것들이 의무 전체를 벗어 던진 연극에서 언어는 결국 일상생활의 완전히 똑같은 물물교환 수단이다. 그리고 그는 *이런* 언어를 정말 더 이상 믿지 않는다. 그는 언어가 어떤 대참사를 의미할 수 없고, 언어가 두 사람 사이에서 행복도 적대감도 심을 수 없다는 것을 알고 있다. 왜냐하면 언어는 그들 사이에 벽처럼 서 있기 때문이다. 그것은 나병환자의 경고 표시인 나무 딸랑이다. 길을 비켜요! 내가 가까이 갑니다! 비켜요! 내가 가까이 갑니다! 그리고 누구나 스스로 자기 안으로 깊숙하게 도망간다. 그리고 딸랑거리는 소리 역시 계속 난다.

우리는 그렇게 철저히 고독한 사람이다. 누구나 혼자다. 그리고 이것을 파악하자마자 우리는 우리 자신이 얼마나 비연극적인가를 인식한다. 인생에서의 그것과 비슷한 어떤 연관이 무대에서 사람들 사이에 인생에서의 그것과 비슷하게 있을 거라고 주장하는 것은 대다수의 그리고 경솔한 관객들 앞에서만 가능한 것처럼.

우리는 진짜 그렇게 조용히 살고 있고 우리의 가장 큰 재앙들은, 그것의 마지막 물결만이 우리의 표면을 흔들 정도로 그렇게 깊이 우리 속에 자리잡고 있다. 그런데도 누군가가 우리의 진짜 경험에서 나온 희곡을 쓰려고 한다면, 배우들은 바로 그의 가장 감동적인 폭로를 드러내야 할 것이다. 관객이 믿는다면. 그러나 그 배우들은 조금도 감동하지 않는다.

이미 지금 스스로를 드러내기 시작한다. 관객이 작가의 웃음을 통해 기꺼이 활기를 불어넣는 그들 작품에는 침묵이 있다. 그것이 작가에게 불쾌하기 때문에 그들은 옛날 형식에 만족하고 다시 동화와 사실주의적 작품들 그리고 이 두 가지가 혼합된 것을 쓴다. 관객은 이를 믿는다. 관객은 이를 아직도 한참 믿을 것이다. 그리고 그렇게 오랫동안 드라마는 존재할 것이다.

그러나 만약, 고독한 자들에게서 준비된 그 말없고 신비스러운 인식들이 언젠가 군중의 무의식적 지식이 되는 것이 가능하다면, 그들에게서도 역시 예술, 그의 완성이 창조자의 손에 의해서가 아니라 수백 개의 자연 그대로의 우연들에 의해 수용되는 예술에 대한 욕구는 조금도 깨어 있지 않을 것이다. 그는 예술작품이 항상 역시 다양한 군중이 아닌, 각 개인에게만, 군중 속에는 '누구나' 다른 눈을, 다른 귀를 그리고 하나씩 차례차례 굶주리는 영혼을 갖는데, 속할 수 있다는 사실을 느끼게 될 것이다. 곧 이것일까?

그때까지 아직 많은 드라마가 씌어지게 될 것이다. 좋은 드라마들도 많이. 왜냐하면 미숙한 욕구도 역시 훌륭하게 만족될 수 있기 때문이다. 그리고 만약 그 작가가 솔직하다면 아마도 조용한 인생의 교훈은 바로 이렇게 쉽게 이용할 수 있는 길에서 군중 사이에 나타날 수 있다. 그러면 드라마는, 그의 마지막 '다음번' 뒤에 그 종결하는 '어제 있었던'이 놓이기 전에, 아직 위대하고 풍요한 의무 하나를 실현해야만 한다.

1897
우데의 그리스도[59)]

1897년 여름, "뮌헨의 피나코텍 미술관은 그 예술가가 그림에 몇 가지 수정하기로 한 계획을 결정한 뒤에 우데의 〈승천〉을 구입할 것이다"라는 기사가 느닷없이 여러 신문에 실렸다. 그러자 갖가지 신문들이 이 마지막 주장에 몹시 격분해 공격을 개시했다. 그 주장이 쥐죽은듯 조용해질 때까지. 그러나 그냥 그렇게 할 뿐이다. 온 세상의 손과 마음이 완전히 다른 일로 분주했던 크리스마스 주일에 그건 잠잠해졌지만 예술 소식통을 통해 완연히 되살아났다. 참 진기한 일이다. 수정을 그렇게 아주 서둘러서, 아주 의욕적으로 문 밖에서. 어떻게 폰 우데 씨가 현대식 겨울 코트와 나무랄 데 없는 실크 해트를 벗지 않고 바러 가(街)에서 시가 전차와 마차와 지나가는 사람들의 호기심에 방해받지 않고 '몇 가지 수정'을 작정했는지를 사람들은 본의 아니게 상상해본다. 그리고 나서 급히 문으로 가서 오버벡과 슈노르 그리고 크리스토에 있는 다른 형제들에게로. 그리고 이제 누군가가 문 밖에서의 수정이 무엇과 관련 있는가도 역시 어림잡아 대충 생각을 떠올리는데, 당연히 순전히 외적인 것에 있다. 확실히, 그림은 문을 통과하지 않는다. 나는 성문의 좌우 문짝을 상당히 강렬하게 기억하고 있고 〈승천〉도 역시 알고 있지만 사람들은 알려진 것처럼 언제나 차원들을 정말 착각한다. 그러니까 폰 우데 씨는 아마 장방형 조각의 화폭을 빙 둘러 떼어냈어야 할 것이다. 이건 분명하다. 왕실의 피나코텍 미술관한테는 너무 큰 그림이 정말 있을 수 있다.

나는 그것이 왜 바로 생각나지 않았을까? 지난해 11월에 나는 폰 우데 씨의 화실에서 그 그림을 보았다. 액자에 끼우지 않은 미완성의 그림들은 항상 정말 더 작아 보인다——그리고 그 그림을 나중에는 유리궁전에서 보았다——그런데 나는 항상 아무것도 못 본 것처럼 행동했다.

로툰덴자알이란 홀에서 (유리궁전에서는 정말 자주 외로웠다) 너무 고독해질 때면 아주 가끔씩 그 앞에 주저앉았다. 그리고 나는 눈을 감고서 그때 그 화실에서 도대체 어땠는가를 생각해보았다.

한번 상상해보라. 한 무리의 사람들, 농부가 아닌 그리고 지식인도 아닌 그냥 사람들, 노인들과 어린이들, 남자들, 처녀들과 여자들을 생각해보라. 이 집단을 함께 집약해서, *하나의* 감동으로 통합하고 공동으로 마음을 사로잡게 하는 것. 그리고 상세하게 뉘앙스를 분류하여 모든 얼굴에서 위대한 것, 불가사의한 것의 영향을. 노인에게서 놀라움, 여자에게서 매력, 처녀에게서 행복한 외관의 부여 그리고 어린이들에게서 이해한다는 것에 가장 근접한 신뢰. 그리고 나서 그들의 손에서. 노인에게서 절망, 남자들과 여자들에게서 경악, 동경은 처녀들에게서, 그리고 어린이의 손은 반쯤 무의식적으로 경이로운 것의, 그런 행위가 이해한다는 것에 가장 근접한데, 그 경이로운 것의 낯선 손짓을 흉내낸다. 거기에서 이러한 경이로운 것이 다른 사람에게도 역시 보여야 할까? 만약 그것이 그렇게 많은 눈에 비춰진다면, 만약 그렇게 많은 입술들이 그것을 고백한다면, 그리고 만약 그것에 모든 손을 뻗는다면, 그것 *이다*는 아니겠지? 나는 그것을 맹세하고 싶다. 그것은 이런 군중 앞에 있는 어떤 것이다. 탁월하게 움직이는 사람들 너머로 공허하게 뻗어 있던 목탄의 종잡을 수 없는 줄에 의해 회색으로 교차하는 화폭 밖에 있는 어떤 것. 나중에는 유감스럽게도 폰 우데 씨는 이 방에서 그 집단과 전혀 상관이 없는 다른 것을 그렸고 오랜 습관으로 그것을 불렀다 ──그리스도라고.

그렇다. 그건 습관이 만든다. 만약──그가 이미 한번 예수를 그리는 화가라면, 그는 대중을 실망시켜서는 안 된다. 이런 감정에서 다른 사람들이 그들의 '연례 드라마'를 쓰는 것처럼 그렇게 그는 '해마다' 자기의 그리스도를 그려야 한다. 그리고 부지런함과 끈기에 대한 보상으로 한 왕실 기관이 구세주를 선발할 때 마침내 하나를 구입하는 것이다. 그리고 더욱이 가장 공식적인 것으로는 〈승천〉을 구입한다. 그리고 이제 아주 솔직하게 사람들이 왕실이 승인한 그리스도에게 요구해야 하는 최소한의 것은 그가 비행할 수 있다는 것이다. 그리고 그것이 구입한 사람에게 상당히 번거롭게 여겨지기 때문에 그래서 폰 우데 씨는, 피나코텍 미술관에 계속 머물기 전에, 지금 자신의 화실에서 이 대단히 은밀한 예술의 개인 지도를 그에게 아직도 몇 번은 허락해야 한다. 왜냐하면 '수정'이란 의식적인 문장의 목표는 원래 이러한 것이기 때문이다.

그러니까 우리는 폰 우데 씨가 자신의 그리스도를 수정할 것이라는 데까지 왔다. 그것은 매우 슬픈 일이다. 만약 그가 그림을 지금 '수많은 희망들에 맞춰서' 피나코텍에 있을 수 있게 만든다면, 그것은 그가 원래는 아주 뚜렷하게 보지는 못한다는 것을 증명하기 때문이다. 그가 그 탁월한 집단을 그렸을 때, 그때는 그가 그들의 열광에 약간 감염되어 있었다. 하지만 그가 그들에게 구세주 형상을 내밀었을 때 그는 더 이상 그들 가운데 서 있지 않았다. *거기에* 는 사람들이 있었고 그리고 *여기에는* 확정된 예수의 전형을 창조한 화가가 있었다. 지식인, 귀족, 작센 왕실의 창기병 대장, 당연히 모든 교조Dogma처럼 승천도 역시 통틀어 믿고 그런 자명한 과정에서 자신의 인물들에 대해 전혀 놀라워하지 않았을 화가. 그가 창조한 '견해'에서 실은 '사실주의' 몇 가지가 유죄다. 다시 말해서, 지금까지 확고한 땅에서 정말 인간적이고 눈에 띄지 않게 움직였거나 강가의 돛배에서 폰 우데 씨의 딸 앞에서 유명한 설교를 했던 그 구원자는 이 첫번째 시도에서 비행기술의 모든 정교함에 아직 조금도 익숙한 것처럼 보여서는 안 된다. 이것은 습관적인 인상을 지니고 교조에 거의 해를 끼치지 않는다. 실제로는. 그래도 그는 올라간다 ──그것을 우리는 학교에서 이미 듣지 않은가──어떻게는 중요하지 않다. 그래서 폰 우데 씨는 그 문제로 그리스도의 승천에서 완전히 죄가 있지는 않다. 왜냐하면 그 엄격한 신교의 귀족 가문이 그를 이런 개념으로 교육했다는 것에 대해 그가 할 수 있는 것이 없고 그의 인생의 어떤 가혹한 타격이 이 안전한 선로에서 그를 잡아 끌지 않았던 것에 그의 죄는 적기 때문이다. 그는 이러한 한계 속에서 매우 확실하게 우수한 사람이자 아울러 유능한 화가가 되었다. 그 모든 것은 물론 그렇기 때문에가 아니라 그런데도 불구하고이다. 그리고 그는 무엇보다도 한 가지를 갖고 있다. 착한 마음이다. 그는 자기 아이들을 우상화하며 사랑하고 그와 더불어, 그리고 그 속에서 어린이들을 모두 사랑한다. 〈이교도의 공주〉와 그가 그저 틈틈이 그린다고 내게 미소지으며 말했던 다른 어린이 그림들이 이 점을 드러낸다. 그리고 내게는 그의 이른바〈그리스도상〉의 첫번째는〈그 작은 아이를 내게 오도록 하라〉라고 불린다는 사실과 그 다음의 그림들이 모두 어린이들이 어떤 식으로든지 하나의 역할을 하는 최고의 것들이라는 사실이 정말 특이하게 보이려 한다. 하지만 그는 그 첫번째의 탁월함을 결코 능가하지 못했다. 이 첫번째 것은 아버지의 고백이었고 그 다음에 이어지는 모든 것은 많든 적든 관람객에게 하는 고백이다.〈그 작은 아이를 내게 오도록 하라〉에서 그 거장은 이 아이들의 소원과 꿈에 공동의 중심을 주는 것과, 몇 개의 풍요롭고 자비로운 손을 창조하려는 일이 문제였다. 이 손들은 의존할 데 없는 작은 손의 주저하는 질문과 해답을 찾는 일을 향해 뻗는 손을, 무한하고 불손한 어린이들이 던지는 수천 개의 질문에 위로와 해답을 줄 수 있는 입술을, 그리고 짙은 어둠에서 온 이들 모두에게 사랑의 고향이기에 충분히 맑은 눈동자를 창조하는 일이다. 근심 없는, 나이도 많지 않고 아버지의 분노도 없이, 그들에게 어떤 아버지를 선물하는 것, 짧게 말해서 어린이와 어른의 영혼의 가장 깊고 가장 비밀스러운 동경의 실현을 말한다. 그리고 이를 가능하게 하기 위해서, 이 사랑을 깊이 이해하는 사람은 단지 자신의 귀염둥이들의 마음을 읽고 그 믿음이 있는 눈동자로부터 그들이 환희하는 그림을 가져와 성실하게 선에 선을 차례로 모사할 필요가 있었을 뿐이다. 그 당시 폰 우데 씨는 그렇게 모사했고, 그림은 사랑과 자비의 형상, 즉 이 어린이들 무리가 모두 안에서 기다리는 밝은 피난처가 되었다. 그리고 나서 나중에 폰 우데 씨의 관습적인 신앙이 염려스럽게도 이런 친밀한 아이들의 친구 앞에서 주저했고 이 아이의 친구를 '예수'라 불렀다는 사실은, 우연하게 지어진 이름이 그 본질과 관계가 없는 것처럼 그 일과 관계가 거의 없다. 하지만 관람객에게는 그것이 중요했다. 왜냐하면 그들은 바로 그 속에서 화제거리를 찾았기 때문이다. 그것은 통상적인 의상과 태도 속의 그리스도가 아니었다. 하지만 그렇다고 현대적인 사람도 아니었다. 그는 그냥 시대를 초월했다. 관객은 재빨리 그 이상의 것을 계속 발견했다. 어린이들의 의상은 대충 그렇게 시류에 적합한 것처럼 보였고, 그 밖에 증명할 수 있는 연도나 그 밖의 역사적인 회상이 그 것을 방해하지 않았기 때문에, 그의 자만심은 즉시 자신의 현시점에 대해 어느 정도의 우월성을 갖는 이 그리스도를 차지할 준비가 되어 있었다. 폰 우데 씨는 사람들이 모든 뉘앙스와 균형에서 지금 그에게 요구하는 그 '현대적' 그리스도의 새로운 전형을 그렇게 아무런 의도 없이 한번에 창조했다. 그 예술가에게서 예수의 이야기를 기대하는 것은 관객에게는 아주 당연한 일이었고, 타고난 그리고 길러진 예의, 필요 없이 어떤 기대도 실망시키지 않는다는 예의를 교육받은 폰 우데 씨는 그 그림에게서 자신의 의지를 행했다.

〈승천〉(그러니까 마지막에)에서 비로소 그리스도상의 거짓과 불성실이 드러났다는 사실은 우데의 훌륭한 능력에 대한 증거이다. 이런 능력의 기술적 장점들은 문카치이Munkácsy와 폰 우데 씨 자신, 그 정취의 깊이는 그의 네덜란드 그림 연구 덕분이다. 왕실의 그림 수집에 접수됨으로써 바로 이런 내적 공허함의 증거가 두각을 나타냈다는 사실, 이것은 다시금 몇 가지를 분명하게 말한다 ──그 밖에 무엇을.

1898
파울 빌헬름,[60] 《세계와 영혼》

이제 이 책에 대해 이야기하려고 하는데, 우선 나에게 주어진 일은 무엇인가? 작가가 그 책을 바친 사람에게 보낸 한 통의 짧은 편지다. 대략 이렇다. "나의 소중한 데트레프 릴리엔크론, 너는 내게 여러 번 말했고 그리고 나도 그걸 알고 있다. 신문지상에서 이름을 대대적으로 떠들어 너를 얼마나 많이 화나게 했는지를 말이다. 그것은 믿지 못할 정도로 시끄럽다. 왜냐하면 그 중에는 사람들이 소리 없이는 도대체 발음조차 할 수 없는 굉장히 많은 이름이 있기 때문이다. 봐라, 이제는 더 이상 마음 상할 필요는 없다. 그 동안 민감한 한 사람이 자기 자신과 자신의 전성시대의 모든 꿈에서 너를 위해서 수집을 했다. 그리고 그가 자신의 수익금을, 그의 영혼이 거둬들인 것을 지금 네게 전한다. 그리고 그것은 추밀원 고문관들을 합한 전체보다 훨씬 더 많고도 많은 것이다. 그 책이 얼마나 묵중한지 한번 느끼기만 해보렴……."

그렇다, 그것은 무게 있는 책이다. 사람들이 그 첫번째 낭독시간 뒤에 그 책에 대해 이야기해야 한다면, 그에 약간 책임이 있다고 믿어진다. 마치 이국적인 그리고 고향의 나무들이 서 있는 풍요로운 공원에서 오듯, 사람들이 온다——사람들이 이미 어린아이일 때 알았던 그런 나무들, 그리고 사람들이 동화 속에서만 살랑거리는 소리를 들었던 그런 나무들. 그리고 처음 한 바퀴를 돌고 나서 다시 정원의 금빛 창살 앞에 서 있을 때, 사람들은 그 나무들 형태와 봄 색깔을 더 이상 떠올릴 수 없다. 그러나 그들 모두의 향기는 무겁고 달콤하게 감긴 눈 위에 내려앉는다. 그리고 그것은 이렇게 한 권의 아름다운 책인 것이다.

그리고 그 책에 아주 특별한 가치를 선사하자면, 그 책이 진지하고 솔직하다는 것이다. 그 안에서 그 책은 하나의 세계관이다. 그리고 모든 시마다, 비록 시 한 편이 그때 거기서 첫눈에는 완전히 대등하게 보이기를 원하지 않더라도, 시구 뒤에서 그리고 그 위로 점점 더 크고 자유롭게 나타나는 인격의 그림에 하나의 새로운 조각을 덧붙이는 의무를 채우고 있다. 파울 빌헬름은 그의 정상에 올라서서 예술을 발견하는 삶을 신뢰하면서, 그냥 추적하는 그런 사람들에 (그것을 그가 알고 있다) 속하지 않는다. 그는 완전히 예술 자체이기 위해서는 사람들이 삶을 *극복해야* 할 거라는 생각을 자신의 첫번째 〈황혼〉의 비관적인 사색에서 얻었다. 그러나 그 속에서 그는, 저 추구했던 승리의 *기쁨을 주는 것*에 가치를 인정할 수 있도록, 자신의 첫번째 책의 노래폭풍을 뛰어넘어서 있다. 그리고 묶여 있는 아름다운 여자 노예의 비밀스러운 존재, 삶이 정복자의 미소에서 깊고 두려운 사랑에 불을 붙인다는 사실을 느낀다.

〈황혼〉 후에 작가는 오랜 시간 침묵했다. 그는 그 대신에 지금 우리에게 이 싸움의 파노라마를 펼쳐주었다. 그것은 서로 다르고 출렁거리는 책, 동경보다는 사유가, 신앙보다는 폭력이 더 많이 담긴 책이 되게끔 했다. 만약 그 안에서 귀 기울이며 숨을 들이마쉼이 중간에 노래들을 더 작게 더 조용히 살리지 않았더라면, 아마 너무 무거운, 너무 활발하고 호전적인 것이 되어버렸을 한 권의 책이다.

그리고 이제 금빛 창살 앞을 처음으로 통과한 뒤에 나는 눈을 감고 말한다. 형성되는 것들은 성스럽다라고.

우리들 사이에는 이루어짐이 일어나는 그런 사람들이 있다. 그들은 그것을 위해 아무것도 할 수 없고, 그들은 앉아서 기다리고 어딘가로 아침을 쳐다보아야 한다. 그리고 봄은 고통을 주는 자작나무처럼 있어야 한다.

그들은 자신들의 형성됨을 *감수한다*.

다른 사람들은 무기를 들고 나타나서 매 걸음마다 싸운다. 그들의 뺨은 이글이글 타오르고 붉은 깃발은 그들에게 인색한 청량감을 불어넣어준다.

그들은 형성되는 그 속에서 *강해진다*. 그들은 점점 더 많이 어우러졌다.

그런 사람이 파울 빌헬름이다. 그리고 내게는 그가 승리를 거두는 자가 될 것이다.

1898
현대 서정시[61]
〈1898년 3월 5일에 프라하에서 한 강연〉

　여러분들께 우선 양해와 인내를 부탁드립니다. 한 시간 동안 시에 대한 강연을 듣는 일이 결코 쉬운 일이 아니라는 것을 저는 충분히 알고 있습니다. 만약 이 사실이 신문지상에 이미 실리지 않았고 그렇게 불쾌하게 명시하지만 않았던들 우리는 서둘러 그리고 은밀히, 좀더 생동하는 어떤 것, 예를 들어 졸라나 솅크 교수 또는 그와 같은 사람들에 대해 이야기한다는 데 합의할 수 있었을 겁니다. 그리고 퇴장할 때 비로소 시적으로 구원받은 표정을, 바깥에서 그것을 믿게끔 지을 수 있었을 겁니다. 그러나 지금 더 이상 그것이 가능하지는 않습니다. 누군가 우리에게서 그것을 누설할 수 있습니다. 그렇기 때문에, 몹시 유감입니다만, 너그러움과 인내를 부탁드립니다. 하지만 위안이 되는 것이 있다면 여러분들께 아무 일도 일어나지 않을 것이라는 점입니다. 그리고 지금까지 여러분들이 원래 시라고 여겼던 그것에 대해서 저는 조금 이야기할 것입니다. 저는 아주 특별한 의도를 갖고 있습니다. 제가 이것을 말하면서 여러 가지를 너무 격렬하게 강조한다면, 저의 젊은 시절을 잘 참작해주시기 바랍니다. 때때로 제가 어제에 대해 부당함을 행하는 것으로 보여진다면 제가 이 위대한 새로움의 높고 훌륭한 점을 알려야 하기 때문이라고 저를 용서해주시기 바랍니다.

그러니까 이 주제를 고수하지요. 즉 *가장 현대적인 서정시.*

보세요. 스쳐가는 사건들의 홍수 속에서 자기 자신을 찾으려는 개인들의 첫번째 시도가 있었던 이래로, 대낮의 소란스러움 한가운데서 자신의 존재의 가장 깊은 고독 속으로까지 귀를 기울이는 첫번째 노력이 있었던 이래로, *현대 서정시*는 존재합니다.

그리고 이것은——제발 놀라지 마세요——대략 1292년 이후부터라고 할 수 있습니다. 이때는 단테가 《새로운 *삶*》이란 작품 속에서 자신의 젊은 첫사랑의 단순한 이야기를 한 위대한 르네상스의 강림절이 있던 그해입니다.

전적으로 족보를 중시하는 사람은 그 《신곡》의 작가[62]에게서, 원한다면 우리의 젊은 작가가 나온 가문의 선조를 알아볼 것이고, 그가 오래된 귀족이라는 사실을 시인할 것입니다. 그리고 다른 사람들에게는 조상이 없는 첫번째 사람임이 분명한, 그 고귀한 피렌체 사람에게서 모든 창작자의 본보기를 찾을 수 있다고 저는 다시 확신시킬 수 있을 겁니다. 만약 그 사람이 오로지 단테와 함께 시작한 그 결코 한번도 말해보지 않은 것과 새로운 것까지 자기 안에서 충분히 깊숙이 귀를 기울인다면, 이를 확신시킬 수 있습니다. 만약 그 개인이 모든 학교습관을 통과하고 경험한 것처럼 느끼는 모든 것 밖으로 나가서 단테의 울림의 저 가장 깊은 바닥으로 내려온다면, 그는 예술의 가깝고 내면적인 관계 속으로 들어갑니다. 즉 *예술가가 됩니다.* 이것이 유일한 척도입니다. 붓이나 펜이나 끌로 종사하는 다른 모든 것은 다만 그 개인과 주위 사람들에게, 마치 흡연이나 손가락을 돌리는 일처럼 중요하지 않거나 귀찮아질 수 있는 개인적인 습관입니다. 이런 예술 분야에도 역시 사람들이 인정해야 할 정도로 위대하게 통달한 사람들이 있습니다. 하지만 저는 그들이 완벽한 모든 기교로 그렇게 갈망하는 위대한 발전에 무엇인가 기여할 거라고는 그다지 믿지 않습니다. 대중의 숨막힐 듯한 욕구는 이 위대한 발전을, 고독한 자가 갖는 내적으로 사랑하는 신뢰와 같이 갈망합니다. 예술은 목적이 아니라 다만 하나의 길이라는 사실을 잊지 마시기 바랍니다. 그렇지 않다면 그것은 세상에 색깔을 설정하는 화가의 마지막 의도여야 합니다. 그리고 음악가는 자신의 소리에서 화음의 궁전을, 결국은 이 불충분한 축소화를 통해 *하나의 위대한* 질서를 방해하고 흉내내는 우주의 조화 외에 아무것도 뜻하지 않는 그 궁전을 세우는 것에서 자신의 가장 깊은 충만함을 이해해야만 합니다. 예술이 외부 세계를 모사하는 중에(그것이 이상화하거나 가능한 한 성실한 반복이든지 간에) 스스로를 실현할 거라는 이 불행한 견해는 되풀이해서 깨어납니다. 이런 미신을 부활시키는 시대도 역시 예술적인 실현과 삶 사이에 항상 새로운 간격을 만듭니다. 그리고 예술은 이렇게 하면서, 자신의 착각에 유일하게 가능한 결론을 끌어냅니다. 사실 그렇습니다. 만약 그렇다면, 예술가는 아이들 같거나 아니면 남자들이 무기를 들고 나간 동안 카드로 집을 짓거나 다채로운 유리구슬의 광채에 자신의 어리석은 미소를 비춰보는 백치 같을 것입니다. 하지만 이들 중에 성숙하고 완벽한 이성을 가진 한 사람이 있다면, 제 생각에는, 사람들은 자신의 비겁한 음흉함에서 나온 가장 심한 경멸로 그를 채찍질해야 할 것입니다.

예술가를 거대한 삶의 통로와 단절된 자로 보기를 좋아하는 이런 풍조는 원래 예술 자체한테는 아주 위험한 것은 아닙니다. 왜냐하면 그 의견은 가장 경멸하는 뜻으로 예술을 예술애호주의로 바꿔놓기 때문입니다. 그것만으로도, 이런 착각에서 출발해서 실제의 예술에까지 이르고 거기에서 비록 해를 끼치지는 않더라도 그래도 지체시키는, 반성 효과는 있습니다. 한 예로 예술은 다시금 얄량한 사치로 폭로된 듯 보이는 그런 시대를 지나서 삶과 예술의 가깝고 필요한 맥락을 본의 아니게 재빨리 보여주려고 애씁니다. 예술은 낮의 마지막으로 관심을 가장 끄는 현상들에 불안해하며 집착하고, 전쟁을, 왕을 예찬합니다. 그렇습니다. 예술은 정치적인 또는 사회적인 정당의 사소한 이해관계의 일을 시작합니다. 예술은 경향성을 띠게 됩니다. 그리고 예술은, 사람들이 유용하다고 생각되는 자격을 다시 부여받는다면——우리는 그것을 거리낌없이 말할 뿐입니다——그렇다면 그것은 바로 최소한 예술인 것입니다. 왜냐하면 분노나 갈채의 표정으로 주간의 스쳐가는 의미 없는 현상들을——더욱이 그것이 정말 애국적일지라도——동반하는 예술이란 운을 단, 또는 그림으로 그려진 저널리즘이기 때문입니다. 거기에서 교육적이고 문화적인 가치는 확실히 비방되어서는 안 되겠지만 말입니다 ——하지만 *예술*은 아닙니다. 노래를 좋아하는 독일에 바로 시가 이런 교육적이고 문화적인 역할을 하고, 그 당시의 가곡 연감은 오늘날 문학사를 만들고자 하는 남자보다는 사회정치가나 문화사가에게 더 흥미 있는 시대가 있었습니다. 하지만 그 후로 독일 사람과 독일 시인의 시 사이에는 간격이 다시 커졌고 마침내 지속되고 있습니다. 그리고 때때로 누군가가 희곡작가나 소설가에게서 미미한 존재 권한을 완전히 박탈하지 않는 특별한 애정을 갖더라도, 시인은 일반적으로 우습고 시대에 뒤떨어져 있고 어쨌거나 그가 '*그것*'을 필요로 하지 않기 때문에 고작해야 시나 쓰는 완전히 불필요한 인물이라 간주됩니다. 사람들은 최근에 베스트팔렌의 남작이자 사법관 시보(試補)의 고소로 리하르트 데멜Richard Dehmel의 책《여자와 세계》에서 한 쪽을 압류한다는 것을 좋다고 판단했습니다. 사람들은 독일 독자에게 대단히 부당하게 행동합니다. 독일 독자는 시를 소유하고 있고, 그러니까 이런 측면에서는 전혀 위협받지 않으며 아니면 부패될 수 없다는 사실을 오래 전부터 잊고 있습니다.

여러분들은 그것을 믿지 않으실 겁니다. 우리의 시는 굴욕 없이, 시대 유행에 접근하려는 시도 없이, 의도하지 않은 고독의 해를 견뎌냈습니다. 그리고 여러분들께 지금 제가 말씀드려야 합니다. 우리의 시는 살아 있습니다. 그리고 여러분들께 더 밝힐 수 있습니다. 우리의 시는 건강하고 훌륭하고 그리고 탄탄합니다.

그렇기 때문에, 제가 보기에는, 제가 제일 먼저 여러분들께 그리고 여러분들 중에 있는 독일 독자들에게 오랜 시간의 지속적인 무관심에 대해서 감사해야만 할 것 같습니다——진심으로 감사해야만 합니다. 왜냐하면 그 결과는 새로운 형식이기 때문입니다. 관찰되지 않은 영역에서 모든 예술의 본질이 가장 순수하게 보존될 뿐만 아니라, 이러한 정적 속에 은밀하게 그리고 알려지지 않은 채 공예에 의해 내내 여러분들께 접근한 새로운 것이 탄생된다는 사실입니다. 형식에 대해서 다수의 사람들이 취하는 행동의 불러오는 손해들은 많지 않습니다. 이것은, 자신들의 이름을 드러내지 않았던 몇몇 젊은이들이 훌륭한 시 대신에 아무도 들어보지 못했을 그런 시나 형편없는 드라마와 노벨레를 썼다는 사실에 있습니다…….

하지만 제가 위에서 이미 언급했던 예술의, 새로운 예술의 정의를 전적으로 차용할 수 있도록 예술을 추구하는 본성은 서정시 안

에서 정말 순수하게 악의 없이 보존되었습니다. 왜냐하면 다음의
제 묘사 전체가 이와 함께 존립하고 그리고 없어지기 때문입니다.
그리고 이것을 적어도 이 시간 동안 관대하게 받아주실 것을 여러
분들께 정말 부탁드립니다.

　예술은 제게, 편협함과 불명료함을 넘어서서, 모든 사물을, 가장
작은 것을 가장 큰 것처럼 이해하고, 그런 꾸준한 대화 속에 모든
삶이 지닌 본래의 소리 없는 원천으로 좀더 가까이 다가가는 개개
인의 노력으로 나타납니다. 사물의 비밀은 그 개인의 내부에서 그
에게 고유한 가장 깊은 느낌과 융해되고, 그것이 마치 자신의 동경
이 되기라도 했던 것처럼 그렇게 그에게 소리를 냅니다. 이 내밀한
고백의 풍부한 언어는 아름다움입니다.

　그러니까 예술가는 결코 삶을 배제하는 자가 아닐 뿐만 아니라
더 정확하게 말하자면, 창조자가 자신의 간절한 의문들을 가지고
가장 침묵하고 있는 사물에게도 다가가고 어떤 해답에도 만족하지
않고 점점 더 계속해야 하는 동안에, 예술은 활동하는——제가 말
하고 싶은 것은——너무 요구가 많은 삶의 형식을 묘사한다는 사실
을 여러분들은 보게 됩니다. 만약 모든 예술이 미의 언어가 갖는 특
성이라면 그렇게 가장 섬세한 감정의 표명이 문제인데, 그것은 감
정 자체에 자신의 소재를 갖고 있는 그 예술 속에서, 다시 말해 시
에서 가장 분명히 인식될 것입니다. 하지만 이 감정의 소재 자체도
저에게는, 그것이 저녁의 정취라도 좋고 봄의 풍경이라도 좋은데,
훨씬 더 섬세하고 전적으로 개인적인 고백들, 저녁이나 꽃피는 시
절과는 아무 상관도 없지만 제게는 이런 기회에 영혼에서 풀려나
벗어나는 고백들에 대한 구실로 여겨질 뿐입니다. 그러니까 우리가

시 어딘가에서 우리 시대의 가장 깊고 가장 은밀한 희망들을 엿들을 수 있다는 제 이야기를 여러분들은 제게서 믿어야만 합니다. 왜냐하면 바로 거기에서, 다른 예술보다 더욱 순수한 예술의 의도가 예술이란 구실 뒤에서 나타나기 때문입니다. 그 구실이, 소재는 내게 지속적으로 구실로 나타나는데, 모든 다른 예술보다 훨씬 더 투명하고 활동적이고 변화할 수 있기 때문에 이런 일은 생길 수 있습니다. 만약 예를 들어 화가에게는 경치가 그림의 모티프로, 다시 말해서 어느 정도 가장 심오한 감동에서 벗어나는 계기로 등장한다면, 시인은 개별적인 특수한 감정들이 자신의 영혼의 희미한 빛으로 투영하는 풍경의 넓고 창백한 느낌과 상대하는 것입니다. 하지만 그렇게 정해진 수단으로 그리는 화가가 이제 풍경에 묶여 있는 동안, 다시 말해서 이 풍경을 통해 주어지고 한정된 독특한 공간 속에 그의 고백 전체를 넣어두어야 하는 동안, 시인에게서는 원래의 감정 영역이 거기에 첨가된 개별적 감정의 충만함이나 강도를 통해서 무성하게 우거지고, 덮이고 그리고 변형되는 일이 생길 수 있습니다. 예를 들면 그 가장 섬세하고 가장 내밀한 감정의 순간들의 영향 아래 현존하는 그 풍경의 감정이 저녁의 정취나 바다의 일반적 감정으로 변하기 시작하는 일이 생길 수 있습니다. 간략하게 설명하자면, 화가가 만약 정물화로 그림을 시작했고 작업 도중에 풍경화를 덧칠하고 마침내 똑같은 화폭을 인상주의의 초상화로 완성했다면, 그의 대등함을 발견했을 것입니다. 그것은 엄청나게 어처구니없는 효과를 냅니다. 그래도 저는 화가가 그런 경험을 했다는 것을 압니다. 그리고 저는, 그림을 액자에 끼우면서 보충하고 싶어하는 점점 더 강해지는 욕구의 근거를 이런 상황에서 찾습니다. 다시 말해서 창조하는 동안 등장한 취향과 다른 모티브에 대한 욕구를 적어도 일정한 예술적 약어와 서명 속에 적어놓는 것 말입니다. 왜 냐하면 이러한 욕구의 깊은 원인이, 또 개인적 특별한 감정들이 주요 사항이기 때문입니다. 그러나 소재가 주요 사항은 아닙니다. 따라서 사람들은 이런 욕구들에게 소재의 한계를 넘어 어딘가에서 표현할 권리와 가능성을 허락해야 합니다. 루트비히 폰 호프만이나 피두스와 같은, 화가이자 시인이 이런 인식에 가장 심하게 좌우되고 그들 예술의 무분별하고 제멋대로인 수단을 가지고 반복해서 모순에 빠진다는 사실은 독특한 일입니다.

하지만 이제 여러분들은 이런 관대함이 완전히 허락되고, 그 안에서 모티브의 무한한 변화가 소리 없이 언제까지나 다시 이루어지는 예술의 장점들 역시 인식해야 합니다. 그리고 유일한 예술작품인 시의 공간에서 얼마나 많은 개인적 고백들이 울려퍼져도 되는지를 알아맞춰보시죠. 저 내적인 감정의 고해가 그 연주되는 음악에 상응할 거라는 반면에, 그렇다면 그 넓고 일반적인 배경의 감정은 대략 지나가는 환등기의 그림과 비교될 수 있습니다. 하지만 이런 비교에서는 가장 외적인 것만 들어맞을 뿐입니다. 그림과 소리의 은밀하고 깊은 인과 관계, 그 두 가지가 서로를 불러일으키고 서로에게 선물하는 것은 어떤 유사성을 통해 설명되거나 증명되지 않습니다.

커다란, 어쩌면 가장 위대한 의미가 시 속에 성립한다는 사실, 시는 창조자에게 자신과 세상과 자기의 관계에 대해 무한한 고백을 하는 것을 가능하게 한다는 사실은, 시가 무엇인가를 고백하려 한다는 것을 느끼는 시대에서부터 비로소 인식됩니다. 그리고 그때는 시대의 중간도 끝도 아니고, 언제나 자신이 느끼는 것을 숨김없이 토로하는 풍요로운 시작입니다. 왜냐하면 중간 시대는 너무 편안하고, 다른 한편으로는 많은 것을 이야기하려고 하기 때문에 너무 활기차고, 끝은 그러기에는 너무 늙었고 너무 지쳤습니다. 젊은 시작만이 무엇인가를 고백할 수 있고, 기분 내키는 대로 솔직하게 거짓 없이 폭로하기 위해서도 확신하기에 충분합니다. 단테는 위대한 르네상스의 문턱에 서 있습니다. 오늘 이야기되고 있는 이 번창하는젊은 시인 가문이 백 가지의 의미 속에 있는 새로운 시대의 가장자리에서 얼마나 아름답고 강하게 기다리고 있는지를, 그리고 그의 노래 속에서 마치 《신곡》의 예언적 말에서 16세기 르네상스 전성기의 찬란한 시절을 앞서 느끼는 것처럼 미래의 다가오는 목표의 예감이 얼마나 힘차게 감지되는지를, 여러분들 모두가 느끼셨으면 하고 바랍니다.

*

저는 누가 제일 먼저 서정시의 이런 의미들을 알고서 또는 본의 아니게, 새로움으로부터 증명했는가에 대해 알지 못합니다. 하지만 모두가 지금 이런 사명을 의식하고 있고, 새 시대를 알리는 첫번째 목소리들로 느낀다는 것을 압니다. 이 목소리들이 다른 목소리들보다 더 낙천적이기 때문이 아니라, 이 목소리들은 자신의 예술 덕분에 삶에서 더욱 소리없이 그리고 더욱 귀 기울이고 있기 때문입니다. 그리고 삶의 폭등을 동시대인보다 일찍이 축제일로부터 멀리 울려퍼지는 종소리를 내내 듣기 때문입니다. 금으로 된 검전기의 차단시킨 조각들에서 가장 작은 전류 덩어리가 증명되는 것처럼, 새 시대의 입김 역시 다수가 그 흐름을 느끼기 오래 전에 우선 몇 명의 고립된 외로운 사람들의 심연에 와 닿습니다. 그리고 대중이 아직 적대적인 자세를 취하고 거부하는 동안에도, 그 고독한 사람은 이미 오래 전부터 가장 빠른 계시들을 갈망합니다. 그리고 만약 자신이 소리를 내도 된다면 이 고독한 사람은 그 계시들의 성실하고 믿음직한 포고자가 될 수 있습니다. 오로지 예술가만이 이런 첫 번째 전조들을 인식할 수 있는 것은 아닙니다. 종교적이거나 정치적인 기질도 역시 그 계시들에 귀를 기울일 수 있습니다. 하지만 그들은 그 외침을 언젠가는 쉽게 오해할 것이고 그러면 계시들의 조용한 의도를 품위 있게 표현할 수도 없습니다. 하지만 현대 시인들은 역사적으로 특별히 교육을 잘 받았습니다. 과거 십 수년 동안의 객관적 사실주의는 시인을 자연과 삶과 교류하게 했고, 시인의 눈은 사물의 차원들에 대해 훈련되었습니다. 객관성에 선행된 관념주의는 자신의 말차례로, 사실주의가 자연주의 속에 멸망해갈 때 마치 감상적 유년기의 회상처럼 바로 안으로 작용했습니다. 그리고 사물에 *대해서* 말하는 대신 사물*과 함께* 말하는 것, 그러니까 '주관적으로' 되는 것을 조용히 시작하게 했습니다. 그리고 이제 주관주의 속에서는 객관적인 세계인식 안에서의 그때처럼 병행 발전이 뒤따랐습니다. 사람들은 자신의 영혼을 예전의 외적 환경처럼 관찰하는 것을 배웠습니다. 사람들은 여기에서도 사실주의 작가와 자연주의 작가가 되었습니다. 예전에는 그 *외적인* 사건들에 대해서 그랬던 것처럼 그 내밀하고 내적인 감동을, 그리고 예전의 세계처럼 이제 자신의 영혼을 똑같이 상세하게 알게 되었습니다. 다시 말해서 사람들은, 객관적인 학교 시절에 자신의 인격 밖에서 찾았던 모든 것을 자기 안에서 스스로 더 풍요롭고 더 다양하게 재발견했습니다. 사람들은 전혀 기대하지 않은 채 일종의 범신론에 이르렀고, 사람들에게는 범신론의 신개념과 자신을 점점 더 동일시하려는 경향이 있습니다. 그리고 이러한 성장, 모든 곳에 이렇게 갑작스럽게 다른 것이, 이런 모든 것이 생성되는 것 그리고 모두가 되는 것이 아주 멋진 해방이고, 저돌적이고 드높은 승리를 뜻했다는 것을, 커다랗고 시끄러운 열광 속에서 그 표현을 찾았다는 것을 여러분들은 이해할 것입니다. 뜻밖의 모든 성공마다 그 뒤에는 그런 것처럼 그후 반응들이, 실망과 절망이 나타났습니다. 그러나 여전히 이와 같은 *넘어진 울타리의 느낌*이 모든 것을 창조하는 데 기본 정서로 남아 있었습니다. 그리고 그 감정은 오늘까지도 여전히 그렇게 남았습니다. 거기에서 주관주의는 최고의 형태를 이룩했습니다. 왜냐하면 누구나 세계의 모든 현상과 함께 자기 안에서 하나되는 것을 느낀다면 그 역시 고독한 사람이 되어서 자기 옆에 어느 누구도 인정하지 않아도 될 유일하게 현존하는 사람이니까요. 그리고 고독은 조용히 귀 기울이게 하기 때문에 이런 우주적인 은둔자는 지금까지 아무도 듣지 못했던 많은 것을 듣습니다.

그렇기 때문에 경청과 고독 역시 제게는 새로운 시인들에게 공통적인 주요한 특징으로 보입니다. 새 구원의 첫번째 포고자들이, 승리의 팡파르로 불확실하나 대단히 희망찬 내일을 환영했던 이후로, 새로운 것에 대해서 점점 더 분명하게 이야기하는 소리들이 더 깨어났습니다. 그리고 이 율리우스Julius Hart와 하인리히 하르트 Heinrich Hart 형제는 새로운 성역의 정상으로 올라갔습니다. 어떤 사람은 새로운 기쁨의 포고자, 더 깊은 은총의 포고자가 되었고, 다른 사람들은 새로운 고난의 사도들이 되었습니다. 그리고 새로운 동경의 가수들이 이들 사이에서 자신들의 성스러운 하프를 가지고 거닐고 있습니다. 그 첫번째 선구자들에게서 유일한 환호였던 것이 그들의 추종자들에게는 이미 새로운 삶의 모든 형태를 감지하는 수천 가지 목소리가 만든 합창이 되었습니다. 그 힘에 대한 완전한 믿음과 확실한 기대감에 찬 하르트 형제는 올바른 포고자였습니다. 이들 형제는, 자신의 용기와 초조함에 비해 예술이 오랫동안 너무나 협소해서 가장 요란한 삶 한가운데로 뛰어들었던 어깨가 떡 벌어진 바이에른 사람, 미하엘 게오르크 콘라트, 벽을 깨는 사람이 아니라, 화환으로 장식하고 축제 의상을 입고 개선행진 속에 걸어나가는 그리고 자신의 올바른 열정으로 자기 스스로 열광하고 다른 사람들을 열광시키는 남자들입니다. 이들 옆에 있는 그 부르노 빌레와 빌헬름 뵐셰와 존 헨리 매케이에 대해서 이야기하겠습니다. 그리고 《프라이에 뷔네Freien Bühne》의 1890년에서 1893년의 첫번째 연도분과 그 다음 연속분은 그들의 젊은 용기와 깊고 성실한 확신이 남긴 아름다운 문화적 기념비입니다. 그 멋진 릴리엔크론이 거기 가장 앞줄에 서 있습니다. 불분명한 도취 속에서 예언했던 하르트 형제가 그것을 릴리엔크론은 완전히 무의식 속에 이미 오래 전부터 살고 있었습니다. 너무 현실적인 사람들 한가운데에 있는 함부르크 출신의 미래 남자. 굉장히 오래된 홀슈타인 남작 가문의 진짜 젊은 사람! 그는 그것을 설교하는 것이 더 이상 필요하다고 전혀 생각하지 않고 그냥 이야기하면서, 그렇게 새로움을 집처럼 편안하게 여기는 그런 사람입니다. 예술의 사회적 뉘앙스 속에 틈틈

이 성스러운 진실을 줄 정도로 성숙한 사람——그리고 솔직하고 쾌
활한 사람이고 또 오만한 사람입니다. 여러분들은 사람들이 그를
어떻게 환영했는지를, 사람들이 어떻게 그를 하룻밤 사이에 *사랑했
는지*를 생각하실 수 있을 겁니다! 그리고 사람들이 그가 완전히 새
로운 사람이라고 말했을 때 그 작은 남작이 얼마나 기이하게 놀라
서 쳐다보았는지도 말입니다. 그는 홀슈타인 출신 농부들과 어부들
이 자신과 똑같다고 틀림없이 믿었습니다. 그는 그것을 정말 자랑
스러워했습니다. 상업성이 강한 친애하는 함부르크 사람들과는 잘
어울리지 못했습니다만, 하지만 그 외에는…… 아, 이 성실한 순수
한 시인이여! 훌륭한 데트레프에 대해 말할 때면 제 가슴은 벌써
또 벅차오릅니다. 그렇게 내버려둬야겠지요. 왜냐하면 그에 대해서
는 제가 1년 전 여기에서 두 시간 동안 이야기했고 여러분이 그 당
시의 모든 것을 아직 잊지 않았기를 남 몰래 희망하기 때문입니다.
장황한 반복에 여러분들이 지루해하지 않을까 걱정스럽기 때문입
니다. 남작 자신도 그렇게 한번에 드러나는 것을 보자 자신의 좋은
시력에 약간 힘을 주면서(그는 대위 시절부터 그것을 맞췄어야만
했습니다) 스스로 찾아나섰습니다. 그리고 그가 함부르크의 멋진
음악 선생 구스타프 팔케를 고향으로 데려왔을 때 그는 근사한 발
견을 했습니다. 팔케는 릴리엔크론과 비슷한 기질을 가지고 있습
니다. 바로 시민적 뉘앙스입니다. 그도 역시 부자입니다. 그 사람 혼
자서만 자신의 부를 약간 근심하고 릴리엔크론처럼 (저는 물론 돈
을 말하는 것은 아닙니다. 두 사람 다 돈을 가진 적은 결코 없습니
다) 그것을 낭비하지 않습니다. 그도 역시 쾌활합니다. 하지만 그가
아주 흥이 나면 거의 울음에 가깝습니다. 그는 마치 남작이 속물을

예술론 111

보듯이 웃어댑니다. 그러나 그는 속물들 때문에 가끔 정말 괴로워합니다. 구스타프 팔케 역시 아름다운 질서를 좋아합니다. 하지만 이것은 때로는 매우 좀스러운 행위와 같습니다. 그렇기 때문에 사람들은, 제가 수년 전 그의 〈포크프레트〉 시구를 읽었을 때처럼 여기 릴리엔크론에게서도 똑같이 나타나는 구성의 부재를 결코 그에게서 비난할 수 없습니다. 제가 위에서 새로운 시의 의미에 대해서 이야기했던 것을 상기해보면, 이러한 가상의 무형식은 단지 너무 견고한 내적 풍요로움일 뿐이라는 것을 알게 됩니다. 그는 감정의 영역이 금빛 수확으로 항상 완전히 무성해질 정도로 많이 고백해야 합니다. 팔케는 더욱 신중합니다. 그리고 어느 정도까지는 더 의식적으로 창작합니다. 그는 자신이 온갖 종류를 다루게 될 항상 아름답고 뚜렷한 소재를, 하지만 항상 틀에 실제로 맞는 것만을 그의 노벨레 풍의 재능으로 발견합니다. 더욱이 그의 감미로운 시행들은 자주 광채까지, 강조점까지도 갖고자 합니다. 즉 우리 동향인인 잘루스 박사의 아름다운 시에도 어울리고 이 탁월한 시행 그림에 대단한 매력을 주는 노벨레 풍의 요소를 갖고자 합니다. 제가 어디에서 비롯되는 것이라고 말은 못하지만, 팔케에게서 그리고 젊은 스위스 사람 에마누엘 폰 보트만 남작에게서는 현대적 정취 속에서 진기하고 부드러운 향기가 자주 납니다. 마치 할머니의 세탁 바구니에 있는 라벤더처럼 말입니다. 그 향기는 마치 언어들 너머로 우수에 찬 미소처럼 불어옵니다. 그리고 예측하지 못한 사랑스러운 일을, 무미건조하게 여겨지는 잘루스 박사의 시 구절에서조차 사랑스러운 놀라움을 선사합니다. 이처럼 우리에게 친밀한 시인에게서는 특별히 매력적인 방식으로, 한편으로는 실망에 대한 자신의 수

줌음 때문에, 다른 한편으로는 경청하는 사람을 낯설게 하지 않기 위해서, 자기 안에서는 느끼면서도 망설이지 않고 완전히 선포하지는 않는 새로움이 젊은이들 중 더욱 사려 깊은 자들처럼 드러납니다. 그들은 잘루스처럼 배경을, 즉 그것의 의상을 찾습니다. 위대한 르네상스가 그 형상들에 옷과 몸 동작을 준다는 사실과 우리의 가장 현대적인 감정과 16세기 이탈리아 예술 고유의 쾌활한 의상이 그렇게 멋지게 일치한다는 사실은 확실히 우리 시대에 대한 하나의 증거입니다. 릴리엔크론은 다른 스위스 사람[63]인 젊은 빌헬름 폰 숄츠 박사와도 내적인 공감대로 묶여 있습니다. 그리고 숄츠가 준비한 발라드 풍의 새 연작시는 곳곳에서 대가의 수준에 이릅니다. 모든 젊은이는 굉장히 탁월한 데트레프 폰 릴리엔크론을 친숙하게 그리고 감사하게 느낍니다. 그가 만든 학교는 아주 이질적인 유령들이 모인 꽤 느슨한 협회입니다. 왜냐하면 사람들이 그에게서 아무것도 흉내낼 수 없기 때문입니다. 그에게는 어떤 기교도 없고 그의 창작 요소에서는 어떤 기교도 발전할 수 없습니다. 누구나 그에게서는 단 한 가지만 배울 수 있을 뿐입니다. 즉 솔직해지자는 것 말입니다!

이와는 달리 감흥에 도취시키는 리하르트 데멜의 형식언어는 자신에게 귀 기울이는 상당수의 숭배자들을 모방자로, 또 상당수의 이해하는 사람들을 맹목적인 신봉자로 격하시킵니다. 그래서 그의 열정적 수려함 안에는 위험이 놓여 있습니다. 내가 리하르트 데멜의 바른 자세를 의심하는 것은 아닙니다. 그러나 나는, 비록 그것이 그가 할 수 있는 것보다 더 많은 것은 아닐지라도, 자신이 원하는 것이 무엇인지 그 스스로가 이미 오래 전부터 명확히 알지 못한다고 생각합니다. 깊고 내적인 소박함이 그에게서는 가장 역겨운 열정과 맞닿아 있습니다. 그리고 그의 초기의 저서들이 나온 뒤로는 많은 사람이 그에게서 그의 단순한 개성이 아니라 꽤 의식하면서 우쭐거리는 사람을 만나게 될 것입니다. 그래도 가장 최근에 쓴 책 《여자와 세계 *Weid und Welt*》는 그를 훨씬 더 닮았습니다. 그는 격전에서라면 언제나 흉하고 거칠게 움직이지만 그가 그것을 안다면 그것에 대해 울 정도로 아름다움에 대한 동경으로 꽉 차 있는, 지칠 줄 모르는 투사로 자신을 묘사하고 있습니다. 하지만 그는 쉬지 않는 투사이고 사람들이 그를 믿어도 될 만큼 새로움에 대한 많은 희망을 약속해줍니다. 그는 뜨거운 기질로——독일시에서는 처음입니다——여름시의 세계를 인식했고 오래된 독일의 봄 정취가 수세기 동안 천천히 얻으려 했던 그 의미를 단번에 이 분위기에 부여했습니다. 그리고 결실에 대한 갈망은 그의 시대의 중심에 서서 데멜의 본질과 영향을 붉은 태양처럼 비추고 있습니다. 그에게서 수확은 영원함입니다. 그리고 그는 미소지으며 고통을 짊어진 모성의 행복 속에서 삶 전체의 가장 심오한 구원을 인식합니다.

프란츠 에버스Franz Evers는 신지학적 세계인식을 통해 감각적 순환에 대한 영원의 개념을 연기하도록 유인합니다. 이를 통해 그의 열정적인 가곡의 희미한 인상에 책임이 있는, 우주적 문학세계의 기본 틀은 감각적인 격전 없이는 더욱 빛 바랜 듯하고 더욱 몽상적입니다.

오토 율리우스 비어바움Otto Julius Bierbaum 역시 미의 깃발 아래서는 투사입니다. 그러나 그는 예민한 편이라 리하르트 데멜처럼 아주 혼잡한 소동으로 돌진하지 않습니다. 왜냐하면 양복이 구겨지고 더럽혀진 채 돌아온다는 일이 그에게는 생각할 수 없을 정도로 치명적이기 때문입니다. 그는 투쟁을, 아니 그보다는 승리를 장식하는 것을 더 좋아합니다. 동시에 새로움이 발자국 하나만큼의 땅을 얻어낸 날마다 금으로 된 기념 주화를 찍어내는 것을 오히려 더 좋아합니다. 그리고 이것은 예전에 적중했던 그 누구보다도 그에게 적중한 말입니다. 그는 소중한 것을 소유하고 있습니다. 즉 내일의 감각, 아니 어쩌면 모레의 감각을 소유하고 있습니다. 그는 거의 프랑스 사람의 감각을 지녔는데 그것은 그의 순수한 독일적 기분과 아주 독특하게 섞여 있습니다. 거기에서 생기는 것은 때때로 견고한 고상함으로 거의 태고적 느낌이 듭니다. 하지만 그것은 철저하게 참신한 것이고 또 자주 살아 있는 완성까지 성취합니다. 비어바움은 그렇게 남부 티롤 지방에 있는 매혹적이고 작은 고성(古城)을 신화로 만드는 것을(이런 경우에는 빌린다는 말 대신 이렇게 말해야 할 것입니다!) 알고 있었습니다.[64] 즉 오토 율리우스가 자신의 탑에 있는 냉기 도는 어두운 방에서──골짜기 가득한 영원한 봄이 그의 창문을 채우고 있는데──진기하고 멋지게 장식된 양피지에 금촉 펜으로 사랑스러운 노래를 적는 동안에, 보티첼리의 넓은 가르마를 탄 구스티 부인이 부드럽고 섬세하게 다스리는 성에 대한 한 편의 동화를 말입니다. 감각에 관한 한 그가 항상 절대적 권위로 선포하는 것을 듣고 싶습니다. 그 문제로 그가 오류를 범할 일은 절대로 없습니다. 그리고 만약 언젠가 미래의 국가에서 미와 덕이라는 부처의 장관이 필요하다면 산 미켈레 성주의 순수한 혈통을 가진 후예만이 유일하게 적합한 지원자가 되는 것이 허락됩니다.

지금까지 거명된 이 모든 사람들에게 형식이란 무의식적인 어떤 것입니다. 그렇기 때문에 그들은 데멜처럼 가끔은 그것을 부수어 버리고, 그렇기 때문에 그들은 그 좀더 낮은 목소리의 오토 율리우스 비어바움처럼 형식을 집같이 편하게 느낍니다. 하지만 여전히 이 표면상의 마지막 단계를 넘어선 가능성들이 있습니다. 즉 미에 종사하고자 무절제하고 난폭하게 폭력을 휘두르는 것, 비어바움의 저편으로 유미주의의 퇴색과 마비 상태, 냉엄한 성모상 앞에서 동요하지 않고 무릎 꿇는 것 말입니다. 한편에서는 피투성이 전사의 절망적 투쟁, 그리고 건너편에서는 미적 금욕자의 영원히 창백한 참회가 있습니다. 알프레트 몸베르트Alfred Mombert는 하나의 극단주의를 표방하고, 그 라인란트 사람 슈테판 게오르게Stephan George는 또 다른 극단주의를 표방하고 있습니다. 데멜이 몸베르트에게서 자신의 자아가 야성화하는 것을 사랑한다는 사실은 이해할 만합니다. 왜냐하면 그는, 친구와 적을 더 이상 구분할 줄 모르고 성나 날뛰는 자신의 무분별함을 알아차리지 못하고 자신의 더욱 강력한 에너지만을 보기 때문입니다. 모든 시의 본질을 의미하는 저 가장 심오한 그리고 마지막 고백들이 게오르게에게는 그 시들을 차갑다 못해 거의 보잘것없는 투명함으로 채우는 순전히 형식적인 종교적 의미인데 비해, 자신의 감정의 과장을 너무나 확신하는 몸베르트의 노래에서는 그가 자신의 폭발에서 비롯된 단순한 마비 상태를 이미 '형식'인 양 말할 때면 감정과 동경과 분노의 완전한 혼란이 거침없이 흘러나옵니다. 광포함에는 움직임이, 그의 반대편에서는 침착함과 안정이, 마지막 아름다움의 상징으로 나타나야 한다는 것은 필연적입니다. 그리고 전자가 이 별에서 저 별로 우주 전체를 통해 불행하게도 숨막히는 자신의 단어들을 쫓아다닐 때, 다른 사람은 좁고 하얀 대리석으로 만들어진 자신의 작은 사원의 바깥 기둥 너머 경치를 내다보는 것도 감히 더 이상 시도하지 않습니다. 나는 이 두 사람 역시 여전히 솔직한 사람들로 간주합니다. 하지만 그들의 모방자들은——그리고 이들 숫자는 엄청나게 많습니다——독자들을 잘못된 길로 이끄는 아주 가엾은 바보들입니다. 그들은 교활하고 의미심장한 미소를 띠며 아름답고 자신들도 전혀 이해 못하는 광기를 그 놀라워하는 문외한에게 그 새로운 예술로 꾸며대고, 냉정하고 이성적인 많은 머리를 경악하게 합니다. 그런데다 이 머리들이란 그들을 새로운 계시로 간주해야 하는 저 혼란의 가장 정확한 적대자로 일생 동안 천명하고 율리우스 볼프나 펠릭스 다안에게서 애써 은총을 받게 되리라는 자들을 말합니다. 하지만 이 뽐내며 모방하는 사람들 곁에는 대중을 경악시키면서도 정직한 몇 명 역시 영향을 미치고 있습니다. 즉 형식을 탐색하는 자 말입니다. 그는 솔직한 고백을 마음속에 담고 있는 사람입니다. 하지만 예술이라는 핑계를 두려워합니다. 음을 내는 기회를 인지할 자신들의 내면 세계에 대한 범위를 그들이 결정하는 것이 쉽지는 않습니다. 그리고 그들이 교육받은 지적인 사람들이기 때문에, 그들은 *반쯤 무의식적으로 발견하는 것*을 믿는 대신 그와 같은 것을 *탐색합니다*. 형식에 대해 이렇게 골똘히 생각하는 일이 기이하고 낯선 느낌을 주는 모양을 가져온다는 사실은 막스 다우텐다이Max Dauthendey에게서, 색채 상징주의자에게서, 전보식 간결한 문체의 시인 아르노 홀츠Arno Holz에게서, 몽상가 요한네스 슐라프Johannes Schlaf에게서, 인생의 심미주의자 로리스Loris에게서, 그 빈에서 온 사람들에게서까지 그리고 마침내는 운율과 박자를 도외시한 채 시를 새

로이 만들려는 개척자의 한 그룹에서 증명될 수 있습니다. 이 모든
사람은 그들의 방법 때문에 지나치게 남을 잘 믿는 순진무구함의
한 부분을 잃었습니다. 이 순진무구함은 예술가를 어린아이와 닮게
만드는 축복입니다. 이들은 좀더 의식적이고 좀더 숙고하게 되었습
니다. 그리고 어쩌면 바로 그렇기 때문에 그들의 계시가 어느 정도
더욱 조심스럽게 받아들여졌어야 했습니다. 그들에게 이러한 창작
방식을 교육시켰던 내적인 다른 개인적 욕구들 외에 외적 이유가
될 수 있는 것이 한 가지 있습니다. 즉 연애 가인[65]으로 부터 오랜
발전 과정에서 서정시의 소재 전부가, 특히 보덴슈테트Friedrich
von Bodenstedt 같은 위대하고 냉담한 형식주의자들에 의해 참고
견뎌내야 했던 엄청난 소모와 이와 관련된 공포심, 말하자면 낡고
다 헐어빠진 옷으로 모독하고 품위를 손상시키는 그 새로움입니다.
이 시인들은, 그들은 또 너무 이지적이 되었습니다. 그들은 *새로운
것*의 *새로운* 형식이 직접적으로 그리고 한 번은 그 종류에 의해서
그리고 나서는 그것을 표현하는 개성에 의해서 규정된다는 사실을,
그래서 종류와 개성이라는 이 두 가지 사실이 올바르다는 것을 전
제한다고 할 때, 그 창작품은 필연적으로 환희에 찬 모든 미르자 샤
피Mirza Schaffy의 베허-체허-운율[66]과는 다른 상태의 것일 수밖에
없다는 것을 간과하고 있습니다. 그런 순진한 믿음에 찬 창작에서
가젤Ghasele[67], 리토르넬로Ritornello[68], 또는 소네트 형식을 만들어
내는 결과 역시 현대 독일인에게서는 나타나지 않았습니다. 점점
더 분명해진 자기 고백이 점점 더 개인적인 형상에 의해 스스로 받
아들여졌고 그럴수록 그것은 의도 없이 일어났습니다. 새로운 인간
에게——그리고 예술가는 대부분 여기에 대항하고 성숙해도 되었

을 텐데——아름다움은 승화가 아니라 마침내 자신의 본질의 정상적인 움직임과 표현으로 그가 느끼는 어떤 것, 무의식적인 어떤 것이 되어야 합니다. 하지만 그때까지는 아직 멀었습니다. 그리고 그가 자유로워졌을 때에, 무절제해진 과도기의 인간의 두려움은, 한편으로는 낡은 속박에 의해 자기 안에서 커진 힘을 부식시키는 혐오감을, 다른 형식을 골똘히 생각하게 하도록 합니다. 그러면서 그들은 모두 새로운 형식은 다만 발견될 수 있을 뿐이고 결코 찾을 수는 없었다는 사실을, 그리고 새로운 유기체의 새로운 법칙은 마치 탄소와 다이아몬드의 관계처럼 작용한다는 사실을 잊고 있습니다. 사람들은 여기 다이아몬드에서 그 요소를 추출해낼 수는 있지만 결코 그 초라한 가스를 다시 맑은 보석으로 농축시킬 수는 없습니다.

이 탐색자들의 커다란 그룹에는 다시 올바른 사람들과 거들먹거리는 사람들이 있습니다. 자신들이 발견한 것을 조용하고 겸손하게 실제로 응용하는 사람들, 그리고 새로운 발견을 할 때마다 즉——그들에게 고유한 본질에 적합한 음색을 내는 류——그게 아니라 그 *예술* 자체를 발견했다고 믿는 그런 사람들 말입니다. 그들은 승자의 고압적 논조를 지니고 다르게 들리는 모든 방식에 대해서는 극도로 비웃는 동정심을 갖는 장구한 이론들을 발전시킵니다. 그러는 사이에 이 왕위 요구자들은 스스로에게 가장 많이 해를 끼칩니다. 왜냐하면 그들이 예술을 끊임없이 발견하는 동안에 그들은 *자신들의* 예술을 인식할 시간을 가진 적이 아직 한 번도 없었기 때문입니다. 그리고 원하지 않았지만 비참해진 순교자로서 자신의 매너리즘 속에 몰락합니다. 홀츠와 슐라프가 이에 대한 가장 좋은 증거입니다. 그들은 5년마다 한 번씩 그 예술을 발견합니다. 이 예술이 매번 다른 모습으로 예술을 보여준다는 사실을 성급한 그들은 전혀 알아 차리지도 못합니다. 사실주의의 기치 아래, 그들 가운데 아들러, 아 렌트Arent, 카를 헹켈, R. M. 폰 슈테른이 가담한 그들의 첫번째 가 장 큰 전투는 그래도 필연성을 지녔습니다. 그리고 1885년의 '현대 시인의 성격'이라는 용감한 자유부대는 새 시대를 이끄는 데 확실 히 기여했습니다. 그 당시의 노병사들은 대부분 오늘날에도 끊임없 이 자신들의 공적을 새롭게 강조함으로써 이를 재차 과소 평가하지 않게 할 정도로 총명합니다. 더욱이 헹켈과 슈테른 등 그들 중 상당 수가 자신들이 예전에 그렇게 지독하게 경멸했던, 그리고 게다가 단지 경쟁적인 질투에서 눈알을 후벼낸, 출판업자들의 매우 훌륭하 고 꼭 벌이가 없지만은 않은 조합으로 옮겼다는 사실이 특이합니 다. 하지만 아렌트와 홀츠, 슐라프는 옛날의 명성을 잊을 수가 없었 습니다. 아렌트는 그 후로 42권의 시집과 단기간 발행되었던 잡지 몇 권과 명작선집에서 끊임없이 자신에게 고유한 의미를 증명하려 고 애썼습니다. 그는 매년 몇 번씩은 그 *위대한 아침*이 밝아오는 것 을 보았고, 자신을 광야의 설교자로 느꼈습니다. 그리고 그는 마침 내는 몇 쪽에 걸친 도전장을 아무도 더 이상 집어올리려고 애쓰지 않을 정도로 무수하게, 한 번은 이 사람 한 번은 저 사람에게 던졌 습니다. 그와 동시에 유감스럽게도 그는 스스로 실패했습니다. 인 내를 가진 자는 아렌트의 42권의 책에서 아마 증명서나 줄 수 있었 을 예술이라는 소책자를 줄여서 낼 수 있었기 때문입니다. 홀츠는 다릅니다. 그의 재능은 훨씬 더 적었지만 다만 형식적으로 더 높게 서 있습니다. 더 깊이 있고 더 예술가적인 기질을 상당히 나타내는 슐라프(요한네스 슐라프를 말합니다)에게서의 하느님은 그의 최우

수 작품이라고 꼽을 수 있는 많은 것을 그에게 주었습니다. 내게는 그 두 사람의 관계가, 그 보버의 백조 마르틴 오피츠Martin Opitz와 훨씬 더 훌륭한 동시대인인 파울 플레밍Paul Fleming 사이의 관계와 비슷하게 여겨집니다. 단지 슐라프가 저 사람보다 낯선 힘의 압력에서 더 일찍 해방되었고, 꽤 늦긴 했지만 이제는 자기 자신의 것을 말하기 시작한 것은 사실입니다. 홀츠는 단연코 동지 한 명, 즉 자신은 삶의 관현악단에서 한 번도 발견할 수 없었을 가장 부드러운 진동을 읽을 수 있는 섬세한 음을 내는 기구가 필요했습니다. 그리고 만약 그가 요한네스 슐라프가 아니었다면, 훨씬 더 부드러운 사람인 게르하르트 하우프트만Gerhart Hauptmann이 이 역할을 했어야만 합니다. 그것은 거의 그럴 뻔했습니다. 자신의 고유한 길과 의지에 대해서 아주 불분명한 가운데 한 번은 조각을 하고 한 번은 길고 격정적인 시를 쓰곤 했던 그 젊은 하우프트만은 이 날카롭고 교활한 이론가에게서 한동안 구원자를 본 것이 틀림없습니다. 그는 홀츠와 함께 희곡작품 하나를 집필하는 것이 관심사였습니다. 그리고 예민한 하우프트만 혼자서 그 희곡을 쓸 때까지 그리고 그가 자신의 작품을 선물하고 홀츠에게 감사하며 은혜를 갚을 때까지, 희곡 〈해뜨기 전에Vor Sonnenaufgang〉의 계획도 주요 윤곽 속에서 공동 대화를 통해 논의되었습니다. 그리고 아마도 예전의 추종자가 누리는 좀더 큰 명성 역시, 무엇 때문에 홀츠가 〈사회적 귀족〉(엊그제의 사실주의가 그 안에서 자신의 승리를 축하하고 있습니다)이라는 희곡과 〈환영〉이라는 제목이 붙은 새로운 서정시의 시도로 자신이 맨앞 대열에 서 있다는 사실을, 가능하다면 그보다도 더 앞에 있다는 사실을 증명하려고 애쓰는지를 말하는 그 여러 이유 중의 하나입니다. 그의 시는 단어들이 한 줄 안에 스무 자나 높이 서 있다가 또다시 혼자 아니면 두번째 자리로 비켜나 있는 환상적이고 감각적인 산문시와 같은데, 이러한 고립에 대한 만족할 만한 어떤 이유를 인식할 수는 없다는 느낌을 줍니다. 시행을 읽어보면 이런 것을 추측하는 데까지는 전혀 생각이 미치지 않습니다. 그때 청취하는 것은 다채롭고 부분적으로는 불분명한 산문인데, 그 안에서는 언제든지 두운법 또는 이성적 연결이 눈에 띄거나 또는 반복을 통해 방해받습니다. 몸베르트에게서 자주 연상되는 새로운 리듬으로부터, 편협한 강약 정도와는 구별되는, 그리고 이것으로 매력적인 센세이션을 일으키는 넓고 이중 모음을 가진 상호 음향으로부터, 나는 이런 견본에서 아무것도 발견할 수 없습니다. 하지만 홀츠가 결코 잊을 수 없는 가장 오래된 문체의 사실주의는 이러한 단어 합성에서 깜짝 놀랄 만한 조형술을 보입니다. 그리고 이를, 이성적으로 길들여진 글 속에서 새로운 창작이라는 자만심 없이 기분 좋게 느껴질 수 있는 아주 흥미 있고 간결한 산문의 소품으로 만듭니다. 다우텐다이는 대담한 색채 상징을 통해서, 홀츠 역시 여러 번 여기에서 기술적으로 사용한 새로운 요소를 서정시에 가져왔습니다. 하지만 좀더 자세히 들여다보면, 색채는 자신의 감각적인 의도와는 다르게 대부분 일정하게 어두운 감정효과를 생산하는 수단으로서 다우텐다이 이전에 이미, 예를 들면 E. T. A. 호프만에게서 나타납니다. 또한 음색에 무의식적으로 일정한 색채 뉘앙스를 깔아주는 음악적 상대역은 모든 진정한 교양인에게는 오래된 경험입니다. 학문은 모든 이런 현상들이 하나의 공통적인 중심에서 출발하면서, 주변의 흔들림을 묘사한다는 사실을, 정말 분명하게 확인하는 중입니다. 이 주변의 흔들림은 다만 우리 몸의 제한된 기관들이 항상 이런 넓은 원의 부분들만을 인지할 수 있을 뿐이기 때문에 다른 방식으로 의식하게 됩니다. 그런데 무엇 때문에 여기에서도 역시 예술이 앞서가서는 안 되고 이런 수단으로 개개인의 참여에 새로운 길을 발견하지 말아야만 합니까? 바로 이러한 섬세한 수단들은, 자신들이 눈에 띄지 않고 그들이 눈에 띄지 않는 그곳에서만 목적을 이룰 수 있는 이 수단들은 부실하고 편협한 문학의 예술원리가 된다는 사실이 하나의 이유입니다. 즉 더불어 사람들이 그들에게 정말 등을 돌리지 않더라도, 관객들에게서 그 새로운 예술 추구를 그렇게 이상하고 의심스럽게 보게 되는 이유가 됩니다. 이런 외면은 일종의 정당한 모욕감입니다. 왜냐하면 실제로 그렇게 정교한 인식을 거칠게 사용한다는 것은 예술가의 조야함을 의미하기 때문입니다. 비전문가인 독자는 경악하면서 어떻게 문학이 역겨운 달변 속에 자신을 거의 의식하지 못한 완전히 내밀한 감정들을 항상 또다시 이 사람 저 사람에게 누설하는지를 발견합니다. 그는 개인적으로 이러한 신중함의 결여로 상처를 입는다고 느끼고 그런 일들이 언젠가 자신에게 일어날 수 있었다는 사실을 창피해하면서 미친 듯이 부인하기에 이릅니다. 그는 "나는 결코 한 번도 음조를 본 적이 없고 한 번도 색깔을 들은 적이 없다"고 격앙되어 외칩니다. 마치 사람들이 미쳤다는 사실을 증명하고 싶어하는 사람처럼 말입니다. 하지만 예술은 모든 편견이 없는 공평함에서 자신의 마지막 인식을 고상하고 소리 없이 사용하면서 예측 못한 영혼의 부유함을 깨울 수 있고, 아주 부드러운 종을 조용하고 행복하게 깨울 수 있습니다. 그리고 마치 옛날의 꿈이나 추억들처럼 밝은 시각을 드러낼 수 있을 것입니다.

　나는 한 그룹의 예술가들을 알고 있습니다. 이들 모두 새롭고 내밀한 수단을 알고 있습니다. 그리고 분별 있고 필요한 부드러움으로 끔찍한 과장과 기술적 강조 없이 그것들을 사용합니다. 그리고 이것이 우리에게 근접해 있고 이웃하는 예술이라는 사실은 마음에 듭니다. 이 예술은 이런 장점들로 유명해질 수 있습니다. 바로 *빈 사람들의 예술*이지요. 그 빈 사람들은 독일제국의 사람들보다 그리고 많은 다른 사람들보다 앞서 한 가지를 갖고 있습니다. 그들은 미적 감각을 갖고 있습니다. 그리고 그들이 작업 중에 정말 의식적으로 오만해진다고 하더라도 성실하고 내밀한 수호신처럼 이 완전히 무의식적인 것이 그들 곁에 항상 남아 있습니다. 그것은 빈에서의 아주 오랫동안의 정적이었고, 그래서 그 첫번째 시도는 풍요롭고 성숙하게 피어날 수 있었습니다. 그리고 그것은 아름다운 오스트리아 사람의 기질에 대한 하나의 증거입니다. 그리고 비록 로리스와 알텐베르크의 이런 예술이 다만 한 시대를 풍미했을 뿐이었고 아름다운 매너리즘에 경직된다 할지라도, 그들은 결코 다시 잠들지는 않을 것입니다. 즉 빈 사람들, 헤르만 바르Hermann Bahr처럼 그런 미의 하인조차 자신의 작은 분노와 커다란 미사여구로 그들의 심미적인 게으름의 뒤에서 존재해야만 했을지라도 말입니다.

　우선 이 수차례 언급되는 사람에 대해서 몇 마디를 하겠습니다. 거기에는 그를 다만 우습게 보는 사람들이 있고, 그리고 그에게 미소까지 띄는 사람들이 있습니다. 한 사람에게는 그가 진부하고 바보같이 여겨지고 다른 사람에게는 총명하고 재기발랄하게 여겨집니다. 사람들은, 그를 평론가로 인정하는 사람들 곁에서, 그에게서 예술가를 인식하는 사람들을 만나고, 그리고 그로부터 그리 멀지 않은 데서 두 가지 직업에 대한 그의 모든 능력을 인정하고 싶어하지 않는 다른 사람들을 만납니다. 모두가 옳고 동시에 틀립니다. 그건. 헤르만 바르는 틀림없이 이미 존재했던 모든 것입니다. 그리고 그가 아직 아니었던 것은 그가 다시 한번 그 모든 것이 될 것입니다──그렇게 보입니다. 다시 말해서 그는 정말 어느 누구도 아니었습니다. 그는 다만 일종의 젊은 빈 사람들의 메아리였습니다. 그림자처럼 그는 그들의 본질을 넓고 어두운 차원에서 반복했습니다. 그리고 그는 이 유미론자를 자신이 포고하듯이 그렇게 이해할 뿐입니다. 그는 그들의 예술에 대해서 많이 알지 못했습니다. 하지만 거기에서 표현되지 않은 상당수의 것들, 이름이 없는 것들에 그는 매끄럽게 번쩍거리는 이름을 만들어주었고 '아름다운 자비'와 함께 그것을 놀라워하는 대중들에게 던졌습니다. 그럴 때 그는 자신을 주는 사람으로 느꼈고, 그리고 자신이 음색을 내는 도구가 된 그들에게도 이런 역할을 계속 할 정도로 자주 나아갔습니다. 그것은 독자들을 종잡을 수 없게 만들었습니다. 그런 때면 사람들은 자주 레이스 달린 제복을 입고 왕을 위해 마부석에 앉아 있는 하인들을 붙잡는 어린아이들처럼 행동했습니다. 왜냐하면 그들은 가짜 장신구의 광채 뒤에서 차에 탄 창백하고 진지한 남자를 전혀 알아차리지 못하기 때문입니다. 그런 일은 실제로 일어납니다. 무관한 사람들은 바르가 수고를 아끼지 않고 모방한다고 간주합니다. 그리고 몸가짐이 유일한 재능인 그는 자신이 알리는 대가들을 위장시킬 줄을 잘 알고 있습니다.

로리스라는 이름이 여전히 동화처럼 들리는 사실은 그 때문입니다. 몇 명의 전수자들만이, 단지 초대받은 독자층에 제한적으로 유포되어 거의 접할 수 없는 《예술지Blättern der Kunst》 또는 마치 대리석에 묻힌 듯 고요하고 긍지를 갖는 문자로 찬란하게 빛나는 《목양신Pan》이란 잡지의 지면에서 로리스나 그의 원래 이름인 후고 폰 호프만스탈의 기이하도록 웅장하고 화려한 시행을 발견합니다. 이 고요한 긍지는, 그의 빛나는 시의 특성에 가장 잘 상응하는데, 이것의 가장 심오한 마술은 그 시들이 그들의 고유하고 넓은 장려함에 만족하지 못하고 훨씬 더 위대하고 영원한 광채를 동경하는 데 근거를 두고 있다. 그들은 꽃이 핀 정원 주변에서 값진 장신구와 의상으로 호화롭게 장식하고 무엇인가 마지막으로 빛나는 성취를 기다리는 고독한 여인들 같습니다. 로리스는 정말 확실히 프랑스에게서 여러 가지 몸짓을 넘겨받았습니다. 그리고 그는 여러 가지 색채 꿈에서 보들레르나 말라르메의 꿈을 꾸고 있습니다. 하지만 이 다양한 로만풍의 유산은 사람들이 이제는 더 이상 나눌 수 없을 정도로 그의 풍요로운 원래의 소유물과 유사해졌습니다.

로리스가 순전히 우아한 아름다움에 대한 경외심에서 형식의 탐색자가 되었던 반면에, 페터 알텐베르크는 자신의 소재에 엄청나게 어울리는 그 형상을 솔직한 고백으로부터 본의 아니게 얻어냈다고 저는 생각합니다. 그리고 또 그가 유명해진 후에야 비로소 의식적으로, 그리고 그렇기 때문에 오랫동안 더 이상 똑같은 순결함을 갖지는 않았지만, 그럼에도 불구하고 여전히 우아하게 이 형상을 다룬다고 생각됩니다. 그는 현대적 빈을 처음으로 포고한 사람입니다. 이런 스케치에서 그의 높은 사회적 성숙(거의 지나치게 성숙된)은 비더마이어풍의 쾌적함처럼, 그의 집 정면의 빛나는 명쾌함처럼, 지속적으로 마카르트식의 화려한 행렬이나 독일 의장대의 한 중대를 기다리는 것처럼 보이는, 그리고 나서 다시 그의 정원의 슬픈 소리를 내는 멜랑콜리가——이 스케치에서는 모든 것이 가장 철저한 정확성을 갖고 있습니다——묘사되는 것이 아니라, 단지 기입되고 확인되는, 소위 모든 순진함 속에 밝혀지는, 그의 전투의 영원한 축제처럼 똑같이 나타납니다. 그 안에는 말로 표현할 수 없는 원시적인 아름다움이 있습니다. 빈은 자신의 언어를 갑작스럽게 찾았습니다. 동시에 다시 한번 자신의 가장 내적인 요소들로 설립되었고 그리고 빈 옆에서 하나의 빈이 되었습니다, 즉 거울 속의 빈——마치 유리 뒤에서처럼 넓고 창백하고 빛나는!

나는 알텐베르크와 더불어, 동기 없이 끝난 시행들에 의해 옛날의 시 형식 역시 더 이상 외형적으로 모방하지 않고 그들이 '산문체의 시'를 쓴다는 사실을 극히 명료하게 인정하는, 그런 서정시인들에게(왜냐하면 알텐베르크는 이들에 속하지만 노벨레 작가에는 속하지 않기 때문입니다) 이르렀습니다. 이런 솔직함은 매우 칭찬할 만하고, 사람들은 어떻게 그들에게로 돌아와야 하는지를 금방 압니다. 시의 본질이 운율 그리고 리듬과 함께 서고 쓰러지는 것이 결코 아니라는 사실을 정말 이번 기회에는 말해야 할 것입니다. 왜냐하면 가장 의도하지 않은, 그러니까 가장 개성적인 형식 속에 마지막 감정이 울려퍼지게 하는 것이 문제인 곳에서는 다른 것들말고도 산문과 상당히 비슷한 형식도 역시 가능하기 때문입니다. 하지만 그것을 결코 해당 인물의 산문과 혼동해서는 안 됩니다. 왜냐하면 무의식적인 음조로서의 이런 작품 역시 그 의식적인 지성과 사고에 의해 주관되는 이야기와는 대비되는 리듬, 인물 전체의 리듬을 가져야 하기 때문입니다. 그러니까 여전히 어떤 시적인 산문 전체보다 더 높이 구속하는 형식을 묘사하기 때문입니다. 그렇기 때문에 '산문체의 시'는 아주 잘못된 그리고 혼돈을 일으키는 표시입니다. 그리고 사고하면서 습관에 다다르지 않고 자신의 창작에 이름을 미리 붙이는 작가는 누구나 무엇을 '산문체로' 집필했다는 것을 정말 시인하고 시에 대해서 말해야 하는 사람을 더 이상 방해하지 않습니다. 울타리의 말뚝으로 그런 표시를 하는 것 역시 아주 불필요합니다. 읽을 수 있는 사람은 그것이 시인지 자신에게 분명하지 않아도 그런 책을 훑어보기 때문이고, 그렇게 그것은 어떤 시도 확실하지 않으니까 그리고 읽는 것을 아직 배우지 않은 사람은 제한된 표제상표에 의해 단지 폭행당했다거나 아니면 창피하게 느끼기 때문입니다. 사람들이 다른 것들과 더불어 스탠저Stanze[69]의 소네트의 색조를 띤 획일화된 전통의상에 의해 서정시의 고백의 가치와 특성을 감소시킬 것을 포기했던 이후로 바로 누구나 자신의 아주 개인적인 시를 짓고 있습니다(그때에는 그리고 거기에는 마드리갈이나 소네트 형식이 함께 나타납니다), 그리고 가장자리의 3~5센티미터로 끝내는 대신 줄을 채우는 똑같은 그런 류들을 다른 이름으로 부르는 것, 이런 것에는 정말 최소한의 이유도 없습니다. 다른 것에서와 마찬가지로 정말 모든 것에도 불구하고 하나의 형상에 시가 아닌 것을 묘사할 수 있습니다. 그리고 마치 넘칠 듯이 꽉 채워진 쪽이 시에 대해서 어떤 위험도 결코 의미하지 않는 것처럼 가장 순수 운율적인 소네트가 꼭 시라는 보장은 없습니다. 하지만 그것은 아마도 사춘기적 산문의 생각할 수 없을 정도의 모호함을 '시'라는 표시로 고상하게 만든, 시도 산문도 생산하지 못하는 그런 사람들에게는 커다란 위안일 것입니다. 그들은 자신의 불순한 운율 때문에 작은 쪽지의 천국에서 쫓겨난 채, 산문은 그래도 '좀 쉬운 것'일 거라고 믿는 자들입니다. 그것은 죄를 짓는 착각입니다. 자기 안에 귀를 기울이는 젊은이에게 첫번째 미숙함 속에 불멸의 영원한 노래가 일찍이 성취될 수 있습니다. 그때 그는 고뇌하는 사람일 수 있습니다. 꿈이 일어나듯이 그것이 그에게 일어날 수 있습니다. 그 일에 그는 죄가 없습니다. 그것은 그의 능력에 대한 증거가 아니라 아마도 그의 순수함에 대한, 그의 감수성이 소리내는 것에 대한, 그의 영혼이 약간 미리 깨어난 것에 대한 증거입니다. 그렇기 때문에 15년 뒤에도 역시 훌륭한 산문이 그에게서 성취되지 못할 수밖에 없습니다. 왜냐하면 이것은 무의식적인 자백이 아니라 소재와 형식과의 의식적이고 격렬한 투쟁이기 때문입니다. 즉 진중한 남자의 작업이기 때문입니다.

그래서 나는 자주 '산문체의 시'의 시인들을 악의적으로 불신합니다. 그들의 책은 그들이 시를 지을 수 없다는 사실을 증명합니다. 그리고 필경 첨부한 편지가 그들에게는 가장 간단한 산문 역시 상당히 힘겹게 느껴진다는 사실을 입증하려고 서두릅니다. 만약 소위 '산문체의 시'라는 형식이 통틀어 200 내지 300쪽의 책 전체를 지배한다면 그 가운데 단지 몇 개만이 시일 수 있지만 다른 것들은 바로 시인의 의지에 따라 변장할 것을 강요당했다는 생각이 떠오릅니다. 왜냐하면 이런 의상은 정말 일정한 감정의 소재에는 무의식적이었을 수 있기 때문입니다. 그리고 그것 중 한 권은 한 권의 소네트처럼 내밀한 느낌을 정말 그렇게 폭행하는 것입니다. 그 밖에 그것은 독일인의 근본적인 특성입니다. 즉 독일인의 획일화에 대한 광기, 공동의 규약과 쌍둥이와 같은 상의를 갖는 일종의 감성 협회 활동에 대한 열성……

단지 알텐베르크만이 이와 똑같은 형식으로 책 한 권 전부를, 어쩌면 두 권의 책 분량을 적을 수 있을 겁니다. 그의 소재 범위는 상대적으로 협소합니다. 그리고 그의 모든 소리 없는 고해에 바로 이 형식은 아주 자연스러운 것입니다. 하지만 만약 그 안에 다른 지금까지의 한계를 넘어서는 소재의 범위도 역시 연상될 수 있다면, 형식은 이미 좁고 장식된 매너리즘으로 나타나게 될 것입니다. 페터 알텐베르크가 솔직하고 반복하기를 역시 원하지 않을 경우에는 그가 계속 자백할 수 없다는 사실을 제외하더라도 말입니다.

체자르 플라이슐렌, 율리우스 하르트, 요하네스 슐라프 그리고 고향 사람 중에서는 알프레트 구트가 이런 의미에서 다른 시도들을 했습니다. 그들 누구나 자신의 착상에 탐닉하고 그들은 이 시도들을 당연히 미래의 *형식*으로 아니면 적어도 *그들의* 형식으로 간주하고 책 전부를 이들로 채우고 이 시도들이 그 철저한 법칙 때문에 아름다운 감정을 얼마나 많이 죽도록 괴롭히는지를 알아차리지 못합니다. 모든 창시자는 자신의 착상 외에는 아무것도 보지 못하고 편협해집니다. 웃음을 발견했던 사람은 의심할 여지없이 다른 모든 표현을 오만한 자세로 포기할 것입니다. 이들 역시 그렇습니다. 대부분의 '시들'은 체자르 플라이슐렌의 새로운 책에 들어 있을 것입니다. 그는 사실주의를 겪은 다른 사람들과 마찬가지로 훌륭한 관찰자이고 풍부한 내면의 샘물에서 물을 긷는 예민한 청각의 예술가가 되었습니다. 그리고 그의 최근의 책자(《일상과 태양에 대해서*Von Alltag und Sonne*》)는 자신의 내밀한 경험(대략 1891년에서

1897년까지)의 이차적 수확을 담고 있기에, 이런 의미에서 더욱 행운을 누립니다. 편지의 부분, 엽서의 행과 일기장들은 마치 빛 바랜 꽃처럼 섬세하고 까다로운 취향을 갖고 나란히 줄지어 있습니다. 하지만 그들의 꿈꾸는 듯한 아름다움은 시인이 그들을 돌보는 감미로운 추억으로 살아 있습니다. 여기에서는 생성의 우연함과 솔직한 보고가 이러한 형식의 필요성을 보증하는 것일 수 있습니다. 형식은 노래와 스케치를 동반하는 내적인 참여를 통해 스스로를 정당화합니다. 높고 밝은 감정 앞에서 형식은 바다처럼 열리고 그러고 나서 다시 조용히 보호하는 리듬으로 어떤 내적인 공포 위로 둥근 천장을 만듭니다. 알프레트 구투도 그것을 이루려고 시도하고 스스로에게서 많은 아름다운 고백들을 엿듣게 됩니다. 단지 그의 형식은 쉽게 답답해지고 단조로워집니다. 그리고 알텐베르크에게서 강한 영향을 받은 것으로 보입니다. 《그 무엇에서》의 새로운 2부에서 요한네스 슐라프는 모호함에 경계선을 갖는 부드러움과 예민함을 소유한 《목양신》에 몇 개의 미완성 단편들을 발표했습니다. 율리우스 하르트가 유사한 효과에 이르렀는데, 그는 가르치고 방어하면서 빈번히 적중하는 자신의 비판 속에 완전히 새로운 예술을 동반한 뒤에 자신의 《밤의 목소리》라는 책에서 형식적으로 새롭게 창작한 두 가지를 이론적으로 설명했습니다. 원래 그것은 노벨레들이지만, 그들의 줄거리가 원초적인 감정의 무대에서 영혼 안에 억제되어야 하고 다른 한편으로는 거기에 투영되어야 한다는 상황은 그들을 주관적·서정적 고백들에 강하게 다가가게 하고 그래서 나의 관찰의 주변에 세워놓습니다. 율리우스 하르트는 이렇게 구성에 의해 감기를 걸리게 하는 우회로로 가지 않고, 곧장 직선적으로 자신의 작품으로 넘어가면서 감정의 대사건에서 나오는 원래의 높이와 참신함을 의미하고 있습니다. 그리고 그는 이것이 그들의 감정 요소들에 대한 서정시를 허용하지만 3차원적 줄거리는 이런 방식으로는 결코 전달될 수 없다는 사실을 잊고 있습니다. 그는 시와 노벨레 사이에서 지탱하기 힘든 타협책을 만들어냈습니다. 이 타협책은 곳곳에서 완전히 시이면서 거기에서 자신의 심오한 문학성을 부정하지 않습니다. 마지막에 얘기한 것들뿐만이 아니라 내가 여기에서 언급한 모든 책은 공통점을 갖고 있습니다. 그들의 예술적 장식이 그것입니다. 무의미한 상투적 생각 대신 어디에서나 책에 동반된 장식이 나옵니다. 종이와 활자형까지 책의 종류에 특별히 맞췄습니다.

　예술과 예술가의 즐거운 공동 작업을 느낄 수 있습니다. 그들 작품의 내용이 기쁨을 주고 기대에 차 있을 뿐만 아니라 외적으로 보여지는 그들의 의상도 품위 있고 화려합니다. 그리고 이 소리 없이 동경에 찬 아름다움이 모든 것으로 올라갑니다. 그 아름다움은 여러분들[70] 주변에서 가구, 양탄자 그리고 일상적으로 사용하는 가장 작은 물건들을 생각지도 않게 완전히 변형시킬 것입니다. 그리고 갑자기 여러분들은 아직 일상의 실용복을 걸치고 있는 유일한 사람들이 될 것입니다. 그리고 여러분들은 깜짝 놀라며 여러분들의 영혼 역시 새로운 시대의 화려한 환영을 장식할 것입니다. 이런 말로 나는 그 새로운 시대의 겸손하고 서투른 포고자이고 싶습니다!

1898
빌헤름 폰 숄츠, 〈고지의 울림〉[71]

저기 위쪽 낡은 탑에서
폭풍이 빠르게 몰아치듯 그렇게,
그대 노래여, 그대 폭풍을 몰고 온 노래여,
세기의 전환기로 엄습하는구나.

병든 세대는 매장되었고,
시대는 다시 무쇠가 되었다.
다시 무쇠 같은 권리,
정신의 왕과 정신의 하인,
그리고 불굴의 현자가 우리에게 있다.

빌헤름 폰 숄츠, 〈고지의 울림〉

서정시가 우리 시대와 기대한 바에 얼마나 근접해 있는지 그리고 모든 예술 가운데 가장 귀 기울이는 예술이라는 사실이 자주 그리고 큰 소리로 적당하게 언급되지 않는 한, 시집에 대해서 말하는 것은 우선 허영이다. 물론 서정시가 항상 그와 같은 것만은 아니다. 서정시 역시 자신을 망각하고 독자의 호의와 온정을 따라 노력했고 일상적인 작은 희망들을 예찬했고, 억압된 채 일시적인 의무감에 종사하느라고 지친 날들을 보냈다. 요약하자면, 서정시는 인기를 누렸거나, 아니면 현대적이거나 아니면 경향적이었다.

　서정시는 이 모든 것을 끊어버렸다. 아니 자신의 습관을 버리게 됐다는 것이 더 맞는 말이다. 서정시는 상당 기간 이래 어린아이의 예술로 간주되고 있다. 그리고 행동과 기술의 성실한 혈통이 그의 작고 소리 없는 행운에서 자라나 그 혈통의 실제 시인을 "할아버지와 할머니가 취했던" 그 시대의 역사적 희귀함으로 그리고 힘찬 물결이 불어나는 인생 넓은 도관을 단절하는 것으로 본다. 점점 더 많이 잊혀져가는 이 부수적 예술은 황막해지면서 현명해졌다. 그는 외로운 사람이 되었고 외로운 사람의 친구가 되었다. 그리고 편협한 오늘에 더 이상 구속되지 않고 내일이 자신의 고향이라고 생각했다. 그리고 그때부터 항상 더 힘차게 자신의 기적과 희열에 대해 이야기하기 시작하고 있고 우리는 그곳으로 이끄는 방도 역시 그에게서 경험하기를 희망한다. 희곡과 소설은 여전히 대중에 예속된 자이고 궁정의 어릿광대처럼 어떤 위트가 황후 폐하의, 사회의 다음 기분에 가장 잘 어울리는지를 알아맞춰야 한다. 가장 솔직한 노벨레조차도 조심스럽게 위장해야만 자신의 의도를 도입할 수 있다. 왜냐하면 그들은 독자의 미소에 의존하고 있기 때문이다. 다만 하나의 예술, 대중이 더 이상 알지 못하는 예술만이 정말 진실하고 심오해질 수 있으며, 그 상태를 지속할 수 있고, 훗날의 화제거리 대신에 내일 아침의 밝은 통치자를 선포할 수 있다. 왜냐하면 이 사람 저 사람의 충동이 아니라 극소수 사람들이 갖는 알지 못하는 동경에 해답을 주어야 했기 때문이다.

　그러니까 실상은 이렇다. 독자의 무관심은 다른 예술 부문에서는 불확실하고 의심스러워진 순수예술의 의미를 서정시에서 우리에게 보존하게 했다. 모든 예술의 목적은 끊임없는 대화 속에, 모든 것과의 내적인 교류에서 더 풍요롭고 넓어지고 명랑해지는 이런 가장 개인적인 분야에서 가장 아름답게 충족될 수 있다. 그리고 끊임없이 연속되는 내밀하고 인간적인 고백들은 시의 투명하게 비치는 소재 뒤에서 가장 명백하게 통찰될 수 있다. 가장 심오한 성숙의 고백은 모든 예술의 마지막 의도이기 때문이고 모든 예술의 소재는 단지 그것을 표현하려는 변명이기 때문이다.

미래는, 그 미래의 포고자는 젊은 시인들인데, 많은 고백들을 의도하고 있다. 그리고 창조하는 사람 중 어떤 사람은 그와 같이 새로운 고통의 예언자, 새로운 행운이나 새로운 동경을 약속하는 사람이 되었다. 어떤 사람은 데카당스한 사람처럼 거의 그렇게 조용하다. 그래서 속인들은 그들의 시작을 말하는 엷은 전율을 종말의 피로로 간주할 수 있는 것이다. 다른 사람들은 목표로 향한 시선은 중도적 방도라는 모토를 지닌 용감한 자들이다. 왜냐하면 그들 가운데는 목표를 예감하는 자만이 아니라 그들의 길이 정점을 넘어갈 때면 언제든지 자신의 광채를 보는 사람들이 있기 때문이다.

그리고 이 젊은 예술은 자신의 핑계를 선택함에 따라 성장한다. 어떤 사람은 풍경 속에서 자신의 가장 깊은 비밀을 풀고 또 다른 사람은 바다의 감정 속에서 예언자가 된다. 무척 열정적인 어떤 사람은 완전한 여름의 감성 속에서 소리를 낸다고 느끼고 있고 다시금 다음 사람에게는 봄의 차가운 축제 속에 자신의 가장 은밀한 고백들의 소리가 커지게 된다.

내 앞에 있는 책은 소리의 울림을 위해 여러 가지로 많은 그런 구실들을 갖고 있다. 빌헬름 폰 숄츠는 한 번은 대장장이를 선택하고 다른 때에는 습격을, 그리고 나서 교회를, 수녀원을, 성곽을, 전투지를, 그리고 이런 변화무쌍한 범주에서 매번 공간, 즉 흥미 있고 독특하고 솔직한 개인적인 계시를 결정할 줄 안다. 책을 귀중한 시들의 모음집으로 만들기 위해서는 이것으로 충분하다. 하지만 그 의미는 그 책의 부분들 속에 있는 것이 아니라 총체적인 것으로써의 그 책 속에 놓여 있다. *유일하게 풍요로운 하나의 고백, 그리고 그것이 풀어놓는 구실은 시간이다.*

　빌헬름 폰 숄츠는 새로운 인간, 세기의 전환기에서 지구에 뿌리를 내린 희망으로 밝은 인간을 사랑하고, 이 전환기가 인사하는 손짓 모두가 그에게는 친숙하다. 하지만 축소화를 그리기에 그는 너무 인내심이 없고 저돌적이다. 그리고 형상 자체 대신 과거의 벽에서 진지하고 조용하게 올라오는, 그리고 좀더 커다란 경계선과 더 넓은 움직임을 갖는 그의 거대한 그림자를 그려낸다. 그리고 마치 현대적 삶의 그림자 상을 관찰하는 것처럼 그는 진기한 유사함을 인식한다. 이런 불확실성 속에서 그리고 이런 차원에서 오늘날의 인간은 종교개혁 시대의 형상처럼 존재하고 있다. 그 시인은 신앙심으로 마법의 힘에 자신을 바친다. 그리고 어린 시절에 대한 회상으로부터 그 옛날의 성 '고지의 울림'과 라인 강변의 슈타인 수녀원과 회색빛 합각지붕이 있는 골목이 있는 차가운 콘스탄츠 Konstanz[72)가 떠오른다. 그리고 그 유명한 땅은 발 아래서 그 땅의 인간을 자라게 하고 봄과 더불어 그 성의 축제를 동반하고 그 성의 반항으로 탑들을 짓는다. 그리고 이제 종교개혁 시대의 거대한 그림자 놀이가 다채로운 그림으로 우리의 눈앞에 깨어난다. 그의 왕들, 그의 하인들, 그의 투쟁과 그의 힘. 파멸의 불꽃이 점점 더 사납게 피어오르고 인간과 산과 성의 그림자들은 점점 더 거대해지며 거인이 되고 점점 더 믿을 수 없게 된다. 빛에 대한 동경이 나올 때까지. 그리고 평온하고 투명한 빛 자체가 나올 때까지. 얼마나 그들이 거기서 함께 녹아서 우리들과 유사해지고 마침내는 새로운 시대의 고요한 광채 속에서 흐르고 있는지. 그 가장자리에서 우리는 기다린다.

〈고지의 울림〉이란 이런 것이다.

만약 언어가 그렇게 충만하지 않고 운율의 울림이 그렇게 맑지 않다면 그리고 새로운 리듬이 그렇게 입체적이지 않다면, 내가 그 시에서 이런 인상을 받을 수는 없었을 것이다. 노익장 고벨린 Gobelin의 그림에 나타나는 장려함, 그리고 태양이 자신의 색채를 변용시키는 섬세함이 그 안에 동시에 존재한다. 형상들과 고백들. 하나의 새로운 그리고 완숙된 예술의 시작과 예감들, 어쩌면 그 *새로운 서사시의* 시작과 예감이 존재한다. 왜냐하면 여기에는 *한 시대의 불변함을 인식하고 사랑하는* 과제가 열려 있을 것이기 때문이다!

1898
내면세계[73]

I. 사람들은 이 도시들을, 내 고향의 이 작은, 아주 작은 도시들을 보았어야 할 것이다. 이들은 *하루*를 암기했다. 이들은 커다란 회색빛 앵무새처럼 태양 속으로 온종일 계속 고함을 질러댔다. 하지만 밤이 다가오면 이루 말할 수 없이 깊이 생각에 잠기게 될 것이다. 이들이 허공에 떠도는 알 수 없는 질문들의 해답을 찾고자 애쓰는 것을 사람들은 광장을 보고 알 것이다. 그것은 감동적인 일이다. 그리고 이방인에게는 약간 우스꽝스럽기도 하다. 이방인은 금세 알게 되니까. 만약에 해답이 있다면——어떤 해답이라도——그 해답이 내 고향의 작은, 아주 작은 도시들에서 나오지 않는다는 것이 확실하기 때문이다. 정말 그렇게 혼신을 다할지언정, 가엾은 이들이여.

II. 이제 막 커다란 소녀가 된 작은 소녀(이런 성장은 천천히 머뭇거리는 것이 아니라 기이할 정도로 갑작스러운 것이다)를 생각할 때면, 나는 그 소녀들 뒤에서 바다를 또는 진지하고 영구한 평야를 생각해야만 할 것이다. 아니면 사람들이 원래는 볼 수 없고 단지 예감할 수 있을 뿐인, 그것도 단지 조용하고 밤이 깊은 시간에만 예감할 수 있는 어떤 것을 생각해야 할 것이다. 그러면 나는 그 작고 어린애 같은 소녀들을 작다고 보는 데 익숙하듯이, 그 커다란 소녀들을 커다랗다고 보게 된다——또 내가 왜 그들을 이제 한번 보려는지 전혀 알 수는 없지만. 모든 것에는 나름대로 이유가 있다. 그래도 최상의 사물과 사건들이란 그들의 본래 근원을, 겸손해서든지 아니면 드러나는 것을 원치 않아서든지, 두 손으로 가리는 것들이다.

III. 하지만 그럼에도 불구하고. 내 고향의 이 작은, 아주 작은 도시들에서도 역시 하룻밤 사이에 작은 소녀들이 커다란 소녀가 되어버린다. 내가 그것을 저지할 수는 없다. 그리고 또 나중에, 아직 학교에서 10시의 버터 바른 빵Zehn-Uhr-Butterbrot을 간식으로 먹는 그 어린 남동생들이 귀가하는 길에. "지리학에서 가르치는 것은 틀렸어. 그리고 선생님은 거짓말을 하셨어. 선생님은 바다는 저 아래 깊숙이, 오스트리아와 헝가리 지도의 아주 끝에서 시작한다고 우리에게 말씀하셨거든. 그런데 이제 그것이, 그 바다가 뵈멘 왕국의 한가운데에 있다니"라고 이야기해야 했을 거라는 것 때문에, 그 소녀들 등에다 바다를 쏟아부을 수도 없는 것이다. 그리고 나는 그렇게 인식하면서 그 대단치도 않은 영리함이 우월감에 차서 미소짓는다는 것을 알고 있다. 그런데도 내가 예기치 않게 뵈멘 지방의 한가운데에 놓았던 그 바다에 대한 미소는 이미 그들이 스스로 반들거리는 마루청이나 고랑 있는 들판을 맞대고 명령하는 기쁨처럼 밝은 것은 아니다. 이것이 바다다. 이렇게 나는 이 작은 전지전능한 자들에게 창조를 맡겨놓고 내가 생각하는 소녀들 뒤에 실제로 그리고 진실로 그 평야를 놓고서 만족스러워하고 싶다.

IV. 물론 그것은 내가 생각하는 그 평야가 아니다. 루카Lucca와 피스토야Pistoja[74) 사이에 있는 무용지물의 그 습지가 아니다. 그 위로 새들이, 마치 의지할 데 없는 이 슬픔의 한가운데에서 지치게 될 것을 두려워하듯 겁먹고 급히 날아가는 그 습지가 아니다. 그것은 쉬지 않는 날개 달린 풍차가 다음번 바람을 기다리는 습곡이 있는 그 마르크의 평지가 아니다. 그것은 이미 거의 바다를 의미한다. 저녁 금빛을 모으는 잔잔하고 넓은 파도가 치는 서쪽 프로이센 지방의 들판도 역시 아니다. 그것은 그저 풍요롭고 조용한 뵈멘 지방의 들판일 뿐이다. 그리고 사람들은 그들과 구별되지 않으며, 고독한 사람이 되지도 않는다. 거기에는 항상 벗나무나 사과나무 몇 그루가 있고 사람들은 그 옆에서 별 의미 없이 함께 어울리기를 좋아하는 것처럼 보인다. 마음속으로야 정말 외롭고 당황해하고 있을 테지만.

V. 그리고, 그러니까 내 소녀들이 존재한다는 생각을 내가 왜 하는지조차 정말 알 수 없다. 그들은 점점 더 많이 모이면 모일수록 누구나 더욱더 고독해진다. 침묵하는 자매의 모임에 들어가는 소녀는 원래 떠나가는 것이다. 그리고 어디로 가는지 그 누구도 모른다는 것은 끔찍한 일이다. 어느 날 저녁 한번은 한 노인이 사람들이 알지 못하는 길이 모두 신으로 통한다고 내게 말했다. 그는 틀림없이 그것을 알고 있었다. 그리고 나는 오늘까지도 그것을 믿고 있다. 하지만 나는 그 망설이다 지체하게 된 소녀들이 뜨겁게 달아오른 얼굴로 숨가빠하며 신 앞에서 놀라 쳐다보고 있을 때 첫번째 소녀가 또다시 멀어져가게끔, 아주 서로 다른 시간에 나의 소녀들이 신에게 도착한다는 사실만을 두려워할 뿐이다. 이런 방식으로, 결

코 또 어디에서도 그 소녀들 모두가 다시 만날 수 없는 것이다. 다시 말해서, 허무는 신에게 머무르지 않고 그 신을 넘어서 추구하는 것이라고, 어쩌면 허무가 그 신을 발견했을 때 비로소 정말 감동하기 시작하는 거라고 사람들이 가정한다면 그렇다.

VI. 나의 소녀들은 발견하지도 않고, 찾지도 않는다. 그들은 자신들이 언젠가 찾았었다는 사실조차 전혀 기억할 수가 없다. 그들은 성장하기 전의 시절에 있었던 여러 가지 발견들을 다만 어슴프레 알고 있을 뿐이다. 기대와는 달리 당시 그들에게 수줍어하는, 그을린 작은 손에 아니면 훨씬 더 많이 수줍음을 타는 마음에 파묻게 한 것을, 그것을 소녀들은 온 세월 동안 지켜왔던 것이다. 그것은 찌그러진 브로치일 수도 있고 아니면 잃어버린 낱말 하나일 수도 있다. 사람들은 그것이 누구에게 도움이 되고 그리고 무엇 때문인지를 골똘히 생각하기를 좋아한다. 나는 발견할 때마다 자주 무명의 왕이 물러난 다음에 통치하게 된 후계자인 것처럼 항상 느꼈다. 그리고 이런 경험에서, 나의 소녀들이 아름답고 무거운 왕관을 썼던 과거의 여인들의 정당한 후계자라고 나는 주장한다.

VII. 소녀들에게 어른이 된다는 말은 성숙해진다는 뜻이다. 하지만 커다란 소녀들은 작은 소녀들보다 훨씬 더 성숙하지 못하다. 사람들은 작은 소녀들에게 공개적으로 그리고 자주 입맞춘다. 사람들은 커다란 소녀들에게는 남몰래 입맞추고 싶어한다. 그것은 하나의 차이고 누군가에게는 틀림없이 가장 이상한 차이다. 소년은 성인 남자로 그렇게 똑바로 그리고 꾸준하게 성장해간다. 갑자기 성인 남자라는 사실이 어울린다. 너는 그게 어떤 것인지를 모른다. 소녀들은 갑자기 자신의 아동복을 벗어 던진다. 그리고 두려워하며, 오한에 떨며 거기 그들에게 익숙한 단어들과 동전들이 더 이상 유효하지 않은 아주 다른 삶이 시작하는 곳에 서 있다. 그들은 다만 자기네들의 성숙의 문턱까지만 규칙적으로 그리고 평화롭게 발전한다. 거기서부터 시간들은 혼란에 빠진다. 낮은 빈번히 전혀 낮이 아니다. 그리고 낮 다음에 밤이 오는데, 그 밤. 그 밤은 마치 수천 개의 낮과 같은 밤이다.

VIII. 시골 노인들은 어린 소녀들이 자기네 시절이라 부르는 한창 시절 가을의 긴 오후에 실을 감으러 갔다는 이야기를 한다. 친구들 모두가 예의 바르게 함께 모여 앉은 커다란 식당에 그 소녀들은 둘러앉아 생각에 빠진다. 그리고 고급스러운 나무 위의 타일로 된 지붕 있는 벽난로에서 편하게 몸을 뻗었던 옛날 불은 자주 그들을 위해 말한다. 하얗고 정교한 마(麻)와 집에서 구운 건포도가 박힌 (비밀 조리법에 따라 만든) 케이크와 뜨겁게 탁탁거리며 타는 전나무의 나뭇가지에서 나는 향기가 제대로 뒤섞여, 나의 자애롭고 나이많은 체드니 아주머니의 주위에 조심스럽게 퍼진다. 그러면 그것은 그 고상하게 늙은 여인이 45년 전에 이 예감에 찬 분위기 속에서 느꼈던 여러 가지를 다시 상기하는 효과를 정말 낼 수 있었을 것이다. 하지만 우리는 이 경이로운 분향의 연기를 일으킬 도구를 갖고 있지 않다. 그리고 나의 자애로운 체드니 아주머니는, 그녀가 당시에 생각했던 아름다운 것들 전부가 틀림없이 자신이 윤기 없는 마호가니 장에 그해 내내 건드리지 않고 보존한 하얀 직조물의 실 속에서 팽팽히 드러날 것이라고 확신했다. 왜냐하면 그것이 그녀의 오랜 삶 속에 존재하지 않았기 때문에, 그래도 어쩌면 식탁의 냅킨들 속에는 남아 있을 거라고 아주머니는 생각하기 때문이다.

IX. 항상 그렇다. 사람들은 성숙에 필요한 햇빛을 충분히 보지 못했으리라는 삶의 곁에서 자신들의 꿈이 커지도록 하기보다는 차라리 자신들의 꿈을 수건에 깊숙이 엮어서 짠다. 삶이 끝날 때가 되면 사람들은, 그 꿈들을 자신의 파멸까지 아무것도 누설하지 않은 일에, 또 작고 무가치해 보이고 유행에 뒤떨어진 일 속에 남겨놓는다. 그들이 침묵하기 때문이 아니라 오히려 결국에는 알아듣는 사람조차 죽었고 그것을 위한 사전과 교사가 전혀 존재하지 않는 언어로 감상적인 노래를 부르기 때문이다. 그래서 상아로 덮인 물레는, 고향의 작은, 아주 작은 도시에 있는 곱슬머리 소녀들을 이해하도록 나를, 나의 덕망 있는 조상 요제파 크리스틴 폰 골트베르크를 힘들게 도와줄 수 있을 뿐이다.

X. 그들은 나까지도 도와주어야 한다. 무기력한 사람의 도움은 경이롭고 성스럽다. 그들의 침묵이나 놀라워함은 어쩌면 정의로운 사람 아흔아홉 명의 믿음 속에 꽃피우는 거창한 말보다 더욱 힘 있는 후원이다. 그러고 나면, 네가 정의로운 자 아흔아홉 명을 발견했을지라도 틀림없이 그들이 말하는 것을 듣는 것은 기꺼이 포기하고 싶어할 것이다. 왜냐하면 그것은 어쩌면 더 이상 아흔아홉 명이 아닐 수도 있기 때문이다. 그러는 동안 힘들이지 않고도 나의 소녀들은 더욱 많아질 것이다. 비록 나의 고향에서는 그들만이 소중할

지라도, 내가 아베 마리아 소리를 한 번 들었던 모든 장소에서 많은 이들이 소리 없이 동행한다는 사실을 나는 정말 알고 있다. 그리고 나는 마치 그것을 알아차리지 못한 것처럼 행동한다. 그렇게 이동하는 사람의 숫자는 천천히 늘어난다. 그리고 나는 어슴프레 내 옆을 밀려가는 그 무리를 조망하려고 애를 쓴다.

XI. 그들은 같은 의상을 입은 자매들이다. 그들은 그들의 두려움 속에서 친척이고, 그들의 기쁨 속에서 작별하는 자들이다. 그리고 마음에서 마음으로는 이방인이다. 그들은 자신의 *주위에* 공통점을 갖고 있고 자신의 안에 우리가 꿈도 꾸지 않는 관습과 기도가 유효한 그 특유의 외로움을 갖고 있다. 그들 누구나 계시된 신의 입에 오르내리는 종교다. 고생하며 죽어가는 종족이고 향락을 즐기기에 약한 혈통의 저 종교이다. 그들은 누구나 주기적으로 떨리는 손에 성취감이 가득한 잔을 들고 있다. 하지만 그들의 빛나는 그릇이 어느 입술에서 끝날지는 아무도 모른다.

XII. 책에는 특별히 행복하거나 아니면 불행한, 특별히 성스럽거나 아니면 특별히 마음이 추했던 저 사람들의 운명들이 그려져 있다. 그리고 누군가의 인생에서의 에피소드들이 희망과 비밀, 무기력과 계시들이 나이와 경험의 자모 순서대로 정리되어 그려져 있다. 사람들은 거기에서 시골의 소녀들에 대해서나 도시의 소녀들에 대해서, 아니면 한쪽 틀에서 다른 쪽 틀로 밀려난 어떤 유일한 소녀에 대해서까지도 이야기한다. 사람들은 거기에서 아무 일도 일어나지 않는 소녀 아니면 모든 것이 일어나는 소녀에 대해서 묘사한다. 아니면 특별한 애착을 갖고 사람들은 거기에서도 둘 다 매우 교육적이고 흥미를 일으킨다고 느껴지는 것을 순서대로 보여주도록 하는 하나의 예를 선택한다. 그것은 이제 소설에서는 관습이 되었고 역사와 사건과 운명들을 꾸미는 일을 다루는 사람들에게서도 그렇다.

XIII. 사람들은 이런 평온하고 관조적인 작업에 아무런 이의를 제기할 수 없다. 왜냐하면 조로아스터교, 플라톤, 예수 그리스도, 콜럼버스, 레오나르도 다 빈치[75], 나폴레옹 그리고 훨씬 더 많은 사람들의 이야기가 씌어져야 했다. 다시 말해서 어느 정도는 이야기가 저절로 씌어졌다는 말이다. 이 행동하는 인물들 누구나가 땅의 위대한 회색 두뇌에 주름살을 만들었다. 그리고 우리는 모두, 회중시계의 종류나 또는 충직한 시민의 배 위에서 태양이 떠오르는 곳을 가리키는 작고 둥그런 나침반의 종류에 따라서 이런 원형적 두뇌의 작은 복제품을 갖고 있다. 나중에는 진기한 여인들의 이야기도 역시 생겨났다. 하지만 거기에는 이미 소리 없는 보조가 필요했다. 그리고 지구 중심적인 주요 두뇌를 위해 논리와 오늘의 역사가 조차도 긍지를 갖는 기억력의 기술이 발명되었다. 최근의, 또 반쯤 여운을 남긴 세기에 사람들은 '*내면의 풍경*'[76]을 얻으려고 점점 더 많이 애썼는데, 즉 무명인들의 이야기를 하기를 원했다는 뜻이다. 말하자면 전투는 테르모필레[77], 헤이스팅스[78]나 아우스테를리츠[79]에서가 아니라 가끔은 두려움과 동경 또는 배은망덕에서 공간을 차지하고 있다는 사실, 그리고 중요하고 특정한 개념에서 성과를 얻기 위해서는 모든 발견이 미국을 겨냥해야만 하는 것이 아니며,

모든 발명이 증기기관차, 비행선, 화약을 겨냥해야 하는 것은 아니라는 사실을, 이 사람 또는 다른 사람이 알아차렸다고 믿었다. 동시에 공증을 얻은 영웅 대신에 믿음이 가는 자를 내세우는 것이 일반화되었다. 이런 의도 속에 사람들은 수십 년 동안 과거의 영웅들과 유용한 동시대인들을 파손시켰다. 그리고 그들을 적어도 알맞은 빛 속에서 정해진 장소에서 관찰하면, 흥미 있고 진기한 사람처럼 나타날 거라는 항상 새로운 가능성들을, 사람들은 알아볼 수 없는 조각들로부터 짜 맞춘다. 사람들은 끊임없이 시도해보고 더 낡은 법들이 적당하게 보이는 법칙성을 발견한다. 그리고 사람들은 머리를 몸통 대신 오른쪽 발바닥에 붙였던 장치를 한동안 산 채로 갖고 있으면 굉장히 기뻐한다. 그와 동시에 사람들은 똑똑해진다. 다시 말해서 사람들은 어느 정도 진지한 경험들을 수집하는 데 투자한다는 말이다. 그리고 또 연구자의 활발한 근면함이 맺은 모든 결실을 지붕 밑에 보호하기 위해 여전히 방을 하나 빌려야 한다는 것이다. 그런 발견에서는 당연히 희한한 방식과 예상하지 못한 뉘앙스를 평가하기가 가장 어렵다. 그리고 자신들의 주변과 극명하게 구별되는 성숙한 사람들은 이상한 것들을 그것도 더욱이 가장 이상한 방식으로 경험한다고 볼 수 있다. 사람들은 그들의 '운명'이 더 큰 관심의 이유라고 말하곤 한다. 그리고 이로써 두 가지를 의미한다. 외부에서 그들에게 닥치는 것, 그리고 공격과 인상에 대해서 그들이 갖는 관계와 자세.

XIV. 만약 내가 나의 많은 소녀들과 몇 개의 미완성 작품들, 잔 다르크, 샤를로트 코르데Charlotte Corday[80] 그리고 카타리나 에머리히Anna Katharina Emmerich[81] / 다만 혼합의 가능성 *한 가지*를 강조하기 위해서 / *하나*의 형상을 조립한다면, 그렇다면 나 역시 그녀가 등을 구부리는 데 비로소 익숙해지면 작은 도시의 집에서 기꺼이 그리고 호의적으로 교제를 하는 어떤 여주인공을 칭송할 수 있다. 하지만 나는 나의 소녀들이 걱정스러워한다는 것을 본다. 그들은 내가 자신들을 함께 모든 바닥 위로 서로를 일그러뜨릴까 봐 두려워한다. 그리고 첫번째 사람에게서는 그것을 그리고 두 번째 사람에게서는 다른 것을 그리고 아무에게게서도 *모든 것*을 원하지는 않을까봐 두려워한다. 그들은 자신들이 재산을 반만 가지고 있는 반쯤 조롱당한 자로, 넓고 무자비하게 끔찍한 어깨를 가진 그 폭풍이 그 사이를 지나간 하얀 장미처럼 실망한 손으로 남게 될 것을 겁낸다.

XV. 그때 나는 그들의 얼굴과 모습에서 수백 가지 불안을 본다. 분명하고 모호하고, 꿈꾸듯 그리고 정신이 깨어 있는, 단념하면서도 동경하는 두려움이 나를 엄습한다. 또는 내 눈빛 앞에서 공포에 떨며 불확정함 속으로 도망간다. 그때 내가 열 명이나 스무 명의 소녀들을 주인공 한 명에 묶어두도록 강요해서는 안 된다는 것을 안다. 오히려 나는 내가 생각하는 그 하나를 그들이 항상 동반하는 수천 명의 자매들 모두에게 펼쳐야 한다. 수천 명의 소녀들에 대해 말할 때만은 내가 사랑스럽고 비밀스러운 것에 대해 알고 있는 것처럼 보일 것이다. 그들의 목소리를 수도 없이 하나로 통일시킬 때만 저 가장 멀리 있는 자와 가장 슬퍼하는 자 역시 자신들과 같은 이들이 갖고 있지 않은 저 고귀한 노래의 입김을 느끼게 된다.

XVI. 프라 피에솔레Fra Angelicor da Fiesole[82]는 고독하고 차가운 형상들을 묘사한 커다란 프레스코 벽화에서 천국에 대한 희망을 누구나가 소박하고 아름답게 표현하게 했다. 하지만 〈최후의 심판〉의 천사의 많고 많은 얼굴들에는 천상 자체의 쾌활함, 품위 그리고 찬가가 자리를 차지한다. 이들은 권력의 색채가 다양한 모자이크다. 그리고 그에게는 똑같이 커다랗고 풍요롭고 감동적일 만한 어떤 그림도 존재하지 않는다.

XVII. 많은 여인들이 있었다. 금발의 마리아처럼 지치고, 죽음을 앞두고 보헤미안의 성들을 돌아다니는 베레히타 폰 로젠베르크 Berechta von Rosenberg처럼 사악하고, 튀링엔의 자애로운 지방 영주의 부인, 자신의 걱정은 빵에서 장미를 꽃피우는 것이라고 했던, 엘리자베트Elisabeth[83]처럼 선한 여인들이 있었다. 그리고 여하간 어머니들은 많았다. 그러나 나의 소녀들 앞에 소녀들이 이미 있었는가? 너는 그런 발자국을 어느 길에서도 발견할 수는 없다. 너는 모든 모래사장에서 이 가벼운 자국을 헛되이 찾을 것이다. 그것은 자신의 작은 손을 베고 잠들어버린 아이의 뺨에 있는 점과 같은 것이다. 마치 애무의 눌림 밑에서처럼 아주 작은 홈들이 소녀들 뒤에——길에 남는다. 그녀들 앞에서는 모든 것이 매끈하고 반짝거린다. 그들은 그러니까 첫번째거나 아니면 그들보다 앞선 사람들은 항상 잔디 위로 또는 향 내음을 내는 캄캄한 습지 위로 아니면 바다 위로 걸어다녔겠지?

XVIII. 도보의 돌 바다 위에도 발의 그림은 전혀 남아 있지 않다는 사실을 누군가 알게 된다면. 이에 대해 대답해야 한다. 이 작은 도시에는 과대하게 벽돌로 쌓은 골목길이 아직 많지 않다는 사실을. 적어도 차도는 거의 어디에서나 먼지의 흐름이다. 이 흐름으로부터 사람들이 단단한 가장자리로 아직은 자신을 구할 수 있다. 하지만 나의 소녀들은 한가운데로 지나간다. 항상 그 소녀들은 자신들 너머로 하늘을 많이 느끼는 그곳에서, 그리고 작고 하얀 구름 위로 도시 전체를 통과한다. 자신들 뒤에서는 어디서 왔는지 또 어디로 가는지도 없이. 그냥 가고 있다. 어쩌면 자신들의 피가 그토록 시끄럽게 타는 소리를 듣지 못하도록 하려고. 이런 은밀한 파도치는 소리의 촉각으로 만져지는 박자 속을 간다. 그들의 불안스런 무한함이 깃들인 고요한 해변가가 있다. 발걸음은 결코 한 번도 똑같지 않다. 많은 적대적인 바람에 의해서 움직이는 것처럼 서로를 향해 흔들어댄다. 누구나 어떤 다른 곳으로 손짓한다. 만약 바람이 그의 입술에서 아직 원하지 않았던 말들을 뺏어갈 때면 모퉁이에서 주저하며 몸을 돌린다. 같은 길로 그들은 돌아온다. 그리고 그들은 두 개의 골목길 사이로 되풀이해서 이리저리 걸어다닌다. 그들은 기다리는 사람들과 같다. 항상 유일한 15분 동안에 방황하며 다닌다. 낯선 열정적인 깃발을 든 하얀색의 축제 행렬처럼 시간 속으로 나아가는 대신에.

XIX. 한번 그들 뒤에서 가라. 무의식적으로 너는 눈길을 내린다. 번쩍거리는 그들의 옷이 눈부시기 때문이다. 너의 눈은 반쯤 상한 날개로 마치 넓은 책이 펼쳐진 것처럼 차도 위를 겨냥하고 있다. 과거의 차들은 그 책장 안에 선을 그었다. 그리고 그것은 좋은 일이다. 왜냐하면 소녀들의 걸음은 똑바로 쓰어질 수 없기 때문이다. 많은 글자들은 고랑을 따라간다. 위로 아래로. 마치 누군가가 밤중에 쓰기라도 했던 것처럼 아니면 장님이 쓴 편지처럼. 그래도 사람들은 약간의 노력과 훈련으로 그것이 순전히 긴 시, 진기한 리듬이 성장하고 바뀌면서 흐르는 즉흥으로 만들어진 것이라는 사실을 알아차린다. 똑같은 압운어가 반복해서 돌아온다. 마치 간청하는 사람처럼. 너는 이와 같은 것이 모든 문에서 기다리는 것을 발견한다. 그것은 감동적이고 소박한 단어들, 즉 유일한 현만이 갖는 소리다. 은빛의 현, 너는 생각하겠지. 그리고 그 음조가 꿈속까지 너를 동반하게 내버려둔다는 것을.

XX. 나의 소녀들이 걸으면서 움직일 때면 그들의 영혼은 마치 출렁이는 강가에 묶여 있는 조각배처럼 천천히 흔들린다. 소녀들의 영혼은 초조함으로 가득 찬, 금으로 된 곤돌라들이기 때문이다. 소녀들은 그 속에서 영원히 희미하게 비치도록 오래된 부드러운 비단 직물들로 완전히 덮어 가렸다. 소녀들은 아름답고 무한한 가능성을 가진 이런 향내음 나는 어두움을 사랑한다. 이들은 그 안에 살고 있다. 커튼의 주름이 움직일 때면 아주 가끔은 이들에게서 빛이 새어나온다. 그리고 나서 이들은 한 순간 방 한 편을 또는 방금 저녁을 맞은 정원을 놀라서 쳐다본다. 그리고 그들은 방과 정원과 저녁이 있다는 데 대해 소리 없이 경악한다. 그리고 이들은 삶의 비단으로 된 이들 어두움에 이런 많은 사물에 대한 두려움을 실어 넣는다. 그리고 그 앞에서 두 손을 모은다. 이들의 기도란 이런 거다.

XXI.[84] . . . .
. . . .
. . . .
. . . .

1898
사물의 멜로디에 대한 메모⁸⁵⁾

I. 우리는 완전히 시작한다, 네가 보고 있듯이.
마치 모든 것이 있기 이전처럼.
우리 뒤에 있는 천 한 가지의 꿈을 갖고, 단
행동하지 않으면서.

II. 안다는 것 중에 이 한 가지보다도
더 축복받은 앎을 생각할 수 없다.
즉 사람들이 초심자가 되어야 한다는 사실.
수세기 동안 그어졌던 생각을 표시하는
줄표 다음에
그 첫 낱말을 쓰는 한 사람.

III. 이것을 관찰하면서 우리가 완전히 원시인들처럼 사람들을 여전히 금바탕에 그린다는 생각이 내게 떠오른다. 불확실한 어떤 것 앞에 그들은 서 있다. 때로는 금색 앞에 때로는 회색 앞에. 때로는 빛 속에, 그리고 자주 이유를 알 수 없는 어두움을 뒤로 하고.

IV. 사람들은 이것을 이해한다. 인간들을 인식하기 위해서 그들을 고립시켜야 했다. 그러나 오랜 경험에 따르면 개별적 관찰을 다시 결부시키고 그들의 좀더 폭넓은 표정들을 성숙한 눈빛으로 동반하는 것은 무가치해진 일이다.

V. 움부리아의 엷은 공기 속에서 빛나는 풍경 앞 성스러운 대화[86)로 형상들을 한데 모으는 곳인 이탈리아 초기 거장들의 수많은 후기 구성법 중 하나와 14세기 이탈리아 르네상스 시대의 금빛 바탕에 그린 그림을 한번 비교해보라. 금빛 바탕으로 인해 인물들 하나하나가 홀로 서 있는 것처럼 보이지만, 그 인물들 뒤편에는 자연 풍경이 그들의 공동의 영혼처럼 반짝이고, 그 공동의 혼에서 그들은 그들의 미소와 사랑을 취해 오는 듯하다.

VI. 그러고 나서 삶 자체를 생각해보아라. 사람들이 많은 불룩한 표정들을 그리고 거창한 말들을 믿기 어려울 정도로 갖고 있다는 것을 회상해보아라. 한동안만이라도 그들이 마르코 바사이티Marco Basaiti[87)의 아름다운 성인처럼 그렇게 안정되고 풍요로웠다면, 너역시 그들 뒤에서 그들이 공유하는 풍경을 발견해야 했을 것이다.

VII. 그리고 네 앞에서 누군가가 조용하고 분명하게 자신의 훌륭함과 대조를 이루는 순간들도 분명 있다. 그것은 네가 결코 잊지 못하는 아주 진기한 축제다. 너는 이제부터 이 사람을 사랑한다. 다시말해서 너는 네가 그 시간에 인식했던 그의 개성의 윤곽을 너의 부드러운 손으로 그려내려고 애쓴다.

VIII. 예술은 그와 똑같은 것을 한다. 예술은 정말 그 이상의 것으로, 요구가 더 많은 사랑이다. 예술은 신의 사랑이다. 예술은 단지 삶의 입구일 뿐인 각 개인에게 멈춰서서는 안 된다. 예술은 그를 걸어서 지나가야 한다. 예술은 지쳐서는 안 된다. 스스로 실현하기 위해서 예술은 모두가 *하나*인 그곳에 영향을 미쳐야 한다. 만약 예술이 그때 이 *하나*를 선사하면 무한한 풍요로움이 모두에게로 온다.

IX. 거기에서 예술이 얼마나 멀리 떨어져 있든지 간에, 사람들은 정말 말하거나 아니면 말하기를 원하는 무대 위에서, 예술이 삶을, 삶의 이상적인 안정 속에 있는 개인이 아니라 '좀더' 많은 사람의 움직임과 교류를, 어떻게 관찰하는지를 보고 싶어할 것이다. 그러면서 예술은 14세기 이탈리아 르네상스 시대에 그랬던 것처럼 인간을 단순히 나란히 세워놓고 배경의 회색빛이나 금빛 너머로 서로에게 익숙해지도록 그들 스스로에게 맡겨버리는 일이 일어난다.

X. 그리고 이런 이유 때문에 역시 그럴 것이다. 그들은 말과 손짓으로 성취할 길을 찾는다. 그들은 거의 팔이 빠질 정도로 쭉 뻗어버린다. 왜냐하면 표정은 너무나 짧기 때문이다. 그들은 서로 말들을 던지는 노력을 끝없이 하고, 그러면서 또 진정 공을 잡을 수 없는 실력 없는 구기 선수다. 그렇게 구부려 줍고 찾으면서 시간은 완전히 인생에서처럼 흐른다.

XI. 그리고 예술은 우리들 대부분에 존재하는 혼돈을 우리에게 보여주는 것말고는 아무것도 하지 않았다. 예술은 우리가 고요히 안정을 찾도록 하는 대신에 우리에게 두려움을 갖게 했다. 예술은 우리들 누구나가 다른 섬에 살고 있다는 사실을 증명해주었다. 단지 섬들이 고독하고 홀가분하게 지낼 만큼 충분히 떨어져 있지 않을 뿐이다. 한 사람이 다른 사람에게 방해가 될 수 있거나 경악시킬 수 있거나 또는 창을 들고 쫓아올 수 있을 것이다——다만 아무도 누군가를 도와줄 수 없을 뿐이다.

XII. 섬에서 섬으로의 가능성이라고는 다만 한 가지가 있을 뿐이다. 발보다 더 많은 위험이 따르는 위험천만한 높이뛰기. 영원히 지속되는 이리저리 뛰는 일이 우연과 우스꽝스러움과 더불어 일어난다. 왜냐하면 둘이 서로를 향해 뛰는, 둘이 공중에서만 서로를 만나는 그런 일이 동시적으로 생긴다. 그리고 이렇게 애써서 교체한 후에도——한 사람은 다른 사람에게서——전과 마찬가지로 멀리 있다.

XIII. 이것은 더 이상 경이로운 일은 아니다. 왜냐하면 서로 간에 놓여 있는 다리들은, 그 위로 사람들이 아름답고 장중하게 다녔는데, 실제로 우리 속에 있지 않고, 완전히 프라 바르톨로메오Fra Bartolomeo[88)]나 레오나르도의 풍경에서처럼 우리 뒤에 있기 때문이다. 정말 삶이란 각 개인의 개성 속에 첨예한 그런 것이다. 하지만 산의 정점에서 정점으로 가는 길은 좀더 넓은 골짜기를 지나간다.

XIV. 두 사람이나 세 사람이 모여 있다고 해서 그들이 함께 있는 것은 아직 아니다. 그들은 서로 다른 손에 줄이 놓여 있는 인형들과 같다. *하나*의 손이 모두를 움직일 때에야 비로소 구부리거나 간섭

하는 것을 강요하는 공동작업이 그들에게 다가오는 것이다. 그리고 인간의 힘 역시 잡고서 통제하는 손 안에서 그의 줄들이 끝나는 그곳에 있다.

XV. 공동의 시간이 되어서야 비로소, 공동의 폭풍 속에서, 그 하나의 방, 그 안에서 그들은 만난다. 그리고 서로를 발견한다. 그들 뒤에 있는 배경까지 이르러서야 비로소 그들은 서로 교류하게 된다. 그들은 정말 그 *하나의* 고향을 이유로 내세울 수도 있어야 한다. 그들은 자신들이 지니고 있는, 모두가 똑같은 성주의 의미와 인장이 찍힌 공증들을 서로에게 즉시 보여주어야 한다.

XVI. 그것이 등잔불의 노래이거나 폭풍의 소리이거나, 그것이 저녁의 숨소리거나 또는 너를 에워싸고 있는 바다가 신음하는 소리거나 수천 개의 소리로 엮어져서, 다만 그때 거기에서 너의 독창이 공간을 차지하는 폭넓은 멜로디가 항상 네 뒤에 깨어 있다. *언제 네가 생각을 떠올려야 했는지*를 안다는 것, 그것은 네 고독의 비밀이다. 즉 품위 있는 말에서 공동의 멜로디로 스스로 떨어지도록 하는 것이 얼마나 진정한 사교의 예술인지.

XVII. 마르코 바사이티의 성인들이 자신의 축복받은 공존 외에 무엇인가 비밀을 털어놓았더라면 그들이 살고 있는 그림에서 자신의 가늘고 부드러운 손을 앞쪽으로 내놓지는 않을 것이다. 그들은 뒤로 물러날 것이고 동시에 작아질 것이다. 그리고 쏴쏴 소리나는 땅속 깊은 곳 아주 작은 다리 위에서 서로에게 다가갈 것이다.

XVIII. 앞쪽에서 우리는 아주 똑같다. 축복하는 동경들이다. 우리들의 충만함은 멀찌감치 빛나는 배경 속에서 일어난다. 거기에 움직임과 의지가 있다. 거기에서 역사는 일어난다. 이 역사의 어두운 제목이 우리다. 거기에는 우리의 화합과 우리의 작별, 또 위로와 슬픔이 있다. 전경에서 왔다갔다하면서 우리는 거기에 *존재한다*.

XIX. 네가 보았던, 주변에 공동의 시간을 갖지 않고서 함께 모인 사람들을 기억하라. 예를 들면, 진실로 사랑했던 어떤 인물의 임종에서 만난 친척들. 그런 때 어떤 사람은 이런 깊은 회상 속에 또다른 사람은 저런 깊은 회상 속에 살고 있다. 그들은 서로를 알지 못한 채 서로의 말들은 빗나간다. 그들의 손은 첫번째 혼돈 속에서 잘못을 저지른다. 고통이 그들 뒤로 퍼질 때까지. 그들은 고개를 떨어뜨리고 앉아서 침묵한다. 그들 위로 숲에서처럼 쏴쏴 소리가 난다. 그리고 마치 예전에는 한 번도 그런 적이 없었던 것처럼 그들은 서로에게 가까워진다.

XX. 그 밖에도, 심한 고통이 인간을 바로 침묵시키지 않는다면, 배경에서 오는 힘찬 멜로디에서 어떤 이는 더 많이 또 다른 이는 더 적게 듣는다. 많은 사람은 더 이상 아무것도 듣지 못한다. 그들은 자신의 뿌리를 잊어버렸던 그리고 이제는 자신들 가지가 내는 쏴쏴 소리가 그들의 힘이며 삶일 거라고 생각하는 나무와 같다. 많은 사람은 그 소리를 들을 시간이 없다. 그들은 자기 주변에 어떤 시간도 허용하지 않는다. 존재의 의미를 잃어버린 불쌍한 실향민이 그들이다. 그들은 시대의 건반을 두드리고 잃어버린 음을 항상 똑같이 단조롭게 연주한다.

XXI. 그러니까 삶의 비밀에 통달한 사람이기를 원한다면, 두 가지를 생각해야 한다.

한 번은 사물과 향기, 감정과 과거, 황혼과 동경들이 함께 작용하는 거대한 멜로디를 생각해보아야 한다.

그러고 나서. 이렇게 충만한 합창단을 보충하고 완성시키는 개개인의 소리들을 생각해보아야 한다.

그리고 예술작품에서는 더 심오한 삶의 그림, 오늘의 그것보다 더 많은, 또 모든 시대에 항상 가능한 경험의 그림을 설명하는 것을 말하는데, 두 가지 소리, 그림 속에서 해당되는 그 시간의 소리와 그 인간 무리의 소리를 올바른 관계에 배열하고 균형을 잡아주는 것이 필요할 것이다.

XXII. 이런 목적으로 사람들은 삶의 멜로디의 두 가지 요소를 그 멜로디의 원시적인 형식 속에서 인식했어야 한다. 사람들은 바다가 내는 쏴쏴거리는 소요로부터 밀려드는 물결의 박자를 벗겨냈어야 하고 일상적 대화의 뒤엉킨 그물에서 다른 형식을 지닌 생동하는 선들을 풀어냈어야 한다. 사람들은 순수한 색채를 그것의 대비와 친숙함을 알기 위해 나란히 놓아야 한다. 사람들은 중요한 것 때문에 그 많은 것을 잊었음에 틀림없다.

XXIII. 똑같이 조용한 두 사람이 그들 시간의 멜로디에 대해 이야기해야 하는 것은 아니다. 이 시간의 멜로디는 그들이 자신에게서 그리고 자신을 위해 공유하는 것이다. 그 멜로디는 마치 불타는 제단처럼 그들 사이에 있다. 그리고 그들은 성스러운 불꽃을 두려워하며 그들의 진기한 음절들로 접근한다.

이 두 사람을 고의가 아닌 그들의 존재로부터 무대 위에 세워놓으면, 두 명의 사랑하는 사람들을 보여주고 왜 그들이 은총받은 자들인지를 설명하려는 것이 문제라는 것이 내게 명백하다. 하지만 이 장면에서 제단은 눈에 보이지 않는다. 그리고 희생하는 사람의 이상한 손짓을 설명할 수 있는 사람은 없다.

XXIV. 지금 거기에는 두 가지 돌파구가 있다.

사람들이 일어나야 하고 그리고 많은 말들과 혼란스러운 표정들로 그들이 예전에 겪었던 것을 말하려고 시도하든가,

아니면

내 스스로 그들의 심오한 행위에서 아무것도 변화시키지 않고 그것에 대해 이런 말들을 하든가. 즉,

여기 성스러운 불꽃이 타고 있는 제단이 있습니다. 당신은 이 두 사람의 얼굴에서 그 불꽃의 광채를 알아차릴 수 있습니다.

XXV. 내게는 후자가 유일하게 예술적으로 보인다. 본질적인 것에서 잃어버린 것은 아무것도 없다. 만약 내가 두 명의 고독한 사람들을 화합시키는 제단을, 모두가 그를 보고 있고 그의 존재를 믿도록 그렇게 묘사한다면, 어떤 단순한 요소들의 혼합도 사건의 순서를 불분명하게 만들지는 않는다. 한참 뒤에는 불타는 기둥을 보는 일은 관조하는 자들에게 무의식적인 것이 된다. 그리고 더군다나

그것을 설명하는 어떤 것도 내가 말해서는 안 될 것이다. 훨씬 뒤에야.

XXVI. 하지만 제단과 함께 그것은 다만 하나의 비유일 뿐이고 게다가 정말 뜻밖의 비유다. 공동의 시간을, 인물들이 그 안에서 말하는 것을 장면으로 표현하는 것이 문제다. 삶 속에 낮 또는 밤의 수천 소리에서, 윙윙거리는 숲의 소리에서 또는 째깍거리는 시계 소리에서 그리고 그 머뭇거리는 시계의 타종에 맡겨버린 이런 노래, 무대 위에서 우리의 말의 박자와 어투를 결정하는 뒷배경의 이 폭 넓은 합창단은 우선은 똑같은 수단으로 이해되지는 못한다.

XXVII. 왜냐하면 사람들이 '정서'라고 부르는 것과 더욱 새로운 작품들에서 역시 부분적으로 정당하게 나타나는 것은 인간과 말과 손짓들 뒤에 풍경이 비치도록 하는 첫번째 미완성의 시도일 뿐이고 대부분 알아차리지도 못했고 그 소리 없는 내밀함 때문에 도대체가 모두의 눈에 띌 수가 없기 때문이다. 개별적인 소음 아니면 조명을 기술적으로 강화하는 것은 우스꽝스럽게 작용한다. 왜냐하면 그런 강화는 그 전체 줄거리가 한쪽 모퉁이에 걸려 있게끔 수천 개의 소리에서 개별적인 것을 극단화하기 때문이다.

XXVIII. 배경의 장황한 노래에 반대하는 이 정당성은, 사람들이 우선 불신하는 대중에 대해서처럼 우리 무대의 수단에 대해서도 실행 불가능하게 나타나는 것을 그 전체 규모 속에서 인정할 때에만 유지될 뿐이다. 균형은 엄격한 양식화를 통해서만 얻을 수 있다.

사람들이 소위 무한함의 멜로디를 줄거리의 손이 쉬고 있는, 그와 같은 건반 위에서 연주한다면, 이는 위대한 것과 말없는 것을 말로 소리를 낮춰 맞춘다는 것을 뜻한다.

XXIX. 이것은 빛을 내며 어른거리는 대화들 뒤에서 조용히 굴러가는 합창단의 안내일 뿐이다. 고요가 자신의 전체 폭과 의미 속에서 지속적으로 작용한다는 사실을 통해서 말은 그들의 자연스러운 보완으로 앞에 나타난다. 그와 동시에 그것은 그 밖에도 이미 무대 위에서 향기와 알 수 없는 느낌을 사용할 수 없기 때문에 불가능하게 보였던 삶의 노래의 완성된 묘사를 달성할 수가 있다.

XXX. 나는 아주 작은 예를 암시하려고 한다. 저녁. 작은 방. 등잔 아래 아이 두 명이 서로 마주하고 앉아서 마지못해서 책에 몸을 숙이고 있다. 그들 둘은 멀리 있다——멀리. 책들이 그들의 도주를 덮어 가리고 있다. 때때로 그들은 자신들 꿈의 광활한 숲에서 길을 잃지 않으려고 서로를 부른다. 그들은 좁은 방에서 다채롭고 공상적인 운명을 경험한다. 그들은 투쟁하고 승리한다. 집으로 돌아와 결혼한다. 그들의 아이들에게 영웅으로 존재하라고 가르친다. 죽기까지도 한다.

나는 그것을 줄거리로 간주할 정도로 그렇게 고집이 세다!

XXXI. 하지만 밝은 유행에 뒤떨어진 전등의 노래가 없는, 가구의 숨소리와 신음 소리가 없는, 집 주위의 폭풍이 없는 이 장면은 무엇인가. 그들이 자신의 색채의 실들을 뽑는 아주 불분명한 배경이 없는 이 장면. 정원의 아이들은 얼마나 다르게 꿈을 꿀 것인가. 바다에서 다르게, 궁전의 테라스에서 다르게. 사람들이 비단에 수를 놓는지 아니면 모직에 수를 놓는지는 중요한 일이다. 사람들은 이런 작은 저녁의 노란색 대마에 마에안더식 무늬의 몇 개의 서툰 선들을 불안해하며 반복한다는 사실을 알아야 한다.

XXXII. 나는 지금 마치 소년들이 듣는 것처럼 전체 멜로디를 울리게 하는 것을 생각해본다. 어떤 고요한 소리가 그 멜로디를 장면 너머로 떠다니게 하는 것이 틀림없다. 그리고 보이지 않는 기호에 아주 작은 어린아이의 목소리가 불어닥치고, 저녁의 평온한 좁은 방을 통해 넓은 강은 무한함에서 무한함으로 계속 소리를 내는 동안에 밀려간다.

XXXIII. 나는 그런 장면들 속에 많은 것과 더 넓은 것들을 알고 있다. 매번 강조하는 것에 따라, 나의 다방면의 양식화 또는 그와 같은 것을 좀더 조심스럽게 암시하는 것을 의미하는데, 장면 자체에서 나오는 합창단은 자신의 자리를 발견한다. 그러고 나서 자신의 깨어 있는 현재를 통해서 역시 영향을 미친다. 아니면 자신의 몫은 폭넓고 공적으로, 공동의 시간이 끓어오르는 것에서 올라오는 소리에 한정된다. 하여간 고대의 합창단에서처럼 그 더욱 지혜로운 지식이 그 속에도 살고 있다. 행동이 일어난 일에 대해 멜로디가 판단하기 때문이 아니라 멜로디가 그 토대, 즉 그곳에서 저 더욱 조용한 노래가 발동하고 그리고 그의 품속에서 그것이 마침내 더욱 아름답게 되돌아가는 그 토대이기 때문이다.

XXXIV. 나는 이런 경우에 양식화한 그러니까 비현실적인 묘사를 단지 하나의 과도기로 간주할 뿐이다. 왜냐하면 삶과 유사하고 이 외적 의미 속에서 '진실한' 이런 예술이 무대 위에서는 항상 가장 환영받기 때문이다. 하지만 바로 이것이 스스로 자신을 심화시키는 내적인 진리 즉 원시적인 요소들을 인식하고 사용하는 길이다. 사람들은 진지한 경험 뒤에 명백해진 근본 동기들을 더 자유롭고 더 제멋대로 필요로 하는 것을 배우게 될 것이고, 이로써 또한 다시 그 사실적인, 시간적으로 현실적인 것에 더욱 가까워질 것이다. 하지만 그것은 예전의 것과 똑같은 것일 수는 없을 것이다.

XXXV. 이런 노력은 내게 필연적으로 보인다. 그렇지 않으면 오랫동안의 진지한 일을 투쟁으로 얻었던 더욱 섬세한 감정을 인식하는 것은 무대의 소음 속에 영원히 사라지게 '될 것이다'. 그리고 그것은 유감스러운 일이다. 만약 그것이 경향이 없고 악센트 없이 일어나면, 무대에서는 새로운 삶이 선포될 수 있다. 다시 말해서 자신의 충동과 힘으로는 표정을 배울 수 없는 그들에게도 전달될 수 있을 것이다. 그들이 장면에 의해 포교되어서는 안 된다. 하지만 그들은 적어도 경험해야 한다. 우리 시대에는, 우리 바로 곁에 그것이 존재한다. 그것은 이미 행운이기에 충분하다.

XXXVI. 왜냐하면 그것은 거의 종교의 의미를 갖기 때문이다. 이런 인식이란. 사람들이 배경의 멜로디를 한번 발견하자마자 자신의 말에 더 이상 당황하지 않고 자신의 결정에 더 이상 미심쩍어하지 않는다는 사실을 말한다. 그것은 멜로디의 부분이라는, 그러니까 일정한 공간을 정당하게 소유한다는 그리고 폭넓은 작품, 즉 가장 미미한 것도 가장 위대한 것과 똑같이 평가하는 그 작품에 일정한 의무를 갖는다는 단순한 확신 속에 있는 걱정 없는 보장이다. 과잉이 아닌 것은 의식적이고 안정된 전개의 첫번째 조건이다.

XXXVII. 모든 분열과 착각은 인간이 자신의 *뒤*에 있는 사물 속 대신에, 자신 안에서, 빛 속에서, 풍경에서, 시작에서 그리고 죽음에서 일치점을 찾는 데 기인한다. 그들은 이것 때문에 스스로 잃고 이것 때문에 얻는 것은 아무것도 없다. 그들은 정말 결합할 수 없기 때문에 서로를 섞는다. 서로 맞대고 있는데도 그들은 둘 다 흔들리고 약하기 때문에 확고하게 자리잡을 수 없다. 그리고 그들은 이렇게 상호 의지하기를 원함에서 외부로는 파도의 예감조차도 느껴지지 않을 정도로 그들의 전체 능력을 표출한다.

XXXVIII. 하지만 어떤 공통적인 것이든 일련의 서로 다른 고독한 본질을 전제로 한다. 이 일련의 서로 다른 고독한 본질은 그들 이전에는 단순히 어떤 관계도 갖지 않은 전체로 그냥 그렇게 있었다. 가난하지도 부유하지도 않았다. 자신의 부분들의 여러 가지가 모성적 통일을 멀리하는 순간에 일련의 서로 다른 고독한 그들에 반대한다. 왜냐하면 그들은 그 순간부터 계속 발전하기 때문이다. 하지만 그것은 그들을 포기하지는 않는다. 뿌리가 비록 열매에 대해서 모른다 하더라도, 그래도 뿌리는 열매들에게 영향을 공급한다.

XXXIX. 우리는 마치 열매들과 같다. 우리는 기이하게 엉킨 가지들에 높이 걸려 있고 바람은 우리에게 많이 분다. 우리가 소유하고 있는 것, 그것은 우리들의 성숙도이고 당도이고 아름다움이다. 하지만 그런 힘은 세계 너머로 멀리 정돈된 뿌리에서 나온 *하나*의 계통으로 우리 모두의 안에서 흐른다. 만약 우리가 그의 세력을 증명하려고 한다면 그 세력 하나하나를 우리의 가장 고독한 의미 속에 사용해야 한다. 고독한 자가 많을수록 그들의 공통적인 것은 더욱 화려하고 더욱 감동적이고 그리고 더욱 강력하다.

　XXXX. 그리고 바로 가장 고독한 삶들이 그 공통적인 것에 가장 큰 몫을 갖는다. 나는 예전에 폭넓은 삶의 멜로디에서 한 사람은 더 많이, 다른 사람은 더 적게 듣는다고 말했다. 그에 알맞게 규모가 큰 교향악단에서의 더 작은 아니면 더 보잘것없는 의무 역시 그에게 부여된다. 전체 멜로디를 들어 알 수 있을 사람은 가장 고독한 사람이자 가장 공통적인 사람일 것이다. 왜냐하면 그는 아무도 듣지 못하는 것을 듣기 때문이며 단지, 다른 사람들은 희미하고 엉성하게 엿듣는 것을, 그는 그의 *완전함*으로 이해하기 때문이다.

1898
예술에 대하여[89)]

I

레프 톨스토이 백작은 사람들이 많은 의문을 던진 마지막 저서 《예술이란 무엇인가?》에서 그 스스로 대답하면서 모든 시대의 상당 수의 정의를 처음에 언급했다. 그리고 바움가르텐Baumgarten에서 헬름홀츠Helmholtz에 이르기까지, 샤프츠베리Shaftesbury에서 나이트Knight에 이르기까지, 쿠쟁Cousin에서 사르 펠라단Sar Peladan 에 이르기까지 양극성과 모순에 대한 공간은 충분하다.

톨스토이의 견해까지를 포함한 예술에 대한 이 모든 의견들에는 한 가지 공통점이 있다. 예술의 본질을 그렇게 많이 관찰한 것이 아니고, 오히려 모두 예술이 미치는 영향에서 예술을 설명하려고 노력하고 있다는 것이다.

그것은 마치 태양은 과일을 익게 하고 잔디에 온기를 주고 빨래를 말리는 것이라고 말하는 것과 같다. 어떤 난로든지 모두 후자의 역할을 할 수 있다는 사실을 사람들은 잊고 있다.

비록 우리 현대인들이 다른 사람들을 또는 우리 자신만을 정의내려서 도울 가능성이 거의 없다고 하더라도, 역사적 품위와 성실성이 부족한 것을 우리 말에 온기로 대체시키는, 공평함과 솔직함과 창작 시간에서 나오는 조용한 회상에서 우리들은 어쩌면 학자들보다는 좀더 우월하다. 대략 종교와 학문, 사회주의 역시 그렇듯이 예술은 인생관을 묘사한다. 예술은 시간에서 결과가 나타나는 것이 아니고, 최후 목적이라는 세계관으로 나타난다는 사실을 통해서만 구별된다. 선에서 평면적 미래로 이어지게 될 그래픽 묘사에서는 개별적 삶의 견해가 가장 긴 선이 될 것이고, 어쩌면 반경이 무한하기 때문에 직선을 묘사하는 원둘레의 한 조각일지도 모른다.

언젠가 세상이 예술의 발 밑에서 붕괴된다면 예술은 창조적인 것으로서 독립적으로 존립하고 새로운 세계와 시대를 심사숙고하는 가능성이 될 것이다.

그렇기 때문에 예술을 자신의 인생관으로 만드는 사람이란 역시 그의 뒤에 어떤 과거도 갖지 않으면서 세기를 젊음으로 통과하는 마지막 목적으로서의 인간, 즉 예술가다. 다른 사람들은 오고 가지만 예술가는 존속한다. 다른 사람들은 마치 회상처럼 신을 뒤로한다. 왜냐하면 창작하는 사람에게 신은 가장 심오한 최후의 완성이기 때문이다. 그리고 경건한 사람이 "그는 존재한다"라고 말하면, 슬퍼하는 사람은 "그는 존재했다"라고 느끼고 예술가는 "그는 존재할 것이다"라며 미소짓는다. 예술가의 믿음은 믿음 이상의 무엇이다. 왜냐하면 예술가 스스로 이런 신에 종사하기 때문이다.[90] 신이 모든 힘과 모든 이름으로 장식되어 드디어 후대의 증손자 속에서 완성하기 위해, 예술가는 어떤 관조, 어떤 인식을 통해서 나 자신의 조용한 기쁨 곳곳에서 신에게 힘과 이름을 부여한다.

그것은 예술가의 의무다.

그러나 예술가는 고독한 사람으로서 오늘의 한가운데에서 영향을 미치기 때문에, 그의 손은 그때 그리고 그곳에서 시대와 부딪치게 된다. 예술이 적대적인 것일 거라는 말은 아니다. 하지만 예술은 주저하는 것이고 의심하는 것이며 불신하는 것이다. 예술은 저항이다. 그리고 예술가의 현재 경향과 시대에 동떨어진 인생관 사이에 놓인 이러한 불협화음에서 비로소 일련의 작은 해방들이 일어나고 예술가의 가시적인 행위가 이루어진다. 바로 예술작품이 그것이다. 예술가의 나이브한 취향에서가 아니다. 그것은 항상 오늘에 대한 응답이다.

그러므로 사람들은 예술작품을 회상이라는 핑계 속에, 경험이라는 핑계 속에 또는 사건이라는 핑계 속에 나타나는 깊은 내면적인 고백으로 설명하고 싶어한다. 그리고 작품의 작가에게서 해방되어 혼자서 존립할 수 있는 깊은 내면적인 고백으로 설명하고 싶어한다.

예술작품의 이러한 자율성은 아름다움이다. 모든 예술작품과 더불어 새로운 것이 나온다. 세상에 한 가지가 더 나온다.

사람들은 이런 정의 속에 모든 것이 자리잡고 있다는 사실을 발견할 것이다. 예한 드 보스[91]의 고딕식 성당에서 시작해 젊은 반 데 벨데van der Velde[92]의 가구까지.

예술이 미치는 영향을 토대로 한 예술 선언들은 훨씬 더 많은 것을 포괄한다. 이 예술 선언들이 자신의 논리 속에 역시 오류를 범할 수밖에 없다는 것은 당연한 일이다. 미적 감각의 아름다움에 대해 말하는 대신, 다시 말해 기도의 신에 대해 말하는 대신에. 그리고 그렇게 그들은 점점 더 신을 믿지 않게 되고 혼돈 속에 빠진다.

우리는 미의 본질이 영향 속에 있지 않고 존재에 있다는 사실을 표현해야 한다. 그렇지 않다면 꽃 전시회와 유원지가, 어딘가에서 혼자 꽃피우고 아무도 그것에 대해 알지 못하는 들판의 가꾸지 않은 정원보다 틀림없이 더욱 아름다워야만 했을 것이다.

〈II〉

내가 예술을 인생관이라고 말할 때 그것은 생각해낼 수 있는 무엇을 의미하지 않는다. 인생관은 여기에서 이런 의미 즉 존재하는 방식으로 이해되고자 한다. 그러니까 특정한 목표를 위한 자기 통제와 자기 한계가 아니라 확실한 목표에 대한 믿음 속에 걱정 없는 자기 해방이다. 조심스러움이 아니라 두려움 없이 사랑하는 지도자를 따르는 현명한 맹목성. 고요하고 천천히 성장하는 소유물의 획득이 아니라 모든 변화 가능한 가치들의 지속적인 낭비다. 사람들은 이런 존재하는 방식이 나이브하고 무의식적인 어떤 것을 가지고 있고, 저 무의식의 시절에 접근한다는 사실을 인식한다. 그 무의식의 시절의 가장 훌륭한 특징은 기쁨에 찬 신뢰, 즉 어린 시절이다.[93] 어린 시절은 위대한 정당성의 그리고 깊은 사랑의 제국이다. 어린아이의 손에 들어 있는 것보다 더 중요한 것은 아무것도 없다. 아이는 금빛 브로치나 하얀 초원의 꽃과 논다. 아이는 피곤해서 둘을 동시에 생각 없이 떨어뜨리고 그리고 둘 다 얼마나 자신의 기쁨의 빛 속에 광채를 내며 자신에게 나타났는지를 잊을 것이다. 아이에게는 상실의 두려움이 없다. 세상은 그에게 여전히 아무것도 잃은 것이 없는 아름다운 그릇이다. 그리고 아이는 그가 한 번 보았고, 느꼈고 아니면 들었던 모든 것을 자신의 사유재산으로 느낀다. 즉 자신이 언젠가 마주쳤던 모든 것을. 아이는 사물들이 정착하기를 강요하지 않는다. 사물들은 마치 피부색이 어두운 유목민이 떼지어 개선문을 통과하듯이 아이의 성스러운 손들을 지나간다. 한동안 아이의 사랑 속에 빛나게 되고 그 뒤로 다시 희미해진다면. 하지만 사물은 모두 이 사랑을 통해 지나가야 한다. 그리고 사랑 속에 언젠가 빛났던 것, 그것은 그 안의 그림 속에 남아 있고 그리고 결코 더 이상 잃어버리도록 하지 않는다. 그리고 그 그림은 소유물이다. 그렇기 때문에 아이들은 그렇게 부자다.

아이들의 부는 물론 자연 그대로의 금이고 통용되는 동전은 아니다. 그리고 그가 보기에 교육이 더욱 많은 힘을 얻으면 얻을수록 점점 더 가치를 잃어가는 것 같다. 이 교육은 첫째 무의식적이며 아주 개인적인 인상들을 전해 내려오는, 역사적으로 발전하는 개념들로 대체시킨다. 그리고 전통에 어울리게 사물들을 가치 있는, 그리고 무의미한 사물로 또 추구할 가치가 있는, 그리고 무관심한 사물로 도장 찍는다. 그것은 결정의 시간이다. 아이는 새로운 인식들이 밀려오는 그 뒤에서 자연 그대로 저 충만한 그림으로 남아 있는가 아니면 옛사랑은 예측하지 못한 화산의 잿더미 속에 사멸해가는 도시[94]처럼 가라앉는다. 새로운 것은 아이라는 존재의 한 조각을 감싸주는 벽이나 아니면 사정없이 파멸시키는 홍수가 된다. 다시 말해서 아이는 국가 시민의 맹아로서 시민적 의미에서 나이를 먹고 합리적이 되든지, 즉 *자신*의 시대라는 교단에 들어가서 그들의 고해성사를 수용하거나 아니면 아이는, 자신에게 가장 고유한 아이라는 존재에서 빠져나와, 그냥 조용하게 깊은 내면으로부터 성숙한다. 그리고 그것은 *모든* 시대의 정신 속에서 인간이 된다. 즉 예술가가 된다.

이러한 심연 속에 그리고 학교 시절과 경험이 아닌 곳에서 진정한 예술가 기질의 뿌리가 퍼져간다. 그들은 이 따뜻한 땅 속에, 시대의 척도에 대해서 아무것도 모르는, 불분명한 발전으로부터 결코 방해받지 않는 정적 속에 살고 있다. 교육으로부터, 더욱 냉정한 표면의 변화에 영향받았던 바닥으로부터 그들의 힘을 일으키는 다른 계통들이 더 깊은 바닥의 예술가의 나무보다 더 높이 하늘로 성장하는 것은 가능하다. 이 나무는 그 사이로 가을과 봄이 지나가는 자신의 덧없는 가지들을 영원한 이방인인 신에게로 뻗지 않는다. 그 나무는 자신의 뿌리를 조용히 뻗는다. 그리고 그들은 사물 뒤에 있는 신을 아주 따뜻하고 캄캄한 그곳에서 틀에 넣는다.

예술가들이 모든 되어가는 것의 온기 속으로 훨씬 더 멀리 내려오기 때문에, 그렇기 때문에 *다른* 나무 즙들은 자신들 안에서 열매로 올라간다. 그들은 항상 새로운 존재들이 그 노선에 들어오는, 계속되는 순환이다. 다른 사람들이 베일에 싸여 있는 질문들을 하고 있는 곳에서 그들은 고백할 수 있는 유일한 사람이다. 어느 누구도 그들 존재의 한계를 인식할 수 없다.

사람들은 측량할 수 없는 우물과 그들을 비교한다. 그때 시간은 그들의 주위에 서서 조사하지 않은 심연으로 그들의 판단과 지식을 돌처럼 던지고 귀를 기울인다. 그 돌들은 수천 년 전부터 여전히 떨어지고 있다. 어떤 시대도 아직 그 이유를 듣지 못했다.

〈III〉

이야기란 너무 때 이르게 찾아온 사람의 목록이다. 한 사람이 항상 또다시 깨어난다. 그는 대중 안에 어떤 동기도 가지고 있지 않고 그의 출현은 더 넓은 법칙에 근거한다. 그는 낯선 관습을 가져오고 뻔뻔한 표정에 대한 공간을 요구한다. 그렇게 그에게서 나오는 폭력적인 것이 자라고, 마치 돌 위를 넘어가듯 두려움과 경외심 너머로 걸어가는 의지가 자란다. 미래는 그를 통해 사정없이 말한다. 그리고 그의 시대는 그를 어떻게 평가해야 하는지를 모르고 그리고 이런 주저함 때문에 그의 시대는 그를 놓친다. 그는 그 시대의 우유부단함으로 파멸한다. 그는 버려진 총사령관처럼 아니면 지나치게 서둘러 온 봄날처럼 죽어간다. 봄날의 굼뜬 땅은 그의 충동을 이해하지 못한다. 하지만 수세기 뒤에 사람들이 이미 더 이상 그의 사진에 화환을 씌우지 않고 그의 무덤을 잊어버린 채 어딘가에서 초록 풀들이 움틀 때면, 그러면 그는 다시 깨어나고 자신의 손자의 정신에 의해 동시대인으로서 더 가까이 간다.

그렇게 우리는 이미 많은 사람들을 경험했다. 군주와 철학자들, 총리와 왕들, 어머니들과 순교자들에게 그들의 시대는 광기이고 반항이었다. 그들은 우리 곁에서 말없이 살고 있고 우리에게 미소를 띄우면서, 아무에게도 더는 시끄럽고 귀찮게 하지 않는 그들의 옛 생각을 전한다. 그들은 우리 곁에서 죽어가고 지쳐서 자신의 불멸을 결정하고 우리들을 자신의 영구한 유산으로 만들며 매일 죽음을 맞이한다. 그러고 나면 그들의 기념비는 어떤 영혼도 더 이상 갖고 있지 않고 그들의 역사는 불필요해진다. 왜냐하면 우리가 스스로 체험한 것처럼 그들 존재를 소유하기 때문이다. 그렇게 과거는 완성되기도 전에 무너지는 건축의 골격과 같다. 하지만 어떤 완성도 모두 다시 골격이 되고, 수백 개의 붕괴가 숨겨진 채 탑과 사원이 되며, 집과 고향이라는 마지막 건물이 세워진다는 것을 우리는 알고 있다.

언젠가 이 기념 건축물이 승리의 관을 쓴다면 그 행렬은 예술가들에게 올 것이다. 저 완성자의 동시대인으로 존재하는 예술가들. 왜냐하면 가장 장래성 있는 사람들로서 그들은 시대를 달려왔다. 그리고 우리는 그들 중 가장 미미한 자도 아직 형제처럼 인식하지 못했다. 그들은 아마도 자신의 신조로 우리에게 다가오고, 그들은 우리에게 몸을 기울이고, 그리고 우리는 한 순간 그들의 모습을 파악한다. 우리만은 그들이 오늘에 살고 죽는 것이 아님을 생각할 수 있다. 그리고 관조하는 눈을 감는 이 죽은 자들 중 한 사람에게서보다 오히려 우리에게서 산과 나무를 발굴하는 손이 위력을 발휘하게 될 것이다.

그리고 우리 시대의 창작하는 사람들은 이제야 비로소 그들의 고향이 생겨나는 저 위대한 사람들을 손님으로 초대할 수 없다. 왜냐하면 그들 스스로 집에 있지 않기 때문이고 그들은 기다리는 사람이고 미래에 올 외로운 사람이며 인내심 없는 고독한 사람이기 때문이다. 그들의 날개 달린 심장은 시대의 벽 어디에나 부딪치고 있다. 비록 그들이 자신들의 감방과 창살에 그물에처럼 붙들린 한 조각 하늘과, 그들의 슬픔 너머로 자신의 보금자리를 믿음에 차서 걸어놓은 그 한 마리 제비를 착하게 얻은 고아들일지라도, 그래도 그들은 역시 개켜놓은 수건들과 쌓아놓은 궤짝 옆에서 항상 기다리기만 하지는 않는, 동경하는 자이기도 하다. 직조공이 자주 고안했다가 중단한 그림들과 색채들이 그들의 시선 앞에서 의미와 연관을 가졌다는 사실은 그들에게 직물을 보급할 것을 촉구한다. 그

리고 그들은 상점을 채우고 있는 그릇들과 금을 불분명한 소유물
에서 분명하게 사용하도록 발굴하려고 한다.

하지만 그들은 너무 때 이르게 찾아온 사람이다. 그들 삶에서 풀
리지 않은 것, 그것이 그들의 작품이 된다. 그리고 그들은 견고한
사물 옆으로 그것을 형제처럼 세운다. 그리고 경험하지 못한 사람
의 슬픔은 그에게 놓인 비밀에 찬 아름다움이다. 그리고 이런 아름
다움은 그들에게 아들과 후손들을 봉헌한다. 그리고 그렇게 창작
하는 동안 내내 아직 경험하지 않은 자의 혈통이 유지되고 그 혈통
은 자신의 시대를 학수고대한다.

그리고 예술가는 여전히 이런 사람이다. 자기 감방의 부자유 속
에 움직임을 멈춘 춤추는 사람. 그의 발걸음과 팔의 제한된 휘두름
에 공간이 없다는 것은 그의 입술의 메마름 속에서 나온다. 아니면
그는 다친 손가락으로 자신의 몸의 아직 살아보지 못한 선들을 벽
에 새겨 넣어야만 한다.

1898
독백의 가치[95]

최근에 이 잡지[96]는 질문을 던졌다. 현대 드라마에서 독백은 허용되는가, 아닌가?

독백은 정당하다.

어쩌면 독백이 아니라 오히려 독백이 필연적으로 나타나는 계기를 한번 관찰해보는 것도 무의미한 일은 아닐 것이다.

독백은 행동하는 인물이 우유부단하거나 무기력한 순간에 그리고 또 행동하기 전날 밤에 나타난다. 그리고 독백은 이런 인간의 가장 내면적인 갈등과 의심과 분노, 동경과 희망이 있는 그의 영혼을 폭로하는 의무를 갖는다. 즉 이에 대한 공간이 대화에는 없다. 그런데다가 그것은 어디에선가 꼭 일어나야 하고, 누구나 그것을 알고 있다. 그리고 결정들이 뿌리를 내리고 있는 이런 신비스러운 깊이를 어떤 훌륭한 수단이 세밀하게 밝혀낼 수 있는가? 이상한 것은 언어다. 대화에서 본래의 의미를 포괄하는 데 무용지물이라고 증명된 그와 똑같은 언어가 더 이상 아무에게도 쓰이지 않자마자 모든 진실에 위력을 발휘한다. 우리는 독백이 외적 상황을 개관할 수 없다는 것을 알고 있다. 독백은 자기 영혼의 아름다운 질서를 갈등하는 순간에 뒤따르는 어떤 행동이 아니라, 그 묘사가 드라마의 핵심이라고 할 정도로 우리에게 확신을 갖고 묘사한다. 다시 말해서 그 서사적 순간은 이제부터는 줄거리보다 더 많은 것을 의미한다. 그 안에 결정과 방향 전환과 전개가 놓여 있다.

　그리고 만약 아직은 작고 맑은 샘처럼 모든 결정이 존재하는 저 비밀에 찬 황혼을 걷어내는 독백이 실제로 가능하다면 그것은 아주 정당한 일이다. 하지만 사람들은 '언어'를 지나치게 평가하는 일을 언젠가는 그만두어야만 한다. 우리 영혼의 섬과 공동 생활의 거대한 대륙을 연결시키는 수많은 다리 중의 하나일 뿐이라는, 어쩌면 가장 폭넓은 다리는 되어도 가장 정교한 다리는 결코 아니라는 사실을 분간하는 것을 사람들은 배우게 될 것이다. 언어는, 거대한 제작물에 있는 가장 정교한 바퀴들을 동시에 망가뜨리지 않고는 닿을 수 없을 정도로 지나치게 거친 집게이기 때문에 우리가 말로는 아주 완전히 솔직할 수 없다고 사람들은 느끼게 된다. 그렇기 때문에 언어에서 영혼의 설명을 기대하는 것을 사람들은 포기하게 된다. 왜냐하면 신을 인식하기 위해서 그의 하인의 학교로 가는 것을 좋아하지는 않기 때문이다.

　사람들은 어쩌면 그것을 인생에서보다 드라마에서 먼저 간파하게 된다. 왜냐하면 드라마는 더 집약되어 있고 더 조망할 수 있기 때문이다. 그리고 그들이 밖에서 자신들의 풍요로운 무한함 속에 행동하는 것과 비슷한 비율로 시음하는 작은 잔에 삶의 요소들을 섞어 하나로 만드는 일종의 실험이기 때문이다. 무대가 묘사하는 그런 것으로서 영역의 한계선상에서 모든 것이 공간을 가져야 하는 것처럼 보인다. 거기에서는 어떤 행동도 지나치게 크지 않고 어떤 말도 지나치게 중요하지 않다.

　하지만 행동과 말보다 더욱 힘이 있는 것이 있다. 행동과 말은,

그것으로 우리가 공동의 일상생활에 참여하려는 것, 즉 우리 집 창문에서 이웃집까지 이어주는 사다리일 뿐이다. 우리가 만약 고독한 사람이었다면, 즉 누구나 하나의 별에 있다면, 그들을 거의 필요로 하지 않았을 것이다. 실제로 우리가 정말 고독하게 느끼는 순간에는 행동과 말이 필요하지 않다. 그러면 우리는 조용한 경험들로 충만해 있고, 성스럽고 신비스러운 전통이 있는 나라로 귀향해서 모든 무위도식과 언어들이 감당하지 못할 만큼 창조적으로 자립한다. 그리고 그런 방식이 우리들 행동과 휴식 너머 멋진 동반자로 남아 있고 우리의 마지막 결심들을 조정하고 결정하는, 우리 본래의 삶이라는 것은 틀림없는 사실이다.

*이러한 삶*에 공간과 권리를 만들어주는 것(그리고 무대에서는 표현이라 일컬어지는데)이 내게는 현대 연극의 탁월한 과제라고 보인다. 그리고 나이브하고 직설적인 독백은 바로 이것과는 명백하게 대치된다. 독백은 사물 *너머에* 있는 것을 사물에 강요하고 향기가 장미에게서 스스로 해방되어 모든 바람에 자신을 내맡기기 때문에 존재할 뿐이라는 것을 잊고 있다.

사람들이 지금 그 대신 무엇이 나와야 하는가를 묻는다면, 독백은 연극에서 조금의 여백도 허락하지 않는다고 나는 주장하겠다. 왜냐하면 좀더 심오한 인생이란 '외적 줄거리'처럼 어느 시대나 마찬가지로 폐쇄적이고 중단 없이 전개되기 때문이다. 그리고 이와 같은 좀더 심오한 인생을 설명하려고 독백이 호출되었을 것이다. 만약 이 두 줄거리의 병립이 실제로 유효하다면, 현재의 영혼의 상태를 회상하는 서사적인 묘사를 조금도 주저할 필요도 없고 배경에 대한 개관도 더 이상 전혀 필요하지 않다.

물론 그것이 어떻게 성취되어야 하는지를 '현대작가' 어느 누구도 보여준 적은 없다. 그들 모두 독백을 쓸데없게 만드는 대신 그를 아쉬워하면서 떠나 보낸다. 그러고 나면 당연히 그의 자리는 없다. 그리고 사람들은 '독백이 어디에 나타나야 하는지를' 알고 있다. 연기자는 불안해지고, 담배를 피고 깨어진 조각들로 북을 친다. 그리고 자신의 침묵에 대해 용서를 빌기 위해서 아주 죄책감을 갖는 것처럼 보인다. 어쨌든 그것은 발전은 아니다.

이런 조용한 경험의 힘을 이전 사람보다 더 분명히 그리고 더 의식해서 인식한 한 사람이 바로 메테를링크Maurice Maeterlinck이다. 그는 예술가보다는 성직자로 지나치게 자신의 계시를 대하고 모든 것을 자신을 충만시키고 승화시키는 하나님의 명예로 행하는 노력 속에 일방적으로 나타난다.

그의 인물들은 중력을 잃어버렸다. 그의 인물들은 자신의 빛나는 고독에 싸여서 하늘 높이 밤에 만나는 별들과 같다. 그들은 단지 나란히 지나쳐갈 뿐이다. 그리고 어느 누구도 다른 이를 붙들 수가 없다. 그들은 향기다. 사람들 향기가 솟아나오는 정원을 보지 못할 뿐이다. 인생은 우리들에게 낯설게 나타나고 인생의 신비스러움은 우리에게서처럼 그에게서는 몸으로가 아니라 그리고 불투명하게 사물들 뒤에서 더 깊이 그리고 더 수수께끼같이 난해하게 떠올라오게끔 한다. 이 인생의 포고자가 메테를링크다. 하여간에 이 천재적인 벨기에 사람의 연극은 나에게는 에칭의 기술적 묘사를 뜨기 위한 것이며, 다른 판들에 의해 완성되어야 하는, 새로운 연극의 그림들의 '첫 번째 상태'라 보인다.

그러니까 그 길은 메테를링크를 벗어나서 밖으로 향한다. 그리고 그는 대충 이 목적을 이룰 것이다. 사람들은 무대 전체를 언어와 표정으로 채우지 않고 마치 자신이 만들어낸 인물들이 아직도 더 성장해야만 했던 것처럼 그것에 대한 공간을 약간 남겨두는 것을 배워야 한다. 나는 다른 것이 분명해진다고 확신한다. 더욱 조용한 삶이 따스함처럼, 광채처럼 그 위로 펼쳐질 것이고 모든 것 위로 평화롭고 밝게 머물 것이다. 언어와 줄거리 너머로, 사람들은 단지 그에게 공간을 주어야 한다.

동시에 *어떻게* 그것이 일어나야 하는가라는 의문이 여전히 자유롭게 남는다. 하지만 어느 누군가가 그것을 적중할 때에야 비로소 사람들은 해답을 찾을 수 있다――의도적으로.

그때까지 독백은 정당하다. 독백은 넓고 선명한 전망 앞에 걸려 있는 아름답고 진귀한 커튼(최선책으로)과 같다. 사람들은 커튼 하나에도 자신의 기쁨을 가질 수가 있다. 그리고 어제의 작가와 배우와 관객은 틀림없이 그의 아름다움과 소중함을 인식하는 데 확신을 갖게 될 것이다.

그 뒤에 있는 것은 이미 계속해서 앞으로 발전해 있는 것에 대한 것이다.

1898
한마디 더
〈독백의 가치〉에 대해서
〈루돌프 슈타이너에게 보내는 공개 편지〉

존경하는 박사님,

〈독백의 가치〉에 대한 당신의 논평은 적중했습니다. 이것이 제 관심사입니다. 제가 그 일과 직접 연관 있는 이야기를 몇 마디 더 하도록 허락해주십시오.

제가 '언어'를 악의적으로 부당하게 다루었던 것처럼 보이는 것은 사실입니다. 사람들은 잊어서는 안 됩니다. 저는 동시대인처럼 우리들에게서 덮여 있고 위대한 과거가 살아 있는 저 고독한 언어를 생각한 것은 아닙니다. 교류의 언어, 일상적이고 움직이는 사소한 그 언어를 관찰해보았습니다. 삶에 영향을 미치거나 아니면 미치는 것처럼 보이는, 그러니까 무대에서도 역시 사건의 전개를 저지하고 촉진시키는 언어를 말입니다. 내가 그 안에는 영혼이 차지하는 공간이 없었을 거라고 주장한다면 나는 이런 언어를 생각하는 것입니다. 그렇습니다. 내게는 바로 그런 종류의 언어들이 마치 담벽처럼 사람들 앞에 있는 것처럼 보입니다. 어떤 잘못된, 실패한 혈통이 담벽의 무거운 그림자 속에서 천천히 발육이 위축되었습니다. 죽어가는 것에 책임이 있다는 것을 아는 아이를 생각해보시죠. 아이가 침묵할까요? 아이는 겁먹고 덜덜 떠는 자신의 작은 영혼 앞에 많은, 수많은 언어들을 그들의 수치심을 덮어주려고 질문 없이 세울 것입니다. 그러고는 최종적인 고백은. 울음바다입니다. 고독하게 산책하던 중 각자 깊은 생각에 빠진 채 마주친 두 사람을 관찰해보시죠. 그들이 얼마나 급히 준비된 언어로 아직 잠깐 주저하고 있는 자신들의 적나라한 영혼을 그들의 눈에서 감추고 보호하는지를. 그들이 첫번째 침묵 속에 서로 인식하기 전에 찾게 된 날에 언어로 서로 가까워진 연인들을 생각해보시죠. 자기 인생의 최고봉에 언어가 서 있는지를 누군가 스스로 물어볼 것 같습니까? 오히려 언어란, 골짜기의 굉장한 장려함 뒤에서, 순전히 축제 분위기의 만년설로 감히 들어가지 않으려고 하는 질기고 왜소한 나무가 뒤에 남을 때까지, 사람들이 높이 올라가면 갈수록 점점 더 진지하고 소박한 그리고 점점 더 화려해진 식물계와 같지 않나요?

어떤 언어나 모두 하나의 의문입니다. 그리고 해답으로 느껴지는 그것이 우선적으로 옳은 것입니다. 그리고 이러한 의미에서 언어가 계시할 능력이 없이 많은 것을 예감하게 한다는 당신의 논평은 맞습니다. 그러니까 누구나 언어를 넓게 또는 좁게, 부유하게 또는 가난하게 느낍니다. 그리고 "너는 네가 이해하는 정신과 같다"[97]는 말은 적절합니다.

하지만 그렇다고 많은 의미가 있는 무리에게 대해 무엇인가가 또는 바로 말해서 핵심적 문제가 되는 것, 즉 통일된 효과가 무대에서 성취됩니까? 그렇다면 도대체 '예감'으로 말한다면 말입니다 그것은 사물 뒤에서 신이 *예감했던* 궁핍하고 버림받은 세계가 아니었나요? 그것은, 자신을 예감하게 하는 데에 그렇게 만족했던, 무릎 사이로 손을 찔러 넣은 어떤 신, 어떤 한가로운 신이 아니었나요? 그것은 그를 찾고 또 그를 인식하고 작업실 한가운데에서 그를 소유하려고 깜짝 놀란 것처럼 그를 자기 속에서 깊숙이 창조하는 그것이 아닌가요?

그러니까 저도 역시 우리가 언어 뒤에 있는 그것을 예감하는 것으로 만족해서는 안 된다고 믿습니다. 그것은 언젠가 우리들에게 계시되어야 할 것입니다. 그리고 실제로 누가 그 순간들을, 아주 빈약하고 낡아빠진 언어가 사랑했던 입술로부터 아직 한 번도 닿지 않은, 그리고 처음으로 광채를 내며 그에게 젊음으로 맞이했던 순간들을 기억하지 않겠습니까? 누군가가 "빛"이라고 말합니다. 그리고 그것은 마치 그가 "수만 개의 태양"이라고 말하는 것과 같습니다. 그가 "그날"이라고 말합니다. 그리고 너[98]는 "영원"이라고 듣는다. 그리고 너는 갑자기 알게 된다. 그의 영혼이 말했습니다. 그에게서가 아니고, 그 어떤 작은 언어를 통해서가 아니고, 빛을 통해서, 어쩌면 소리를 통해서, 경치를 통해서. 하나의 영혼이 말을 하면 그 영혼은 모든 것 속에 깃들이기 때문입니다. 영혼은 모든 사물을 일깨우고 그들에게 목소리를 줍니다. 그리고 영혼이 고백하는 것은 항상 한 곡의 완전한 노래입니다.

이렇게 제가 질문으로 던진 것 그리고 미완성으로 마지막 글에서 그만 중단했던 것 역시 설명했습니다. 저는 무대 위의 언어 너머 그리고 옆에서 가장 광의의 의미로 사물에 대한 공간을 원합니다. 제게는 무대가 '사실처럼' 존재하기 위해서는, 벽(네 번째 벽) 하나는 너무 적은 것이 아니라 세 개의 벽이 너무 많다는 것입니다. 저는 우리 시대에 동참하는 그리고 어린 시절부터 우리들을 감동시키고 우리를 규정하는 그 모든 것을 위한 공간을 원합니다. 그것은 언어와 마찬가지로 똑같이 우리에 대한 몫을 갖고 있습니다. 마치 인명록에 들어 있기라도 한 것처럼 말입니다. 장롱, 유리잔, 소리 그리고 더 섬세한 수많은 것과 더 조용한 수많은 것도 역시. 삶에서는 모든 것이 똑같은 가치를 갖고 있습니다. 그리고 낱말 하나보다 향기보다 꿈보다 사물이 더 나쁘지 않습니다. 이러한 법칙성은 무대에서도 더욱더 법칙이 되어야 합니다.

삶이 강바닥의 물처럼 언어 안에서 한동안 움직일 수도 있습니다. 그것이 자유로워지고 힘이 생기는 곳에서 모든 것 너머로 퍼져 갈 것입니다. 그리고 아무도 그 강가를 쳐다볼 수는 없습니다.

존경하는 박사님, 당신이 출간한 소책자를 위해 이 해설에서 무엇인가를 사용할지는 당신에게 일임하겠습니다. 어떤 경우에도 당신의 메모가 제게 전해준 충고에 대해서 감사하게 생각합니다. 그리고 이와 똑같은 결실을 이런 식으로 전하는 것이 저의 의무라고 여겨집니다.

특별한 존경을 표하며

당신에게 변함없이 충실한
라이너 마리아 릴케.

1898
베를린의 새로운 예술[99]

해방이 이루어졌다. 모두가 그것을 곧 알게 될 것이다. 사물의 노예 신분은 폐기되었다.

훈령이 겨우 내려졌다. 그러나 해방된 혈족은 이미 넓은 발전 속에 꽃피고 있다. 그것은 그렇게 많이 잠자는 힘을, 그렇게 많이 경탄으로 바라보는 의지를, 그렇게 많이 말 못했던 것과 접촉하지 못했던 것을 자기 안에 갖고 있다. 그것은 마치 죄 속에 있는 것과 같고 수백 년 동안 거짓말을 했어야 했고 스스로 부인했어야 했다. 그의 메시아가 올 때까지. 즉 예술가가 올 때까지 말이다.

장작은 장작, 쇠는 쇠로서 존재할 뿐만 아니라 나름대로 자신의 특성을 자랑할 수 있는 법이다. 그리고 그들은 이것을 마치 시냇물에 몸을 숙이는 아이들처럼 소박하고 쾌활하게 한다.

사물들 스스로 되찾도록 도와주는 모든 사람 중에서 *반 데 벨데*처럼 그렇게 사물을 이해하는 사람도 또 없다. 그는 모든 사물을 아주 정확하게 알아보고 그들의 가장 비밀스러운 소망들을 알고 있다. 그는 진정 그들을 사랑한다. 그는 그들을 과잉보호하면서 유약하게 키우지 않고 교육시킨다. 그들은 한가한 자가 되어서는 안 된다. 그는 그들이 강하고 조용하고 부지런하기를 원한다. 그는 누구에게나 호감을 갖는다. "너는 무엇이 되고 싶니?" 그러고 나서 그는

그것을 그냥 성장하도록 놔두고 그것이 아름다움 속에 형성되도록
보호해줄 뿐이다.

왜냐하면 아름다움은 일차적이고 자연적인 것이기 때문이다. 형
성되어가는 모든 것은 아름다워진다. 사람들이 그것을 방해하지
말아야 한다.

*

반 데 벨데의 가장 최근 작품은 개조한 후 새로 연 화랑 *베를린의
켈러와 라이너*에 공간을 설치한 것이다. 그것이 그를 증명해준다.
문틀을 채우는 판, 장식장, 책상, 모든 것이 밝은 색상의 나무로 되
어 가볍고 안정되고 건강하다. 넓게 물결치는 파도의 모든 움직임,
무게와 힘의 리듬 있는 균형. 어느 곳에도 성급함이 없고 어느 곳에
도 두려움이 없다. 고정된 돌쩌귀에서처럼 움직임이 흔들린다. 그
리고 그것은 위쪽 프리즈[100]에서 더 자유롭고 더 가볍게 반복된다.
색채는 모든 것을 동화시키고 그 공간에 조화로운 자명함을 준다.
사람들이 세부적인 것을 관찰하는 것은 거의 잊어버리도록 그 모
든 것은 일치해서 전체에 유익한 역할을 하고 있다. 조직의 체계화
는 감탄할 만하다. 어느 곳에서도 힘을 낭비하지 않는다. 그렇지만
역시 어느 곳에서도 힘이 부족하지 않다. 그 거대한 첫번째 문틀의
판이, 왜냐하면 그것이 성취한 작업 뒤에 아직 강한 느낌을 갖기 때
문에, 입장하는 사람을 향해 두 개의 작은 책상의 버팀목을 들어 올
리고 있다. 모든 선이 살아 움직인다.

*

다른 공간들은 아직 전부 완성되지는 않았다. 그 공간들은 반 데 벨데의 이러한 안정된 행위에 대한 시도처럼 작용한다. 슐체-나움부르크와 리머슈미트는 그들 속에서 사물에 대해 말하고 있다. 사물들 스스로는 거의 말할 기회가 없다. 그 곁에서 M. 킬슈너 양이 노란색 방을 만들었다. 그러고 나서도 거기에는 홀 하나가 아직 더 있다. 문틀을 채운 판에 붉은 너도밤나무, 초록으로 착색시킨 참나무와 회색빛 단풍나무, 그 셋은 훌륭하게 화음을 이룬다. 그러나 너무 의도적이다. 어쨌건 W. O. 드레슬러와 F. 하넬 회사는 섬세하게 선택한 색상으로 멋진 미적 감각을 증명한다. 지나치게 주일 같은 이들의 분위기가 그들에게는 부담스럽게 보이지 않는다. 여기에서 사람들은 시대가 아직 채워지지 않고 있다는 것을 알게 된다. 사람들은 새로운 것을 위해 승리의 아치들을 아직 세우고 있다. 훗날 사람들은 그에게 오두막을 지어줄 것이다.

*

아직 나는 세부적인 것들에 대해 아름다운 쇠장식들을 단 A. 엔델의 멋진 장을, 하지만 반 데어 벨데를 따르자면 지금 내게는 너무 '장식적'으로 보이는 장롱을, 언급하고자 한다. 이상한 일은 그 벨기에 사람에게는 진기한 장식이 모두, 마치 내부에서 나오듯 제각각 유기적으로 작용하고 있다는 것이다. 주름이나 놋쇠 부분 모두, 마치 사물이 한 군데에서 자신의 더 심오한 영혼을 드러내기라도

할 것처럼 존재한다. 이런 사물들은 고상한 사람과 같다. 그들의 신뢰는 많은 말이 아니라 침묵에 놓여 있다. 그 곁에는 또 정말 말하기를 좋아하는 가구들이 놓여 있다. 하나가 다른 하나를 질투하는 것 같고 전체적인 효과에 이르지는 못한다. 그리고 그것은 더 작은 공간들 속에서 더욱 노력해야 했을 것이다. 사람들은 그 속에서 아무것도 아쉬워하지 않고 아무것도 간과하지 않도록 그렇게 방들을 만들어놓았다. 사람들은 틀림없이 거기에 모든 것이 다 있다고 느낄 것이다.

그런 방들에 그림들이 배치되어 있다. 모든 방마다 각각 자신의 그림이 있다. 예를 들면 쿠르트 슈퇴빙Curt Stöving은 슈테판 게오르게를 그렸다. 그 그림은 내가 알기로는 그가 그린 가장 정교한 초상화다. 그러니까 대략 번 존스Burne-Jones의 꿈속에 나오는 로렌초 일 마니피코다. 만약 그럴 공간을 갖고 있다면, 그런 그림을 위해서 사람들은 방을 지어야 한다. 아니면 자작나무가 시커먼 물가에서 불타오르고 있는 라이스티코프의 이 가을의 숲. 아니면 그 고요한 토마의 그림, 그들 모두가 독자적으로 효과를 낼 만한 가치가 있다. 하나의 품위 있는 틀을 요구하는 독자성. 그러나 유감스럽게도 이 후자는 전부 전시회의 의도적인 악습 속에 나란히 걸어놓았다. 이를테면 제일 끝에 채광창이 있는 홀 하나가 또 있는데, 그 안에는 다른 사람들 가운데 휴고 포겔, 도라 히츠 옆으로 폰 하버만 씨의 색깔 있는 몇 개의 의문부호가 걸려 있다. 이런 공간에서 사람들은 조금도 차분하게 바라볼 수가 없다. 거기에는 훌륭한 것들이 많이 있다. 그러나 무엇보다도 탁월한 것, 누군가에게 저녁 노을처럼 눈을 채우는 위대한 것이다. 사람들은 나중에 오랫동안 아무것

예술론 187

도 못 본다.

막스 클링어, 조각, 여자의 나체화. 다리 하나를 높게 받치고 있고 몸을 살짝 기울이고 있다. 선들은 명확하고 안정되어 있다. 따뜻한 점토와 정교한 줄무늬가 살아 있는 돌의 재료. 사람들은 등뒤에 바짝 대고 있는 이 팔을, 그리고 높이 쳐들고 있는 발바닥이 다른 다리를 어떻게 가볍게 누르고 있는지를 보아야 한다. 그 돌에 적합하지 않은 색채는 전혀 드러나지 않는다. 다만 머리카락에만 빛이 난다. 모든 것이 고요하다. 그런데도 사람들은 기대 속에 완전히 경건해지고 그리고 다음 순간 속으로 귀를 기울이고 있다. 마치 그것이 전부가 아닌 듯이……

*

새로운 공간을 처음으로 통과한 나의 느낌은 이런 것이다. 많은 아름다운 것이 거기에 손님으로 오게 될 것이다. 매달 깜짝 놀랄 일이 벌어진다. 사람들은 젊은 장군들을 느낀다. 그리고 장군들은 위대한 공적이 있는데, 신앙이 없는 자 아니면 믿음이 약한 자들 한가운데에서 새로운 것을 위해 교회를 지어준 두 명의 젊고 용기 있는 소유자들. 그들은 런던을 위해서 리버티 건물이나 파리를 위해서 빙Bing이 한 것보다도 더욱 많은 것을 했다. 그들은 모험을 했다. 그리고 이제 그들은 승리하거나 그렇지 못할 것이나 사람들은 그들을 잊어서는 안 될 것이다.

하지만 나는 오스트리아와 독일에서도 역시 곧 그러한 시간이 될 거라 믿는다. 아름다움의 진실하고 진지한 사도가 도처에서 깨어날 거다. 그리고 그들은 구원을 설교하고 신의 이름을 새로운 언어로 부를 것이다.

그리고 사람들이 침묵하면 사물들은 '아멘'이라고 말할 것이다.

1898
인상파 예술가[101]

베를린의 켈러와 라이너 화랑에서 열린 '신인상파'의 첫번째 전시에 대해서 말해보겠다. 이런 총체적인 예술 앞에서 대중은 무력함을 느끼고 그래서 극장에서의 초연 때보다는 좀더 품위 있게 행동한다. 아주 조그마한 관찰자 너머로 낯설고 깊이 있는 눈동자처럼 태양을 바라보는 이런 진지한 그림들에 대해서 웃음과 소란스러움 또는 휘파람이 무슨 소용이 있는가?

사람들은 우선 거기에서 빛을 극복했다는 느낌을 갖는다. 테를 두른 캔버스에서 남부 지방의 한여름 낮의 모든 화려함이 펼쳐지고 그림에서 저녁이 되는 곳, 그곳에서 광채는 끝나지 않는다. 그것은 미소처럼 사물 위로 잠시 굴러가고 모서리 뒤마다 기다리는 그림자 앞에서 항상 겁먹고 있는 저 빛이 아니다. 이 빛은 마치 바다처럼 긴 파도로 가장자리까지 밀려가고 거기에서 희미하게 자신으로 되돌아오는 사물의 영혼이다. 이것은 빛의 범신론이다.

그리고 범신론적인 시대는 위대한 사랑에서 그리고 진실한 믿음에서 나타난다. 그것은 인간이 신에게 자신을 맡기고 선하게 되는 그런 때다. 만약 신이 먼 하늘에 공간을 차지하고 있고, 그리고 신이 자신을 펼치고 안정하기 위해서, 인간이 보고 느끼고 아는 모든 것을 인간에게 선사한다는 것을 인간이 이해할 수 없다면, 왜냐하면 세상 너머 높은 곳에 거주하는 신은 허리가 구부러진 그리고 고생하는 존재와 조그마한 공간을 갖고 있기 때문이다. 하지만 우주가 그에게 열려 있으면, 그는 이런 수천 개의 사물들의 넓은 잠자리에 주저앉는다. 그리고 그의 온몸은 지친 관절을 뻗으면서 꿈을 꾼다.

휴식을 취하는 신의 시대는 축복을 받는다. 좀더 조용한 손으로 신의 휴식처를 준비하는 인간들은 조물주의 끝없는 사랑에서 무엇인가를 갖는다. 이들은 예술가와 같다.

그렇기 때문에 어떤 범신론을 갖고 있는 예술가들은 자기 자신을 벗어나 성장하고 시대를 능가한다. 그들이 그림을 그리면 그들이 그보다 훨씬 더 많이 할 수 있다고 사람들은 항상 믿게 된다. 그리고 사람들은 '옛사람'들 중 많은 사람들 앞에서 그것을 느낀다. 신인상파 예술가들은 첫번째 예술의 범신론자는 아니다. 14세기 이탈리아의 초기 르네상스의 원시주의자들은 근본적으로 그러했다. 하지만 그들의 신은 어두웠고 그들의 표정은 그릴 수가 없었다. 쇠라Seurat와 그의 주변 사람들은 그와는 반대로 가장 빛나는 신을, 빛 자체를 선택했다. 그리고 그들의 그림은 모두 똑같은 신화들을 이야기한다.

원래 지금은 모든 예술이 신화를 선포하고 있다. 왜냐하면 그 모든 예술이 항상 좀더 단순한 수단들을 사용하는 동안 그들 모두는 위대한 하나를 추구하고 있기 때문이다. 이 위대한 하나 안에서 차이들은 화해하고 수많은 것이 소리 없이 그리고 남김없이 떠오른다. 결국은 그들 모두 백 가지가 아닌 일곱 가지 색만을 사용하기를 원하고 있다. 왜냐하면 그 일곱 가지는 순수하고 기초적이고 프리즘 앞에서는 그냥 햇빛이었기 때문이다. 그리고 만약 크리스탈로 된 주먹이 스펙트럼의 일곱 가지 색상의 고삐를 떨어뜨리면 그렇게 그들은 다시 파괴되고 이전과 같이 명확한 몇 개의 빛이 된다.

최근 몇 해 동안의 모든 운동은 가장 단순하고 가장 기초적인 수단에 대한 예술의 이런 욕구에서 비롯된다. 왜냐하면 결국은 어느 작품이나——그리고 정말 그렇게 다채롭고 폭넓게 전개하더라도——시작할 때는 태양의 빛이었기를 원하기 때문이다.

신인상파 예술가들 역시 거기에서 유래한다. 수많은 내밀한 고백의 충동 아래 자라난 그들의 심오한 예술적인 욕구는 이차적으로는 기술적인 질문의 결과로 나온 것임에 틀림없다. 사람들은 언어를 갖고 있었다. 이제는 사람들이 어떻게 표현을 해야 하는지 또는 어떻게 써야 하는지에 달려 있다. 시도와 합의를 통해서, 이 경우에는 이런 예술의 문법과 철자법을 위한 협회라는 것말고는 아무것도 아닌 학파가 생겨났다. 그들의 법칙은 색채론의 법칙이다. 사람들은 정당한 이유에서 팔레트를 들고 무지개의 일곱 가지 색상을 단순한 색조처럼 가능한 한 침범하지 않고 사용하는 이와 같은 필연성을 인식했다. 따라서 사람들은 일곱 가지 색상이라는 자매들의 교류에서 효과적인 발산, 약화, 대비의 규칙들을 고려해야 했었다. 사람들은 시간과 장소에 따라서 햇빛이 빨간색에서부터 노란색까지 그리고 이에 알맞게 그림자는 푸른색에서부터 보라색까지 변화한다는 사실을 알았다. 그리고 이런 조명 색은 부분적인 색조와 결코 함께 섞이지 않고 그와 조정하고 그와 대치하거나 또는 그의 생각과 같고 게다가 또 그때 거기서 수다스러운 반사가 개입하는 말에 따라서 움직여야 한다는 사실을 알아차려야 했었다. 동시에 이런 대화의 해결책은 관찰자의 눈 속에서 작은 색채 요소가 일정한 법칙에 따라 혼합된다는 것을 통해서, 즉 이런 혼합이 이미 캔버스에서 일어난다면 그것은 그 눈에게서 작업을 선취한다는 것을 의미한다는 것을 통해서 비로소 일어난다는 사실이 분명해졌다.

이제 사람들은 색의 가치가 결코 임의로 선택되는 것이 아니라는 것을, 이전의 위대한 사람들이 여러 가지의 견해 속에 예감에 차서 성취했던 그 법칙을 대가가 의식적으로 사용한다는 사실을 알게 된다. 물리적이고 화학적인 경험들, 우리 시대의 자연과학적인 발전들은 예술에서도 역시 환영받는다. 그들은 예술에 하나의 새로운 입체적인 언어로 도움을 준다. 그리고 천재적이고 맹목적인 것, 그 위대한 추측이 새로운 표현 형식이 원했던 것과 의도했던 것들에 의해서 영향을 받거나 파멸되는 것을 두려워해서는 안 된다. 예술가가 말하는 것을 더 많이 알면 알수록 예감하는 것이 그에게도 더 많이 주어질 것이다. 그가 의식적으로 성취한 영향 뒤에는 그 스스로를 깜짝 놀라게 할 스무 가지가 놓여 있다. 각각의 모든 예술 작품에는 백 가지의 훌륭함이 들어 있고, 거기에서 예술가의 의지는 무죄다. 어떤 것을 더 완전하게 표현한 결과로, 다만 그는 한 번도 강요하거나 쟁취하도록 하지 않은 위대한 것을 위해 공간을 만들었을 뿐이었다. 그것은 선물이다, 왜냐하면……

그러나 그것은 오로지 진지한 자 그리고 고독한 자들에게만 주어진다. 관객을 향한 공원 산책길이 아니라 말없이 자기에게 스스로 고생스러운 길을 가는 자들에게.

1898
세 사람의 살롱[102]

   티어가르텐 주변의 가장 고상한 쪽으로 베를린의 서부에는 지금
희귀하게 변형시킨 벽들을 가진 세 개의 작은 방들이 있다. 브루노
카시러와 파울 카시러가 각각 대가 한 명씩을 손님으로 초대하고
그리고 서로가 모르는 세 명의 이방인들은 전적으로 특성과 소질
에 따라 자신들이 펼칠 공간과 권리를 받고 있다. 반 데 벨데는 이
세 개의 고독한 방들과 그들을 함께 묶는 네 번째 공동의 방을 생각
해냈다. 그는 편편한 어두운 녹색 타일로 된 벽난로로 시작해서 길
게 따라가면 넓은 베란다가 나오는, 은밀한 공간을 만들었다. 그 베
란다의 유리문 앞에는 누런 색 청동제 같은 겨울왕국이 서 있다. 방
전체를 따라가면 이런 친화력을 가진 색채들이, 벽난로와 빛 바랜
낙엽의 그 색깔들이 계속된다. 그리고 어떤 소음도 이 방에는 없다.
모든 것은 평안하고 조용한 시간의 배경이기를 원하고 있고 다만
난로의 금빛 격자 너머 광채가 미소짓고 있을 뿐이다. 사람들이 뵈
클린의 작품 너머로 몸을 기울이거나 공쿠르의 책 한 권을 손에 들
고서 기다란 책상에 기대있노라면 그들은 더 바랄 것 없이 이런 주
거 장소의 쾌적함을 느끼게 된다. 그리고 사람들은 아무런 생각도
하지 않으면서 거의 고마움도 느끼지 않으면서 그 쾌적함을 받아
들인다.

*

 사람들은 세 개의 작은 방을 3일 동안을 가듯 통과한다. 각각의 사이에서 하룻밤을 지내거나 한 번의 여행을 한 것이었다. 그리고 이제 사람들은 목적지에 왔고 약간 지쳐 있고, 그리고 가져온 소유 물들을 정리하면서 방해받지 않으려고 한 권의 책을, 아니면 《목양 신》(조금은 정말 커다란 것인데)이란 잡지 한 권을 거짓으로 꾸며 이야기한다. 사람들이 그들을 충분한 심연에서 끌어올리기도 전에 이미 완전히 채워진 그물을 느끼기 때문이다.
 공동 전시회, 그것은 정말 새로운 것은 아닌데?라고 누군가가 말 한다면. 이에 대해 *하나*의 공동 전시회는 아니지만, 어쩌면 세 개의 전시회가 나란히 있다고 대답할 수 있어야 할 수 있을 것이다. 어쨌 든 *세 개*의 외로운 전시회가 *하나*보다는 더 흥미롭다. 그들이, 어깨 를 마주하고서는 물론, 집단에서 우뚝 솟아 있는 개별적인 것처럼 그렇게 위대하게 보이지는 않는다. 집단은 예견할 수 없고 그 표시 는 세상의 표시다. 대등한 것 가운데에서 그는 자신의 한계를 긋는 다. 그리고 우리는 그의 개성의 한계와 다른 것의 시작을 인식한다. 우리는 그의 본질의 윤곽인 선을 파악한다. 그리고 우리는 그 선의 진행 과정에서 그의 양식의 의미와 힘의 정도를 이해한다.
 각각 '세 개'를 그들이 아름답고 명확한 형태로 만나도록 그렇게 선택한 것은 카시러 씨의 취향에 맡겨져 있다. 이런 의미에서 첫번 째 세 개의 묶음은 성공적이었다. 그 동맹은 나란히 서 있었다. 조 각가인 콘스탄틴 뫼니에와 화가인 드가와 리버만. 그 벨기에 사람의 지식은 한편으로(마치 젊은 광부의 머리가 힘차고 거칠게 튀어나오는 널빤지처럼) 그의 눈의 가차없는 심각함을 증명해주는 몇 개의 초기 작품 속에서 그리고 그 작은 〈엘리자베트〉와 〈손자〉의 양각 속에서 보완된다. 이 양각 안에서 그의 본질이 보여주는 더욱 조용한 면이 마치 엿듣지 못한 순간들처럼 드러난다. 마치 드가에서 앵그르에게로 가는 다리처럼 보이는 오래된 그림과 여러 개의 순간의 정서와 배경의 빛으로 충만한 발레리나의 그림들이 거기에 있었다. 그들은 절망적인 추한 모습으로 깜짝 놀라게 한다. 이 소녀들, 그들의 납작한 불투명한 이마 위에, 한 번도 확인되지 않은 것에 대한 침묵의 빛 바랜 추억만을 남겨놓도록 그렇게 전체 삶이 점차적으로 다리로 떨어지는 그들. 결코 확인되지 않은 것 역시 배워서 익힌 미소 속에 곧 사라져버릴 것이다. 그들은 대부분 거기 삭막한 무용실 마룻바닥에 그룹으로 흩어져 서 있고 신발의 끈을 매고 있거나 구름 같은 치마를 바로잡고 있다. 성장하는 데서 자신들의 날개를 잃어버렸고 두 다리를 아직은 사용할 줄 모르는 새들처럼 슬프게.

드가가 갖고 있는 맹신적인 화가의 감정 곁에서 막스 리버만은 거의 실험가처럼 보인다. 그는 자신의 대가다운 스케치의 우아한 무관심을 벗어나서 사치스러운 색채 속에 평면을 전개시키는 훌륭한, 정말 말뜻 그대로 이해할 수 있는 인상주의로 성장한 것처럼 보인다. 거기에는 마지막으로 빛나는 태양 속에 곧장 포착한 이런 종류의 어린아이의 초상화가 있었다.

*

내게 훨씬 더 이상하게 보이는 새로운 세 개의 묶음이 바로 만들어졌다. 제임스 페터슨 글래스고, J. F. 라파엘리-파리 그리고 유령. 펠리시앙 롭스.

그의 작품은 아직 어디에서도 그 정도로 완전하게 그리고 훌륭하게 인쇄되어 보인 적이 없었다. 이런 이유에서 바로 조금 전에 여기에서 그를 다루었는데도 불구하고 그 대가에 대해서 몇 마디 언급하는 것은 내가 보기에 정당한 일로 여겨진다.

*

롭스는 평생 별로 이름이 나지는 않았다. 그는 여러 사람들과 알고 지냈는데, 이 사람들은 그에 관해서 이야기하지 않았다. 다른 사람들은 이것을 자랑으로 여겼다. 그리고 이들은 개인적인 허영심에서 점차적으로 그를 성스러운 사람으로 만들었다. 그것은 지루한 일이었다. 왜냐하면 그는 그 이상이었기 때문이다. 사람들은 너라는 예술가를 이 잡지를 보기 전에 느꼈다.

그리고 나서 그는 인생에서 어떤 끔찍한 일을 겪었던 남자란 인상을 준다. 그리고 이제 그가 그것을 말하려고 하는데 그는 매번 자신의 고백을 위해서는 말 하나하나가 너무 작다고 느끼고 있다. 그래서 그는 말을 찢어버리고 풍부한 경험이나 아니면 훨씬 더 풍요로운 상상력이 그에게 주는 수천 개의 형태 하나하나마다 그의 한 조각을 찍어 넣는다. 그럼에도 불구하고 그것을 완전히 집어넣지 못하고 그가 죽을 수 있다. 왜냐하면 그에게 일어났던 것은 하나의 세계에서 일어났기 때문이다. 그러나 그는 중독자 중에서 유일한 관찰자이고 자신이 보는 것을 말한다.

그는 역사가이고 광신적인 언어를 사용한다. 그는 마치 자신보다 먼저 있었던 여러 화가들처럼, 무의식 속에서 우리의 소유였고 따랐던 신, 그리고 의혹이 그를 호출했을 때에야 비로소 우리 저편에서 위대하게 되려고, 낯설게 되도록 그리고 적대적이고자 모든 근원에서 뿌리쳤던 신의 역사를 이야기한다. 항상 그것이 의미를 갖는다. 그들이 신, 심판, 아니면 신, 죽음이라고 이제는 말할지.

롭스는 첫번째로 그의 작품과 세계에 대해서 거대하게 집필하고 있다. "신, 종족."

그리고 그는 인간의 이런 가장 오래된 신에 대해서 이야기한다. 우선은 그들의 몸을 따라서. 거기에서 그는 마치 그들이 이미 오래 전에 거역하기를 포기했던 격렬한 의지에 대해서 이야기하는 것처럼 신에 대해서 이야기한다. 나중에 그는 그를 본질 속에서 확장시키고 모든 것을 허비하는 주인이라 부른다. 그들의 아름다움과 힘. 그리고 갑자기 거인의 몸짓 속에 그는 그 종족을 약질인 몸들에서 떼어내 그들의 시대와 행동 모두가 그것으로 가려지도록 그들 위로 위대하게 자리잡고 있다.

그것이 펠리시앙 롭스의 작품에서의 승화다.

그리고 나는 이런 굉장한 잡지를 생각해본다. 종족은 마치 과잉에서처럼 몸에서 해방되었다. 악마는 세상에 다가온다. 그리고 그는 남성적 정욕의 숲이다. 그는 여성적 종족을 손에 쥐고서 그것을 수천 그루 탐욕의 어두운 협곡처럼 내동댕이친다……

롭스는 역사가이다. 그러니까 그는 어떤 의미로나 우리 같은 사람은 아니다. 그리고 우리는 그를 마치 생존보다 큰 과거처럼 사랑할 수 있을 뿐이다. 우리가 무엇 때문에 우리 즉 새로운 신들의 무한한 가능성인 소외된 권력의 분노에 대해서 이야기해야 하는가? 우리의 예술은 바로 지금 우리의 사랑 속에 싹트고 아마도 언젠가는 우리의 손주들에게서 소생하게 될 저 신을 꿈꾸는 것을 배웠다.

1899
펠레아스와 멜리장드[103)

　지난해 연극 모임의 한 마티네Matinée에서 공연된 메테를링크의 〈불청객〉의 줄거리는 마치 미스터리 같았고, 또 마치 내막에 정통한 사람들 앞에서처럼 진행되었다. 오늘날 〈펠레아스와 멜리장드〉는 이상한 것을 전부 빼고 진행되었고, 전통적 상투어 속에서만 확인하도록 하는 저 일반적 성공을 거두었던 공연을 경험했다. 소수의 예언자가 다수 앞에서 사랑받는, 즉 사람들이 그의 기분을 받쳐주고 사람들 스스로 약간의 독특함을 웃고 넘기도록 하는 기인이 되었다. 이런 방식으로 대중은 고독한 사람의 두려움으로부터 스스로를 보호한다. 대중은 그들에게 동참하고 그들에게서 마치 아무에게도 속하지 않는 곡식처럼 소유물을 장악한다. 그리고 대중은 날마다 그들에게 명성과 잊기 쉬운 경외심을 기꺼이 준다.

　그 동안 나는 메테를링크가 이런 손으로 지탱되지도 거저 대접받지도 않는다고 생각한다. 그 스스로가 마지막 순간에 적어놓았다. "나는 정말 수줍어한다, 정말 망설인다……"라고 그는 썼다. 그리고 우리는 그의 작품에서 거의 어떤 기미도 얻지 못한다. 어느 누구도 열쇠를 갖고 있지 않은 폐쇄된 언어, 이름, 이국에 있는 조심스러운 탑들과 같은, 그리고 그들이 이들의 위험을 알지 못하는 무기처럼, 아니면 그들이 입을 줄 모르는 의상처럼, 연기자들이 두려움 속에 사용하는 몸짓. 이것들은 무대 위에서 이 연극과의 지속적인 투쟁이었다. 그것은 스스로를 내주지 않고 갑자기 언어에서 달아나서는 대가와 희극배우들 앞에서 감정의 어두움으로, 여기에서 그것이 언젠가 한번 튀어나왔는데, 스스로 숨어버리는 연극. 어떤 심오한 예술도 그런 피난처를 갖고 있다. 그리고 그의 빛나는 성체현시대(聖體顯示臺)는 약탈하며 난동을 부리는 폭도들의 걸음걸이 소리가 다시 사라질 때까지 잊혀진 반원형의 천장 속에서 기다리고 있다.

*

　메테를링크는 자신의 희곡에 꼭 필요한 설명만을 덧붙인다. 그는 무대 위의 그들에게 조언을 많이 하지 않는다. 그리고 그들은 연출가의 지시에 대해서 무방비 상태다. 그리고 배우들의 견해는 그들의 마음을 몹시 상하게 한다. 메테를링크는 이런 위험을 생각하지 않는다. 그는 현대 극무대의 경직된 규칙 그리고 그들이 잊지 못하는 파토스와 그들에게 그렇게 하기 위한 수단이 없는 단순함 사이에서 이리저리 헤매는 연기자의 우유부단함을 거의 알지 못한다. 현대 배우들이 훈련하는 상세함이라는 무척이나 자만하는 예술은 메테를링크의 인물들에는 아무런 의미가 없다. 작은 미소, 관객들이 오페라용 망원경으로만 포착할 수 있는 잃어버린 몸짓은, 수천 겹의 들판에 있는 개별적인 꽃들 하나하나가 그들 성격을 갖는 풍경을 특징지을 수 없는 것처럼 그들의 본질을 거의 보충할 수 없다. 그들이 어떻게 서로에게 움직여 가고 더 가까이 다가가고 그리고 서로에게서 달아나는지, *그것은 그의 인물들의 표현이어야 한다. 왜냐하면 그들의 운명은 그들의 관계 속에 있기 때문이다.* 그들에게서 멀리 내다볼 수 있는 것이 그들의 연극적인 것이다. 메테를링크에게 무대미술이 오페라용 망원경의 영역 안에 공간을 차지하는 적은 결코 없다. 그 무대미술은 넓게 남아 있다. 그리고 탑과 나무는 이상야릇한 우애로 주인공 옆에서 효과를 내야 한다. 그리고 각 소도구마다 소음 하나하나가 자신의 의미를 지녀야 하고 그리고 채워져야 한다. 연기자 각자에게는 윤곽을 그리는 것, 자신의 인물의 한계를 강조하는 것이 중요한 문제이다. 그 인물의 내용은 중요하지 않다. 그는 눈에 띄어서도 안 되고 자신의 개인적 성과로 고립되어서도 안 된다. 그는 마치 가려진 얼굴인 것처럼 서로가 걱정하며 만나는 인물들이 엎치락뒤치락하는 속에서 겸허하게 연기해야 한다.

*

무대 위의 그것은 사람들이 애써야만 그 맥락을 이해했던, 정말 불완전한 그림의 나열이었다. 나중에 그 책을 손에 쥔 사람은 곧 첫 번째 장면부터 삭제되었다는 것을 확인할 수가 있다. 그리고 작품 전체를 따라서 모든 것은 길게 삭제해도 되었다. 황폐화를 견디어 낸 작은 것은, 어두운 통념과 같은 것이 메테를링크의 의도에서 우리에게 주어지도록, 처음에는 연출가에 의해, 그리고 바로 배우들에 의해서, 그리고 마침내는 철저하게 관객에게 오해를 받았다. 구식 형태로 된 질투의 드라마, 살인 그리고 고생스러운 연가, 우리들을 사로잡지 못하는 약점 그리고 기꺼이 장점으로 내놓고 싶은 폭력. 그리고 이 모든 것으로부터 어떤 흔적도 책에는 없었다. 거기에서는 한 운명이 어둡고 조용히 채워진다.

어느 성에 그리고 살랑거리는 소리가 나는 정원에 고요한 인물들이 살고 있다. 그들은 여러 개의 방 중 하나에서 자신이 죽어야 하는지를 기다리고 있는 어떤 환자에 대해서 조용하게 말한다. 모두가 이 결정에 경건하게 귀를 기울인다. 그들은 이웃으로 조용하게 살아간다. 그리고 단지 감정이라는 공포 속에서만 하나가 된다. 이런 시간이 오기 전에 그들은 행복하지 않았다. 그리고 그들은 두려움으로 인해 더 슬퍼하지는 않는다. 그들은 단지 넓은 숲을 지나서 그리고 끝없이 차가운 복도들을 지나서 올 수 있는 그것에 귀를 기울이는 것을 배웠을 뿐이다. 그들의 경청은 이 인간들을 무기력하게 만들고 그것은 알지 못하는 사람을 호출하는 것이 된다. 고라우트, 그 어두운 사람이 그녀를 성으로 안내한다. 그녀는 언젠가 왕실을 잃어버렸던 창백하고 이국적인 소녀다. 그 음울한 왕자는 그녀를 고아가 된 자신의 아들의 어머니로 삼는다. 그리고 그 자신도, 새로운 왕국에서처럼, 작고 밝은 멜리장드에게로 성대하게 입성한다. 그러나 그녀의 영혼의 은빛 문들은 그의 격정에 저항한다. 그때 그의 작은 아들이 이 입구가 어떻게 금발의 펠레아스의 포개진 손 앞에서 열리는지를 그에게 보여준다. 그리고 그때 "그것이 관습이기 때문에" 그 야수 같은 고라우트는 형제인 펠레아스를 죽인다. 그 무기가 멜리장드를 스친다. 그녀는, 결코 살아보지 않았던 것을 숨겨놓은 구명보트처럼, 말없이 예전의 아이를 삶으로 미끄러져 가게 한다. 그러고 나서 그녀는 침몰하고 그 모든 것을 놀라워하며 죽는다.

늙은 왕 아르켈은 그녀를 기리는 뜻에서 찾아본다. 먼 추억처럼 운명은 그의 마음을 움직인다. "너는 죄가 없다"라고 말하는 동시에 그는 음울한 고라우트를 문 쪽으로 끌고 간다. 왜냐하면 "우리는 여기에 머물기를 원하지 않기 때문이다." 우리는 정말 여기에서 그것에 대해 답할 수가 없다. 나는 늙었고 거의 모든 것을 다 보았다. 그런데도 내가 답을 할 수가 없다. 사람들은 삶을 인식할 수가 없고 모습을 드러낼 수가 없다는 것을 나는 안다. 사람들은 단지 그것을 오래 견딜 수 있을 뿐이다——아르켈 왕은 이렇게 말했다.

*

그러나 최근에 마티네에서 메테를링크가 아니라 막시밀리안 하르덴이, 그의 모임이——원래 의도했던 대로——공연을 이끌어주는 대신에 공연 뒤에 이어졌는데, 마지막 말을 했다. 그의 표명 속에는 알아볼 수 없었던 작품보다는 메테를링크의 정신이 더욱 많았다. 물론 그는 시인의 인격을 그려낼 수는 없었다. 그러나 그는 그의 인물들을 따라서 만져보았고 자신의 손가락이 어떻게 느끼는가를 보고했다. 어쨌든 그때 희곡작품의 '성공'을 걱정했던 사람들은 반박했어야만 했다. 왜냐하면 하르덴의 설명이 어느 곳에서도 증거로 유효할 수 없었기 때문이었다. 그러나 사람들은 모든 것에 동의하도록 그것을 이끌어갔고 아주 기분좋게 극장을 떠날 수 있었다. 시장기를 느끼면서 그리고 완성된 견해를 갖고서.

1899
구스타프 팔케[104], 《새로운 항해》

이 책은 리하르트 데멜에게 선사했던 것이다. 그리고 그 책이 선물로 그리고 그를 깜짝 놀라게 할 일로서 작용했다는 것은 충분히 낯선 일이다. 데멜은 시작되고 있는 성숙도가 마치 태양열을 받은 과일처럼 누르는 투사이다. 팔케 역시 자신의 여름이 시작하는 지점에 있다. 하지만 그는 그것을 힘들게 여기지 않는다. 이 책에서 그는 자신이 여러 가지 의미에서 더 폭 넓고 더 조용하고 더 명확하고 더 단단하고 그리고 더 감사할 줄 알게 됐다는 사실을 통해서만 봄철 같은 '춤과 명상'에서 구별된다. 거의 모든 것이 이미 그를 통해서 그리고 그를 위해서만은 아니지만 어느 정도 확실히 나쁘지 않은 친밀감과 헌신 속에서 그에게 말을 걸고 있다. 사물들이 그에게서 울려 나온다. 각기 자신의 고유한 음색으로, 그들은 그의 기쁨을 통해 마치 화환을 씌운 문을 통과하듯이, 자기 자신의 고유한 의상과 자세로 지나간다. 그들은 대략 데멜에게서 한 것처럼 그에게서는 사라지지 않는다. 그들은 존재하고 그리고 그는 그들을 표현해버린다. 더 어두운 사람 데멜이 그들을 창작하고 자신의 강하고 심각한 언어들과 투쟁하는 리듬으로 파괴하는 동안에, 그들은 그 없이도 역시 존재했을 것이다.

그렇게 나온 것이다. 그의 세상을 명랑하고 밝게 인정하는 팔케는 바로 그렇게 기꺼이 사물들 모두에게 고유의 표현을 주었던 훌륭한 독일 화가를 회상하게 한다. 〈사랑하는 사람〉(15쪽)이란 시는 토마풍의 그림이다. 소박하고 아름답다. 작은 것과 커다란 것에 대해 정당하고 빛 속에서 고요하고 그림자 속에서 명확하다. 그리고 많은 것들이 그렇다. 발라드풍에서도 이런 특성은 훨씬 더 분명해진다. 그것이 또한 가곡으로 통하는 길이다. 풍경과 삶의 이런 단순한 구성에서 본의 아니게 진실한 가곡들이 탄생했다. 어깨 위의 바람마다 지나가면서 가져가는 가벼운 그 노래. 그리고 사람들은 실제로 팔케의 가곡들이 밤마다 힙긱지붕 모양의 작은 도시의 골목을 지나서 불어간다고, 그들이 어느 화창한 일요일 아침에 거의 참새들 소리에서 깨어나거나 아니면 저녁에 따스한 잔디밭 위로 부드럽게 펼쳐진다고 생각한다……

어쩌면 독일의 지방 어딘가에서는 이미 그것을 체험할 수도 있을 것이다……

1899
프리드리히 아들러[105], 새로운 시들

매우 호의적인 반응을 얻은 프리드리히 아들러의 첫번째 시집은 1893년에 출간되었다. 새로 나온 책에 모은 지난 5, 6년 간의 수작은 어느 정도는 유보적인 것을 보여준다. 그것은 질적으로 충실하지 않다. 그리고 나 역시 아들러가 이 시기에 창작을 훨씬 더 많이 했다고는 믿지 않는다. 그렇기 때문에 이번 모음집이 일관성과 균형을 가지고 있다는 것은 더욱 기쁜 일이다. 형식과 정서에서 제각기 시가 갖고 있는 흡사함, 정밀한 시행의 아름답고 잔잔한 가족적 유사성, 고른 절(節)의 이런(내가 말해도 된다 싶은데) 서로간의 자부심. 모든 것이 *항상 예술가이지만은* 않은, 하지만 자신의 힘과 능력, 그 둘을 확실한 정점에서 통합하고 가장 고상한 의미로 창조하면서 사용할 수 있도록, 자신의 삶이 갖는 가능성에 지혜롭게 분배하는 남자, 성숙하고 사려 깊은 남자를 보여준다. 그는 완전히 위대한 자들과 같은 낭비자도 오만한 자도 결코 아니다. 그는 절약한다. 그는 자신에 대한 자세에서 소녀 같은 무엇인가를 갖고 있다. 그는 자신의 아름다움을 사랑하고 그것을 독특하고 고상한 형식으로 표현하면서, 그 아름다움을 발견하는 곳에서 그것을 얻으려고 노력한다. 이런 사람이 프리드리히 아들러다.

1899
〈화음과 불협화음〉[106], 어떤 헝가리 음악가의 시

언젠가 나는 구스타프 팔케(음악 선생이라 알려져 있는)와 함께 그의 가곡에 살아 있는 저 풍요로운 음의 한 부분에 대해서 그의 음악적 능력과 지식에 감사해야 하지 않을까 이야기한 적이 있다. 당시의 이 의문은 해결되지 않은 채 남았다.

한 헝가리 음악가의 〈화음과 불협화음〉은 하나의 해답이다. 특히나 시적 음은 음악에서의 멜로디와 아무 연관이 없다는 의미로. 시의 법칙은 다르다(임의가 아니고 결코 한 번도 씌어지지 않은 법칙). 그리고 시의 효과는 소나타나 교향곡의 그것과는 구별된다. 이 헝가리 애국자가 얼마나 훌륭한 음악가일 수 있는지 나는——비록 내가 그 책을 시작하는 서곡을 악보로 읽어 이해할지라도——규정할 수는 없다. 내게는 그가 시인이 아니라는 사실이 처음 몇 쪽에서 명백해졌다. 그 책은 열정에 대해서, 끔찍한 사건에 대해서 많이 이야기하고 있다. 그리고 그 저자는 거의 자살하려는 자신을 매우 즐겨 그리고 있다. 그런데도 그 모든 것은 마치 '법정'이란 기사란에 쓰인 신문 기사처럼 냉혹하다.

고통과 삶에서 일정한 피상적인 것이 도처에서 눈에 띈다. 이것이 내가 오늘날에도 여전히 아주 생생하게 여기는 페스트에서의 체류중에 주로 받은 인상이라는 것을 기억한다. 유쾌함, 포도주의 그 유쾌함, 그리고 슬픔, 여자가 원인인 그 슬픔, 가엾고 답답한 비참함.

거기에 어떤 감동적인 것이 들어 있는 중요하지 않은 네 줄짜리가 있다.

나의 어머니에게
당신의 느낌은, 어머니, 끝없고
그리고 당신이 추구하는 것은 드높고 자랑스러워요;
한 가지만은 당신이 이해 못하세요.
산다는 것——그것이 예술입니다!

그리고 여기에서 저자는, 사람들은 그것을 느끼는데, 자신의 어머니의 후계자이다. 그에게도 "산다는 것은 예술이다"라는 것이 결여되어 있다, 그러니까 삶에 가까운 또 다른 유사한 저 예술도 역시 예술이다!

1899
막스 브룬스[107], 〈봄〉

사용하고 오용하는 데 이처럼 모든 색깔을 완전히 잃어버린 말은 거의 찾아볼 수 없다. 바로 봄Lenz이라는 말. 이 말은 모든 재능 없는 시인들과 자칭 시인들의 시에서 기꺼이 순응하고 있고 그 느리고 축제 분위기의 '봄Frühling'보다도 훨씬 더 유용하게 보인다. 그것은 바로 시인의 징표이다. 내가 말하는 것은 진정한 시인을 뜻한다. 이들에게서는 불쌍하게 지쳐버린 단어들이 새로워지고 그리고 아직 한 번도 사용하지 않은 것처럼 젊어지고 그리고 그들의 자연 그대로의 모습 속에 풍요로워한다. 막스 브룬스가 봄Lenz이라고 말하면 그것은 하나의 발견과 같은 것이다. 우리는 갑자기 분노와 소심함 사이의 시간에 대한 이름을 지금 처음 들었다는 느낌을 갖는다. 그 시간 속에서는 구름이 어두움과 초조함으로 거닐며 숲으로 추락하는 신들처럼 폭풍이 자신을 내던지고 있고 그 시간 속에서 사람들에게는 너무나 불확실한 동경이 있고 너무나 몽상적인 슬픔과 너무나 갑작스러운 기쁨이 있다. 막스 브룬스는 자신의 최근 책에서 이런 아름다우면서 고통스럽고 아직은 오지 않은 봄에 대해 노래하고 있다. 그리고 그는 소리와 건반들을 아끼지 않는다. 데멜과 몸베르트는 그의 시 안으로 깊숙이 동행한다. 그러고 나서 그는 릴리엔크론을 불러내고 마침내는 그 자신이 소유한 것에서,

그레테의 노래 속에서 그리고 그레테를 위한 노래 속에서 오로지 자신만을 알 분이다. 이미 많은 사람들이 노래했다는 것을 그리고 그는 이 여러 명 중 세 명이나 네 명을 사랑하고 있음을 잊고 있다. 그는 그의 책 한가운데에서 우리가 보는 가운데 그들에게서 여물어 떨어진다. 그렇기 때문에 우리는 그의 소리를 믿는다.

그럼에도 불구하고 그 책은 이제 비로소 시작이다. 데멜의 비너스 그림들은 날씬한 '피두스의 그림' 곁에서 그리고 그림 안에서 그들의 축제일을 여전히 갖게 될 거다. 많은 동경들을 아직 그리고 드물게——빈번히 너무 자만하면서 그리고 너무 급하게 누설되는 동경을 말이다. 예를 들어 바로 부제에서 "힘과 아름다움의 책 한 권"이라고 거기에 씌어 있다. 모두가 그것을 그렇게 지나치면서 첫눈에 알아야 할까? 그것이 "힘과 아름다움"에서 나왔으리라는 것은 소수를, 가까운 자를 믿는 책의 문제가 아닐까?

그것은 〈명상〉이란 연작의 첫번째다. 이런 기도를 드리게 된 신은 아직 완성되지 않았다. 다음번 책에서 그는 성숙하고 강해질 수 있을 것이다. 특별히 시인에게 책만이 문제인 것은 아니기 때문에 처음 시작에서 그는 자신의 최고의 아름다움을 발설하고 있다.

"오로지 소박해져라.

그리고 나면 너의 전체 인생은 시 한 편이다."

1899
헤르만 헤세, 《자정이 지난 뒤 한 시간》

어둡게 기도하는 소리로 인해 두려워하고 경건해지는 한 권의 책에 대해 이야기하는 것은 아마 보람 있는 일일 것이다. 왜냐하면 예술은 이 책과 멀지 않기 때문이다. 예술의 시삭은 경건함이다. 자기 자신에 대한, 모든 경험에 대한, 모든 사물에 대한, 위대한 모범이 되는 사람에 대한, 자신의 아직 시도해보지 않은 힘에 대한 경건함. 우리 가슴의 첫번째 궁정 여행 뒤에 저 신의 거대한 포위망은 시작되며, 그것은 우리가 그의 권력의 어두운 원 앞에서 수백 개의 문으로 솟아오르는 것으로 끝난다. 그때 우리의 삶은 시작된다. 새로운 삶, *새로운 인생이*.

헤르만 헤세의 책은 이런 감정 속에 씌어졌다. 그의 말들은 무릎을 꿇고 있다. 갈구하는 젊은 삶을 성스럽게 높여준 자에 대한 첫번째 감사다. 단테에 대한, 그리고 베아트리체와 비교할 만한 한 젊은이의 운명에 동승해서 불러내고 가버렸던 한 여인에 대한 감사다. 그는 이 책에서 이중적인 의미로 그녀를 쫓아간다. 그는 과거로부터 그 감상적인 시인들이 묘사했던 야성적인 혼란한 길에서 찾고 있다. 그리고 우리의 어머니들은 그 때문에 소녀처럼 슬퍼한다. 그 책의 한편에는('게르트루트 부인'이라고 씌어져 있다) 그는 다른 길을 찾고 더욱 감동적인 것을 말하는 법을 알고 있다. 즉 이런 완전히 위대하고 성스러운 사랑은, 첫번째 경험일 뿐이었다는 사실을 알고 있다. 이 사랑은 그의 감각을 그 사랑의 산만함으로부터 통합했고 자신의 능력을 수천 배로 또한 자신의 고통을 개인적으로 그리고 독특하게 색칠했으며 그를 일상적인 것과 우연으로부터 구별시켜준다. 그는, 자신의 영혼이 출렁거리는 세상 너머로 그들의 젊은 날개들 속에 홀로 걸려 있기 위해서, 그들이 지닌 하얀 손에 의해 올라가는 빛 속으로 던져질 것을 동경하고 있다는 것을 인식한다. 이제껏 그의 공간에서 사라져버렸던 모든 사건과 기적들은 그에게서 과거의 연인의 아름다운 형상 속에 하나로 통일되고 그녀를 통해 그에게 선사된다. 그리고 그는 그녀가 지나갔음을 칭송한다. 왜냐하면 그와 함께 그녀의 좀더 안정된 현재가 시작되기 때문이다. 그는 우선 자신의 본질의 저 소리 없는 감정으로 그녀를 칭송했는데, 이것으로부터 그녀를 더 이상 구별하지 못할 시간이 올 것이다(사람들은 느낀다). 언젠가 그는 소년같이 무의식적인 그의 영혼이 그녀가 목욕하다 익사했던 바다였다는 것을, 그리고 그가 그 당시 그녀의 사라져버린 형상에 대해 강기슭까지 넓고 크게 이르렀던 첫번째 원을 그렸다는 것을 예감하게 될 것이다.

이 새로운 후속편이 공개된 그 진귀한 시, 〈게르투르트 부인〉에는 표현의 화려한 방식이 어울린다. 언어는 마치 금속으로 만들어진 것 같다. 그리고 느리고 무겁게 읽혀진다. 많은 그림은 여기에서 양식을 단순화시킨다. 책의 다른 부분에서는 그 정도로 의도적으로 보이지는 않는다. 양식은 소재들과 충분히 연결되지 않으며 양식의 아름다움이 양식과 함께 용해되지 않는다. 이를 통해 책에는 추상적인 것들이 많이 나타난다. 그것은 그 속의 설교인데, 작가는 주일날을 거의 느끼지 않는 것처럼 보인다. 상당수의 말들이 너무 새롭고 사용되지 않는 것으로 드러난다. 그럼에도 불구하고 그 책은 매우 비문학적이다. 책의 가장 훌륭한 부분에서 그것은 필요하고 독특하다. 책 경외심은 솔직하고 깊이가 있다. 책 사랑은 크고, 그 안에 들어 있는 모든 감정은 경건하다. 그것은 거의 예술에 가깝다. 그렇기 때문에 축제 분위기가 책 전체에 펼쳐져 있는 그 장정은 정당하다.

1899
엘자 침머만[108], 《낮은 저물었다》

이 책에는 대여섯 편의 그리고 어떤 의미로는 중요한 두세 편의 좋은 시가 실려 있다. 커다란 동경이 울려퍼지고 또 울려퍼진다. 그리고 이런 부드러운 종소리 같은 음 속에서 엘자 침머만은 유일한 피난처를 갖는 것처럼 보인다. 이것이 작은 노래들을 감동적으로 만든다. 그러나 두세 편의 시에서 그들의 가치를 주는 것은(이런 성과를 넘어서서), 이런 동경이 언제 어디서나, 그 안에서 그녀가 넓고 그림같이 마치 줄거리에서처럼 표현하도록, 이미 변명을 선택하는 데 힘이 된다는 것이다. 그리고 나서 그녀에게는 그것이 하나의 핑계에서 다른 더 고양된 것으로 승화하는 것조차, 그리고 ──그림을 통한 영혼의 짧은 산책 속에서── 마침내 구원을 받는 것조차 이루어진다는 것이다. 그렇게 유일하게 강하고 창조적인 감정이, 이번 경우에는 개인적으로 고독한 동경과 같은 그런 감정이, 모든 감정이 위대한 예술에서 변화시키는 그 길을 미리 결정해줄 수 있다. 그리고 이런 감정 앞에서 어쨌거나 저 위대한 예술과 거기에서 세계는 더 구원받도록 반복하는데, 약간의 핑계를 대고 같은 류의 진정한 방식의 작은 예술을 구축할 수 있다.

1899
프라하의 어떤 예술가[109]

그 합각머리 모양과 탑 모양의 집들이 있는 도시는 기묘하게 건축되었다. 위대한 역사는 그 안에서 사라져버릴 수가 없다. 허물어져가는 담벽 사이로 울려퍼지는 한낮의 후렴이 진동한다. 고요한 궁전들의 이마에는 신비스러운 빛처럼 빛나는 이름들이 적혀 있다. 신은 높다란 고딕식 교회에서 어두움을 짙게 하고 있다. 은빛 관들 속에는 성스러운 시체들이 부패하고, 금속으로 된 나뭇잎새들 속에 마치 꽃가루처럼 놓여 있다. 커다란 탑들은 매 시간을 이야기하고 밤에는 그들의 고독한 목소리들이 마주친다. 마지막 찌그러진 오두막집들을 지나서 평평한 뵈멘 지방에 넓게 펼쳐져 있는 노란 빛을 띤 강물 위로 다리들이 휘어져 있다. 그런 다음에는 들판 그리고 들판이다. 먼저 마지막으로 소음을 내고 있는 공장들의 그을음이 여전히 도달하는 약간 불안하고 빈약한 들판들이, 그리고 그들의 먼지로 된 여름이 도시 안으로 귀를 기울인다. 그러고 나서 힘센 포플라가 비스듬하고 기다랗게 늘어서 있는 길가의 오른쪽 왼쪽으로 계속 물결치는 곡창이 시작된다. 사과나무들이 풍요로운 해에 구부러진 채 곡물들 사이로 다채롭게 솟아나와 있다. 거리 가장자리 앞 에는 감자밭이 먼지에 싸여 있고 삼각형 배추밭은 나중의 저녁 그림자처럼 청색을 띤 자줏빛으로 젊은 덤불숲 앞에서 어둠을 틀고 있다. 그 뒤로 소나무들이 말없이 그 지역을 끝마쳐준다. 공중 높이에서 작은 급한 바람이 분다. 모든 다른 것은——하늘이다. 내 고향은 이렇다.

거기에서 사람들은 생각했어야 했을 것이다. 이 지방에서 아이 역할은 특별히 쉬운 일이라고. 다른 곳에서 다른 아이들이 애써서 함께 꿈꾸는 그것이 여기에서는 실물 크기로 그리고 현실 그대로 그들의 대낮 한복판에 있다. 사람들은 램프 뒤로 금빛 비밀이 희미하게 비치는 것을 보지 않고는 어떤 교회도 그냥 지나치지 않는다. 그리고 커다란 광장에는 오만한 성주의 목소리로 공기가 여전히 전율하고 있다. 위대한 모든 것은 어제처럼 일어났다. 그리고 아이들은 예감한다. 그것은 다시 복귀될 수 있고, 겉으로만 그리고 더 깊이 참여하지 않고 살아가는 그 일상을 광채로 또는 잔인함으로 덮어서 가리고 있다는 것을. 그리고 이런 화려하고 특이한 운명의 지속적인 기대에서, 이런 엄청난 것을 경청하면서——청년 스스로에게서는 전율하며 통일하기 위해——원기들이 방심하고 있는 사물에게서 되돌아오는 그곳, 즉 유년기 언저리에서 낯선 것, 영원히 친밀한 것과 축제 분위기를, 오래 공들여 얻어낸 권리처럼 현실로 잡아 끌어내는, 즉 창조하려는 그 노력이 생겨난다. 창조하는 것. 다시 말해서 이런 *프라하의* 어린 시절에서 *프라하의* 예술이 생겨났다는 것이 틀림없다는 말이다. 마치 하나의 자연적인 연속물처럼, 마치 1권을 완성한 저 훌륭한 동화책의 2권이 증명하듯이 그리고 빛나는 신격화된 표현에서 통합되듯이.

그러나 아이들은 아이로서의 자신의 존재에 대해 무의식적이지 않으며, 충분히 자유롭지 않은 것처럼 보인다. 문제는, 어쩌면 정말 유혹이 많은 시대에도 놓여 있다. 그리고 그들이 그것에 대한 상상력, 일상, 그 모든 작은 일과 압박감까지 잃고서 살아가도록 하는, 즉 성숙한 역사 곁에서 그 의미로 말하는 여전히 아주 생생한 과거가 문제다. 왜냐하면 일상은 정말 시끄럽고 적대적인 것과 오류가 많은 도시에서 중요하기 때문이다. 그리고 매일 아침마다 흐라친[110] 너머로 두 개의 태양이 떠오른다. 하나의 독일 태양과 하나의 다른 태양. 이 다른 태양은 이 지방을 사랑한다. 그리고 (훨씬 더 필요한 것은) 예술가는 그것을 이해하고 있다. 그 온기 속에 내적이고 은밀한 예술이 내가 여기에서는 이야기할 수 없는 훌륭한(나만 프랑스 사람들에게서 약간 강하게 영향을 받는) 후손들과 더불어 생성되고 있다. 그 첫번째 태양, 그 독일 태양 아래에서는 여러 가지 예술협회들이 동맹을 맺었다──마치 더 많은 온기를 위해서처럼. 그리고 그 회원들은, 아무것도 눈에 띄지 않는, 그리고 구매하는 관객들에게 거의 어려움을 주지 않는, 무국적의 도처에서 가능한 예술의 대표자들이다. 그렇게 해마다 열리는 '뵈멘 지역 독일의 화가협회'의 크리스마스 전시회에서는 늙어가는 미혼 여성들의 여가 활용 예술이 거의 눈에 띄지 않은 채 다른 전시회의 작품들과 함께 섞여 있다. 여론에 의해서 평범함이 그렇게 편하게 그리고 그렇게 인정을 받으면서 선전되는 곳에서, 개별적인 유능한 작업들은 그들의 권리를 거의 보장받지 못한다. 독일의 뵈멘 지방에서 문학은 신문의 잡글과 회화가 그 나름대로 언론에 상응하는 것이 되었다. 이런 상황을 어떻게 해서든지 오래 견디기에는 두 가지 길이 있을 뿐이다. 자신에게 스스로 돌아와서 장려하고 정착시킬 수 있는 유일한 사교로서──대략 한스 슈바이거Hans Schwaiger[111]가 메렌 지방에 있는 자기의 작은 마을에서 그렇게 하는 것처럼——그의 방식과 기품에 동조하게끔 그 지방에 더욱 집착해서 눌러앉거나 아니면 모든 것을 인정하고 배우겠다는 기쁨의 의지를 갖고서, 그리고 순금으로 된 말로 새롭고 품위 있고 성숙하게 표현을 하기 위해서, 능력 있는 자로 고향으로 다시 돌아오겠다는 소리 없는 희망을 가슴에 품고서 그렇게 많은 위대함과 장래에 대한 약속들이 있는 타향으로 옮기는 것이다.

에밀 오르릭은 그렇게 이주해 갔다. 그렇게 그는, 올해 일본까지 여행하게 된 것처럼, 어떤 이름난 아름다움을 따라서 또는 어떤 위대함 앞에서 몸을 숙이려고 앞으로도 몇 번 더 이주할 것이다. 하지만 항상, 거기에서조차 그는 자신의 고향인 뵈멘 지방으로 돌아올 것이다. 이 지방으로의 그의 귀향은 훨씬 더 깊이 있게 이루어질 것이다. 그리고 훨씬 더 총괄적으로 그리고 폭넓게 그의 조용하고 심오한 예술을 기대하며 기다리는 사물들과 재회할 것이다.

이런 예술은 아주 처음부터 자기 스스로에 대해 엄격하게 대항했다. 그리고 이 예술이 추종했던 이들에게 자기 스스로에 대한 가혹함은, 즉 이런 가장 단순하고 가장 짧은 표현으로 끊임없이 형성하고 편편하게 하고 둥글게 하는 것은 그 예술의 가장 탁월한 특징으로 남았다. 지나치게 열려 있고 어떤 기쁨에나 자유롭게 열려 있는 오르릭의 기질에서 나는 그의 색채로부터의 때 이른 기피를 일종의 독학으로만 설명할 수 있다. 그의 회화적인 시각은 어떤 산책길에서도 수천 개의 인상을 가져온다. 작은 메모로부터 움직이는 가지를 넘어서 평지의 풍경의 넓은 효과까지, 아니면 생기 있는 광장들 그리고 그의 준비된 재능 있는 손은 이런 인상 각각에 기꺼이 따랐을 것이다. 여기에서 흥미 있는 스케치 모음이 생길 수 있었을 것이다——그러나 시간이 흐르면서 보았던 모든 것을 묘사하는 노력에서 어떤 성급함과 피상성이 나왔다는 것은 위험이기도 하다. 특히 붓이 모든 충동에 그렇게 가볍고 보기에 애쓰지 않고 순응했을 때가 그러하다. 그리고 또 사물들을 그렇게 빈번히 숨겨버리는 이 고상한 아부하는 자인 색채는, 그에게 몰두하는 많은 이들이 자신에게 가장 고유한 목표를 잊어버리도록, 예술가를 너무 급히 그리고 너무 커다랗게 칭찬을 하기 때문에도 그렇다. 그도, 색채도, 이미 클링어가 그의 그림과 스케치에 대한 글에서 발견했던 것처럼, 자신의 최상의 의미에서 항상 기쁨과 아름다움, 숭고와 정숙이다. 하나의 결과, 어떤 종국적인 것이고 상태이다. 그러나 그림과 표정의 압박 아래 어디에서 지속적으로 충분히 마치 자줏빛 코트와 같은 이런 최고의 색채를 지닐 모티브들을 찾는가? 그렇게 해서, 오르릭은 값싼 성공에 대한 두려움으로부터 그의 감정 속에서 많은 것을 밀어내는 색채를 포기하고 자신의 신속한 작업에서 이중적인 주저함을, 즉 소재에서 그리고 기술적인 면에서 보여주게 되었다. 소재라는 면으로 보자면 이렇다. 묘사하기를 요구하면서 그의 안에서 성장한 많은 것들로부터 항상 가장 단순한 것을 관련지어, 억압된 다른 소재의 힘은 마침내 그 하나를, 즉 승리하는 자를 도왔어야 했고 이로부터 그의 종이 위로 위대한 온정이 나왔다. 이 가장 단순한 것이란 그를 가장 조용하게 그리고 가장 약한 목소리로 부르는 것이다. 하지만 이런 소재 자체가 바르비종의 대가를 그가 사랑하게끔 인도해주었다. 그리고 그는 그들에게서 배웠다. 그들은 그에게 그렇게 작업할 권리를 주었다. 기술적인 주저함은 에칭을, 이런 단단한 재료와의 힘든 투쟁, 에칭이 완성된 판을 인내하며 기다리는 것, 그 고생스럽고 항상 또다시 중단되는 완성을 의미한다. 그리고 재료의 정확한 지식, 그의 구조, 밀도와 유연성을 요구하는, 그리고 특별히 나무에 상응하는 성격에 알맞게 모든 개별적인 경우로 제각각 다뤄지기를 원하는 목판화는 우선 그에게 재료를 완전히 활용하는 것을 가르쳐주었다. 그리고 그의 도덕과 잘못을 작업의 유익함으로 평가하는 것 그리고 스코틀랜드 사람들에 대한, 특히 휘슬러 James Mac Neill Whisller[112])에 대한, 그리고 영국의 대가들에 대한 그의 자발적인 숭배를 인도해주었다. 여러 개의 판을 가진 목판화의 원본은, 그의 최근의 시도들이 이에 속하는데, 넓은 범주에서 다시 색채로, 다시 말해서 다른 색감으로 돌아왔다. 오르릭이 추구하는 것과 같은 묘사의 소박함에만 어울리는 저 가장 안정되고 가장 짧고, 표제어다운 색채의 등가로.

그의 지금까지의 길은 그렇게 사물에 대한 지속적으로 지칠 줄 모르는 접근이었고, 그들의 소망과 고유함을 스스로 친밀하게 만드는 것이었으며, 그들에게서 어떤 사소한 것도 간과하지 않고 어떤 우연적인 것을 통해서도 착각하게 하지 않는 노력이었다.

모든 변형과 혼돈과 과도기에서 예술은 자신의 영혼인 '사물의 정수'를 구제해야 한다. 예술은 사건들, 진정한 사건들을 실현시키도록, 모든 개별적인 사물을 더 큰 맥락 속에 삽입시키기 위해서 우연적인 나열에서 꺼내 분리시켜야 한다. 이것이야말로 오르릭이 노력한 내용이다. 그리고 그것은 내게 예술가의 심오한 의도로 보인다. 이번 경우에 내가 그것을 이해했어야 했다면, 그것은 오르릭이 매번 새로운 작품마다 더욱 내밀하게 그리고 더욱 감사하는 마음으로 되찾아가는 공동의 고향을 가졌다는 데서 온 것이다. 그리고 그가 찾아가는 멀리 떨어진 낯선 곳은 모두 그 누설되지 않는 본질의 가장 내밀한 원형까지의 커다란 도약을 위해 그가 필요로 하는 시도를 위한 공간일 뿐이다.

1899
에밀 팍토르[113], 《내가 찾는 것》

이 첫번째 책은 마치 두 번째나 세 번째 책과 같다. 그 앞에 놓여 있는 그 많은 감춰진 것들이 그 시들에게 진귀한 폭을 주고 있고, 때때로 자체보다 더 성숙해 보이도록 하고 있다. 첫번째 시에 그렇게 빈번히 스쳐가는 광채를 부여하는 살랑거리며 움직이는 젊은 혼돈은 다만 그 안의 추억일 뿐이다. 바람 뒤에 오는 흔들리는 덩굴, 여운들. 그렇지만 그 젊은 시인으로 하여금 자신의 과거를 생각하게 하는 진심과 순수함은 그의 말에 독창적인 가치와 그를 더 이상 떠나지 않을 아름다움을 준다. 그의 시들에서는 대담함이 기다림을 넘어서서 사라졌다. 그렇다. 거기에서 사색하고 숙고조차 하게 되었고 그래서 소박하고 정교한 느낌의 소재는 괴로워한다. 그들의 형식은 그때 거기에서(어쩌면 이미 소외되고 손질했던 손 밑에서) 그들의 본성을 잃어버렸고, 노래의 가볍게 흐르는 소리들은 자주 시행으로 경직되었다. 마치 이미 봄이 되었고, 그런 다음 또다시 청명한 밤 뒤에 혹한의 붉은 아침을 느끼는 풍경처럼. 공중은 고요하고 그 안에서 때 이른 단단한 꽃봉오리가 마치 거둬들이는 손들을 조용히 기다리는 열매처럼 크고 높게 나타난다. 그리고 에밀 팍토르Emil Faktor는 그들을 꺾을 준비가 되어 있다. 그가 아직 더 기다려야 했고, 여름에야 비로소 소리 없이 사라지는 진정한 봄이 올 때까지 인내했어야 했을까? 그가 마지막 뒤늦은 혹한기를 첫번째 책으로 축하한다는 사실이 내게 호감을 준다. 《내가 찾는 것》이라는 책이다. 그리고 사람들은 그가 언젠가 한번 이런 이름을 갖고 쓰게 될 거라고 예감한다. 내가 발견한 것. 그리고 사람들은 이 조용하고 공손한 사람의 발견을 기뻐하는 것 말고는 달리 할 것이 없을 것이다.

1900
모리스 메테를링크, 《틴타길의 죽음》[114]
〈스케치: 다음 글의 앞 단계〉

분리파 무대의 정신에 싸인 저녁은 다음과 같은 인상을 내게 남겼다.

감정이 크고 넓다는 것을 우리는 꿈에서 알게 되었다. 거기에서는 잠의 보호 속에, 사건의 무대가 옮겨지자마자 자연적으로 분리된 감정의 영역 속에 놓여 있어야 했을 그리고 현실에서 비로소 일어날 수 있게 된 줄거리들이 자주 일어난다. 그러나 꿈에서는 모든 것이 *하나*의 장면에서 일어나고, *하나*의 감정이 하늘처럼 팽팽하게 긴장하고 그리고 곧바로 구름으로 덮이고, 곧바로 맑아지고, 모든 사건 위로, 그들에게 이런 분위기가 더욱이 정말 낯설고 황량하더라도 만곡을 그리고 있다. 그렇게 사람들은 예를 들면 두려움에서 생긴 하나의 세계에서 기쁨을, 그리고 그들의 나이브한 무방비 상태에서, 미소를 지으며 애무하면서 사자에게로 가는 아이들과 소녀들의 이런 행동에서, 끝없이 감동시키며 작용하는 행복의 순간들을 알게 된다. 그리고 꿈은 거꾸로 태양과 은총이 펼쳐진 정서 속에, 가늘고 긴 가지의 자작나무처럼 떠올라, 수백 개의 가지로 열려 있는 하늘을 외면하고 소리 없이 애통해하며 바람에 의해 뚝뚝 떨어져내리는 슬픔이 놓여 있다는 것을 체험하도록 우리에게 허락한다. 이렇게 메테를링크식의 연극 역시 그의 모든 과정과 상태로, 그리고 부드러움과 동경과 끝없이 부서질 것 같은 행복을 포함한 채, *하나*의 감정으로, 영원함으로, 이미 막이 올라가기 전에 그리고 이그라이네Ygraine의 절망적 저주를 중단하지 않는 사건들 건너편에 나타나는 이 거대한 회색빛 공포로 짜맞어간다. 사람들이 처음에는 이 연극이 우리가 말하는 현대 무대미술에서 보는데 익숙한 그것과 얼마나 상치되는지 조금도 눈치채지 못한다. 그 연극에서는 원래의 외적 줄거리로부터 핵심을 옮겨놓음으로써 감정의 움직이는 탈주가 지배적인 것이 되었고, 탈주의 배후에는 어떤 넓은 것도 어떤 지속적인 것도 승화되지 않는다. 대비를 통해서 작용하면서, 개별적으로 연관이 없어 보이는, 우리가 단지 옆얼굴만을 보는, 감정들이 거기에서 마치 흔들리는 다리 위에서처럼 불안한 인간들 너머로 몰아간다. 이것의 결과는, 모든 개별적인 것에서는 무게와 가치가 전혀 문제가 되지 않도록, 우리는 다만 감정의 동요만을 느낀다는 사실이다. 이와는 상반되게 다른 모든 것 앞에 하나의 감정, 예를 들어 여기에서 두려움이 거기에 지속적으로 있다면, 우리는 이 감정만을, 그의 거의 잊혀진 크기로 느끼는 것을 배울 뿐만 아니라 줄거리의 다른 변화하는 감정들 역시, 이런 변할 수 없는 배경 앞에서 한동안 마치 새로운 것처럼 그리고 심오한 원래 의미의 중요함 속에 전달되는 것처럼 우리들에게 멈춰서 있다. 그것은 명백함에 대한, 단순함에 대한, 그리고 이로써 연극적 효과에 대한 발전이다. 그 복잡성과 소급에 따라 다만 까다로운 사람들 개개인의 자극제처럼만 효과를 낼 수 있는, 표현할 수 없는 감정의 뉘앙스의 자리에, 우리는 다시금 소박한 감정들을 위대하게 묘사할 수단을 발견했다. 다시 말해서 무대에서 대중의 요약을 발견했다. 하지만 고상한 오락에 대한 개개인의 차이를 목표로 삼는 것은 아니다. (어제 이런 일이 일어나지 않았던 곳에서, 그것은 선별된 관객이 바로 마지막 효과를 기대했고 첫번째 종류로 요약되기 위해서, 장면들의 효과에 완전한 신뢰 없이 충분히 빠져들어가지 않았다는 사실에 이유가 있다.) 그러나 감정으로부터 새로운(처음에는 낯설었던) 폭력이 나왔다. 그리고 줄거리 전체를 위한 공간이 공포 속에 자리할 것이라는 사실이 이런 저런 사람을 이상하게 충분히 감동시켰다. 언어들 역시 이런 의미에서 부드럽게 속삭이는 중간 색조에 익숙했던 눈에 비친 분광색처럼, 강력하고 새로운 효과를 냈다. 아주 소박한 일상적 언어들이 한 번도 사용하지 않았던 것처럼 울렸다. 애무는 빛을 발했고 저주들은 눈사태처럼 공중에서 불어났다. 일어난 일 전부가 위대해졌고 위대한 모든 것이 대체로 보였다.

그리고 어떤 효과가 바로 이보다 더 무대에 알맞을까. 그리고 더 추구할 만할까?

1900
메테를링크의 연극

베를린 분리파의 무대에서 〈틴타길의 죽음〉이란 공연은 보이는 대로 자유로운 맥락 속에 내가 그려낸 다음의 설명을 하게끔 만들었다.

메테를링크의 희곡은 공연이 불가능할 거라는 사실은 그의 절대적인 친구들에게도 확고한 것처럼 보인다. 그렇다, 어쩌면 이들한테서 제일 심하게 나타난다. 그럼에도 불구하고 사람들이 그로 하여금 항상 무대와 다시 화해하도록 시도하는 것은 사람들이 그의 작품의 연극적 형식을 간과할 수 없기 때문이다. 그리고 우리가 지혜로우면서 어리석은 영혼들의 두 가지 책 그리고 몇 개의 번역 외에 오로지 그의 희곡들만을 갖고 있다는 것은 실제로 우연이 아니다. 물론 인형들을 위한 희곡들이다.

인형[115]은 하나밖에 없는 유일한 얼굴을 갖고 있다. 그리고 그의 표현은 영원히 고정되어 있다. 경악하는 인형이 있고, 경건하고 우직한 인형이 있다. 누구나 얼굴에 감정을 오로지 *하나*만 갖는다. 그러나 감정을 완전히, 자신의 최고로 고양시킨 상태로 갖는다. 그리고 그 밖에 누구나 굽힐 수 있는 몸을 마음대로 다룬다. 그들의 움직임은 많지는 않다. 그들은 손목이나 어깨를 움직일 수는 없고 몇 안 되는 인물의 날씬한 부분에 집중되어 있다. 거기에서 그들은 실현되고, 서둘러서 중요성을 띠고, 많이 보일 수 있다. 인형들은 옛플 랑드르풍의 거장이 그린 여인들처럼 애도 속에 슬퍼할 지도 모른 다. 근심으로 엎드린 채. 그리고 그들의 기쁨은 마치 안젤리코의 〈최 후의 심판〉[116]에 그려진 축복받은 사람처럼 그들에게서 상승한다. 그리고 나는 두 가지 감정이 이보다 더 훌륭하게 표현될 수는 없다 고 믿는다. 이보다 더 소박하고, 더 알기 쉽게 표현될 수는 없다.

   그리고 그것이 무대의 과제가 아니란 말인가? 소박하고 훌륭하고 멀리서도 알아볼 수 있는 표정을 보여주는 것이? 그러니까 메테를 링크가 그런 방식으로 표현하도록 하는 줄거리를 찾았다면, 그것이 바로 연극적 의미에서 심사숙고한 것이 아니란 말인가? 그리고 이 런 줄거리들이란 어떤 것들인가? 사람들은 이 줄거리를 알고 있다. 내가 내용을 요약할 필요는 없다. 모든 소재에서처럼 숙고했고 그 리고 핑계가 되는 이런 내용에 관심을 갖는 것이 그에게 문제가 되 지는 않는다. 대량의 줄거리는 단순하면 단순할수록 더욱 집중적으 로 효과를 낸다는 것을 그는 알고 있다. 하지만 가장 단순한 줄거리 조차도, 특별난 경우마다 개별적으로 색칠하는 다양한 관객으로부 터 이상적인 무대가 원하는 그 정도로 하나를 만들지 못한다는 것 역시 그는 알고 있다. 그러니까 그는 주의 깊은 자와 관조하는 자에 게 줄거리 배후에 있는 두 번째의 더 깊은 공감대를 더 많이 주도록 노력한다. 하지만 이렇게 많은 사람들의 무의식적인 만남이란 오직 본질적이고 위대한 감정에서만 가능하다. 이렇게 메테를링크는 그 런 감정들 속에서 자신의 희곡들을 구상하고 있다. 〈틴타길의 죽 음〉이란 공연을 예로 들어보면 공포로 씌어져 있다. 막이 오르면 공 포는 이미 거기 있다. 그리고 작품 밖에도 머물러 있다. 그것이 장면이다. 그것이 세계이다. 그 안에서 모든 것이 일어난다.

그리고 현대 드라마에서 중간 감정과 감정의 그림자를 보는 것을 배운 관객은 낯설어한다. 사람들이 그것을 천천히 키워나갔던 작품들에서는 다르다. 즉 거기서는 측면에서만 보이는, 겉으로는 별 상관이 없어 보이는 개별적 감정들이 마치 부서질 듯 흔들리는 교각처럼 불안해하는 사람들을 엄습한다. 그리고 멈추지도 않는다. 그렇다고 성장하지도 않는다. 그리고 오로지 움직임만 작용한다. 서두름이, 삶이 작용한다.

그리고 심리 소설의 모든 효과를 날카로운 유리로 삭품에서 도려내는 데에 익숙한 이런 사람들은 어떻게 해서든지 힘을 미치게 되는 효과를 막아낼 수 없다. 공포 속에 그렇게 많은 것에 대한 공간이 있다는 것이 그들을 감동시켰다. 그리고 이런 침울한 감정들의 지속적인 배경 앞에서 그 밖의 경우에 일어났었을 모든 것이 부드러움과 크기 그리고 쉽게 깨질 것 같은 행복이 감동적이고 단순한 중요성을 띠고서 이상하리 만치 얇게, 무방비 상태로 뚜렷이 나타났다. 언어와 표정들도 역시 이런 의미에서 강렬하고 새로운 효과를 낸다. 어린 시절에 그랬듯이 단지 손을 올리는 것이 다시 무엇인가를 의미했다. 그리고 많은 것을 의미했다. 애무는 빛을 발했고 저주는 공중에 눈사태가 나듯이 불어났다.

모든 것이 위대하게 일어났다. 그리고 모든 위대한 것은 멀리까지도 눈에 보였다. 저런, 그들, 그들에게 사람들이 메테를링크는 극작가가 아니라고 예전에 말했는데, 그들은 그것을 보지 못했다. 사실상 우리들의 무대에서는 메테를링크가 극작가는 아니다. 하지만 언젠가는 존재하게 될 그 극장은 그를 시조로 모시게 될 것이고,

그를 축하하고 선포할 것이다. 그리고 가장 놀랍게 보이는 것은 이 고독한 사람이 소수의 선택된 자에게가 아니라 모두에게 말하게 되리라는 것이다. 왜냐하면 멀리까지 영향을 미치고 기념비적인 것이 될 것이기 때문이다.

분리파의 무대는 이와 같은 반복되는 시도로 무척 많은 공적을 낳았다. 그들은 오늘날 우리의 미래 연극이다. 적어도 그들의 노력에 의해서라면, 물론 이따금 자신들의 현재를 위협하는 그런 노력이지만. 하지만 어쩌면 〈베아트리체 자매〉의 공연을 통해서라도 오늘 언급된 것을 다시 한번 확인시켜줄 것이다. 그리고 그것으로 보충해줄 것이다.

1901
〈막시밀리안 하르덴에게 보내는 공개 서한〉[117]
〈베를린 근처 슈마르겐도르프에서, 1901년 2월〉

존경하는 하르덴 씨,

저 혼자서는 도저히 감당할 수 없는 어떤 사건에 영향을 받은 나머지 당신에게 편지를 쓰기로 작정했습니다. 제 편지는 당신이 같은 시간에 받아보는 일련의 신문 기사에 대해서 보충하는 것일 뿐입니다. 그런 기사들이란, 가볍고 불성실한 어조로 거의 경멸하면서, 약간의 외설적 논평으로 대중소설의 제목으로 짜인, 법정 공판을 엉성하게 설명한 이야기를 내용으로 하고 있습니다. 그리고 만약 마지막에 가서 소리 없이, 반박할 수 없이, 엄중하게. 사형선고가 떨어지지 않는다면야, 사람들은 이런 간헐적으로 제시된 증인의 진술과 이의와 번복을 다 읽어내려가려고 조금도 애쓰지 않을 것입니다. 이런 경우 사람들은 주목할 것이고 국가와 사회의 이런 섬뜩한 가장자리에서 길을 조심스럽게 도로 돌아갈 것을 시도합니다. 그리고 만약 사람들이 젊은이의 떨리는 손으로 다시 시발점에 도착한다면, 그 작은 구불거리는 길들의 그물망은 그 마지막 권리를 실제로 부당한 자한테 실행하는 저 마지막 장소, 그곳으로 어떻게 이끌어 갈 수가 있었는지를 정말 이해할 수는 없을 겁니다.

신문 배달부 요제프 오트는 1895년 4월 24일에 태어난 자신의 아들을 살해했다는 혐의를 받고 있습니다. 그의 아내 카롤리네, 결혼전 본명은 마스인데, 예비심의에 따르면 이번 살인을 조장한 죄가 인정된다고 합니다. 요제프 오트는 교수형을, 카롤리네 오트는 12년의 중금고형이란 판결을 받았는데, 해마다 5월 4일 하루 동안 암흑 속에 있도록 하는 엄벌이었습니다. 증거들이란 일련의 증인들이 진술한 것을 토대로 합니다. 이 증인들의 대부분은 여자들, 오트 가족의 이웃 아낙들입니다. 그들은 놀랍게도 많은 것을 알고 있고 벽을 통해서 비정상적으로 많이 들었고 말이 헤픈 사람들처럼 이야기하고 있습니다. 마찬가지로 자신이 언젠가 했던 예언이 죽은 피후견인한테서 끔찍하게 실행되었다는, 또 스스로 경고자 역할을 했다는 오트의 후견인인 늙은 기관사 쿠프 역시 수다스럽습니다. 그 말 많은 노인은 청중의 박수를 받았습니다. 오트의 어머니 역시 불리하게 작용했습니다. 그녀는 진술을 하지는 않았지만(청중들을 재차 즐겁게 해주면서, 그녀는 "저는 할 수가 없어요"라고 했습니다), 사람들은 그녀가 작은 아들 요제프에게 가한 그 두 부부의 잔인한 행동을 더 이상 그냥 볼 수가 없었기 때문에 아들의 집에 더 이상 드나들지를 않았다는 사실을 그녀에게서 알게 되었습니다. 사람들은 집 안에서의 그런 일을 알고 있었고 그 아버지를 법정에 서게 한 마지막 사건이 다만 아이의 죽음을 목표로 한 범죄 행위의 사슬고리 전체의 마지막 부분일 뿐이라고 확신했습니다. 하지만 이 마지막 사건이란 오트에 의한 사내아이의 증명된 살인이 아니라 오트가 자신의 죽은 아들을 잘라서 조각조각 아궁이에서 태워버렸다는 상황입니다. 피고는 이것을 자백했습니다. 그리고 그는 이 행위를 통해 자신의 유일한 증인을, 열을 올리는 이웃 아낙들보다 덜 수다스럽고, 죽어서 벙어리가 된 입으로 어쩌면 자신의 혐의를 풀어주었을 지도 모르는 증인을 빼앗겼다는 사실을 되풀이해서 후회했습니다. 그런데 어떻게 그가 자신의 행위에 근거를 댑니까?

여기에서는 요제프 오트가 작은 살림살이에서 어떤 자리를 차지하는지가 언급되어야 합니다. 그는 항상 집에 있습니다. 그는 음식을 하고, 아이들을 돌봅니다(두 번째로 태어난 작은 페피 외에도 세 명의 딸들이 있습니다). 그리고 그는 이 모든 것을 최선을 다해서 한 것으로 보입니다. 그는 병약하고, 가벼운 간질 발작이 찾아와 지금 무직상태에 있습니다. 그가 일정한 교육을 받지 않은 것은 아닙니다. 그는 의학 서적과 법 관련 서적들을 마련했습니다. 그가 때때로 사용하기도 하는 얄팍한 지식들의 잡다한 우연적인 단편들은 이 책들 덕분입니다. 아내는 이 살림과 별 상관이 없습니다. 그녀는 아침 일찍 신문 배달을 하고 오전에는 다른 일을 좀 찾아서 하다가 단지 석간 신문이 나오기 전에만 이따금 집에 잠깐 들립니다. 무감각하고 지친 채, 아이들과 남편에게 관심 없이 그녀는 그들을 위해 일을 하고 그들에게 부드러움보다는 자신의 유대감과 진심을 정말 더 잘 증명해주는 겁니다. 드디어 그녀가 저녁 일을 마치고 나면, 그렇게 침대에 몸을 던집니다. 그리고 그들이 아침에 눈을 뜨면, 항상 그녀의 잠자리가 이미 비어 있는 것만 보는 다른 사람들보다 오래 전에 잠들고 맙니다.

어린 페피 역시 이 작은 공동체 안에서는 비슷한 정도로 낯설었습니다. 그는 얼마 전에야 비로소 부모들한테로 왔는데, 그때까지는 다른 언어를 쓰고 약간 다른 환경에 살고 있던 낯설지만 좋은 사람들과(그 아이는 요제프 오트와 카롤리네 마스가 아직 법적으로 결혼하기 전에 태어났습니다) 보냈습니다. 뵈멘 지역 언어는 아이들과 그가 어울려 노는 것을 정말 힘들게 했고 그리고 아버지와의 관계도(그는 어머니를 거의 보지 못했습니다.) 역시 언어를 이해하기 힘들기 때문에 곤란을 겪게 되었습니다. 이런 익숙치 않고 낯선 환경으로의 이주만으로도 아이의 외모가 나빠지도록 하는 데 충분히 원인이 될 수 있었습니다. 그리고 그가 받은 홀대에 대해서도, 그가 양어머니의 능숙한 손에서 한 남자의 서투른 손으로 넘겨졌다는 그 이유 외에 또 다른 이유를 찾을 필요가 없습니다. 그 신경질적인 남자가 자질구레한 집안 일들이 지겨워질 때마다 어쩌면 그 손으로 때로는 벌을 주었고 또는 참지 못하고 때렸겠지요. 가장 훌륭한 아버지는, 온갖 욕구와 배설물을 지닌 어린 아이들이 짐이 되면, 그런 초조함의 순간을 알게 됩니다. 일상적인 온갖 요구에다가 또 어느 날엔 어린 페피한테 종양이 생기는 일이 일어났습니다. 몇 가지 의학적 지식을 갖춘 아버지는 스스로 절제 수술을 하기로 결심했습니다. 그는 종양을 절개하고 탄산수로 상처를 닦아줬습니다. 붕대 역시 가능한 한 잘 감아줬습니다. 그 붕대는 물론 나중에 말려야 했을 겁니다. 왜냐하면 사내아이의 침대에서 핏자국이 발견되었기 때문입니다. 다음날 아침 아이는 죽었습니다. 아버지는 미칠 정도로 깜짝 놀랐습니다. 예상치도 않게 엄청난 무거운 책임이 그에게 전가된 거죠. 그가 그다지 심각하게 생각하지 않았던 그 절제 수술이 사망의 원인임은 이제 시체를 검열할 전문가들 앞에서 증명될 것이고, 예견할 수 없는 고소라는 심한 부담이 모조리 그 스스로에게 지워졌던 것입니다. 격렬한 흥분 상태에 빠진 그에게는 단 한 가지 사실만이, 아무도 그 죽은 아이를 보아서는 안 되고 조사해서도 안 된다는 것, 아이는 이젠 죽은 것이고 가능한 한 빨리 시체가 되어서 해체되고 파괴되어야 한다는 것이 분명해졌습니다. 어쩌면 이런 생각 때문에 그는, 사람들이 발견해서 확인할 수 있는 도나우 강에 시체를 던져버리는 일을 하지 않았습니다. 그에게 남은 유일한 길이 있었습니다. 땅보다는 더 빨리 그리고 물보다는 더 잘 썩힐 수 있는 요소가 이 작은 피투성이의 육신을 분해해야 했을 것입니다. 바로 불이지요. 그리고 그에게는 자신이 매일 사용하는 아궁이의 작은 불꽃 외에는 어떤 다른 불도 없었습니다. 이렇게 해서 이 작은 입에서 이를 도려내고 자신의 아이를 잘게 잘라서 조각 조각 태우는 그 잔인한 과제가 그에게 주어졌습니다. 이런 일을 그에게 해준 불은 살아 있는 자에게 날마다 초라한 식사를 데워주는 의무에서 정말 자유로워질 수는 없었던 거죠. 그 불은 마치 습관적인 불처럼 사용되었습니다. 그 불은 어차피 벌써부터 아이에 대해 묻곤 하는 주의 깊은 이웃들의 눈에 띄면 안 됐어야 했으니까요. 요제프 오트는 아내와 다른 애들한테는 페피를 병원에 데려갔다고 말합니다. 아마도 며칠 뒤에는 꼬마가 병원에서 죽었다고 이야기했을 것입니다…… . 그렇게까지 되지는 않았습니다. 그가 체포되었으니까요.

  몇 가지의 단순한 사실에 직접 연결시키려고 애쓴 이 묘사에 따르면, 요제프 오트는 그러니까 자기 아이에게 시도했던 수술로 그 아이의 죽음을 초래했습니다. 그의 혼란, 그의 행위와 직접적으로 이어진 결과는 이해할 수 있습니다. 여기에서는 어떤 모순도 찾아볼 수가 없습니다. 이야기는 온통 그것에 대한, 심적인 혼란의 어떤 상태에서 그리고 불법 날림일 뿐만 아니라 수술의 예기치 못한 결과로 의사들조차도 어떤 광적인 행동으로 내몰리는지에 대한 보기들입니다. 그리고 바로 빈의 법정들은 여기에서 마침 심의되고 있는 판례에서 적절한 것을 배울 기회를 가졌을 것입니다. 그러니까 우리가 자기 아들이 자연사로 죽었다는 오트의 진술을 믿고자 할 경우에는 정황이 이렇다는 겁니다. 아버지 외에는 단지 수술을 실행했던 칼만이 이런 점에 대해 뭐라고 진술할 수가 있을 겁니다. 하지만 사람들은 이 도구를 제시할 기회를 놓쳤습니다. 반면에 모형으로 만든 아이의 두개골과 흥미로운 공포를 주는 문제의 오트의 집 부엌 아궁이를 청중에게 제출했습니다.

하지만 수술의 결과로 아이의 상태가 점점 악화된 그날 밤의 그의 의식 상태를 상상해보면, 오트가 설령 자기 아이를 죽였을 경우라도 그의 혐의가 부분적으로 벗겨질 정황도 나타납니다. 거기에서 두 번째 수술을 시도하거나 흥분되고 떨리는 손으로 먼첫번보다도 더 깊이 무의미할 정도로 깊이 절제한다는 추측이 떠오르지는 않는지요? 그것을 누가 결정하려고 하겠습니까?

누가 이렇게 비정상적인 관계에서 이런 남자의 신경질적이고 병약한 성질을 특별히 참작하려고 하겠습니까? 지난 며칠 밤 어린 시절에 일어난 사건이 희미하게 기억났습니다. 제가 불분명한 윤곽으로 표현할 수 있을 뿐이지만, 그래도 그것이 문제가 되었던 화제거리의 흥분이 느껴지는 그런 사건입니다. 신경이 예민한 아이들에게서는, 강한 동정심에서 병이 난 새나 상처 입은 고양이를 손에 들고 그리고 자신의 무력함에 사로잡혀 그들이 아는 한도 내에서 그 병이 난 유기체를 수술한다는 일이 일어날 수 있습니다. 결과는 기대 밖의 것일 수가 있습니다. 때때로 좋은 의도에 상반되는 결과. 무엇인가 추한 일이 일어났습니다, 어쩌면 그 동물의 내장이 튀어나왔을지도 모릅니다. 그리고 어린아이의 공상적이고 도움을 주려는 준비가 되어 있는 감정은 예기치 않게 현실과, 한 번도 본 적이 없는 구토와 혐오감을 일으키는 현실과 마주칩니다. 그렇게 하고 나서는 아마도 아이들은 그 동물을 던져버리고 경악으로 떨면서 그들이 보았던 것을 보지 못했던, 아무 짐작도 하지 못할 누군가에게로 도망갈 수 있을 것입니다. 하지만 갈기갈기 찢겨진 동물을 분노와 실망과 증오와 혐오감(그 동물의 고통에 대한 고통이 아닙니다!)으로 그가 죽을 때까지 벽에다 내려치는 아이들도 역시 있습니다. 저는 이런 회상들에 대해 어떤 평도 하지는 않겠습니다. 저의 감정에 대해서는 아주 분명하게 정돈되었으나 그것을 전달하려고 시도한 말에는 밀접하게 나타나지 않는 회상들에 대해서는 말입니다.

그의 사랑스런 딸 폴디의 약한 목소리도 오트와는 상반됐습니다. 그녀는 수술할 때 곁에 있었고 그리고 아버지가 "어린 페피에게서 살점을 한 조각 도려냈을" 때 그것이 얼마나 끔찍했던지 당연히 잊을 수 없었습니다. 그녀는 그 후로는 아버지를 식인종의 얼굴로 보고 있습니다. 그리고 이웃들은 같은 견해로 그녀를 거들고 있습니다. 마찬가지로 오트와 유치장에서 함께 지냈던 사람들의 진술도 평가에서 의심스럽습니다. 그가 체포된 뒤에 했던 말들은, 자칭 아는 척, 재판과 법에 우세한 척 시도한 허풍으로 표현되었는데, 그가 읽어서 배운 교양에 알맞게 이는 당연히 굉장히 격앙된 특질을 지니고 있습니다.

공판 과정은, 앞의 보고서는 이에 따른 것인데, 얼떨떨한 인상을 줍니다. 청중의 분위기를 들뜨게 하려고 많은 일이 일어났고 재판장은 다음과 같은 논평으로 심의가 이런 부담 없는 성격을 유지하도록 시도하고 있습니다. "……마침 신경질환을 앓는 자에게 시체를 조각내는 일은 전혀 적절한 일이 아닌데……" 이미 말했듯이, 사람들은 이 말이 사형 판결에 관한 것이라는 점을 알아차리지 못합니다. 검사의 논고는 서둘러 요구에 부응하는 진지함을, 심문과정과 독특한 모순 속에 있는 권위와 엄중함을 비로소 자랑했습니다. 이 논고는 그냥 작성된 것이고 완전히 다른 재판의 결말에도 역시 잘 어울릴 수 있었을 것입니다. 이 논고는 배심원들에게 언제든지 영향을 주었을 것입니다. 이 논고는 이번에는 변호사에게도 영향을 미쳤습니다. 이 논고는 가벼움과 비약을 지니고 있습니다. 이 논고는 깊이는 없지만 우아합니다. 이는 철저하게 빈Wien입니다. 이 논고는 이집트와 "가장 잔혹했던 고대"를 언급할 기회를 놓치지 않습니다. 이 논고는 "죽음의 대왕"에서 "보복의 비극"에 이르기까지 지난 20년 간 전해오는 모든 미사여구를 담고 있습니다. 이 논고는 고상한 취향의 변형 속에 카인에 반대하는 하느님 아버지의 말씀을 인용합니다. "너희들 아이가 어디에 있지?" 이 논고는 피고인 앞에서 위대한 척 내세우면서 그에게 수사학적인 질문을 갖고 고함을 칩니다. "이 신경질적인 친구야! 네 손이 네 자식을 조각조각 잘라낼 때 떨지도 않았는가……" 검사 양반은 요제프 오트가 떨리는 손으로 그 끔찍한 일을 실행하지 않았다는 것을 어디에서 아는 것일까요? 하지만 검사는 이런 특별한 사건에 대해서 좀더 자세히 알려고 조금도 애쓰지 않습니다. 그는 지금 막 일련의 범죄 행위를, 《아이를 어떻게 죽이는가》라는 통속소설 스타일에 아주 잘 어울리는 공동의 이름으로, 요약 정리하는 것을 배웠습니다. 그 검사 양반은 수많은 소송의 과정을 단순화한 이런 천재적인 요약 정리에 대해 가장 행복한 기분 속에 파묻혀 있습니다. 그는 세련되고 빛나는 방식으로 자신의 발견을 칭찬합니다. 그는 "우연의 일치"와 같은 상투어를 만들고 그리고 겸손한 방식으로 자신의 경험과 우월감을 들여다보게끔 합니다. 그는 자신을 정당함의 특별히 진보적인 대변자라고 느낍니다. 그 자신은 정당함에게 전혀 말할 기회도 주지 않으면서 말입니다. 그는 범죄의 범주를 만드는 게, 통합과 정돈이, 중요한 것이 아니라는 것조차 한 번도 알아차리지 못합니다. 이와는 반대로 그런 범주의 피치 못한 존재가 하나의 위험이라는 것도 알아차리지 못합니다. 왜냐하면 모든 범죄는 모는 예술작품저럼 개별적인 경우이고, 자기만의 뿌리와 자기만의 성장과 이해할 수 없는 행위의 낯선 싹에 비를 내리는, 그리고 비쳐주는 자기만의 하늘을 자신 위에 갖고 있기 때문입니다. 그는 요약하고 만족합니다. 사람들은 그가 잠도 자고 식욕도 있다고 느낍니다. 그는 저 결함 없이 기능이 작동하는 기계의 가장 중요한 부분이라는 것으로도 전혀 만족하지를 않습니다, 정돈된 특권으로 나타나야 하는 기계로서. 당치도 않습니다. 그는 살아 있습니다. 그는 마치 죽은 어린 페피의 형이 덜 고상한 지역에서 행동하듯이 행동했습니다. 그는 "살해된 아이의 재에서 복수가 나올 것이오!"라고 외치고 스스로를 이 복수의 지지자이며 대변자로 느끼고 있습니다. 국가의 녹을 받는 복수자로 말입니다. 그는 배심원들에게 한 가지가 꼭 필요한 순간에 열정을 찬미하며 자신의 논고를 끝맺습니다. 즉 그가 바로 그들 눈앞에서 구체적인 모든 것을 잃어버렸기 때문에 그들이 더 이상 파악하지 못하는 개별적인 경우에 대한 가능한 한 냉정한 판결, 어떻게 아이를 죽이는가라는 고상한 제목을 붙여서 다른 판결들 곁에 배치하면서 말입니다.

변호사의 변론이 이런 빛나는 성과를 올린 뒤에 당연히 어떤 영향도 결코 더 이상 주지 못하는 것은 당연합니다. 둘 다 검사의 영향 아래 있습니다. 오트의 변호사는 수줍어하면서 '복수'란 멸망시키고 파괴하고 살인하지만 그러나 심판하지는 못한다고 표현했습니다. 그 밖에는 그도 역시 사건에서 멀리 벗어난 이야기를 했습니다. 그리고 카롤리네 오트의 변호인은 '방랑하면서'라는 예쁜 문체를 사용했고, 롤세소스트리[118]의 피라미드와 샤를로트 코르데[119]와 어머니 비너스[120]를 일반론으로 떠들어댔습니다.

그리고 전체적 인상은 아이들이 '교수형' 놀이를 하다가 끝에는 실제로 하나가 올가미에 걸려 묵중하게 움직이지 않는다는 것입니다. 그리고 그때 비로소 사람들은 그들이 그냥 가버리지 않고 품위 있게 인사하고 심각하게 서로를 존경하며 인정하면서 흩어져 간다는 점에서. 어른들이 장난을 했다는 것을 알아차립니다.

존경하는 하르덴 씨, 제가 오랫동안 헤어날 수 없었던 고통스러운 인상이 이 글을 쓰게끔 그리고 당신에게 보내도록 동기를 부여했습니다. 당신은 어쨌거나 당신이 대변하려고 하는 일을 위해서 당신이 어떤 미경험자와 일반인의 목소리를 필요로 할 수 있는지의 여부를 판단하게 될 것입니다. 제가 이 편지에 대해서 주저하며 겸손하게 생각한다는 것을 믿어주십시오. 그럼에도 불구하고 저는 이 편지가 공개되는 것을 보고 싶습니다. 이것은 '미래'의 경험 많고 전문 지식이 있는 동료 중의 하나가 이번 사건을 다루고, 변호인으로 또는 원고로, 빈에서의 사형 언도에 대한 입장을 밝히는 동기가 될 수 있습니다. 저는 둘 중 어느 경우도 아닙니다.

특별한 경의를 표하며, 경애하는

라이너 마리아 릴케.

1901
러시아의 예술[120]

러시아의 예술이란 분야에서는 미리 그 나라 자체에 대해 무엇인가를 말하지 않고서, 어떤 사건에 대해 보고한다는 것은 가능한 일이 아니다. 유럽이, 거기서 받아들인 상당수의 예술, 정치적 화제거리에 대한 무의식적인 감사함에서, 이제 막 러시아에게 그들의 호의적인 관심을 보여주고 있는 데 익숙한 이런 시대에 그것은 기이하게 여겨진다. 하지만 바로 서유럽에서 원시적인 삶의 이국적인 계시를 화제거리로 여기는 상황은 차르의 제국과 그 밖의 유럽 사이의 모든 교류가 일련의 오해에서 기인하고 있음을 증명해준다. 그 오해를 해명함과 동시에 사람들이 서로에게 철저히 낯설게 남아 있다는 인식이 논의되어야 한다. 왜냐하면 서구 문명의 어떤 국가가 러시아 사람들에게 인간적으로, 또 관심과 이해 속에 가깝게 서 있으리라는 것은, 로마 사람들이 숨막히는 원형 경기장에서 호랑이와 싸우는 저 타민족의 순교자의 내적 삶에 대해 어떤 예감을 가졌을 거라고 주장하는 것과 마찬가지 의미를 갖기 때문이다.

동쪽의 그 광활한 나라, 그에 의해 신이 아직 지구와 묶여 있었던 유일한 나라는 여전히 자신의 순교자 시대를 맞고 있다. 왜냐하면 그에게는 이웃 문화들의 허둥지둥 서두르는 발전들 옆에서 좀더 넓게 호흡할 여유가 남아 있기 때문이다. 그리고 천천히 되풀이해서 지연되는 박동 속에서 러시아의 발전은 일어난 것이다. 서구 유럽은, 르네상스, 종교개혁, 혁명과 왕들의 제국 속에서, 마치 유일한 순간에서처럼, 자신의 아름다움의 빠른 로켓이 과도기의 여명으로 발사됐던 것처럼 발전했다. 그리고 러시아는 자기 옆에서 아직도, 루리크의 제국에서, 신의 첫째 날을, 천지 창조의 날을, 첫째 날을 보내는 동안에 수백 년을 흘려 보냈다.

　엄청난 낭비는 우리 서구적 삶의 의미다. 반면에 만약 다른 사람들이, 늘어가는 소비 속에 가난해진 민족들이 굶주린 마음으로 그들의 고향을 떠나면, 바로 거기에 언젠가는 곡창이 있어야 할 것처럼, 평지의 이웃 나라에서는 아직 시작하지도 않은 어떤 시작을 위해 온 힘을 아끼고 있는 것처럼 보인다. 그리고 만약 러시아가 자신이 확보한 복지 사업 때문에 가장 지혜롭게 미래를 확신하는 그런 나라로 보인다면, 또 다른 한편으로는 장래에 다가오는 사건의 불투명한 기대 속에 자신을 잃지 않기 위해서는 과거의 낭떠러지에서조차 충분히 멀리 떨어져 있는 것은 아니라는 것이다. 사람들은 70년대에 들어서서야 비로소 전율하며 노래하는 백발 노인의 수염에서 그들의 가장 오래된 전설을 풀어줬다. 그리고 이것으로 비로소 러시아의 고대 시대가 막을 내린 것이다. 마침내 그의 호메로스는 죽었다. 그의 옛 노래의, 소위 빌리넨[122]에서는, 소박한 정의감으로 모든 영웅의 이름이 불려졌다. 전설 같은 인물 일리야 폰 무롬과 가짜 디미트리 그리고 표트르[123]와 쿠투소프[124], 군인들의 아버지. 이런 러시아는 예술가의 어린 시절과 같은 것이다. 즉 러시아 역사의 광활한 평면을 채우는 공상적인 형상들은 미래의 인간에 대한 대담한 설계도처럼 안개에 싸여 공존한다는 말이다.

만약 사람들이 발전하려고 하는 인간들에 대해 말하는 것처럼 민족에 대해 말한다 해도 이렇게 말할 수 있을 것이다. 이런 민족은 군인이, 다른 민족은 상인이, 세 번째 민족은 학자가 되려고 한다. 그런데 러시아 민족은 예술가가 되고자 한다고.[125] 바로 그래서, 러시아에서 창작하는 사람들 중 최고 수준의 사람들은 그들의 교육자로 소명을 받은 것처럼 느낀다는 것이다. 그리고 실제로 러시아는 오로지 자기네 예술가들에 의해서만 문화를 받아들일 것이다. 단 이들이 고향과의 맥락을 유지하고 자신들의 작품을 의도적으로 훈계하려는 어떤 악보로 왜곡시키거나 축소화하지 않는다고 전제할 경우에. 왜냐하면 이것은 러시아 예술가들을 위협하는 두 가지 위험이기 때문이다. 하나는 그 자신의 민중들을 소외시키는 이국적 아름다움의 매혹적으로 빛나는 영향력이고, 다른 하나는 그가 자신의 민중에 속하면, 그들에게 자신의 예술로 도움을 주려는 간절한 소원이다.

여기에서 우리는 지오토 이전 시대의 민족을 다루고 있다. 그들에게는 모든 경험이 종교적인 성질을 가지며 그 암흑에 덮인 비잔틴의 그림에서 아름다움을, 아토스의 그리스 수도승들이 장인의 솜씨로 복사한, 이들이 결코 소유하지 못했던 아름다움을 인식하게 할 정도로 그렇게 강렬한 것이다. 어떤 예술작품이든지 감지하는 자에게 최고 의미로 간주되는 것은 그것이 오직 하나의 가능성일 뿐이라는 것이다. 그 안에서 관조하는 사람이 예술가가 창조한 것을 다시금 만들어내야 하는 공간은 그 그림 앞에서 기도하는 그 사람들의 경건함에 의해 이 그림의 범주 안에서 채워진다. 민중은 공허한 초상화 속의 수많은 마돈나 상을 들여다본다. 그리고 그의 창조적인 동경은 끊임없이 온화한 얼굴들로 텅 빈 타원형에 생기를 불어넣는다. 여기에서 예술가는 시작해야 한다. 그가 익숙한 형태에 손을 대지 않고 금으로 된 외피 안에서 민중의 미래상을 완성하면서, 그리고 이 새로운 그림의 내용까지도 넘어서서 꿈을 꾸는 기회를 주면서, 그는 아름다움에서 아름다움으로 고양됨과 함께 민중 전체를 자기 영혼의 완숙한 현실로 함께 승화시키는 것을 희망할 수 있다.

르네상스는 숨가쁘게 발전의 정상에 도착했고 그들 목적지의 가파른 고독 속에서, 마치 오직 한 천사만이 민중에게로 다시 돌아가게 인도할 수 있는 마틴의 벽에 있는 황제처럼, 산을 잘못 올라 길을 잃었다. 르네상스에는 그런 천사가 나타나지 않았다. 반쯤은 절망적이고 반쯤은 오만한 힘이 삶의 경계선으로 솟아오르는 저 엄청난 작품의 동시대인이 되어야 할, 한 혈통에 시대는 애써서 고정시켰다. 어쩌면 이웃의 제국에서는 이런 발전이 이탈리아가 오늘도 여전히 진동하는 저 밀려오는 꿈의 성취보다 좀더 천천히 실현될 지도 모른다. 러시아는 정말 완전히 인내하는 기다림 속에 자신의 추수를 주저하는 것을 보는 현실의 땅이다. 하지만 동시에 그 창고는 어떤 갑작스런 축복에라도 늘 열려 있는 땅이다.

다른 곳에서는 정해진 예술적 관념이 점점 더 성숙해가는 형태로 승화되면서 형상화되는 것을 시도하는 동안, 여기에서는 사고의 춤이 지속적인 형태를 통과한다. 이것이 민중에게는 자신의 경험 전체의 내용으로 채우는 기도의 표정이고 예술가에게는 오래된 성자상, 즉 이콘화[126]다. 이콘화의 양식은 원래 16세기에 꽃피운 안드레아스 루브레프파로 거슬러올라간다. 언젠가 수백 년간 표정과 초상이라는 이 두 가지 형식이 공허하고, 무의미하고 아니면 잘못된 내용으로 고통스럽게 반복되는 일이 일어날 수 있다. 하지만 그들은 극도로 지나친 정교함으로 계속 이어질 것이고, 다시금 명상하는 사람이나 예술가가 진실한 가치에 차서 나타날 것이다. 그렇게 그는 자신의 부를 위해서 항상 모든 것을, 여분까지도, 담아내기에 충분히 위대한 이 아름답고 소박한 껍질을 이미 찾을 것이다. 러시아의 성격의 독특한 폭은 항상 존재해왔던 형식의 이런 조용한 의식과 연관되어 있다. 즉 삶의 모든 내용에 대한 근심과 걱정이 없는 헌신, 가장 낯선 것에게도, 반대편에서 반대편으로 뻗어가는, 그리고 모든 힘과 견해를 파악하는, 그리고 무엇인가 배경에 있는 것, 우리에게 하늘을 덮어버리는 저 운명 뒤조차도 깊이를 지니는, 고독한 인간의 이렇게 형성되어가는 세계관.

16세기에 모스크바에 왔던 이탈리아 사람 아리스토텔레스 피오라벤티는 러시아의 옛 전통의 건축물에서 시작되고 발전했다는 것을 발견한 양식으로 크렘린의 교회를 건축했다.[127] 그리고 나중에도 외국의 예술가들, 특히 이탈리아 사람들은 그들 자신의 지식을 비잔틴 양식을 정말 정교한 방식으로 이상하리 만치 옮겨놓은 그 러시아 형식에 순종하며 따랐다. 이와는 반대로 러시아 화가들은 일찍부터 기법만이 아니라 외국의 정서까지도 상당히 뛰어난 기교로 습득했다. 그리고 그들은 선입견을 갖지 않고 러시아적 요소를 경멸하고 로마와 고대 그리스의 모티브들을 통해서 그들의 좀더 훌륭한 교육을 증명하게 된 것이다. 그 사이에, 섬세한 감각의 수집가가 러시아 그림을 시작부터 오늘까지 처음으로 모아놓은, 모스크바에 있는 트레타야코프 화랑을 자세히 들여다보면, 사람들은 외국의 기교적인 완성이 이미 오래 전에 다시 러시아의 사고에 종속되어 있다는 인상을 받는다. 정말로 최근 화가들 가운데에는 이미 러시아식 방법으로 작업을 하고 저 물려받은 형식들을 가장 개인적으로 성취하는 가운데 자신의 결정적인 개성을 표현하는 그런 이들도 발견된다는 인상을 받는다.

이 후자 가운데에는 지방 성직자의 아들로, 1848년에 태어난 빅토르 미하일로비치 바스네초프가 있는데 그의 작품 활동은 모든 영역을 포괄한다. 아직 소년일 때 이미 그는 눈에 띄게 확실한 특성을 가진 구걸하는 수도승, 농부와 소시민들을 그렸고, 나중에는 개별적 유형의 이런 지식을 민속 이야기책들의 삽화에 응용했다. 그 민속 이야기책들의 전설 내용 역시 그의 판타지가 깨워주었다. 그리고 그의 상상력의 형상들이 그의 연필 속에서 고향 마을에서 스케치했던 인물들과 마찬가지의 현실을 얻어냈다는 것을 증명하고 있다. 여기에서 이미 그의 개성의 기본적인 특성이 확인된다. 그것은 자기의 상상력의 대상에 관련된 것과 마찬가지로 자연에 있는 사물과 관련된 진지하고 철저한 사실주의다. 이렇게 해서 그는 고향의 전설과 이야기의 형상들을, 마치 그들이 자기 마을에서 그리고 자기 가슴에서 먼저 일어나기라도 했던 것처럼, 그렇게 러시아의 풍경과 연결시켜 묘사하고 성서 이야기의 진행도 역시 자기 나라와 결부시키는 데 특별히 적합하게 된다. 페테르부르크 시절에 그는 자신의 혐오감과 형성되어가는 개성을 올바로 인식한 P. P. 치스타야코프 교수의 영향을 받아 미술 아카데미의 일원화시키는 고전주의적 의향의 기회를 놓쳤다. 그리고 마돈나를, 영웅을 그렸는데, 이것은 그의 가장 위대한 작품 두 개의 직접적인 전조로 간주될 수 있는 스케치들이다. 그러고 나서 그는 당시 러시아의 예술가 (그 중에는 유명한 일리야 레제핀도 있었는데) 그룹이 있는 파리로 여행을 한다. 하지만 곧 세계적 대도시의 소란스러운 소동에서 농부들과 마을에서 멋지게 이해하며 지내는 뮈동[128]으로 이주한다. 고향으로 돌아온 그는 러시아 예술가들과 언론으로부터 상당히 의아함을 불러일으킨 훌륭한 그림 〈전투 후에〉를 그린다. 광활한 전사자들의 들판, 팔을 벌리고 쓰러진 귀족들의 무기와 철모 위의 피와 석양. 고집과 분노 속에 죽은 자들 한가운데에, 죽음의 덩굴에 붙어 있는 유일한 창백한 꽃과 같은 핏기 없는 금발의 왕자. 지평선으로부터 멀리, 멀리에 있는 주먹과 하늘 앞의 화살의 날씬한 어깨 부위 그리고 무겁게 흔들리는 공중에서 고함지르며 싸우는 듯한 두 마리의 커다란 검은색 맹금. 이반, 그 공포의 인물도 이 시기에 생겼다. 공포를 일으키는 그의 지휘봉에 의지해서, 그 황제는 좁은 나선형 계단을 내려간다. 그리고 곧장 그의 형상은 어둡고 비뚤어져 그 좁은 계단 창문을 가린다. 그 틀 안으로 하얀 황금색의 모스크바가 몰려온다.

이런 작업의 평화는 새로 설립된 모스크바(1875) 역사박물관의 둥근 방을 석기시대의 형상으로 장식하는 과제에 의해 중단되었다. 격정과 강렬함으로 네 개의 그림이 온통 마치 4연시처럼 이 프리즈에 나란히 세워져 있다. 그리고 서로 재보지 않는 강렬함, 그럼에도 불구하고 물결치는 힘의 균형은 군중의 커다란 이동을 완화시킨다. 이 사람들은 처음 세워진 싸움에 속한다. 그리고 바로 공기조차도 이런 싸우는 가슴들의 호흡에 마치 익숙하기라도 한 것처럼 보인다. 그렇게 모든 것은 인간에게 새롭다. 그리고 의심스러워

주저하는 가운데 자연은 그에게 또는 무겁게 씩씩거리는 괴물에게 복종해야 할지를 기다리는 것처럼 보인다. 이런 형상은 도처에 어떤 공격 앞에 서 있다. 그리고 그들은 지쳐서 오두막을 건설할 뿐이다. 그 모든 것은 프레스코 벽화가 그 안에서 이야기하는 열정 없이도 무척 생생하다. 그 소재, 되풀이해서 그룹으로 뭉쳐 있고 단지 무겁기만 하고, 마치 엉겨서 앞으로 밀려가듯이 분위기를 도와주는 그 상황조차. 마치 이런 프리즈 자체가 기교에서 새로운 경험의 시도로 나타나는 것처럼, 색깔은 표현을 무척 자제하고 있다. 그리고 이런 신적인 것 이전의 소재에서, 그때 거기서 또 질문하면서 시도되는 것, 그것은 곧 교회의 위대한 과제에서 승리하면서 관철되었어야 했을 것이다.

바스네초프는 마몬토프의 소유지에서 폴레이노프, 안드레이 마몬토프 등 다른 사람들과 협동으로 교회를 건축하고 그림을 그리고 설비를 한 뒤에, 위대하고 결정적인 위임을 새롭게 받기 전에도, 즉 키예프에 있는 성 블라디미르의 새로운 대성당의 그림을 다 그려야 했는데, 그의 빛나는 장식은 아스트로프스키의 〈백설공주〉[129] 3막에 나타난다. 빅토르 바스네초프는 이탈리아 여행을 통해 이런 작업을 스스로 준비할 것을 결정했다. 하지만 그는 겨우 한 달 동안 여행 중이었고, 라베나의 산 비탈레, 마르쿠스 성당과 로마에 있는 산 클레멘트만이 그에게 몇 가지 자극을 주었을 뿐이다. 자신의 고독한 감각들을 주저하면서 움직인 이국의 아름다움이 그의 설계도에 영향을 미치기 전에, 이미 그의 내면세계의 목소리는 너무 컸다. 그는 서둘러 러시아로 돌아왔다. 그리고 1885년에 러시아의 신의 생동감에 대한, 그리고 삶에서 흘러나오는 그 깊이 있는 대가의 경건함에 대한 빛나는 증거가 되었던 그 중요한 작품을 시작했다. 그는 10년 동안, 아이를 안은 위대한 마돈나(1871년의 스케치로 거슬러 올라가는 그 마돈나 상) 외에 많은 벽화, 성화 벽과 헤아릴 수 없는 오나멘트 장식의 모티프들을 발견하면서 이 작업에 몰두했다. 그에게는 통일된 모범이 없다. 성상학에 의해 주어진 형식을 순종적으로 수용하고, 그 범주 안에서 그리고 모든 형상 중 하나의 수식어를 가지고 유기체적으로 결부된 하늘을 건설할 것을 시도했다. 그리고 그는 무한한 양의 힘과 사랑의 많은 화관을 자신의 그림 속에 수집하는 데 성공했다. 12.5(71.1cm)의 높이와 성당의 반원형 벽감을 채우면서 신의 어머니가 단순한 축제 분위기로, 암청색의 웃옷을 걸치고 잔잔하게 흔들리며 제단에 오른다. 하지만 그녀는 그 관조하는 아이를 가슴에 품고 있다. 그리고 꽃봉오리가 피어나듯 모든 것을 받아들이는 그의 두 팔이 열린다. 비슷한 방식으로, 모두가 정의로운 경건함으로 그들의 삶에서 러시아 하늘의 황금빛 암흑으로 솟아오르는 많은 다른 형상에서 보이는 겸손과 헌신, 안정과 감동의 품위 있는 균형이 놀랍게 한다. 순교자 형제 보리스와 글레예프, 러시아의 첫번째 여자 기독교인인 공포의 올가Olga[130], 순교자 트베르의 성 미카엘, 자신의 자유분방한 칼을 두손 모아 길들인 굴종의 승리자 성 알렉산더 네예프스키. 그리고 동시에 필체와 미완성 벽화에서 발견된 옛날 러시아 양식의 가치로부터 새로운 요소들의 도움을 받아서, 러시아식을 따른, 표면상의 대칭이라는 구실 아래 어떤 테마도, 어떤 꽃도, 어떤 새도 전혀 반복하지 않으면서 끝없이 세부 사항의 부를 전개시키는 오나멘트식의 장식 모티브가 발명되어야만 했다. 제라핌과 케루빔의 진지한 경외심과 귀 기울이는 장중함은 여섯 개의 날개가 움직이면서 더욱 폭 넓은 표현을 찾아내는데, 천사의 얼굴이 이런 색깔 있는 정형시의 후렴을 형성한다.

그의 수많은 천사 그림에서 바스네초프는 다른 화가들이 손의 심리학을 발전시킨 것처럼 특별한 섬세함으로 날개의 심리학을 발전시켰다. 죽은 예수에 대한 가장 어두운 슬픔에서 그의 부활의 선포가 하늘 위로 뻗어가는 영국식 축복에 이르기까지, 그들은 곧 슬퍼하다가는 또 곧장 격렬하게 감동하다가, 저녁 하늘 구름처럼 부드럽고 유연하게 그러고 나서 다시 끔찍한 경악으로 경직되는 이 모든 것을 표현할 능력이 있다.

키예프의 성 블라디미르의 대성당에서의 대작업은 그 예술가를, 일정한 소유물의 의식을 부여하면서, 성숙시켰다. 하지만 동시에 이제 모스크바에 있는 자신의 화실의 고독 속에서 심화시킬 많은 새로운 문제를 던져주었다. 그는 그 후 두 개의 커다란 그림들을 더 완성시켰다. 시린과 알키노스트, 고통의 새와 기쁨의 새, 캄캄한 나뭇가지 사이에 나란히 살고 있는, 화관을 쓴 여인의 아름다운 얼굴을 가진 전설의 새들. 이웃 새의 얼굴은 떠도는 웃음을 허공에 내던지고 있는 반면에, 한 마리의 새의 노래는 아래로 숙인 얼굴에서 시작해서는 온몸으로 쏟아지는 탄식을 일깨워주는 이상하게 흐느적거리는 울음소리다. 이 기막힌 존재가 사는 그 방식은 뵈클린식이다. 그렇지만 그들을 살아 생동하게 만드는 것은 러시아의 정신이다.

그리고 그 다른 커다란 그림은 빌리너의 가장 유명한 영웅들 세 명을 그린 것이다. 일리야 폰 무롬, 다브리니야 니키티취와 사랑에 빠진 대귀족의 아들 알료샤는 러시아 땅으로 말을 타고 나간다. 단순하고 굵은 붓은 아주 늙은, 남성적인 그리고 소년 같은 남자를, 그 세 남자들을 그들의 튼튼한 러시아 말들 위에 이탈리아의 굴종적 성화의 인물들 같은 노벨레적 요소 없이 나란히 세워놓았다. 그들은 낯선 것에 대한, 어쩌면 적대적인 것, 관조하는 사람의 방향에서 물결치는 들판에 의해 더욱 가깝게 보이는 그들의 자세로 특징지어진다. 나이 많은 일리야는 자신의 명성을 휘날리는 칼을 더욱 단단히 쥐고 있고 그 힘센 사람, 다브리니야는 활 아래로 위험의 손을 향해 날카롭게 감시하고 있으며, 알료샤는 늘어진 활 위로 여전히 어떤 소녀의 까만 눈동자 가득히 동화의 세계로 꿈을 꾸고 있다
…….

나는 그 마지막 그림을 트리티코프 화랑의 마지막 홀(전적으로 빅토르 바스네초프에게 바쳐졌다)에서 보았다. 2년 전의 일이다. 그 당시, 증대하는 민족성으로 편협해지지 않은, 만약 그들이 모든 이국적인 것과 우연적인 것, 모든 비러시아적인 것을 완전히 잊어버린다면, 실제로 내게는 정말, 어쩌면 지고의 그리고 가장 보편적 인간적인 것을 표현할 수 있게 될 그런 러시아 예술의 최신 단계였던 것처럼 그것이 그렇게 보였다.

1901
에디트 네벨롱[131], 《미체 비흐만》

다시 한번 에디트 네벨롱Edith Nebelong의 책을 언급해야 한다고 생각한다. 첫째는, 뛰어나게 잘 씌어졌기 때문이며 또 우리 시대의 이 젊은 덴마크 숙녀가 최근에 《미래》에 발표한 그녀 자신의 책에 대한 우아한 광고가, 이제서야 사람들이 그 책에 대해서 양심적으로 말할 수 있게끔, 여러 가지 관계로 보아 그 작은 책을 확장시키기 때문이다. 자신의 예술이 급격하게 성공하고 있는 저자는 이 기이한 자아 비판에서 자신의 소설의 주인공, 미체 비흐만과 관련지어 몹시 독특한 비교를 하고 있다. 미체에 대해서 그녀가 말하기를 "그녀는 목적 없이 지칠 정도로, 그녀가 다른 것을 할 수도 없었기에, 춤을 추는 팽이와 비슷하다." 이제 나는 이 젊은 처녀가 어떤 과제를 세웠는지에 주의할 것을 부탁한다. 왜냐하면 그녀가 미체 비흐만의 책을 쓰고자 했기 때문이다. 젊은 사람들 가운데 누가 감히 지친 채 춤을 추었던 팽이의 이야기를 쓰기 위해서 용기와──그건 말로 해야 한다──사랑을 충분히 갖고 있을까? 그리고 그 똑같은 젊은이들 가운데, 과연 누가 이런 이야기를 쓰면서도, 이야기를 과연 감상적이지 않고 반어적으로 쓰기 위해서 벌써 그 정도로 멀리 나가 있을까? 그리고 누가(마지막 질문인데) 네벨롱처럼 확고하고 현혹되지 않는 감정을 가지고도, 삶 자체보다도 더 아이러니일 수는 없는 이 품위 있고 쾌활한 아이러니를 적중했을까? 간단히 말해서 누가 과연 이런 책을 쓸 수 있었을까? 휴식. 네벨룽이 그 책을 썼다. 이러한 사실로 사람들은 기대해볼 수 있으리라. 사람들은 거기 북쪽에서 새로운 시인 한 명이, 사람들은 이 진지한 예술가가 아직도 더 성장하는 소리를 듣게 될 것이다. 성장하고 있다는 것을 기대할 수 있다. 진지하다고?《미체 비흐만》이란 책에서 이런 표시에 반발하는 그 무엇은 어떤 경박함이다. 하지만 단지 첫눈에 보기에만 그렇다. 좀더 자세히 들여다보면 에디트 네벨룽이 자신의 책에서 얼마나 엄격하고 냉혹하게 인간을 관찰하고 있는지를, 어떤 방식으로 그녀가 특히 그 불쌍한 미체, 그 '팽이'를 전혀 눈에서 떼어놓지 않고 있음을 알게 된다. 그리고 그럴 때의 그녀의 쾌활함은 이따금 자신의 처지가 얼마나 심각한지를 보이고 싶지 않은 기권자 앞에 앉아 있는 사람들의 쾌활함과 같은 것이다. 미체 비흐만은 처음부터 기권자이다. 그리고 작가는, 만약 기적이 일어난다면, 만약 그녀가 건강해진다면, 자기 환자와 사랑에 빠질 수도 있었을 의사처럼 그녀 곁에 있다. 하지만 어떤 기적도 일어나지 않는다. 그리고 그때 그 젊은 의사는 자기의 정열 너머로 자라고 죽지 않을 장래를, 그리고 그가 완치시키게 될 또 다른 환자를 생각하고 있다. 그리고 세계는 온통 과제로 꽉 차 있다고 느낀다.

1901
프리드리히 후흐[132], 《페터 미켈》
〈첫번째 논평〉

최근 함부르크의 알프레트 얀젠(로첸의 출판업자)이 어떤 관계로 보나 범상치 않고 기이한 책을 출간했다. 그것은 《페터 미켈》이라는 책이다. 그리고 '작은 마을의 구두 수선공'의 아들이고, 그가 수학 선생으로서 틴헨 트로이탈러와 결혼하고 빌리와 핀첸이란 두 아이를 얻고 그리고 '훈장 냄새가 나는' 어조로 자기 가족의 행복을 평할 줄 알 때까지, 그의 인생을 동반하는 페터라는 사람의 이야기를 하고 있다. 그리고 나서 작가는 마치 자신이 페터 미켈이 이제 혼자서——다시 말해서 자기의 사랑하는 가족의 도움으로——가야 할 길을 안다는 확신이라도 갖고 있듯이 그를 떠나버린다. 하지만 원래는 그런 것이 아니다. 작가는 전에도 이미 페터 미켈을 아주 조금 도왔거나 아니면 전혀 도와주지 않았다. 그리고 사람들이 헛되이 이 소설의 모범에 대해 질문했다면, 어떤 이에게는 자기 작품에서 멀찌감치 뒤로 물러나 있는 작가의 이름을 잊는 일이 일어날 수조차도 있다. 그렇기에 누군가에게는 페터 미켈이란 인물이 남는 것이고 그리고 더 이상도 가능하다. 그의 주위의 어느 개성이나 파니라는 개, 덧붙이자면 그는 숫놈인데, 섬세한 부인 오틸리에의 장미에 이르기까지 그리고 서표까지도, 거기에는 처음에 페터가……

그리고 마침내 정말 잊지 못할 기억 속에, 감정 속에, 의식 속에 페터가 있다. 마치 모든 것이 언젠가 이미 훨씬 전에, 자신의 어린 시절에, 어떤 역할을 했던 것같이, 그리고 이제 진기한 만남을 통해서 다시 그의 옛날의 커다란 중요성을, 그를 다시 잃지 않기 위해서 얻을 수 있기라도 한 것처럼. 나는 어떤 책도, 내게 그런 강렬한 인상을 전달한 단 한 번의 경험조차 기억할 수가 없다는 것을 안다. 그리고 나는 언제 한 번이라도 이 소설에서처럼 이렇게 단순하게 삶의 앞에 세워졌던 적이 있었으리라고 말할 수 없다. 그 삶의 파국에서가 아니라 삶의 폭 전체 앞에, 크고 작은 것 앞에, 신비스러운 것과 절망적인 것 앞에, 깊이와 일상적인 것 앞에, 한마디로 오고가는, 그리고 오고 가기도 하는 인간이 남긴 모든 것 앞에……

다른 어떤 경우에도, 여기에서 그렇게 희귀한 효과들이 어떤 수단으로 달성했는지를 시험해볼 유혹에 빠질 것이다. 하지만 모든 탐사기와 콤파스가 이 작품의 조화와 자명함에서 멈출 것이다.

그와 마찬가지로 개별적인 대목을 강조해서 이 책의 성격을 보여준다는 것은 불가능하다. 왜냐하면 전체에서 그것의 부분이 똑같이 중요하고, 똑같이 기이하고 깊이가 있기 때문이다. 그것은 일종의 계시다. 그리고 예기치 않게 그리고 직접적으로 우리를 덮친다. 하지만 거창한 말들을 의심하는 자는, 이 책이 지난 몇 년 간 우리가 읽었던 그 모든 책을 넘어서는 하나의 발전이라는 것을, 그리고 어쩌면 다음 몇 년 간 나타날 책들조차도 넘어설 발전이라는 것을 말하게 하려고 할 것이다.

1902
프리드리히 후흐, 《페터 미켈》
〈두 번째 논평〉

    사람들이 지난 3년 간 또는 4년 간에 출간된 소설들을 오늘날 선입견 없이 고찰해보면, 그 중에서 가장 훌륭한 것들은 다음에 나오는 어떤 작품들의 선구자이자 포고자로 나타난다. 이들 모두는 일방적이다. 또 낭만적인 것처럼 사실적이다. 그리고 사람들이 심리학적이라고 말하는 이들 모두가, 그리고 바로 이런 편파성이 이들을 흥미 있고 읽을 가치가 있게 만들어준다. 즉 이런 일방적인 것에 대한 의식적이고 대략 사상이 넘치는 과장이. 또 사람들이 이제 더 많이 안다고 믿거나 또는 더욱 위대한 시인들의 시대인 예전보다 더 많이 알게 된 특정한 새로운 면에 대한 의식적이고 대략 사상이 넘치는 과장이. 조화롭게 요약 정리된 어떤 예술작품에는 모든 것이 결여된 듯하다. 즉 힘, 시간 그리고 솔직함이. 좀더 진지한 비평가들 가운데 낙관주의자들조차도 이 책의 출간을 확정되지 않은 미래로 미뤄놓았는데, 이제 이 예술작품이 여기 우리한테 놓여 있다. 그리고 그 책이 실제로 또 내일 아침에 사라지지 않고, 누구나 자신이 한밤중에 무거운 마음으로 그리고 기이한 흥분 속에 그 책과 헤어졌던 그곳에 놓여 있을 거라는 것을 느끼고 볼 수 있다. 나는 이런 책은 이 책을 손에 든 사람들 중 누구한테서도 흔적 없이 사라질 거라고 믿지 않는다. 이 책은 누구에게나 말을 하는 것이 아닌데도 불구하고, 동시에 오직 작은 손가락만으로 그를 붙잡고 있는데도 불구하고, 누구나와 이야기를 하고 그리고 아무도 더 이상 놓아주지를 않는다. 어떤 단순한 문장 하나로, 이야기된 어떤 말로 표현할 수 없는 것으로, 단지 당연한 것만 일어나는 이 책의 모든 것이 그렇듯이 당연하게 일어나는 깜짝 놀랄 만한 어떤 일로. 우연처럼 사건들은 나란히 세워져 있고 사람들은 우연 그 자체인 것처럼 서로 헤어져서 그들 사이를 지나간다. 마치 우연이 다른 사람들로부터 헤어지게 한 것처럼, 마치 아이들이 어른들 사이에서 혼자인 것처럼, 몽상가처럼 슬프게 그리고 잠 못 이루는 사람처럼 예민해져서, 그리고 삶, 그 삶은 모래처럼 손가락 사이로 그들에게서 빠져나간다. 그리고 그들 앞에서 모래산처럼, 점점 더 높이 그리고 더 높이, 그들이 마침내 그 뒤로 사라져가버릴 때까지 자란다. 그 책은 많은 희극적인 것으로 채워졌는데, 시대에 매달려서 그리고 그 작은 것에서 자라난 것처럼 보이는 반면에, 어떤 일정한 시대의 비극보다도 더 많은 것으로 보이는 이 책의 비극은 이런 식이다. 왜냐하면 이 책에서는, 마치 삶에서 매일 모든 것에 계기가 주어지는 것처럼, 웃음을 위한 계기가 많이 있고 울음과 사고에는 많은 이유가 되기 때문이다. 그 비극은 삶에서는 우리의 태만함이나 아니면 산만함에 정말 자주 스쳐 지나가는 반면에, 우리가 그 비극을 완전히 이용해야 하도록, 이 비극은 오로지 이런 소설을 통해서만 우리에게 강제적으로 부여된다. 그 책은 《페터 미켈》이다. 그 처음 11장에서 우리는 페터의 어린 시절부터 그의 결혼까지의 이야기를 경험한다. 그 열두 번째 장과 마지막 장은 페터 자신에 대해서, 11장에 나타난 페터에 대해서, 단지 아주 약간 더 많이 알 수 있을 뿐인 시절의 페터를 보여준다. 즉 페터는 아이가 둘이고 에르네스티네 트로이탈러는 아주 얌전한 가정주부라는 것. 그의 앞에 있는 모래 산은 그가 더 이상 거기에서 눈을 떼지 못할 정도로 커졌다. 하지만 그 전에 책의 가장 큰 부분에서 우리는 이런 우연인 페터를, 행복한 시간과 불행한 시간의 원인으로, 그가 흥분시키고 가라앉히고 그리고 자신에게 다시 작용하는, 덩어리가 덩어리로 작용하는, 수천 개의 법칙과 우연성들 그리고 늙고 쪼그라들고 죽는 인간들로, 작은 부분의 세계에서 움직이는 여러 가지 변화에 대한 계기로 본다. 그리고 모든 인물은 늙고 쪼그라들고 죽는다는 사실이 공통석인 것인데도 불구하고 이 책에서는 조금도 편파적이지 않다. 반대로 사람들이 그의 방식으로 표시된 것을 짧게 확인하고자 한다면, 그렇게 사람들은, 이 책 속에는 모든 것이, 즉 파국에서 재치 있는 말까지 그리고 의도적으로 진부하고 투박하게 작용하는 넓은 희극적 요소까지, 가장 고상하고 조용한 사건에 이르기까지, 기쁨과 실망들, 소외와 조화가 이 책에 들어 있다는 것을 말하도록 결정했어야 했다. 언어는 이런 것들이 등장하는 데 무력하고 언어의 바늘은 더 이상 어떤 기울어진 각도도 가리키지 못한다. 나는 이 책에서처럼 사물과 정서와 과정을 풍부한 양으로 지니고 표현할 수 있다는 것을 결코 한 번도 가능하다고 여기지 않았다. 왜냐하면 사람들은 힘들게 표현할 수 있는 것을 문제화하기 때문이다. 이를 위해 사람들은 스케치, 노벨레, 시 한 수를 쓰기 때문이다. 그러니까 그렇게 하려고 보조물의 기구 전부를 움직이는 것이다. 하지만 여기서는 그것을 말하려는 것이 아니다. 마치 그것이 가장 손쉬운 일이기라도 한 것처럼, 이 책은 아주 조용한 과정과 맥락을, 그리고 오로지 사실만을 지닌 것처럼 보이는 짧은 문장 속에서 예감을 말하고 있다. 모든 것에 똑같은 역설이 정당하게 깃들여 있다. 왜냐하면 이 책에서는 모든 것이 중요하기 때문이다. 그리고 모든 것이 우연인 것처럼 보이는 데도 불구하고 온통 법칙으로 차 있다. 하나가 다른 하나를 균형 속에 유지하고 그의 감동하는 순간의 흥분은 전체에게, 50쪽 전부에 걸친 슬픈 대목의 애수가 달빛처럼 쏟아붓듯이 보이는 것과 마찬가지로 효과적으로 작용하는 것처럼 보인다. 거기에서 예술가에 대한, 총괄하는 사람에 대한, 정돈하는 사람에게 대한, 그리고 입법자에 대한 질문이 격렬하게 떠오른다. 내가 그에 대해서 아는 것은 아무것도 없다. 그의 이름은 프리드리히 후흐다.

1902
프리드리히 후흐, 《페터 미켈》

〈세 번째 논평〉

지난 몇 년 안에 자연주의적 소설에서 심리소설이 되어버렸다. 어떻게 그렇게 되었는지 말하기는 쉽다. 사건을 외적으로 자세히 관찰한다는 것은 곧장 어떤 한계, 더 이상 만회할 수 없을 섬에 이르게 된다. 이와는 반대로 사물을 주의 깊게 관찰하는 사람은, 곧장 현상의 배후에 있는, 즉 이들을 설명하고 변명해야 했을 맥락과 과정들을 발견할 욕구를 느끼게 된다. 하지만 거기에, 외적인 것의 모든 원인을 찾아내야 하는 이런 내적 세계의 엄청난 영역이 정말 새롭고 다양하고 그리고 묵과할 수 없었다는 사실이, 또 자연주의가 가리켰던 기본적인 방법으로 그것을 탐구하고자 했던 개체는 이런 영역의 어떤 부분에도 만족하지 못했어야 했고 이것을 전공 학문처럼 정복해야 했다는 사실이 곧 드러난다.

그러한 노력에서 생겨난 심리소설은 이에 알맞게 항상 대체로 경험 있는 전문가의 작업으로 증명된다. 그는 편파적이다. 그리고 그는 바로 자신의 독특한 편파성으로 놀랍게 그리고 탁월하게 작용하는 경우가 적지 않다, 경우에 따라서는 전문가가 아닌 독자에게 안과의사의 폭로가 탁월하게 작용할 수 있는 것과 마찬가지로. 그 동안에 이런 묘사 방식으로 씌어진 혼란 상태는 커졌다. 그리고 이런 심리학적 기질의 소설이 어떤 사람에게 온갖 피해를 끼치자,

또 다른 사람들은 곧 지루하다고 그를 외면했다. 영혼은, 사람들이 여러 가지 방면에서 공격하고 연구할 수 있었던 어떤 '전문 분야'가 아니라는 것을 보여준다. 그리고 자연주의에서 그렇게 정말 많이 유용했던 그 방향 전체가 바로 더 이상 외적인 것이 아니라 내적 영혼의 과정에 적용되었던 이런 자연주의적 직관 방식 외에 아무것도 아니라는 것이다.

이런 상태에서는, 좀 덜 의식적이고 덜 분석적으로, 영혼과 외부 세계를 *구분하지 않고* 다시 보았던, 그리고 이것이나 저것인 것을 분리시키고자 하는 것과는 거리가 먼 채 자신의 과제를 서로 보충하는 삶의 이 두 가지 요소들을 바로 그들의 지속적 얶음 속에서 가능한 한 양심적으로 그리고 단순하게 묘사하는 데서 찾았던 한 시인만이 종결지을 수가 있다.

많은 사람이 기다렸던 이런 시인이 나타났다. 그의 이름이 프리드리히 후흐다. 그리고 그가 내가 인사하려는 그 사람이라는 것을 확인시키는 책을 그는 《페터 미켈》이라 불렀다. 그 책은 최근에 함부르크(그 시인이 살고 있는 곳)의 알프레트 얀젠 출판사에서 출간되었다. 나는 이미 그것을 여러 군데에 통보했지만 자꾸 다시 하고 싶다. 왜냐하면 사람들은 지난 몇 년 간에 씌어진 모든 것을 뛰어넘는 발전을 의미하는 이 책에 대해 조금도 그렇게 충분히 자주 그리고 긴박하게 말하고 있지 않기 때문이다. 나는 이런 발전이 어디에 있는지를 이미 앞에서 암시하려고 했다.

우리들이 읽었던 분석과 생체 해부로 가득한 수천 권의 책들 뒤에 마침내 여기 삶의 정점에서뿐만 아니라, 삶을 통째로 보는 한 작품이 나타났다. 삶의 솔직함과 일상에도 이런 조화가 있고, 전체 삶이 있다. 그리고 그것은 이것을 어떻게 해서든지 풍부하고 중요하고 감동적이 되도록 한다. 여기에서는 어떤 거대한 소재에 사건들이 분류되어 있는 것도 아니며, 하나가 다른 것을 떼어내주고, 이것과 저것이 함께 만나는 것이 거의 우연하게 보인다. 하지만 이런 우연은 어디에서도 표현되지 않는 법칙일 뿐이다. 왜냐하면 시인은 사람들이 그것에 동시에 부당한 대우를 하지 않는 한 그것을 말로 표현할 수 없다고 느끼기 때문이다. 거기에는 작가의 어떤 우월감도 느껴지지 않는다. 그는 자신이 보는 것을 묘사하는 동시에 날짜와 더불어 자기 직관의 비상하게 확실한 방식, 그리고 보이는 것을 잊지 못하게 단순하게 말하는 기이한 재능을 통해, 스스로 들어오는 것 외에는 아무것도 자신에게서 첨부하지 않고 사건들을 나란히 늘어놓는, 오히려 양심적인 기록자로 보여준다.

소재에 대해서 무엇인가 좀더 자세하게 다루는 것은 이제 쓸데없는 일이다. 나는 그렇게 하지 말아야 한다. 왜냐하면 이런 소재는 그 자체로는 흥미 있는 것도 아니고 중요하지도 않다. 그것은 사람들이 이름으로 표시할 수 있을 만큼의 어떤 파국이나 어떤 긴장된 얽힘도 치명적인 갈등도 갖고 있지 않다. 그의 비극은 모든 대목에서 똑같이 강렬하게 보인다. 그것은 그를 살아 움직이게 하는 피처럼 그녀에게서 닥쳐온다. 사람들은 어느 곳에서도 그것을 잡을 수가 없고 그리고 또 어디에서나 표면 아래 가까이 있고 그때 그곳을 뚫고 비친다. 그리고 묘사 역시 그렇다. 사람들은 그 비극에 대해 그가 오직 정점만을 갖고 있기 때문에 어떤 정점도 갖고 있지 않다고 말을 할 수 있을 것이다.

1902
〈'보헤미아'의 기념일에〉[133]

거대한 겨울 폭풍이 그에게 소문을 가져올 때까지, 자신의 외딴 마을에서 오랫동안 기다려야 했던(그리고 아마 기다리는 것을 잊어버렸기도 한) 고독한 한 사람이, 나중에야 당신네 신문의 아름다운 축제를 들었기 때문에, 그가 신문이 만들어지는 과정에 이미 처음 시작된 날부터 애정을 갖고 동반했고 그리고 그에게 많은 격려를 주었던 〈보헤미아〉에게 올바르고 감사하는 축하객이라는 것을 숨길 수야 없겠지요. 그는 만약 당신의 축제를 둘러싼 갈채와 기쁨의 수많은 목소리 가운데 자신의 겸손한 목소리가 완전히 빠졌어야 했다면 몹시 씁쓸하게 느꼈을 사람이니까요. 그가 결코 잊지 못하는 고향은 그에게는, 〈보헤미아〉에 합쳐져 있습니다. 얼마나 많은 길과 바람이 그와 〈보헤미아〉의 믿음직한 오래된 탑들 사이를 오가더라도!

1902
풍경에 대해서[134]

    사람들은 고대의 그림에 대해서 그다지 많이 알고 있지 않다. 하지만 그들이 인간을 보았듯이 훗날의 화가들이 풍경을 보았다고 감히 가정할 수는 없다. 꽃병의 그림에 그려진 위대한 제도 기술의 잊지 못할 기억들에서 환경(집이나 거리)만이, 그것도 축약되어서 이름으로 불려졌고, 오직 첫 철자만이 주어졌다. 하지만 벌거벗은 사람들이 전부였다. 과일과 열매화환이 매달린 나무들처럼, 꽃피우는 덤불처럼, 새들이 노래하는 봄처럼. 그 당시에는 사람들이 수확하려고 애를 썼던 땅처럼 주문했던, 그리고 좋은 토지를 소유하듯이 소유했던 육체가 표상이고 아름다움이다. 또 리듬 있는 순서로 모든 의미가, 신과 동물들 그리고 삶의 모든 감각이 통과했던 그림이다. 수천 년 전부터 지속적으로, 인간은 자기 자신에게조차 아직 너무 새롭고, 스스로 벗어나 또는 스스로를 제외하지 않으려고 자기 자신에 너무 취해 있다. 풍경, 그것은 그가 갈 길이었다. 그가 그 안에서 걸어갈 노선이었다. 그것은 전부 그리스의 날을 보냈던 놀이터이자 무도회장이었다. 군대가 모였던 골짜기들이었고, 사람들이 모험을 떠났던 그리고 엄청난 기억들에 차서 그리고 좀더 늙어서 돌아왔던 항구들이었다. 축제일과 그들을 쫓았던 화려한 은색 소리를 내는 밤, 신들에게로의 행렬과 제단의 행렬. 그것이 사람들이 그 안에 살고 있었던 풍경이었다. 하지만 인간의 모습을 한 신들이 살지 않았던 산은 낯설었다. 멀리서도 보이는 어떤 입상도 서 있지 않은 구릉, 어떤 양치기도 보이지 않는 언덕——그들은 말할 가치조차 없었다. 모든 것은 무대였다. 그리고 인간이 등장하지 않는 한 그리고 자기 몸의 쾌활한 또는 슬픈 줄거리를 가지고 장면들을 채우지 않는 한 텅 비어 있었다. 모든 것이 그를 기대했다. 그리고 그가 나타나는 곳에서 모든 것은 물러나서 그에게 자리를 내주었다.

　기독교 예술은 이런 몸과의 관계를 잃어버렸다. 이 때문에 풍경에 실제로 접근하지 못한 채 인간과 사물은 그들 안에서 마치 문자와 같았다. 그리고 그들은 오랫동안 첫머리 글자의 문자 하나로 그려진 문장들을 형성했다. 인간들은 의상이었다. 그리고 오직 지옥에서만 육체였다. 그리고 풍경은 아주 드물게 지상이어도 되었다. 풍경은 사랑스러운 곳에서는 거의 항상 하늘을 의미했어야 했다. 그리고 풍경이 경악을 일으켰고 거칠고 황폐했던 곳, 그곳에서는 추방자의 장소로 그리고 영원한 낙오자로 여겨졌다. 사람들은 이미 보았다. 왜냐하면 사람들은 협소해졌고 투명해졌기 때문이다. 하지만 그것은 그 풍경을 느끼는 그들 방식에 있다. 작은 무상함으로, 그 아래로 지옥이 걸려 있고 그 위로 모든 존재로부터 원했던 원래의 깊이 있는 현실로서 거대한 하늘이 열려 있는 녹색 식물로 덮여 있는 무덤가의 배회로 느끼는 방식 말이다. 갑작스레 여기에 이제 세 가지 장소가 있었기 때문에, 굉장히 많이 얘기가 되고 있는 하늘, 지상, 지옥이란 세 개의 거실, 즉 장소의 용도를 정하는 것이 급히 필요했다. 그리고 사람들은 그들을 쳐다보았어야 했고 묘사했어야 했다. 초기 이탈리아의 거장들에게서는 이런 묘사가 그들의 원래 목적을 넘어서 위대한 완벽함으로 성장했다. 그리고 사람들이 그 당시 풍경화의 입장이 벌써 독자적인 어떤 것이 되어버렸다는 것을 느끼기 위해서는, 단지 피사Pisa의 캄포 산토에 있는 그림들을 기억하기만 하면 된다. 사람들은 더욱이 한군데는 더 들어야 할 것이라고 생각했다. 그리고 그 이상은 없다고. 하지만 사람들은 이것에 진심으로 헌신했고, 정말 매혹적인 언변으로 그리고 지상에, 인간에 의해서 거부당하고 의심받던 지상에 의존하는 사물의 연인으로 이야기했다. 저 그림은 오늘날 우리에게 성자가 조율한 찬미가처럼 보인다. 그리고 사람들이 보았던 사물 전부는 계속되는 놀라움과 무수한 발견에 대한 기쁨이 관조와 결부되게끔 그렇게 새로웠다. 그렇게 사람들이 지상으로 하늘을 찬양하고 알게 되었다는 일이 저절로 일어났다. 왜냐하면 사람들은 그를 인식하는 동경이었기 때문이다. 왜냐하면 깊은 경건함은 비었기 때문이다. 그 경건함은 항상 다시 자신이 나왔던 지상으로 도로 돌아왔고 들판에 내린 축복이었다.

사람들은 그것을 원하지도 않았는데 따스함을 느꼈다. 잔디밭에서 냇물에서, 꽃으로 덮힌 언덕에서 그리고 열매를 달고 곁에 서 있는 나무들에서, 뿜어낼 수 있는 행복과 웅장함을 느꼈다. 사람들이 이제 마돈나 상을 마치 코트처럼 이런 풍요로움으로 둘러싸도록, 마치 왕관처럼 이것으로 그녀의 머리에 관을 씌우는, 그들을 칭찬하려고 깃발처럼 풍경을 펼치도록 그렸다. 왜냐하면 사람들은 그들에게 좀더 황홀하게 할 어떤 축제도 준비할 줄을 몰랐기 때문이며, 또 이것과 맞먹을 어떤 헌신도 알지 못했기 때문이다. 방금 발견했던 아름다움 전부를 그들에게 날라주고 그들과 함께 녹아버리는 것. 사람들은 이와 더불어 어떤 다른 장소를 생각한 것이 아니었다. 하늘도 아니었다. 사람들은 마치 밝고 맑은 색깔로 그 *풍경이* 성모 찬미가처럼 풍경에 음정을 맞췄다.

　하지만 이렇게 위대한 발전은 이루어졌다. 사람들은 풍경을 그렸고 그리고 이것이란 정말 *그녀가* 아니라 자기 자신을 의미했다. 풍경은 인간의 감정에게는 단지 핑계였다. 인간적 기쁨, 소박함 그리고 경건함의 비유였다. 풍경은 예술이 되었다. 벌써 레오나르도는 그렇게 풍경을 받아들였다. 그의 그림에서 풍경은 그가 가장 깊이 있게 겪은 것과 아는 것의 표현이다. 즉 비밀의 법칙을 명상하며 관찰하는 푸른색의 거울, 미래처럼 크고 그녀처럼 해독될 수 없는 거리. 인간을 우선 경험처럼, 고독하게 그가 참아냈던 운명들처럼, 그렸던 레오나르도가 풍경 역시 거의 말로 표현할 수 없는 경험, 깊이와 슬픔에 대한 표현 수단으로 느꼈다는 사실은 여기에서 결코 우연일 수 없다. 많은 것을 능가하는 이런 사람에게, 모든 예술이 무한히 크게 소용될 미지의 것은 주어져 있었다. 많은 언어에서처럼 그는 미지의 것에서 자신의 삶과 자신의 삶의 발전과 장차 다가올 것에 대해 이야기했다.

　아직 아무도, 그런 완전히 풍경이고 그런데도 마치 마돈나 리자 뒤에 있는 저 심연처럼 정말 그런 고백이며 고유한 소리인 풍경을 그리지는 않았다. 그 마돈나 리자의 무한히 고요한 초상에 인간적인 모든 것이 들어 있기라도 하는 것처럼, 그러나 다른 모든 것들은, 인간 앞에 그리고 그 위를 넘어서서 놓여 있는 모든 것처럼, 즉 산들, 나무들, 다리들, 하늘들, 물들의 비밀에 찬 이런 맥락 속에 놓여 있듯이. 이런 풍경은 하나의 인상을 주는 그림은 아니다. 안정된 사물들에 대한 한 인간의 견해가 아니다. 그 풍경은 생겨난 자연이다. 형성된 세계이며 인간에게는 발견되지 않은 섬의, 아직 한 번도 내딛지 않은 숲처럼 그렇게 낯설다. 그리고 풍경을, 멀리 떨어진 것 그리고 낯선 것으로, 외진 것과 완전히 자기 안에서 실현하는 애정이 없는 것으로 보는 것이 필요하다. 만약 풍경이 언제 한 번이라도 독자적 예술에게 수단과 계기여야 했다면 말이다. 왜냐하면 우리의 운명에 구원의 비유가 될 수 있기 위해서는 풍경은 멀리 있어야 했고 우리와는 전혀 달라야 했기 때문이다. 우리의 존재에 그들의 사물로서 새로운 의미를 부여하기 위해서, 풍경은 숭고한 무관심으로 거의 적대적이었어야만 했다.

그리고 이런 의미에서 레오나르드 다 빈치가 예감을 갖고 이미 소유했던 풍경화 예술이 형상화되었다. 그것은 천천히 고독한 사람들의 손에서 수백 년을 통해서 형성되었다. 가야 했던 길은 무척 멀었다. 그가 볼 때면 모든 것을 자기 자신에게 그리고 자기 욕구에 적용시키는 토착민의 선입견을 가진 눈으로 더 이상 보지 않기 위해서 세상과 그렇게 멀리 떨어진다는 것은 힘든 일이었다. 사람들은 자신이 그들 가운데 살고 있는 사물들을 얼마나 보지 못하는지 그리고 우리 주위에 무엇이 널려 있는지를 우리들에게 말하기 위해서 가끔씩은 멀리서 누군가가 우리에게 비로소 와야 한다는 것을 안다. 그리고 사람들은 나중에는 그들에게 좀더 올바르고 좀더 안정된 방식으로, 좀 덜 믿음을 갖고 그리고 경외하는 거리 속에 접근하는 것이 가능하기라도 할 것처럼 사물들을 자신에게서 밀쳐내야 했다. 왜냐하면 사람들이 자연을 더 이상 이해하지 못했을 때 비로소 이해하기 시작했기 때문이다. 사람들이 자연이 다른 것이라는 것을, 우리들을 수용할 어떤 감각도 갖지 않은 무관심한 것이라는 것을, 우리들을 수용할 어떤 감각도 갖지 않은 무관심한 것이라는 것을 느꼈을 때, 그때 비로소 사람들은 고독한 세계로부터 홀로 나왔다.

그리고 사람들은 자연에서 예술가이기 위해 그렇게 했어야 했다. 사람들은 자연을 더 이상 자연이 우리에게 가졌던 의미에서 소재로 느끼지 않아도 되었고, 대상으로 거대하게 존재하는 현실로 느꼈다.

그렇게 사람들은 그들이 당시에 거대하게 그렸던 인간을 느꼈다. 하지만 인간은 흔들렸고 불확실했다. 그리고 인간의 그림이 변신으로 흘러갔고 거의 파악할 수 없었다. 자연은 더 지속적이었으며 더욱 거대했다. 모든 움직임은 그 속에서 더욱 넓었고 모든 고요함은 더욱 소박했고 더욱 고독했다. 그것은 인간의 숭고한 수단으로 실제적인 어떤 것에 대해서처럼 똑같이 자신에 대해 이야기하는 인간 내면의 동경이었다. 그리고 그렇게 해서 아무것도 일어나지 않는 풍경화가 생겨났다. 사람들은 빈 바다를, 비 오는 날에 하얀 집을, 걷는 사람이 아무도 없는 길을, 그리고 말로 표현할 수 없이 고독한 물을 그렸다. 점점 더 격정은 사라졌다. 그리고 사람들이 이 언어를 더 잘 이해하면 할수록, 더욱 소박한 방식으로 풍경을 필요로 했다. 사람들은 사물의 거대한 안정 속으로 침몰했다. 사람들은 자신들의 현존이 기대 없이 그리고 초조함 없이 어떻게 법칙 속으로 사라져갔는지를 느꼈다. 그리고 그들 사이로 동물들이 소리 없이 갔고 밤낮으로 그들처럼 견디어냈고 법칙으로 가득 채웠다. 그리고 인간이 나중에 양치기로, 농부로 아니면 그냥 단순히 그림 깊은 곳에서 어떤 형상으로 이런 주위 환경에 들어섰을 때 그때 그에게서 모든 과장이 떨어져나갔고 그리하여 사람들은 그가 사물이고자 한다는 것을 그에게서 알게 된다.

이런 풍경 예술이 세상의 풍경화로 천천히 성장하는 가운데 인간의 폭 넓은 발전이 놓여 있다. 관조와 작업에서 의도 없이 튀어나오는 이런 그림의 내용은 우리들에게 미래가 우리 시대의 한가운데에서 시작했다는 것을 말해준다. 인간은 더 이상 축복받은 자가 아니며, 자기와 같은 류들 사이에서 동등하게 가는 자이며 그 때문에 아침이고 저녁이 되는 것이 아니고 가깝고 먼 것도 역시 아닌 그런 자라는 것이다. 그가 사물들 사이에 사물처럼 끝없이 혼자서 세워져 있고 그리고 사물과 인간들로부터 공통점 전부가, 성장하는 모든 것의 뿌리들이 물을 마시는 공동의 심연으로 쑥 들어가버렸다는 것이다.

1902
위버브레틀[135)의 초대 공연

우리에게 이베트 길베르Yvette Guilbert 여사[136)는 하나의 사건이다——언젠가 수년 전에 파리에서도 사건이었던 것처럼. 그 동안 우리가 있는 곳에는 다양한 위버브레틀이 설립되었다. 저 프랑스의 고유한 카바레의 모방, 거기에서 그녀, 그 위대한 디죄즈Diseuse(독일어로 예언자, 여자 점쟁이)가 나왔다. 그녀의 위대한 성공의 장소는 더 이상 존재하지 않는다. 카바레는 사라졌고 길베르 여사는 우리의 '위버브레틀'에서 결코 다시 부활하지는 않을 이 독특한 과거의 마지막 증인이다.

티볼리에서 마지막 이틀 저녁 중 하루를 보냈던 사람은 이 천재적인 여인의 공연을 '화려한 브레틀'의 여러 가지 프로그램 순서들과 구분하는 것은 본질적인 것이고, 그리고 단순히 정도 차이만은 아니라는 것을 확인할 수 있었다. 벌써 언어가 다르다. 프랑스어는 독일어와는 다른 수단이다. 이 언어에는 몹시 활동적인 국민의 삶 전체가 넘쳐흐르고, 거기에 모여 있고 이 언어를 사용하는 사람들이 거기에 자신을 스스로 내맡겨서 텅 비어 있고 단지 그 순간에만 살아 있다고 할 정도이다. 왜냐하면 그들의 얼굴에 그리고 움직임에는 언어의 반영만이 떨어지기 때문이다. 로만계 민족들의 공통적인 특징인 이런 외면화는 바로 프랑스 국민에게는 극도로 흥미 있는 상황을 만들어냈다. 내면적 체험의 모든 높낮이가 가볍게 움직이고 빛나는 요소 속에 한 순간이 왔어야 하도록 빛을 발했다. 바로 언어 속에서 일어나는 것 같은 전체 삶이 언어에 들어 있기 때문이다. 그리고 이런 언어로 이베트는 노래를 한다. 그것은 비밀이 아니다. 하지만 그녀의 예술의 전제 조건이다. 독일 점쟁이는(그녀가 설령 예술가로 길베르 여사처럼 그렇게 위대할지라도) 그런 효과를 결코 성취할 수가 없다. 왜냐하면 독일어는 경험들을 *지니지 않기 때문이다.* 독일어는 경험을 가리킬 뿐이고 일정한 방식으로 각자와의 관계를 가질 뿐이다. 독일어의 본질에는 저 외면화가 다만 부분적으로 일어날 뿐이다.

독일어 역시 우리의 감정으로 산다. 독일어 역시 우리 독일 사람들을 먹고 산다. 하지만 프랑스어가 프랑스 사람을 가련하도록 먹어치우듯이 우리를 가련하게 먹어치우지는 않는다. 독일어는, 그가 끔찍한 것 또는 웃기는 것, 깊이 있는 것 또는 통속적인 것을 표현해야 한 뒤에 매번 우리를 대하는 자세를 변화시킨다. 그리고 독일어의 표현은 그렇게 그것 자체에 있지 않고, 우리에 대한 관계에 훨씬 더 있다. 하지만 길베르 여사가 부르는 상송의 매력은, 스스로 변경하지 않고 또는 그 밖의 어떤 변화도 하지 않은 채, 두려운 것과 아름다운 것, 익살스러운 것과 깊이 있는 것을 단지 한숨에 말할 수 있는 언어에서만 유효하다. 그리고 이런 충만하고 독립적인 언어가 원하는 것을 이루 말할 수 없이 천재적으로 이해하는 데서 그 위대하고 진지한 능력이 나오는 것이고, 이베트가 실현하는 힘이 나오는 것이다. 그녀는 이름이 알려지지 않고 어두운 가난 속에 타락해서 죽은 시인 몇 명을, 이들에게서는 언어가 특별난 자유와 다양성 속에 움직이는데, 찾아냈고 이런 언어로 자신을 가르치도록 그리고 그녀의 예술로 교육하도록 했다. 언어는 그녀의 입을 제대로 움직이게 했고 그리고 이 입은, 말마다 한 순간을 모사하는 것처럼 보이게끔 얼굴 전체의 표정을 결정했다. 그 소리가 벌써 울려나올때면 다시 한번 그 표정을 읽을 수 있을 정도로. 그렇게 그녀는 이 시들을 절박하게, 그녀가 강하고 절실하고 거역할 수 없도록 하는 특유함으로 말하고 노래한다. 그녀는 이런 경험을 포괄하는 몇 개의 단순한 단어들로 청중에게 경험의 진수를 강요한다. 그리고 그녀가 이런 말들을 표현하는 방식은 모든 방어나 거부를 마비시킨다. 그녀는 예술가의 힘과 설득력을 갖고 있다. 그리고 어떤 것이 그녀의 명성에 한몫을 한다면 그것은 언어다. 이것은 그녀가 철저히 그리고 심사숙고해서 통달한, 비교할 수 없을 정도의 완벽한 도구이다.

하지만 좀더 가까이 들여다보면 이베트 길베르의 예술이 단지 이 프랑스어에 묶여 있는 것만이 아니라, 카바레의 정신 자체도 역시 번역하도록 놔두지 않는다는 것, 그리고 독일어의 '위버브레틀'은 생활력이 없고 필연성이 없는, 단지 아주 과도기적으로만 견디어낼 수 있는 피상적인 모방이라는 것이 보인다. 사람들은 아마 독일어가 그리고 독일어 시가 *자신의* 정신으로부터, 대충 저 프랑스의 카바레 예술에 걸맞는 것을(사람들이 우리한테서도 정말 비슷한 것을 가져야 *한다면*) 창작해낼 때까지, 그리고 이베트와 같은 종류의 천재가 이런 기대되는 독일 샹송의 중개자로 나타날 때까지 기다려야 할 것이다. 임시로는 소재도 묘사도 별로 특별하지는 않다. 정말 후자는(최소한 그 '화려한 브레틀'과의 관계에서) 중급의 버라이어티쇼의 무대 수준 아래에 있다. 만약 이런 위버브레틀이 자신의 책임과 허약 체질에 전혀 책임이 없는, 그리고 어쩌면 다만 귀동냥만에 의해서, 자신의 계약서에 따른 의무를 채우기 위해서 잠깐 출현한 무대에서 원래 무엇이 일어나는지를 모르는 위대한 시인의 이름에 의존하지만 않았다면, 더 이상 유감스러울 것은 없을 것이다. 나는 여기에서 그 시인의 이름을 거명하지 않겠다. 광고 포스터는 그를 지나치게 이용했고, 그리고 그 미심쩍은 무대에서 시인의 세련되지 못한 목소리를 듣는다는 것이 고통스럽듯이 그의 이름을 거기서 읽는 것은 아름답지 못했다.

　사람들은 그 '위버브레틀'이 위대하고 많은 사람들의 사랑을 받는 이 시인의 백발이 된 머리칼, 단지 시들어 우연히 떨어진 울긋불긋한 나뭇잎 같은 머리칼에 의존한다는 것만으로도 안심해도 된다. 그리고 그것을 날려버리는 건강한 바람이 언제 불어올지, 그것은 다음 시대의 질문이다. 신은 어디로인지를 알겠지만……

1902
모리스 메테를링크[137]

사람들은 모리스 메테를링크가 프랑스어로 작품을 쓴다는 것을 이따금 잊을 수밖에 없다. 왜냐하면 그의 작품들이 프랑스어와 독일어로 동시에 출간되기 때문이다. 또 번역에서는 예를 들어 《지혜와 운명》이란 책의 〈나폴레옹〉이란 중요한 장이 그런 경우였듯이, 원본의 첫 출간에 빠진 보충과 부록을 삽입하는 일이 일어나기도 한다. 만약 그것이 한편으로 메테를링크가 프리드리히 폰 오펠른 브로니코프스키Friedrich von Oppeln-Bronikowski에게서 아주 적합한 그리고 양심적인 번역자를 찾았다는 사실이 빚어낸 결과라고 본다면, 그래도 그의 작품을 독일어로 가능한 한 빨리 그리고 가능한 한 완전하게 출간되는 것을 보는 것을 작가조차 동의할 거라고 가정해도 될 것이다. 아마도 그가 동시대의 프랑스 사람한테서보다 독일 사람들한테서 친구와 이해하는 사람을 더 많이 추정하기 때문일 것이다. 그리고 아마도 그가 아주 틀린 것은 아닐 거다. 물론 독일에서 그의 책이 실제 보급되는 형편은 말할 것이 못 된다. 그럼에도 불구하고 상대적으로 저렴해서, 더 넓은 층에게 읽히게끔 아름답고 고상한 전집을 발간한 것은 어쩌면 디더리히스풍 출판사[138]의 최고의, 또 가장 영원한 공적이 될 것이다. 만약 이 '더 넓은 층'이 메테를링크를 읽기를 여전히 주저한다면, 내가 생각하기에 이것은, 메테를링크를 내밀한 모임을 위한 작가로, 복잡하고 이해하기 힘들고, 내막을 아는 소수의 독자층만을 스스로 요구하는, 일종의 섬세한 신경으로 작업하는 분위기의 예술가로 믿는, 아주 널리 퍼진 선입견의 결과로 보아야 한다. 이런 견해에 메테를링크의 초기 작품이 근거가 될 허상을 주고 싶어한다면, 그의 새 책은 이런 견해가 부당하고 동시에 이에 대해 싸우는 것이 그의 예술적 친구 각자의 의무라는 것을 우리에게 분명히 말해준다. 저 선입견을 유보시키고 약화시키는 데 이런 논문이(원래는 강연에서 요약 정리되었던 것인데) 얼마나 많은 것을 해낼지는 모르지만, 이것이 이 글의 진지한 의도이다.

모리스 메테를링크라는 이름은 상당히 유명하다. 무엇보다도 그에게 따라다니는 모순과 오해로 유명하다. 여기에서는 무엇보다도 해명을 했어야 했을 것이다. 바로 이런 점에 대해서는 자신의 전체 예술의 명백함을 추구하고 요구하는 작가 자신보다 더 적합한 사람은 정말 아무도 없다. 당연하다. 어떤 의미로는 실험적인 그의 희곡을 빼고는 사람들이 해명을 해도 된다. 또 사람들은 조용하고 정신 집중이 되는 시간에 그의 다른 책들,《소박한 사람들의 보물*Trésor des humbles*》[139] 그리고 그가《지혜와 운명*La Sagesse et la destinée*》[140]이라고 제목을 붙인 그런 책을 읽어야 한다. 이런 책들은, 좋은 의도를 갖고 자기네한테 일종의 경외심이 깃들인 주의력을 갖고 다가가는 사람 누구에게나 열려 있다고 생각한다. 그리고 성경을 읽는 데 익숙한 사람은 이런 책들을 읽는 올바른 방법을 쉽게 찾을 것이다. 사람들은 거기에서 교훈적이고 철학적인 요구와 학문적 철저함으로 피곤하게 만드는 논쟁에 부딪치는 것을 두려워하지 않는다. 사람들은 예기치 않게 마르크 오렐Marc Aurel이나 에머슨Emerson 같은 이름과 마주치지는 않는다. 설령 사람들이 어떤 확실하고 깊은 지식을 그들과 결부시킬 줄 모르더라도 그들은 누구에겐가 어떤 식으로든 아는 것처럼 보이고 사람들은 이런 망령들의 철학에 정통하지 않을지라도 자신과 자신들의 시대를 뻗어나갈 그 발전들에 동참할 수 있다고 느낀다. 그리고 메테를링크의 책들은 그런 발전으로, 그 발전의 봄이 그 작가에게서 활짝 피었던, 즉 여름들로 꽉 채워져 있다.

거기에서 메테를링크에게는 특히 한 가지가 특징적이다. 그는 이런 발전을 자신에게 계산해 넣는 것과는 거리가 멀다. 모두를 똑같은 어둠으로 뒤덮은, 이름을 알지 못하는 거대한 밤으로 한 걸음 더 나가는 사물을 작가가 말할 수 있기 위해서는, 모든 것에, 최소한의 것에도, 모종의 승화, 정신적 삶의 어떤 높은 상태가 출현할 거라고 그는 확신하고 있다. 《지혜와 운명》이란 책의 방향을 벗어나 있는 아직 출간되지 않은 새 책[141]에서 메테를링크는 단순한 말들로 이런 확신을 표현했다.

"일요일마다 자신의 사과나무 아래에서 평화롭게 머무르면서 식당에서 술을 마시는 대신 책을 읽는 농부. 운동 경기장의 흥분과 소음을 품위 있는 극장이나 단지 조용한 오후에 희생시키는 소시민, 저속한 노래와 어리석은 가요로 거리를 채우는 대신 시골로 나가거나 도시의 성벽에서 저녁 노을을 지켜보는 노동자. 그들 모두가 이름 없는 그리고 무의식적이지만 무시할 수 없는 장작개비를 인류의 위대한 불꽃에 놓는 것이다."

그렇게 생각하는 작가는, 모든 위대한 작가가 자기 발전의 어느 시점에서 시도했던 것을 완성했다. 그는 위대한 작품의 조용하고 무의식적인 협조자를 볼 때면 찬양하는데, 그가 찬양하는 이 수천 명의 이름없는 사람들에게 자신의 위대함을 나눠주면서, 자신의 위대함을 자신의 이름에서 분리하면서 익명으로 만들었다. 그의 견해에 따르면 그 위대한 작품은 사실상의 작품이고 또 간단히 말해서, 인류의 유일한 '진리탐구'라고 불린다. 그리고 이것 역시 그의 작품이다. 자기를 표현하기 위해서 항상 새로운 소재를 다루는 그의 책들의 유일한 내용은 인류의 가장 보편적인 과제와 그의 가장 깊은 동경을 자신의 과제와 동경으로 만들었던 감정 속에 아주 폭이 넓어져 있는 자신의 삶의 의미와 목적이다.

진리 탐구. 무엇보다도 그리고 아주 특히 철학자의 의무로 보이지 않을까. 그것은 플라톤에서 스피노자와 칸트와 니체에 이르기까지 모든 현자의 성실하고 일상적인 노력이 아니었나? 그리고 그에 견주어 작가의 행위를 짧게 표현하기를 원했다면, 오히려 아름다움의 탐구라고, 아름다움을 위대한 탄식 또는 기쁨의 리듬으로 사용하기 위해서, 세상을 살아가며 항상 다시 개별적으로 선택하고 포착하는 그 탐구라고 불러야 하지 않았을까?

아직은 거의 그렇게 보인다. 하지만 좀더 자세히 들여다보면, 우리가 두 영역에서 마지막 발전을, 세계의 지혜라는 영역과 말하는 예술의 영역을 좀더 자세히 눈여겨보면, 그리스 세계의 시대에 미의 개념이 도덕 개념과 만나는 것과 비슷하게 오늘날 아름다움과 진실 사이에, 아직껏 예전의 어떤 시대에서도 나타나지 않았던 접근이 이루어진다는 독특한 인식이 나온다. 이런 관점에서 예술에서의 사실주의는 진리가 미로 고양되는, 다시 말해서 예술적으로 형상화하는 과도기적 시도로 나타난다. 이 시도는 대부분 실패했다. 왜냐하면 예술이 모든 사물의 배후에 공동의 위대한 어머니처럼 살고 있는 우리 삶의 진실과의 연결성을 찾는 대신, 일상의 작고 중요하지 않은 현실들에 바쳐졌기 때문이다. 하지만 사실주의가 오해했던 그 의도는, 그의 예술이 저 숭고하고 유일한 진실에서 출발하고, 만져보고 귀 기울여보면서, 우리가 추측하는 그 방향을 지탱할 것을 시도하는 작가 메테를링크를 제외하고는 다른 어느 누구에게서도 더 큰 힘을 갖고 살아 남지는 않았다. 왜냐하면 아무도 그것을 알지 못하고 진실의 작가는 어쩌면 아직 오랫동안 미지의 세계에 있는 시인이기 때문이다.

"학문의 결정적인 발견이 자연의 수수께끼를 풀기 전에는, 또는 다른 세계의 계시가 대략 우리에게 드디어 삶의 목표와 목적에 대해 가르치기 전에는 우리는 평가할 만한 목적도 없는, 덧없고 우연한 미광, 그 무심한 밤이 매순간 불어 날려버릴 수 있는 미광일 뿐이다. 이렇게 엄청나고 헛된 유약함을 묘사하는 자는 우리 삶의 마지막 밑바닥의 진실에 가장 가깝게 다가오는 것이다. 그리고 그가 이런 적대적인 허무함에 위임한 인물들이, 몇 가지 우아하고 사랑스러운 표정을 짓도록 하고, 온화함, 엷은 바람, 동정, 사랑을 몇 마디 말하게 한다면, 이렇게 그는, 사람들이 인간으로 할 수 있는 모든 것을 한 것이고, 만약 사람들이 이런 위대하고 움직일 수 없는 진실의 경계선까지 존재를 따라간다면⋯⋯"이라고 메테를링크는 말한다.

메테를링크가 말하듯이 "이런 위대하고 움직일 수 없는 진실의 경계선까지 존재를 따라간다면", 사람들은 우리를 둘러싼 삶을 등

한시하고 떠나야 한다. 왜냐하면 이런 삶은 저 경계선까지 다다르
지 못하고, 일상이 그에게 속한 것처럼, 마치 그것으로 살아가는 그
우연처럼 작고, 마치 흔적을 남기지 않고 스쳐 지나가는 시간처럼
작다는 것이 증명되기 때문이다. 하지만 그것은 전혀 우리의 실제
삶이 아니다. 그가 멈추는 것처럼 보이는 곳, 그곳에서 인간은 아마
도 시작한다. 그리고 그의 가시적 삶이 끝나는 곳에서, 거기서 유일
한 실제 삶인 그의 영혼의 삶이 시작한다. 《소박한 사람들의 보물》
(1896년에 출간)이란 책은 이런 삶으로 인도해서 지도하려는 목적
만을 가지고 있을 뿐이다. 그리고 이에 대해 말하는 자는 삶의 아름
다움과 경악을 같은 정도로 사랑하고 삶의 기적에 대해 현실에서
처럼 이야기하는, 이런 삶의 내막을 아는 자다. 거의 아무도 어느
시대인가의 아이들과 처녀들의 언어처럼 그렇게 단순한 언어로 위
대한 비밀을 이야기한 적은 없었다. 그리고 나는 그렇게 많은 심오
한 침묵, 그렇게 많은 고독과 체념과 정적 그리고 모든 소리와 소동
으로부터 왕처럼 돌아서는 전향을 내포한 어떤 책도 알지 못한다.
그것은 근심스러운 책이다. 아마도 엄청난 부가 열려 있을 것이다.
하지만 사람들은 눈물 너머로 그들의 광채를 본다. 작가 메테를링
크의 《보물》 전에 씌어진 희곡에서 움직이는 저 조용한 형상들의
눈물을 통해서. 거기에서는 저 보이지 않는 다른 삶을 보이게 하고
형상들로 말하는 것이 시도되었다. 사람들이 이런 시도의 비상한
것과 새로운 것을 눈여겨보면, 단번에 그가 행복해하는 것을 보기
를 사람들이 기대하지 않게 된다. 내가 보기에는 위대한 갈등과 모
험이, 또 살인과 배신조차도 대부분 "피와 비명과 칼 없이 진행되
는" 우리 삶의 본래 줄거리가 더 이상 아니라는 사실을, 그 많은 현

대 드라마에서 주제가 되는 의무와 정열 사이의 싸움 역시 우리 본래적 삶의 사실상의 정점을 보여줄 기회를 주지 않고 아주 임시적인 의미의 표피적인 연루만을 보여준다는 사실을 몇 군데에서 암시하는 것이 성공한다면, 이런 희곡은 할 만큼 충분히 한 것이다.

메테를링크는 여기에서 다른 예술, 예를 들어 그림이 이미 풍속화와 역사화의 멍에에서 스스로 해방되었을 사람들이 그 당시 내디뎠던 한 걸음을 내디딘다. 그 당시에 사람들은 그림의 내용이 그림의 주제에 있는 것이 아니라 이런 내용을 모든 곳에서 꿰뚫고 내비치며, 자기 밖으로 올라오고 변용하는 다른 어떤 것에 있다고 느꼈다. 그리고 저 새로운 그림이 자연의 영혼을 발견하려고 출발했던 것처럼, 그렇게 그 위대한 플랑드르의 시인은 인간의 영혼을 자신의 희곡의 대상으로 만들 것을 시도한 것이다. 오늘날 그림에서 인정받고 있는 것이 아직 희곡에서는 낯설기만 하다. 하지만 우리는 발전의 이런 병행 속에서 메테를링크식의 의도를 강력하게 인정해도 될 것이다. 하나의 예만 들어보면, 바르비종의 대가의 그림도 마찬가지로 비웃음과 대중의 몰이해에 부딪친 시절이 있었다. 마치 오늘날 아직도 메테를링크의 희곡이 그렇듯이.

그리고 이들이, 노장들의 작품들 옆에 진짜 확고한 위치를 차지하고 있는 저 그림들처럼 상대적으로 그렇게 빨리 인정받게 되리라는 전망은 크지 않다는 것을 얘기해야 한다. 그러면 그 이유는 뭘까? 대충 저 화가들이 메테를링크보다도 좀더 위대한 예술가들이었다는 이유에서라고? 그런 이유는 분명히 아니다. 아니면 메테를링크의 희곡이 희곡인 것보다 그들의 그림이 더 그림이라서——희곡이라서? 내가 생각하기에는, 만약 사람들이 영국의 고전연극이

나 독일 연극과 비교한다면, 비록 밀레Millet, 코로Corot나 모네 Monet의 어떤 그림이나 자기 영역에서 메테를링크의《인형극을 위한 드라마*Drames pour Marionettes*》[142]보다 더 완전한 것과 더 완벽한 것을 묘사하고 있다고 시인할지라도, 그것 역시 이유가 되지는 못한다. 만약 우리가 이런 현상의 원인을 찾는다면 자연의 영혼이 인간의 영혼보다 더 쉽게 찾아올 수 있었다고 말할 것이다. 거기에서는 오직 한 위대한 예술가의 솔직함과 기쁨과 오직 크고 경건한 관조하는 눈만을 필요로 했다. 자연의 영혼은 지평선의 심연으로부터 나타나 자신의 크기와 부드러움으로 사물들을 에워쌌다. 하지만 거의 잊혀졌던 인간의 영혼을 찾았던 작가는 훨씬 더 오래 찾아야 했는데, 결국 영혼은 모든 인간 그를 맞아주지 않았다. 몇몇 투명한 형상들에서——아이들, 처녀들과 장님들——그들의 잃어버린 빛이 전율하면서 새어나왔고, 작가를 에워싼 사물들 위로 달빛처럼 소리 없이 흘러갔다. 좀더 극적으로 보이고 행위와 결단으로 가득 찬 행동하는 인간은 어둠 속에 머물렀다. 그들은 작가가 찾지 않았던 이성의 삶과 열정의 삶을 살았다. 그리고 그에게는 저 다른 사람들을 붙드는 것 외에 어떤 다른 선택의 여지가 남아 있지 않았다. 왜냐하면 그가 동경했던 영혼의 광채가 그들의 마른 몸으로 떨어졌기 때문이다. 그리고 무력한 자와 나약한 자의 이런 영혼이 그가 본 첫번째 영혼이었기 때문에, 그는 그들의 이야기를 쓰려고 시도했던 것이다. 그들은 행동하지 않았다. 그리고 그들이 감동하지도, 기다리지도, 울지도 않았기 때문에 그들을 에워싼 모든 것이 그들이 소유하지 못했던 저 힘과 움직임으로 채워졌다. 그 미지의 것은 본래 의미로 행동하는 자였다. 즉 이 드라마의 주인공이었다.

그리고 때때로 그것이 바로 '죽음'이라 불리면 이 때문에 그것이 덜 침울해지거나 덜 난해한 수수께끼가 되는 것은 아니다.

사람들은 이 모든 희곡을 '죽음의 드라마'라는 이름으로 묶을 수가 있었을 것이다. 왜냐하면 그 희곡들은 임종 외의 어떤 것도 내 포하지 않으며 그리고 죽음 속에서만 유일한 확신과 우리 삶의 일 상적이고 절망적인 유일한 보장을 보는 한 작가의 고백이기 때문 이다.

그의 예술이 요구하는 진리는 더 이상 이름이 없는 것은 아니라 고 보인다. 그는 '죽음'이라고 불리는 것 같다. 죽음이 그의 희곡들 의 중심에 서 있다. 그리고 멋진 시들은 죽음의 공포로 꽉 차 있고 죽음의 예감은 《샹송 12곡 *Douze Chansons*》[143]에서 나타나는데 여 기에 들어 있는 다음의 시를 내가 번역해보았다.

오를라뮌데의 일곱 처녀들
요정이 죽고 나자——그제야 흔들린 마음
오를라뮌데의 일곱 처녀들
하여 문을 찾았네.

일곱 등잔에 불 밝혀,
문을 지나네,
400개의 방에 이르니,
햇볕 한 번 본 적 없네.

공명하는 동굴로 가,

또 훨씬 더 깊이 오르니——
잠긴 현관을 발견하네
그리고 거기 금빛 자물쇠를.

틈새로 보니. 바다로다,
이제 죽기는 두려운데,
잠긴 현관 두드리네——
감히 열어보려고도 못하면서……

샤를르 두델레Charles Doudelet의 아주 멋진 목판화가 옆에 나란히 놓인 이《샹송 12곡》은 메테를링크의 발전이 끊임없이 성장해서 넘어선 죽음의 분위기에 나타나는 가장 정교하고 가장 완벽한 마지막 여운이다. 이것이 어떤 방식인가를 그가 최근에 말했다. 그리고 여기에서 또다시 그가 직접 한 말을 지적하기만 하면 된다.

"우리가 극도의 경계선까지 우리의 연구를 몰아가는 즉시 매번 끝나버리는 우리 존재의 허무의, 죽음의, 무상함의 마지막 진실은 결국 우리의 오늘날의 지식의 종결점 외에 아무것도 아니다."[144] 그리고 "우리가 그것을 최종적으로 인정하려고 하기 전에, 우리가 빛을 찾을 수 있지나 않는가를 경험하기 위해서는, 이런 무지를 제거하고 사고할 수 있는 모든 것을 시도하려고, 아직도 한참을 모든 열정으로 노력해야 한다."[145]

"우리를 둘러싸고 있는 미지의 것에 다른 모습을 주려고, 그리고 삶과 인내에 대해 새로운 이유를 얻고자 시도해본다면"[146]이라고 그가 또 다른 데서 말하고 있다. 그리고 이로써 우리가 그를 장차 찾아볼 길을 특징짓는다.

그는 옛 시절의 경험들을 잊지 않았다. 그는 대부분의 사람들이 불행하다는 것을, 그리고 자신들의 영혼에서 멀리 떨어져 우연의 암흑 속에 살고 있음을 안다. 하지만 그는 그럼에도 불구하고 마치 모두가 행복하기라도 한 것처럼 말하는 것이 더 좋다고 믿고 있다. 왜냐하면 그렇게 해야 진보가 가능하기 때문이다. 그리고 마지막 진실이 비밀에 차 있고 잔인할 수도 있을 테지만 우리 영혼 자체가 이런 진실의 한 조각이다. 그리고 우리가 오로지 그 영역만 좀더 확장하면, 지금 우리 밖에서 어둡고 위협적으로 살고 있는 신비가 훨씬 더 진실 안으로 침투할 것이고 그리하여 우리를 점점 더 많이 채울 것이다.

"……그리고 어느 날 그를 수용하는 최선의 방식은 그것인데, 우리의 영혼이 어떻게든 생각할 수 있을 것만 같이 그렇게 높이, 그렇게 넓게, 그렇게 완벽하게, 그렇게 고상하게, 오늘부터 그것을 기다리는 것이다. 우리는 그에게 부여할 수 있는 범위와 아름다움과 위엄은 전혀 충분하다고 할 수가 없다."[147]고 메테를링크는 말한다. 그리고 메테를링크는 《소박한 사람들의 보물》의 절망적인 견해와는 차이가 나고 초기 희곡의 인물들과는 직접적으로 모순되게 약간 더 말한다.

"인간과 관계를 통해 억눌렸던 그들 곁에는, 단지 인간들만이 아니라 주위 환경의 사건까지도 복종하는 내적 힘을 갖춘 다른 존재들이 실제로 있다. 그들은 이런 힘을 안다. 그리고 이런 힘은 통상적인 의식의 한계 너머로 멀리 확장할 줄 아는 자의식일 뿐이다. 계속해서 자기 스스로를 안다는 것이 뜻하는 것은……대체로 현재와 과거에서 자기를 아는 것만을 의미하지는 않는다. 내가 말하는 존재는 이런 힘만 가졌을 뿐이다. 왜냐하면 그들은 미래에서도 자기를 알기 때문이다.ʺ[148] 그리고 메테를링크는 《지혜와 운명》이라는 책의 서두에서 곧장 결론에 이른다. ʺ사람들에게는 그들이 원하는 것만이 닥친다는 것을 말할 수가 있어야 했을 것이다……. 왜냐하면 비록 우리가 상당수의 외적인 사건들에 아주 작은 영향만을 가졌다 할지라도 우리가 우리 자체 안의 이런 사건으로부터 되어가는 것에 전적으로 작용하기 때문이다…….ʺ 그리고 메테를링크가 보기에는, 자신의 사건으로 완전히 만들지 않은 사건은 전혀 받아들이지 않는 그런 사람이 매 순간마다 정복해가면서 끊임없이 운명을 무기력하게 만드는 현자이다. 이로써 사건의 중점은 미지의 것에서 알려진 것으로 옮겨진 것은 아니다. 그는 단지 장소를 옮길 뿐이다. 그는 더 이상 자신을 우리를 둘러싼 신비에서 찾지 않고, 우리 안에 지니고 있는 그 가운데에서 찾는다. 그리고 이것이 이제부터는 메테를링크식의 인생관의 커다란 기본 원칙인 것이다. 내면화, 우리 영혼 안의 모든 힘의 통합, 이런 영혼의 인간에게 그렇게 오랫동안 위협적으로 그리고 적대적으로 맞서 있는 운명의 치유 불능한 저 세계보다 더 힘이 센 세계로의 확장. 한 가지 뒤에 다른 한 가지를 빼앗아가는, 간단히 말해 그리고 그것을 인간에게 선물하는 이런 운명이 메테를링크의 사랑이 넘치는 작업이다. 그것이 자신의 삶의 과제보다 점점 더 분명하게 보이는 과제이다. 모두에게 닿을 수 있는 그리고 모두를 행복하게 만드는 지혜의 우물 가까이에 있는 하나의 삶의…….

그리고 그의 의도는 그 방향으로 마지막 의미로 빠져나간다. 행복을 주고 지금까지 알려지지 않은 행복의 광맥으로 이끄는 광산을 개척하는 것. "지혜롭다는 것은 무엇보다도 행복하다는 것을 배우는 것을 의미한다"라고 그는 말한다. 왜냐하면 행복은 지혜의 당연한 결과이기 때문이다. 그리고 행복은 이처럼 외부에서 일어나는 어떤 우연이 아니라 우리 안에서 실현되는 법칙이다. 동시에 그것은, 외부에서 우리를 움직이는 사건을 우리가 수용하고 우리 자신의 것으로 만들 때면 이룩하는 작업에서 생기는 온정이다. 그리고 매일 외부에서 행복을 기대하는 상당수의 사람들에게 자기 자신 안을 들여다보라고 경고하는 부름만이 빠져 있는 것이다. 그들은 거기에서 매 순간마다 행복의 가능성을 발견할 수 있었을 것이다. 이 행복의 가능성의 아름다움과 귀중함이 장차 다가올 행복에서 그들이 언젠가 기대했던 그 모든 것을 능가한다.

그리고 메테를링크가 그것을 무조건적으로 나누는 낯선 힘의 손에서 어떻게 행복을 풀어내든지 간에, 그는 '정의'도 역시 운명의 품에서 가져가 그것을 인간 행위의 기본 원칙으로 만든다. 그는 나폴레옹이란 현상에서 신비의 본질을 조사하고 "불의를 행하는 인간의 영혼 속에서 거대한 드라마가 실현된다는 것을" 인식한다. 그리고 그는 나폴레옹이 세 번씩이나 자행한 불의 속에서, 그 자신의 행복에 대한 세 번의 배신 속에서 그의 파멸을 발견한다. 그는 나폴레옹의 영혼 스스로 그 심판을 말하는 것을 듣는다. 즉 세계가 자기를 무위도식의 죽음으로 저주하면서 세계가 인정하는 심판을. "불의를 범하는 자는 그가 자기에게 그리고 자기 운명에게 품고 있는 신뢰를 뒤흔드는 것이다. 그는 자신의 인격과 자신의 능력의 명백한 감정을 잃어버렸다. 그는 더 이상 자신이 스스로 무엇에 덕을 입고 있는지, 그리고 계속 그의 무기력을 불러왔던 부패한 협조자들에게 자신이 무엇을 빚지고 있는지를 알지 못한다." 거기에 사건들이 산만하게, 무위도식하며 그리고 무력하게 우리를 발견할 위험이 있다. 이런 순간에 우리가 더 이상 간과할 수 없는 낯선 것이 우리 삶에 찾아온다. 그리고 오늘이나 내일, 우리가 잠들었을 때 뿌려질 씨앗의 싹이 돋아날 것이다.

메테를링크 같은 현자는 정의라는 본질에 깊이 있게 관심을 갖지 않고는, 개별적인 경우를 뛰어넘어 배경에 묻혀 있는 진실로 파고들지 않고는 나폴레옹이라는 문제를 다룰 수가 없었다. 그리고 사실상《지혜와 운명》의 나폴레옹 장에서는 위대하고 독자적인 작품이 성장했다. 그 책이 곧 출간될 것이다. 그 책은《법의 신비》이며 동시에 두 권의 다른 책들을 포함한다. 이들은 가볍게 묶인 일련의 에세이들이다. 이 에세이들은 모든 힘의 고향인 것처럼 보이는 인간의 영혼 안에서 그것의 숨겨진 권좌를 발견할 때까지 도처에서 헛되이 찾고 있는 정의의 흔적을 추적한다. "정의의 신비는 어디에 있는가? 그것은 세계를 채우고 있다. 곧장 신의 손에 있고, 곧 그것은 스스로 둘러싸서 지배하고 있……사람들은 도처에서 추정하는데, 인간의 밖에서……"라고 거기에 쓰여 있다. 그리고 이런 경우에도 메테를링크는 단순히 반쯤은 잊어버린 권리와 이에 대한 부를 요구하는 거의 열광하는 인류의 대변자로 나타난다. 그리고 한 순간은 그가 군주처럼 지상을 정돈하려고 하늘을 제거하기라도 한 것 같아 보인다. 하지만 우리는 아무것도 두려워하지 않는다. 어떤 대목에서 그는, 사람들이 하늘에서 가져오는 것을 인간의 마음에서 다시 발견한다고, 또 아무것도 잃을 것이 없다는 것을 스스로 말하고 있다. 그런데 만약 우리가 한 순간 정말 높은 위치에서 역사를 조망해보면 그렇게 보이지는 않는다. 마치 사람들이 모두 그들의 가장 큰 재물과 비밀들을 항상 별에게 던지기라도 했던 것처럼, 마치 그들이 그들 영혼의 크고 숭고한 재물로 하늘을 채우기라도 했던 것처럼, 어쩌면 그들이 스스로 간직하고 다니지 않기 위해서 그리고 일상적 전쟁의 궁지와 공포 속에 위험해지지 않기 위해서, 어쩌면 좀더 가볍게 그리고 좀더 경솔하게 삶을 살아가려고, 돈이 없으면서 도적이 나오는 위험한 길을 더 안심하고 지나가는 사람처럼 누가 그것을 말할 수가 있겠는가? 하지만 누군가 사람에게 그들의 영혼말고는 더 확고하고 더 믿을 만한 어떤 보물금고도 없다고, 그리고 어떤 하늘도 그들의 이상형을 그들의 가슴보다 더 품지 않는다고 자주 충분히 얘기한다면, 그러면 그들은 아마도 거기에 한 사람, 시인이, 단테가 베아트리체의 손에서 자신의 성숙한 인간애로 이끌리듯이 하늘을 지나가는 사람이 왔다고 기뻐하며 환영할 것이다. 하늘, 그곳에서 인간에게 속한 모든 것을 도로 가져오려고, 우리에게 너무 지나치게 낯설어져버린 그리고 너무 지나치게 우리에게서 멀리 떨어졌던 이 하늘 전체를 인간의 영혼이기도 한 그의 고향으로 도로 데려오기 위해서.

하지만 만약 인간이 역사를, 그들의 전쟁과 모험, 그들의 발전과 붕괴, 곧바로 이 방향으로 그리고 곧바로 다른 방향으로 뻗어가는 그들의 동경들로 조망해보면, 사람들은 불안한 껌벅거림만 보게 될 뿐이다. 그리고 이 대중들을 곧 여기로 그리고 곧 저기로 부르는 어떤 공동의 이념을 찾아내지 못한다. 사람들은 잘해야 그들이 성취하는 대로 사라지는 몇 가지 시대적인 목표를 발견할 것이다. 그리고 이런 목적의 사슬은 거기서 최종 목표를 암시해줄 수도 있을 일정한 방향을 인식하지 못하므로 그렇게 꼬불꼬불 진행될 것이다. 그러면서도 이런 관찰이 철학자 메테를링크를 낙담시키지는 않았다. 인류처럼 그렇게 복잡한 공동체에서는 공동의 목표가 곧바로 인식되지는 않는다. 우리는 그것을 모른다. 그리고 어쩌면 그것을 결코 알지 못할 것이다. 누구나가 단지 자신의 역할만을 알아서 채우기만 한다면 충분하다. 영혼과 영혼의 움직임 안에서 일정한 조화를 불러오기 위해서, 누구나 자기 특성에 알맞게 할 수 있는 정도로 그렇게 높이 그리고 숭고하게 이런 목표를 추정하기만 한다면 충분하다. 그리고 만약 우리가 행하는 어떤 것도 사라져버릴 수 없도록 우리 안에 희망을 간직한다면 충분하다.

인류의 위대한 공동의 과제를 그렇게 갈망하며 믿었던 메테를링크가 이미 소년일 때 다른 공통점의 삶을 주의 깊게 관찰하고 그리고 추적했다는 사실은, 그가 벌집의 유리벽들을 통해 다른 세계, 즉 그 세계의 기본 사상이 덜 비밀스러운 것이 아니며 그리고 우리의 삶의 바닥에서 숨겨져 간직된 진실보다 더 적게 알려지지 않은 것도 아닌 하나의 세계의 움직임을 동반할 기회를 수십 년 간 가졌다는 사실은 확실히 우연이 아니다. 방금 메테를링크가 '꿀벌의 삶'에 대해 이야기하는 책(대략 250쪽의 두꺼운 책)[149]이 출간되었다. 그리고 이 책에서 어쩌면 그는 자신의 전체 크기와 지혜 속에서 우리에게 자기 자신을 보여주고 있다. 그가 관찰만을 하려고, 또 완전히 눈에 보이는 대로 그리고 스스로 나타나는 것 외에는 그들에게 어떤 의도도 기대하지 않고 꿀벌의 삶의 실상을 나란히 나열하려고 얼마나 애를 쓰는지 거의 감동하며 보아야 한다. 어디에서도 인간 정신의 우월성은 느껴지지 않는다. 도처에서 모든 사소하고 단순한 사실에서 나오는 멋진 것이 우리가 거기에 연결시킬 수 있는 가장 멋진 추측들보다 더 위대하고 더 숭고하다는 증거를 보이고 있다. 그는 여기에서도 있을 수 없는 겸허한 태도로 다시 이 작은 생물이 살아가는 진실을 추적한다. 그리고 그는 그들로부터, 그들이 별 볼일 없지 않다는 것과 모든 위대한 진실보다 덜 영원한 것이 아니라는 사실만을 알 뿐이다. 그는 여왕벌에게서 진실을 찾지 않는다. 그리고 일벌에게서 찾는 것도 아니다. 여기에서도 진실은 다시 어떤 일정한 현상에 결부되는 것이 아니라 캄캄한 길을 밝히기 위해서, 그곳에서 그들의 작은 힘을 올리고 내리면서 이런 천여 가지 작은 에너지를 발산하는 빛처럼 모든 것에 나눠진다. 그는 그 신비로 감히 침투하려고 하지 않는다. 하지만 그는 그에게 이름을 주면서 그것을 파악한다. 그는 그것을 *벌통의 정신*이라고 부른다. 그리고 그것을 통해 그는 이 작은 공동체의 근심과 일이 미래에 속한다는, 또 이 고유한 국가에서 장차 다가오는 세대의 실존을 보장하고 준비한다는 것에서 모든 것이 출발하는 것처럼 보인다는, 특별한 기쁨을 느낀다.

그는 어쩌면 이런 순간에, 우리 역시 항상 우리 시대보다 더 행복하고 더 성숙해질 미래를 세울 것을 어느 때보다 더욱 분명히 느꼈을 것이다. 더욱 행복해질 것이다. 왜냐하면 영혼은 우리를 서로 분리시키는 이성의 암흑과 정열을 통해 점점 더 침투할 것이기 때문이다. 그리고 우리가 영혼의 빛 속에서 우리를 더 잘 이해하고 더 잘 도와줄 것이기 때문이다. 어느 누구도 제외하지 않고 *벌통의 정신*에서 벌통을 제것으로 만들었듯이, 우리를 사로잡아야 하는, 우리 안에 있는 깊고 위대한 공통점이 영혼과 함께 떠오르는 것이다. 즉 언젠가 모든 것을 포용하고 통일시키고 아직까지는 반대하고 거역하는 힘들을 정돈하는 지상의 정신에 대해 얘기하는 것이 가능하게 될 정도로.

여기에서 우리의 길은 완성되고 끝난다. 그 꿀벌에 대한 책은 메테를링크의 저 초기 희곡, 이미 얘기되었던 저 죽음의 희곡과 이상한 맥락 속에 있다. 그는 이런 희곡들 중의 몇 편을《인형극을 위한 드라마》라고 불렀다. 하지만 회고하는 관찰자에게는 벌통의 비밀에 찬 삶이 그 당시 그에게 자극을 주는 작용을 했다는 것, 또 그 작은 가련한 일벌이 어쩌면 밀접한 연관 속에 어떤 수수께끼 같은 계획이 예측할 수 없이 실행되는 그 소녀의 첫번째 모범이었다는 것이 분명해진다. 그리고 사람들이 길을 잃지는 않을 것이다. 또 사람들이 그 비교를 계속하고자 한다면 그리고 저 특유의 연극적인 시에서도 여왕벌과 수펄, 잠자는 애벌레와 전쟁하는 여왕벌을 찾고자 한다면, 그렇다. 건축조차 벌통의 내면을 흉내냈다. 무수한 문에 다다르는 이 길고 어두운 복도들, 잠자는 공주 또는 금빛 나는 보물들이 있는 방의 문들, 벌통에서 아직 마무리되지 않은 요정 또는 금빛 꿀이 아주 조그마한 방의 어둠을 채우고 있는 것과 똑같이……이런 희곡의 분위기는 벌통의 내부에서 한 부분을 빌려온 것같이 보인다. 물론 어떤 몰이해한 그리고 타산적인 양봉가, '벌통의 정신'에 호의적이기보다는 적대적인 양봉가가 만들게 한 그런 한 부분이다. 메테를링크(우리가 얼마간 더 벌통을 비교하는 것을 고집하고자 한다면)의 새로운 희곡들에서, 그때 그리고 거기서 작업하려고, 꿀을 수확하거나 벌집을 교환하려는 행위자의 움직임을 보이지 않게 관찰하는 양봉가는 더 지혜로워졌고 더 조심스러워졌다. 그리고 어떤 순간에는 그와 그의 눈앞에서 움직이는 저 생물 사이의 이해가 가능하다고 보인다.

이런 새 희곡들이란 〈블라우바르트와 아리아네Blaubart und Ariane〉, 〈베아트리체 자매Schwester Beatrix〉[150] 그리고 메테를링크가 아직 작업 중인 〈모나 반나Monna Vanna〉[151]이다. 이 작품들 중의 하나인 〈베아트리체 자매〉를 공연하려는 조심스러운 시도와 관련해서 마지막으로 희곡 작가로서의 메테를링크에 대해 몇 마디를 첨가하고 싶다. 이 〈베아트리체 자매〉는 최근에 브레멘에서 만들어졌는데, 행운이 따르지 않은 것만은 아니었다.

메테를링크 희곡이 공연하기가 불가능하다고 주장하는 사람들이 있다면, 그들이 그의 주요 작품의 희곡적 형식을 제대로 잘 파악하지 못했거나 아니면 단순한 우연으로 여겨도 된다는 것이다.

메테를링크의 희곡을 공연할 것을 진지하게 시도한 사람은 메테를링크식 희곡의 실제 요구 사항보다는 무대의 전통, 배우의 교육, 연습과 훈련에서 어려움이 더 많다는 것을 숨길 수 없을 것이다. 메테를링크식 희곡은 직업 배우들보다는, 잘 선택만 한다면 전문가가 아닌 예술 애호가들이 더 잘 묘사할 수 있다. 왜냐하면 예술 애호가에게서는 나이브한 표현 수단 그리고 메테를링크식 인물들의 실현을 위해서는 모든 연극 공연과 무대의 세련됨보다 더욱 필요한 좀더 큰 내적 문화도 대부분 신뢰해도 되기 때문이다.

우리의 연극 장치는 메테를링크가 생각한 것과는 다른 수단들로 작업하고 다른 효과를 노린다는 사실을 확인하는 것으로 충분할 것이며, 이때 다른 수단으로 작업하고 다른 효과를 노리기 때문에 이 작가에서 극작가라는 이름을 허용하지 않는 것은 아니다. 사람들이 만약 그의 무대가 무엇보다 줄거리에 속한다고 강조한다면, 그것에 반대하기 위해 할말은 아무것도 없다. 메테를링크는 우리만큼 그 문제를 잘 알고 있다. 그가 부인하는 것은 단지 줄거리가 소재에, 우리의 실제 내면적 삶이 더 이상 전혀 마주치지도 않는 극단적인 파국과 모험들에 놓여 있을 거라는 사실뿐이다. 그는 모든 위대한 진실한 작품에서 외적 줄거리 옆에 두 번째의 소위 내면적 대화가 끌고 가는 줄거리가 존재한다는 것을 증명해준다. 하지만 이 줄거리는 부차적으로 보이고 이를 찾지 않는 사람에게는 강요하지 않는다. 이 두 번째 줄거리를 앞에 내세우는 것은 메테를링크 식 희곡의 의도이자 과제이다. 이 줄거리는 이 작가의 희곡에서는 실제로 존재한다. 이것이 이런 희곡을 지배한다. 물론 저 외적으로 드러난 구식 줄거리가 그랬던 것처럼 이 줄거리를 정말로 가능한 한 더욱 눈에 보이도록, 그런 식으로 눈에 보이게 하는 것이 메테를링크 자신에게 이미 성취되었는지 기다려봐야겠다.

만약 이것이 이루어진다면, 이런 줄거리를 구식 줄거리보다도 훨씬 더 많은 사람들이 이해할 수 있을 것이라고 기대할 수 있을 것이다. 이런 것은 소재와 밀접하게 연결된다. 그리고 소재는 항상 무엇인가 제한하는 것과 배제하는 것을 지닌다. 사람들은 사회와 교육의 거의 모든 층위를 같은 방식으로 사로잡고 설득하는 소재를 생각해볼 수 없다. 우리 영혼의 삶은 이와는 상반되게, 사람들이 그들을 가시적으로 만든다는 것을 전제로, 대화재 아니면 홍수 아니면 심각한 가난에서 공동의 구제가 이따금 사람들을 하나의 고통이나 하나의 기쁨으로 함께 묶어주듯이, 모두를 감동시키고 일치시킬 만한 커다란 보편적인 과정과 경험들로 충만하다.

　모두의 이런 막강한 통합은 항상 공연 무대의 최고 과제였고 앞으로도 최고 과제일 것이다. 그리고 만약 이 위대한 연극이 언젠가 새로 생긴다면, 메테를링크는(사람들은 그를 항상 내밀한 연극의 창조자로 그리고 극소수를 위한 작가로 간주하는데) 이렇게 그 연극의 시조가 된다——어쩌면 너무 일찍 모두를 위한 예술을 희망했던 첫번째 사람이다.——이 예술은 인류를 사랑하면서 인류를 통합하는 예술이다.

1902
조바니 세간티니[152]

    이 거장이 작업한 거의 모든 시대의 작품을 갖춘 특별 전시회(〈봄의 박람회로부터 스케치 〈알프스의 장미〉와 〈에델바이스〉까지)는 오스트리아의 교육부 장관이 방금 출간한 최고로 품격 있는 책자에 대해 얘기할 반가운 기회를 제공한다. 광범위하고 훌륭하고 기술적으로 완벽한 복사가 많이 첨가된 작품들에 관한 얘기다. 〈신 자유 신문〉의 유명한 예술 평론가인 프란츠 세르바에스 박사가 텍스트를 쓴 《지오바니 세간티니 *Giovani Segantini*》가 그것이다.

    세르바에스 박사가 한 것처럼 더 애정을 갖고 더 겸손하게, 더 단순하고 더 경외심을 갖고 이 과제를 해결했을 어떤 사람도 결코 찾지 못했을 것이다. 그의 책은 세간티니의 기념비가 되어버렸다. 이미 그렇기 때문에, 왜냐하면 그것은 부정할 수 없는, 그리고 훗날의 견해나 시류에 따른 의견으로 붕괴될 수 없는 소박한 사실만을 보여주기 때문이다. 바로 세간티니가 위대한 '혁명적인' 인물이기에 모종의 과대평가의 위험의 여지가 있다. 세르바에스 박사가 이를 극복했다는 것은 무엇보다도 말로야의 위대한 빛의 화가의 작품에 대한 그의 사랑과 마찬가지로, 그의 자료에 대한 상세하고 풍부한 지식 덕분이다. 왜냐하면 이것이 정당하고 정통하게 만드는 것은 모든 깊은 사랑의 성격이기 때문이다. 사람들이 정말이지 이렇게 깨닫게 해주는 감정 없이는 도대체가 위대한 고독한 사람에 대해서 써서는 안 되었을 거다.

세간티니는 출생부터 해발 2,700미터의 높은 양치는 산에 있는 초라한 오두막에서 이른 죽음을 맞이할 때까지 고독한 삶을 살았다. 하지만 그의 마지막 고독은 그의 어두운, 가난의 동산에 적응했던 어린 시절이 놓여 있던 저 무기력한 황량함에서는 얼마나 멀리 떨어져 있었는가. 똑같지 않으면서 분명함, 어떤 탁 트임과 장엄함에 대해 말하는 것이 그의 그림 속에서는 숭고한 선교로 나타나면서 그의 죽음을 둘러싼 반면에, 빈곤, 암흑 그리고 절제는 그의 출생 시간을 에워쌌다. 다른 사람들이 하늘과 영원한 축복에 대해서 말하듯, 그는 지상의 높이에 대해 말했다. 그 지상의 공중에서 햇빛 비추는 날의 금빛이 전율하고 단순한 윤곽과 고지대의 혼합되지 않은 색채 너머로 반짝거리고 있다. 그는 자신의 소년 시절과 청년 시절을 둘러싼 작은 부분만을 세상에서 보았다. 하지만 그는 그 시절들이 혼란스럽고 불필요한 것들로 꽉 차 있다고, 또 그들에게 깨끗함과 숭고함의 그림을 보여주는 것이 좋겠다고 느꼈다. 집과 교회 그리고 공장들이 사람들에게 아래로 숨기는 크고 조용한 지평선과 도시들의 자욱한 안개 속에 보이지 않는 빛의 기적. 하지만 그가 거주지를 떠났다고 해서 사람들과 작별한 것은 아니다. 그는 외딴 세계에서 확실히 먼 곳 앞에 그들의 소박한 일상용품점들을 세웠다. 그는 농부와 양치기의 삶을 묘사했다. 그 삶에는 사람과 동물들이 침묵하며 친밀하게 융화하고 있다. 그리고 인간적 고통과 기쁨의 위대한 기본 형태, 죽음과 모성애를 작은 사건들의 소용돌이에서 꺼내 분리시켜 영원으로 채워진 소리 없는 형상들로 반짝거리는 신세계가 지닌 것과 맞먹는 숭고함으로 독립시켰다. 이런 세계는 그에게 모든 허상을 배제시키는 밝고 진실된 빛으로 채워졌다. 이런 빛에 잡힌 모든 현상은 그들의 진가 속에 나타났다. 죽음과 사랑은 위대했고, 그리고 '나쁜 어머니들'의 애정 결핍과 무심함은 용서할 수 없을 정도로 잔인했다.

세간티니가 자신의 삶과 소원을 표현한 것만을 그림 속에 남긴 것은 아니다. 그는 편지와 글에서도 역시 자기 예술에 대해서 증명했다. 그리고 세르바에스 박사는 자신의 책에서 가능한 한 자주 그가 직접 말하도록 애를 썼다. 이 점은 저자가 세간티니의 제국을 밀레, 뵈클린, 와트의 이웃 제국과 가벼운 색의 경계선으로 구분시킨 섬세하고 사려 깊은 방식과 마찬가지로 그 책에 특별한 매력을 준다.

세간티니의 그림은 원래 그 화가에 대해서 또 다른 방도로 경험하고자 하는 소망을 갖게 한다. 그것은 마치 자기 그림의 가장 작은 조각마다 그 거장이 완전히 들어 있기라도 한 것 같은 것이다. 그에 대해서, 인간에 대해서 그리고 예술가에 대해서 많은 것을 알기 위해서는 알프스의 잔디 한 부분을 주의 깊게 눈여겨보는 것으로도 족하다. 그래도 이런 책은 불필요하지는 않다. 그의 그림을 관조하는 데 아직 이해하지 못하는 그 사람들에게 그의 작품들을 향한 수백 개의 흥미 있는 길들이 열릴 것이다. 그리고 직관을 오래 전부터 즐기는 다른 사람들에게는 그의 단순하고 잘 분배된 언어들이 그들의 사랑을 강하게 해줄 것이고 확인시킬 것이다.

이 밖에 세간티니의 삶과 창작에 대한 좀더 짧은 개괄을 찾는 사람에게는 짧은 단행본을 가르쳐주겠다. 그건 바로 가장 중요한 것

을 짧게 묘사한 것과 솔직하게 느낀 추도사의 감동적인 따스함을
연결시킨 W. 프레트의《조바니 세간티니》다.

1902
하인리히 포겔러[153]

예술에 대해서 쓰고, 전시회와 미술 화랑에서 보여주는 수많은 모든 것에 대해서 판단을 내리는 것이 관례인 상황은 오래 전부터 예술작품의 평가를 지배하고 있는 아주 대단히 큰 혼란을 일으키는 데 일조하고 있다. 이 수천 수만 개의 예술적 표현 전부에 적합한 어휘들을 갖기에는 우리의 언어가 그렇게 풍부하지 않다. 그리고 적은 선택의 표시로 항상 행복하기 위해서 우리 작가들이 적절하고 철저하다고 하기에는 충분치 않다. 예술 평론의 양식은 특별히 신문을 통해 양성되었다. 그렇기 때문에 이 양식은 발전 가능성이 있어 보이기도 하다. 왜냐하면 이 양식은 자신에게 내재한 신속함으로 레오나르도나 러스킨, 무터나 리히트바르크에게서 먼저 사용되었던 표제어를 잘 발견해서 자기 것으로 습득하기 때문이다. 언젠가 한번은 자기 소유인데도, 그들은 빠르게 그들의 원래 의미를 낯설게 하고, 미끄러지듯 서둘러 사용하다가 그들의 특징을 잃고, 더욱 불확실한 맥락에서 항상 다시 나타난다. 결국 그들이 낡은 예술사에 나오는 상투어라는 것말고는 더 이상 아무 가치도 없을 때까지, 진부하고 친절하게 모든 견습생의 뜻에 따르면서.

예술작품 앞에서는 평가를 해야 한다는 필연성보다 더 위험한 것은 없다. 이것 자체가 이미 우리의 분별 있고 비판할 준비가 된 시대에는 더 이상 전혀 완전히 의식하지 않는 부당함이다. 자연에 대해서는 너나 할 것 없이, 그것이 만들어진 것이고 창조된 것이라고 생각하지 않는다면, 현존하는 것에 갖는 저 아직 단순한 직관의 자연스러운 관계를 느낀다. 위대한 예술작품 자체가 자신들의 존재로, 자신들 존재의 무한한 실상으로, 그리고 사람들이 그 작품에 의존하고, 위대함과 소중함에 대한 모든 표현들을 중급에서 또는 시류를 타는 작품들에서 무감각하게 하는 대신 언어가 제공하는 몇 마디의 기쁨과 숭고함을 아껴두는 것이, 서로 모순되는 견해가 뒤죽박죽되는 소란으로부터 나오는 유일한 출구일 것이다. 무엇이 인간에게 실제로 중요한 작품을 도외시하도록, 그리고 오늘의 갈망에서 생겨서 내일의 갈증을 식혀주는 일상의 친절하고 덧없는 생산품을 그들이 위대한 예술의 신전에 걸려 있는 화환에서 가져온 저 언어들로 축하하도록 강요하는가? 초조, 일상, 시대. 신문에 의해서 시대는 예술작품의 심판자가 되었다. 그리고 이 힘겨운 직책을 실행하기에 그 밖의 어느 것도 신문만큼 부적합하지는 않다. 예술작품은 정말 많은 경우에 시대에 반하는 모순이다. 그리고 신문이 그들에게 언젠가 한순간 수긍하고 함께 가는 곳, 거기서 시대는 적절치 못한 때가 되는 것이고 위대함으로 부서져 열린 혈관을 통해 예술작품들, 예외 없이 전부 증명하는 저 영원함에 먼 인척이 되는 것이다. 매번 아직도 자기 안에서 일어난 인간들을 잘못 판단하는 시대가, 이 시대가 일상적이고 성급한 판단으로 자기 안에서 생겨난 예술작품에게 정당할 수 있을까? 자기 밖으로 넘어서서 솟아오르는 모든 것이 시간의 배려에서 벗어난다. 고독하게 아니면 숨가쁘게 성장하는 도시들의 숨막힐 듯한 소동에 묻혀서, 오늘 저기서 또는 거기서 부활하는 모든 중요한 사람은 잘 알려지지 않은 사람들이고, 그들의 시대가 비로소 오게 될 미래의 사람들이다. 그리고 오늘이 마치 그들과 관련이 없는 과거처럼, 자신의 심판으로, 자신의 칭찬 아니면 조롱으로 이들에게 범람한다. 그리고 시대에 맞지 않는 인간들보다 훨씬 더 지구력을 갖는 예술작품은 거기에 훨씬 더 무감각하게 마치 깊은 잠에 빠진 듯이 서 있다——미래의 것.

하여간 우리는 지금 그들 곁에서 살고, 그들을 만나고 별 아래에서 그들과 공간을 나누고 있기 때문에, 그들과도 어떤 관계를 맺어야 한다. 만약 우리가 감긴 눈으로 그것을 그냥 지나쳐 가기를 원하지 않는다면, 일종의 교류가 어떻게든 형성되어야 한다. 본능적으로 행동하는 인간들이 있다. 그리고 이들은 자신들의 평가로, 이로써 그들이 더 많이 분리될 뿐인데, 예술작품에 이를 수 있다고 믿는 저 사람들보다 예술이란 것에 대해 훨씬 더 정당하다. 시대에 속하지 않는 사물로서의 예술작품은 나무와 산, 커다란 강 그리고 광활한 평지와 가장 유사하다. 그들은 즐겁게 하거나 고통을 주지 않고 시간도 둘러싸고 있을 뿐이다. 그리고 심판으로 다가가며, 이 판단은 인정하거나 부인하거나, 좋거나 나쁘거나 마찬가지로 우직한 것처럼 쓸데없는 것이리라. 그들에 대한 올바른 유일한 관계, 그들과 실제로 모종의 연관을 맺는 유일한 관계는 집중하는, 무비판적인 직관이다. 즉 관조하면서 그리고 관조하듯 성숙해지면서 안정되는, 차분하고 확 트인 눈의 시선이다. 그리고 예술작품들도 그렇게 보여야 한다. 아치형의 높은 하늘이 있는 광활하고 고독한 풍경처럼, 거대하고 컴컴한 나무들처럼, 저녁때 조용히 쉬는 바다처럼, 평지의 외딴 집들처럼, 곱게 잠자는 아이처럼 또는 젖을 빠는 어린 동물들처럼, 저 영원히 그리고 시대를 초월한 삶의 수천 가지 사물들처럼 일상이 주의하지 않고 시간이 일로 스쳐가는 삶, 저 영원히 시대를 초월한 삶의 수천 가지 사물들처럼 보여야 한다.

수백 년 전부터, 예술과 예술의 관조에 대해 쓰는 것을 시도했던 사람들은 의식적으로 또는 무의식적으로 모두 이런 입장을 찾았고, 또 과거의 예술에 대해서는 부분적으로라도 이 입장을 유효하게 했다. 왜냐하면 멀리 떨어져 있는 것은 가까이 있는 것보다 좀더 조용하게 보이기 때문이다. 하지만 그들은, 다른 것으로 그리고 또 다른 것으로 끊임없이 대체되기 위해서만 거기에 있었던 비판에 자신들이 빠져버리도록 하면서 항상 또다시 그 입장을 잃어버렸다. 하지만 예술작품이란 항상 안정, 고정된 균형의 순간들이기 때문에, 예술작품 자체는(오래되었거나 새롭거나 간에) 항상 나무처럼 관찰될 수 있는 반면, 다시 말해서 순전한 직관을 견디어내고 허용하는 반면에 불안은 어떤 경우에나(진짜 예술이 문제되는 곳에서는) 단지 관찰자의 입장일 수 있을 뿐이다. 그냥 쳐다보는 이런 의도를 가지고 그림과 그림이란 작품에 다가가는 사람은 비평하는 것을 완전히 잊어버리든지, 아니면 비판이 달라진다. 그 판단이란 것은 예술이란 사물 앞에 서 있거나 아니면 천천히 지나감에 들어 있고, 그것이 속하지 않는 언어로부터는 그저 요구 없는 행위로 스스로 물러선다. 내가 여기에서 가장 요약해서 말하는 것처럼, 사람들이 예술에 대한 비판에서 모든 권리를 단호하게 부정하자마자 예술가에 대해 쓰는 과제는 본질적으로 달라질 것이다. 여기에서도 역시 모든 것은 비판이 아니라 직관에 맞춰진다. 앞에 놓인 작품들의 전체 내용과 그 작품을 창조해낸 예술가한테서 하나의 그림을 그려내는 것, 즉 사람들이 관조하면서 말없이 서 있고 겸손한 말로 이야기하는 하나의 세계를 그려내는 것.

이런 그림은 오래 전에 내 눈앞에 있다. 수년 전부터 나한테 가까이 있다. 성장하면서 보충하면서, 그리고 그가 굉장히 멀리서부터 돌아올 때면, 나는 내 시선을 고향 같은 어떤 것에서처럼 그곳에서 쉬게 하는 데 그렇게 익숙해 있다. 다른 그림들도 나를 둘러싸고 있다. 아직 더 성장하고 어쩌면 훨씬 많이 커질 불확실한 경계선의 그림들, 내가 여기에서 사랑으로 말하고자 하는 그 하나는 더 커지지는 않는다. 정말 한 번도 큰 적이 없다. 내가 위에서 말했던 그의 성장은 내면으로 들어간다. 그것은 채워진다. 그것은 정돈한다. 그것은 점점 더 분명하게 그를 지배하는 규칙들을 인식하도록 한다. 짧게 말해서 그것은 발전하고 있다. 여전히 확장하고 어쩌면 결코 이를 수 없는 저 다른 그림들은. 그것은 그들보다 좀더 작다. 하지만 그것은, 개미집과 벌통들이 알렉산드로스의 제국과 나폴레옹의 제국보다 더 행복하고 더 완결되어 있는 것처럼, 더욱 행복하고 동시에 더욱 완결된 것이다. 우리 시대의 성격이, 예술과 삶의 조화를 창조하는(어쩌면 언젠가 대단히 먼 장래에 위대함 속에 성취하게 될 종합) 그쪽을 향해 간다면, 그렇게 그들이 많은 포즈들 너머 하나의 바른 진짜 예술가를 보지 못한다는 사실이 그들에게는 특징적이다. 그 예술가는 대충 삶의 크기보다 작은 그림 속에, 마치 은유 속에서처럼 의도 없이 예술과 삶을 끊임없이 그리고 매일 통합하는데, 그들이, 만약 그들이 도대체 성취에 대해 성숙하다면 그들에게 성취임이 틀림없었을 하인리히 포겔러를 보지 못한다는 사실. 사람들은 자기네가 그를 보고 있다고 내게 반박할 것이다. 사람들은, 이 화가가 수년 전부터 향유하는 유명세를 말하지 않기 위해서라도, 그가 알려진 사람이라고 지적할 것이다. 그리고 그의 동판화가 획득해낸 폭넓은 명성을 갖고 내게 반박하려고 시도할 것이다. 하지만 내가 이야기를 계속하기 전에, 한 가지를 지적해야겠다. 나는 하인리히 포겔러를 스스로 요구하는 그 많은 숭배자에게, 그가 그들에게 속하지 않는다고, 그들은 전혀 그를 염두에 두지 않으며 그리고 알지도 못한다고, 그리고 그들은 전적으로, 마치 설탕에 절인 과일에서 단지 설탕만 빨아먹고는 이미 오래 전부터 그렇게 달지 않은 과일은 궁금해하다 실망해버린 시도를 한 다음에 내버려두는, 군것질 좋아하는 아이들처럼 행동하고 있다고 말해야겠다. 그리고 그의 주방에서의 초기 조리법에는 설탕이 몹시 많이 들어갔는데, 그것이 그들을 유혹했다는 것과 그들의 단 혀에 그들에게 점점 더 익숙해진 하인리히 포겔러의 이름이 놓여 있다는 것을 말해야 하겠다. 거기에 소위 말하는 '현대인'이, 다른 '현대인' 같이 그렇게 낯설고, 버릇없고, 이해하기 힘들게 행동하지 않는 보르프스베데 사람이, 약간은 고집세기조차 하고 독특하지만 지루하지 않기 위해서 딱 필요한 만큼만 그리는 동화 그리는 화가가 있다. 이런 분위기에서 하인리히 포겔러의 유명세가 생겨났다. 그리고 그의 명성은 대부분의 경우처럼 그의 친구가 누구인지를 그에게서 들어야만 하는 오해에서 만들어진 것이다. 그리고 이 글은 명성이 없는 사람, 거의 무명에 가까운 이 하인리히 포겔러에 관한 것이다.

뒤셀도르프 아카데미에서 공부할 때, 그는 작고 조용한 성격의 젊은이였다. 그 성격은 아직 자기 작업에서 표현하지 않았거나 아니면 성격이 밀려오는 곳에서 기껏해야 부지런한 사람이면 누구나

이룰 수 있는 평범함 아래로 그를 잡아당겼다. 대략 그 자신의 세계에 대한 계기들을 폭로하자면, 그것은 그에게는 다른 사람들의 외모와 행동이 이상하게 낯설게 보인다는 상황이다. 그리고 그가 철저히 통상을 깨는 관계를 통해서 눈에 띄는 자기 주변의 표정과 그림들을 과장하거나 확대해서 느꼈고 묘사했다면, 그 자신의 작품을 언젠가는 지배할 척도를 이미 그 당시 적용했다는 것이다. 캐리커처는 다른 내적인 척도의 적용을 통해서 조건지어지는 모종의 차이에 대한 강한 느낌을 통해서 분출하는 단지 부차적 결과일 뿐으로, 경험이 없고 피상적인 관찰자에게는 캐리커처에 대한 취향이 핵심으로 나타날 것이다. 포겔러의 작품에서 캐리커처는 이런 입장을 항상 고수했고 그들이 여러 가지 형태를 가정하고 곧장 변장을 하는 곳에서도 역시 그것은 비판(원래의 캐리커처가 항상 그런 것처럼)이 아니라 조화를 깨고 균형잡힌 세계를 파괴하려고 위협하는 어떤 것에 반하는, 그 스스로의 독특한 반사 운동이다. 이런 세계가 꽤 보호받지 못한다고 느꼈던 초기에는 그의 상상력은 켄타우로스와 괴물들을, 항상 너무 거대하고 지나치게 큰 이방인을 형상화해야 하는 적대적인 부조화를 창조했다. 그의 세계가 이미 진짜 벽을 가졌던 후기에는 그것이 비밀에 차 있는 것과 유령 같은 것으로 등장한다. 이런 불균형적인 기다란 팔 앞에서 그 벽들이 피하고 마침내 그가 자신의 제국에서 정말 안전하다고 느끼게 될 때에야(이렇게 자주 이 글에서 내가 이제부터 다루려는 새 그림들에서 그렇듯이) 그는 그것을 가볍게 우월감을 기억나게 하는 반어법으로 다룬다.

만약 하인리히 포겔러의 발전에서 그를 둘러싸고 그를 만나는 이국적인 것에 대한 그의 제각각의 관계에서 나오는 것에, 또 그가 어떻게 자기 것을 지키고 그것을 어떤 수단으로 굴복시키는지에 특별히 눈길을 준다면 이렇게 사람들은 맞는 얘기를 하게 된다. 그의 동판화도 역시 어떤 다른 입장에서 고찰되어서는 안 된다. 사람들은 이들을 오랫동안 후기 낭만주의자들의 꿈으로 여겼다. 그리고 사람들이 이들을 실제로 줄거리가 없는 비밀을 반쯤 설명하는 이름을 그들이 그 동화들한테서 우연히 갖고 있는데, 그린 것이라고 여긴다면, 그것도 역시 가능한 일이다. 하지만 '신부인 뱀'도 '개구리 왕의 동화'도 주어져 있는 동화 소재에서 생긴 것이 아니다. 그리고 '일곱 까마귀'는 일곱 마리의 까만 새들이 자신들의 존재를 방해받지 않고 움직여도 되는 가면일 뿐이다. 내가 하인리히 포겔러에게서 부인했던 숭배자들이 그를 칭송한 것은 감동적이었다. 다시 말해서 나이브하지 않은 시대 한복판에서 화가 한 사람이 옛날 소박한 독일 동화를 다시 느꼈고, 마치 그들이 오늘 그랬고 그리고 매 순간 다시 일어날 수도 있을 것처럼, 그들에게 그림과 표현을 주었다는 사실은 감동적이었다. 그것은 몹시 감동적이지만 또 몹시 잘못된 이야기이기도 하다. 여기에서 이런 동판화의 소책자들이 발전되었는데, 이 과정은 본질적으로 다르고, 더욱 진지하고 더욱 깊이가 있다. 완성하고 나서 한참 뒤에 가장 가까이 있는 동화의 이름으로 위장한 이런 소책자를 창조한 사람은 결코 나이브한 낭만주의자가 아니었다. 그는 우리 시대 사람이었다. 우리처럼 싸우면서 우리처럼 좀 덜 행복하게, 그리고 더욱 복잡한 감정으로 꽉 차 있는. 자기 주위에 이미 확실하게 정해진, 하지만 매우 한계가 있는 현실을, 이 현실은 그가 경험이나 정서로 받아들였던 모든 것과 모순되는 데, 갖고 있는 한 인간, 그가 그것을 단지 동화로서만 이야기한다. 그리고 한 번 존재했던 것으로 느낄 수 있도록 모든 것이 그에게는 그렇게 낯설고 믿을 수 없다. 이렇게 이런 동화들은 생겼다. 그 자신의 동화, 그의 현실 너머로 우뚝 솟아오르는 그리고 그가 이런 현실의 작은 수단으로 말하려고 애쓰는 경험들.

완전히 단호하고, 폭을 중시하는 부류의 사람들의 발전의 한 대목에는 갈림길이 있다. 그리고 사람들은 그들에 대해 두 가지 이야기를 할 수 있을 것이다. 사람들이 한 번은 오른쪽으로 가게 하고 그리고 다른 때는 왼쪽으로 가게 한다. 두 가지 이야기는 이런 점에서 갈라져서 갔고 그리고 훨씬 더 차이가 나게, 완전히 다른 목표로 이끌 것이다. 이런 두 가지 이야기에서 하나는 필연적으로 좀더 슬프고, 다른 하나는 필연적으로 좀더 행복하게 진행되어야 할 것이다. 하지만 두 가지 다 움직임으로 가득 찰 수 있고 비극적 순간 없이는 안 된다. 나는 이런 경우에 좀더 행복한 이야기를 쓸 수 있다. 일정한 현실을 중시하면서 실제로 이런 현실을 훨씬 더 많이 그리고 훨씬 더 잘 확인하고 있다고 보는 그런 사람들의 이야기, 왜냐하면 훨씬 더 적게 낯선 것과 방해되는 것이 일어나기 때문이라고, 왜냐하면 그가 낯선 것을 자기 것으로 새롭게 해석하는 데, 자기 것으로 표현하는 데, 그리고 자기 식으로 경험하는 것에 훨씬 더 능숙해지기 때문이다. 물론이다. 훨씬 더 많이 낯선 것이 남아 있다. 그리고 건축 석재로서 산을 사용할 수는 없는 것처럼, 그의 균형을 위협할 수 있을 그리고 그의 조화로운 삶에 어울리지는 않을 많은 위대한 것, 정말 어쩌면 이런 현실 밖에서 그를 필요로 하지도 않으면서 조화시키는 모든 마지막 위대한 사물들이 남을 것이다. 고독한 사람, 즉 실향민 앞에서, 그의 인생이 고사포이고 그들에 대한 탐구인데, 오늘이나 내일 그들은 자신들의 이름 모를 파괴적인 위대함 속에 나타날 수 있다. 하지만 만약 그의 방황하는 발이 잘못 들어선 길에서 죽음으로 이끌면 그들은 똑같이 영원히 감춰져 있을 수도 있다. 하지만 최후의 위대한 진실과 깊이는 마치 성벽과 흉벽과 문과 대도시의 모든 실용품과 장식품을 갖춘 작은 도시처럼 골짜기에 놓인, 이렇게 이주시킨 고요하게 담으로 둘러싸인 현실과, 그들이 결코 거기에 들어서지 않을 것이고, 동시에 그림 밖에 놓여 있는데도 불구하고 어쨌든 관계를 맺을 수가 있다. 그들은 마치 멀리 떨어져 있는 별들이 그들의 빛과 그들의 매력으로 그들이 알지 못하는 사물에 작용하듯이, 그들에게 조용히 그리고 꾸준하게 작용할 수 있다.

그러니까 그가 낭만주의자 하인리히 포겔러다. 그는 자기 안에 윤곽을 드러냈고 그리고 그가 빵처럼 필요로 한 현실을 찾게 될 것이고, 그리고 삶으로, 예술로 그리고 완전히 고유하고 비교할 수 없는 방식의 예술가의 삶으로 확장할 수 있을지에 전체 운명이 맞춰져 있는 사람이다. 이제 오늘날의 사람들은 그것을 단호하게 표현할 수 있다. 이런 문제를 그가 해결했다는 사실을. 내가 이 글을 쓰는 장소에서 반 시간쯤 떨어진 곳에 정원과 집, 성취된 인생, 발전된 성장한 세계가 있다. 그리고 사람들은 이따금, 그곳에 몇 개의 커다랗고 분명한 별들과 특별히 부드럽고 아주 연약한 잔디 꽃을 키운다. 그리고 장식해주는 태양이 함께 자기 자신의 하늘까지도 속한다는 것에 놀라워한다.

그것은 경계와 벽이 있는 세계다. 하지만 그들을 세웠고 소유하는 자는 이런 벽을 부인하지도 않으며 그들을 감추려 시도하지도 않는다. 그는 그것들을 장식한다. 그리고 그에게도 속하는 어떤 것처럼 그것들을 이야기한다. 그리고 그들이 아름답고 자신의 집에 어울린다는 것을 기뻐한다. 그는 그것들을 자주 그렸다. 요한 크노프 남작을 위한 아름다운 서표(書票)에서 사람들은 그것들을 발견한다. 그리고 커다란 그림 〈귀향〉에서도 역시——그리고 그들은 바로 이런 그림에서 장면에 폭과 크기를 주는 데 한몫을 한다. 그리고 무한함과 그 뒤에서 솟아오른 하늘을 그들 방식으로 말하고 있다. 그것은 아주 독특한 벽이다. 그들은 세속적인 이웃에게서 폐쇄된 특성만을 분리하지 않을 뿐만 아니라, 위대한 미래의 작은 그림도 빙 둘러 경계선을 긋고 그것을 현재, 즉 그런 성취가 아직 완숙하지 않은 시간과 구분시킨다.

나는 아직 한 번도 그렇게 풍요롭고, 동시에 매 순간마다 그렇게 사실로서 실제적인 현실을 본 적이 없다. 농부 인생의 현실은 우리가 아이가 되어 일련의 그림이 그려진 종이에 묘사된 것을 볼 때처럼 그렇게 나타난다. 거기에서 모든 업무들은 자연스럽고 필연적이고, 단순하고 좋은 일이다. 그리고 이런 삶에서 완전히 혼자서, 수확이 생기고 빵이 나오듯이, 스스로 수확되고 나쁜 해를 겪는, 마치 그가 그의 들판인 것처럼, 그가 이 들판의 씨를 뿌리는 사람이고 추수하며 벌초하는 사람인 것처럼, 또 그의 근면과 그의 신뢰, 그리고 그의 손의 힘과 사랑을 필요로 하는 그의 고향 땅에 종속된 예술이 하인리히 포겔러의 삶에서 나온다.

하인리히 포겔러는 일찍이(1892년에 이미) 한 지방에 정착했다. 그 지방의 특성은 몇 년 전부터 자주 전해졌는데, 1895년 이후부터 거기에서 결정적인 전쟁이라도 일어났던 것처럼, 이름이 매우 알려진 마을 가까이에 있는 한 지방. 프리츠 마켄센은 여기에서 포겔러의 스승이었다. 그리고 자연의 강력한 과제에 성장한 그의 설득력 있는 에너지는 그 젊은이에게 거의 영웅적으로 작용했다. 그는 이런 땅을 사랑할 권리를 이미 싸워 얻어낸 이 남자에게 친밀하게 다가갔다. 포겔러는 그에 이끌려서 자신의 고향을 알게 되었다. 마지막으로 천지가 창조되던 날에 아직 숨이 가쁜 하느님 아버지의 손에 이끌린 아담처럼.

포겔러는 그 사람이 보았던 것과 똑같은 것을 보지 않았다. 그는 그 사람이 사랑했던 것과 똑같은 것을 사랑하지 않았다. 하지만 그가 보고 사랑하고자 왔다는 사실, 그것을 그는 이 땅의 많은 아름다움에 대해 알았던 그리고 그들에게로 가는 그리고 그들 너머로 벗어나는 길들을 찾는 것이 자신의 삶인, 그 경험 많은 친구에게 감사한다. 그리고 그는 여기에 이주했던 많은 것들에서 오늘까지도 아직 알려지지 않은, 그리고 그에게 동조했던 예술에서 포고되지 않은, 이 땅에 매달렸던 또 다른 것을 그들 방식으로 발견했다. 만약 그 땅이 이보다 훨씬 크다고 말한다면, 이런 예술에 대한 비난인가? 나는 그렇게 생각하지 않는다. 이곳에 사는 예술가들은 아직도 성장한다. 아직도 그들은 고독한 사람이기보다는 오히려 고립된 사람들이다. 하지만 그들의 사랑이 식지 않는다면, 그렇게 한 번은 그들은 어쩌면 그들의 땅의 숭고한 고독이 계시하는 저 분위기와 저 모든 시간 전부의 전수자가 된다. 그렇지만 여기에서는 오직 하인리히 포겔러에 대해서만 얘기하는 거다. 그리고 그가 그 안에 지배하는 위대한 법칙 때문에 그 땅을 사랑하는 것이 아니라 그의 정원을 위해 공간을 주었기 때문이라고, 그리고 그의 커다란 바람이 그가 심었던 나무들을 꺾었기 때문이라고, 그리고 그의 꽃들이 높이 뻗어 전율하면서 올라가는 광활한 하늘에서 빛이 흐르기 때문이라고 말할 수 있다. 그에게는 어딘가 멀리 들판에 서 있는 나무가, 즉 바람으로 심고 우연으로 키운 고아가 문제인 것은 아니다. 그에게는 *자신의* 나무를 세워놓을 수 있는 장소가 필요하다. 그리고 다른 잔디 위의 꽃들은 그에게 사람들이 사랑하기는 하지만 그것으로부터 아무것도 배울 수는 없는 하늘의 별들과 같은 것이다. 그리고 그는 자신의 정원에서 배우고자 한다. 거기에서 그는 개별적인 사물들을 수집한다. 저 넓은 평야에서 자라고 흩어지고 무의미하게 반복하고 있는 그들의 대변자를, 그 자신의 경험들 각자에 하나의 표상이 서 있다. 이것은 마치 그의 경험들이, 이들의 기억은 꽃이 피고 지고 다시 꽃이 피는 사물에 연결되는데, 변화하는 것을 멈추지 않는 것처럼 보이도록 자기 자신의 발전을 갖는다. 마치 사람들이 사랑했던 죽은 사람이 조용히 계속 걸어다니는 것을 갑자기 죽음의 베일을 통해서 보는 것과 똑같이, 그들이 자기 자신의 존재 너머로, 자애로운 하늘 아래로 그냥 계속해서 성장할 것처럼 그에게서 더 이상 아무것도 사라지지 않았다. 그의 정원에는 언젠가 한번 존재했던 모든 것이 남아 있다. 그리고 각기 사랑스럽고 아름다운 시간이 다프네 같아서 비밀에 가득 차 번쩍거리는 길쭉하고 시커먼 잎새를 가진 나무로 변신했다. 그의 삶은 항상 그의 주위에 있었다. 그리고 그는 항상 그의 삶 한가운데에 있었다. 그것은 완전히 말 그대로 해석해야 한다. 왜냐하면 그 스스로 이 정원의 정원사이기 때문이다. 사람들이 책을 쓰고자 하면 문자를 조판하듯이 그는 나무들을 심었다. 그리고 봄과 겨울은 빛과 어둠처럼 이 책의 종잇장 위로 지나갔다. 그렇지만 이런 비교는 단지 이 문제의 한 면에만 적중한다. 이 정원 위로 어떤 매우 기이한 정원사가, 즉 시를 계속 이끌리듬을 암시한 뒤에 시의 시작을 자기 정원에 적어 넣고 그것을 자연에게 맡기는 어떤 시인이 왔다. 그리고 거칠게 자라나는 시에 자극을 받고 그림을 창작한 어떤 화가가, 그 그림 안에는 그 시가 모방되었고, 그가 그린 이 그림이 다시 새로운 시도로 안내하는데, 그 새로운 시도에서는 그가 다시 정원사가 되었다. 그것을 말하기는 어렵고, 사람들은 어떤 종류의 자극과 상호 작용의 사슬이 하인리히 포겔러의 예술과 이런 정원을 연결시키는가를 암시하는 것에 대해 헛되이 그림들을 찾는다. 그들이 다시금 새로운 그림들에게 계기를 마련할 때까지 그의 종이들과 그림들은 거기서 계속 성장했다. 그리고 그의 예술은 이런 정원과 그의 발전에 의지하며 많은 발전을 거쳤다. 완전히 스스로, 그리고 오로지 그들이 자기 앞에서 보았던 새롭고 좀더 큰 요구들에 정당하기 위해서. 하인리히 포겔러의 초기와 중기 작품에서 모든 것이 봄답게 작용한다는 것은 우연이 아니다. 싱싱하고 새로운 정원은 여름에도 역시 저 날씬하고 드문드문한 존재, 그물코가 큰 어떤 것, 그리고 그물코마다를 통해 하늘이 들여다보인다. 그의 정원이 촘촘해지고 그의 나무들이 더 크고 더 성숙해지고 그의 꽃이 무수하게 많아졌을 때, 나중에서야 하인리히 포겔러는 여름에 대해 이야기를 할 수 있었다. 그리고 그것도 역시 이젠 *그의* 여름이다. 지난 몇 년 간의 몇몇 그림에서 사람들은 캔버스의 모든 장소를 채우고, 완성하는, 사물 곁에 사물을 세워 놓는 노력을 본다. 우거진 덤불과 밝은 색 열매들이 엉클어져 있는 시커먼 잎새가 달린 묵중한 나무들이 사람들이 그의 종이에서 보는데 익숙해진 저 날씬한 소녀 같은 나무들 자리에 들어선다. 그리고 동시에 그는 그들의 예민함과 강도로 인해 그의 새로운 욕구에 더 이상 어울리지 않는 동판화를 빠뜨리게 한다. 그리고 새로운 표현 수단을 기다린다. 그림에서는 많은 준비가 필요하기 때문이다. 그가 독자적인 책자를 창조하기 전에, 어떤 것과도 비교할 수 없는 그리고 그의 예술의 가장 독특한 자료에 속하는 책자, 책의 장정에 알맞게 《섬》의 한 면에 우선 사용했던 목판화 식의 그림에서 그것이 나타난다. 그것은 물론 다시 그의 자라나는 내용으로 이런 진보에 첫 동기를 부여했던 정원이었다. 하인리히 포겔러가 아직 무성한 나뭇잎이 지닌 다채로운 색상을 느끼기도 전에 윤곽이 엉킨 길들이 그의 흥미를 끌었다. 그리고 〈섬〉에서 그의 공상적인 새들은 윤곽의 비밀을 연구하는 시도였다. 그리고 그는 점점 더 이런 비밀을 소유하는 것같이 보인다. 왜냐하면 그의 펜화 기법은, 그 비밀의 폭로와는 동떨어진 채 단지 아는 사람만이 그들에게 줄 수 있었던 선의 확고함을 보여주고 있다. 사람들은 하인리히 포겔러에게 헌정된 이 잡지가 초기 특집[154] 중의 복제된 그림들 중 하나를, 초라한 책 장식을, 선의 처리를 기억하게 된다. 그리고 사람들은 그 곁에서 완전히 성숙한 윤곽의 언어를 힘들이지 않고 사용하는 깜짝 놀라게 하는 책자 《꿈들》을 집는다. 사람들은 내게 그 당시와 지금의 사이에서 더 많은——내적인 그리고 외적인——발전이 수년씩 놓여 있음을 인정하게 된다. 그것은 물론 그 모든 것을 만들어낸 성숙한 정원 하나만은 아니다. 《섬》은 공간과 자극이 제공했던, 포겔러에게는 어떤 계시였던, 그리고 그에게 마침내 인간과의 사귐을 중개했던 버

슬리Beardsley의 그림들이 가져왔던 이유에 근거를 댔다. 왜냐하면 그것이 자기 것과 마찬가지로 실현시키는 데 적중했기 때문에, 즉 그 인간의 위대한 문화가 그의 마음에 들었고 그 인간의 본질이 낯선 유사성으로 그에게 가깝게 감동을 주었던 것이다.

포겔러는 전에도 이미 공예적인 발상들을 실행할 것을 시도했고 그리고 비록 그의 양식이(나 역시 싱싱한 정원들의 본질로부터 그리고 경험적 느낌이 아니게 설명하고 싶은데) 이미 그 당시 상당히 발전했더라도 그에게는 모든 재료에 대한 지식이 부족했고, 그리고 그들이 정말 또 그렇게 확실하게 느꼈더라도, 윤곽으로 하여금 어떤 것도 만들게 하지는 않는다. 사람들이 포겔러의 삶에서 현실로의 충동이 중심 사상이었고 그의 독특한 인격 전체의 원인이었다는 것을 한 순간도 잊지 않는다면, 그에게 사물을 형성하는 것이, 다시 말해서 자신의 내적 세계의 단순하고 소박한 실현을 일상에 끼워넣는 것과 이로써 자신과 다른 이들을 둘러싼다는 것이 얼마나 중요했는지 이해할 것이다. 〈섬〉의 그룹에서 그는 모든 소재의 목소리를 알던 그리고 아름다운 멜로디를, 거기에는 은, 무늬로 짠 직물, 비단과 유리가 함께 울렸는데, 작곡할 줄 알았던 젊은 친구들 사이에서 이런 과제에 점차 익숙해졌다. 거기에서 그는 은의 영혼을 이해하는 것과 이런 고요하고, 그와 비슷한 금속의 처녀와 같은 방식을 배웠고, 은으로 사물에 시를 짓는 것을 그리고 은이 자신의 빛나는 소리로 부르는 노래를 작곡하는 것을 배웠다. 그 당시 굉장히 아름다운 거울이 그 당시 그의 커다란 새 한 마리가 움켜진 덩굴-모티프로 풍요롭게 만들어진 틀과 함께 만들어졌고, 은촛대는 또 비현실적으로 완전히 은의 의미로 이해되는 그런데도 그렇게 확실하

게 제작된 튤립-모티프와 더불어 만들어졌다. 온통 안정되고 자연
스러운 현실의 사물들은 이미 언급했던 저 그림들과 보충하는 관계
에 있다. 왜냐하면 어떤 재료의 상세한 관찰과 지식에 의해 그곳은
어느 곳도 비어 있지 않고 그 무엇도 이웃과는 다르다는 경험을 한
다. 어떤 휴식도 빈틈도 곤경도 없고 오직 표현만 있다는 경험, 그
리고 이런 풍요로움에는, 이런 과잉 속에는 아름다운 사물들의 위
대한 마술이 그리고 삶에 대한 그들의 의미가 쉬고 있다는 경험을.

하인리히 포겔러가 은과 유리에서 겪은 경험은 그에게 그 자라
고 있는 자신의 정원을, 마치 어떤 귀중품처럼 똑같이 충만한 색채
와 형태를 보이는 정원을, 즉 그가 이 정원을 새로운 눈으로 보았을
때 확인시켜주었다. 그것을 완전히 이해하기 위해서는 사람들이
이 땅의 습한 기후가 그 모든 것에 어떻게 작용하는지를, 또 어떻게
판자 울타리의 한 조각의 나무도 색깔 없이 그리고 빛 바래져 있지
않은가를, 어떻게 비의 영향 아래 그의 나뭇결들이 빛나는가를, 또
는 그것이 어떻게 오래된 제단의 덮개와 미사복 조각처럼 꺼칠꺼
칠한 풀로 덮여 있고 진기하게 엮어 짠 실들로 덮여 있는지를 알아
야 한다. 거기에서 사람들은 확실히, 수없이 많은 형식적이고 다채
로운 자극들을 받아들이는 자신의 눈을 가장 작은 점에서 쉬게 할
수 있다. 여기, 그의 나무 줄기들에서 또는 어떤 오래된 이끼 벽에
서, 응용의 원칙은 다채로운 비단조각을 갖춘, 마치 아직 발전 단계
로 파악되는 그의 새로운 그림의 다채로운 기본 생각과 그리는 방
식과 마찬가지로 똑같이 형성되어 있다.

이런 발전의 경계선에 그 작은 그림이 서 있다. 〈5월의 아침〉. 사
람들은 어떻게 거기에서 공기가 그려졌는지를, 어떻게 사물의 윤

곽이 일출의 신선한 새벽 냉기 속에 전율하는지를, 어떻게 모든 것이 온통 깨어남이고 숨쉬는 것이고 기쁨인지를 관찰했다. 사람들은 윤곽의 리듬 속에 이 고독한 시간을 채우는 수많은 새소리의 진동을 느낀다고 믿는다. 사람들은 어떻게 색채가 점점 더 많이 빛을 받아들이고 풍요롭고 어두워지는가를 본다고 믿는다. 그러면서도 사람들은 그림의 의식을, 어떤 그림이 주는 순간의 느낌, 안정의 순간의, 정점의 느낌, 이제는 낮이란 골짜기로 곧장 물러가는, 아침의 절정의 느낌을 지니게 된다.

〈수태고지(受胎告知)〉에서는 꼭 똑같지는 않더라도 무엇인가 더 들어 찾으면서 이런 발전이 계속 진행된다. 그 그림이 가장 먼저 눈에 띄어 그림 앞에 선 사람은 이 화가의 〈수태고지〉, 즉 이 동판화를 알고 있는 사람이다. 그 동판화가 포겔러의 가장 유명한 그림 중 하나는 아니지만 그것을 주의 깊게 관찰하는 사람이라면 누구도 쉽게 잊을 수 없다. 하지만 이것도 역시 하인리히 포겔러의 첫번째 〈수태고지〉는 아니다. 첫번째 그리고 가장 아름다운 〈수태고지〉는 연필 스케치로 일기의 자리를 대변하고 첫번째 보르프스베데 시절의 경험을 정리, 요약한 오래된 스케치북에서 발견된다. 그리고 그 당시에 〈수태고지〉는 그에게는 경험이었다. 그 당시, 그와 그의 예술의 곁에서 그의 정원의 자매이자 동반자처럼 자신을 펼쳤던 나약하고 날씬한 소녀가 제일 먼저 그의 기타의 울림 속에 삶과 행복의 소리를 들었고 그의 곁을 귀 기울이며 지나 하늘을 쳐다보았던 때……그 당시 그는 이런 비교할 수 없는 포고를, 현실이 되어 고요히 그리고 멋지게 성취되었던 성모 마리아의 생애의 첫째 장으로 그렸다. 그리고 다시금 이런 실현을 위해 그는 〈수태고지〉라는 그림을 그릴 수 있을 때까지 기다렸어야 했다. 그 당시엔 삶과 똑같이 걸음을 내디뎠던 그의 예술은 만약 그것이 더 이상 꿈이 아닐 때에는 언젠가 나중에 생겨나야 했을 그 그림을, 통찰하는 꿈에서처럼 단지 암시적으로만 포착할 수 있었다. 그림에서는 모든 것이 소묘에서보다 더 성숙했다. 그림과 소묘가 갖는 관계는 마치 현실이 꿈과 갖는 관계와 마찬가지였다. 그 모든 부분에서 균형을 이루었다. 풍경의 안정에 대한 그 무엇은 마리아 안에도 있다. 하늘의 고요에서 무엇인가가 그에게로 몸을 숙이는 노래하고 말하는 천사에 있듯이. 내용은 어디에서도 압축되지 않았다. 그는 똑같이 그림 전체에 골고루 나눠져 있다. 여름철의 향내처럼 그 안에 퍼져 있다. 그것이 그림의 덕목이다. 하지만 사람들이 잊을 수 없는 일방적으로 가혹한 강제성을 띠우고 소묘가 겨냥하는 표현의 약화. 거기에서 수태고지는 사건이다. 여기 그림에서는 분위기인데……

그리고 그 첫번째 〈수태고지〉가 들어 있는 저 오래된 〈스케치북〉은 온통 사건들로 꽉 차 있다. 그들은 단순하고, 자주 성경에 나오는 그림 속에 표현을 한다. 그리고 그들은 강력한 목소리인 것처럼 말한다. 거기에 〈청원〉이라는 소묘 한 장이 있다. 배경에는 어떤 노인이 다루고 있는 당나귀 한 마리, 앞쪽으로는 한 여자가, 어머니가 무릎을 꿇고 그리고 사람들은 말하는 그녀의 얼굴 옆으로 그녀가 신을 증거하고 설득하고자 하는 기도의 위대함과 힘을 보게 된다. 그녀는 무릎을 꿇고 있다. 그런데 수백 명이 무릎을 꿇고 있는 것처럼 보인다. 그녀는 기도한다. 그것은 마치 한 민족 전체의 어머니들이 신을 그들의 일치된 말로 얻기 위해 모였기라도 한 것과 같다. 그것은 마치 세상 전체가 이 기도에 어떤 식으로든 참가하고 있는 것과 같다. 〈도주 중의 안정〉이란 제목이 붙어 있는 다른 장에서와 똑같이 모든 것이 축제일과 예수의 가족들이 외롭게 축하하는 휴식에 참여하는 것으로 보인다. 이 그림은 하인리히 포겔러의 가장 단순한 구상 중의 하나다. 〈청원〉이 완전히 소리로 채워진 것처럼 보이듯이, 여기에서는 그렇게 모든 것이 침묵과 고요로 가득하다. 당나귀 곁의 노인은 주의 깊고 그 어머니는 아이에게 젖을 물리려고 당나귀의 그림자 안에 앉아 있다. 밝고 넓은 풍경이 이들 주위에 펼쳐 있고 낯선 모든 것은 사라진 것처럼, 그들이 맡겨진 고향이 된 것처럼 보인다. 멀리 그들이 온 길이 보인다. 이 길은 아주 조용히 도주의 황망함과 두려움을, 되돌아보는 것과 되돌아 귀를 기울이는 것을, 낯선 미래와 먼 곳으로의 계속적인 이주를 말해준다.

이런 성경에 나오는 소재들이 얼마나 옛날의 동화적인 것과 비슷하게, 예술가가 자기의 스케치와 기획에 이름을 주기 위해서 채택한 핑계에 불과하다는 것을 이 스케치북을 손에 쥐고 보는 것은 정말 흥미 있는 일이다. 일곱 백조에 대한 동판화의 발상은 동화에서 나온 것은 아니다. 그리고 이 아름다운 성모 마리아의 생애에 대한 발상은 성경을 읽는 것을 넘어서 성숙된 것은 아니다. 그것은 다시금 이 그림들이 창조해내는 현실이고 그 현실들이 그 안 어딘가에서 일어났던 하인리히 포겔러의 정원이다. 이 정원은 부드럽게 그 포장도로 아래로 가라앉는다. 그리고 좀더 높은 점에서 그의 벽 너머로 풀밭이 있고 네모난 작은 정원을, 또 그의 거대한 영웅처럼 서 있는 나무 그룹들과 길들, 왔다갔다하는 개울들이 있는 깊숙한 평평한 땅을 사람들이 내다본다. 하인리히 포겔러는 원래 이런 형식을 그린 적이 한 번도 없다. 하지만 자신을 사방팔방에서 둘러싸고 있는 이런 면을 의식하면서 자기 정원에서 다녔다면, 그렇다면 그는 이것도 역시 저 광활하게 열린 세계의 한 조각으로, 한 조각의 평면과 크기로 느꼈다. 그리고 사람들은 바로 이것이 소묘에서 성경의 소재 뒤에 감춰진 면의 정신이라고 말할 수 있다. 이것은 우연이 아니다. 왜냐하면 성경 역시 면들로 꽉 차 있으므로. 인간과 가축 떼가 멀리 보이는 길로 가는 것은 지평선의 단순한 선에 안주하는 낮과 밤의 넓고 거대한 하늘과 똑같이 그에게 속하는 것이다. 하인리히 포겔러는 그들 밤의 크기로 이런 하늘을 안다. 그런데 이런 크기에 대해 하인리히 포겔러는 저 화지에서 가장 아름답고 가장 확신이 가는 표현을 찾았다. 그가 창공의 별이 반짝이는 밤을 노래하면서 나란히 곁에 서 있는 서너 명의 천사의 솟아오르는 형상들로 완전히 채웠기 때문이다. 그들의 길고 부드럽고 매끄러운 의상들의 가장자리가 나무 그룹을 스치고 밤바람처럼 가축 떼와 위에서 천사들이 베들레헴의 메시지를 노래하고 있는 양치기에게, 닿는 동안 그들이 치켜든 머리들은 하늘의 정점에 있다. 이것 역시 오래된 커다란 스케치북 안에 있는 소묘의 하나다. 그리고 만약 포겔러가 이런 화지에서조차 그림을 만든다면, 아마도 이것이 정말 그의 그림 중에서 가장 아름다운 것이 될 거다. 왜냐하면 내게는 그의 그림이 이런 성스러운 밤의 비밀을 절제된 색상으로 이야기하는 데 특별히 적합하다고 보이기 때문이다. 포겔러의 예술처럼 삶에 예속된 예술은 항상 이런 길을 가야 하기 때문이다. 삶의 폭을 배우면서, 삶에 익숙해지면서, 다른 예술보다도 예술은 더욱 고요하고 더욱 균형 잡히게 된다. 하지만 예술은 호소력과 깊이를 잃게 된다. 사람들은 그 표현이 언젠가 포겔러식의 소묘에서 수태고지에 대해 나타낸 것처럼 저 표현의 정점에 있는 그림들로 점점 성장하는 예술을 생각할 수 있다. 하지만 이것은 하인리히 포겔러의 예술이 아니다. 그런 계시에서 출발하는 예술은 필연적으로 삶에서 멀어져야 할 것이다. 왜냐하면 삶은 선포되지 않은 법칙의 비밀에 가득 찬 공존이지 계시는 아니기 때문이다. 그런 예술은(그리고 이것은 아주 위대한 예술이다. 즉 위대한 인간의 예술이란 말이다) 현실을 기다릴 필요는 없었을 것이고 모든 성취를 초조하게 넘어서야 했을 것이다. 이런 예술이 상호 관계에 서 있을 삶은, 이런 예술에서 나왔을 삶은, 지금은 아직 생동할 수는 없을 것이다. 그것은 장차 다가올 미래의 삶이다. 그리고 예술은, 위대한 예술은 이런 미래의 한 부분이다. 그리고 이 미래를 지금 가지고 창조하는 자는 이에 대한 삶을 아직 갖고 있지도 않을 뿐더러 고향이 없고 시대에 낯선 사람이다. 그런데도 이것은 우리 모두가 갖고 있는 위대하고 축제를 맞는 희망이다. 이런 숭고하고 멀게 느껴지는 동맹이 일어나기 전에는 대지가 차가워지지 않는다는 것이 삶이 언젠가는 그렇게 위대할 것이라는 것이, 거기에서 지금은 낯설고 그리고 도시의 거리 위로 비치는 저녁 노을처럼 연관 없이 땅 위에 놓여 있는 위대한 예술이 튀어나온다는 것이 희망이다.

그리고 그 때문에 사람들은 하인리히 포겔러에게서 그의 작은 숭배자들을 빼앗고 저 멀리 떨어져 있는 종합 속에서 유일한 완성을 보는, 그리고 이 곁에서 모든 다른 완성은 단지 좀더 조용한 동경이라는 이들을 그에게 지적해줘야 한다. 그들은 그를 선구자로 느끼게 된다. 즉 위대한 미래의 겸손하고 작은 초심자로. 그리고 그들은 이로써 그에게 그들의 열광이 딸린 예전의 찬양자보다도 더 많은 명예를 주는 것이다. 물론 나는 내가 그를 아주 소수에게 주려고, 그래서 그를 매우 많이 낮설게 만든다는 것을 알고 있다.

1902
토마스 만의 《부덴브로크 가문》[155]

사람들은 이 이름을 무슨 일이 있어도 적어봐야 할 것이다. 토마스 만은 1,100쪽의 소설로 사람들이 간과할 수 없는 노동력과 능력의 증거를 제시했다. 그에게는 한 가족사를, 즉 '한 가족의 몰락'을 쓰는 것이 문제였다. 몇 년 전만 해도 현대 작가는 이런 몰락의 마지막 단계를, 스스로 그리고 그 아버지들 때문에 소멸하는 그 최후를 보여주는 것으로 만족했었을 것이다. 토마스 만은 세대들이 실제로 고전하는 파국이 마지막 장에 압축되는 것이 부적절하다고 느껴, 가족이 가장 행복한 상황을 맞이했던 곳, 그곳에서 양심적으로 시작했다. 그는 이 최고봉 뒤에 필연적으로 하강하기 시작해야 한다는 것을 안다. 즉 거의 알아차리지 못할 정도의 가라앉음, 그런 다음 점점 더 가파르고 또 가파르게 그리고 마침내는 허무로 추락하게 된다.

그러니까 토마스 만은 이렇게 4세대의 삶을 이야기할 필요가 있었고 그가 이 이례적인 과제를 풀어나가는 방식은, 며칠이 걸리는데도 불구하고 피곤해하지도 않고, 무엇인가 건너뛰지도 않고, 초조와 서두름을 조금도 나타내지 않고, 긴장하며 세심하게 그 두 권의 묵중한 책들을 한쪽 한쪽 읽도록 한 것으로, 정말 놀랍고도 흥미있다. 사람들은 시간이 있다. 사람들은 이런 사건들의 조용하고 자연스러운 결과를 위한 시간을 가져야 한다. 바로 이 책에는 독자를 위한 것이 그 무엇도 없는 것처럼 보이기 때문이다. 어디에서도 사건을 넘어서서 우월한 작가가 우월한 독자를 설득하려고 그리고 흥분시키려고 애착을 갖지 않기 때문에, 바로 그렇기 때문에 사람들은 사건에 머무르고, 완전히 사람들이 어떤 비밀 서랍에서 오래된 가족들의 문서와 편지들을 찾기라도 한 것처럼 회상의 끝까지 앞쪽으로 천천히 읽어내려가면서, 거의 개인적으로 참여한다.

토마스 만은, 그가 부덴브로크 가문의 이야기를 하기 위해서 사가(史家), 다시 말해서 사건을 좀더 차분하게 흥분하지 않고 보고 하는 사람이 되어야 한다. 그럼에도 불구하고 작가로 있는다는 것 그리고 증명할 수 있는 삶, 온정과 본질로 채우는 인물들이 주안점일 거라는 점을 아주 정확하게 느낀다. 그는 사가의 역할을 현대적으로 이해했다. 그리고 몇 개의 특별한 자료만을 기록하지 않고 겉보기에 중요하지 않은 사소한 모든 것을, 수천 개의 개별적인 것과 세부적인 것을 양심에 꺼리낌없이 열거하려고 애썼는데 아주 다행하게도 이 두 가지를 일치시켰다. 왜냐하면 결국은 실제로 있는 일 모두가 가치 있고 그가 묘사하려고 기획했던 저 인생의 작은 조각이기 때문이다. 그리고 그는 이런 방식으로, 이런 진실되고 개별적인 과정으로의 침잠으로, 일어난 모든 일에 대한 위대한 정의감으로, 소재에 놓여 있다기보다는 차라리 모든 사물이 끊임없이 소재화하는 것에 놓인 묘사의 생동감에 이르렀다. 그것은 세간티니의 기법을 다른 영역에 중개한 어떤 것이다. 즉 모든 대목을 철저하게 등가로 다루는 것, 모든 것이 중요하고 본질적인 것으로 보이도록 하는 재료의 숙독, 관찰자에게 통일되게 그리고 내면으로부터 생동하는 것으로 보이는 수백 개의 골이 패인 평면들, 그리고 마침내 객관적인 것, 잔인하고 무서운 것조차도 모종의 필연성과 규칙성으로 채우는 강연의 서사적 방식.

고령의 요한 부덴브로크가 1830년에 세운 오래된 뤼벡의 명문가 부덴브로크(요한 부덴브로크)의 역사는 우리 시대에 와서 그의 손자, 어린 한노로 끝난다. 이 역사는 명절들, 모임들, 세례식과 임종 (특별히 힘들고 끔찍한), 결혼과 이혼과 사업상의 대성공들 그리고 상인들의 인생이 불러오는 실패로 인한 무정하게 계속되는 타격들을 포함한다. 이 역사는 구세대의 차분하고 나이브한 작업들과 후손들의 신경질적이고 스스로 관찰하는 성급함을 보여준다. 이 역사는 운명이 뒤엉킨 그물망 안에서 격렬하게 움직이는 소심하고 우스꽝스러운 인간들을 보여준다. 그리고 좀더 앞을 내다보는 사람들도 행복 또는 불행에는 무력하다는 것 그리고 그 두 가지 모두가 항상 수백 개의 작은 움직임들에서 생기고 인생은 파도처럼 이어지는 동안에, 그 원천에서는 거의 사무적으로 그리고 익명으로 펼쳐지고 물러난다는 것을 계시해준다. 특별히 섬세하게 관찰하고 있는 것은, 각 개인이 곧장 자신들의 인생 방향을 변화시켰고, 더이상 그들에게는 바깥을 보고 살아가는 것이 자연스럽지 못하며 오히려 내면 세계로의 방향 전환이 점점 더 분명히 눈에 띄게 된다는 데에, 무엇보다도 가문의 몰락이 놓여 있는 것 같은 것이다. 토마스 부덴브로크 상원의원이 자신의 명예심을 만족시키기 위해서는 이미 노력해야 한다. 하지만 그의 동생 크리스티안에게는 외적 삶으로부터의 이런 전향은 내면의 육체적인 상태로 뻗는 그리고 자신을 괴롭히는 가혹함으로 멸망시키는 위험하고 병적인 자기 관찰로 인도되었다. 그 어린 한노, 그 마지막 사람 역시 내면으로 돌아선 시선으로, 자신의 음악에서 내뿜는 내면의 영혼의 세계에 주의 깊게 귀 기울이면서 이리저리 방황한다. 그의 안에서 다시 한번 상승으로의 가능성(물론 부덴브로크 가문이 희망했던 것과는 다르지만)이 주어졌다. 성취될 수 없는 위대한 예술이 끝없이 위험에 처할 가능성. 병약한 소년은 학교의 진부함과 무분별함 때문에 파멸하고 그리고 티푸스로 죽는다.

그의 인생, 이 인생의 하루는 두 번째 책에서 좀더 많은 부분을 차지한다. 그리고 운명이 이 소년을 정말 잔인하게 다룬다고 보인다. 여기에서도 우리는 단지 수천 개의 사실을 전하는 분노나 호감에 사로잡히게끔 하지 않는 탁월한 사가에게서 들을 뿐이다.

그리고 그 거대한 작업과 문학적 관조 곁에서는 이런 품위 있는 객관성을 칭찬해야 한다. 그것은 완전히 작가의 과장 없는 책이다. 그것은 일어나고 있는 훌륭하고 정당한 삶에 대한 경외심의 행위이다.

1902
헤르만 방[156], 《하얀 집》

사람들은 덴마크 사람 헤르만 방Herman Bang의 소설을 안다. 그의 소설들은 전부 죽도록 슬프고, 절망적이고 용기를 잃은 무엇인가를 지니고 있다. 사람들은, 어쩌면 어려서부터 들었던 실패하고 불행한 실존을 기억하듯이, 그 안에 나오는 사람들을 기억한다. 아이가 사물과 운명을 보며 느낀 것처럼(특별히 아이로서 어른들 사이에 끼어 있었다면) 그렇게 사람들은 헤르만 방의 책에서 다시 삶을 찾는다. 그의 외침은 마치 밑이 보이지 않는 수로의 죽음의 심연으로 젊은 사람들을 끌어당기는 물의 여인의 목소리처럼 그렇게 진기하게 유혹하면서 애무하는 듯하다. 그리고 그의 걸음은 사람들이 쫓아올 수 없을 정도로 무기력하고 슬프게 미소지으며, 지친 손을 무릎에 끼고 머물러 있거나 죽도록 지쳐서 주저앉고 도중에 죽을 때까지 알 수 없는 조급함에 가득 차 뒤에서 당황하여 쉴 새 없이 종종거리며 따라오도록 그렇게 급하다. 이런 조급함, 곧잘 특별히 섬세하고 예민한 인간에게 놓인 이런 열렬한 행위의 부재는 헤르만 방이 쓴 작품의 본래 주제다.

그의 초기 책들에서는 이런 긴장이 전체 인류 위에 있고, 사람들이 이들의 스치는 숨가쁨을 듣는다고 믿는데, 반면에 그의 마지막 책 《하얀 집》에서는 우리에게 개별적 인물을 보여주는 과제를 세웠다. 그 인물에서 삶은 꿈처럼 흘러가고 수천 가지 애무와 달콤한 소녀의 아양으로 그에게 다가가서 그를 붙잡으려고 시도한다. 왜냐하면 그 안에는, 삶이 낯선 미소를 띄고 지나치려고 하는 이 인간이 이런 인생을, 자신에게 능력이 없는데도, 바로 그렇기 때문에 자신의 강력하고 힘찬 현상 속에 사랑하고 확인한다는 비극이 있다. 이 인물, 이 하얀 여인, 정말 젊고 그녀가 젊어서 죽어야 하기 때문에, 나이먹지 않는 이 어린애 같은 어머니는 전형적인 무엇을 지녔다. 그리고 내가 보기에는, 헤르만 방이 이런 전형을 만들어냈다. 이 책은 그에 따라 평가되어야 한다. 왜냐하면 우리는 여전히 모종의 인물의 본질을, 즉 그 인물들을 예외로 느끼지 않고 수백 개의 거울이 반복하듯이, 여러 가지 서로 다른 거리를 갖고 수백 번을 왔다 사라지는 것을 보게끔, 그렇게 깊고 그리고 확실하게 파악했던 이런 책들을 최고로 평가했었기 때문이다.

하지만 아직 또 다른 것이 이 책을 특별한 의미가 있는 사건으로 만들었다. 그 책은 오직 씌어진 것처럼 그렇게만 씌어질 수 있는 그런 책이다. 다시 말해서, 사람들이 원래 어떤 책을 쓰듯이 그렇게 씌어진 책이 아니다. 그 책은 마치 생기발랄한 아이가 이야기하듯 씌어졌다. 사람들이 어떤 집을 지나고, 그 '하얀 집'을 지나서, 부엌 뜰을 지나고, 도시를 통과한다. 사람들은 여러 사람을, 마을 이장을, 예스퍼슨 부인을 방문한다. 그리고 사람들은 매번 어머니가 이 모든 곳에서 무엇을 했고 무엇을 이야기했는지를 알게 된다. 사람들은 그녀의 웃음을 듣는다. 그리고 그녀의 침묵을 느낀다. 그리고 사람들은 하느님의 가호가 누구에게 내리는지를 아는 동안, 오로지 그녀, 그녀가 함께 살았던 그리고 이 사람들에게 커다란 사랑을 베풀었던, 그리고 그녀가 정말 달랐기 때문에 그녀에 대해 상당히 우월감을 지녔던 그 사람들이 부르듯이, '그 여인'에 관한 것일 뿐이라는 것을 안다. 아이들은 그것을 알아차렸고, 자신의 공부방에서 근심과 책들 사이를 오르락내리락하며 혼자만의 인생을 살아온 아버지 역시 알았다. 하얀 집이 조용해지면 사람들은 이따금 그의 발소리만을 들을 뿐이다. 아니면 저녁 노을이 지는 시간에, 등잔불이 켜지기 전에 어머니가 피아노 앞에 앉아 연주하며 노래를 부르면, 사람들은 갑자기 마치 키큰 그림자처럼 시커먼 그가 문에 서 있는 것을 보게 된다. 이런 시간에 그녀는 자신의 슬픔을, 마치 밤이 오기 전에 어떤 꽃이 피우는 향기처럼 발산한다. 그리고 아이들은 넓은 방 구석 어딘가에 앉아 있고 그리고 자신들이 이해하지 못하는 이런 멋진 슬픔을 훨씬 더 많이……

먼 훗날 인생에서 그들은 그것이 무엇이었는지를 어쩌면 알게 될 것이다. 그리고 이런 아이들 중 누군가가 남자로서, 좀더 성숙하고, 좀더 조심스럽고 그리고 좀더 반항적인 남자로 자신의 어린 시절의 책인 그 책을 썼다. 일찍이 죽어야 했고 "그 빛나는 인생을 살았던" 어머니의 아름다움과 무력함으로 채워진 그 시를 썼다.

1902
어린이의 세기

이런 제목으로 엘렌 케이Ellen Key[157]의 새 책이 1900년 12월에 스웨덴에서 출간되었다. 독일어 번역판은 이제 나왔다.[158] 이 책은 자신의 고요하고 감동적이고 사랑스러운 양식으로 보여주는 하나의 사건이고, 사람들이 지나쳐버릴 수 없는 하나의 기록이다. 사람들은 이제 시작되는 세기가 지나감에 따라 늘 이 책으로 다시 돌아오게 될 것이다. 사람들이 그 책을 인용할 것이고 반박할 것이다. 사람들은 그 책에 의지할 것이고 반대로 저항하기도 할 것이다. 하지만 사람들은 어떤 경우에도 이를 참조해야 할 것이다. 이 책은 책들을 불러낼 것이다. 왜냐하면 그 책은 사람들이 그 책을 모든 면으로 개정하고 진전시킬 수 있도록 씌어졌기 때문이다. 그렇다. 그 책이 그 책에 따라 살아가게 될 사람들을 불러낸다고 주장한다고 해도 지나친 말은 아닐거야라고까지 나는 생각한다. 왜냐하면 그 책은 온통 사실로 채워져 있고, 그리고 사실들은 그들 역시 놀라겠지만, 그렇게 되도록 촉구한다.

엘렌 케이가 여성 문제에 대한 그녀의 첫번째 글이자 소책자인 《악용당하는 여성의 힘》으로 등장했을 때, 이미 사람들은 이 여류 작가가 어떤 길을 가게 될지를 예감할 수 있었다. 그녀가 자신의 성의 새로운 요구를 경향적인 편파성을 가지고 대변하고 방어하려고 하는 여권론자가 아니었다는 것은 분명했다. 이 경우는, 다른 사람들이 아직 맹목적인 광신 속에 앞으로만 내달리는 그런 시절에, 앞을 내다보는 현대적 인간, 즉 이미 그들의 실수와 위험을 보도록 여성운동을 넘어서 있는 현대적 인간이 문제이다. 남성과의 완전한 동등권을 추구하는 대신에 여성에게, 모성을 위해서, 모종의 완화와 예외를 인정했던 여성보호법은 런던의 여성회의(1899)에서 바로 저 남녀평등권이 유일하게 바른 길이라고 여겼던 많은 여성들이 투쟁했다. 엘렌 케이는 그들에게 속하지 않는다. 그녀는, 바로 그녀자신이 멀리 내다보았기 때문에, 여자에게서 만약 그가 종사하는 일이 저 첫번째이자 가장 중요한 과제와 일치하는 데 성공한다면, 모성이라는 선택된 존재를, 그래서 그들의 삶이 아름답고 조화로운 존재인 것을 항상 보아왔다. 이미 《악용당하는 여성의 힘》이란 책에서 엘렌 케이는 그 여자를 손으로 막아주면서, 이 여인이 언젠가 낳을지도 모를 아이를 보호하기를 원했다. 그녀는 아이의 변호사이자 사도이다. 그녀는 현실에 만족하지 않고 미래인 아이에게 희망을 건다, 그녀는 이 미래가 위대하고 행복하기를 원한다. 그리고 거기에서 그녀는 사회 개혁을 고심하는 그 사람들과 만난다. 하지만 그녀는 현재의 상태를, 이 상태가 성인들을 지배하고 있듯이, 개혁을 통해서 사실상의 진보를 목표하는 전망이 없다고 여긴다. 아이들 자체가 진보다. 그리고 그녀가 자신의 책으로 가르치고 말하고 충고하려는 것이 또다시 이것이다. 아이들을 믿어라. 이 책의 훌륭한 점은, 이 책이 비난하지도 원망하지도 않는다는 것이다. 또 정말 많은 실수를 저지르는 오늘날의 부모들에게서 곧장 아이들에게 권리를 찾아주는 미래의 교사에게로 몸을 돌리는 것이다. 이 책은 아이들의 권리를 다룬다. 그리고 여성이 수세기 동안의 노예 근성에서 벗어나 아이들에게 자유를 주는 다음번 사람이 되리라는 것을 사람들은 대번에 알아차린다. 성인으로서 여성들은 그들의 권리를 노력하여 스스로 얻어냈다. 어른들에 비해 무력한 아이들에게는 현명한 부모들과 교사가 주어져야 하고 그것이 보장되어야 한다. 자유분방한 아이들은 이번 세기의 가장 고귀한 과제이다. 그들의 노예성은 힘들고 끔찍하다. 그들이 태어나기도 전에 시작해서는 그들이 마침내 어른이 되고 부모가 되면서, 다시 말해 새로운 아이들의 압제자가 되면서 끝난다. 오늘날 그 관계가 어떤지는 훌륭한 부모도 훌륭하지 못한 부모도, 훌륭한 학교도 훌륭하지 못한 학교도 아이들에 대해 부당하다고 말할 수 있다. 도대체 그들은 아이들을 잘못 알고 있다. 그들은 잘못된 전제 조건에서 출발하는데, 즉 어떤 순간에서는 아이와 동등하고 똑같다는 것이 가장 위대한 인간들의 추구였다는 사실을 인정하는 대신 아이들에 대해 우월하다고 느끼는 것에서 출발한다. 예수가 말하지 않았는가. "너희들이 아이들처럼 되지 않는다면……." 하지만 나 참, 그들, 아이들은 그들 그대로 있어서는 안 되다니. 그들은 좋은 뜻을 가진 부모에게서조차 그들의 권리에서 수천 번씩 침해를 받는다. *존재한다*는 것. 만약 그들이 '얌전'하면 새끼 고양이처럼, 그리고 만약 그들이 '고약하면' 범죄자처럼 다뤄진다. 결코 한 번도 인간처럼 다뤄지지 않는다. 첫날부터 자기 아이들에게서 새로 탄생하는 어떤 아이에게도 애시당초 주어진 새로운 개성을 보고 주의하는 부모는 아직 없다. 가장 훌륭한 사람들은 '자기 아이에게서 무엇인가를 만드는 것'을 추구하고 그리고 그들이 이렇게 만들어지기를 원하지 않고 단지 양육되기만을 원하는 인생에 얼마나 죄를 많이 짓는지 예측하지 못한다.

시대가 가장 간절하게 요구하는 것이란, 또다시 다르게 존재하는 위대한 개성이다. 왜냐하면 항상 이들로부터 미래가 있는 것이기 때문이다. 하지만 아이에게서 개성이 나타나면 가능한 한, 웃어버리는데, 아이에게는 이것이 가장 고통스러운 점이다. 마치 그들에게 고유한 무엇이 없는 것처럼 다룬다. 그리고 그들에게 그 대신 판에 박힌 말을 던지기 위해 그들이 살아가는데 필요한 심오한 부를 사용하지 못하도록 한다. 사람들은 성인에게는 그렇지 않으면서 아이들에 대해서는 인내하지 못하고 초조해 한다. 위대한 사람이라면 누구나 당연히 자기 자신의 견해를 가짐을 인정하는 권리를, 아이들에게서는 거부한다. 오늘날 그렇듯이, 전체 교육은 끊임없이 지속되는 아이와의 전쟁에 있다. 결국은 아이에게서 가장 비난받을 수단으로 두 가지 부분이 쓰이게 된다. 그리고 학교는 부모가 시작한 것을 그저 계속할 뿐이다. 학교는 인격에 대한 체계적인 투쟁이다. 학교는 개개인의 소망과 동경을 무시한다. 그리고 학교는 자신의 과제를 개개인을 대중의 수준으로 내리누르는 것이라고 본다. 사람들은 모든 위대한 사람들의 이야기에서 읽는다. 그들은 그들이 된 무엇이라는 것을, 항상 학교에도 *불구하고* 된 무엇, 학교에 의해서가 아니라는 것을. 위대한 관념들은 학교에서 생동감을 몽땅 잃어버렸다. 그것들은 추상적이고 지루해져버렸다. 교육하려는 의도적인 것이 있기 때문이다. 도대체가 사람들이 '보편적인 교육'이라고 부르는 것은 지나치게 늘어나고 사무적으로 되어버린 지식의 창고이고, 회화사전처럼 생동감이 없고 내적 연관도 없다.

사람들은 아이가 물어보는 것에 대해서가 아니라 아이와는 완전히 무관한 완결된 결과를 위해 정해진 적정량을 준다. 수년간의 학교 시절 내내 사람들은 아이 스스로가, 그의 욕구와 근심과 그리고 희망들을 말하도록 단 한 번도 내버려두는 적이 없다. 그리고 오로지 가능한 한, 시험 재료로 긴장해가면서, 완벽하게 반복해야 하는 완성된 상투어와 공식의 복제기계로서만 아이를 사용한다. 그러면서 몇 해가 가고 아직도 여전히 이런 사람 또는 저런 사람이 지금 막 무엇을 필요로 하는지를 아무도 묻지 않는다. 나이 어린 영혼에 학교의 엄청나게 장황한 변설이 화산재처럼 덮쳐서 쏟아부어진다. 젊은 사람들의 의지는 혼란을 겪는다. 그리고 그들이 마침내 학교 생활을 끝내면, 그때는 자신들이 무엇을 원했는지를 더 이상 알지 못한다. 그러고 나면 대부분의 사람들은 그들이 준비하도록 하지 않은 인생 앞에 어찌할 바를 모르고 서 있는 것이다. 모든 현실에 소외된 채 그들은 성취하기 위해서 인격이 아니라 기계를 요구하는 저 우연한 직업들을 갖는다. 그들은 시험을 위해서 공부했고 그리고 이것이 지나가면, '교육'은 그 목적을 달성한 것이었다. 그들은 잊어버리기 시작해도 되었다. 그리고 이런 일이 그들의 계속되는 삶을 채웠다. 하지만 자신 안에 한 조각의 어린 시절과 부를 지니고 있고, 억압될 수 없는 한 조각의 개성이 여전히 살아 있는 누군가가 존재하는 곳에서, 학교와 교육의 황량한 땅을 통과해 하나의 새로운 출발점, 고유한 새 삶의 출발점에 이르는 힘들고 걱정스러운 귀로가 시작된다. 사람들은 여기에서 악용당하는 인간의 힘에 대해 말할 수가 있다. 그리고 그것은 어쩌면 그런 고통스러운 귀로에 대해 베풀어질 최고의 힘이다.

엘렌 케이는, 젊은이의 발전을 방해하는 학교가 얼마나 부당한 지를, 그들의 길을 혼란에 빠지게 하고, 처음에는 그렇게 개인적인 의지를 둔화시키고 수백 개의 여러 가지 초조한 힘들을 아무것도 새로운 것이라고는 기대할 수 없는 유일한 무심한 타성으로 만드는 상황으로 가져오는지를 감탄스러울 정도로 안정적으로, 분노하지 않고 사무적으로 보여줬다. 그녀는 모든 착각을 지적했고 일반적인 학교는 보편성을, 실제로 모두에게 유효한 그것을 주는 것으로 만족해야 했을 것이라고 말했다. 그리고 그것은 몹시 작은 것이다. 누구나 *단지* 스스로 생각할 수 있게끔, 스스로 작업할 수 있게끔, 스스로 배울 수 있게끔, 그 점까지만 인도되었어야 했다. 사람들이 어떤 집회에서 그 안에 있는 어떤 사람을 다치지 않고 표현해도 되는 위대한 진실이란 정말 얼마 안 된다. 오로지 이것만이 학교의 일이다. 학교는 무엇보다도 학급의 반들이 아니라 개개인을 계산해야 했을 것이다. 삶과 죽음 그리고 운명은 마지막 의미까지 개개인을 위해 만들어진 것이다. 그리고 그들이 만약 다시 생기를 갖게 되려면, 학교는 모두에게, 위대한 실제 사건들에 관계를 획득해야 한다. 저자는 이런 관계에서(특별히 영국에서) 만들어지는 개혁의 시도를 언급하는 기회를 놓치지 않았다. 그리고 주어진 자료를 읽는 것은 몹시 흥미 있는 일이다. 하지만 그 밖에도 엘렌 케이는 통틀어서 쇠퇴하고 빗나간, 잘못된 전제 조건 위에 세워진 교육 방법이 개혁을 통해서 개선될 수는 없다고 느꼈다. 사람들은 결론을 지었어야 했다. 그리고 새로 시작했어야 할 것이다. 사람들은 아이에 대해 그렇게 조금밖에 알지 못하는 어른들의 입장에서가 아니라, 아이에게서 출발하는 것을 시작했어야 했을 것이다. 사람들이 아이의 삶을 자기네들 옆에 있는 정당한 독자적인 삶으로 인정하고 존중해줘야 했다. 그렇다면 삶에 대해 눈을 떼지 않고 지속적으로 그에게 가깝게 가려고 하는 다른 학교가, 시험이 없고 경쟁이 없는 학교가 저절로 생겨났을 것이다. 이러한 학교는 방해하지 않고 도움을 주는 유일한 학교이며 미리부터 개성을 질식시키지 않고 자기 본질의 가장 내면의 소원을 관철시키려는 가능성을 누구에게나 주는 유일한 학교이다.

엘렌 케이는 자신이 쓴 고무적이고 활기찬 책 여러 곳에서 아이와 예술가를 나란히 세워놓았다. 그녀는 예술 아카데미가 예술가를 파괴하고, 그런 사람으로 양성하는 데 오히려 한몫 했다는 사실을 통해서, 또 정상적이고 가장 행복한 예술가의 성장 과정은 학교의 주의 주장으로 개성이 방해받지 않으리라는 점이 전개되는 가운데 성립된다는 것을 통해, 그녀가 '꿈꾸었던 학교'를 지지할 수가 있었을 것이다. 오늘날 이미 많은 예술가는 그렇게 성장하고 혼자서 그들 자신의 힘과 능력으로 이른다. 그리고 아카데미의 지루한 시절 뒤에 이런 예술가들로 새로운 생동하는 예술을 시작하는 것처럼 보이듯이, 만약 언젠가 아이들이 학교의 끔찍함 없이 자라나게 된다면, 또 삶이 만개되는 시절이 시작된다면, 그렇게 될 것이다. 엘렌 케이는 이런 시절이 아주 가깝지는 않다는 것을 충분히 알고 있다. 그녀는 이런 방식으로 개혁을 제안하는 대신에, "새로운 학교의 꿈"을 주었다. 그리고 그녀는 자신의 언어에서 경향을 좇지 않고 관대함을 베풀었다. 그리고 그녀의 계획에게 정말 잊지 못할 꿈의 생생한 대상으로서의 활기 찬 현실을 선사했다. 그리고 실제로 이 희귀하게 성숙하고 정의로운 여인이 자신의 일기에서 첫날에 꾸었던 그 꿈이 언젠가 그 마지막 날에 성취된다면, 이 세기는 가장 위대한 세기가 될 것이다. 어쩌면 사람들은 이에 따라 이번 세기의 사람들이 얼마나 이런 꿈의 실현으로 고심하는지를, 언젠가 평가할 것이다. 엘렌 케이의 책은 새로운 길의 첫번째 정거장이다. 그 책은 아이들에게 아직 도움이 될 수는 없다. 하지만 그 책은 지금 자라나는 그들 사이에서 새로운 교사와 새로운 부모를 양성하는 데 중요한 역할을 할 것이다. 그리고 무엇보다도 그것이 필요한 것이다.

1902
구스타프 프렌센[159], 《외른 울》

평론을 이해하지 못하는 사람에게는 학교 작문에서처럼 평범한 책들 속에서 장점에 대한 단초를 찾는 데에 좋은 해이다. 그리고 또 아니기도 하다. 나쁘고 허술한 책에 대해서 비웃는 것은. 평론한다는 것이, 비상한 것, 좋은 것, 희귀한 것, 실제로 귀중한 것을 정직하게 심오하게 그리고 터놓고 기뻐하는 거라고 생각하는 사람에게는 좋은 해이다. 이 책자에서는 이미 이런 종류의 책이 이따금 언급될 수 있었다. 그리고 오늘은 이미 얘기되었던 사람들과는 확연히 구분되지만 아주 특별난 의미에서 최고에 속하고 독일 문학의 지속적 자산이고 부에 속하는 어떤 사람에 대해 말해야겠다. 전비평이 이런 생각을 하고 있다. 가장 품위 있는 일간지가 《외른 울》에게 많은 지면을 할애했고 최고의 필봉들이 움직였다. 그리고 독자들도 역시 이런 성공을 이해하고, 그리고 보급했다는 사실은 내 앞에 놓여 있는 견본이 '28번째 28,000번째'라고 표시된 상황이 증명한다. 그러니까 여기에서는 아무것도 방어할 필요는 없다. 어떤 관계로 보나 승리에 찬 책에 관한 것이고, 그리고 사람들은 그들이 이런 승리에 대해 어떤 입장인지를 말할 수 있을 뿐이다. 가볍게 얘기하자면 호감을 갖는지, 진심으로 호감을 갖는지를 말이다. 이 책이 맘에 드는 것, 이 책이 친구와 추종자를 발견한 것, 이 책이 조용하고 요약, 정리된 힘으로 사로잡을 수 있다는 것. 비상한 재능을 아직 의식하지 못하고 나타난 신동처럼, 화제를 일으키지도 않고, 정직한 수단으로 관철시킬 수 있었다는 것은 좋은 징조이다. 그리고 만약 사람들이 모종의 경험으로 불신하면서, 《외른 울》이 독자와 언론으로부터 받은 박수갈채의 많은 부분이 본래의 더 심오한 가치의 값싼 오해에서 빚어진 것이라고 설령 믿고 싶어할지라도, 이 책의 성공은 기쁜 마음으로 반겨야 한다. 왜냐하면 그것은 마치 오해라는 위장 속에 있기라도 하듯이, 내용이 충실한 책은 집들로 나타나서 그 책이 지닌 참신함 전부와 힘과 인간적인 것이 그와 함께 존재한다. 그럼에도 불구하고 어느 집에나 아마도 이런 특성을 깨닫고 또 이 책을 사랑하고 그 밖의 책들에서는 원래 조금도 배울 수 없는 것을 그에게서 배우는 한 사람이 있을 것이다. 즉 여기에서 배울 수 없는 것이란 삶과 자신에 대한 기쁨과 용기와 믿음, 이웃과 가장 먼 사람에 대한 정의와 자비다. 그리고 그들은 모두 그들의 진정한 그리고 힘든 공통점을 이 고통에서 나눠 갖는다.

이 책이 우선 길을 열어주는 것은 사람들이 바로 지금, 어떤 식으로든 '향토 예술'이라는 표시 아래 모아놓을 모든 것을 선호한다는 상황이다. 이 책은(첫째 쪽에서 이미 분명해지는데) 향토 예술이다. 그렇지만 이 깃발 아래로 지나는 다른 책들과는 다른 의미로 쓰인다. 이 책은 고향이 있는 어떤 사람의 책이다. 시대의 조류를 타고서 대도시와 문학의 혼잡 속에, 고향을 이제 '작가적인 입장에서 평가하려고' 다시 자기 고향을 회상하는 그런 사람이 아니다. 이 책을 써야 했던 그 남자는, 마치 사람들이 심장을 갖고 있듯이, 손을 갖고 있듯이 자신의 고향을 갖고 있다. 그에게는 고향이 있다. 왜냐하면 그것이 삶에 속해 있기 때문이다. 그렇다. 사람들은 당장에 말할 수 있다. 그는 오히려 사람보다는 나무와 더 유사하다. 그렇게 단단히 그는 홀슈타인 지방의 땅에 서 있고, 그렇게 그는 자기 땅의 어둠 속에 안으로 깊숙하게 버티고 자기 하늘의 빛으로 몸을 세우고는, 이야기할 때면 그의 소박하고 품위 있는 언어로 하늘과 땅 사이에서 열광한다. "이것은 이야기의 끝이 아니다. 이 땅은 오래되었고 많은 것을 겪었다."

고향에 대해서 이야기하는 것, 그것은 이 남자에게는 어떤 제약이 아니었다. 반대로 그것은 그에게 주어지게 될 가장 위대한 권력과 전권이었다. 고향은 도대체 그의 제약과 고립의 의미를 가진 이런 조각의 땅만은 아니다. 세계와 먼 곳과 삶의 상대 의미, 이런 작고 통찰할 수 있는 상대이다. 강물과 개울이 고향이다. 고향은 그 땅으로 지나간다. 구름은 고향이다. 만약 그들이 그 위로 흘러가면, 외른 울이 외로운 밤에 망원경으로 세어보는 별들이 거기에 속한다. 그리고 피에테 크라이가 어느 날 미국으로 가면 그렇게 미국은 전체에서 떨어져나와, 고향이기를 멈출 수 없는 한 편의 고향이다. 만약 사람들이, 저 이상하고 그리고 힘겨운 시절 그라브로트의 전쟁터와 메츠 수용소에서 외른 울이 어떻게 행동하는지를 이야기한다면, 바로 그렇기 때문에 사람들이 이제 고향에 대해서 이야기하는 것을 멈췄을 거라고 또 생각해서는 안 된다. 왜냐하면 그 모든 것이 그들의 아이와 관계되면서 고향과도 관계되기 때문이다, 고향이 어디냐는 상관없이 항상 이국에서, 곤경 속에서, 열이 나거나 또는 죽음에서. 어떤 사람에게는 홀슈타인 땅이 멋지고 넓어 보인다. 비텐 클로크의 가슴 너머로 그의 전설이 흘러들어간다. 그의 전설은 오래되고 아주 멋지고 여전히 영향을 미치고 그 땅과 삶에서 그들의 상징을 갖는 그런 것이다. 그리고 그 책을 썼던 남자는 인간의 운명으로 들어가보는 그것을 그 땅에 마치 암석에 있는 줄무늬처럼 포함시킬 줄을 멋지게 알고 있다. 그는 자기 이야기에 삶의 폭넓은 동시성을 전부 끼워 넣는다. 그리고 우리들에게 인간을, 그리고 순간보다 좀더 길게 스쳐 지나가는 그들을 살짝 보여줄 뿐이다. 만약 사람들이 그들의 삶을 파악할 수 있는 올바른 점이 나타나면 그는 우리에게 그들의 과거를 그리고 미래를 조망하게 한다. 그리고 간단명료한 단어들로 그가 우리로 하여금 무엇을 보도록 하는지를 설명한다. 그렇게 고향은 확대되고, 또 고향에서 떠나서 그 안에서 죽고 그에게로 돌아오는 그런 사람들의 운명보다 더 커지게 된다. 그들이 찾고 그들이 발견하고 잃어버리고 그들이 전혀 기대하지도 않는 곳에서 다시 찾는 신보다 더 깊어진다. 그리고 여러 곳에서 가슴저린 말로 그들의 길에서 멀리 떨어진 커브를 예견시키는 이런 종류의 이야기. "그것은 나중에 다르게 일어났다." 이는 씌어지지 않은 어떤 것, 쓸 수 없는 것은 아닌데 이야기되는 것. 사람들은 읽는 것보다 듣는 것이 더 많다.

　사람들이 이 책에 몰두해보면 예술작품과 마주하는 것이 아니라 오히려 인간과 마주하고 있는 상태다. 외른 울이 늙은 비텐 클로크를 사랑하는 하느님을 꿈꾸도록 한 것, 이것은 구스타프 프렌센에게 역시, 그 목사에게 홀슈타인식 제동 장치로 유효하다. "그는 디트마르의 농부처럼 보인다. 하지만 사람들은 걸음걸이에서 곧장 그를 알아보았다." 그의 말솜씨에서 사람들은 실제로 자기 고향에 대해서 그렇게 많이 알고자 했던 신과 세상과 아주 특별히 인간에게서, 그가 사랑스러워하고 도움을 많이 주려고 생각했던 그 인간들에게서, 그렇게 많이 지식을 얻어내려고 했던 강하고 깊은, 마음씨 좋은 사람을 알아봤다. 그는 "모든 것에 대해 상당히 진지한 호기심을 지녔던 헤제 농부와 같다. 그리고 그는 하루 하루를 좀더 분명하게 느꼈다." 인간을 보는 것을 인간의 운명보다 더 많이 교육시킬 것은 없다" 그리고 "인간의 삶이 *하나*의 원인보다 또는 *하나*의 관념보다 훨씬 더 화려하고 훨씬 더 폭이 넓다는 것을 인식했다."

그것이 그의 길이었다. 그것이 그를 성숙하게 만들었다. 그리고 착하고 외롭고 강하게 그리고 《외른 울》의 화자로.

이 책으로 어떤 천재가 발견된 것은 아니다. 어쩌면 아주 위대한 재주조차도 아닌, 아니 오히려 어떤 깊이 있는, 강한, 조화로운 사람을, 사람들이 대단히 곤경에 빠진 시간에 어디로라고 물어봐도 되는 어떤 사람을. 착하고, 많은 도움을 줄 수 있는 사람, 친구가 발견되었다. 그리고 놀라울 정도로 젊은 힘. 마치 이 남자의 조상이 전부 폐쇄적이고 외로운 농부였기라도 한 것처럼, 그것은 자기 안에 많은 전설로 그리고 뜨거운 가슴으로. 그들은 침묵했다. 그리고 엄청난 부담처럼 견뎌냈다. 하지만 이 사람, 그들의 온갖 경험이 이제 소리를 내고 있는 그들의 손자는, 힘과 수백 년 간 침묵하며 이루어진 작업에 대해 이야기할 만큼 강해졌다. 즉 "수고의 값어치가 있던 수고에 대해서."

1902

카를 보름스[160], 《시골에서의 고요》

이 책 역시 프렌센 목사의 《외른 울》처럼 향토 예술이다. 그리고 기이한 방식으로 그 제목도 역시 《외른 울》의 어딘가에서 한 번 나온다. 왜냐하면 거기에서도 역시 가끔씩, 그들의 인생을 이미 어떤 식으로든 살았고 그리고 이제는 안정, 운명의 부재 외에는 어떤 것도 원하지 않는 《시골에서의 고요》가 언급되기 때문이다. 원래 그들 삶의 모든 법칙과 규칙에 의해서 그 존재의 일정한 전환점에서 이미 입장했어야 했던 죽음을 놓쳐버린 인간처럼 그들은 당황하고 그들이 아직 어딘가에 존재하고 있다는 것을 거의 부끄러워한다. 그리고 가능한 한 조용한 충분히 외딴 곳이고 눈에 띄지 않는 임종을 위해서 적절한 세상의 어느 한 구석에서 마지막까지 살아간다. 하지만 이 책에서의 고향은 《외른 울》과는 다른 어떤 것이다. 고향은 사람들이 떠나고 그리고 잊어버리는 무엇이다. 사람들이 동경하는 고통으로 회상하는 꿈, 사람들이 실망하고 그리고 기대 없이 오랜 수년 간 멀리 보낸 뒤에, 가난하고 죽기 위해서 다시 돌아올 수 있는 장소이다. 고향은 구식인 어떤 것이고 구식 사람들을 위한, 지금 고향이 없다는 것은 보편적이고 평범한 운명이라는 것을 그 안에서 찾을 수 없는 그 사람들을 위한 것이다. 이 책은 특별난 세 사람, 자기 방식대로 모두 세상에서 물러났는데도 완전히 세상이 조용하게 내버려두지는 않아 스스로 외딴 '요양소 같은 구석'에서 그렇게 저항하는데도 불구하고 여전히 무엇인가를, 경험해야 하는, 이상하고 실패한 사람들의 이야기다. 그 이야기 중 가장 좋은 것은 중간에 있는 것으로 〈피니스 폴로니아에〉라는 제목이 붙어 있다. 가장 심오하고 가장 폭넓은 이야기이다. 폭압적이고, 날카로운, 가련한 바르보스키라는 존재 뒤에서 그가 완전히 혼자라고 믿는 동안 그로 하여금 마치 넓은 공통점을 공유하는 위대한 인간적 고통을 예감하게 한다. 이런 넓이와 크기를 훨씬 더 분명하게 보여주려고 했던 것은 어쩌면 작가의 의도였다. 이런 소재에서 두 권의 책이 서로 다른 손에서 나올 수가 있었다. 하나는 이런 의도를 완전히 달성했었을 책인데, 정교한 예술작품이었을 것이다. 극소수를 위한 책. 그리고 다른 하나는 좀더 피상적인 것에 머물렀는데, 훌륭하고 기품 있게 이야기하고 있다. 또 약간의 유머와 슬픔을 지닌다. 이책이 훨씬 더 접근하기가 쉬울 것이고 훨씬 더 많은 사람들을 위한 것이다. 오락적으로 최상의 읽을거리다. 카를 보름스Carl Emannuel Worms는 후자를 썼다. 그것은 칭찬할 만하고 추천할 만한 작품이다.

1902
르네상스에 대한 새로운 책[161]

화가 단테 가브리엘 로제티, 잊지 못할 소네트의 시인, 그는 이탈리아와 영국의 정신을 의미한다. 그리고 위대한 대립의 이런 결합이 그의 섬세하고 열정적인 예술에 저 엄청나게 매력적인 본질을 줄 수 있다면, 그렇게 그것은 계속해서 자기 작품의 심연에서 나와 자기 나라 사람들에게 작용했고 그 전성기 문화에 위대한 시대와 이탈리아의 위대한 예술가를 친숙하게 만들었다. 어쩌면 이런 상황이 영국인 월터 페이터Walter Pater[162]가 '르네상스'에 대한 정말 탁월한 책을 집필할 수 있었다는 데 완전히 책임이 없는 것은 아니다. 이 책은 영국에서는 이미 1873년에 출간되었고 이제야 비로소 독일어 번역판이 나왔다. 라이프치히에 있는 오이겐 디더리히스 출판사는 월터 페이터의 책에서 그와 같은 반가운 보충을 보고, 이 영국 에세이를 번역한 빌헬름 쉘러만에게 특별히 감사하는 것이 우리에게 불필요하게 보이지 않을 만큼 탁월한 독일어로 전달해주었다. 우리는 다른 귀중한 번역본들 곁에서 아름다운 독일어판의 러스킨판에 대해서도 감사한다. 페이터에게는 정말 커다란 의미가 있는 그리고 그의 직관의 방법과 똑같이 그의 문체를 특징짓는 내용과 형식의 균형은 독일어판에서도 역시 정교한 방식으로 생산되었고 책 전체를 통해 계속해서 유지되었다. 단순하고 풍요로운 한 권짜리의 이 책은 외적으로나 내적으로 그렇게 고급 수준인 그것으로 만들었다. 즉 사람들이 고요하고 축제 같은 시간에 잡아보고 싶어할 대상으로, 그것을 소유하는 것 자체가 항상 새로운 기쁨이 되는 아름다운 사물로 만들었다.

25년 전에 씌어졌는데도 불구하고 이 책에는 불필요하게 지나친 어떤 것도 낡은 어떤 것도 없다. 오늘 정말 사람들이 제일 말하고 싶어하는 것은, 지금 그 책은 있는 그대로 내일 씌어질 수도 있었을 것이라는 사실이다. 우리는 르네상스에 대해 정말 거의 알지 못한다. 지칠 줄 모르는 연구는 당연히 우리에게 여러 길을 열어주었으며 바자리Vasari의 환상적인 발명과 다른 것들 뒤에서 우리에게 훨씬 더 많이 환상적이었던 현실을 예감하게 했다. 야콥 부르크하르트의 그 깊고 이론적인, 그런데도 정말 인간적인 이해는 꼭대기에서 처음으로 저 시대의 폭을 조망할 수 있는 탑처럼, 우리 시대의 연구자 대부분의 관찰을 능가한다. 하지만 그 시대의 정신에 가까이 가고자 우리가 그렇게 많은 발전을 했다손 치더라도 그 개성은, 여기에서 그 시대가 향기와 꽃처럼 흐르는 것일진대, 그들의 삶이 존재했던 소리 없는 비밀에 둘러싸여서, 우리에게는 여전히 수수께끼다. 그리고 만약에 양심적인 연구가 우리가 수년 간 그 시대의 이름과 묶으려고 했던 작은 일화들을 평가절하고 거짓이라 책망한다면, 그렇게 그는 우리에게 이들에 대한 어떤 새로운 자료를 주는 것도 아니고, 우리들의 동경이 되는 그 형상들에, 마치 그들이 과거가 아니고 미래이며 장차 다가올 것인 양 새로운 윤곽을 부여하는 것은 결코 아니다. 우리에게 보티첼리와 조르조네Giorgione 또는 레오나르도와 같은 현상들을 친숙하게 하는 것도 역시 역사가의 권력에 놓여 있는 것은 전혀 아니다. 왜냐하면 그 시대의 암흑에서 그들을 풀어주는 것보다는 오히려 그들 영혼의 여명 속에서 그들을 찾고 모든 우연성에서 해방된 깊이 있는 연구와 그들 작품에 대한 사랑을 통해서 최고의 박학다식에게조차도 항상 닫혀 있는 그들 본질을 향한 내밀한 길을 가는 것이 문제인 것이다. 예술 창조의 비밀을 예측하는 것을 더 많이 이루어내면 낼수록, 우리는 르네상스의 거장들에게 좀더 가까이 다가가려고 한다. 다르게 표현해보면, 누구나 예술작품에 대한 자신의 고유한 욕구와 예술작품이 자신에게 줄 수 있는 것에 대해, 그리고 자신에게 예술작품이 필요한 때에 대해 분명해지면 질수록, 르네상스의 거장들에게 다가가려고 한다는 것이다. 그리고 예술에 종사하는 책들에서는 위대한 예술작품에 대한 이런 욕구를 고무하고 격려하는 이런 책들이 최상의 것이고 가장 생생한 것이다. 월터 페이터가 쓴 르네상스에 대한 책이 이에 속한다.

이 책은 프랑스의 두 가지 이야기로 시작된다. 이 두 가지 이야기 속에서 중세는 우리 눈앞에서 새로운 감성의 시대로 변화하기 시작한다. 그리고 나중에 르네상스의 독일 후예인 빙켈만Winckelmann으로 사그라들기 전에, 다시 한번 요아힘 뒤 블레Joachim du Bellay의 프랑스 본토로 돌아온다. 그 사이에는 피코 델라 미란돌라Pico della Mirandola, 보티첼리, 루카 델라 로비아Luch della Robia, 미켈란젤로(시인으로서의), 레오나르도와 조르조네에 대한 화려한 장들이 있다. 저자는 이 위대하고 비밀에 찬 인물들을 불러내는 힘을 갖고 있다. 그들은 그의 사랑을 따르고 말없이 우리 옆을 지나간다. 그는 그들에게 말하라고 또 침묵하라고 강요하지 않는다. 그들을 붙드는 어떤 시도도 하지 않는다. 그는 바로 이 소리 없는 통과 속에 그 살아 움직이는 것이, 즉 그가 자기 책으로 우리에게 증명하고자 했던 그 희귀한 것, 그 거역할 수 없는 것이 놓여 있음을 알고 있다. 그는 그것을 성취했다. 하지만 그 외에도 이 책은 건축예술의 본질에 대해서(루카 델라 로비아), 그림과 그것의 한계에 대해서(조르조네) 그리고 마침내 비판가의 그것, 여전히 가장 모순되는 견해들이 있는 것에 대한 모든 곳에서 아직 이례적이고 귀중한 보편적인 관점들을 주는 가치를 갖고 있다. 통틀어서 이 책이 우리에게 대단히 필요하다고 말하게 한다. 번역가조차 그것을 소수를 위한, 저자의 고급 문화를 위한 그리고 그의 성숙하고 우월한 입장을 갖는 이들을 위한 작품이라고 부른다. 그러나 그 책이 민속적인 것을 요구하는 것은 아니지만 나는 그 책을 그래도 훨씬 더 많은 사람들 손이 희망하기를 원한다. 그 책은 기본적으로 단순명료함과 설득력으로 꽉 차 있고 상당수의 사람들 사이에서 소수에 속하는 이런 저런 사람을 그의 목소리로 깨울 수 있다. 나는 특별히 거대하고 어두운 그리고 불확실한 동경을 갖는 젊은 사람들을 생각하게 된다.

1902
프리츠 라소프[163]: 바라바스,〈두 여인—아침과 저녁〉

여기서는 두 권의 작은 책들을 잠시 언급하겠다. 왜냐하면 이 책들의 저자가 젊은 브레멘 사람이기 때문이다. 한 권은 시가 들어 있고 하인리히 불트하우프트에게 헌정한 것이다. 다른 한 권은 산문극 〈두 여인〉이 들어 있는 드라마의 작은 장면들을 포함하고 있다. 운율로 시도한 것보다 이 노벨레(저자는 이에 대해서 종교적인 노벨레라는 제목을 선택했다)가 더 훌륭하거나 또는 더 엄격하게 씌어진 것은 아니다. 그들과 똑같이 이 노벨레는 고르지 못하다. 또 양식이 없고 그냥 만족할 만한 것이 못 된다. 하지만 그것은 어쨌든, 지나치게 큰 소재 뒤에 숨겨진 채 흥분하고 초조한 힘이 그들의 때를 기다리는 것처럼 보이는 그런 작품이다. 사람들은 여기에 젊은 사람을 뒤흔든 경험이 있었다는 것을 느끼게 된다. 그가 글을 써야 했었다는 사실을 그에게서 믿게 된다. 그리고 사람들은 이와 같은 완성에 이를 수 없는 형식에서조차 창작의 심오한 필연성을 주목하게 된다.

그 밖에 이런 책들은 비판적 고찰을 완전히 피해버린다. 이들이 예술작품이 아니라고 비난하는 것은 어리석은 일일 것이다. 이와 마찬가지로 학교 작문에서처럼 그들에게 재능 여부를 묻는 질문을 하는 것은 부당한 일이다. 그들은 젊은 사람들에게는 자주 삶에 대한 강력한 방어이고, 자신에 대한 탐구이며 어떤 목표를 갖고 있는지 아직은 전혀 말할 수 없는 자기 교육의 수단에 대한 탐구이다. 그들이 그런 시들로 시도할 때, 사람들은 젊은 사람들을 아직은 형편없는 작가로 다뤄서는 안 된다. 그들에게는 아직 아무 직업도 없다. 그리고 그들은 언젠가 완전히 다른 작품을 위해 깨어나기 위해서 임시로 언어의 길을 꿈에서처럼 가는 일이 생길 수도 있다.

1902
두 권의 북구 여성도서

스칸디나비아 문학에서 여성은 우리들과는 다른 역할을 한다. 여성운동을 정말 빨리 뛰어넘어선 여성은 남자의 모방자나 정부가 되지 않고도 작가가 될 수 있었다. 여성과 남성은 북구 문화권에서 여성 남성의 구분을 넘어서는 공동 목표를 갖고 있다. 어떤 식으로든 가장 넓은 의미로 인간이 되려는 목표. 그리고 남자든 여자든 누구나가 개성의 길목에서 이런 목표를 이루려고 찾는다. 이렇게 꼭 성의 균형이 아닌 오히려 개개인의 동등화인 남녀 평등이 점차적으로 일어난다. 엘렌 케이나 아말리 스크람Berthe Amalie Skram[164], 셀마 라게를뢰프Selma Lagerlöf[165]와 같은 여류 작가들은 남자를 따라가려고 노력한다는 것, 남자의 특성이나 장점을 습득하고, 리Lie나 함준Hamsun, 방Bang이 책을 썼던 것처럼 쓰는, 그런 것에 대해서는 결코 한 번도 생각해본 적이 없다. 그 여성들의 발전 과정은 남자와 접촉하지 않고 곧장 나아갔고 그들의 여성성의 심연에서부터 그리고 편협함으로부터 넓고 큰 인간 본질로, 즉 모든 사물에 대한 고요한 이해, 진지한 관조, 그리고 슬픈 사랑으로 인도할 것을 시도했다. 북구의 작가들과 글 쓰는 스칸디나비아 여성들 사이에 접점과 조화와 유사성이 성립하는 곳에서 이들은 모방의 결과로 볼 수는 없고, 두 가지 성이라는 공동의 국가적 특성으로, 그들에게 어린 시절이 주었던 똑같은 인상 그리고 마침내 저 멀리 미래로 뻗어가는 동경들로 거슬러 올라간다. 이 동경들로 그들은 성인으로 그리고 성숙한 인간으로 만나게 된다.

엘렌 케이의 마지막 책은 여기에서 미리 그 가치를 인정했다. 사람들은 그 책이 여기 영적 모성에 가득 찬 한 여자가 사랑스러운 그리고 선을 위해 열정적인 방식으로, 남자의 느낌에 의존하지 않고 위대한 인간의 감정으로 비약을 시도했다는 것에 대한 진정한 하나의 증명일 수 있었다는 것을 기억하게 될 것이다. 첫눈에 여기에서는 성숙하고 자유로우며 많은 도움을 주는 한 인간이, 즉 낯선 효소가 조금도 없이 여성에서, 즉 여성의 고통과 경험과 기쁨에서 생겨났던 인간이 문제라는 것을 알았다. 그리고 북구의 여성들에게서도 상황은 비슷했다. 엘렌 케이가 그들 곁에서 좀더 여성적이고, 좀더 사랑스럽고 그리고 좀더 헌신적으로 보일지라도, 그들은 남성적인 어떤 흔적도 갖지 않았다. 그들은 좁은 의미에서 예술가이고 작가이고 다시 말해서 인간과 그들의 운명의 묘사자이자 해설자이다. 이것은 모종의 가혹함과 잔인함을, 사람들이 예술가가 아니라 선생님으로, 교육자로 그리고 새로운 사랑과 새로운 삶의 사도로 등장하는 엘렌 케이에게서 발견 못 하는 무엇인가 무분별함을 그들에게 자주 준다. 그녀의 가슴은 좋은 예언으로 가득 차 있다. 그녀의 어린아이 같은 믿음은 그녀를 낙천주의자로 만든다. 만약 사람들이 그녀에게서 올 때면 아말리 스크람이 비관론적 기질을 가지고 있다고 쉽게 추정할 수도 있을 것이다. 그러나 그것은 착각이다. 위대한 예술가(그리고 스크람 여사가 위대한 예술가라는 것을 곧장 말하는 것이 좋겠는데)는 원칙적으로 이것일 수도 저것

일 수도 없다. 예술작품은 화해이고 균형이며 안정이다. 그것은 어
둡게만 볼 수 있는 것도 아니고 장밋빛 희망에 찰 수도 없다. 왜냐
하면 예술작품의 본질은 정의에 있기 때문이다. 스크람 여사는 인
생의 가장 슬픈 지역을 들여다본다. 그녀는 인생의 천한 장소와 늪
과 그리고 주민들의 어떤 하층 계급 위로 일어나는 건강하지 못한
질식할 듯한 공기를 안다. 그녀는 빈곤의 절대적인 기후를 안다. 그
녀는 소시민의 가족에서 가난이 야기하는 참담한 파괴를 안다. 그
녀는 기형적인 사람, 악용당한 사람, 숨겨진 사람들이 사는 저 작은
절망적인 골목길의 슬프고 무거운 냄새를 안다. 그녀는 노동에서,
그들 희생자의 가슴과 머리에 가해지는 저 형언할 수 없이 끔찍한
노동에서 상속받은 가난을 지켜보았다. 그녀는 굶주림이 단지 그
들의 가장 경감된 면, 즉 그들의 가장 인간적인 면일 뿐이라는 것을
안다. 그리고 더러움과 야비함과 범죄가 오래되고 거대한 가난의
다른 이름일 뿐이라는 것을 안다. 하지만 그녀는 또다시 묘사할 수
없는 예술로 가난이란 분위기가 무엇보다도 그렇기 때문에, 즉 이
런 분위기는 지속적으로 그리고 매 순간마다 추함을 강요하기 때
문에, 두려워지는 그들의 운명을 그려낸다. 이들은 항상 나약하고,
부드럽고, 끝없이 감명을 주는 사람들이다. 즉 무감각하고 거친 부
모의 아이들로 빈곤과 구토의 환경 속에 자라나고 자신들을 깨끗
하게 지키고, 마치 질기고 끈적끈적한 반죽처럼 늘 다시 그들의 움
직임 전부에 달라붙는 환경에 오염되지 않도록 자신의 힘 전부를
육감적으로 사용하는 사람들이다. 그런 아이들에게 그것은 매우
힘겹다. 일찍이 다른 사람들의 불신과 비웃음, 결국 증오까지 그들
에게 쏟아진다. 그들의 슬픈 고독은 혼자일 수 없는 이런 사람들 사

이에서는 오만처럼 보여진다. 그들의 어떤 다른 좀더 청결하고 좀 더 밝은 삶으로의 경건한 고양은 이들에게는 과장으로 해석된다. 그리고 그들은 돌팔매질과 흥분한 짐승들 사이에서 그것을 알지 못한 채 무방비 상태로 젊은 순교자처럼 돌아다닌다. 그 《신들이 총애하는 자*Ein Liebling der Gröter*》란 책은 그런 사람에 대해, 아르네 호프라는 후보자에 대해 이야기한다. 그는 불쌍한 청소년기를 겪었고 어린 시절이 없다. 그러나 결국은 다른 사람, 가난하지 않고 사악하지 않고 추하지 않은 인간이, 이따금 순결하고 경건한 분위기를, 즉 하나의 기쁨, 아름다운 일요일, 꽃 한 송이, 어린이가 쓰는 말 한마디에 대한 기쁨을 갖는 인간이, 사랑을, 훌륭한 책의 해질녘 힘과 소리 없는 공통점을 아는 인간이 되었다. 간단히 말하자면 사람들이 지구에서 두려움과 비난 없이 있어도 될 정도로 그렇게 행복한 인간이 되었다. 후보자 아르네 호프에게서 자신의 환경이 준 힘겨운 시작에서 빠져나와 이런 사람 옆에서 자신을 구제한다는 것이 성취된다는 것은, 그들에게서 그것이 어딘가에는 틀림없이 존재할 거라는 것을 그가 예감한 전부를 발견한다는 것은, 그가 거기에서 위대한 사랑조차 알게 된다는 것은, 그를 말로 표현할 수 없는 감사함으로 채우고 그리고 그에게 책임이 없는 사랑을, 그리고 그가 마침내 두근거리는 가슴으로 가장 행복한 기대감에 영문도 모른 채 적절한 시간에 온 소리 없는 멋진 죽음을 맞이하는 것은, 스크람 여사에게 그를 깊이 애도하지 않는 것은 아니지만 신들이 총애하는 자라고 부르는 착상을 주었다.

이 책과 제목의 관계는 스크람 여사의 인생관을 잘 설명해준다. 사람들은 그녀가 아르네 호프의 운명에 이런 이름을 썼다는 것에서 아이러니를 찾을 생각을 하지는 않는다. 사람들은 여기에서 고요하고 고통스러운 신앙 고백이 표현되었다고 느낀다. 단지 하늘을 거기에서 찾아도 되기 위해서, 지상에 지옥을 옮겨놓은 직접 체험한 힘겨운 종교의 원칙이 여기에서 표현되었다고 느낀다.

종교는 개인의 문제다. 러시아나 스웨덴에서 사교집단이 번성하는 것은, 경직화된 공동의 신앙의 짐을 풀어서, 개개인에게 분배하고 사적으로 만들고자 하는 자연스러운 추구일 뿐이다. 품위 있는 스칸디나비아의 여류 작가 셀마 라게를뢰프는 자신의 책《예루살렘》에서 달라르네 풍경 속의 한 마을에 대해 그리고 있는데, 그 안에서 작가는 선교목사가 사교집단 정신을 지님으로써 일어나는 붕괴와 해체, 최후의 심판의 온갖 공포와 흥분을 담고 있다. 오래된 지상과 천국의 논쟁, 중세에 아름다움과 권력, 하지만 자신의 위대한 고향 상실까지 역시 주어졌던 저 논쟁이 이 교회의 연극에서 다시 일어난다. 그리고 부분적으로는 천국의 승리로, 즉 주민의 일부가 영원과 유사한 땅——예루살렘으로 이민을 가기 위해서 고향의 마을과 오래 뿌리내렸던 자리를 떠나는 것으로 끝난다. 우리는 이런 출발 전의 시간, 즉 남아 있는 사람들의 반항과 사교집단의 동경이 자라고 있는 시간을 함께 경험한다. 유령들이 들끓고, 유랑하는 설교자의 말에서 커다란 태풍이 일었다. 그리고 그가 사람들의 마음을 통해 강제로 행하고 그리고 어떤 사람에게는 몸을 마비시키고 다른 사람에게는 광기를 부리는 손을 그 노동을 하게끔 풀어주고, 현세를 얼빠진 것으로 만들고 내세를 지나치게 확실하게 하며 예언의 말을 하며, 마치 화재의 불이 비치듯이, 그렇게 그도 역시 달라르네의 거대한 숲으로 추락하며 오래된 본토민의 이교도적 힘을 흔들어댄다. 폭풍우치는 밤에 산꼭대기에서 미쳐 날뛰며 사냥하는 마왕 일족, 산과 나무의 잊혀진 유령들의 끔찍한 공포, 그리고 기독교가 있기 전에 거기에 있었던 모든 권력과 지배를 흔들어댄다. 사람들에게서 나온 이 폭동은, 사람들이 수백 년 동안 노동과 회상을 통해 토지와 묶여 있고, 토지 역시 파악하고 신경에서처럼 땅의 어둠 속을 통해 나무의 뿌리로 달려가기 때문에, 시작부터 끝까지 그 책 전체를 채우고 있다. 그리고 경종처럼 좀더 낮은 곳에서 그것을 압도하고 있다. 그는 그것을 결속하고 있다. 왜냐하면 그것은 간헐적으로 또 개별적인 단락으로 씌어졌기 때문이다. 즉 폭풍우의 타격들처럼 불규칙적인 휴식 뒤에 따르는 단락들이다. 새로운 어느 장이나 다시 전체적으로 하나이고 그리고 상당수는 그것이 새롭고 좀더 고양된 통일로 편입되는 것에 대략 저항하도록 완성되어 있다. 하지만 이 개별적 부분의 독자성은 그 책에 특별한 매력을 준다. 사람들이 자의적 행위의 주름 밑으로 아름답고 생동하는 법칙의 몸을 느끼게 된다. 그리고 전체 책의 구조를 지배하는 이와 똑같은 법칙은 개별적 단락 안에서도 효과를 보인다. 이와 똑같은 장면들이 공존하는 가운데 두 번째 부분의 첫째 단락에는 증기선 '우주'의 침몰이 묘사되어 있다. 그리고 책의 그 밖의 부분과 자유로운 맥락에 서 있는 그리고 완전히 독자적으로 이해될 수 있는 이런 이야기가 스웨덴 여류 작가의 신작에서 잊을 수 없는 점이다. 〈우주의 침몰〉이란 제목이 붙은 스무 쪽은 특별히 언급되어야 하겠다. 사람들이 그것을 특별히 인쇄했어야 했고 그리고 '두꺼운 책'을 읽을 시간이 없는 그들, (최소한 북구에서는) 그 위대한 예술을 향해 고독하고 진지한 길을 갔던 여성들이 이미 지금 살고 있다는 것을 믿으려고 하지 않는 그들 모두의 손에 쥐어주어야 했다.

1902
에른스트 하르트[166], 《인생은 가지각색이다》

이 책의 첫번째 노벨레에서 어떤 사람이 이렇게 말했다. "유감스럽게도 나에겐 아직 세계관이 없소. 하지만 아마도 세계에 대한 감성은." 이 단어들은('유감스럽게도' 없이) 그 책 자체에 사용하도록 되어 있다. 왜냐하면 그 책의 다채로운 부분들을 결속하는 것은 바로 세계에 대한 감성이기 때문이다. 이것은 아직 세계관은 아니다. 그렇지만 그보다 훨씬 더 많은 것이다. 마치 목표보다 길이 더 많은 것처럼. 세계관은 사물들을 묶어준다. 세계에 대한 감성은 그들을 움직인다. 그것은 그들에 대한 깊고 동경하는 참여이고 도처에서 그들을 쫓고 있고 가장 비밀스러운 변신으로까지 그들을 동반한다. 세계관은 마무리다. 휴식을 원하는 늙고 병든 사람들을 위한 무엇이다. 고정시키고, 배치하고, 규정하는 마지막 의지다. 하지만 세계에 대한 감성은 첫 소망과 같은 것이고 첫사랑과 같은 것이다. 사람들은 그들의 크기와 견고성에 따라 세계관을 평가한다. 하지만 사람들은 그의 날개 폭에 따라 세계에 대한 감성을 재어본다. 그리고 그것은 이런 경우 위대하다고 말할 수 있어야 한다…… 이 책의 소재는 그 인물들처럼 매우 여러 가지다. 그렇지만 이것은 제목이 뜻하는 다채로움은 아니다. 이것은 자기 소재 뒤에서 곧장 사물들의 그림자에서, 이 앞에서 사물들이 일어나는데, 다채로운 책이다. 거기에는 피가 그들의 이야기로 들어가는 심실이 있다. 그리고 소재들은 사소하고 거의 아무것도 아니다. 외적인 충동일 뿐이며 중요한 것을 말하려는 마지막 동기다. 악기들이 오랫동안 기다렸던 지휘봉의 오르내림이다. 하지만 악기가 문제인 것이다. 이들은 에른스트 하르트에게서는 상당히 품위 있어진다. 커다란 품위를 갖는다. 그의 영혼은 대단한 세심함이라는 재능을 부여 받고 고요함으로 에워싸여 있다. 그리고 사람들은 그의 언어는 마치 그리스의 소년처럼 교육된 것일 거라고 또 고대 그리스의 투기 연습장 팔레스트라의 품위 있는 경기가 그 언어의 몸에 균형을 잡아주고 리듬 있는 삶을 주었다고 말하고 싶어한다.

1902
현대 러시아의 예술 추구[167]

　온 세상 사람들이 러시아 문학을 안다. 따라서 아무에게나, 러시아 책의 그림에 대해서, 회화에 대해서, 한마디로 그림예술에 대해서 읽은 것을 기억하는지 물어보는 것이 가능하다. 어쩌면 사람들은 이런 질문을 받으면 곧장 부인해야 한다는 것에 놀랄 것이다. 실제로 위대한 문인들은 정말 그림에는 아무런 관계도 하지 않는다. 그들은 멀리 내다보면서도 무거운 생각을 하고 풍경에 대해서는 아무것도 보지 못하는 엄청나게 바쁜 사람과 같다. 그들은 저녁 무렵에 별이 뜨면 고개를 떨구고 그날의 고생에 대해 생각해보는 노동자와 같다. 러시아인의 삶은 완전히 떨구어진 이마의 징표 속에, 심사숙고의 징표 속에, 그의 주변에서는 모든 아름다움이 불필요해지고 모든 광채가 허영인 그 심사숙고의 징표 속에 있다. 그의 눈은 인간적인 얼굴에서 쉬기 위해서만 올려본다. 그리고 그 안에서 아름다움과 조화를 찾지도 않고 자기의 생각을 발견하기를 갈망한다. 자기의 고통, 자기의 운명 그리고 불안한 길, 그 길에서는 길고 잠 못 이루는 밤들이 이런 상태로 갔는데. 러시아인의 눈에는 그의 이웃이 지나치게 다가온다. 그는 마치 자신의 얼굴을 고통스러운 시간에 보고 있기라도 한 것처럼 그것을 보고 경험하고 그리고 견뎌낸다. 이런 능력이 그 위대한 문인을 만들었다. *고골과 도스토예*

프스키와 톨스토이 이들 모두가 이 능력 없이는 존재하지 못했을 것이다. 하지만 이 능력이 위대한 예술가를 키울 수는 없었다. 러시아인에게는 냉정함이 결여되어 있다. 얼굴을 그림으로, 다시 말해서 물건을 보듯이 인간적인 의미로 거기에 참여하지 않고, 차분하게 열정 없이. 그의 관조는 소리 없이 동정으로, 사랑함으로 도와주는 것으로, 그러니까 그림을 넘어서서 소재인 것으로 넘어간다. 그렇게 러시아 화가들 역시 오랫동안 '소재'를 그려냈다. 그것이 외국의 문화로 세공되었고 그리고 이제 마치 헤엄쳐 온 우상처럼 수용되었던 이국적이고 이주해온 소재가 아니었다면 최악은 아니었을 것이다.

사람들이 기꺼이 그를 수용하지 않았다는 것은 당연한 일이다. 사람들은 그것을 마치 표트르 대제가 명령을 내렸던 문화 전체를 수용하듯이 받아들였다. 대체로 잘 숨겨놓은 불신으로 주저하면서 그리고 소시민이 상황에 못이겨 식탁에 초대해야 했던 자기 상관을 맞이하는 것처럼 어떤 어색한 존경심으로 채워져 있었다. 사람들은 거기에 속하는 예술도 역시 가져갔다. 그리고 이런 학술적이고 배울 수 있는 예술을 연습하는 경향이 있고 능력이 있는 사람들을 그 나라에서 충분히 찾았다. 이 예술은 러시아에서 오랫동안 지배적이었다. 이것은 커다란 교회의 벽들을 곰팡이로 된 그물망처럼 덮었고 거장과 부유층의 홀에서 왜곡된 품위로 널리 보급되었다.

예술은 사치의 대상이었다. 사회 안에서 사람들이 인정받고자 하면 감수할 필요가 있는 품위와 고귀함의 상징물이었다. 처음으로 우아함과 매력적인 연모에서 출발하는 좀더 고상한 18세기 말이 이 사회의 그림에 대한 사실상의 욕구를 가져왔다. 사람들은 그림을 사랑했다. 왜냐하면 거울을 사랑했기 때문이다. 이런 욕구에는 화가 즉 *레비츠키Lewitzki*가 알맞다. 이 사람은 영국의 동시대적 초상화가 옆에 그냥 세워놓을 수 있다. 그는 생각을 그릴 위험이 없다. 왜냐하면 그 당시 사람들은 어떤 생각도 하지 않았기 때문이다. 사람들은 미소 하나로 온 인생을 살았고 그것으로 살아갈 수 있는 것처럼 보였다. 하지만 리비츠키는 걸음걸이와 의상을 채웠던 우아함이 곧장 꽃으로 피어나왔던 이런 미소를 저 부드러운 시대의 마술 전체가 오늘까지도 여기에서 출발하도록 그릴 줄 알았다. 이 화가는 실제 영향력을 얻어내지 못하고, 점점 더 강력해지는 아카데미와 대립하면서 자신의 길을 시도했던 개별적 현상이다. 두 명의 초상화가, *키프렌스키Kiprenskij*와 *바르네크Warnek*, 그리고 이례적인 에너지로 일에 종사하는 시골 사람들, 긴 창고 그리고 농부들의 작은 오두막을 그리기 위해 마을로 가려고 했던 *베네치아노프Wenetzianow*. 그 다음에 정신이 풍요로운 화가 *페도토프Fedotow*가 나타난다. 그는 시민들의 삶의 장면들을 그렸고, 고골리처럼 자기 자신의 아이러니의 날카로움에 상처를 입고서 독약을 먹고는 외롭게 미쳐서 죽은 사람이다

19세기 초에는 이러 저런 수식어로 언급될 이름이 아직도 더 많이 있을 것이다. 풍경화가 역시. 하지만 저 진지하고 심오한 두 사람을 곧장 생각해보는 것은 좋은 일이다. 깊이에 대한 회화적 표현을 발견하기 위한 삶을 살았다고 말할 때, 이 두 사람에게서 특성이 가장 잘 나타난다. 그들에게서 이것이 되지는 않았다. 그들은 무승부의 전쟁터에서 죽었다. 그들의 그림들이 승리를 의미하지는 않는다. 하지만 그들의 작업은 역시 너무 위대했다. 그렇지 않으면 몇

세대에 나누어졌을 발전을 이 두 사람들이 해냈다. 내가 말하는 사람은 알렉산더 *이바노프*(1806~58)와 이반 *크람스코이*(1837~87)다. 이바노프는 자신의 인생 전부를 거의 로마에서 보냈고, 자기 스스로가 점점 더 소외된 그렇지만 더 이상은 헤어질 수 없었던 유일하게 커다란 그림을 그렸다. 자기 자신의 힘, 자신의 젊음, 자신의 사랑, 모든 것을 그는 계속해서 자신의 큰 그림에 주었다. 그리고 드디어 마치 이중 자아의 손처럼 그것으로 버텼고 그러고는 그 앞에 가련하고 슬프게 앉아 있었다. 그는 나약한 사람이었다. 아이처럼 낯설고, 무력하고 유순했다. 가슴으로 생각하는 그런 사람들 중 하나였다. 그가 러시아를 떠났을 때 사람들은 카를 *브륄로프*라는 세련된 실력자를 축하해주고 있었다. 이바노프가 지쳐서 다시 돌아왔을 때도 사람들은 여전히 그를 축하하고 있었다. 이 허영에 찬 사람이 자신의 붓으로 만들어낸 소동은 이바노프의 고요하고 고독한 하루의 작업을 압도했다. 그는 아카데미와 관객의 요구에 방해받지 않기 위해서 한동안 혼자 있고자, 러시아 자체에서 가능했던 것보다, 자신의 고향에 대해 좀더 깊고 좀더 집중적으로 생각하려고 러시아를 떠났다. 그는 수도원에 들어갈 생각을 하고 세상으로 나온 것이었다. 그에게 낯선 것들이 영향을 미쳤고, 자신의 삶이 신에게 향한 과정이었던 그는 어느 날 무신론자가 되었다고 믿었다. 하지만 근본적으로 그것은 경건함, 그에게서 그림으로 표현되기를 요구했던 내적 경건함이었다. 그렇기 때문에 그는 무엇이 자기의 과제일 것이라고 전혀 말할 수가 없었던 자신의 동시대인으로부터 물러났다. 그렇기 때문에 마사치오의 벽화로부터 오버벡의 그림들에 이르기까지 그가 그렇게 표현했다. 그렇다, 그는 자신의 나이브한 이해 속에 일종의 경건함도 역시 보았던 다비트 프리드리히 슈트라우스의 책까지 낯선 경건함이 표현했던 모든 형식을 알고자 했다. 하지만 그 낯선 형식은 그의 자기화를 도와주기는커녕 오히려 혼돈을 일으켰다. 그는 지쳤고, 파괴되었고 죽을 무렵에는 거의 미쳐 있었기 때문에 사람들은 그의 소중함에 대해 별로 알지 못했다. 이바노프의 명성은 예술과 러시아의 영혼 사이에 하나의 관계를 성립시키는 것을 시도했다는 것이다. 그림은 이제껏 쓸데없는 것이었다. 그는 그림을 필수 불가결한 것으로, 위대하고 심오한 경험의 피난처로 만들기를 원했다. 이것이 그를 크람스코이Kramskoi와 연결시켰다. 이 화가에게서 예수의 그림 한 장, 즉 광야에서 생각을 좇아갔던 버림받은 사색가가 남아 있다. 그리고 그는 '웃음'이라고 불리는 또 다른 그림을 미완성으로 남겨두었다. 다시 그를 비웃었던 보라색으로 표시한, 저 비웃음의 크고 작은 물결이 일고 이것으로 에워싸인 예수, 그 비웃음으로 그는 저 별나고 고독한 사람들에 반대하는 우민들에게 저항했다. 사람들은 그것이 또 이바노프도 그랬던 예수라는 것을, 하지만 크람스코이에게 그것은 더 이상 어떤 '소재'가 아니라 하나의 고통, 즉 그가 그림에서 통달한 심오하고 고통에 찬 체험이라는 것을 안다. 그의 고통은 그의 예술보다 더 크다. 때때로 초상화에서, 스케치에서 그리고 구상에서 아주 심각한 대가, 어떤 완숙한 크기가 보인다. 하지만 그는 자신의 본질 전체를 그림에 옮길 수가 없었다. 그를 완전히 알기 위해서는 그의 편지를, 그의 일기장들을, 그리고 글들을 읽어보아야 한다. 게Ge의 철학적 사실주의가 그의 곁에서는 냉철하게 보이고, 사람들이 그를 크람스코이와 비교해보면 외국 도처에 잘 알려진 라예핀은 더욱 그림 같고 더욱 정신이 풍부하고 하지만 좀더 피상적이기도 하다. 이바노프와 크람스코이 옆에 아직 한 사람만을 새로운 길의 진지한 초보자로 거명할 수 있다. 빅토르 *비스네*초프가 바로 그 사람이다. 그의 노력 역시 예술을 러시아의 영혼과 결부시키고, 운하를 파는 것이다. 즉 캄캄하게 번쩍거리는 그들의 수로를 예술로 흘러가게 하는 운하를 조직하는 것이다. 더 소박하고, 다른 이보다 좀더 순종적으로 그림을 그리면서 그는 자신의 영혼을 감히 생각하려고 하지 않는다. 그는 민중의 위대하고 공통적인 영혼을 찾아낸다. 이를 농부의 인생에서, 그들의 관습에서, 그들의 신앙과 미신에서, 또 그들의 태고적 노래에서, 비콩트 드 보그Vicomte de Vogüé[168]가 이것이 역사의 음악이라고 그렇게 아름답게 말했던 빌리넨을 찾았다. 그는 이런 영혼에서 이교도 세계와 그 경건함을 연구했다. 그는 이 영혼으로 하여금 교회로, 수백 년 전부터 사람들이 기도하고 촛불을 켜놓은, 오래된 색이 칙칙해진 이콘상 앞으로 자신을 안내하도록 했다. 그리고 어느 날 키예프에 있는 성 블라디미르의 새 교회에 정교를 신봉하는 예배 의식의 규정대로 그리라는 과제가 주어졌을 때, 그는 그것을 받아들였고 옛 상징들을 새로운 힘으로 채우는 수 년 간의 지칠 줄 모르는 오랜 작업을 시도했다. 그리고 여기에는 소재만 정확하게 규정되었던 것이 아니라 세부적 묘사를 설정해야 하는 장소들도, 대부분의 형상들의 자세와 표정과 의상까지도 포드리니크의 옛 규칙에 따라 규정되어 있었다. 예술가의 개인적 참여는 작은 일에 한정되었다. 왜냐하면 러시아의 이콘은 이탈리아의 제단 위의 그림과 비교될 수는 없었기 때문이다. 이것은 어떤 금으로 된 그릇이나 옛 기도문처럼 교회 장비에 속했다. 그것의 형식은 전해 내려오는 것이다. 아주 조용한 변화만이 수백 년 동안 모험을 했을 뿐이다. 그리고 사람들이 이런 종류의 그림은 도대체가 어떤 발전도 하지 않았다거나 이럴 수가 있다고 그리고 거기로 돌아온다는 것은 불필요하고 전망이 없다고 주장할 수가 있다. 그러는 사이에 키예프의 블라디미르 교회를 방문한 사람은 곧바로 이런 형상 속에 아직도 생명이, 즉 귀한 의상에 휩싸여 지나치게 큰 눈에 감춰진 삶, 또 이런 그림 앞에 이마가 돌에 닿을 때까지 무릎 꿇는 그 사람들의 삶의 무엇인가가 살아 있다고 느낄 것이다. 러시아의 교회는 소멸되지 않았으므로. 이는 끝없이 조용하게, 끝없이 천천히 그리고 1년 안에 성장하는 어떤 꽃이 아니라 사람들이 소년일 때 떠나서 노인으로 돌아왔을 때만 성장을 알아차릴 뿐인 그런 상당수의 꽃들과 같은 영혼을 지닌 민중의, 가장 내적인 삶과 유사한 삶을 살고 있다. 확실하다. 그의 경직됨과 비잔틴식 계통의 이콘은 예술 작품은 아니다. 하지만 그것은 러시아의 영혼의 중요한 자료이고 멀리서 예술에 다가가는 길들 중의 하나다. 러시아의 풍경 역시 그런 길이다. 1873년에 아주 젊은 나이로 얄타에서 죽은 크람스코이의 친구 *바실예프*는 이미 그것을 느꼈다. 그리고 그의 유작들은 진기하게 러시아의 정서가 담긴 동경에 찬 시도들이었다. 그리고 러시아는, 봄날들의 밤에 깃들인 멋진 비통함을, 가을에 금빛을 띤 자작나무의 광채를 그리고 볼가 강의 고독한 광활함을 느꼈다. 그리고 자기 그림에서 이야기했던, 2년 전에 죽은 유태인 *레비탄*에게서 러시아는 현대의 정서를 갖춘 화가를 이미 갖고 있었다. 그리고 이런 상황이 그에게 한동안 외국에 거주하게끔 강요했다. 그는 이런 기회를 통해 많은 것을 배웠다. 그리고 그가 러시아로 가져왔던 표현 수단들은 국제적이었다.

하지만 지금 올라오는 세대들도 역시 파리에 있었다. 이들은 전적으로 품위 있는 취향과 심오한 교양을 갖춘 세상을 겪었으며 지식이 풍부한 젊은 사람들이다. 그들은 바르비종의 대가들에 대해 책을 쓸 수도 있을 것이다(이들은 그 정도로 그들을 정확히 알고 있다). 그들은 인상파, 신인상파, 점묘파 그리고 모든 새로운 추구들과 세간티니의 그림들을 안다. 그들은 라 로셰푸코 거리에 있는 구스타프 모로의 미술관을 방문했고 로댕의 상당수의 작품에 영향을 받았다. 그리고 이 모든 것 뒤에 그들은 방해받지 않은 균형을 갖춰서 고향으로 그리고 자기들 작업으로 돌아왔다. 때때로 그들은 우리의 전시회에도 나타난다. 그리고 사람들은 이미 몇몇 이름들을 기억하기 시작했다. 스예로프, 말야빈, 콘스탄틴 소모프, 콘스탄틴 코로빈, 알렉산더 베노이스들이 가장 유명한 사람들이다.

의문이 생긴다. 이들 젊은 사람들이 세계시민들인가? 반대로 외국은 그들에게 더 이상 위험하지 않다. 그들은 외국으로부터 자신을 해방시키려고 외국을 공부했다. 그들은 자신들의 고향의 예술과 그 과거에 대해 정당할 수 있기 위해서 많은 것을 보았다. 그들은 그것을 지나치게 평가하지는 않지만 그것을 존중한다. 방금 출간된《19세기 러시아 그림역사》라는 책이 이를 증명한다. 이 책의 저자는 알렉산더 *베노이스*Alexander Benois이다. 하지만 러시아의 옛 예술의 지식을 확장시키는 그 노력이 얼마나 열렬한지는 잡지(무엇보다도《*미르 이스키스스투봐*》)와 일종의 형식의 보물로 러시아에서 발견되는(그들이 자국이건 외국의 근원지이건) 예술과 공예의 작품들을 정교한 복사본으로 접할 수 있게 만든 연대적인 출판물인 《후도예스트벤니야 소크로비슈챠 로시이》가 증명해준다. 여기에서는 또 손수건과 의상의 자수로, 목각물과 목수일로, 그들이 지닌 형식과 색채의 자극을 통해 똑같이 소중한, 민중 속에 살아 있는 러시아의 고전적 공예에 대해 한마디를 해야겠다. 바스네초프가 그것을 공부했는데, 헬레네 폴리예노바의 지도 아래 상당수의 작품을 모방해서 만들었고 오늘날 그에 대해 최고로 통달한 사람은 러시아의 예술가 S. 말류틴이다. 그는 저 고전적 공예품들의 풍부하고 강렬한 색상언어와 형식언어를 독자적인 사용에 적용시켰다. 그것에서 흥미 있는 공예 작업(양탄자, 장롱, 타일로 된 난로)이 유래되었다. 하지만 그의 표현 방식의 가장 독특한 응용은 아주 특별히 적절한 장소인 몇몇 어린이용 도서의 화려한 장식에서 찾았다.

　민중이 장식한 사물과 장비에 젊은 세대가 특별한 관심과 사랑을 베푸는 것은 당연한 일이다. 여기에 다시 러시아의 영혼이 예술로 가는 시도를 했던 길들 중의 하나가(어쩌면 가장 내밀한 길) 있다. 그들은 항상 또다시 시도했다. 왜냐하면 묵중한 사색을 하며 살아가는 이 사람들의 영혼은 원래 그림 한 장을 동경하는 것이기 때문이다. 인간의 얼굴을 운명이나 역사처럼 이야기하는 것이 아니라 사람들이 관조하도록 그냥 거기에 있는 그림 한 장을. 그러니까 위대한 예술을 동경하는 것이기 때문이다.

1902
야콥 바서만[169], 《몰로흐》

독일 소설을 쓰는 소수의 사람들에게 말해도 되는 것은 바서만 Jakob Wassermann은 자기 고유의 양식을 갖고 있다는 것이다. 그는 솔직함, 양심적인 상세함, 표현에서 옹졸하다고까지 할 정도의 조심스러움의 일정한 방식을 갖고 있다. 그는 자기를 지켜보고 사물에 대한 자신의 관조와 자신의 파악이 직선적으로 말 속에 들어가서, 베일에 싸여 들어가서, 그러고는 그들 안에서 비로소 자신을 드러내기를 원한다. 그는 자기 경험을 겪지 않고 그들을 담은 언어 속에서 그들에게 활동할 것을 강요한다. 그가 온종일 노력하는 것은 그들에게 바르고 적합한 단어들을 발견해주는 것이다. 사람들은 그의 언어를 마치 방처럼, 홀처럼, 드넓은 층계처럼 그리고 어두운 복도처럼 들여다볼 수 있다. 그것 모두가, 제각각 스스로 실내장식의 마력을 갖고 있다. 그렇지만 그렇게 나란히 세워져 있는 그들은 병원 또는 형무소의 인상을 준다. 글줄들은 단어들이 놓여 있는 기다란 복도처럼 늘어져 있다. 문들이 열려 있는 복도가 있다. 그리고 사람들은 이상한 안쪽이나 숨막히는 좁은 곳을 들여다본다. 다른 데서는 문이 덜컥 닫혀버렸다. 그리고 상당수는 오랫동안 열린 적이 없었던 듯하다. 그리고 마침내 사람들은 그 방들과 그 벽 전부를 지나쳐 가고 여러 가지 많은 그림들로 혼란을 겪으며 마치 커다란 집에서 나오듯이 지쳐서 책에서 튀어나온다. 그 안에는 많은 것이 들어 있지만 그것을 전체적으로 개관할 수는 없다. 기억들은 서로 교차하고 겹쳐진다. 그리고 사람들은 결국 아주 먼 길을 갔다는 것을 알 뿐이다. 여행 도중 밤의 사물과 인상들처럼 기이하게 혼동되고 다음날 아침의 기억 속에 시간과 공간이 없이 서 있는 것처럼, 이 책의 그림과 사건들은 그 책을 읽은 사람의 감정 속에 들어 있다. 사람들은 끝에 가서야 오전 중 오랫동안 이리저리 돌아다녔던 박물관에서 나왔을 때처럼 피곤을 약간 느낀다. 그것은 바서만 안에 들어 있는 수집가의 무엇이고, 그리고 자신의 수집품에 무엇인가 진기한 것이 빠져 있음을 견디지 못하는, 그리고 완벽함과 내용을 모든 노력의 목표인 것처럼 보이는 수집가의 열정의 무엇이다. 그가 심리학자인 이상 바서만은 기이한 성격과 단어와 표정과 손짓의 수집가이다. 이런 의미에서 그는 완벽하고자 한다. 그는 색깔 있는 작은 돌들로 된 것처럼 자신의 그림들을 모자이크식으로 구상한다. 그리고 거기 어디에서도 돌 하나 빠져서도 안 되고 모두 다른 색이어야 한다. 그의 글쓰기는 사람들이 아주 가까이서 관찰해도 되는 공을 많이 들인 수공업과 같다. 어떤 대목이나 똑같은 주의와 조심성을 보여준다. 하지만 전체는 사람들이 뒤로 물러서자마자 곧 더 명확해지지도 더 크지도 않는다. 사람들은 세부적인 것에서 멀어지면서 그들의 맥락에서도 역시 멀어진다. 사람들은 그의 책에서, 그의 설명에서, 그의 계시에서 끝없는 정교함을 발견한다. 하지만 어떤 새로운 그림이든지 전술한 것을 누구에게선가 빼앗은 것이고 그리고 사람들이 아무것도 아쉬워하지 않게끔 철저하게 대체한다. 언어는, 사람들은 바로 언어 앞에 서 있는데, 정당하다. 모든 다른 것은 마치 존재하지 않는 것 같다. 그것은 500 쪽수를 통해 오고 가는 것이다.

이런 의미에서 바서만의 책들은 '소설들'이다. 그것들은 머물 것을 요구하지 않는다. 그들은 지나간다. 그 책들의 단어들은 사람들이 지나치자마자 곧장 등불처럼 꺼진다. 이런 무상함으로 그들은 어떤 한 순간의 강렬한 빛을, 그들이 1초 간 발하는 응집된 효과의 값을 치른다. 독자의 눈은 빛처럼 책을 통과하고 그들 뒤에서 그것은 깊은 암흑 속으로 떨어진다. 자기 비밀의 암흑이 아니라 무거운 잠으로. 그것은 마치 바서만이 사용했던 이 모든 단어는 혹사당했던 것처럼 극도로 긴장해 있고, 그들의 여유 속에 신경이 곤두선 불안이 감춰져 있는 것처럼, 그리고 마치 독자들이 있어야만 바로 지탱할 것 같은 그런 것이다. 그는 이 단어들로 운명을 이야기한다. 한 번은 '젊은 레나테 푹스'의 인생, 다른 것은 아르놀트 안조르게의 운명과 그가 만난 그 사람들의 운명. 그는 이상한 사람, 이례적이고 기이한 사람을 찾지 않는다. 그는 모두가 이상하고 불확실하고 심오하고 환상적이고 신비스럽고 영웅적이라는 것을 보여주려고 한다. 그리고 그는 이를 위해서 자기를 도와줄 것을 언어에게 요구한다. 거기에서 그것이 원래 바서만이 창조한 양식이 아니라 그가 양심적으로 사용했던 지혜롭고 우월하고 감탄할 만한 기술이라는 것이 분명해진다. 이런 기술로 그는 아르놀트 안조르게와 그의 주변 환경을 작은 조각의 색채를 이용하여 광활한 그림으로 그렸다. 이 점묘파 양식의 책에서의 최고는 어쩌면 아르놀트의 유년기와 청년기일 것이다. 즉 모두가 무력하고 황제조차도 저지할 수 없었던 커다란 불의가 그를 일깨우고 호출하고 고함치고 삶으로 던져버린 그 시대다. 어떻게 아르놀트의 어머니가 죽고 어떻게 이런 죽음이 그 깊이 몰두하는 자에게 멀리서 지나쳐 가는지를 그리고 어떻게 그가 그러고 나서, 정의의 사도가 되기 위해서 그리고 비둘기의 귀를 위한 목소리가 되기 위해서 새로운 삶을 찾아가는지를 사람들은 그 책에서 믿는다. 나중에 사람들은 자주 아르놀트 안조르게를 잃어버린다. 그를 발견한 사람들은 그를 덮어버리고 그리고 그조차 나태해지고 흥미를 잃어버린다. 그는 자기 인생을 삶으로 마쳐시키고 그가 장악하고자 했던 일상에 압도당한다. 사람들은 그가 무엇 때문에 깨어 있게 되었는지 더 이상 이해하지 못한다. 그것은 거의 바서만이 여기에서 양심적으로 미루기보다도 기회를 더 많이 줄 수 있어야 했을 것 같다. 그것은 그의 손을 묶어 놓는 기술이다. 아르놀트 안조르게에서 항상 삶을 마주하고 고요히, 외롭게 그리고 강하게 서 있는 저 순수하고 경탄하는 사람이 될 수도 있었을 것이다. 그 대신에 우리는 그가 자신을 발견한 것처럼 보이는 순간에 자기 자신을 잃어버리는 한 젊은 사람이 되는 것을 본다. 하나의 과제에 일깨워진 그가 사명감 부족으로 멸망한다. 그것이 바서만이 그 책을 헌정한 운명인가? 사람들은 그것을 알지 못한다. 사람들은 상당수의 작은 대목과 훌륭한 작업에 그리고 부지런하고 열성적인 예술에 의지한다. 그리고 사람들은 뒤로 물러나서 정리, 요약할 것을 잊어버린다. 한 시대, 한 세대, 한 도시의 수백 가지 성격은 얼굴을 전혀 그리지 못하고 단지 길과 귀로와 통과하기 힘든 것만을 뒤죽박죽 그릴 뿐이다. 이 책에는 상당히 많은 재능과 관찰이 나타난다. 그래도 이 관찰은 증오와 아이러니에서 자유롭지 않다. 이 관찰은 순수하고 올바른 관조가 아니다. 그리고 그

능력은 자주 너무 의식적이고 너무 의도한 바이고 너무 심하게
예술을 압박한다.

1902
지그프리트 트레비취[170], 《세계의 종말》[171]

　이 책에는 아홉 개의 노벨레가 실렸다. 하지만 원래는 하나만 인정된다. 이 책에 이름을 준 첫번째가 그것이다. 사람들이 그것을 분별없이 걸작이라고 부르는 것은 좋다. 정말 단순하고 정말 정수이고 완전히 좋다. 그것은 학교에서 읽혀져야 했을 것이다.

　세계의 종말은 일요일에 멸망하는 한 인간의 이야기다. 그 이상의 것은 없다. 그것은 수백 명이 지나쳐 갔던 소재 중의 하나다. 탐구하는 사람은 그런 소재를 발견하지 못한다. 행운아는 그것을 들어 올린다. 첫눈에 빛나면서, 일반적으로 좀더 이해가 되는 하나의 소재는 거의 없다. 누가 도시의 일요일의 공허조차, 오래 텅 빈 골목과 무수한 시간을 갖고 있는 저 닫힌 일요일 스스로 느끼지 않았던가? 누가 주중에 저축한 것을 긴 하루에 지출하고, 그 저축을 작업일 사이에 열려 있는 저 커다란 구멍에 던지는, 그 약간의 두려움을 모르는가? 모두가 작은 것 안에서 살고 있다. 그리고 그것을 모두가 항상 다시 겪는다. 그 소년은 일요일을 온통 사랑하면서도 공허를 느끼는, 모든 놀이를 끝내는, 모든 책을 다 들춰본, 모든 길을 다 다녀본, 그리고 모든 꽃을 다 들여다본 순간들을 갖는다. 그리고 여전히 일요일이고 아직도 상당한 시간이 있다. 그리고 일요일이면 그들의 직업과 단절되는 일을 갈망하는 모든 사람은 특별히 이런 감정을 알고 있고 무위도식이라는, 배회라는, 기다림이라는 심판을 내린다. 그리고 상당수에게는, 거의 모든 사람에게는 정취로 지나가면서 떠오르는 것, 그것이 어떤 사람을 운명으로 프란츠 크사버 힐세킬Franz Xaver Hilsekil을 능가해서, 그것을 죽이고 파괴시키면서 자신의 크기를 얻는다. 자신의 약점을 아는 힐세킬은 몇몇 일요일을 견디어내지만 갑자기 토요일 저녁이 금요일이 되고 그렇게 그는 두 *번의* 일요일을 마주한다. 첫번째는 그가 조심스럽게 넘어서서 두려워하면 달아나는데, 두 번째는 그를 완전히 압도하여 먹어 삼킨다. 그의 긴장된 의지는 구부러지고, 부러지고 갑자기 월요일이 다시는 오지 않고 다음날 밤에 세계의 종말이 온다고, 끝이라는 생각에 굴복하고 만다. 사람들은 이름 모를 두려움이 그의 머리에서 익살맞은 사고를 어떻게 찍어내는지를 느낀다. 힐세킬은 그믐날을 위해 애써 모아놓은 돈을 은행에서 모두 꺼내서 경마를 하러 가서 잃고 또 모든 것을 잃는다. 하지만 경마장의 흥분된 분위기 전체가 그를 다가오는 세계의 종말을 증명해주고 게다가 위협적으로 집합해서 모든 것을 긴장시키며 내려치지는 않는 심한 뇌우가 떠오른다. 그리고 밤이 되자 힐세킬은 지쳐서 잠들어버린 그의 아내 곁에서 깨어 있으며 종말을 기다린다. 긴장하면서 그는 하나의 신호를 기다린다. 가구의 삐걱거리는 소리조차 그는 멸망이 다가오는 것이라 해석한다. 하지만 마침내 비가, 빛 바랜 회색 여명이 천천히 생기는 안정되고 커다란 잡음이, 새 날이, 월요일이, 그믐날이 시작된다. 힐세킬이 목을 매단 것은 자명한 일이다. 이 이름 모를 끔찍한 실망이 불러온 반사 운동. 힐세킬은 세계의 종말을 맞은 것이다. 그리고 만약 다른 사람들이 거기에서 어떤 식으로든 자기를 구출했다면 그것은 더 이상 그의 문제가 아니다.

이것은 아주 훌륭하게 이야기되었다. 침착하고, 정의롭게, 불필요한 말 한마디 없이. 모든 언어는 이 중요하지 않은 사람의 운명에 크기를 주려고 결합했다. 이것은 그들에게서 성취되었다. 훌륭한 요약 속에 세부적 자료들이 묘사되었고 펼쳐졌으며, 단단한 교각 같은 과도기들이 있다. 힐세킬은 끝으로 메모장에다 자기 아내에게 보내는 작별인사를 적는다. "일요일들이 나를 파멸시켰소. 하느님은 6일 간 일을 하시고는 휴식할 수 있었는데. 하지만 인간은 그럴 수가 없구려, 하물며 가난한 사람이면 더더욱 그럴 수가 없구려……." 여기에서 사람들은 작은 운명으로부터 깊이가, 크기가 그리고 대단한 무게가 어떻게 얻어졌는가를 느낄까? 다시 한번. 사람들이 이 이야기를 우리가 가진 최고로 놓을 때만이 이 이야기에게 정당성을 부여하는 것이다.

다른 여덟 이야기는 똑같은 양식이다. 어린아이의 양식, 아이가 나이브한 어떤 것을, 순결한 것을, 원래 아무것도 모르는 것을 이야기한다. 하지만 여기에는 소재와 형식 사이의 탁월한 경쟁이, 첫번째 노벨레를 그렇게 소중하게 만든 그 경쟁이 결여되어 있다. 그것은 슈니츨러식의 소재인데 이들은 이런 정제되지 않은 아이의 손에 이상하게도 충분히 어울린다.

1902
카린 미카엘리스[172], 《울라 팡엘의 운명》

이것은 마틸데 만Matilde Mann[173]이 섬세한 방식으로 우리에게 전해준 카린 미카엘리스Karin Michaelis의 두 번째 책이다. 첫번째 는 《어린이》였다. 한 어린 소녀가 죽음을 맞는 시간들과 그녀의 일 기장들. 다가오는 죽음에 쫓기면서, 성숙되어감에 대한 숨막히는 조급함. 중단할 수 있기 위해서 되어가는 것, 이번에는 그것이 죽음 의 시대다. 사람들이 준비하지 않았던, 아무것도 준비하지 않았던 몹시 젊은 여자의 힘겹고 고독한 시대. 그 여자를 지켜주는 늙어가 는 남자는 원래 그녀와는 아주 다른 그 여자의 어머니를 사랑했다. 그는 딸을 얻었다. 그 어린 울라를, 나약한 울라를, 무엇인가 될 시 간을 더 이상 갖지 못한 그 소녀를. 박자가 틀린 것처럼 그녀는 나 타났다. 마치 군인들이 마당에서 자유훈련을 할 때 어떤 창백하고 겁먹은 젊은이가 박자를 잃기라도 한 것과 같다. 그는 불안해하고 다른 사람들이 서 있을 때 웅크리고 앉아 있다. 그리고 모두가 무릎 을 굽히고 있으면 혼자서 일어나 있다. 그리고 나서 그의 움직임은 어정쩡해져서 비틀거리게 되고 슬퍼진다. 그는 마치 총에 맞은 새 처럼 흔들거린다. 울라도 그렇다. 그녀는 항상 혼자 있고 모든 것을 다르게 하고 잘 못한다. 그녀가 할 수 있는 것은 인정받지 못한다. 그리고 그녀가 배워야 하는 것은 어렵다. 만약 밝은 밤이 와서 그리고 꽃이 만발하면, 꽃들이 그것을 할 수 있듯이, 사과나무가 할 수 있듯이, 그녀는 삶을 살 수 있다. 하지만 사람들은 이런 인생을 활용조차 하지 않는다는 것이 명백해진다. 울라의 어머니가 그렇게 하지 않았고, 그녀 어머니의 사촌인 울라의 남편 팡엘 박사도 역시 안 그랬다. 그들은 다른 인생을, 의무가 딸린 인생을, 울라가 이해할 수 없는 복잡한 인생을 산다. 그녀는 팡엘의 첫번째 아내, 그녀가 수줍어하며 칭한 '정식 아내'가 그녀보다 먼저 살았던 그리고 여전히 늘 어떤 식으로든 존재하는 그 낯선 집에 살고 있다. 즉 늙어가는 남편 곁에서 살고 있고, 그 남편과는 할 수 없지만, 농아의 언어로만 말을 할 수 있는 훌륭한 하녀 곁에서 산다. 게다가 집 주위로 들판이 광활하게 펼쳐 있고 아무 데도 나무는 없다. 팡엘 박사는 썩은 물냄새를 풍긴다는 이유로 방 안에 있는 어떤 나무도 견디지 못한다. 그리고 밤에는 모든 가게가 문을 닫았고 공기는 두꺼운 털옷에서 나온 듯하고 입으로 들어올 수 없다. 그리고 그 집은 온통 집게벌레가 돌아다니고 만약 사람이 잠이 들 수 없으면 "가능한 모든 것을 생각"해야 한다. "집게벌레가 침대 속에도 역시 있는지를 그리고 정식 아내를." 울라 부인은 한 아이를 사산하고 또 하나를 잃는다. 그리고 그녀는 교회의 작은 묘지에 있는 그녀의 어린 두 아이들이 자신의 정원에 묻혀 있다고 오랫동안 믿는다. 그리고 스스로도 그렇게 생각했다. 하지만 그것은 사실이 아니다. 사람들은 그녀에게 거짓말을 했다. 그 두 아이들은 저 바깥 실제 교회묘지의 정식 아내 곁에 놓여 있다. 그런데 이제 무엇이 사실인가? "어제부터 아주 이상한 기분이 들어요. 모든 것이 텅 비어 있고, 전 아무도 믿을 수가 없어요"라고 울라는 자기 어머니에게 편지를 쓴다. 그리고 계속해서. "하지만 어머니, 당신은 혼자서도 정말 강하고 그리고 단단하세요. 저는 정말 어머니를 믿어야겠어요." 이것은 울라의 마지막 편지 바로 전에 쓴 편지다. 그녀는 어머니에게만 한 장을 더 쓰고 우물로 가기 전에 카스파 팡엘에게 한 장을 쓴다. 그 책은 팡엘이 울라의 어머니에게 쓴 편지로 종결된다. 심각하고 조용히 그리고 희망 없이 끝맺는다. 냉정하고 비슷한 두 사람은 낯설게 죽은 자에 대해서 계속해서, 몇 마디로 의견의 일치를 본다. "어제 울라를 묻었습니다. 제가 죽인 작은 울라를. 저는 그녀를 아주 천천히 죽였습니다. 당신이 제게 그녀를 주었던 그리고 제가 데려갔던 그날부터, 그리고 그녀가 사과하면서 우물로 빠져들어가게 했던 그날까지." 그리고 또 다른 곳에서는 "저는 울라에게 무엇을 말하는 것을 잊었습니다. 그녀가 어쩌면 그것을 알았어야 했을 텐데요. 저는 그녀에게 제가 그녀를 사랑했다고 말하는 것을 잊었습니다." 카스파 팡엘의 이 편지는 그 책의 훌륭한 결말이다. 이 끝은 평정을 되찾았고 절망적이고, 신경질적이면서 고요하다. 그것은 신중하다. 슬프게 신중하다. 그리고 그는 훌륭한 균형을 준다. 그것은 균형을 이룬 정의다. 팡엘 박사는 심판을 받지는 않는다. 그는 무죄다. 모두가 모든 죄에서 풀려나온 것이다. 팡엘은 무력하고 인간적이다. 하지만 그들이 서로 다다를 수 없는 것, 또 한 사람이 다른 사람에게서 멀리 떨어져 산다는 것은 인간의 숙명이다. 끔찍한 것은 단지 한 사람이 다른 한 사람을, 완전히 떨어져 있는데도 불구하고, 정말 죽일 수 있다는 것이다. 이것이 끔찍한 일이다. 카린 미카엘리스가 이것을 그리고 비슷한 것을 말하고자 한다는 것은 이미 그녀의 첫번째 책에서 분명했다. 그녀는 그것을 고상하고 특유한 방식으로 그리고 완전히 여인으로서 말한다. 여성 문제를 뛰어넘은 이 북구 여성들은 어떤 남자도 쓸 수 없었을 운명을 보기 시작하고 이야기하기 시작한다. 그들은 자신의 소재를, 이 때문에 여류 작가들이 있어야 하는 이 소재를, 광활하고 미개척의 분야를 찾는다. 그들은 아이들과 어린 소녀들을 마치 젊고 고독하고 고통받는 인간처럼 이야기할 줄 알고 있다. 붕어는 멀리 뛴다. 그리고 남자는 더 이상 운명이 아니다. 그는 무지몽매한 사물들 중 하나다. 즉 어쩌면 가장 멀고 가장 이상야릇한 것, 우리가 삶이라고 부르는 저 낯선 이방인의 부분이며, 오히려 고향의 부재. 하지만 동시에 먼 곳일 것이다. 이런 것이 카린 미카엘리스의 두 권의 책에 깔린 기본 정서다. 그것을 깨닫는 자는 그녀가 하나의 진보를 뜻한다는 사실을, 새롭고 필연적인 어떤 것이라는 사실을 시인할 것이다.

1903
예술 작품[174]

어쩌면 항상 그러했을 것이다. 어쩌면 항상 한 시대와 위대한 예
술 사이에는, 거기서 생겨난 광활한 낯선 지역이 있었을 것이다. 어
쩌면 항상 예술작품들은 오늘날에도 그런 것처럼 그렇게 고독했을
것이다. 그리고 어쩌면 명성은 새로운 이름 주변에 모여든 모든 오
해의 총체 개념이 아닌 다른 어떤 것인 적은 단 한 번도 없었을 것이
다. 그것이 예전에 한 번이라도 달랐다고 믿을 이유는 전혀 없다.
왜냐하면 모든 다른 사물과 구별되는 것은 예술작품이 바로 미
래의 사물이라는 상황 때문이다. 즉 예술작품의 시대는 아직 오지
않았다는 말이다. 예술작품이 태어날 미래는 멀다. 이로써 예술작
품은 방도와 발전 과정의 거대한 원을 언젠가 닫은 저 지난 세기의
사물이다. 예술작품은 완성된 신의 사물이고 신과 동시대인이다.
그런데 인간은 처음부터 그 신에게 종사하고 있고 그리고 아직도
한참 더 있어야 그를 완성하게 될 것이다. 그런데도 불구하고, 마치
과거 시대의 위대한 예술작품이 자기 시대의 소용돌이 한복판에
서 있었던 것처럼 보인다면, 이를 예술작품의 고향인 최후의 멋진
미래가 우리보다 그 아득한 옛날(이에 대해 우리가 정말 많이 알지
못하는데)과 더 가까웠다고 설명할 수 있을 거다. 이미 내일은 광
활함과 미지의 한 부분이다. 그것은 묘지 뒤마다 놓여 있다. 그리고

신들의 그림은 더 심오한 완성의 제국의 경계석이었다. 이러한 미래는 인간들로부터 천천히 멀어져갔다. 신앙과 미신이 이러한 미래를 점점 엄청나게 더 먼 데로 내쫓았다. 사랑과 절망은 이러한 미래를 별들 밖으로 내쫓아 하늘로 던져버렸다. 우리의 등잔불은 결국 멀리까지 볼 수 있게 되었다. 또 우리의 도구들은 내일과 모레 너머에까지 다다를 것이다. 또 우리는 연구 수단을 가지고 장차 다가오는 미래의 세기를 피할 것이다. 또 그를 일종의 아직 시작도 안 한 현재로 만들 것이다. 학문은 넓고 예측할 수 없는 길처럼 전개되었다. 그리고 인간의, 개인의, 대중의 힘들고 고통스러운 발전은 다음번 천년을 끝없는 과제와 일로 채울 것이다.

그리고 멀리, 멀리 그 모든 것 뒤에, 일에 종사하는 인간들 사이에, 일하는 동물들과 장난하는 아이들 사이에, 일상적 유용한 사물들 사이에 낯설게 널려 있는 것, 저 이상하게 침묵하고 인내하는 사물의 고향, 예술작품의 고향이 놓여 있다.

1903
〈대도시들〉
〈미완성작〉[175]

　많은 사람과 사람들의 모임을, 많은 집을, 사물과 동물을 포함하기 때문만은 아니다. 즉 그렇기 때문에만 대도시가 그렇게 큰 것은 아니다. 대도시는 많은 정원도, 언젠가 시골에 있는 그 성벽 밖으로 놓여 있는 그리고 이제 더욱더 밀려오는 사물들 사이에서 여전히 자유를 누리는 정원들, 봄의 자유를, 가을날들의 넓음과 뻗어나고 슬퍼하고 비를 내리는 하늘의 소유물도 역시 포용한다. 거기에서 삶이 자기의 소리 없이 방해받지 않는 길을 간다. 거기에서 과즙들이 잎으로 그리고 꽃으로 올라간다. 올라가 서 있고 그리고 나무로 돌아온다. 거기에 새들이 오고가며, 노래와 침묵이 있다. 거기에서 물이 넓어지고 휴식하고 번쩍거리고 그리고 멀고 먼 기억처럼 사물들을 어둡게 반복한다. 그리고 인간의 고독은 대도시를 채운다. 텅 빈 방 같은 가난한 사람의 작은 고독과 아이들과 커다란 사람의 고독한 시간들과 차원이 같은 형언할 수 없는 고독……

1903
〈고독한 사람의 미완성 원고〉[176]

첫머리
이것이 질문일까?
그렇다, 질문이다.

나는 뭔가 달리 오고가는 이런 시간을 사랑한다. 아니, 이 시간을 사랑하는 것이 아니라 이렇게 고요한 이 순간을 사랑한다. 이 시작의 순간을, 이 고요의 첫 머리글자를, 이 첫번째 별을, 이 시작을. 마치 성장한 후로 살아왔던 지붕 밑 하얀 다락방에서 어린 처녀가 일어서듯이, 내게서 일어서는 무엇인가를. (아, 그것은 어느 날 찾아왔고 그리고 그때 그 집 전체가 변했다.) 하지만 이제는 지붕 밑 하얀 다락방은 삶이고 그리고 사람들이 아침에 항상 열려 있는 그 창가로 가면. 이렇게 사람들은 세상을 구경한다. 사람들은 여전히 자라고 있는 커다란 나무들을 보고, 새들을 본다. 그리고 새들이 날아가기 전에 커다란 가지들이 흔들리는데, 그것은 마치 동물 안에 있는 바람 같고 그리고 부족들 안에 있는 고요 같다.

나는 이런 바람을 사랑한다. 봄을 앞서가는 이 넓게 변형하는 바람을, 나는 이 바람의 소음을 그리고 마치 거기에 없는 것처럼 모든 사물 한가운데로 지나가는 먼 표정을 사랑한다.

이 밤을 나는 사랑한다. 아니, 이 밤은 아니다. 이 밤의 시작은 아니다. 내가 읽지 않을 길고 긴 첫 행간은 아니다. 왜냐하면 그것이 초보자를 위한 책이 아니기 때문이다. 이제 막 지나간 그리고 그가 지나갔기 때문에, 그가 처음이 될 거라고 느꼈던 이 순간을 사랑한다. 민중들이여, 너희들은 지나갔고, 왕들이여, 너희들은 묘석이고, 산들이고 그리고 청동 그림들이고 그리고 여인들이여, 너희들이 죽는다면 누가 너희들을 아직까지도 알겠는가. 얼마나 오래 그것은 더 계속되는가. 그리고 사람들은 역사를 잊는다. 왜냐하면 언젠가 기억을 많이 드러내고 그러고 나서 오래된 서랍에서처럼 편지들, 그림들, 리본들 그리고 꽃들, 모든 것을 불 속으로 던져버리게 되기 때문이다. 너희들의 거대한 사건, 너희들의 전쟁터와 평화조약 체결, 너희들의 섭리와 우연. 그리고 만남과 손짓들 그리고 먼 형상들, 초대된 자들에게 흘러가는 향응처럼, 신에 안주하는 자의 저녁 명상처럼, 축제를 좋아하지 않는 자들이 축제로 모인 것처럼 너희들은 흘러갔다. 너희들은 많은 사람 앞에서, 일정한 시간 안에 끝나야 하고 아무것도 아니어야 하는 것을 마치 무대 위의 공연처럼 해냈다. 그들 모두 앞에서, 수백 명의 호기심 있는 자 앞에서 너희들은 춤을, 그 벌거벗은 배꼽춤을 그리고 운명의 긴 치마를 돌리며 추는 춤을 추었다. 그리고 사람들이 시장에서 보는 마술사처럼 너희들은 신비스러운 주머니들과 놀라움으로 꽉 차 있었다. 너희들의 피리의 공포 속에 너희들이 적어도 뱀을, 독사를 갖고 있었다면. 굉장한 독을 가진 뱀, 그 독은 종족의 마지막 사지까지 죽이기 위해서 단 한 방울만 가져도 충분하다. 하지만 너희들의 박자에 맞춰 그렇게 많이 무해한 괴물들이 껑충껑충 뛰었다. 너희들은 자카

르식 문직기계로 무늬를 가려내고 복사 모양을 제조하는 전문가였고, 부정직하게 사취했던 약간의 과거를 뒤집어서 그것을 뒤쪽에서 가련한 단모음의 낱말로 읽었고 그리고 선언했다. 이런 것이 미래를 의미했다. 사람들은 너희들을 또 너희들의 과거에 있었던 그림자를, 결코 가장 위대한 사람 가운데서가 아니라 창녀들 사이에서 운명을 헤아리고 싶어한다. 왜냐하면 너희들은 윤락가 처녀처럼, 늙었기 때문이다. 이 윤락가 처녀들한테서 너희들 육신은 무가치한 장사이고 값싼 술잔이다. 너희들 모두가 화장한 가운데 오랜 삶을 영위할 것이다. 그리고 이미 모두가 너희들을 즐겼기 때문에, 너희 김빠진 자들아, 그런데 너희들은 여전히 살기 때문에, 그렇게 너희들은 소년들이 성장하도록 기다리고 그들이 너희들에 대한 욕구를 가질 때까지 황혼 속에 그들을 만난다. 그 의지할 데 없는 자들이. 너희들은 전염병처럼 너희들의 커다란 공적인 사건들이 되었고, 피에서 피로 전해져서 너희들은 남자들의 체액을 부패시켰고, 불안한 그림으로 자궁의 어둠을 채웠다. 생겨났을 때 이미 사라졌던 너희들이, 더 먼저 사라져갔던 너희들의 과정들, 너희 마음의 역사를 그린 그림들, 너희들은 살아 있는 저들에게 자신을 더 이상 의존하지 않는다. 왜냐하면 너희들은 거짓이고 생명이 없는 것이기 때문이다. 너희들은 독약이고 고난이고 그리고 부패다. 어제와 그제로부터 나온 너희 공통점들, 그것은 모두에게서 오해이자 권태와 위증인 오늘의 공통점보다도 *더 이상* 너희들 안에서의 현실은 아니었다. 자기 부모와 관계를 끊고 마음을 닫았던 소년이, 정원의 길목에서 자기 친구들이 오는 소리를 웃으면서 들었던 어떤 소녀가, 어떤 공통점도 없다는 것, 그리고 사람들이 별거와 이별만을 나눌 수 있다는 것을 한 순간 알지 못했는가. 하지만 모든 전통을 채우는 저 축제 분위기의 멀고 먼 조화의 설득이 모든 주변 환경보다 더욱더, 일상의 약간 경사진 평지보다 더욱더 분명히 깨어 있는 자를 현혹시키고 곰팡이가 끼게 했다. 그들이, 고독한 사람들은 아무것도 아니라는 것을, 그리고 그들이 자신들의 광야의 지혜[177]로 적절한 시기에 행하지 않을 때면, 마치 묘지 너머처럼 그들에 대해서 계속 알려주면서, 사람들이 사람들 사이로 돌아온다는 것을 증명할 때면, 얼마나 그 지속되는 고난의 경험이 이 나약한 만들어가는 자를 마찰하면서 상처 나게 해야 했는가. 사람들은 이미 더 이상 그들 모두가, 말로 표현할 수 없었던 집중된 영혼을 그들의 치료하는 손의 표정으로 발산하면서 그들의 수년 간의 침묵을 어떤 저녁의 말 속에 주어버린 채 거의 다 돌아왔다는 것에 대해 감히 울려고 하지 않는다. 그들 스스로도 생각하지 않는 말들이 사람들에게 들어가서 국가를 세우는 동안, 그들 목소리의 울림 속에서 턱이 오르락내리락하면서, 아무도 알아차리지 못한 눈에 띄지 않는 미소 속에서 그들은 허무로 흘러들어간다. 그리고 떠나가버렸던 그 고독한 자들이 이제는 가장 이해를 잘하는 사람들, 즉 모두가 함께 만나는 상투어다. 이 고독한 자들은 온 세상에서 자신을 이해한 사람도 없기 때문에 떠나가버렸다. 움직임이 생기고 그들의 이름을(그들의 이름을, 맙소사, 어떤 의미 없고 낡아빠진 이름을) 지닌, 높이 떠받치고, 아래로 받들고, 육지로 인양하는 물결이 일기 시작한다. 그리고 공허하고 크게 울려퍼지는 이런 물결은 인간의 마음 속에 살아 있다.

하지만 우리는 돌아오지 않은 저 고독한 다른 사람들에 대해서도 아무것도 알지 못한다. 사람들은 그들을 그들의 잊혀진 묘지에서 찾았다. 사람들은 그들의 부러진 손가락에서 부적을 집어냈다. 사람들은 그들의 열린 입에서 꽃의 잎새들을 가져왔고 그들의 심장 곁에 서 있는 향유의 깡통을 부숴 열었다. 그리고 이런 절도 행위의 소음은 마치 그것이 저 죽은 자의 삶에 대한 전설인 것처럼 계속해서 주어졌다. 왜냐하면 현실에서 고독하게 사라져갔던 이 삶은 한 시대와 결부되었어야 했고, 많은 삶 중의 하나로 보였어야 했고, 엉클어진 사슬의 작은 부분으로 보였어야 했다. 군중들이 이렇게 그것을 원하기 때문이다.

군중은 고독한 자가 있기를 원치 않는다. 너를 포함한 그들은 어떤 자살한 사람의 문 앞에서처럼 너의 문 앞에 모일 것이다. 공원에 작은 가로수길을 오르락내리락 걸어라. 그러면 군중은 너에게 손가락질 할 거다. 네 이웃이 자기 문 앞에 앉아 있으면 그에게 말을 걸지 말고, 고개를 숙인 채 지나가라. 저녁이 너를 조용하게 하기 때문이다. 그리고 그는 너를 뒤돌아보고 자기 아내나 자기 어머니를 부를 것이다. 즉 그녀에게 자기와 더불어 너를 증오하러 오라고. 그리고 그의 아이들이 너에게 돌을 던져 상처를 입히는 일이 일어날 수도 있다.

부모들은 자기 아이들이 혼자 있으려는 경향이 발견되면 경악한다. 부모는 이미 일찍이 그들 자신의 기쁨과 그들 자신의 고통을 갖는 저 수줍은 소년들을 섬뜩하게 여긴다. 가족에게서 그 소년들은 이방인이고, 침입자고 적대적인 관찰자이다. 그리고 그들에 대한 증오는 나날이 자라고 그들은 아직 어린데도 벌써 아주 커버린 것이다. 이런 식으로 인생은 시작된다. 운명은 눈물의 이러한 심연에서 시작된다. 우리에게 전해 내려오지 않는 저 운명들, 왜냐하면 어떤 하녀의 대화나 자동차의 부르릉거리는 소리가 더 커서 그 운명들의 소리를 들리지 않게 하기 때문이다. 저 창문을 상상만 해봐라. 그 뒤에 있는 끝없는 불안 속에 마치 가파르게 경사진 길을 올라가듯 고독으로 올라가는 한 인생이 흐느껴 우는 것을 나는 정말 느낀다. 저 집에서 웃어만 봐, 그리고 문으로 두드려라. 나는 겁먹은 소녀의 심장 박동을 정말 듣는다. 그녀의 심장은 마치 커다란 종소리처럼 내 속에서 두근거린다. 나는 깨어 있는 그 모든 젊은이들을 알지 못하면서 밤으로 나갈 수가 없다. 그 울림은, 그로써 그들의 창문이 열리는데, 내 안에서 전율한다. 그들의 손이 조심스럽고 불안해하는 모습은 내 손의 모습에서 움직인다. 나는 그들에게로 다가가기를 바라지는 않는다. 그 이유는 내가, 그들의 고통보다 더 심할 수 있을, 또는 그들의 침묵보다 더 장엄할 수 있을 무엇을 그들에게 말할 수 있겠느냐는 것이다. 하지만 저 고독한 자의 삶이 밤의 깊이로부터 내게 작용하는 위대한 힘들 중의 하나로 꽉 채워져 있다. 그들은 나에게 이르고, 나를 변신시킨다. 그리고 내게는 아주 밝은 그리고 그들이 발산하는 빛 속에 고요하게 놓인 곳들이 있다.

나는 아직 또 다른 공통점이 있다거나 또는 더욱 가까워진 접촉이 있다고 생각하지는 않는다. 하지만 고독한 이런 젊은이들이 이렇게 내게 빛을 발하고 밤의 낯선 먼 곳에서 흘러 들어올 때면, 어떠 어떠한 고독한 자가 즐겁고 내적 줄거리로 꽉 차 있는 내 인생에 어떤 힘을 가져야 할까? 하고 나는 생각하게 된다. 그들이 슬퍼하면서 창가에 서 있는 것말고는 아무것도 하는 것이 없는데도 불구하고 말이다. 내게는, 그들에게 영향을 미치는 고독한 자들이 살아 있는지 아니면 죽은 자들 가운데에 이름이 있는지 내게는 마치 이런 영향이 무관한 것 같다. 사람들은 고독한 자의 운명이 군중의 시간으로 붙잡는 운명과는 다른 방향으로 사라져간다는 것을 알지 못할까? 과거로 돌아가는 것이 어렵지는 않다. 그의 사건은 끝이 아니다. 그리고 피로가 그를 따르지는 않는다. 고독한 자의 행동, 그의 미소조차도, 그의 꿈과 그의 가장 작은 표정이 마치 휴식하던 자가 일어나듯 일어나서 미래로 걸어 들어간다. 끝없이 걸어간다. 고독한 자의 숨이 둘러싸고 있다는 것, 그들 고독한 자의 피에 도취됨이 마치 가까운 바다처럼 우리의 침묵을 채운다는 것, 또 그들의 어려운 시간이 우리의 가장 어두운 밤중에 별들과 별자리들인 것을, 사람들이 실제로 잊었어야 했던가.

만약 어딘가에서 한번 창조자가 주어졌다면(내가 창조자에 대해서 이야기하는 이유는 그들이 가장 고독한 자에 속하기 때문이다), 그들이 어떤 작품의 세계를 말로 표현할 수 없는 시절에 창조했기 때문인데, 이런 삶의 진보이고 먼 옛날이 우리에게 사라져버렸다는 것이 일어날 수 있을 것이다. 왜냐하면 그의 작품의 시대가 형상을 깨부수어버렸기 때문이고, 우리가 그것을 소유하고 있지 않기 때문에? 우리 안에서 그 가장 확실한 목소리는, 형성되어가는 작품 속에 있었던 바람이 그의 테두리를 벗어나서 꽃과 동물들과 강타와 취향과 여성들의 출생에 영향을 미쳤던 것을 더 이상 말하고 있지 않는가? 이 그림이, 이 입상이 또는 저 과거의 시가 그 행위자의 힘이 자기 변용의 순간에 완성했던 많은 변형 가운데 그 첫번째이자 다음번 변형이었는지를 누가 아는가? 동떨어져 있는 사물의 세포들은 어쩌면 생성되는 리듬에 따라 정돈되었을 것이고, 새로운 종류에 대한 동기는 거기에 있었다. 그리고 수백 년 전에 살았던 그리고 우리가 아무것도 알지 못하는 고독한 시인의 힘에 의해서 달라졌다는 것은 불가능한 일은 아니다. 아니면 주기도문, 굉장히 쓸쓸한 아이의 사망일, 또는 대단한 범죄자의 독방이 마치 네와 아니오처럼 나눠질 수 있었던, 아니면 마치 저절로 닫히는 문의 시끄러운 소리처럼 녹아 없어질 수도 있다고 진지하게 생각하는 누군가가 있는가?

나는 실제로 일어나는 모든 것이 죽음의 공포 없이 존재한다고 믿는다. 오래 전 사라졌던 인간의 의지를 믿는다. 그들의 모종의 뜻깊은 순간에 손을 펼치는 그 움직임을 믿는다. 멀리 있는 창가에 서 있는 그들의 미소를 믿는다. 고독한 자의 이런 경험 모두가 우리 가운데 지속적인 변형 속에 살아 있다고 믿는다. 그들은 거기에 있다. 아마도 약간은 우리한테서 물러나 사물 쪽을 향해서, 그러나 마치 사물들이 거기에 있는 것과 똑같이, 그리고 그들이 우리 삶의 일부이듯이 그들은 거기에 있다.

1903
북유럽의 책들[178]

II

러시아 사람들 톨스토이와 가르신은 전쟁과 전쟁의 짐을, 전쟁의 부자연스러움, 잔인함과 임의성을 이야기했다. 헤르만 방은《티네》라는 책으로 그들에게 다가갔다. 그는 덴마크와 홀슈타인 사이에 일어났던 전쟁에서의 에피소드들을 이야기한다. 하지만 그는 다네베르크로 그리고 뒤펠로 군대들을 끌어내서 동행하지는 않는다. 그는 군인들이 항상 또다시, 훨씬 더 지쳐서, 승전 또는 패전에 대해 훨씬 침묵하면서 돌아오는 부대의 숙소 이야기를 한다. 그리고 거기에서 그들을 기다리고 숙박시키는 사람들 이야기를 한다. 그리고 이 남아 있는 사람과 노인네들, 여인과 아이들에게 비참함이, 절망이 그리고 죄악이 어떻게 찾아오는지를 보여준다. 죽음과 그 고생스럽게 죽어감이 전장과 참호만을 채우는 것은 아니다. 그리고 집으로, 정원으로 그리고 골목으로 폐허화가 수백 가지 형태로 들이닥친다. 나무들은 짓밟힌 들판 한가운데서 말라죽고 주인 없는 개들은 주위를 이리저리 떠돌고 소들은 외양간에서 짧게 겁에 질려서 외쳐댄다. 대포들은 포성을 높였고 사람들이 접촉하는 모든 사물이 지속되는 공포 속에 있듯이 전율한다. 공기가 전율하고 땅이 전율하고, 태양은 진동하며 아침마다 솟아오르면서 자기 자신의 하루를 불안해한다. 하지만 사람들 속에서 삶은 계속 진행되고, 예전처럼 그들에게는 기쁨과 소망과 고통과 희망과 두려움이 있다. 모든 것은 그들 안에서 단지 더욱 고조될 뿐이고, 더욱 초조하고, 더욱 강하고 격렬하다. 요구 사항들은 늘어가고 온갖 것들이 나타난다. 그들의 용기, 지구력, 사랑, 헌신과 쾌활함에 대한 요구. 새로운 일들이 손에서 성장하고 수백 가지 새로운 생각들이 머리 속에서 움직이고 심장 박동은 달라진다. 낮은 달라졌고 밤은 불안과 일과 변화에서 거의 낮과 똑같다. 이례적인 것이 나타나고 새로운 관계를 만들고 형성한다. 지속적으로 흔들리면서 습관적인 것이 되게 하는 시간을 갖지 못한다. 어떤 규칙도 없고 전망도 없다. 예측하지 못한 것이 지배하고 이 엄청나게 큰 변화는 인간에게서 우선 거의 어떤 축제적인 것을 감지한다. 왜냐하면 첫 순간에 익숙하지 않은 모든 것이 일상적인 것 옆에서 축제처럼 나타나기 때문이다. 이렇게 살아 남은 사람들에게서는 죽은 자 옆에서 가혹하게 삶의 승화가, 깨어 있음, 작용함 그리고 소녀와 처녀들이 아주 나이브하게 빠져버리는 감동이 생기는 일이 벌어진다. 그리고 참호에서 숙소로 돌아와서 휴일을 지키는 사람들은 대단히 큰 죽음의 위험에서 이와 똑같이 흥분되고 고조된 분위기를 가져온다. 똑같이 일종의 도취와 황홀함을 기다리는 자의 감정과 결부시키는 성급한 삶의 흥분을. 하지만 두 가지 부분 다 그들의 힘을 소모시키는데, 우선 싸우는 사람 편에서는 일종의 경직성과 엄격함이 나타나고, 다른 편에서는 낯설어하고 경악한다. 천천히 그들의 힘도 수그러들기 시작한다. 불안한 소식들이 전장에서 오고, 대포들은 외쳐대고 그리고 섬 전체가 불타오른다. 신음하는 피의 강물처럼 부상당한 자와 죽어가는 자의 마차 대열은 골목마다 흘러 지나간다. 그리고 불타는 마을에서부터 꿈처럼 창백한 어쩔줄 몰라하는 얼굴의 피난민들이 이미 만원이 된 집들로 밀어닥친다.

선생님의 딸인 티네는 이 모든 끔찍함과 사건들에 밀접하게 얽혀 있다. 그녀의 사랑의 처음과 끝은 이런 곤경 속에서 벌어지고 그녀의 전체 인생은 다시 한번 그 안에서 정리, 요약된다. 그리고 그녀는 끝없는 불안과 부담 속에서 삶을 마감한다. 어려운 시대였다. 그 안에서 그녀는 사랑하고 죽는다. 한 시대, 그 안에서 사랑과 죽음이, 그 하나를 원했던 자는 다른 하나도 역시 원해야 하도록, 그렇게 진기하게 꼬여 있고 연루된 시대였다.

마치 헤르만 방 외에는, 그에게서 가장 특유한 방식을 가져오지 않고서는, 어떤 다른 사람도 처녀의 운명을, 그녀의 침묵과 비밀스러움 전체 속에서 소음이 진동하는 이런 시절과 결부시킬 수 없는 것처럼 보인다. 티네가 소음과 움직임이 아닌데도 불구하고, 그리고 이 책에서는 움직임과 소음에 대해서만 거의 이야기가 되는데도, 우리는 그녀의 존재를 그런 강도와 직접적인 느낌으로, 마치 그녀가 완전히 자신에 의해 규정되고 통제되는 주위 환경에서 주인공으로 서 있기라도 한 것처럼 보고 느끼고 체험한다. 이 소설의 도입부에 헤르만 방이 쓴 굉장히 흥미 있는 서언은 그의 예술이 어떻게 그런 효과를 이룰 수 있는지에 대해서 몇 가지 소중한 해명을 해 준다. 우리는 이 책에 대한 강렬한 사적 동기를 경험하게 된다. 우리는 티네가 돌보고 만드는 집 안에서 헤르만 방이 가슴 아프게 잃어버린 아버지의 집을 인식하게 되고, 이 파괴와 탈주와 와해 속에서 그가 어린 시절에 받은 주요한 인상을 본다. 이 인상은, 그의 잊지 못함과 확실함과 무게 속에서 헤르만 방에게 일종의 기본 정서가 되었고 그의 인물들이 활동하는 무대가 되었다. 그렇기 때문에 그들은 모든 다양성과 혼돈 그리고 이들과 엉켜서, 이 날씬한 그림자 같은 명확함을 유지할 수 있는 것이다. 즉 이런 특유의 개별적 효과를 허락하는 이 고독을 지닐 수가 있었다. 사람들은 헤르만 방의 예전 책들 전부보다도 이 책에서, 그들에 대해 정말 조용하게 이야기하지 않는 것말고는, 여성 인물을 그려내고 그들에게 저 극단적인 수준의 생동감을 주는 그의 훌륭한 방식을 더욱 분명하게 느낀다. 그에게는 그들에게 움직이고 파도치는 배경을 줄 때면 이런 인물을 절제하는 기술이 있다. 그는 그녀를 *하얗게* 놔두는데 그들에게서 일어나는 모든 변화는 이런 하얀색 안에서 실현되는 과정들이고, 눈부시게 밝은 것으로부터 황혼 속에 이 색이 추측되는 수수께끼 같은 다가가기 힘든 것까지, 수백 가지 다양한 종류의 흰색이다.

헤르만 방의 《하얀 집》에서 이미 이런 대목이 특징지어졌다는 것, 그것은 여기에서 다시 한번 강조되어야 할 것이다. 이 위대한 예술가의 비상함과 중요성이 무엇보다도 자신의 어린 시절에, 이에 대한 추억과 본질과 사물들에 점점 더 가까워지려는 그의 노력에 기인한다는 것. 가장 진지하고 가장 양심적인 한 사람으로 헤르만 방은 이 힘든 길을 가고 있다. 이렇게 그는 자신의 소재에 대해 다른 관계를 갖고 있다. 어린 시절의 어두움에서 마치 그들 자신의 심연에서처럼 그들에게 나온다. 그는 그들을 더욱 내적으로 더욱 올바르게 그리고 더욱 진지하게 경험한다. 거기 이렇게 많은 질문과 요구 사항들이 있는 지금, 이 작가 앞에 단순하고 거대한 질문이 놓여 있다. 그는 자신의 어린 시절에 다시 힘이 부여되기를 그리고 소박한 명백함으로 그들의 인상과 그림과 사건들을 이야기할 능력이 있기를 원한다. 그는 기억을 불러일으킨다. 그의 길은 위대한 예술로의 길이다. 아마도 창조란 깊이 추억하는 것 외에는 아무것도 아니기 때문이다.

그리고 여기에서는 북유럽에서 나온 두 번째 책에 대해서도 더 잠깐 언급해야 한다. 즉 *구스타프 아프 예이에르스탐Gustaf af Geijerstam의 《부부의 코메디》*가 그것이다. 헤르만 방의 최신작이 그의 《하얀 집》과 연루되듯 예이에르스탐[179]의 소설은 전에 쓴 책 《작은 남동생》과 관계를 갖는다. 그 책에서 이미 부부 문제가 중점이다. 구스타프 아프 예이에르스탐은 두 사람이 살아가는 삶에 대한 질문으로 불안하게 느꼈고 그가 금방 이런 주제를 다시 소급하게 될 거라고 사람들은 느꼈다. 그는 새 소설에서 이것을 실행했다. 어쩌면 사람들이 《작은 남동생》이란 책에 대해 이것을 기대할 수 있었던 것처럼 그렇게 폭이 넓은 방식은 아니지만. 그는 이번에는 특별난 경우, 즉 독특하고, 깜짝 놀라게 하는 경우에 묘사하는 데 국한시켰다. 그리고 그는 이것을 설득력 있고 흥미 있게 침착하고 철저히 해냈다. 여하간 여기에서 부부는 제삼자에 의해 방해받고 사람들은 이렇게 다시 주제의 낡은 변화된 모양과 마주한다. 하지만 원래 이 제삼자는 아주 중립적인 일이다. 그리고 우선은 두 부부가 가장 이상적으로 합의한 가운데 그들의 공동의 관계에 대한 위험으로 그를, 만든다. 그들은 자기네 삶에 군림하는 권력조차도 내준다. 그리고 마침내 그는 이 권력을 사용하는 것을 그리고 그 두 사람을 헤어지게 하는 기회를 놓치지 않는다. 이 경우에 그 헤어진 부부가 자신들의 죽어가는 아이한테서 서로 다시 만나서, 그것이 착각이었고, 자기들을 헤어지게 만든 것이 자기 기만이었다는 것을 파악하게 되는 것은 거의 중요하지 않다. 이 재결합은 감상적이지 않은 것은 아니다. 이 책에서 새롭고 이상한 것은, 스스로를 파괴하고, 두 부부의 모종의 부주의한 점이 일치함으로 인해, 많은 경우 부부의 공동 생활에서 당연히 인정되는 자제력을 잃음으로, 파멸해가는 이 부부의 이야기다. 이 책으로 예이에르스탐은 그가 아마도 우리에게 언젠가 주게 될 일련의 책들에 대한 과도기를 만들어냈다. 이 책들은 그렇게 양심적이고 소박한 방식의, 마침내 제삼자가 더 이상 전혀 필요하지 않은 부부 드라마를 우리에게 이야기할 수가 있었다. 로만풍의 문학들이 이런 침입자를 만들어냈다. 하지만 본래 이 침입자란 관계를 통해서 결속되어 있는 두 사람 사이에서 끊임없이 생기는 두 사람 사이를 갈라놓는 힘의 무대를 위해 계산된 서투른 인격화일 뿐이다. 북유럽의 사람들이 부부 이야기를 두 사람의 이야기로 파악하는 데에 가장 능하다는 것은 확실하다. 즉 이 두 사람의 문제는 제삼자, 오히려 그들의 유대 관계의 위험 전부가 그들 자체에, 그들의 소망에, 그들의 발전 과정에, 그들의 성장에 있다고 알고 있는 우연적인 사람이 그들을 갈라놓을 수 있다는 데에 있는 것은 아니다. 아주 낡은 것으로 보이는 이 소재는 이로써 새로워지는 것만은 아니다. 즉 이 소재는 그 역시 모든 이중적 의미의 그리고 얄팍한 부차적 해석을 단번에 잃게 되고 그리고 자기 원래의 본성으로 자신을 보여준다. 인간 대 인간으로 진지하고 어려운 질문으로써, 또 거기에 나타나는 낯선 제삼자가 그들을 아마 무시하지만 그래도 해결할 수는 없는 그런 방식으로 던지고 만들어낸 질문으로서.

그리고 그것은 사람들이 구스타프 아프 예이에르스탐을 책마다 주의 깊게 쫓아다녀야 하는 주요한 이유이다. 왜냐하면 그는(아마도 카린 미카엘리스와 함께) 이런 가장 진지한 소재를 진지하게 그리고 위대하게 다루는 데 가장 재능이 있다고 보이기 때문이다.

1903
리하르트 무터[180], 《루카스 크라나흐》

이 새 화집의 첫 권은 이 작은 책들이 무슨 의미가 있는지를 보여준다. 그들은 옛 예술과 새로운 예술이 교훈적이지 않고 피상적이지도 않고, 발견과 발굴에서 기뻐하듯이 말하기를 원한다. 예술의 학문이 아니라 예술에 대한 행복이 그들 안에서 돌봐져야 한다. 지금까지 다섯 권이 출간되었다. 그 크라나흐는 편집자가 직접 선집을 개봉했는데, 무터식 서술방식의 모든 장점과 오류를 지니고 있다. 왜냐하면 무터를 점점 더 일종의 작가로 만드는 표현력에서의 가볍고 경쾌함은, 비록 사람들이 항상 이해하기 쉽고, 침착하고 오락적이고자 하는 좋은 의도 역시 알아차릴지라도, 여기에서는 곳곳에서 정말 너무 피상적인 것을 기억나게 한다. 그러면서도 거기에는 훌륭한 것이 있다는 데는 의심할 여지가 없다. 무터는 그 옛 거장들을 마치 그들이 오늘날 살고 있는 것처럼만이 아니라, 오늘날 젊은 사람들과 더불어 젊었던 것처럼 다룬다. 그는 (자기 방식으로) 학문이 될 우려가 있는 모든 위대한 예술을 삶과 움직임으로 도로 변형시키고자 시도한다. 그리고 이것은 그를 좀더 세심한 책을 쓰는 많은 사람 위로 높이 세워놓는다. 그는 예술이 특별하고 위대하고 강렬한 삶의 현상이라는 것을, 그리고 사람들이 마치 살아 있는 생물처럼 그들에 대해 이야기해야 한다는 것을 알고 있다. 그리고 이에 알맞게 그의 책에서도 새로운 예술과 옛 예술은 완전히 구분된다. 이런 관찰 방식은 단지 많은 새로운 관점들과 연관성만을 주는 것이 아니다. 이 방식은 많은 사람에게 예술로의 길을 수월하게 해주고 오래 전부터 예술에서 필연성을 보는 그 사람들에게서 그 순수하고 단순한 관조를 타락시켰던 그 낡은 오류들 전부를 진정시키는 데도 적합하다.

1904
프란치스카 레벤틀로프 백작부인[181],
《엘렌 올레스트예르네》

사랑하는 엘렌 올레스트예르네, 이제 사람들은 당신의 이야기를 했습니다. 그리고 그것은 잘된 일이라고 생각합니다. 저는 당신의 인생은 이야기되어야 하는 것 중의 하나라고 생각합니다. 그리고 무엇보다도 젊은 사람들에게, 인생을 시작하기를 원하면서 그 방법을 알지 못하는 처녀들과 청년들에게 전해져야 한다고 믿습니다. 그것은 정말 이젠 쉽습니다, 왜냐하면 책이 한 권 씌어졌으니까요. 그 안에는 당신이 이제껏 겪었던 모든 것이 들어 있으니까요. 이전에는 좀더 어려웠지요. 왜냐하면 사람들이 이제 읽을 수 있는 것, 그것이 아직 삶이었고 그리고 일어났고, 당신의 삶이었으니까요, 엘렌 올레스트예르네. 그때는 사람들이 도움이 필요한 어느 누구의 손도 잡아줄 수가 없었습니다. 왜냐하면 사람들은 그에 대해 말도 한 번 못했으니까요. 사람들은 그것을 알 수가 없었어요. 그것을 할 수가 없었어요. 첫째는 그것이 형성되는 과정에 있었기 때문이고, 지금 말로 표현될 수 있는 그것과 저것이 아직 일어나지 않았기 때문이죠. 그러고 나서는 사람들은 알지 못했어요. 왜냐하면 아무도 다른 삶을 알 수가 없었기 때문이지요. 자기의 가장 가까운 그리고 가장 사랑하는 사람의 삶조차도, 그가 출생시켰던 그 삶조차도 알 수가 없었기 때문이지요. 엘렌 올레스트예르네, 제가 착각하는 건가요? 수년 간의 고독이 저를 인간 교제에서 너무나 많이 소외시킨 건가요? 제가, 결코 한 번도 제대로 사람을 가까이 하지 못한 삶에서 인간 교제를 어쩌면 항상 너무 과소 평가했나요? 당신과 가깝게 만났던 이 사람들, 이 남자들은(젊고 늙은 남자들이) 당신의 삶을 알았나요? 이 경험 많은 사람들, 이들에게서 당신은 그들이 누가 거기에서 자신들에게 크고 강한 갈망을 갖고 왔는지를 알았나요? 삶을, 또 행복과 기쁨을 그리고 모든 낯선 것을 찾아나섰던 당신은 사랑스럽고 용감한 아이입니다. 이 모든 낯선 것을 따라 불안하고 답답한 어린 시절에 당신의 동경은 성장했지요. 당신이 사랑했던 남자들 중 어느 누군가가, 그가 당신을 한 순간이라도 소유해도 되었기 때문에, 당신을, 또 당신의 젊음을 그리고 당신의 폭넓고 성급한 영혼을, 엘렌, 달라진 점이 있나요? 엘렌 올레스트예르네, 저는 그들이 있었던 곳, 그곳에 그대로, 어느 봄날인가 밝고 소근대듯이 지나갈 때면 사람들이 그들의 작은 상점에 머물러 있듯이, 모두가 머물러 있었다는 데 두려움을 금치 못합니다. 언제 한 남자가 자기가 사랑하는 소녀를 탐구할 시간을 발견했을까요? 그는 가볍게 지나가는 첫 만남에서 소녀를 안다고 믿습니다. 그리고 나중에는 그것을 잊어버리죠. 왜냐하면 아직 남자들에게는 한 인간을, 자신의 불확실한 성장하는 삶을 갖고 그리고 홀로 있는 한 인간 전체를 사랑한다는 일이 너무 새롭기 때문입니다. 엘렌 올레스트예르네, 고독한 사람을, 이미 아이일 때부터 고독했던 한 사람을 사랑한다는 것은 너무 힘듭니다. 이미 당신의 부모가 그것을 할 수 없었다는 것을 기억하세요? 당신의 아버지는 그것을 항상 또다시 시도했습니다. 하지만 당신의 어머니가 당신을 향해 정말 심한 적개심에 차 있었다는 사실에는 어쩌면 또 다른 이유가 있을 것입니다. 당신은(비록 사람들이 서로 멀리 떨어져 있더라도) 한 사람이 또 다른 누군가에게 그가 방금 괴로워하는 고통이나 활짝 펼쳐진 기쁨으로가 아니라 바로 전체 운명을 가진 대중으로서 영향을 미친다는 사실을 생각해보셔야 합니다. 당신의 어머니는 당신 안에서 당신의 운명을 증오했고, 당신이 그 안에서 살고 있는 그 고난을, 거대한 가난의 짐을, 당신의 어머니가 맞서 나갈 수가 없었을 이 궁핍과 이 버림받음을 증오했습니다. 당신이 성취했던 그 고독한 승리를 그녀는 증오했습니다. 왜냐하면 그녀는 그것을 성취하지 못했었을 테니까요. 엘렌 올레스트예르네, 일어나기도 전에 당신에게서 당신의 어머니를 데려갔던 것은 당신의 운명이었습니다. 당신의 운명은, 그것이 실행되었기 때문에, 당신에게서 많은 사람들을 데려갔습니다. 하지만 지금, 그로부터 일부분이 사라져갔기에, 바로 이런 운명 때문에 당신을 사랑하는 어느 누구도 있어서는 안 될까요? 엘렌 올레스트예르네, 만약 아무도 없다면, 그렇다면 제가 당신에게 당신이 변했기를 그리고 동시에 사람들 가운데서 삶을 찾기를 중단한, 그리고 모든 것을 사물에서 기대하는 어떤 고독한 자가 되기를 희망할 수 있겠군요. 그렇다면 저는 당신의 기억에 아무도 존재하지 않기를 바랄 겁니다. 오직 바다만을, 당신 고향의 거대한 회색 바다를, 네버르스후스 성을 그리고 그에 딸린 공원과 다이헨 뒤편의 작은 북쪽 해변 도시만을, 나무들과 꽃들만을 그리고 당신에게 사랑스러웠던 사물들, 어쩌면 한 마리의 동물, 한 마리의 개——당신의 어린 시절에 생각나는 그 개만 기억하기를. 하지만 저는 그 당시, 당신의 삶이 몹시 힘들었던 때, 그 같은 도시에서 몇 명의 젊은 사람들이, 멀리서 당신의 운명을 느꼈고 이상하게도 이에 감동을 받았던 처녀와 청년이 살고 있었다는 것을 기억합니다. 그들은 인생의 초보자였고 서툰 자였죠, 이들에게는 당신이 삶이 가혹했는데도 불구하고 살고자 했다는 것을 아는 것이 무한히 많은 것을 의미했었습니다. 당신이 당신의 삶을 원했었다는 것을, 이에 대해 모든 것이 저항했는데도 불구하고, 마치 감옥소에서 가진 것이라고는 아무것도 없이 한번도 배운 적도 없는데, 바이올린을 만드는 어떤 사람처럼 당신이 완전히 혼자서 해냈던 이 삶을. 이 젊은 사람들에게 그들이 자기 자신의 존재가 힘겹게 느껴졌던 시절이 왔을 때 그들은 자신들이 굶주리지 않았기 때문에 그럴 권리가 없을 거라고 말했습니다. 인생이 그들에게 불행하다고 보이는 시간들이 왔다면, 이렇게 그들은 가난과 병과 투쟁했던 한 젊은 처녀를, 그리고 행복한 존재란 병원에서 노동과 용기와 수술에서 휴식을 취하고 말 없는 간호사들의 손으로 소리 없이 완쾌되는 것을 뜻하는 그녀를 생각했습니다. 그리고 많은 과도기에 있던 이 젊은 사람들이 완전히 죽음에 대한 동경으로 꽉 찬 저 흔들리는 정서에 사로잡혔다면, 그렇다면 그들은 자신들이 죽음을 알지 못했다고, 삶을 정말 몹시 사랑했던 엘렌 올레스트예르네처럼 그렇게는 알지 못했다는 것을 부끄러움 속에 시인했습니다……. 엘렌 올레스트예르네, 저는 몇몇 젊은 사람들이 있었다는 것을 기억합니다. 그리고 사람들이 당신의 인생이 이야기되는 그 책을, 인생을 시작하고 싶어하고 그 방법을 알지 못하는 그들 손에 쥐어줘야 한다고 저는 믿습니다. 제가 착각하는 것이 아니라면, 그들은 이 책을, 그 세부 사항을 넘어 사건으로 느끼게 될 것입니다. 완전히 저 다른 사람들이 당신의 운명의 다가옴을, 그것이 일어났기 때문에 느꼈던 것처럼. 당신은 만약 이런 운명이 제가 이를 조망한다는 이유에서 제게 고독한 운명으로 나타난다는 것을 이해하십니까? 사람들에게 그렇게 축복으로 나타났던 (왜냐하면 그녀는 사람들이 삶이라고 생각했기 때문에) 엘렌 올레스트예르네가 한 고독한 인간으로 남을 수가 있나요? 많은 것이 이를 뒷받침합니다. 왜냐하면 그녀의 삶이 무엇에 영향을 미쳤는지 거기에 나타나지는 않기 때문입니다. 엘렌 올레스트예르네, 당신이 고독한 사람이라는 것이 당신을 슬프게 하나요? 당신의 아이도 역시 그 문제를 변화시키지는 못할 거라는 것이? 왜냐하면 다르게 존재한다는 것, 멀리 존재한다는 것, 성인들 모두에게서 멀리 있다는 것이 아이의 본질에 있다는 것을 당신이 알고 있기 때문입니다. 고독한 자는 멀리 영향을 미칩니다. 그리고 그렇기 때문에 제게는 당신이 고독하다는 것이 마치 좋기라도 한 듯합니다. 그렇지 않으면 어떻게 당신이 당신 아이의 저 먼 곳, 그의 삶 안으로 깊숙이 이를 수가 있을까요? 하지만 당신은 그렇게 할 수가 있습니다. 그리고 더욱이 당신은 그것을 원했지요. 사랑하는 엘렌 올레스트예르네, 당신이 원했던 것은 바로 이거였죠?

1904
지그뵈른 옵스트펠더[182], 《순례여행》

산문체로 쓴 일련의 시들, 일기장 한 권, '인물과 사적 견해'라는 제목이 붙은 단락, 몇 개의 신문기사, 그것이 옵스트펠더가 유고로 남긴 글들의 첫번째 부분을 담은 책의 내용이다. 나중에 이어질 두 번째 부분은 세 편의 짧은 희곡과 시 한 편을 싣게 될 것이다. 원본에서는 이 모든 것이 한 권의 책으로 모아졌고 후기가 첨가되어 있다. 여기에서 편집자이자 덴마크의 시인 비고 슈투켄베르크는 이 유고의 역사에 대해 이야기해준다. 그것은 간단히 이렇다. 옵스트펠더가 죽었을 때, 그는 자기 자신이 완전히 완결했다고 보았던 〈어떤 신부의 일기〉라는 *한 편*의 원고만을 남겼다. 그 외에는 날짜가 적혀 있지 않고 정리되지 않은 엄청나게 많은 종이더미가 항상 다시 수정한 여러 가지의 기록과 함께 발견되었다. 즉 책들이 아니라 책의 시작, 고정된 것이 아니라 되어가는 것, 상승하는 그리고 추락하는 인생, 본래는 움직임이었던 감정의 혼란 그리고 이 분위기와 소리의 세계가 한 죽은 사람이 남겨놓은 독특한 고요의 주위에서 전율하고 원을 그리며 맴돌고 있었다. 거기에서는 정말 더 이상 아무것도 일어날 수 없었기 때문에. 편집자에게는 이 원을 붙잡아 이를 멈추게 하는 힘든 과제가 주어졌다. 그래서 이 책이 나왔던 거다. 누군가가 홀에 들어와서 춤추는 사람들에게 멈추라고 간청이라도 했던 것처럼. 그리고 그때 그들 모두 멈춘다. 춤의 형상이 천천히 경직되면서, 덥고, 숨이 차서, 아직 마지막 움직임으로 온통 채워진 채. 하지만 우리는 그것이 춤의 끝이었다고 믿어야 한다. 그것이 춤이었다는 것을, 이 대목에서 바로 멈췄어야 했던 새로운 춤이었다는 것을. 왜냐하면 우리는 자주 말하는 것을 들어야 하기 때문이다. 어느 삶이든지 하나의 삶 *전체*라는 것을.

*

이런 작품이 작품 하나의 *전체*인가?

사람들이 아마도 그 선집의 가장 의미 있는 부분인 시들을 산문으로 읽으면, 거기에서 예술이 자신의 가장 달콤한 성숙을 성취했다고 믿고 싶어진다. 마치 일년 내내 삶을 모아놓은 성숙한 과일처럼, 그렇게 단어마다 여기에 삶은 스며들었다. 한 고독한 자의 인생, 긴 인생이라고 사람들은 말하고 싶어한다.

왜냐하면 "인간은 가장 위대한 자이고, 가장 사랑스럽고, 가장 품위 있는 자이다. 남자는 가장 위대한 자가 아니다. 여자는 가장 품위 있는 자가 아니다. 인간, 인간의 영혼이 가장 위대한 자이고, 가장 높은 자이고 가장 이상한 자이다"와 같은 말들을 찾는 데에 긴 인생이 속하지 않는단 말인가. 그리고 이것은 고령을 맞이해서 "나는 인간을 내 가슴속에서 말할 수 있고 인간이 우는 것을 듣는다고 말할 수 있고 그리고 인간이 포옹하는 것을 말할 수 있다"고 말하는 것과 같지 않은가? 거기에 갈란투스꽃이 종을 치는 것을 들었던 한 남자가 있다. "그것은 붙들어야 하는 음조들이다"라고 그는 말한다. 이렇게 그는 삶을 들었다. 그는 갈란투스꽃에서까지 그것을 들었다. 거기에는 다섯 명의 어린 소녀들의 움직임을, 마치 이것이 세상에서 가장 중요한 것처럼 그들의 움직임을 모두 그렸던 한 사람이 있다. 그는 이렇게 삶을 파악했고, 아이들에게서 이것을 이해했다. 거기에 여성들의 노화 현상을 이야기하는 작가 한 명이 있다. 그리고 그는 아내이자 네 명의 아이를 가진 한 여성에 대해 그녀가 어떤 나비 앞에서 자신을 숨긴다고 말하고 있다. "그녀는 창문을 연다. 밝은 노란색 나비가 밖에서 훨훨 날고 있다. 그녀는 피아노 뒤에 숨는다." 언제 누가 한 번이라도 노화 현상을 이렇게 소리 없는 저울에 올려놓은 적이 있는가? 얼마나 많은 사람이 푸드득거리는 불안함, 새로운 것, 너무 일찍 온 봄날의 형언하기 어려움을 느끼고 그리고 말하기를 시도했는가? 하지만 누가 왔는가, 이 시인처럼, 게다가 비밀 전체를 주려고. "이제 봄이라는 것을 무엇을 보고 사람들이 아는가? 나는 어제 그리고 엊그제 생각했던 것을 생각할 수가 없다." 어느 누가 그렇게 거대한 자연을 사랑했고, 그렇지만 가장 큰 도시들한테서 화를 내지 않도록 성인이 되어 세상을 돌아다녔는가? 사람들은 똑같은 힘으로 그리고 헌신으로 모든 것을, 파리와 시카고와 몬테 카를로, 런던 그리고 자신의 노르웨이의 고향의 가장 고독한 프옐렌을 볼 수 있었던 한 사람에게서 무엇을 생각해야 할까? 그에게 더 많은 것이 아직 빠져 있다고 생각해야 할까? 그리고 사람들이 미완성 원고〈가을〉을 읽고 죽음이 이야기되는 대목에 이르면, 사람들은 그가 자기 작품을, 이 작품을 위해서는 이것이 극단적으로 긍정하는 길이었는데, 떠나도 되었다는 것을 느끼지 못한다고 믿는가? 그 안에 다른 모든 것이 있지 말아야 하나? 그것이 하나의 작품 *전체*가 아니란 말인가?

*

옵스트펠더의 예술은 빨리 성장했다. 그의 며칠은 몇 년이 되었고 중단하지 않았던 작업의 몇 년 간이었다. 사람들은 이 책의 개별적 부분마다 그의 발전의 상승하는 단계들을 인식한다. 사람들은 산문시 〈푸른 아네모네〉에서, 〈인상〉에서 그리고 전례가 없는 희곡 〈개〉에서 그의 성숙도를 측정한다. 하지만 사람들은 그 길이 얼마나 확실하게 이 일의 완성으로 이끌어가는지도 관찰하게 된다. 그가 자기의 언어를 얼마나 많이 작업했는지, 이에 대해서 당연히 노르웨이어로 된 판본만이 명확한 설명을 해줄 수 있을 것이다. 하지만 사람들은 번역판에서도 그것을 느낀다. 영어로 씌어진 일기는 어떻게 그의 예술이, 어떤 점에서는 언어를 벗어나 성장한 것 같은지를, 어떻게 언어가 음과 리듬이기를, 즉 밤에 빛을 내는 음악을 요구하는지를 보여준다. 하지만 그러고 나서 언어가 이런 경험과 이런 고통을 겪고, 그래도 다시 말이 울리는 살아 있는, 가장 순수한 말이 되었다는 것, 이것은 언어에게 끝없는 진보였다. 그는 그 스스로 일기의 한 대목에서 '신호의 말'이라 부르는 그것을 주는 것을 배웠다. 그의 말들은 *포함하는 것*이 아니다. 그의 말들은 *상기시킨다.* 그렇기 때문에 그의 말들은 그렇게 조용해도 된다. 그의 말들은 마치 마술 주문 같다. 사람들은 이들을 단지 소근댈 뿐인데, 하지만 산들이 일어난다.

그리고 그의 언어가 그 성장의 상태에서 거의 음악이 되었듯이,

이렇게 그의 언어는 또 다른 상태에서는 그림으로까지 들어가 실현된다. 뭉크Munch[183])에 대한 글은 이 말을 그다지 많이 뒷받침하지는 않는다. 왜냐하면 뭉크의 의도는 원칙적으로는 회화적이지 않기 때문이다. 그리고 옵스트펠더는 시인으로서 뭉크가 자기 그림에서 충분히 시도하지 못했던 모든 것을 〈푸른 아네모네〉에서 성취한다. 하지만 이미 거의 색채이고 거의 말들이 아닌 렘브란트에 대한 주석은 그림에 대한 강렬한 충동을 증명해준다. 그의 형성되는 언어의 움직임은 너무나 강렬해서 강가 양편으로 튀어오를 정도였다. 그렇지만 그의 언어가 결국은 자신의 저수지에서 완전히 맑아져서 그 안에서 더욱 깊이, 더욱 눈부시게 반사되는 안정을 되찾았다는 것은 특징적이다. 왜냐하면 옵스트펠더의 언어예술은 가장 맑은 문학, 즉 전적으로 문학의 수단으로 창조되었기 때문이다. 그의 언어예술은 음악이 시작하는 그곳까지도 다다르고 그림이 줄 수 없는 것, 즉 "색채의 삶을, 어느 여름날 저녁 6시에서 12시까지의 색상 변화를, 출생과 어린 시절과 약혼과 결혼식과 퇴색, 그리고 죽음의 색에게" 준다. 그가 자기 예술을 저버리거나 이국적 예술로 그 매력을 희미하게 하는 그 커다란 유혹을 이겨내는 일이 어떻게 일어날 수 있었을까? 그것이 그를 항상 또다시 그의 가장 고유한 것으로 짓누르는 그의 직업에서 오는 중압감이었나? 아니면 그가 자신의 일기에 "나는 다시 야콥슨을 읽고 싶은데……"라고 썼을 때 그가 그렇게 정말 더욱 깊고 축복받은 단호함으로 의뢰했던 그 대가의 정신이 그를 보호했는가?

*

옵스트펠더를 알았던 사람들은, 만약 그가 유고로 남긴 글들이 담긴 그 책을 저녁에 읽을 때면, 그가 다시 나타났다고 느껴야 한다. 그때에는 문이 열리고 다시 닫히는 일이, 누군가가 그 방을 조심스럽게 소리 없이 지나간다는 일이, 누군가가 구석에 앉아서 이쪽을 쳐다보고 소리 없이 움직이며 "마치 그 안에서 어떤 여자가 자리를 잡고 있기라도 한 것처럼" 조용히 한마디 하는 일이 일어날 수가 있다. 왜냐하면 그는 매 순간 나타날 수 있는 그런 사람들 중 하나이기 때문이다. 사람들은 아는 사람이 한 사람도 없다는 것을 확신했던 가장 멀고 가장 낯선 도시들에서 갑자기 그가 나타나는 것을 본다. 그러고 나서는 그와 그 낯선 도시 사이에 모종의 연관이 있음을 본다. 그가 어떤 원주민의 인상을 줄 것 같아서는 아니다 ──이방인으로 존재하는 것은 물론 그의 본질이었다── 하지만 그를 바로 여기에서, 마치 이따금 꿈에서 형상과 주위 환경이 하나의 새로운 중요한 조화를 이루듯이 그렇게, 이런 배경 앞에서 본다는 것은 그 나름대로 의미를 갖는다.

이 아무 연관 없는 젊은 사람은 많은 사람들과 유사했다. 시골에서, 자연 속에서는 모두가 그의 가족에게서 나오는 조용한 소리였다. 그는 그들 모두를 알았다. 하지만 그 멀리까지 들리는 소음도 역시 그의 피 속에 있었다. 폭풍과 바다와 고독의 쏴쏴거리며 소리 내는 고요가. 그는 아이들과 젊은 여성들과 그리고 동물들이 인내했을 때면, 그들과 유사했다. 그리고 가장 큰 도시들에서 그는 소리 없이 살고 있는 그 사람들의 형제였다. 알려지지 않은 사람들, 수줍어하는 사람들, 추한 사람들, 수수께끼 같은 사람들, 그들은 가장 큰 도시들에서 구석에 생기는 먼지처럼 형성된다. 어떤 계급이 아니라 많고 많은 개인들인, 거의 모든 통행인들에게 보이지 않는 회색빛 단색의 사람들, 그들을 그는 보았다. 그리고 그들을 관찰했다. 이것은 조용한 사람들의 뒤를 쫓는 그의 성격 때문이다. 그리고 그는 점차 어디에서나, 커다란 외침 한가운데서조차 그것을 듣는 능력을 획득했다. 그의 귀는 그렇게 만들어졌다. 그에게는 가장 조용한 것이 가장 컸다. 거기에 예술에 대한 그의 필연성이 있다. 이런 진기하게 만들어진 귀로 그는 그 스스로가 말했듯이, "가장 많이 듣는 사람들보다도 더욱 신중하게", 하지만 전적으로 단호하게 지구 위를 다녔다. 우선은 좀 방황한다. 그는 온갖 외치는 소리에서 그를 부르는 가장 낮은 소리를 항상 찾아내지는 못했다. 그는 찾아내려 했다. 하지만 나중에 그는 그의 문체가 된 저 강렬하고 몽유병적인 확신을 얻어냈다.

1904
쥘 라포르그[184], 《전설 같은 의미극》

이 책은 대단한 결과로 나타난다. 거기에는 모리스 메테를링크의 머리말과 라포르그Jules Laforgue의 편지와 그림들, 편집자 서론이 들어 있다. 이 기이한 프랑스인을 독일 독자에게 안내하기 위해서 그 모든 것이 필요하다고 보인다. 필요하다고 보였다. 사실상 그것이 필요했었나? 나는 이 《전설 같은 도덕성》이, 유명하지 않지만 결국에는 가장 많이 먹는 온갖 요리처럼, 전혀 설명 없이 전달되었어야 했다고 믿는다. 게다가 사람들은 이 과정에 대해서도, 이 비밀에 가득 찬 요리의 출처와 정체에 대해서도 물어보지 않도록 잘 행동할 것이다. 그렇지 않으면 사람들이 자신의 (정신적으로나 도덕적으로) 총애하는 아이를, 또 그의 가장 부드럽고 가장 신선한 부분을 먹어버렸다는 것을 입증하게 될 거라는 일이 쉽게 일어날 수가 있었다. 왜냐하면 이 무분별한 상징기법, 이 《전설 같은 도덕성》이 라포르그를 지배하기 때문이다.

그 밖에도 나는 그의 《애가》를 알지 못한다. 나는 낭비하고 무절제한 복잡함이 아라베스크 안에서 길을 잃고 마는 그의 개성을 이해하지 못한다. 그리고 유감스럽게도 메테를링크의 서언도 비글러 씨가 완전히 라포르그 어법으로 작성한 서론도 이 예외적인 인물을 이해하는 데 도움을 주지 못한다.

그러니까 이것은 쥘 라포르그의 작품에 대한 이야기가 아니다. 단지 이 한 권의 책, 즉 독일어로 의미극보다는 전설적 도덕극이라고 부르는 게 더 좋은 《도덕성》이란 책에 대한 이야기다. 왜냐하면 누구와 어디에서 공연되는지는 그렇게 대단한 의미가 없기 때문이다. 그것은 그렇게 경박하고 가볍게 받아지는 영혼의 도덕성이다. 하지만 내게는 그 모든 것의 배후에서 하나의 의미가 있다고 보인다. 그리고 이 한 권의 책으로부터 이 작가의 의미를 추론해야 한다면, 왜 그가 필요하다고 말해야 한다면, 나는 그가 영혼을 가볍게 만들기를 원하는 사람들 중 하나이기 때문이라고 추측한다. 나는 그가 그 영혼을 타성으로부터 꺼내기를 원했다고 추측한다. 소재가 된 모든 감정에서, 전설에서, 갑작스럽게 집약된 것으로부터, 움직이지 않는 것으로부터 그리고 변화하지 않는 것으로부터, 사회로부터. 거기에는 책임과 과거로부터 이와 똑같은 영혼을 해방시키는 다른 것들이 있다. 어쩌면 라포르그는 완전히 쓸데없는 방식으로 영혼이 그녀의 머리칼로 짜 넣은 그림들로부터, 그리고 유산으로 상속된 역사의 억누르는 의미와 전설에서 출발하는 의무가 있는 것으로부터, 영혼을 구원하고 싶었다. 영혼은 자신의 많은 관계를 포기해야 했고 잊어야 했고 자유로워져야 했다. 영혼은 자신의 날개를 그리고 자신의 고향인 끝없는 공간을 기억하기 위해서 발 밑의 땅바닥을 잃었어야 했다. 영혼은 전설 속에 충분히 오랫동안 휴식을 했고 이제 옛날처럼, 옛날보다 더 아름답게, 세상 위로 날아다녀야 했다. 그리고 새로운 전설이 생겨나야 했다.

이렇게 라포르그는 《도덕성》, 이 무정한 책에 이른 것이었다. 그것은 마치 오래된 귀금속들과 금속으로 입힌 무가치한 것의 커다란 융해 같은 것이다. 그 과정의 목적은 그 모든 것에 묶여 있던 영혼을 해방시켜 흘러나오게 했어야 했다는 것이다. 하지만 작가는 이런 과정을 지켜보지 않는다. 그는, 자기 시선들이 빨간 빛으로 그리고 하얀 빛으로 작열하면서 소재에서 벌어지는 변형에 경련을 일으키며 머무른 채, 단지 그 과정이 일어나는 것에 전율할 뿐이다. 그는 작업하고 있다. 그는, 초인적인 신비를, 만약 이것이 실행된다면, 경악하지 않기 위해서 그리고 방해하지 않기 위해서 가능한 한 이렇게 인간적으로 작업하고 있다.

이것은 단지 《도덕성》의 해설 *하나*에 불과하다. 다른 것이 그리고 더 나은 것이 시도되어야 한다. 이 책과 라포르그의 특별한 예술이 이를 장려한다.

1904
막시밀리안 다우텐다이[185],
《발츠에서 발처의 장돌뱅이 가인의 노래》

시인의 완성도를 문학작품에서 하나의 감정이 나타나는 것이 아니라, 또 열 개의 감정을 가진 전체가, 모든 감각으로 느껴진, 모든 감각으로 받쳐주는 세상이 나타난다는 데서 인식한다면, 이렇게 막시밀리안 다우텐다이Maximilian Dauthendey는, 그의 최초의 시들을 읽을 수 있는 그 당시에 이미 성숙했다. 왜냐하면 세상은 어떤 여성보다 더 인간 대 인간의 경험뿐이라기보다는 그가 찾고, 발견했던 그리고 축복 속에 괴로워했던 그 사랑으로 더 많이 왔기 때문이다. 즉 세상은 그에게 찾아왔다. 바다의 고요와 아침의 쌀쌀함과 무인도의 향기에서 태어난 비너스처럼 이렇게 그에게 연인이 일요일에서, 풀 내음에서 그리고 정원의 꽃들에서, 물소리에서, 울려퍼지는 음악에서 그리고 고독한 별이 빛나는 밤에서 만들어졌다. 그녀의 날씬하고 숨쉬는 형상 안에 있는 아득하게 먼 것 그리고 잃을까봐 두려운 것이 그에게로 다가왔다. 그녀 안에는 무척 유사한 것이 들어 있지만 가장 멀리 떨어져 있는 사물들의 잔인하게 낯선 것 역시 있었다. 향기로 전율했던 그녀의 몸에는 모든 꽃이, 달콤하고 컴컴한 그녀의 무릎 사이에는 모든 과일이 있었다. 모든 동물의 온기가 그녀에게서 나왔고 그녀의 가슴은 지구의 내면과 같았다. 햇빛이 비치듯이 그녀의 머리칼은 빛났고 모든 사물을 밝게 비추었다. 오직 그녀 자신의 눈만이 캄캄했다. 그녀의 눈은 낮을 결코 한번도 가진 적이 없었다. 하지만 모든 밤들은 그 속에 존재했다. 남국의 과장되고 사치스러운 밤들, 베네치아를 넘어온 듯한 밤들, 폭풍우가 몰아친 밤들의 조각들, 불빛 이는 밤들, 유일한 촛불 하나를 둘러싼 듯한 병실의 밤들, 열린 창문으로 전율을 느끼게 하는 죽은 사람 곁에서의 밤들, 어린 시절의 밤들, 눈 속에서의 밤들, 그리고 북국 피요르덴의 잠들지 않고 땅거미가 지기 시작하는 밤들. 이 모든 것이 그에게 찾아왔고 하나뿐인 여인과 더불어 그에게 머물렀다. 그녀에게서 그는 세상을 겪었고 그리고 더 많은 것, 세상의 근원을, 예전에 있었던 그것을, 그리고 존재하게 될 그것을 경험했다. 그리고 그가 그녀를 노래할 때면, 이렇게 그는 모든 것을 노래했다. 그의 노래 전부가 사랑의 노래이다. 이들 모두가 그녀에게로 보내진다. 하지만 그들이 그녀에게로 들어가지는 못한다. 나라를 통과하듯이 이 노래들은 그녀를 통과하고, 계속적으로 모든 나라로, 지구 전체로. 이렇게 다우텐다이의 방식이, 그에게 고유한 음과 그가 스스로 만든 하프의 음조가 생겼다.

이제 군중 한가운데에서, 거친 악기로 이와 똑같은 방식을 연주하는 것이 그의 마음에 들었다. 거기에서 그 악기가 자신의 운명에 대해 더 잘 노래한다. 사람들은 고함친다. 사람들은 그 소음을 지나치게 낸다. 하지만 사람들은 그 때문에 그 안에서 상당수가 사라져버린다는 희망 역시 갖는다. 소리 없는 고독한 예술을 이런 다채로운 분장 속에 다시 만난다는 것은 충분히 기이한 일이다. 하지만 사람들이 그래도 예술을 본다는 것을 말해야겠다. 사람들은 첫눈에 알아본다. 그리고 더욱 주의 깊게 관찰하면 할수록 사람들은 더욱 더 분명하게 예술이 성장했다는 것을 알아차린다. 추정하는 양식을 요구했던 그림과 표현의 거칠고 뚜렷한 정리 요약은 사람들이 이것을 곧장 그가 가진 능력의 승화로 느끼도록 그렇게 단순하고 안전하고 다우텐다이의 집약적인 관조에서 이렇게 일직선으로 산출된다. 나는 '스웨덴의 집', '미망인의 집', '파리', '멕시코의 죽은 자의 붉은 축제', "마치 사람들이 대리석을 썰듯이" 야생으로 버려져 있는 '델피', 비스비의 '열여덟 개 성당들'과 수많은 다른 장소들을 생각한다. 그리고 그가 어떻게 그 사랑하는 처녀가 그에게 오는 지를 이야기할 때면, 그리고 장돌뱅이 가인이 노래하듯 말할 때면 "그것은 그렇게 자명하게 보였다——집의 정원에 있는 대기처럼", 어쩌면 이로써 그는 그의 시들 전부를 벗어나서 새롭고 위대한 시의 시발점에 다다른 것이다.

1904
리하르트 샤우칼[186], 《시선집》

친애하는 샤우칼 씨, 당신의 가장 아름다운 시들을 모아놓은 이 작은 책을 광고했으면 하는 것은 당신의 바람이었습니다. 모든 시험과 시련을, 당신이 선고한 법정과 신의 심판을 극복했던 그 시들을. 최후의 심판의 이 책을 그리고 최선의 양심의 이 책을. 당신은 제게 광고를 원했습니다. 그러니까 당신은 제가 받아야 하는 것보다도 더 많이 저를 신뢰했습니다. 왜냐하면 저는 결국은 비록 이런저런 방을 기꺼이 돌아다닐지라도 하여간 당신 집에 있는 이방인이기 때문입니다. 제가 비록 그곳에서 많은 것을 감탄하고 즐기고 느끼고 그리고 상당수의 그림 앞에 몇 시간 동안 멈춘다 할지라도, 제가 비록 제게 잊을 수 없는 당신의 시 속에 황혼을 보낼지라도, 제가 비록——당신 책의 두 번째 부분에서——루브르 박물관의 홀에서처럼 쉬고 있을지라도, 제 시선을 올릴 때마다 매번 중요한 것을 만나게 되는데, 비록 제가 당신에게 그 모든 것에 대해서, 당신이 방금 제게 주었던 것에 대해서 감사할지라도, 샤우켈 씨, 그래도 저는 알고 있습니다. 아닙니다, 저는 당신이 누구인지를 모릅니다. 제가 광고에서 말해야 했을 당신의 개성은 제게서 달아납니다. 제가 그것을 찾을 때면 제가 맴돌고 있다는 것을 눈치챕니다. 죄송합니다만, 이제 제가 출발했던 그 점으로 돌아와서 이 점에 머무르겠습니다. 이 점은 당신의 성장하는 능력에 대한 저의 신뢰, 당신의 시들 중 상당수의 시들에 대한 저의 기호, 그리고 당신의 문화 속에서 오스트리아의 말에 대한, 그리고 그 안의 부드러움, 유연함, 아름답게 짜인 것에 대한 모종의 호감이자 당신에 대한 저의 좋은 의향입니다. 이런 점에서 출발해서 보면 《시선집》은 당신의 최고의 책입니다. 그리고 정말 훌륭한 책입니다. 유감스럽게도 저는 여행 중이라 당신 시들의 이전 판본들을 갖고 있지 않습니다. 그렇지 않으면 기꺼이 당신이 수정하려고 결정했던 것들을 상세하게 추적했을 겁니다. 이것은 해명해줄 수 있었을 겁니다. 그러니까 저는 비교할 수가 없었습니다. 하지만 제가 자꾸 읽으면 읽을수록, 체에 걸러 여인의 머리칼이 빠져나갔던 것 같은 이런 모음의 섬세하고 일정한 알맹이를 좀더 분명하게 느꼈습니다. 그들은 스스로 금세공사와 비교했습니다. 그리고 호프만에 대한 당신의 느낌을 담고 있는 책 속에서 당신은 정말 분명하고 훌륭하게 예술가의 이중자아의 본질을 인식했습니다. 황홀경에 취한 임신과 고요하고 성실한 그들을 전달하고 동시에 품어야 하는 수공예. 장인이 되는 것이 얼마나 중요한 문제라는 것을 저말고 더 잘 아는 사람이 없습니다. 저는 이것을 로댕에게서 배웠습니다. 하지만 저는 당신이 당신의 시에 쏟았던 길고 엄격한 작업에도 불구하고 당신을 그런 장인으로 여길 수가 없습니다. 그러기에 저는 당신에게 무엇인가가 빠져 있다는 생각이 듭니다. 인내. 순종이라고 말해야 할까요? 이들 모두가 제가 뭘 뜻하는지 말해주지 못합니다. 저는 당신이 결심할 수 없었던 어느 정도의 순박한 헌신, 도구에게 복종함, 심하게 말해서 당신이 결심할 수 없었던 노예정신을 뜻합니다. 제가 보기에 당신은 당신의 작업실에서조차 당신의 커다란 엑스터시의 코트를 걸치고 있습니다. 어쩌면 그건 그래야 합니다. 이로써 저는 단지 당신이 누구인지를 제가 알지 못한다는 것을 암시하려고 할 뿐입니다. 하지만 제가 당신의 예술성의 다른 면을, 환상적이고 멀리서부터 수용하고 변용된 면을 보려고 시도해도, 여기에서조차 당신을 완전히 이해할 수가 없습니다. 저는 당신이, 예술가가, 자연에서보다도(당신 스스로 언젠가 이와 비슷하게 표현했었습니다) 예술에서 더 큰 행운을 갖는 일이 어떻게 가능한지를 이해하지 못합니다. 당신의 가장 아름다운 시들이 어떻게 이를 뒷받침하고 있는지를 듣는데도 불구하고, 당신에게서는 그것이 그래야 한다는 사실을 저는 이해하지 못합니다. 저는 당신이 누구보다도 사랑하는 벨라스케스, 렘브란트, 반 다이크, 테르보르히, 티폴로, 고야, 와토가 당신의 거울이라는 것을 압니다. 그리고 이를 반대해야 할 이유는 없습니다. 왜냐하면 당신은 실제로 그 안에서 자기를 보고 있으니까요. 당신에게는 자연조차, 마치 기적을 통하듯이, 이 그림들의 깊이 속에 나타나므로, 아무도 이 때문에 당신을 비난할 권리는 없습니다. 하지만 당신의 가장 기이한 시간 속에 당신에게 말을 하는 그 소리는 어디에서 오는 거죠? 그 소리가 저 그림들에서 오나요? 당신은 결코 한 번도 가을날 사냥 나가는 아침에 뚜렷이 보이는 길들의 깊숙한 데서 그 소리가 나오는 것을 듣지 못하나요? 당신에게서 그것을 추측하게 하는 시들이 몇 편 있습니다. 저는 이 시들에서 특별히 서둘러 당신을 찾았습니다. 왜냐하면 다른 시들에서는 정말 오로지 당신의 반영만 있을 뿐이니까요. 하지만 여기에서는 당신의 무엇인가가 스스로 있어야 했으니까요. 그리고 비록 당신의 발자국의 흔적만 있더라도요. 저는 그들을 해설하려고 했을 겁니다. 이제 당신은 제가 운이 없었다는 것을 압니다. 제게는 당신이 시들을 한번도 통과하지 않았던 것 같았습니다. 하여간 저는 당신을 놓치고 말았습니다. 그러니까 저는 사람들에게 당신에 대해서 아무것도 이야기를 할 수가 없습니다. 저는 당신의 성과 공원 전체에 있었습니다. 굉장히 아름다웠습니다. 하지만 집주인은 거기 없었습니다. 사람들은 그를 기다렸습니다. 그들은 훌륭한 마구간과 멋진 개들을 가졌습니다. 하지만 그들이 알고 있는 그 소리를 저는 듣지 못했습니다. 그런데도 사람들은 제게 당신이 젊고 서른 살이라고 말해주었습니다. 그리고 저는 여러 방들에서, 아마도 당신의 부인과 당신의 어린 아들을 묘사해놓았을, 자주 반복해서 나타나는 초상화를 보았습니다. 저는 당신의 책상 위에서 《시선집》의 첫 권을 보았습니다. 그 밖에도 미미 링크스 역시 저한테 당신 이야기를 했습니다. 하지만 이것이 제가 알고 있는 전부입니다.

당신의

스웨덴의 욘제레트에서.   라이너 마리아 릴케.

1904
잠스콜라[187)

　최근에 고텐부르크에서 무슨 일이 일어났는지를 이야기하겠다. 이것은 충분히 이상한 일이다. 이 도시에서는 상당수의 아이들이 수업이 없는데도 그들 부모에게 와서, 자기들이 오후에도 항상 학교에 남겠다고 설명하는 일이 일어났다. 항상이라고? 그렇다, 가능한 한 얼마든지. 어떤 학교에?

　나는 이 학교에 대해 이야기하겠다. 이 학교는 이례적이고 완전히 명령이 없는 학교이다. 양보하는 학교, 자신을 완결된 것이 아니라 형성되어가는 어떤 것으로 여기는, 아이들 스스로 변형시키고 결정하면서, 작업해야 하는 학교. 아이들은 주의 깊고, 배우려 하고, 조심스러운 어른들과, 인간들과 원한다면 선생들과 친하고 그리고 다정한 관계에 있다. 이 학교에서는 아이들이 주요 사항이다. 사람들은 이로써 다른 학교에서는 통상적인 여러 가지 장치가 떨어져나갔다는 것을 이해한다. 예를 들면 사람들이 시험이라고 불렀던 저 매우 엄격한 조사들과 심문들, 그리고 이와 관련된 성적 증명서들. 이들은 철저하게 큰 사람들의 발명이다. 그리고 학교에 입학하자 곧장 그 차이가 느껴진다. 사람들은 먼지와 잉크와 두려움의 냄새가 나는 학교가 아니라 태양과 금발의 나무들과 어린 시절의 냄새가 나는 학교에 들어온 것이다.

사람들은 그런 학교가 유지될 수 없다고 말할 것이다. 물론 그럴 수 없다. 하지만 아이들이 이 학교를 유지시킨다. 이 학교는 이제 4년째 존속하고 그리고 이번 학기의 학생수는 215명으로, 모든 연령층의 소녀 소년들이 있다. 왜냐하면 이 학교는 출발에서 마지막까지 이르는 제대로 된 학교이기 때문이다. 물론이다. 이 끝은 아직 전혀 그들 손에 있지 않다. 18세가 끝날 무렵 망령처럼 유령같이 졸업시험이 있다. 그리고 그들은 그들이 이미 존재했던 미래로부터 다른 시간으로 물러간다. 그들의 동시대인의 시간으로. 그렇지만 소위 그들은 미래 속에서 교육받았는데 그들이 그것을 완전히 부인하게 될까? 사람들이 훗날 그들의 인생에서 그것을 알아차릴까?

지금 그리고 다음해에 이 학교를 떠나는 모두를 위해 이것은 아직 완전히 맞는 말은 아니다. 왜냐하면 그들은 (학교가 이제야 그 네 번째 해를 시작하기 때문에) 처음부터 그 학교 학생은 아니었기 때문이다. 그들은 어느 날, 학교에서 얻는 경험들과 학교가 요구하는 관습들과 더불어, 오랫동안 끌고 다닌 학교 전염병의 세균들로 꽉 채워져서 전학을 왔다. 이 새로운 학교의 젊은 몸이 철두철미 건강하지 않았더라면, 그들은 그 몸에 쉽게 위협이 될 수 있었을 거다. 하지만 이렇게 그들은 해를 끼치지 않고 그 몸의 유기조직을 통과했다. 그들의 악습과 그들이 지속시켰던 학생들의 비밀들은 넓게 열린 신뢰의 한가운데에서, 수업시간의 벽들 너머로 멀리 미치는 실물 크기의 인간적인 것들 한가운데에서, 슬프고 무해한 웃음거리라는 인상을 받게 된다. 그들은 감옥소의 기호언어와 두드리는 신호법으로 자기를 표현하기를 계속하는 어떤 석방된 죄수의 얽매인 표정처럼 그렇게 불필요해진다. 하지만 비록 이런 언젠가 소심하게 만들어진 사람들이 새로운 학교의 태양을 받아도 천진하게 자신을 완전히 뻗을 수는 없을지라도, 그래도 그들이 얼마나 휴식을 취하고, 그들이 얼마나 위로받고 그리고 그들의 우울한 경험에서 얻은 모든 조숙함에도 순수하고 아이 같이 밝은 본능들이 싹트고 그때 거기에서 꽃피게 되는지를 사람들은 안다. 하지만 사람들은 그들과 조심스럽게 지내야 한다. 왜냐하면 자유는 그들에게 하나의 위험이기 때문이다.

자유라는 이 단어는 불려졌다. 내게는 마치 우리 즉 어른들은 자유가 전혀 없었던 세상에 살았던 것처럼 보인다. 자유란 움직이고 상승하고 인간의 영혼과 함께 변화하고 성장하는 법칙이다. 우리의 법들은 더 이상 우리의 것이 아니다. 삶이 달리는 동안 그 법들은 뒤처져 있다. 사람들이 그 법들을, 인색함 때문에, 탐욕 때문에, 이기심 때문에 붙잡아두었다. 하지만 무엇보다도 두려움에서. 사람들은 그들을 폭풍우와 난파선을 경험하고 파도 위에 함께 갖기를 원치 않았다. 그들은 안전 속에 있어야 했다. 그리고 사람들이 그들을 모든 위험에서 구출하고서 해변가에 남겨두었기 때문에 그들은 경직되었다. 그리고 이것, 즉 우리가 돌로 법칙을 만든 것이 우리의 위기다. 우리와 항상 함께 있지 않은 법들, 낯설고 고정된 법들. 우리의 피의 수천 가지 새로운 움직임의 어떤 것도 그들 안에서 번식하지 않는다. 우리의 삶은 그들을 위해 존속되는 것이 아니다. 그리고 모든 심장의 온기는 그들의 차가운 표면에 초록빛을 불러오는 데도 충분하지가 않다. 우리는 새로운 법을 위해 외친다. 밤낮으로 우리 곁에 머무는 그리고 우리가 인식했던 그리고 여자처럼 수정시켰던 법을 향해서. 하지만 우리에게 그런 법을 줄 수 있는 누구도 오지 않는다. 힘에 벅찬 일이다.

하지만 우리가 만들 수 없는 새로운 법이, 매일 다시금 시작인 그들과 시작할 수 있다는 것을 아무도 생각하지 않는가? 그들이 다시 그 전체이고 창조이고 그리고 세상이 아닌가. 만약 우리가 공간만 준다면, 그들 안에서 모든 힘이 성장하지 않는가? 만약 우리가 아이들에게 그 모든 완결된 것으로 우리의 삶이라 인정되는 그 길을, 조급하지 않게, 강자의 권리로 가로막지 않는다면, 만약 그들이 아무것도 발견하지 않는다면, 만약 그들이 모든 것을 해야 한다면, 그들이 모든 것을 하지 않을까? 만약 우리들이 의무와 즐거움(학교와 삶) 사이에 있는 오래된 틈에, 법과 자유가 들어가 커지는 것을 방지한다면 세상이 그들에게서 완쾌되어 성장한다는 것이 가능하지 않단 말인가? 물론 한 세대 안에서는 안 된다. 다음 세대도 그 다음 세대도 안 된다. 하지만 어린 시절에서 어린 시절로 천천히 치료하면서는?

나는 이런 생각을 통해서도 학교의 근원지로 사람들이 가봤는지를 알지 못한다. 이것은 사고의 세계로 생각되어왔지만 이제는 그것이 여기 있다. 그 학교의 단순한 명쾌함이 가장 어두운 진지함의 배경 앞에서 놀고 있다. 이 학교는 하나의 프로그램에 감금된 것이 아니다. 이 학교는 모든 방향으로 열려 있다. 그리고 그것은 '교육한다'에 대해 전혀 말하지 않는다. 이것이 전혀 문제가 아니다. 왜냐하면 누가 교육할 수가 있겠는가? 우리 가운데 교육을 해도 될 사람이 어디에 있는가?

이 학교가 시도하는 것은 이런 거다. 방해하지 않는 것이다. 하지만 이 학교가 이것을 행동하고 그리고 헌신하는 자신의 방식으로 시도하면서, 심리적 압박을 제거하고, 질문들을 장려하고, 귀를 기울이고, 관찰하고, 배우고 사려 깊게 사랑하는 동안에, 이 학교는 성인들이 자신 뒤에 태어나야 할 그들에게 할 수 있는 모든 것을 하고 있다.

다섯 부분으로 된 나무로 만든 옛 병원 건물. 사람들은 환자에 대해서 더 이상 생각하지 않는다. 거기에는 완쾌된 수많은 사람들의 기쁨 같은 것만이 남아 있을 뿐이다.

방들은 마치 시골 별장의 방 같다. 선명한 단색 벽들과 많은 꽃들이 놓여 있는 커다란 창문들을 가진 중간 크기의 방들. 낮고, 노란색 송진처럼 밝은 책상들은 필요하다면 학교의 벤치식으로 일렬로 세워져 있다. 하지만 대부분 그들은 마치 거실에서처럼 한가운데에 있는 유일하게 커다란 테이블에 모여 있다. 그리고 작고 편안한 안락의자들이 주위에 널려 있다. 당연히 제대로 된 교실에 속하는 모든 것은 거기에 있다. 선생님이 쓰는(더욱이 더 높지는 않은) 책상, 칠판 하나 그리고 모든 다른 것들. 하지만 이런 것들이 대표하는 것은 아니다. 이들은 정돈되어 있다. 창문 건너편 벽에는 스웨덴의 지도가 푸른색으로, 초록색으로 빨강색으로. 즐겁고 다채로운 아이들의 나라. 그 밖에는 훌륭한 그림들의 복제품들이 있는데, 매끈하고 단순한 나무 액자로. 벨라스케스의 말 타는 어린아이. 하지만 그 곁에는 아주 똑같이 인정받은 채, 가장 진지한 얼굴로 작은 벵트나 닐스, 엡베가 그렸던 빨간 집이 걸려 있다. 그 밝은 빛이 비추는 복도들을 지나면 많은 일을 하기 위해 설비를 갖춘 홀이 나온다. 거기에는 가장 어린 아이들의 수공을 위한 좀더 넓고 공기가 더 잘 통하는 공간이 있다. 다른 데는 솔들이 생산되었고 책들이 제본

되었다. 목수의 일과 기계 작업과 인쇄를 위한 작업실과 조용하고 경쾌한 음악실이 거기 있다.

사람들은 느낀다. 여기에서 무엇인가 된다는 것을. 이 학교는 일시적인 무엇이 아니다. 그것은 이미 현실이다. 거기에서 삶이 이미 시작하고 있다. 삶은 작은 사람들을 위해 스스로를 작게 만들었다. 하지만 삶은 모든 가능성과 많은 위험을 동반하고 거기에 있다. 거기, 열두 살짜리 어린이들이 일을 하는 작업장 안에는 사람들이 다른 때 같으면 겁내면서 아이에게서 숨겨버리는 온갖 날카로운 칼과 송곳과 단검 들이 걸려 있다. 여기에서는 조심스럽게 그리고 진지하게, 올바르게 손에 쥐어준다. 그리고 그들은 이것으로 '장난한다'는 것은 전혀 생각해보지 않는다. 그들은 이렇게 심도 있게 몰두한다. 그리고 그들의 작업은 모두 훌륭하고 정확하고 유용하다. 수공의 깊은 진지함이 그들을 엄습한다.

기계 작업을 위한 홀에서 모터를 발명하고 모형으로 실행해보았던 한 소년이 호출되었다. 그 소년이 이 모터를 설명해야 했다. 그 소년은 이미 다른 작업에 몰두하고 있었다. 그는 이 작업을 방해받고 싶지는 않았지만 그래도 기꺼이 여기로 왔다. 그의 얼굴에는 아직 두고온 그 작업에 대한 생각이 역력했다. 그러고 나서 그는 정신을 가다듬고 짧고 냉철하게 희망했던 설명들을 했다. 그의 말의 어조, 이들을 동반했던 세련된 표정, 그의 열려 있고 확신이 들어 있는 친절함의 방식 자체조차 자신의 일 안에서 살고 있는 노동자를 보여준다. 그리고 이 소년에게서처럼 그렇게 모든 아이에게서 개방성과 확신을 볼 수 있었다. 그들 모두가 몰두하고 있었고 일을 통해 행동하는 모든 사람과 유사했다. 그는 이제 어른이고 싶을까 또는 아이이고 싶을까. 진지하고 즐거워하는 작업 속에 서로 교류하도록 하는 공통점이 주어져 있다. 당황하게 만들 모든 이유가 떨어져나갔다.

이 학교에서 모든 것이 일어나도록 하는 기쁨, 또 취향이 모든 것에 각인되어 있다. 아이들에 의해 인쇄되고 묶인 책들이 얼마나 아름다운가. 그들이 작게 모형을 뜨는 시도는 얼마나 감동적이고 인상적인가. 그리고 자연을 보고 그린 꽃들의 그림은 어떤 전제조건들이 채워진 그곳에서는 매순간 꽃들이 예술이 될 수 있을 만큼 올바르고 사랑스럽고 양심적이다. 이 아이들에게서 위축되는 것은 전혀 없다고 느끼는 것은 얼마나 기분 좋은 일인가. 누구나가, 가장 소리가 작은 기질조차도 역시 점차적으로 꽃을 피울 것이 틀림없다. 이 아이들 중 어느 누구도 지속적으로 무시된다고 믿지 않을 것임이 틀림없다. 그렇게 많은 이들이 가능성에 놓여 있다. 누구에게나 그날이 온다. 왜냐하면 아이는 자기 능력을, 어떤 능력을, 재주를, 그에게 이 작은 세계에서 그의 자리를, 그의 정당성을 주는 어떤 것에 대한 욕구를 발견하기 때문이다. 그리고 무엇이 가장 중요한 것인가는 이 작은 세계가 원칙적으로 그 큰 세계 외에는 역시 아무것도 아니라는 것이다. 그 안에서 사람들이 이것이고자 하는 것은 어디에서나 이럴 수가 있다. 이 학교는 집의 반대 개념이 아니다. 이 학교는 이와 같은 거다. 이 학교는 단지 어느 '집'에나 맞을 뿐이다. 이 학교는 모든 집들에 붙여서 지어졌고 그들과 연결되기를 원한다. 이 학교는 다른 집이 아니다. 부모들은 그 학교에 자기 아이들처럼 그렇게 들락날락한다. 언제든지 자유롭게 수업시간에 참석할 수 있다. 그들은 학교 건물의 이곳 저곳을 알고 제대로 찾는다. 삶에 대한 관계에서도 이 학교는 다른 것이기를 원하지 않는다. 그렇기 때문에 이 학교에는 이 직업을 갖고 있는 어떤 선생이 필요 하지 않다. 그들이 하나의 대상을 통달하는 것으로 족하다. 이 대상은 어느 정도 자유로운 하늘 아래에 있어야 한다. 그것은 고립되어서는 안 된다. 단절되어서도 안 된다. 모든 연관에서 벗어나서도 안 된다. 그것은 변형해야 하고 세상에서 무엇인가가 움직이면 전율하고 소리내야 한다. 사람들이 그것을 그에게서 알아차릴 수 있어야 한다. 여러 가지 서로 다른 전공들을 구실로 항상 삶이 이야기되어야 한다. 언젠가 평범한 광부가 와서 자신의 암흑 같은 시절을 소박하고 힘겹게 이야기했을 때 그것은 얼마나 아름다웠나. 그리고 그에게서처럼, 그렇게 무엇인가 경험한 그 모든 이를 위해 선생님의 안락의자는 거기에 있는 것이다. 낯선 지역을 이야기하는 여행자를 위해서, 기계를 조립하는 남자를 위해서, 그리고 지식이 있는 사람들 중에서 가장 소박한 사람인 뭐니뭐니해도 총명하고 사려 깊은 손들을 가진 수공업자를 위해서. 언젠가 목수가 왔다는 것을 생각해봐라! 또는 시계를 만드는 사람 아니면 오르간 제작자까지도! 그들은 언제라도 올 수가 있다. 왜냐하면 단지 아주 조용하게, 부담 없이, 시간표의 그물망이 일정 너머로 놓여 있을 뿐이기 때문이다. 주일은 누구에게도 손가락 사이의 묵주처럼 무미건조하게 서두르며지나가지 않는다. 어느 날이나 무엇인가 새로운 것을 시작하고 예기치 못한 것, 기대했던 것 그리고 완전히 깜짝 놀랄 일들을 가져온다. 그리고 모든 것을 위해 시간이 있다. 아침식사를 위한 휴식시간은 사람들이 식탁을 치워 깨끗이 하고 방수 처리된 밝은 색 식탁보를 덮을 수 있게끔 길다. 그 위에 꽃들은 가운데 놓여지고, 버터 바른 빵을 담은 접시와 유리잔과 우유컵들이 놓인다. 그 다음엔 둥그렇게 모여 앉아서 먹고 꿈꾸고, 웃고 이야기하는데 마치 생일 파티 모임처럼 보인다.

그것이 이 학교의 시간과 공간이다. 사랑스런 금발의 피조물들을 위한 공간이다. 어느 것이나 정원이 딸린 집과 같다. 그의 이웃과의 사이에는 말뚝이 박혀 있지 않다. 무엇인가가 주위를 둘러싸고 있다. 밝은 무엇이, 자유롭게 번창하는 무엇이. 그것은 또 자기 이웃처럼 그렇게 보여서도 안 된다. 이와는 반대로 이것은 마음부터가 달라야 하고, 그렇게 정말 솔직하게 달라야 하고, 어떻게라도 가능하기만 하다면 그렇게 진실이어야 한다.

이 아이들에게 전통적인 의미의 어떤 종교시간을 부과하지 않는다는 것은 논리 정연하고 용기 있는 일이다. 내면의 자립 생활의 가장 예민한 부분에 권위적인 영향은 여기에서 시도된 모든 정당함과 인간적인 것을 재차 측정하게 해준다. 사람들은 가장 순수하고 가장 의도가 들어 있지 않은 원전을 좋은 성경의 소재들을 역사로 강의하기로 결정했고, 점차적으로 종교시간을, 일주일에 한 번이나 두 번 넣는 것이 아니라, 즉 오늘 9시에서 10시까지가 아니라, 항상, 매일, 모든 대상을 갖고 어느 시간에나 받아들이려고 한다. 이런 학교를 가장 많이 사랑하는 사람들은 몇 날 몇 밤을 지난 뒤에 자신들 책임을 전적으로 의식하고 이 결정을 내렸다. 이제 사람들은 그들을 신뢰해야 한다. 아이들과 어른들. 왜냐하면 이런 의미는 내게는 잠스콜라라는 이름과 더불어 조용히 울려나오기 때문이다. 보통학교, 소년과 소녀를 위한 학교, 하지만 아이들과 부모들과 선생님들을 위한 학교이기도 하다. 거기에는 아무도 다른 사람 위에 군림하지 않고 모두가 똑같고 모두가 초보자이다. 그리고 공동으로 함께 배워야 할 것은 미래다.

오직 하나만으로 과거가 영향을 미치고 있다. 대성당에 대한 미신으로. 인간의 삶은 그 초석 아래로 사라졌고, 이런 건축에서는 회반죽조차도 심장의 피와 섞여 있다.

1905
〈아침 명상〉[188]

할 수만 있다면 평일에는 즐거이 일어나라. 네가 그것을 할 수 없다고, 무엇이 네가 일어나는 것을 저지하는 걸까? 어떤 힘든 것이 거기에서 방해하는 것일까? 너는 그 힘든 것을 막을 무엇을 갖고 있지? 그것이 너를 죽일 수 있다는 것. 그러니까 그것은 힘이 세고 강하다. 넌 그에 대해 알고 있다. 그리고 너는 쉬운 것에 대해서는 무엇을 알고 있지? 아무것도 모른다. 쉬운 것에 대해서는 우리가 전혀 기억하는 것이 없다. 그러니까 너 스스로가 선택해도 된다면 너는 원래는 그 힘든 것을 선택하지 말아야 했단 말인가? 너는 그것이 얼마나 너와 닮았는지를 느끼지 못하니? 그것이 너의 사랑 전부로 너와 닮은 것이 아니니? 그것이 그 본래의 고향 같은 그것이 아니니?

그리고 네가 그것을 선택하면 네가 자연과 일치하는 것이 아닐까? 너는 싹이 땅 속에 머무르는 것이 더 쉬울 거라고 생각하지 않을까? 아니면 철새들이 그리고 스스로를 돌봐야 할 야생 동물들이 힘들지 않을까?

보아라. 쉬운 것과 힘든 것은 전혀 없다. 삶 자체가 힘든 것이다. 그래도 너는 살고 싶은 것 아닐까? 그러니까 네가 그 힘든 것을 짊어진다는 그것을 의무라고 부른다면 너는 착각하는 거야. 너를 거기로 밀어내는 것은 자기 보존의 욕구다. 하지만 도대체 의무란 무엇인가? 의무란 사랑하는 어려움이다. 네가 그것을 짊어진다는 것은 작게 말해서 네가 그것을 재어보고 곰곰 생각해보고 그리고 그것이 너를 필요로 할 때 거기 있어야 하는 거야. 그리고 그것은 매 순간 너를 필요로 할 수 있다.

너의 친절과 너의 자비심은, 네가 그것을, 너의 힘든 것을 기쁘게 해주도록, 또 너 없이는 그것이 존재할 수가 없도록, 또 그것이 너에게 어린아이처럼 매달리도록 커야 한다.

네가 그것을 그 정도까지 가져왔다면, 이렇게 너는 누군가가 와서는 그것을 네게서 빼앗아가기를 원하지는 않을 것이다.

그리고 너는 그러는 한 그것을 사랑으로 가져올 것이다. 사랑한다는 것은 힘든 것이다. 그리고 만약 누군가가 너를 사랑한다고 말한다면 이렇게 그는 네게 커다란 과제를 주는 것이다. 하지만 불가능한 과제는 아니다. 그가 초보자에게 해당되는 일이 아닌, 즉 어떤 인간을 사랑한다고 말한 것이 아니라 너를 사랑한다고 말한 것이기 때문이다. 그리고 그는 네게서 네가 신을 사랑해야 한다는 것을, 다만 가장 성숙한 자들만이 할 수 있는 것을 요구하지 않는다. 그는 단지 너의 가장 궁핍한 것이고 동시에 가장 두려운 것인 너의 힘든 것만을 가리킨다. 너도 알다시피 그 쉬운 것은, 네게서 원하는 것이 아무것도 없다. 하지만 그 힘든 것은 너를 기다린다. 그리고 너는 거기에서 필요하지 않을 어떤 힘도 갖고 있지 않다. 그리고 비록 너의 삶이 몹시 길지라도, 너를 비웃을 그 쉬운 것을 위해서는 하루의 여유도 네게 남지 않는다.

네 안으로 들어가봐라. 그리고 너의 힘든 것으로 세워라. 네가 스스로 밀물과 썰물로 변화하는 땅이라고 한다면, 너의 힘든 것은 네 안에 있는 집과 같은 거다. 네가 별이 아니라는 것을 생각해보아라. 너는 어떤 통로를 갖고 있지 않다.

　너는 너 자신 스스로를 위해서 하나의 세계여야 한다. 그리고 너의 힘든 것은 너의 중심 안에 있어야 하고 너를 끌어당겨야 한다. 그리고 어느 날 그것은 너를 벗어나서 자신의 중력으로 운명에, 인간에, 신에게 작용할 것이다. 그것이 끝나면, 그러면 신은 너의 집 안으로 올 것이다. 그리고 그와 함께 오기 위해서는 그 밖의 어떤 장소를 네가 알 수가 있겠는가?

1905
〈종교시간?〉[189)]
브레멘의 학교교육개혁협회 앞으로

브레멘의 보르프스베데

저는 여러분의 편지에 전적으로 공감하면서 답장을 드립니다. 왜냐하면 이 결정으로 브레멘의 교원들이 성숙해졌다는데, 대단히 중요하기 때문입니다.

제게는 수백 개의 다른 발전들이 일어날 수 있기 위해서는 마치 이런 발전이 필요했을 것처럼 보입니다. 즉 학교 안에서만의 발전이 아니라 삶의 발전이기에. 왜냐하면 정말 기이하게 들리겠지만, 현 상태에서는 학교에서 삶이 변형되어야 하기 때문입니다. 어딘가에서 삶이 더욱 넓게, 더욱 깊이, 더욱 인간적이어야 한다면, 이것은 학교에서 일어나야 합니다. 나중에는 삶은 빨리 경직되고 더이상 달라질 수 있는 시간을 운명은 갖고 있지 못합니다. 운명대로 그것은 작용되어야 하니까요. 하지만 학교에서는 시간과 고요와 공간이 있습니다. 모든 발전을 위한 시간이, 모든 목소리를 위한 고요가, 삶 전체와 삶의 가치와 사물 전체를 위한 공간이.

일련의 엄청난 오류를 범한 자들이 학교를 대치 상태로 만들어가도록 했습니다. 삶과 현실은 점점 더 학교에서 밀려 나갔습니다. 학교는 단지 학교일 뿐이었고, 삶은 완전히 다른 어떤 것이었습니다. 삶은 나중에 비로소 학교를 졸업한 뒤에야 나타났어야 했고 그리고 어른들을 위한 어떤 것이어야 했습니다(마치 아이들은 살아 있지 않은 것처럼, 삶의 한가운데에 있지 않은 것처럼).

이런 이해할 수 없고 부자연스러운 억압을 통해서 학교는 죽어 갔습니다. 삶의 움직임이 빠졌기 때문에 학교의 내용 전체가 차가운 경단으로 굳어졌습니다. 사람들은 모든 것이, 가장 소리 없는 것조차도, 가장 섬세한 것, 가장 찰나적인 것도 역시, 꽉 짜인 대상으로 다룰 수 있고 줄 수 있다고 생각함으로써 이것은 가능했습니다. 사람들은 무엇인가를 주었습니다. 하지만 가장 살아 움직이는 요소들에서 나온 이 슬픈 실패는 종교가 아니었습니다.

그런데도 불구하고, 경직화되는 것 전부를 저항하면서도, 더욱이 종교가 이런 무의미 속에 있었을 겁니다. 그리고 사람들은 이제 종교를 억압하고 있습니다. 종교가 억압하게 *내버려둔다*고 믿는 데는 어떤 월권이 있는 걸까요? 우리 중에 누가, 한 군데 종교에게 폐쇄되는 곳에서 그들은 수천 개의 다른 입구들을 발견한다는 것을, 또 그들이 우리를 압박한다는 것을, 또 우리가 가장 조금 기대했던 곳에서 종교는 우리를 기습할 것이라는 사실을 의심하나요?

이것이 바로 종교가 인간에게로 오는 방식이 아닌가요, 기습에서 기습으로? 종교가 삶에서 예기치 않은 형상말고, 말할 수 없는 형상말고, 의도가 없는 형상말고 언제 한 번이라도 다르게 나타난 적이 있나요? 어떻게 종교가 통고하지 않는 것 외에 다르게는 학교에 등장할 수가 없었단 말인가요?

물론입니다. 종교가 거기로 오기 위해서는, (어떤 수업시간도 갖지 못한) 종교가 매 시간 스스로 열려져 있다고 생각하는 가능성이 성립하기 위해서는, 학교의 모든 시간은 더욱 넓고 더욱 깊고 더욱 살아 있어야 했을 겁니다. 학교가 베푸는 모든 지식은, 제한 없이, 조건 없이, 의도 없이 그리고 감동한 인간에 의해서, 진심으로 그리고 크게 주어져야 했을 겁니다. 거기에서는 삶의 모든 과목이, 그 과목 하나가 모든 다른 과목들과 공유하는 것으로, 다뤄줬어야 했습니다. 그렇다면 그들 또한 항상 또다시 자신들의 최후의 것으로 종교가 무한정으로 생기는 거대한 연관에 이를 수가 있었을 것입니다.

여러분들의 발전에 대단히 유익한 의미가 거기에 있습니다. 종교시간이 생략됨으로써 다른 과목들에 대해 끊임없이 요구가 많아진다는 데 있습니다. 선생님들을 아이들로부터 멀게 하는 사고 대신에 새로운 통합과 일치가 나타납니다. 왜냐하면 불멸의 것과 말할 수 없는 것 앞에서 이제 어느 누구도 더 이상 아는 자이고 주는 자가 아니라 가장 위대한 것이 문제가 되는 곳, 즉 두 부분이 순종하는 자이고 수용하는 자라는 것. 이것이 그들의 실물 크기의 유대감이고 그들이 공유하는 작업이기 때문입니다.

제게는 이런 확신이 본보기와 증거 없이도 확고하게 서 있는 것 같습니다. 이런 확신을 다른 사람에게 계속 넘겨줄 수 있기 위해서 제가 그런 확신의 실현을 지적할 수 있다는 것은 좋은 일입니다. 저는 스웨덴의 고텐부르크에 3년 전부터 있는 보통학교(잠스콜라)에 대해 생각하고 있습니다. 이 학교에서는 다른 개혁과 더불어, 종교시간의 생략 역시 진지하고 양심적인 사람들에 의해 시도되었습니다. 저는 《미래》(1905년 1월 1일 발행)에서 그 성과에 대한 보고를 해보려 했습니다.

좀더 나중에 쓴 편지에서.

언젠가 한번 거기 있었던 것은 좋지 않은 어떤 것이라도 억누르게 한다는 것을 생각해보시죠. 한 그루 나무처럼 똑같은 현실을 그 스스로 가정합니다. 그것은 존재하고 꽃피고 견뎌냅니다. 이렇게 당신이 그토록 진지하고 확고하게 옹호하는 훌륭한 일도 역시 마침내, 최후의 날에는 억누르게 하지는 않을 것입니다. 저는 이 일이 해낸 발전을, 또 일관된 어조로 당신의 회람이 감사하는 그 고요하고 성실한 단결을 기쁘게 생각합니다. 제가, 제 작은 은밀한 소리가, 제겐 쉬운 것같이 보이는데요. 공감의 저울을 그래도 약간은 무겁게 하는 데 도움이 될 수 있다면 자랑스럽겠지요.

주

1) 릴케가 1893년 프라하의 김나지움 재학 당시 쓴 글.

2) 젊은 괴테가 이탈리아로 여행하기 전, 1772년 초에 쓴 시.

3) 고대 그리스의 가장 오랜 식민지였으며 이탈리아 해변(콤파니엔)에 있는 도시.

4) 작곡가 펠릭스 멘델스존 바르톨디Felix Mendelssohn Bartholdy는 이탈리아 여행 중 나폴리에서 쓴 1831년 5월 28일자 편지에서 괴테의 〈방랑자〉를 언급했다.

5) 릴케는 수년 간 뵈멘 지방에서 여름 휴가를 보냈는데, 이 글은 1895년 7월과 10월에 프라하에서 집필한 것이다.

6) 대공국의 호칭으로 크룸마우를 지배한 슈바르첸베르크 가문의 중심 도시.

7) 독일의 화가(1471~1528).

8) 몰다우 강의 오른쪽에 위치한 뵈멘 남쪽 도시.

9) 주로 민중의 삶을 그린 네덜란드 화가 데이비드 테니르스(1582~1649)와 같은 이름의 그의 제자이자 아들인 데이비드 테니르스(1610~90) 중 하나를 가리킨다.

10) 1876~1884년에 건립된 프라하의 건물.

11) 독일의 화가(1861~1945).

12) 독일의 계몽주의 이론가이자 작가(1729~81).

13) 문학과 회화의 차이를 논한 레싱의 이론적 서술(1766).

14) 니체의 《반시대적 고찰*Unzeitgemäße Betrachtungen*》의 〈삶에 대한 역

사의 손익에 대해서)를 참고.

15) 뵈멘 북쪽에 위치한 곳으로 릴케는 1895년 7월 이곳에 체류했다.

16) 중세 시대에 호헨슈타인 성을 소유했던 프라하의 성주.

17) 1337년에 벌어진 전투.

18) 호메로스의 〈일리아스〉와 〈오디세이아〉를 독일어로 번역한 시인 (1751~1826).

19) 포스가 1783년에서 1884년에 쓴 시로 시골 목사를 노래한 가장 유명한 전원시.

20) 1892년 여름에 릴케가 체류했던 탄넨베르크 북동쪽에 위치한 장소.

21) 프라하 태생의 화가(1840~1915).

22) 고대 그리스의 복수하는 정의의 여신.

23) 프라하의 화가 (1849~1916).

24) 네덜란드의 화가(1577~1640).

25) 릴케가 1895년 10월 말 프라하에서 집필한 글.

26) 시인 카를 헹켈Karl Henckell(1864~1929)이 1895년 가을에서 1899년 가을까지 월 2회 발행한 잡지로 릴케에게 시의 역사를 개관시켜주었다. 릴케가 발행한 팸플릿《치커리 Wegwarten》의 모범.

27) 안톤 렝크Anton Renk(1871~1906), 오스트리아의 시인.

28) 서정시인인 한스 벤츠만Hans Benzmann(1869~1926)과 릴케는 1896년 2월 1일부터 1902년 가을까지 편지를 주고받았다.

29) 카를 폰 아른스발트Carl von Arnswaldt(1869~97)와 알브레히트 멘델스존 바르톨디Albrecht Mendelssohn Bartholdy(1874~1936).

30) 프란츠 요제프 츨라트닉Franz Josef Zlatnik(1871~1933), 오스트리아의 서정시인.

31) 프랑스에서 들어온 형식으로 1행이 4행에서 반복되고 다시 처음 2행은 시의 마지막 2행에서 반복된다.

32) 이탈리아의 전원문학에서 발전된 자유 형식의 서정 단가.

33) 페르시아의 시형식.

34) 프랑스 시인(1844~96).

35) 루돌프 크리스토프 예니Rudolf Christoph Jenny(1858~1927), 릴케와 서신 왕래를 했던 개인적 친분이 있는 극작가.

36) 1896년 5월 4일 프라하에서 집필한 글.

37) 사실적 묘사로 사회를 풍자한 영국의 화가이자 동판화가(1697~1764).

38) 갈대혀가 달린 취주악기.

39) 릴케는 1896년 9월 드레스덴에서 헤르미네 폰 프로이센의 그림을 보았다.

40) 1896년 릴케는 보도 빌트베르크(1862~1942)와 예술적 교류를 갖는다.

41) 독일의 화가(1839~1924).

42) 마르틴 뵐리츠 Martin Boelitz(1874~1918), 독일 시인.

43) 구스타프 팔케Gustav Falke(1853~1916)는 릴케가 개인적으로 알았던 독일의 서정시인이자 음악교사, 서점 상인이다.

44) 데틀레프 폰 릴리엔크론Detlev von Liliencron(1844~1909), 릴케에게 큰 영향을 미친 시인.

45) 빌헬름 폰 숄츠Wilhelm von Scholz(1874~1965), 1896년 가을부터 릴케와 친분이 있는 시인. 릴케는 〈현대 서정시〉에 대한 강연의 기본 사상을 여기에서 다시 정리하고 있다.

46) 독일 계몽주의 문예 이론가이자 작가(1700~66).

47) 감상주의에서 중요한 초기 작가 클로프슈톡Friedrich Gottlieb Klo- pstock(1724~1803)를 가리킨다. 〈메시아〉가 그의 가장 유명한 서사시다.

48) 1876년《로마의 전투》를 쓴 역사소설가(1834~1912).

49) 독일 작가(1834~1910).

50) 릴케는 볼프라트하우젠Wolfrathausen에서 여름을 보내면서 1부가 실종된 이 미완성 원고를 집필했다(1897년 8월 4일이라는 날짜가 표기되어 있다).

51) 릴케는 1897년 6월 1일부터 10월 말까지 뮌헨의 유리궁전에서 열렸던 제7차 국제미술전시회의 초대회장이자 초상화가인 프란츠 폰 렌바흐 Franz von Lehnbach에 대해 언급하고 있다.

52) 〈그림과 스케치Malerei und Zeichnung〉, 라이프치히, 1895년.

53) 1896년 1월 1일부터 뮌헨에서 발간된 잡지.

54) 1896년 4월 4일부터 뮌헨에서 발간된 잡지.

55) 빈의 유명한 카페 이름.

56) 게오르크 히르쉘펠트Georg Hirschfeld(1873~1942), 독일 자연주의 극작가.

57) 1897년 10월 9일에 베를린에서 초연됨. 이 평론은 릴케가 10월 10일에 집필한 것이다.

58) 1897년 11월 베를린에서 집필했다고 추정되는 이 글은 릴케의 세 가지 주요 예술 명제를 보여준다. 1. 관객, 연출, 배우에 대한 예술작품의 자율성을 주장, 2. 표현 수단으로서의 언어의 한계와 침묵의 중요성을 강조, 3. 주안점은 극적 드라마보다 영적인 것이라는 사실.

59) 1898년 2월 1일《빈의 룬트샤우Wiener Rundschau》에 실린 이 글에서

릴케가 말하는 프리드리히 카를 폰 우데의 그림(높이 3.19/ 폭 2.76m) 〈예수의 승천〉은 1897년 뮌헨의 유리궁전에서 개최된 제7차 국제미술전시회에 출품되었다.

60) 파울 빌헬름Paul Wilhelm은 1873년 빈에서 출생한 빌헬름 드보라체크Wilhelm Dworacyek의 필명이다. 릴케는 1891년에서 1892년 사이에 린츠의 상업학교에서 그를 만났다.

61) 회고적이고 방향을 설정한다는 의미에서 릴케의 〈토스카나 일기〉의 사전 연구로 간주된다. 즉 릴케의 전기 활동에 드러나는 비판적 표현의 핵심들이 묘사되어 있다. 동시에 서정시와 문예학적 기법들에 대해 스물두 살의 젊은 릴케가 던지는 질문들이 서술되어 있다.

62) 단테를 말한다.

63) 릴케가 베를린 태생의 시인 빌헬름 폰 숄츠(1874~1969)를 왜 스위스 사람이라고 했는지는 의문이다.

64) 오토 율리우스 비어바움은 1895년 가을부터 1898년까지 남부 티롤의 에판Eppan에 있는 엥라 성Schloß Englar에 살았고 그 후에 뮌헨으로 거주지를 옮겼다.

65) 중세 독일의 연가를 노래하는 가수.

66) 아랍 시인 미르자 샤피Mirza Schaffy의 노래(1851).

67) 아랍권의 시형식.

68) 이탈리아 민요에서 유래한 3행의 여러 절로 된 압운시.

69) 각운이 있는 이탈리아의 8행 시구.

70) 릴케는 강연을 존칭Sie으로 시작했는데 마지막 부분에서 갑자기 친숙한 호칭ihr을 사용하고 있다.

71) 1898년 4월 1일에 집필한 이 글에서 릴케는 프라하에서 강연한 '현

대시'의 기본 사상을 요약하고 있다.

72) 독일 남부의 도시 이름.

73) 같은 시기에 집필한 〈소녀의 노래Lieder der Mädchen〉와 모티프가 유사하다. 이 글은 릴케가 1898년 여름이나 가을에 집필했으리라 추정된다. 릴케는 17세기 야콥센J. P. Jacobsen의 그림 〈마리 구루베 부인〉의 부제 '실내화Intérieurs'에서 '내면 세계'라는 개념을 차용했다.

74) 루카와 피스토야는 피렌체 근처에 있는 지역이다. 릴케는 1898년 봄에 피렌체와 그 주변 지역을 여행했다.

75) 릴케는 다빈치Leonardo da Vinci(1452~1519)의 그림 〈최후의 만찬〉과 같은 제목으로 시를 썼다.

76) 릴케는 'paysage intime'라고 프랑스어로 표기했다. 밀레Millet와 같은 바르비종의 화가들이 그린 소박하고 분위기 있는 풍경 묘사를 가리킨다.

77) 기원전 480년 스파르타의 왕 레오니다스가 페르시아에 대항하여 싸우다 전사한 전쟁터.

78) 노르망디 공작이자 잉글랜드 왕 윌리엄이 승리한 영국의 전쟁터.

79) 1805년 12월 2일 나폴레옹 1세가 연맹국 러시아와 오스트리아군을 물리친 전쟁터 이름.

80) 샤를로트 코르데Charlotte Corday(1768~93). 프랑스혁명의 지도자 마라Jean-Paul Marat의 살인범으로 처형당했다.

81) 성흔을 띤 수녀(1774~1824). 브렌타노Clemens von Brentano는 그의 작품 〈우리 예수의 극심한 고통Das bittere Leiden unseres Herrn Jesu Christi〉에서 그녀의 초자연적 현상을 묘사하고 있다.

82) 〈최후의 심판〉을 그렸다.

83) 성녀(1207~31). 방백(方伯)인 그녀의 남편이 그녀가 무엇을 들고 있는지 보려고 하자, 가난한 사람들에게 그녀가 나눠주려 한 빵이 장미로 변했다는 전설의 주인공.

84) 여기에서 원문이 중단된다. 즉 이 글 전체는 미완성 원고로 추측된다.

85) 내용상《피렌체 일기》를 전제로 하는 이 글은 아마 1898년 여름이나 가을에 집필했으리라 추측된다. 〈독백의 가치〉와 주제 면에서 관련되며 희곡《백의의 후작부인》에 중요한 의미를 갖는 글이다. 릴케의 사고 체계에 깔려 있는 '고독한 사람'에 대한 명제는 특히《말테의 수기》53장과 66장에 잘 반영되어 있다.

86) 원서에는 'Santa Conversazione'라는 이탈리아어로 되어 있다. 미술사에서 15세기 이래 다른 성인들과 이야기하는 마돈나상을 묘사한 것이다.

87) 베네치아에서 활동했던 마르코 바사이티(1422~1517)는 풍경을 배경으로 그린 성자를 묘사한 것으로 유명하다.

88) 피렌체의 화가이자 승려(1422~1517).

89) 여기에 서술된 예술론의 명제들은《피렌체 일기》와 많은 부분이 일치한다. 릴케가 1898년 7월과 8월 사이에 집필했으리라 추정된다.

90) 릴케는 신이 다만 인간의 예술적 창작 능력의 산물일 뿐이며 동시에 인간 스스로가 비친 거울 자체라고 그의 작품에서 반복해 주장한다.

91) 장 르텍시에Jean Letexier를 가리킨다. 1529년에 샤르트르에서 죽은 프랑스 석공.

92) 건축가이자 공예가(1865~1957).

93) 릴케가 다룬 주제 중 하나인 '어린아이'는 이상적 형상을 뜻한다. 또

한 어린 시절은 시민적 삶에 상반되는 삶의 형식을 말한다.

94) 기원전 79년에 화산 폭발로 멸망한 도시 폼페이를 암시한다.

95) 가장 고유하고 심오한 경험을 언어로는 표현할 수 없다고 강조하는 견해로 언어에 대한 회의를 담고 있다. 1898년 9월 중순 베를린에서 집필했다.

96) 루돌프 슈타이너가 발행하는 독일 연극협회 기관지인 《희곡론》을 가리킨다.

97) 괴테의 《파우스트》, 1부, 512행.

98) 릴케는 원문에서 "너"를 두 번 사용하고 있다.

99) 1898년 가을 베를린에서 미술 전시회가 열린 것이 릴케가 이 글을 쓰게 된 동기다.

100) 건축에서 주두(柱頭)에 의해 지지되는 세 부분 중 가운데 것.

101) 1898년 '베를린의 켈러와 라이너 화랑'이 준비한 전시회에 관한 글로 11월 15일 《빈의 룬트샤우》에 실렸다.

102) 릴케가 1898년 11월에 베를린 슈마르겐도르프에서 집필하고 《빈의 룬트샤우》에 발표한 글로 베를린에서 개최된 두 전시회를 다루고 있다. 1898년 7월의 드가, 리버만, 무니에의 전시회와 11월의 제임스 페터슨, 장 프랑수아즈 라파엘리, 펠리시앙 롭스의 전시회.

103) 1899년 2월 12일 베를린의 '노이에스 테아터'의 공연에 관해서 2월 중순경 논평한 이 글을 필두로 릴케는 1899년에서 1902년까지 메테를링크의 희곡에 대해 이론적인 서술을 시도한다.

104) 1899년 4월에 집필한 것으로 추정된다.

105) 프리드리히 아들러Friedrich Adler(1857~1938)는 서정시인이자 번역가이다.

106) 작가 미상.

107) 막스 브룬스Max Bruns(1876~1945), 독일 작가.

108) 엘자 침머만Elsa Zimmermann(1875~1906), 여류 작가.

109) 1896년부터 릴케와 친분을 가졌고 릴케의 초상화를 여러 장 그린 프라하 출신의 화가 에밀 오르릭Emil Orlik(1870~1932)을 가리킨다.

110) 프라하 도시 가운데 있는 유명한 성.

111) 화가이자 만화가(1854~1912).

112) 미국의 화가이자 판화가(1834~1903).

113) 1876년 프라하에서 출생한 서정시인이자 극작가.

114) 1900년 11월 12일 공연에 대한 평.

115) 릴케는 인형이란 모티프를 인간 정체성에 질문을 던지는 시적 묘사 수단으로 이해한다.

116) 릴케가 피렌체에서 감탄을 아끼지 않은, 피에솔레가 1445년에 그린 〈최후의 심판〉으로 추측된다. 예수를 십자가에서 내리는 장면으로 대부분 예수와 성모 마리아가 묘사된다.

117) 릴케가 일상적 사건에 대해 입장을 표명한 유일한 글.

118) 열두 번째 왕정의 이집트 왕들을 가리킨다.

119) 위의 주 80 참조.

120) 카이사르의 신화적인 선조로 비너스의 어머니Venus genetrix를 가리킨다.

121) 릴케가 1899년 4월 24일에서 6월 18일까지 안드레아 살로메 부부와 함께 여행했던 첫번째 러시아 여행의 결실로 1900년 1월 초에 베를린에서 집필한 글. 마지막 부분은 1901년 7월 베스터베데에서 집필했다.

122) 러시아 민중문학 형식.

123) 러시아 황제 표트르 대제Peter der Grosse(1662~1725).

124) 톨스토이의《전쟁과 평화》에서 유명해진 인물을 가리킨다.

125) 이런 문화사적 관점은 릴케의 자전적 요소에 근거를 두고 있다.

126) 이집트에서 시작되어 비잔틴을 거쳐 러시아에서 꽃피운 성자상.

127) 볼로냐 출신의 건축가 아리스토텔레스 피오라벤티A. R. Fioraventi
는 모스크바의 크렘린에 대성당을 건축했다(1475~79). 그러므로 사실상
15세기라고 말해야 맞다.

128) 파리 근교의 보르프스베데나 바르비종과 같이 문명으로부터의 피
난처라는 의미를 갖는다.

129) 1872년에 초연되었다.

130) 945년 남편이 살해당하자 잔혹하게 복수한 대성주 이골의 아내로
959년 비잔틴에서 세례를 받았다(890~969).

131) 덴마크의 여류 작가(1879~1956).

132) 프리드리히 후흐Friedrich Huch(1873~1913)는 릴케와 개인적 친
분이 있었던 작가이다. 첫번째 소설《페터 미켈》에 대한 릴케의 세 편의 논
평 순서는 집필 시기와는 무관하다.

133) 프라하의 일간지 〈보헤미아〉의 창간 75주년을 축하하는 편지.
1902년 1월 초에 집필.

134) 1902년 봄(3월과 4월)에 씌어진 글로《보르프스베데》의 서론의 초
고로 추정된다.

135) 1901년 E. V. 볼 겐이 베를린에다 프랑스의 카바레를 모범으로
만든 작은 공연. 1902년 2월 25일과 26일 브레멘에 초대된 이베트 길베르
가 출연한 베를린의 위버브레틀에 대해 브레멘의 일간지에 릴케가 기고한
글이다.

136) 프랑스의 여가수(1866~1944).

137) 릴케는 강한 정신적 친화력을 발견한 모리스 메테를링크Maurice Maeterlinck(1862~1949)에 대해 1902년 2월 9일 브레멘에서 강연했다.

138) 릴케의 원주——그 전집의 입문서로 간주될 수 있는 몬티 야콥스의 책《메테를링크》역시 지금 이 출판사에서 출간되었다.

139) 파리, 1896.

140) 파리, 1898.

141)《묻혀진 사원Le Temple enseveli》, 파리, 1902.

142) 브뤼셀, 1894.

143) 릴케는 1902년 2월에 이 책을 완역했다.

144) 1901년 베를린에서 출간된《미래Die Zukunft》36권, 192쪽에서 인용되었다.

145)《미래》36권, 192쪽.

146)《미래》36권, 192쪽.

147) 1899년 라이프치히에서 출간된《지혜와 운명》에서 인용.

148)《지혜와 운명》에서 인용.

149) 불어판《La Vie des Abeilles》는 1901년에 파리에서, 독어판《Leben der Bienen》은 라이프치히에서 출간되었다.

150) 1902년 2월 15일에서 16일에 브레멘에서 공연되었다.

151) 1902년 5월 17일 파리에서 초연되었고, 같은해 가을 뮌헨, 브레슬라우, 베를린에서 공연되었다.

152) 이탈리아의 화가(1859~89).

153) 1898년 플로렌츠에서 독일의 화가이자 판화가인 하인리히 포겔러 Heinrich Vogeler(1872~1942)를 사귄 릴케는 보르프스베데로 찾아가 그를

방문한다. 이 교류는 릴케가 1902년 파리로 이주할 때까지 지속된다. 포겔러의 소묘, 특히 동화의 모티프는 릴케의 시에 많은 영감을 불러일으켰다.

154) 릴케의 원주——《독일 미술과 장식》의 1899년 4월호.

155) 집필 시기는 알 수 없으나 릴케가 1901년에 출간된 토마스 만의 《부덴브로크 가문*Buddenbrooks*》의 특징을 '유머'가 아니라 '객관적 묘사'에서 찾는 점이 주목을 끈다.

156) 덴마크 작가(1857~1912).

157) 릴케가 루 안드레아스 살로메를 통해 1898년에 알게 된 스웨덴의 여류작가이자 여권론자이며 교육자(1894~1926). 1904년 그녀는 릴케를 스웨덴으로 초대했다. 이 글에서는 어린이를 보호하고 제도화된 학교를 비판하는 그녀의 문화비판적인 입장이 잘 드러난다.

158) 릴케의 원주——엘렌 케이, 《어린이의 세기》, S. 피셔출판사, 베를린, 1902.

159) 구스타프 프렌센Gustav Frenssen(1863~1945)은 1889년부터 목사로, 또 1902년부터는 작가로 살았다.

160) 작가(1857~1939).

161) 1902년 라이프치히에서 출간된 월터 페이터의 *Die Renaissance. Studien in Kunst und Poesie*. 영문판 *Studies in the history of the Renaissance*은 1873년에 출간되었다.

162) 영국 예술사가이자 에세이스트(1839~94).

163) 독일의 작가(1882~1916).

164) 노르웨이의 여류 작가.

165) 스웨덴의 여류 시인(1858~1940).

166) 극작가이자 소설가(1876~1947).

167) 1900년 1월에 쓴 〈러시아 예술〉의 후속편으로 릴케가 1901년 말경에 베스터베데에서 집필했으리라 추정된다. 1900년 5월에서 8월까지 릴케가 두 번째로 한 러시아 여행의 체험과 관련 있다.

168) 1910년 파리에서 출간된《러시아 소설 *Le Roman Russe*》을 썼다.

169) 작가(1873~1934). 1896년 뮌헨에서 릴케와 만났다.

170) 작가이자 번역가인 지그프리트 트레비취 Siegfried Trebitsch (1869~1956)는 1896년에 프라하에서 릴케와 만났다.

171) 1902년 11월 5일 파리에서 집필.

172) 덴마크의 여류 작가(1872~1950). 1904년 릴케와 개인적 친분을 가졌다.

173) 1903년 베를린과 슈투트가르트에서 출간된 독일어판 *Das Schicksal der Ulla Fangel. Eine Geschichte von Jugend und Ehe*를 감수했다.

174) 1903년 1월 파리에서 집필. 내용적으로는 1902년 이미 기획한《로댕론》에 대한 부록으로 읽힌다.

175) 1902년과 1903년 사이 겨울쯤 파리에서 집필한 미완성 원고.

176) 릴케가 1907년 10월 13일 아내 클라라에게 보낸 편지에서 언급한 이 미완성 원고는 실제로는 미완이 아니다. 릴케는 폴 세잔의 형상을 염두에 두고 있는데, 아이들이 돌을 던지는 모티프는《말테의 수기》53장에서 다시 나타난다.

177) 예수와 세례자 요한을 가리킨다.

178) 릴케가 파리에서 1903년 1월이나 2월 초에 집필했으리라 추정된다. 헤르만 방과 구스타프 아프 예이에르스탐의 신간에 관한 글.

179) 릴케는 스웨덴 작가 구스타브 아프 예이에르스탐(1858~1909)과 1906~8년까지 서신 왕래를 한다. 이 소설에 나타나는 부부 문제와 제삼자

가 《말테의 수기》 14장에서 유사하게 다뤄지고 있다.

180) 릴케가 1903년 1~2월에 파리에서 쓴 글로 추정된다. 리하르트 무터Richard Muther(1860~1909)는 릴케로 하여금 예술에 대한 글을 쓰도록 장려하고 《로댕론》을 쓰도록 권고한 독일의 미술사가이자 브레슬라우 대학교수.

181) 릴케가 뮌헨 시절(1897)부터 알았던 작가이자 번역가로 활동한 프란치스카 레벤틀로프 백작부인Franziska Gräfin Reventlow(1871~1918)의 자서전에 대한 서평으로 1904년 1월 말에 로마에서 집필했다. 릴케는 1897년 4월 18일에 쓴 시 〈콘스탄츠〉를 그녀에게 헌정했다.

182) 지그뵈른 옵스트펠더Sigbjörn Obstfelder(1866~1900)의 작품과 '탕아'에 비유되는, 노르웨이의 고향을 떠나 가난하고 병들어 귀향하는 그의 인생 여정은 릴케에게 《말테의 수기》를 쓰게 하는 자극제 역할을 했다. 유고로 남은 《순례여행》은 릴케의 소설 구조에 대한 본보기로 간주된다.

183) 노르웨이 화가 에드바르트 뭉크Edvard Munch(1863~1944)를 말함.

184) 프랑스 작가(1860~87).

185) 시인이자 화가(1860~1918).

186) 시인(1874~1942).

187) 스웨덴의 교육자인 엘렌 케이의 사상에 영향을 받아 1901년에 스웨덴의 괴테보르크에 세워진 학교. 릴케는 이 학교를 자신이 체험한 군사학교와 상반된 모델로 간주하고, 1904년 10월 8일부터 12월 2일까지 이 학교의 후원자 제임스와 리치 깁슨의 집에 머물면서 아내 클라라와 이 시범학교를 두 번 방문한다. 이 글은 릴케가 스웨덴의 괴테보르크 근교 욘제레트에서 1904년 11월 1일에 집필한 것이다.

188) 릴케가 1905년 7월 28일에서 9월 9일까지 독일 헤센 주의 롤라에 있는 프리델하우젠 성의 루이제 슈베린 백작부인의 집에서 체류할 때 집 필했다. 여기에 묘사된 고통, 수용, 수긍에 대한 의지는《두이노의 비가10》에 다시 나타난다.

189) 학교 수업시간에서 종교시간을 없애려는 시도로 여론 조사를 시도 한 '가장 다양한 직업군의 남성들'에 대한 설문에 릴케가 답한 글로 1905 년 5월 또는 6월 초 보르프스베데에서 집필되었다.

해설
·
장혜순

감성의 객관화
─ 릴케의 예술비평에 대하여

《예술론(1893~1905)》은 릴케가 세기전환기를 사이에 둔 12년 동안 시, 희곡, 소설, 회화, 공예 및 예술 전체에 대해 폭넓은 이해를 시도한 비평과 편지 79편을 모은 평론집이다. 여기에 실린 글은 1894년 처녀시집 《삶과 노래》가 출간되기 1년 전 1893년부터 《기도시집》이 출간된 1905년까지, 즉 릴케 문학의 초기와 중기를 잇는 시기에 대부분 생성되었다. 이 시기에 두 번째 시집 《가신에게 바치는 제물》 및 《형상시집》이 출간되었고, 여러 편의 희곡과 《로댕론》 및 《보르프스베데》 그리고 릴케의 중기를 대변하는 '사물시'를 담은 《신시집》의 첫번째 시 〈표범〉도 바로 이때 씌어졌다. 또 이 시기에 릴케는 프라하 대학에 입학했고 뮌헨 대학, 베를린 대학을 다녔으며, 이탈리아의 베네치아와 피렌체, 로마 등지를 여행했다. 빈 체류, 보르프스베데와 베스터베데에서의 신혼생활, 두 번의 러시아 여행, 스웨덴 및 두 번의 파리 체류 등을 통한 다양한 세계 체험과 또 그 안에서 이루어진 작가, 화가들과의 끊임없는 만남은 릴케의 정신적 토양이 되었고 바로 여기 《예술론》에서 또다시 새로운 얼굴로 탄생했다. 그 만남이란 때로는 고딕식 성당일 수도 있고 때로는 러시아의 성화상일 수도 있으며, 또 이제 막 첫 시집을 낸 이름 없는 젊은 시인이거나 또는 로댕이나 세잔, 톨스토이 같은 거장일 수도 있다.

이 책의 주제는 '예술이란 무엇인가?'다. 릴케에게서 예술은 "존재방식" 그 자체다. 그러므로 릴케가 삶을 어떻게 이해하는지는 릴케의 예술론을 이해하는 데 중요한 열쇠가 된다. 1893년 12월 7일 프라하의 김나지움 시절 열여덟 살의 젊은 릴케가 괴테의 시 〈방랑자〉에 대해 쓴 글은 서른 살의 릴케가 1905년 초여름 브르프스베데에서 당시 학교에서 논란이 되었던 종교수업의 찬부에 대해 깊이 생각하며 쓴 글과 마찬가지로 릴케의 예술론을 반영하는 흥미로운 글이다. "예술은 인생관을 묘사한다"고 언젠가 정의를 내렸듯이, 릴케에게서 삶과 예술은 종이의 앞면과 뒷면처럼 결코 분리된 적이 없기 때문이다.

그렇다면 릴케는 예술을 어떻게 이해하는가? 여기 《예술론》에 나타난 중요한 예술 개념은 자율성, 개성, 고독, 신, 어린아이, 미래 등의 몇 가지 수식어로 채워진다. 릴케의 예술 개념에서 결정적인 특징은 자율성이다. 릴케는 예술의 본질과 자율성의 관계를 다음과 같이 예를 들어 설명하고 있다. "우리는 미의 본질이 영향 속에 있지 않고 존재에 있다는 사실을 말해야만 한다. 그렇지 않으면 꽃전시회와 유원지가, 어딘가에서 혼자 꽃피우고 아무도 그것에 대해 알지 못하는 들판의 가꾸지 않은 정원보다 틀림없이 더욱 아름다워야만 했을 것이다." 릴케가 말하는 자율성은 예술작품이 "작가에게서 해방되어 혼자서 존립할 수 있는 깊은 내면적인 고백"임을 보여줄 때 나타난다. 동시에 릴케는 예술을 고독한 개개인의 작업으로 이해한다. 예술이란 "모든 사물을, 가장 큰 것처럼 가장 작은 것을 똑같이, 이해하고, 그런 꾸준한 대화 속에서 모든 삶이 갖는 본래의 소리 없는 근원으로 좀더 가까이 다가가려는 개개인의 노력"이다. "사물의 비밀"은 그 개인의 내면에서 자신에게 고유하고 가장 깊은 감정과 융해되어, 마치 자신의 동경이기라도 했던 것처럼, 그렇게 그에게 소리를 내게 되는데, 릴케에게서 예술작품의 아름다움은 바로 이 자율성에 뿌리를 내린다. 왜냐하면 내밀한 고백의 언어 자체가 아름다움이기 때문이다. 이런 맥락에서 릴케는 서정시를 "가장 개인적인 예술 표현"이라고 평한다. 그리고 이러한 서정시가 보여주는 주관성은 인간의 보편성에 호소한다고 논한다. "개인적이면 개인적일수록 우리에게 더욱 감동을 준다. 왜냐하면 어떤 존재의 가장 내적인 은밀함은 보편적 인간적인 것에 다시 다가가기 때문이다: '극단적인 것은 마음을 움직이게 한다.'"

릴케에게서 예술가의 창조적 작업은 "신"과 동의어로 사용된다. "경건한 사람이 '그는 존재한다'고 말하면, 슬퍼하는 사람은 '그는 존재했다'고 느끼고, 예술가는 '그는 존재할 것이다'라며 미소짓는다. 예술가의 믿음은 믿음 이상의 무엇이다. 왜냐하면 예술가 스스로 이런 신에 종사하기 때문이다. 신을 모든 힘과 모든 이름으로 장식하여 드디어 후대의 증손자에게서 완성하기 위해, 예술가는 어떤 관조, 어떤 인식을 통해서나, 자신의 조용한 기쁨 곳곳에서 신에게 힘과 이름을 부여한다. 이것은 예술가의 의무다." 감동하는 인간 자손들의 감성과 상상력이 창조한 무엇이라는 사실이 신과 예술작품의 공통분모라는 말이다. 릴케에게서 신은 모든 사물에 깃들여 있기 때문이다. 일반적으로 사람들에게 신이 "회상"할 수 있는 과

거의 존재형식이라면 예술가에게서 신은 아직도 도래하지 않은 "가장 심오한 최종적 완성"을 의미한다. 이러한 표현 속에 릴케의 예술관이 얼마나 미래지향적인지를 알 수 있다. 왜냐하면 예술은 "새로운 세계와 시대를 심사숙고하는 가능성", 즉 미완성의 어떤 것이기 때문이다. 즉 "예술작품이 모든 다른 사물과 구별되는 것은 바로 미래의 사물이라는 상황" 때문이고, 또 "예술작품의 시대는 아직 오지 않았다"는 말이다. 여기에서 사물은 끊임없이 생산적인 존재의 근원을 보여주는 무엇임을 뜻한다. "예술작품이 태어날 미래는 멀다"라는 릴케의 표어는 동시대인들의 몰이해에 부딪친 벨기에 극작가 메테를링크와 노르웨이 극작가 입센과의 관계에서 잘 드러난다. 현대 연극의 대부인 이들 작품의 현대성에 정당성을 인정하는 릴케의 앞서가는 시각은 100여 년이 지난 오늘 우리에게는 경이로울 뿐이다. "예술은……주저하는 것이고 의심하는 것이고 불신하는 것이다. 예술은 저항이다. 그리고 예술가의 현재 경향과 시대에 동떨어진 인생관 사이에 놓인 이러한 불협화음에서 비로소 일련의 작은 해방이 일어나고 예술가의 가시적인 행위가 이루어진다. 즉 예술 작품이 그것이다. 예술가의 나이브한 취향에서가 아니다. 그것은 항상 오늘에 대한 응답이다." 실제로 예술은 "오늘에 대한 응답"이라는 명제는《예술론》의 토대를 이루고 있다.

이런 맥락에서 릴케가 주장하는 예술가와 어린아이의 친화력을 이해해야 한다. 릴케는 어린아이를 맹목적 신뢰, 말과 개념에 때묻지 않은, 그리고 관습의 제재를 받지 않은 상태, 천진난만하고 자연스러운, 또 무의식적이고 나이브한 상태로 특징짓는다. 다음과 같은 사물과 아이의 관계를 적절하게 묘사한 대목에서 릴케가 이해하는 예술가의 본질이 잘 드러난다. "어린 시절은 위대한 정당함의 제국이고 깊은 사랑의 제국이다. 어린아이의 손에 들어 있는 것보다 더 중요한 다른 것은 아무것도 없다. 아이는 금빛 브로치나 하얀 초원의 꽃과 논다. 아이는 피곤해서 두 가지를 모두 동시에 생각 없이 떨어뜨리고 자신에게 두 가지 모두가 자신의 기쁨의 빛 속에 얼마나 광채를 내며 나타났는지를 잊을 것이다. 아이에게는 상실의 두려움이 없다. 세상은 그에게 여전히 아무것도 잃지 않는 아름다운 그릇이다. 그리고 아이는 그가 한번 보았고, 느꼈고 아니면 들었던 모든 것을 자신의 사유재산으로 느낀다. 그가 언젠가 마주쳤던 모든 것을. 아이는 사물들이 정착하기를 강요하지 않는다. 사물들은 피부색이 어두운 유목민이 떼지어 마치 개선문을 통과하듯이 아이의 성스러운 손을 지나간다. 한동안 그의 사랑 속에 빛나게 되고 그 뒤로 다시 희미해진다면. 하지만 그들 모두 이 사랑을 통해 지나가야만 한다. 그리고 사랑 속에 언젠가 빛났던 것, 그것은 그 안의 그림 속에 남아 있고 결코 더 이상 잃어버리게 내버려두지 않는다. 그리고 그 그림은 소유물이다. 그렇기 때문에 아이들은 그렇듯 부자다. 그들의 부는 물론 자연 그대로의 금이지 통용되는 동전은 아니다." 기회가 주어질 때마다 릴케는 현대적 삶에서 교육이라는 장치에 의해 이 어린아이의 정체성이 얼마나 무참하게 파괴되는지를 깊이 고민하고 문제로 제기한다. 왜냐하면 아이가 소유한 부유함, 즉 아이의 "첫번째 무의식적이고 아주 개인적인 인상"은 "교육이 더욱 많은 힘을 얻으면 얻을수록 점점 더 가치를 잃는 것처럼" 보이기 때문이다. "아이는 새로운 인식들이 밀려오는 그 뒤에서 자연 그대로 저 충만한 그림으로 남아 있든지 아니면 옛사랑은 예측하지 못한 화산의 잿더미 속에 사멸해가는 도시처럼 가라앉는다. 새로운 것은 한 조각 아이로 존재한다는 사실을 감싸주는 벽이든지 아니면 사정없이 파멸시키는 홍수가 된다. 다시 말해서 아이는 국가시민의 맹아로서 시민적 의미에서 나이를 먹고 합리적이 되든가, 즉 '자신'의 시대라는 교단에 들어가서 그들의 고해성사를 수용하거나 아니면 자신에게 가장 고유한 아이라는 존재로부터 빠져나와서 그냥 조용하게 깊은 내면으로부터 성숙한다. 그리고 그것은 '모든' 시대의 정신 속에서 인간이 된다. 즉 예술가가 된다." 릴케는 자연 그대로의 그림과 잿더미로 화한 도시, 보호벽과 파괴적 홍수라는 메타포를 예술가란 개성과 시민, 아이와 합리성에 대비시키면서 '산문적 시대'의 문화비판을 시도하고 있다. 릴케가 시도한 문화비판의 표적은 교육과 마찬가지로 관습과 합목적성에 순응한 언어의 타락이다.

릴케는 현대 작가가 언어에 대한 믿음을 잃었다고 강조한다. 동시에 그는 "진정한 시인"에게 "불쌍하게 지쳐버린 단어들"을 새롭고 또 "아직 한번도 사용한 적이 없듯이" 참신하게 그리고 그들 "자연 그대로의 모습으로" 풍요롭게 만드는 의무를 부여한다. 왜냐하면 릴케는 예술이 자신의 영혼인 "사물의 정수"를 모든 변형과 혼돈과 과도기에서 구제해야만 한다고 생각하기 때문이다. 그러므로 현대 언어의 위기를 어느 작가보다도 분명하게 깨달은 릴케는 예술가의 자의식을 "예기치 못한 영혼의 부유함을 편견 없는 공평함 속에 고무시킬 수 있고, 아주 부드러운 종소리로 조용히 행복하게 눈뜨도록 할 수 있고 또 마치 옛 꿈이나 추억들처럼 맑은 조망을 드러낼 수" 있는 작업에서 찾아야 할 것임을 강조한다. 릴케에게서 예술가의 자의식은 바로 평론가의 자의식이다. 선입견을 버리고 숨겨진 영혼을 일깨우는 맑은 시각으로 사물을 바라보는 자세, 이러한 자세를 릴케는 예술작품을 비평하는 과정에도 마찬가지로 똑같이 요구하고 있다.

1898년 〈현대의 서정시〉라는 강연에서 릴케는 프라하의 청중에게 "예술은 목표가 아니라 다만 하나의 길이라는 사실을 잊지 마십시오"라고 단호하게 호소한다. 릴케에게서 예술의 완성은 정해진 목표에 다다르는 것을 의미하지 않는다. 예술이란 예술가가 방랑하는 길 자체다. 즉 확고부동한 정점이 아니라 선과 여백의 움직임을 허락하는 공간이다. 이 길은 "외부로부터 결코 위협받을 수 없는 절대적이며 기쁨에 넘친 근원적 생산성으로 통하는" 창조자의 내면의 도정을 뜻한다. 그래서 늘 찾아 헤매는 어떤 새로운 길이다. 그리고 이 "길"은 무한하다. 왜냐하면 예술가란 "고향을 잃은 자"이기 때문이다. 궁극적으로 예술가는 "고독한 자"다. 릴케에게서 "고독한 자"는 "아무도 듣지 못하는 것"을 들을 뿐만 아니라 다른 사람들에게는 "희미하고 엉성하게" 들리는 것조차 자신의 "완벽함"으로 이해하는 사람을 의미한다. 이 "고독한 자"의 "길"은 휴식 없는 방랑과 향수로 특징지어지고 또 죽음, 고통, 불안이 동반하는 무한한 길이다.

라이너 마리아 릴케의 친구이자 명민한 에세이스트인 루돌프 카스너는 일찌기 릴케를 가리켜 "감정의 주위에 오성이 침전하거나 또는 형성되는" 인물이라고 평한 바 있다. 릴케에게 감성을 객관화할 수 있는 천부적 재능이 있다는 카스너의 주장은 시인 릴케만을 가리키는 것이 아니라 이 책에 실린 각각의 글들이 보여주듯이 예술비평가로서의 릴케에게도 적중한다. 실제로 직관을 통한 '감성의 객관화'는 바로 릴케가 당대 동료 예술가들의 작품에서 지칠 줄 모르고 옹호했던 현대성의 또 다른 얼굴이다. 릴케는 1904년에 쓰기 시작해서 1910년에 출간된 《말테의 수기》에서 대도시 파리에 도착한 주인공 말테로 하여금 "나는 보는 법을 배우고 있다"라고 고백하게 한다. 이 고백을 통해 릴케는 현대문학의 위기가 어디에서 시작하는지를 명료하게 묘사하고 있다. 즉 주체와 객체, 나와 세계의 괴리는 더 이상 바꿀 수 없는 현실임을 간접적으로 시사하고 있는 것이다. 이러한 인지의 위기는 표현의 위기이자 언어의 위기와 동일하다. 말테가 자신의 소임이라 여기는 '새롭게 보는 형식'을 찾는 일이란 시인 릴케가 현대 작가에게 요구하는 절대적 윤리인 '감성의 객관화'라는 렌즈를 찾는 일을 의미한다. 릴케가 《예술론 (1893~1905)》에서 주장하는 현대 작가의 가장 절실한 과제 역시 이 "새로운 형식", 즉 사물을 '새롭게 보는 형식'을 찾는 일이다. "아벨로네는 ……가슴으로 생각하려 애썼던 것 같다"는 말테의 유년시절의 신비스러운 여인 아벨로네에 대한 추측에서 릴케의 견해는 재차 검증된다. 여기에서 릴케는 말테의 표현을 통해 아벨로네가 '감성의 객관화'를 시도한 것임을 간접적으로 묘사하고 있기 때문이다. 릴케는 '감성의 객관화'라는 렌즈를 통한 '새롭게 보기'의 선행조건으로 "경건함"을 들고 있다. "자기 자신에 대한, 모든 경험에 대한, 모든 사물에 대한, 위대한 모범이 되는 사람에 대한, 자신의 아직 시도도 해보지 않은 잠재력에 대한 경건함"은 창작과 비평에 종사하는 사람들 모두의 출발점이 되어야 한다는 릴케의 복음은 우리 시대에도 똑같이 유효하다는 사실을 그 누구도 부인할 수 없을 것이다.

연보

1875년   12월 4일 당시 오스트리아 제국의 지배 아래 있던 체코 프라하의 하인리히가세 19번지에서 아버지 요제프 릴케(1838~1906년)와 어머니 소피(피아 릴케, 1851~1913년)에게서 태어나다. 12월 19일 성 (聖) 하인리히 교회에서 르네 칼 빌헬름 요한 요제프 마리아 릴케라는 세례명을 받다. 태어난 시각이 아기 예수가 탄생한 한밤중의 시각과 일치한다고 생각한 어머니 피아는 이후 릴케를 성모 마리아의 은총으로 여겨 '마리아의 아이'라고 부른다. 이것은 하느님을 '하늘에 계신 아빠'로, 마리아를 '하늘에 계신 엄마'로 부르도록까지 한 어머니의 광신론적 신앙 태도의 한 단면을 보여주는 일화로, 릴케는 그녀의 지나친 종교적 가식성에 끝없는 고통을 겪게 된다.

손위로 누이가 하나 있었는데, 태어난 지 얼마 안 되어 병으로 죽었다. 죽은 딸에 대한 사랑의 여운으로 인해 어머니는 릴케가 일곱 살 때까지 계집애 옷을 입혀 키운다. 아버지는 하사관에서 장교로까지 입신해보려는 꿈을 갖고 있었으나 실패하고 어느 철도 회사의 역장으로 근무했다. 남편의 이러한 직업상의 실패는 유복한 집안 출신으로 소녀 같은 허영에 들떠 있던 릴케의 어머니에게는 참아내기 어려운 실망의 근원이 되었고, 이것은 다시 릴케의 성장에도 많은 영향을 끼치게 된다. 결국 릴케가 태어난 지 불과 몇 년 뒤에 두 사람은 헤어진다.

1882년   1884년까지 프라하 카톨릭 재단의 피아리스트 수도회(1607년 설립)
에서 운영하는 독일인 초등학교에 다니다. 부모가 이혼한 뒤에(1884
년) 릴케는 어머니에 의해 양육된다.

1886년   9월 1일에 국가 장학생으로 장크트펠텐 육군유년학교에 입학하다.
평생 동안 릴케는 이 군사학교 시절을 참담한 시련의 시기로 묘사
한다. 처음으로 시를 쓰기 시작하다.

1890년   육군유년학교를 마친 뒤에 메리슈-바이스키르헨 육군고등실업학
교로 진학하다.

1891년   6월에 병 때문에 육군고등실업학교를 그만두고, 3년 과정의 린츠 상
과학교에 들어갔으나, 다음해 중반에 여기도 역시 그만두다. 그 원
인은 당시 그의 가정교사로 있던 연상의 여성과의 에로틱한 관계 때
문이었다. 지방의회 의원으로 있던 백부 야로슬라프 릴케의 후원을
받다.

1892년   5월, 주위로부터 법학을 공부하라는 권유를 받고 가을부터 프라하
에서 대학 입학자격을 취득하기 위해서 혼자 공부하다.

1893년   이종사촌누나인 기젤라의 소개로 발레리 폰 디피트-론펠트(발리)라
는 소녀와 사귀며 사랑을 체험하다(1893~1895년). 이 소녀는 릴케보
다 한 살 위로 포병 장교의 딸이었으며, 그녀의 외삼촌은 당시 체코
문단에 유럽 상징주의를 소개한, 체코 신낭만파의 대표이자 선구자
인 율리우스 차이어였다. 발리 역시 문학 활동을 할 만큼 예술적 재
능을 지니고 있었다. 릴케는 그녀에게 수많은 편지와 사랑을 고백
하는 시를 바쳤다. 그러나 그녀를 위해 쓴 수백 편의 시 중에서 단지
여섯 편만이 《릴케전집》에 실렸다.

1894년   여러 문학 잡지에 시작품을 많이 발표한 끝에 처녀 시집 《삶과 노
래》를 자비로 출간하다. 이 시집은 발간 경비를 댄 발리에게 헌정되
었다. 여기에는 린츠 상과학교 수학시절과 그 후 프라하에 돌아와서

쓴 73편의 감상적이고 미숙한 연애시들이 들어 있다.

1895년 우수한 성적으로 대학 입학자격을 취득하다. 프라하 대학에서 겨울
학기부터 예술사, 문학사, 철학 등을 공부하기 시작하다. 두 번째 시
집 《가신에게 바치는 제물》 출간. 향토 보헤미아를 지켜주는 '가신
(家神)'을 언급한 시집 제목에서 볼 수 있듯이, 여기에는 보헤미아의
향토와 관련된 많은 시들이 담겨 있다. '민중에게 바치는 노래들'이
라는 부제를 단 팸플릿 《치커리》를 발행한다. 원래 《치커리》에는 죽
어서 풀로 변한 처녀가 길섶에 꽃을 피우고 망부석처럼 사랑하는
사람을 기다린다는 전설이 있으며, 식물학적으로도 이 풀은 생명력
이 매우 강한 것으로 알려져 있다. 여기서 릴케가 '치커리'를 자신의
작품에 대한 알레고리로 사용하고 있음을 짐작할 수 있다. 즉 자기
작품을 보아줄 독자층으로서의 '민중'에 대한 희구와 함께 자신의
작품의 영원성을 기리려는 뜻을 포함하고 있는 것이다. 이러한 초
기의 출간물들에 대해 릴케는 나중에 자신의 미숙함을 이유로 후회
한다.

1896년 여름 학기부터 프라하 대학의 법률 학부로 학부를 바꾸다. 왕성한
문학 활동을 벌이고 많은 작품을 출판하다. 그 중에는 니체 철학의
반기독교적인 인상 아래 씌어진 단편 〈사도(使徒)〉가 눈에 띈다. 단
막극 〈몰락의 시간〉이 상연되다. 뮌헨으로 가다. 뮌헨 대학에서 두
학기 동안 예술사(르네상스), 미학, 다윈 이론 등을 공부하다. 10월에
《치커리》 마지막 호 발행.

1897년 뮌헨에 있다가, 3월 28일에서 31일까지 처음으로 베네치아에 다녀
오다. 5월 12일 저녁 뮌헨에서 루 살로메(1861~1937년)와 운명적으
로 만나다. 당시 36세의 기혼녀이던 살로메는 바로 릴케 자신이 꿈
꾸던 유명한 저술가였고, 게다가 세상 일과 정신세계에 밝았으므
로 릴케는 자연 그녀에게 매력을 느끼게 된다. 맨 처음 두 사람 사이

는 단순한 애정 관계에 지나지 않았으나, 점차 정신과 영혼을 나누는 벗의 관계로 발전한다. 릴케가 '르네'라는 이름을 버리고 '라이너'라는 독일식 이름으로 바꾸고, 당시까지 흘려 쓰던 글씨체를 바르게 쓰기 시작한 것도 그녀의 권유에 따른 것이다. 두 사람은 평생 동안 우정 관계를 유지하며, 루는 릴케의 삶의 여러 가지 문제에서 어머니와 같은 정신적 지주가 되어준다.

가을부터 베를린 대학으로 옮겨 학업을 계속하다. 〈예술책자〉를 중심으로 순수 예술을 표방하던 시인 슈테판 게오르게 및 하우프트만 형제와 만나다. 시집 《꿈의 왕관을 쓰고》가 출간되고, 드라마 〈첫 서리를 맞으면서〉가 프라하에서 상연되다.

1898년 베를린, 이탈리아 피렌체 등지를 여행하다. 이때 이탈리아 초기 르네상스를 비롯한 예술 일반에 대한 자신의 생각을 담은 《피렌체 일기》와 많은 시들이 씌어지다. 《피렌체 일기》는 자신의 예술적 역량을 루 살로메에게 인정받아보려는 시도의 하나였다. 이탈리아에 있을 때 화가 하인리히 포겔러를 처음으로 만나다. 5월에는 비아레조, 6월에는 베를린에 체류하다. 〈슈마르겐도르프 일기〉를 쓰기 시작하다. 시집 《강림절》, 단편집 《삶의 저편으로》 출간하다.

1899년 베를린 체류. 아르코에 있는 어머니를 방문. 오스트리아 빈에서 작가 슈니츨러 및 시인 호프만스탈을 만나다. 베를린에서 학업 계속. 부활절 무렵에 루 살로메 부부와 함께 첫 번째 러시아 여행(4월 24일에서 6월 18일까지)길에 나서다. 모스크바에서 레오니드 파스테르나크와 톨스토이 방문. 마이닝엔에서 러시아의 예술과 역사, 언어를 공부하다. 《기도시집》 1부 〈수도사 생활의 서〉를 쓰다. 〈슈마르겐도르프 일기〉를 계속 쓰다. 연말에 시집 《나의 축제를 위하여》와 산문 《사랑하는 신에 대해서 그리고 기타》를 출간하다. 가을에 《기수 크리스토프 릴케의 사랑과 죽음의 노래》 초고를 완성하다.

1900년   5월에서 8월까지 루 살로메와 두 번째 러시아 여행을 하다. 야스나
        야 폴랴나로 톨스토이 방문. 모스크바, 키에프, 볼가 강 여행, 상트
        페테르부르크 체류. 8월 26일에 귀환. 그 다음날 하인리히 포겔러의
        대로 북부 독일 브레멘 근교에 있는 화가촌 보르프스베데로 가서
        그곳 예술가들과 사귀다. 그 중에 여류화가 파울라 베커와 여류조각
        가 클라라 베스트호프가 있었다. 9월 말에 전기적 성격이 매우 강한
        단막극 《백의의 후작부인》 출간. 〈보르프스베데 일기〉를 쓰기 시작.
        10월부터 다시 베를린-슈마르겐도르프에 머물다.

1901년   베를린 체류. 아르코에 있는 어머니를 방문. 4월 28일에 조각가 클
        라라 베스트호프(1878~1954년)와 결혼하여 보르프스베데 근교의
        베스터베데에서 신혼생활 시작하다. 9월에 《기도시집》 제2부 〈순례
        의 서〉의 집필 및 완성. 〈일상〉이 베를린에서 상연됨. 《형상시집》의
        초고를 베를린의 출판업자 악셀 융커에게 부치다. 12월 12일에 유
        일한 자식인 딸 루트 출생하다.

1902년   베스터베데 체류. 5월에 보르프스베데 화가들에 대한 전기 《보르프
        스베데》 집필. 6, 7월 동안 하젤스도르프에 머물다. 1902년 8월 28
        일부터 1903년 6월 말까지 처음으로 파리의 툴리에 가(街) 11번지
        에 체류하다. 9월 1일에 로댕(1840~1917년)을 방문. 《형상시집》 출
        간, 게르하르트 하우프트만에게 헌정하다. 이 시집은 러시아의 역
        사, 파리의 여러 인상들, 스칸디나비아의 풍경 그리고 성서의 여러
        가지 모티프들을 소재로 삼고 있다. 우리에게 잘 알려진 시작품 〈가
        을날〉은 바로 이 시집에 실려 있다. 단편소설 《마지막 사람들》 출간.
        11월에 릴케의 중기를 대변하는 '사물시'를 담은 《신시집》의 첫 번
        째 시작품이자 가장 유명한 〈표범〉을 쓰다.

1903년   파리의 로댕 집에 묵으면서 그의 전기 《로댕론》을 쓰다. 대도시 파리
        에서의 생활과 병으로 쇠잔해져 이탈리아의 휴양 도시 비아레조로

떠나다(3월 22일에서 4월 28일까지). 그곳에서 《기도시집》 제3부 〈가난과 죽음의 서〉를 단 며칠 만에 완성하다. 파리, 보르프스베데, 오버노이란트 체류. 9월에 로마로 떠나 1904년 6월까지 그곳에 머물다.

1904년   2월 8일에 《말테의 수기》를 쓰기 시작하다. 엘렌 케이 여사의 초대로 로마를 떠나 덴마크의 코펜하겐을 거쳐 스웨덴으로 가다.

1905년   1904년 말과 이 해 초의 겨울을 아내, 아이와 함께 오버노이란트에서 보내다. 드레스덴(3월 1일)과 괴팅엔에서 7월 28일부터 8월 9일까지 루 살로메와 재회, 프리델하우젠 성(城)에 묵다. 9월 11일에 파리 근교의 뫼동에 있는 로댕에게 가다(두 번째 파리 체류 : 9월 12일에서 1906년 6월 29일까지). 10월 21일부터 11월 2일까지 첫 번째 강연 여행(드레스덴과 프라하에서 《로댕론》 강연). 보르프스베데에서 새해를 맞이하다. 《기도시집》 출간, 루 살로메에게 헌정하다. '기도서'란 훌륭한 미니어처로 장식된, 15~16세기에 만들어진 라틴어 경본의 프랑스 모사본을 말한다. 이 책은 평신도가 보통 하루 일곱 번 정도 정해진 시간에 해야 할 기도 내용을 담고 있다. 릴케는 이 기도서라는 이름을 그대로 그의 문학에 수용하고 있다. 이를 통해 그는 자신의 예술 행위의 종교적 치열성을 강조하고, 더 나아가서 자신의 작품이 통상적인 시집으로보다는 성경 같은 종교서적처럼 독자의 손에서 떠나지 않고 읽히기를 바라는 것이다.

1906년   파리의 로댕 집에 기거하면서 비서 일을 보다. 두 번째 강연 여행. 3월 14일 프라하에 있는 아버지가 죽음. 베를린 체류. 4월 1일에 다시 파리 뮈동으로 가다. 사소한 일로 갈등이 생겨, 로댕과 헤어지다. 《신시집》의 많은 부분이 이 시기에 씌어진다. 플랑드르, 독일 각지를 여행, 9월에는 프리델하우젠 성에 머물다. 《형상시집》의 증보판 출간. 전투와 쾌락, 용기와 몰락의 현실을 마치 꿈처럼 체험한 후 죽음을 맞이하는 주인공의 삶을 그린 《기수 크리스토프 릴케의 사랑과 죽음의 노래》 초판 출간하다.

1907년   1906년 12월 4일부터 이 해 5월 20일까지 카프리 섬에 있는 디스
          코폴리 별장의 손님으로 머물다. 5월 31일에 다시 파리로 가서, 6
          월 6일부터 10월 3일까지 카세트 가(街) 29번지에 묵다(세 번째 파리
          체류). 살롱 도톤느에서 폴 세잔의 유작전(遺作展)을 보고 큰 감동을
          받다.
          《신시집》에 실릴 상당수의 시를 쓰다. 10월 30일에서 11월 3일까지
          세 번째 강연 여행(프라하, 브레스라우, 빈 등지). 유명한 관상학자이자
          저술가인 루돌프 카스너와 만나다. 11월 19일에서 30일까지 베네
          치아 체류(시작품 〈베니스의 늦가을〉을 쓰다). 미미 로마넬리(베네치아의
          여자친구amie vé nitienne)와 관계를 맺다. 오버노이란트에서 새해를 맞
          음. 12월에 《신시집》이 출간되다.

1908년   베를린, 뮌헨, 로마(2월) 순으로 체류. 2월 29일에서 4월 18일까지
          카프리 섬의 디스코폴리 별장에 묵다. 나폴리, 로마 체류. 5월 1일부
          터 8월 31일까지 파리의 캉파뉴-프르미에르, 8월 31일부터 1911
          년 10월 12일까지는 파리의 바렌 가 77번지에 있는 호텔 비롱에
          묵다.
          여름에 《신시집 별권》의 아주 많은 양의 시를 쓴다. 11월에는 두 편
          의 《진혼곡》을 완성함(그 중 하나는 여류화가 파울라 베커-모더존을 위한
          것이고, 다른 하나는 요절한 시인 볼프 그라프 폰 칼크로이트를 위한 것이다).
          1904년에 시작한 《말테의 수기》의 많은 부분을 성공적으로 집필하
          다. 파리에서 혼자 성탄절을 보내다. 《신시집 별권》 출간, 로댕에게
          헌정. 엘리자베스 브라우닝의 《포르투갈 소네트》 번역.

1909년   파리 체류. 프로방스 지방 여행(생트 마리 드 라 메르, 아를르, 엑상 프로
          방스). 가을에 슈바르츠발트, 바트 리폴트자우, 파리 등지로 여행.
          9월에서 10월 사이 아비뇽에 체류. 12월 13일에 마리 폰 투른 운트

탁시스 후작 부인과 만남.

1910년   1월 8일에 파리를 떠남. 엘버펠트에서 강연. 릴케의 책을 주로 내주
던 라이프치히의 출판업자 키펜베르크 방문. 3, 4월 동안 마지막 로
마 체류. 예나, 바이마르, 베를린, 로마, 4월 20일에서 27일까지 아
드리아 해안에 있는, 탁시스 후작부인 소유의 두이노 성에 손님으로
가다. 4, 5월 동안 베네치아에 머물다가 5월 12일에 파리로 되돌아
오다. 5월 31일에 《말테의 수기》가 출간되다. 앙드레 지드와 만남.
7, 8월 동안 오버노이란트에서 아내, 딸과 함께 지내다. 라우친 성으
로 마리 폰 투른 운트 탁시스 후작부인 방문. 프라하, 8, 9월 동안 보
헤미아의 야노비츠 성에 묵다. 뮌헨. 파리. 루돌프 카스너와 만나다.

1911년   심리적으로 불안정한 시기. 1910년 11월 19일부터 1911년 3월 29
일까지 북아프리카 여행(알제리, 튀니지, 이집트의 룩소르, 카르나크 등
지). 애스완까지 나일 강을 따라 여행. 베네치아 여행. 4월 6일에 파
리로 귀환. 7월 19일에 보헤미아 지방으로 마지막 여행(라이프치히,
프라하, 라우친 성, 야노비츠, 베를린, 뮌헨). 파리 체류. 탁시스 후작 부인
의 차를 타고 10월 중순에 파리를 떠나 리용, 볼로냐, 베네치아를 거
쳐 두이노 성으로 가다. 1911년부터 1912년 겨울 동안 두이노 성에
칩거하다. 게랭의 《켄타울로스》 번역.

1912년   1911년 10월 22일부터 1912년 5월 9일까지 두이노 성에 머물다.
두이노 성에서 창조의 영감을 받아 《두이노의 비가》의 몇몇 〈비가〉
들(제1, 제2 비가와 몇몇 〈비가〉의 단편들)과 연작시 《마리아의 생애》를
쓰다. 여름 동안(5월 9일에서 9월 11일까지) 베네치아에서 보냄. 그곳
에서 이탈리아의 명비극 배우 엘레오노라 두제를 만나다. 《막달레
나의 사랑》 번역하다.

1913년   1912년 11월 1일부터 1913년 2월 24일까지 스페인 여행(톨레도, 코
르도바, 세비야, 론다, 마드리드). 여행 중 회교 경전인 코란을 읽다. 2월

25일부터 6월 6일까지 파리 체류. 독일 여행(슈바르츠발트, 괴팅엔, 라이프치히, 베를린 등). 뮌헨에서 루 살로메와 함께 '정신분석 학회'에 참가하다. 프로이트를 비롯한 정신분석 학자들과 만나다. 극작가 프란츠 베르펠 만남.《제1시집》출간하고《포르투갈 편지》번역하다.

1914년　1913년 10월 18일부터 1914년 2월 25일까지 파리에 체류. 2월 26일에서 3월 10일까지 베를린-그루네발트 체류. 베를린에서 마그다 폰 하팅베르크(벤베누타)와 만남. 3월 26일에 다시 파리로 돌아오다. 4월 20일부터 5월 4일까지 두이노 성에 머물다. 베네치아에서 벤베누타와 헤어지다. 5월 9일에서 23일까지 이탈리아의 아시시 및 밀라노 체류. 5월 26일부터 7월 19일까지 파리 괴팅겐에 있는 루 살로메 집에 잠시 머물다. 6월 28일 제1차 세계대전 발발. 7월 19일 독일로 간 뒤 파리에 있는 재산을 전부 잃음. 라이프치히에 있는 출판업자 키펜베르크 집에 묵다. 8월 14일에 쓴《다섯 노래》에서 전쟁 발발을 칭송하다. 표현주의 시인 게오르크 하임처럼 전쟁-신(神)이 부활하여 나태하고 곪은 인간의 일상을 부수어주리라고 찬양하기는 했지만, 실제로는 전쟁의 발발로 군사학교 시절의 악몽이 되살아나서 신경성 위통이 심해져 요양차 이자르 강변에 있는 이어셴하우젠으로 가다. 여기서 여류화가 루 알버트-라사르트를 알게 되다. 어느 독지가로부터 2만 금화를 선사받다. 그 독지가는 다름아닌 철학자 루트비히 비트겐슈타인이었다. 11월에는 프랑크푸르트와 바르크부르크에 체류. 1914년 11월 22일부터 1915년 1월 6일까지 베를린에 머물다. 앙드레 지드의《돌아온 탕아》번역하다.

1915년　아내 클라라와 딸 루트가 살고 있던 뮌헨에 1월 7일부터 11월 말까지 머물다. 루 알버트-라사르트, 여류시인 레기나 울만, 아네테 콜프, 헬링라트 등과 친교, 3월 19일부터 5월 27일까지 루 살로메의 방문. 발터 라테나우, 알프레트 슐러, 한스 카로사, 파울 클레 등과 만나다. 6월 14일부터 헤르타 쾨니히 여사의 집에 머물다. 그 집에 걸려 있던 파블로 피카소의 그림 《곡예사 일가》를 보고 크게 감명받다. 가을에 어머니를 마지막으로 보다.

11월에 《두이노의 비가》의 네 번째 비가를 쓰다. 같은 달에 제1차 세계대전 때문에 징병 검사를 받고 징집되다. 베를린에서(12월 1일에서 11일까지) 릴케는 군복무의 면제를 청원한다. 딸의 생일(12월 12일)에 뮌헨에 체류. 12월 13일부터 빈에 머물다. 탁시스 후작 부인 집에 기거. 프로이트 방문.

1916년 빈에서 1월부터 6월까지 군복무, 전사편찬위원회 근무. 로다운에 있는 시인 호프만스탈 방문. 화가 코코슈카, 카스너 등과 교제. 6월 9일에 군복무에서 해방되다. 뮌헨으로 돌아가다.

1917년 뮌헨, 베를린 체류. 7월 25일부터 10월 4일까지 베스트팔렌 지방에 있는 헤르타 쾨니히 여사 소유의 장원인 뵈켈에 체류. 12월 9일까지 베를린에 머물며 그라프 케슬러, 리하르트 폰 퀼만 등과 만나다. 뮌헨에서 호프만스탈과 만남.

1918년 뮌헨 체류. 알프레트 슐러의 강연을 듣다. 인젤출판사의 사장 키펜베르크와 재회. 아이스너 및 톨러와 만남. 혁명에 동조. 나중에 시인 이반 골의 부인이 된 클레르 슈투더와 교제. 《루이스 라베의 스물네 편의 소네트》 번역. 이 시기에도 릴케는 자신의 문학적·실존적 불안 상태에서 벗어나기를 고대한다.

1919년 뮌헨 체류. 루 살로메와 재회. 릴케의 작품들이 불티나게 팔리다. 6월 11일에 뮌헨을 떠나다. 스위스로 강연 여행. 취리히, 제네바, 소질리오 등지. 빈터투어에서 라인하르트 형제 및 난니 분딜리-폴카르트와 만남, 릴케가 '니케'(바다의 여신)라고 부른 이 여인은 그가 어려움에 처할 때마다 도움을 아끼지 않았으며, 그의 임종까지도 지켜보았다. 12월 7일에서 다음해 2월 말까지 테신에 체류. 《원초의 음향》출간하다.

1920년   2월 27일까지 로카르노 체류. 3월 3일에서 5월 17일까지 바젤 근교의 쇤베르크-폰 데어 뮐 장원에 머물다. 베네치아에서 탁시스 후작부인 재회. 바젤, 취리히, 제네바에서 발라디네 클로소프스카(메를리네)와 만나다. 릴케는 그녀와 몇 년 동안 친밀한 우정 관계를 맺다. 라가츠, 파리 체류. 10월 말에 다시 제네바로 돌아오다. 11월 12일부터 1921년 5월 10일까지 베르크 암 이르헬 성에 머물다. 이때 연작시 《C.W. 백작의 유고에서》를 쓰다.

1921년   베르크에서 폴 발레리의 작품을 읽고 감명받아 그의 시집 《해변의 묘지》를 번역하다. 5월 20일에서 6월 28일까지 에토이 체류. 이날 릴케는 발라디네와 함께 스위스의 시에르에 도착하다. 6월 30일에 어느 쇼윈도에서 조그만 뮈조 성을 찍은 사진을 발견하다. 7월에 처음으로 뮈조 성을 찾아가다. 베르너 라인하르트가 빌려서 릴케에게 제공한 뮈조 성은 죽을 때까지 릴케의 안식처가 되다. 11월 8일에 발라디네가 떠나다. 발리스 지방에서 보낸 첫 번째 겨울.

1922년   뮈조 성에서 2월에 《두이노의 비가》를 완성하다. 《오르페우스에게 바치는 소네트》집필. 어려운 내용을 담은 《젊은 노동자의 편지》를 쓰다. 5월 18일에 독일에서 딸 루트 릴케 결혼. 6월에 탁시스 후작부인, 7월에 키펜베르크 내외가 그를 찾아오다. 발레리 작품 번역.

1923년   뮈조 성에 부르크하르트, 레기나 울만, 베르너 라인하르트, 카스너 등의 손님을 맞다. 8월 22일에서 9월 22일까지 쇠네크 요양소, 10월, 11월 동안 발라디네와 함께 뮈조 성에 묵다. 뮈조 성에서 혼자 성탄절을 보내다. 12월 29일부터 다음해 1월 20일까지 발몽 요양소에 처음으로 머물다. 《두이노의 비가》, 《오르페우스에게 바치는 소네트》출간.

1924년   발몽 요양소, 뮈조 성. 불어로 시를 씀. 4월 6일에 폴 발레리와 처음으로 만나 기념으로 뮈조 성의 정원에 두 그루의 나무를 심다. 아내 클라라의 방문. 5월 중순에 빈의 처녀 에리카 미터러의 첫 번째 편지-시를 받다. 이것이 그녀와 릴케 사이에 계속된《시로 쓴 편지》의 동기가 된다. 바트 라가츠에서 탁시스 후작 부인과 함께 보내다. 8월 2일에 다시 뮈조 성으로 돌아오다. 9월에 로잔, 11월 초에 베른 체류. 11월 24일부터 다음해 1월 6일까지 발몽 요양소에서 두 번째 요양.

1925년   1월 7일에서 8월 18일까지 마지막 파리 체류. 그의 작품《말테의 수기》를 번역한 모리스 베츠와 이야기를 나누다. 발라디네 클로소프스카와 함께 지내다. 발레리, 클로델, 부르크하르트, 탕크마르 폰 뮌히하우젠, 호프만스탈, 앙드레 지드 등과 만나다. 9월 1일에 다시 뮈조 성으로 돌아와, 10월 22일에 자신의 유언서를 작성해서 니케에게 보관토록 하다. 쉰 번째 생일을 뮈조 성에서 혼자 지내다. 폴 발레리의《시작품》번역.

1926년   1925년 12월 20일 저녁부터 26년 5월 말까지 발몽 요양소에, 6월 1일에 시에르, 뮈조에 체류하다. 불어로 시를 쓰다(〈장미〉, 〈창문〉). 불어시집《과수원》출간. 발레리의 대화체 산문《유팔리노스, 또는 건축술에 대해서...》번역. 7월 20일에서 8월 30일까지 바트 라가츠에 체류. 9월 중순 안티에서 발레리와 만나다. 11월 30일에 다시 발몽 요양소. 그곳에서 12월 29일 새벽 백혈병으로 영면하다.
릴케의 마지막 시는 아마도 12월 중순경에 씌어진 듯하며, 수첩에 다 적어놓은 마지막 시구를 통해 자신의 병의 마지막 단계를 보여주고 있다.

　　오라, 그대, 내가 인정하는 마지막 존재여,
　　육체의 조직 속에 깃든 고칠 수 없는 고통아.

정신의 열기로 타올랐듯이, 보라, 나는 타오른다.
그대 속에서, 장작은 그대 넘실거리는 불꽃을
받아들이기를 오랫동안 거부했다.
그러나 이제 나 그대를 키우고, 나는 그대 속에서 타오른다.
이승에서의 나의 온화함은 그대의 분노 속에서
여기 것이 아닌 지옥의 분노가 되리라.
아주 순수하게, 미래에 대한 아무런 계획 없이 자유로이
나는 고통의 그 어지러운 장작더미 위로 올라갔다.
속에 든 모든 것이 이미 침묵해버린 이 심장을 위해
그토록 뻔한 어떤 미래의 것도 사지 않기 위함이다.
저기 알아볼 수 없이 타고 있는 것이 아직도 나인가?
불꽃 속으로 추억을 끌어들이지는 않겠다.
오 생명, 생명은 저 바깥에 있고.
나는 불타니, 나를 알아보는 이 아무도 없구나.

1927년   1월 2일 릴케 자신의 유언에 따라, 라론에서 좀 떨어진 높은 언덕 위
        에 위치한 교회 옆에 묻히다. 묘비에는 그가 직접 쓴 시작품인 다음
        과 같은 '묘비명'이 새겨져 있다.

   장미여, 오, 순수한 모순이여,
   그리도 많은 눈꺼풀 아래
   누구의 것도 아닌 잠이고픈 마음이여.

■ 옮긴이 장혜순

이화여자대학교 독어독문학과를 졸업하고 독일 튀빙엔 대학에서 석사 학위, 마부르크 대학에서 박사학위를 받았다. 현재 이화여자대학교에 출강 중이며, 연극평론가로 활동하고 있다. 《괴테의 형태학과 카프카의 사상》(독문)이란 책을 썼고, 〈카프카의《소송》에 나타나는 부정미학〉, 〈브레히트와 프리쉬의 희곡론〉 등 현대미학에 관한 논문을 발표했다. 역서로는 브레히트의《사천의 착한 사람》과 게르트 호프만의《영화이야기꾼 카를 호프만》이 있다.

릴케전집 11

초판 1쇄 발행 2000년 9월 30일
초판 2쇄 발행 2021년 2월 22일

지은이 라이너 마리아 릴케
옮긴이 장혜순

펴낸이 김현태
펴낸곳 책세상
등록 1975. 5. 21. 제1-517호
주소 서울시 마포구 잔다리로 62-1, 3층(04031)
전화 02-704-1250(영업), 02-3273-1334(편집)
팩스 02-719-1258
이메일 editor@chaeksesang.com
광고·제휴 문의 creator@chaeksesang.com
홈페이지 chaeksesang.com
페이스북 /chaeksesang **트위터** @chaeksesang
인스타그램 @chaeksesang **네이버포스트** bkworldpub

ISBN 89-7013-241-4 04850
        89-7013-172-8 (세트)